浅绿 著

女神养成计划 2

战神篇

上册

青岛出版集团 | 青岛出版社

图书在版编目（CIP）数据

女神养成计划. 2/浅绿著. —青岛：青岛出版社，2023.7
ISBN 978-7-5736-1319-6

Ⅰ.①女… Ⅱ.①浅… Ⅲ.①长篇小说－中国－当代 Ⅳ.①I247.5

中国国家版本馆CIP数据核字（2023）第119868号

NÜSHEN YANGCHENG JIHUA 2

书　　名	女神养成计划2
作　　者	浅　绿
出版发行	青岛出版社（青岛市崂山区海尔路182号）
本社网址	http://www.qdpub.com
邮购电话	18613853563
责任编辑	李文峰
特约编辑	王羽飞
校　　对	商芷宁
装帧设计	梁　霞
照　　排	梁　霞
印　　刷	三河市良远印务有限公司
出版日期	2023年7月第1版　2023年7月第1次印刷
开　　本	16开（710mm×980mm）
印　　张	38
字　　数	787千
书　　号	ISBN 978-7-5736-1319-6
定　　价	69.80元（全2册）

编校印装质量、盗版监督服务电话 4006532017　0532-68068050

目录【上册】

第一章 难搞的宿主 1

第二章 云亭的对策 11

第三章 我是大力士 22

第四章 被算计了 38

第五章 基因修复 51

第六章 初露锋芒 64

第七章 挑战蔺奚 76

第八章 我要变强 88

第九章 狗屎运 101

第十章 爱马忘忧 114

第十一章 以巧取胜 126

第十二章 云亭的秘密 143

第十三章 救人 161

第十四章 塔木城 176

第十五章 双生子 188

第十六章 万俟行 205

第十七章 圣贤高徒 218

第十八章 倒霉的蔺奚 228

第十九章 生气要哄 244

第二十章 营救行动 259

目录【下册】

第二十一章 以杀止杀 277
第二十二章 系统升级 289
第二十三章 一力降十会 304
第二十四章 陌刀出世 318
第二十五章 宝刀有主 333
第二十六章 狂傲不羁 348
第二十七章 有朋自远方来 361
第二十八章 你的战神 374
第二十九章 欠教训 389
第三十章 帝星再现 402
第三十一章 谋定后动 418
第三十二章 斩马队的锋芒 432
第三十三章 点火劫人 447
第三十四章 他还活着 460

第三十五章 他们竟然是一对 471
第三十六章 蔺奚你完了 482
第三十七章 往事真相 494
第三十八章 干一票大的 511
第三十九章 战疯子 519
第四十章 胜利来得太突然 533
第四十一章 蜕变 545
第四十二章 布局 558
第四十三章 辛库城之战 574
第四十四章 河清海晏，天下太平 584
番外一 厉害了我的皇后 592
番外二 我的人 595
出版番外 江山、美人我都要 598

第一章　难搞的宿主

临山关，又叫边城，位于凉国和瑜国交界之地，连年战乱让这座小城失去了生机。此时明明是阳春三月，一个本该万物复苏、百花绽放的时节，小城中却是一片萧索。

天色渐晚，街道上只有零星的几个人，人们脚步匆匆地往家赶。这时一道单薄瘦弱的身影，正朝着与回家的人相反的方向，小跑着往城外去。

冉无恙吸了吸鼻子，早春的天气还是有点儿冷。她将身上宽大的旧袄子裹得更紧了些，低头看了一眼怀里抱着的小布袋，巴掌大的小脸上绽放出一抹清丽的笑容。

轰！

耳边毫无预兆地响起一声惊雷，紧接着一道极亮的闪电划破天际，仿佛要把天劈开一般，白光刺目。冉无恙下意识地闭上了眼睛，待她再睁眼的时候，周围风平浪静，微风轻抚着她的发丝，天边的晚霞依旧美丽，刚才的雷声和闪电就好像只是她的错觉一般。

冉无恙眉头微蹙，平日里都是先看到闪电后听到雷声，刚才的雷电实在诡异，竟是先听到惊雷后看到电光。心中莫名地生出了一种不好的预感，冉无恙加快了步伐，朝着十里外瑜国驻军军营的方向跑去，然而她才刚跑出两步，耳边又响起一声清脆的"叮"的响声。

"检测到合适的宿主，自动同步宿主所在时空的文字、语言。现在开始绑定，十秒之后启动女神系统。十、九、八……二、一。叮！绑定成功，系统启动。"

冉无恙浑身一僵，全身的汗毛都竖了起来。

那声音听起来既远又近，介于少年与青年之间的声音，音色清越，语气平缓，毫无高低起伏。

冉无恙倏地抬起头，手伸到宽大的袄子里，悄悄握紧绑在腰间的短匕首，凤眸微微眯起，锐利的目光扫向周围的草丛。

这里已经是城郊了，初春时节，野草也才刚刚发芽，草丛连脚踝都没不过，更别说藏人了。

一眼看去，方圆一里之内都空空荡荡的，别说人，就连动物都没有一只。可是她刚才确实听到有人在她耳边……不，或者说是直接在她脑子里说话！

这种感觉她实在不知道该怎么形容，总之就是令人毛骨悚然。冉无恙咬紧牙关，不让自己发出半点儿声音，苍白的小脸上也尽量保持平静之色，若是不仔细看，完全看不出她此刻正经历着十分诡异的事情。

冉无恙屏住呼吸，紧紧地抱住怀里的小布袋，似乎这样做就能给她带来安全感。她低下头，只看着自己的脚尖，闷头朝前狂奔，仿佛背后有鬼在追她。

系统扫描了一下宿主怀里抱着的东西，不过是一小袋劣质的小麦粉而已，看她那紧张的样子，不知道的人还以为她怀里抱着什么宝贝呢。

"你好宿主。"

系统尽职尽责地和宿主打招呼，可惜说了好几句话，宿主仍仿佛失聪一般闷头往前走，就好像完全听不到它的声音，也感觉不到它的存在似的。

如果让她这么容易地逃避过去，系统也就不是从星际时代穿越而来，能够造神的"女神系统"了。

"宿主！"

一声冷淡又响亮的叫声在脑海中炸响，比刚才的惊雷更加骇人。冉无恙被震得脑子都蒙了，眼前发黑，脸色发青，她下意识地双手捂住耳朵，不得不停下了脚步。

好在这声音只吼了一声就停了下来。冉无恙慢慢缓过神来，知道自己是躲不掉了。她深吸一口气，在如擂鼓般的心跳声中，故作镇定地低声问道："你……是谁？"

"我是'女神系统'A3297，直接植入宿主脑域之中，可以与宿主心意相通。宿主可以叫我……小神。"

系统短暂地停顿了一下，声音里透出淡淡的怀念之意。冉无恙一颗心七上八下，完全注意不到系统的异样。她此刻神经紧绷到了极点，满心戒备地问道："你进入我脑子里想干什么？"

"系统综合评定后认为宿主最适合与系统绑定，宿主只需要努力升级系统，系统会帮助宿主成为受人膜拜的'女神'。"

女神？冉无恙脸上神色不动，心里却在嗤之以鼻。这天下间哪里有什么神明，若是真的有，她母亲每逢初一十五吃斋念佛，一心向善，多行善事，怎么佛祖也没保佑她一分一毫！

她倒是曾听说过不少鬼魅精怪的故事，以前她也是不信的，但今天这事实在太过诡异了，让她不得不往那方面想。

这个古怪的、不知道是妖是鬼、自称系统的东西称呼她为宿主，如果她没有理解错误，这个词说明有寄生之意，这玩意寄生在她脑子里，一定在图谋什么。

天上不会掉馅饼，所谓的帮她怕也只是诱饵而已。冉无恙一颗心早就已经提到了嗓子眼里，却不敢露出惊恐怯懦之态。她小时候就听老人家说过，那些鬼怪也是欺软怕硬的，你越是害怕它，它就越是欺负你。

冉无恙暗暗深吸了几口气，确定自己的声音不会发抖，才冷声问道："你想从我身上得到什么？"

"宿主依靠自身的实力及魅力，让人心甘情愿地崇拜、追随，以此获得信仰值和魅力值，系统需要通过宿主获得大量的信仰值来升级，宿主则可以通过魅力值来换取提升实力的药剂、功法、武器等。"

听起来倒像是互利互惠，冉无恙却不敢相信。她不知道什么是信仰值、魅力值，这几年的经历告诉她，甜美的诱饵背后隐藏的可能是穿肠毒药。

系统检测到宿主内心的恐惧和抗拒的情绪，连忙补充道："宿主无须惊慌，也不用担心，系统升级到高级系统，获得足够的信仰值，并且帮助宿主'封神'之后，就会自动脱离宿主，离开此位面，绝对不会伤害宿主。"

宿主仍是沉默，显然根本不相信它所说的话。系统也很无奈，却又没有办法，只能转移话题，问道："宿主是否需要查看宿主面板？"

冉无恙不懂宿主面板是什么东西，秉承知己知彼才能百战百胜的原则，她装出乖顺的模样，点头回道："嗯。"

下一刻，她眼前凭空出现了一块长三尺、宽两尺的长方形板。这个板是透明的，能穿透它看到后面的景色，板上的文字还发出淡淡的荧光。

宿主面板：
姓名：冉无恙
年龄：15岁
智力：7级
体力：4级
敏捷度：5级
天赋技能：过目不忘
新手礼包：初级基因修复液1支、魅力值10点

看到透明面板的那一刻，冉无恙就已经控制不住地瞪大了眼睛。

悬浮在半空中，还会发光的字！这样神奇的东西，她真的是第一次见。待看清面板上面的字之后，她脸色倏地一白，身体不受控制地颤抖了起来。

透明面板上的字她都认识，正因为看得明白，她才害怕。所谓的宿主面板，竟是对她这个人的评估，从身体状况到技能一样不差，还分了等级！当看到"天赋技能：过目不忘"几个字的时候，冉无恙心中的恐惧到达了顶点。

除了爹娘和云亭哥外，没有人知道她过目不忘的本事。这个才出现在她脑子里不

到一刻钟的所谓的系统，竟将她的身体状况和能力摸得清清楚楚，这是不是说明，对自己的一切它都已经了若指掌了？

初春时节，春寒料峭，冉无恙背后的衣衫却已经被冷汗打湿了一大片。

系统很郁闷，它都已经做到有问必答，尽量表现出友善的态度了，怎么宿主不但没有感受到它的诚意，反而更加抗拒了呢？这样下去它怎么完成任务啊！不行，它必须尽快让宿主知道"女神系统"的价值。

"宿主所在的位面正处于战乱之中，随时有可能出现两军交战的局面，发生危险。请宿主尽快服用基因修复液，提高自身实力，以便应对接下来的挑战。"

只要宿主服用了基因修复液，就能真切地体会到身体素质全面提升带来的好处，到时候她就会知道，本系统的伟大之处！

系统兴致勃勃、跃跃欲试地问道："宿主是否服用基因修复液？"

"不要！"冉无恙想也不想地立刻拒绝，说完才察觉到自己的语气太过生硬了，赶紧假装为难的样子，轻声解释道："我要赶回军营，回去晚了会受到军法处置，那个基因修复液之后再服用吧？"

少安毋躁！循序渐进！一步步慢慢来，不要吓着她！系统先给自己做了一轮心理建设，才缓慢地回道："……好的。"

听到系统没有逼迫她立刻服用所谓的能提升实力的修复液，冉无恙稍稍松了一口气。不怕不怕！只要还能商量，她就能与之周旋，假以时日，总能想到摆脱它的办法！

冉无恙将衣服裹得更紧了一些，感受到怀里那一小袋面粉的重量，起伏不定的心安定了几分，加快脚步往军营的方向跑去。

系统直接与宿主的脑电波相连，即使不能完全知晓她的内心活动，也能准确地感知她的情绪。宿主看起来瘦小，却已经年满十五岁，她在这个位面已经成年了。动荡的时局和战乱的环境，让她非常没有安全感，防备心极重，刚才他们只短短地交谈了几句话，系统就深刻地感受到，宿主完全不信任它，甚至可以说是排斥、厌恶它。

唉！系统无声叹息，虽然它没有头，但在这一刻还是体会到了人类头痛的感觉，它果然还是比较喜欢单纯软萌的小可爱宿主。

这一届的宿主，有点儿难搞啊！

冉无恙跑得很快，并不像是单纯地因为害怕受军法处置，系统能感觉到她心中时不时地闪过愉悦和急切的情绪。目前系统和宿主之间缺乏信任，它决定先好好观察宿主和宿主的生活，再来制订攻略计划。它就不信了，它一个高级智能系统，还拿不下一个小姑娘！

此次与凉国对战的是军将世家出身的蔺不归，他年纪还不到三十岁，已战功赫赫，官拜一品。

蔺将军治军严明，系统以为冉无恙回到军营之后会立刻回营帐归队，没想到她一溜烟跑去了伙房。

无战事时，军中酉时开饭，过时不候。现在天都已经黑了，早就过了用晚饭的时间，伙房里冷冷清清的，只有一个瘦小的老头坐在矮凳上看火烧水。

冉无恙悄悄把头探入屋内，发现伙房里只有一个人时，她脸上闪过一丝笑意，快步走了进去，在老头面前站定，笑盈盈地叫道："刘伯。"

老头缓缓抬起头，混浊的眼睛在看清面前的少年时，有了一些神采。他朝冉无恙招了招手，和气地说道："回来了，火我给你留着呢。"

冉无恙点了点头，感激地说道："谢谢刘伯。"

老头摆了摆手，叹了口气，说道："谢什么，不过是用些柴和水罢了。"

世道越发艰难了，仗打了好几年，粮草渐渐跟不上了，军营里每天的食材都是有限的，像油这种东西，都是由伙夫长管着的，他也没本事帮少年弄到什么食材，不过是借个锅和灶给少年罢了。

这孩子又瘦又小，看着也就十二三岁的样子，小小年纪就来从军，也不知道这孩子能不能活到成年。

被老头怜悯的目光关怀的冉无恙心情倒是很不错，不管怎么说，能借到灶就已经很好了。

她爽朗一笑，脸上不见一丝失落，乐呵呵地回道："有这些就已经很好了。我用完之后会把灶台收拾好了再走的。"

"嗯，刘伯知道，你是个好孩子。"老头站起身，拍了拍少年的肩膀，把手背在身后，佝偻着身子，慢慢走了出去。

待伙房里只剩下冉无恙一个人的时候，她才将一直抱在怀里的小布袋拿了出来。

她找来一个大海碗，把袋子口打开，小心翼翼地将面粉倒入碗中，那副紧张的样子，不知情的人看到了，还以为她倒的是金粉呢。

即使她小心再小心，一点儿也没有浪费，最后也不过只得了半碗面粉，加个水揉成面团，面团还没她拳头大。

冉无恙盯着手里的面团，眼底掠过一丝失望，抿了抿唇，最终还是将面团轻轻放回海碗中。

她扫了一眼空荡荡的伙房，不死心地在一堆竹筐里翻找。运气不错，她从一个小竹筐里找到了两三棵已经有些蔫的小葱。

冉无恙眼眉微弯，自言自语地笑道："小葱拌面，有口福哦！"

冉无恙将小葱洗净，切成细细的葱末备用，又把醒好的面团做成均匀的面条，放入沸水之中。她哼着不知名的小调，嘴角含笑，眼睛亮晶晶地盯着水中翻滚的面条，仿佛那是什么人间美味一般。

"小恙？"一道男声从身后传来，如玉珠落盘，清朗好听。

这世上能让她心甘情愿地被叫"小恙"的人只有一个。冉无恙连忙回头看去，果然看到了一道颀长俊秀的身影。

天完全黑了下来，伙房里只点了一盏油灯，光线很暗，青年的身影几乎隐没在黑暗里。

他很瘦，却很高，冉无恙的头顶才刚到他胸口。在边关这样的地方，还是在军营里，几乎人人都被晒成了小麦色，在和旁人的对比之下，青年的肤色就显得太白皙了。更奇怪的是，明明大家穿的都是一样的破旧军服，青年看起来就格外地好看，浑身上下都透着一种形容不出来的独特气质。

"云亭哥！"冉无恙看到青年立刻高兴地迎了上去，她和云亭哥真是心有灵犀，她刚才还在想煮好面之后要怎么送给他呢，想不到他就找来了！

如果她知道，从下午开始青年就一次又一次地将军营找了个遍的话，就不会说什么心有灵犀了。

"你今天上哪儿去了？"青年的声音一向温润，他说话也总是温和有礼，同一队的战友经常调侃他，说他没脾气，冉无恙却知道，他不是没脾气，只是没把什么人什么事放在心上，所以很少发脾气罢了。此刻冉无恙就敏锐地感觉到，云亭哥生气了。

冉无恙立刻站直了身子，低着头，乖乖回道："我……我去城里了。"

系统看着眼前乖巧又听话的女子，那个心塞啊！这不就是它心心念念的乖巧软萌的宿主应该有的模样吗？怎么对着它的时候就那么冷酷无情，像只小刺猬，对着这个青年，就这么乖这么厌？

好气哦！

系统气得连芯片都要发热了。冉无恙对此一无所知，即使知道了也不会在意。

两个人都没有说话，开水"咕咕"的声音就显得越发响亮了。

冉无恙猛地抬起头，惊叫一声，冲回了灶台边，叫道："糟了糟了，再煮就坨了！"

冉无恙手脚麻利地将面条捞了起来，撒上点儿盐和葱末就算完成了。

这也怪不得她，条件太简陋了，那点儿盐和葱还是她费尽心思才找到的。巧妇难为无米之炊，再说她还不是巧妇，能做成这样已经很不错了！

在心里安慰了自己一把，冉无恙捧着只有半碗的面条，走到云亭面前，把碗往前送了送，笑道："云亭哥，给。"

浅黄色的面条配上绿色的葱末，虽然看起来清汤寡水，却也明显不是军营的伙食。

云亭已经猜到冉无恙这一整个下午到底干什么去了。为了一碗面违反军纪，云亭本应该好好地教育她，但看到她瘦弱的身材、巴掌大的小脸，苛责的话怎么也说不出口。毕竟是十几岁的孩子，整天吃窝窝头配野菜汤，肯定受不了。

云亭将用纸包好藏在袖子里的窝窝头往里推了推，没有接小姑娘送到面前的碗，低声说道："你吃吧。"

冉无恙没有收回手，将面条又往前送了送，笑眯眯地说道："这是我专门为你做的，你是不是忘了今天是什么日子了？"

云亭一怔，今天……是什么日子？

冉无恙狡黠一笑，一副"我就知道你会忘记"的得意模样，笑道："今天是你二十岁的生辰，及冠之年，很重要的！"

所以这碗面是特意为他准备的？对上女孩儿欣喜期待又忐忑的目光，云亭只觉得一颗心酸涩又温暖，良久才低声说道："小恙，你不用做这些……"

不等云亭把话说完，冉无恙瞪着青年清俊的脸，急忙说道："当然要！上个月我及笄的时候，你还送了我两个鸡蛋呢，我没本事找到鸡蛋，只能亲手给你做一碗长寿面了。"

战争发生以后，流民四起，爹爹为了保护她和娘亲，被流民活活打死了。如果没有云亭哥照顾她们娘俩，柔弱的娘亲绝对撑不了两年，怕是在爹爹去的当天也跟着去了，她也不可能平安长大。云亭哥是她家的恩人，比亲哥哥都要亲！

冉无恙强硬地将碗塞到云亭手里，执拗地叫道："你快吃，就是给你吃的！"

碗沿很烫，从手心一直烫到心口。在乱世之中，还有一个人一路真心相伴，自己应该是极幸运的吧？云亭轻笑一声，回道："好，我吃。"

在云亭接过面条的那一刻，冉无恙脑子里响起了一声她极力想要忘记却根本不能忽视的声音。

"叮，收到来自云亭的50点魅力值。"

冉无恙心尖一跳，嘴角的笑容僵硬了起来。

什么魅力值？还是从云亭哥身上拿走的，到底是什么意思？冉无恙心里着急，但云亭就在她对面，她不敢开口说话，她怕她要是暴露了系统的存在，系统会对云亭哥不利！万一它缠上更优秀的云亭哥怎么办？

系统轻嗤一声，它是"女神系统"，只能捆绑女性，就算这个云亭长得再好看也没用，性别不对，没法相爱！

看到宿主急得额头都冒汗了，系统才不紧不慢地说道："系统与宿主心意相通，我们可以在脑海中直接对话，宿主想说什么，在心里想一遍，系统就能听到。"

冉无恙一听，立刻在脑海中焦急地问道："刚才那个魅力值是什么东西？你对云亭哥做了什么？"

"系统没有对云亭做什么。当别人发自内心地觉得宿主很有魅力的时候，就会产生魅力值，数值越大，说明你越有魅力。"感激、感动等激烈的情绪也会产生魅力值，这点就暂时不用和宿主说了。

这个叫云亭的男子能够牵动宿主的情绪，对她影响很大，说不定他就是攻陷宿主的一个很好的突破口！

绝对没有系统拿不下的宿主！

"获取魅力值会不会伤害到云亭哥？"冉无恙紧追不放。这个问题对她来说很重要，她绝不允许任何人任何事伤害云亭哥。

系统非常人性化地翻了个白眼，冷冷地回道："宿主多虑了。宿主获得魅力值和信仰值，给予的一方不会受到任何影响。"

听到没有任何影响，冉无恙悬着的心总算落了地，这时候她才有心思去揣摩刚才系统所说的话。

原来所谓的魅力值，是在别人觉得她有魅力时就能得到的，那也就是说，刚才云亭哥觉得她……很有魅力？

一直不希望自己拖后腿，极力想要得到云亭的认同的冉无恙感觉整个人都有些飘飘然了。云亭哥居然觉得她有魅力，难道她煮的面真的这么好吃？那她以后是不是要考虑往厨娘的方向发展啊？

系统：……

这一届的宿主简直有毒，脑回路它真的是看不懂！系统无语了。

冉无恙还在胡思乱想，看起来有些呆呆的。云亭皱了皱眉，问道："小恙，你的脸怎么忽然这么红？"

"啊？"冉无恙回过神来，对上云亭担忧的目光。她轻咳一声，尴尬地别开眼。

她脸红了吗？这也太没出息了吧！脸红这件事无论如何是不能实话实说的，几乎从没对云亭说过谎的冉无恙憋了半天，才支支吾吾地回道："可能是……被……被灶台的火给熏的。"

云亭剑眉微挑，眼底掠过一丝兴味，小姑娘是真的长大了，有自己的小秘密了。

他没有挖掘小姑娘心事的爱好，便也不再追问，端着面碗往旁边走了两步，对还在懊恼的冉无恙说道："到这边来。"

"哦。"冉无恙连忙跟了过去。

"还没吃晚饭吧。"

害怕云亭哥因为她没吃晚饭把面条给她吃，冉无恙张口就想否认，但在那双深沉平静的黑眸的注视下，她最终还是没敢说谎，低着头抿了抿唇，小声回道："没有吃。"

说完她又猛地抬起头，凤眼微扬，凶巴巴地叫道："这是长寿面，我特意给你做的！你必须吃完！"

云亭轻笑一声，她果然还是和小时候一样，又乖又凶，两种截然不同的性格在她身上倒是完美融合了。

"吃吧。"云亭把藏在袖子里的纸包拿了出来，递到冉无恙面前。

冉无恙眼前一亮，赶紧接了过来，打开一看，是两个窝窝头。她一点儿也不讲究地张口就咬，口齿含糊地笑道："谢谢云亭哥！"

云亭哥果然是最好的，一点儿都舍不得她挨饿。冉无恙一边吃窝窝头一边傻笑地盯着云亭看，我哥怎么能这么俊呢？吃个面都比别人优雅！全天下没有人比我哥好看！

啧啧，这届的宿主，简直是"花痴"加"兄控"，没救了！系统差点儿想关闭链接，来个眼不见为净。

面团没揉上劲，面条并不筋道，还因为煮得太久，太过软绵，口感很不好；没有多余的调味料，只有最简单的咸味；葱没有用油爆过，带着淡淡的涩味。总体来说，这碗长寿面做得非常失败。

云亭吃得很慢，像在品味什么无上美食，神情几乎称得上虔诚。他一口一口将面条吃完，连面汤也没有留下。

放下碗，对上冉无恙亮晶晶的眼眸，云亭轻勾唇角，说道："好吃。"

一双凤眸硬生生地让她笑成了一弯新月，冉无恙下巴一扬，轻哼一声，得意地说道："那当然，也不看看是谁做的！你今天有口福了知道吗？"

云亭被她逗笑了，煞有介事地点了点头，笑道："嗯，没错，我今天确实有口福了，多谢小恙了。"

毕竟是年轻的小姑娘，脸皮还是不够厚，被真心崇拜的哥哥这样夸奖，小脸立刻就红了。冉无恙连忙回道："不用谢，云亭哥开心我就开心！"

食指和拇指摩挲了一下，云亭最终没忍住，抬手揉了揉她的脑袋。感受到她头顶不如小时候柔软顺滑的发丝，云亭眸光一暗，不动声色地收回了手，说道："赶紧收拾一下回去吧，不然一会儿百夫长过来清点人数没看到我们又要被罚。"

"嗯，好。"冉无恙将最后一点儿窝窝头扔进嘴里，和云亭一起把灶台收拾好，快步往军帐走去。

瑜国给士兵提供的军帐，都是五十人住的大帐，但因为这场与凉国的战争持续的时间实在太长了，军需供应不上，军帐破了就只能改成小帐继续使用。

冉无恙和云亭现在住的军帐就是大帐改小的，只能住二十人。两个人刚刚走进帐中，一个小少年就迎了上来，伸过来一只胳膊，搂住无恙的脖子，将人拉到了角落，低声抱怨道："无恙，你下午上哪儿去了？我到处都找不到你。"

冉无恙是女子，女扮男装入军营，按照瑜国的律法，乃是重罪，虽然罪不至死，却也够她受的。平日里，她都尽量装成沉默寡言又害羞的样子，不和战友们靠得太近。

有云亭哥护着她，她身形又瘦弱，看起来就像个十二三岁的小少年，倒也没招人怀疑。唯独一个人，不管她怎么躲，他都会自来熟地贴上来，就是眼前这人——石玉。

石玉今年十五岁，大家都喜欢叫他小石头。和冉无恙一样，石玉长得又瘦又小，皮肤比冉无恙黑，远远看去，像只小猴子。他唯一能让人记住的，就是那一双大眼睛，总是滴溜溜地转，很是机灵。

他自认为他和冉无恙是一国的，由于两个人年纪都很小，长得又一样瘦弱，更巧的是，两个人上头都有一个哥哥管着，"同是天涯沦落人"，所以他们必须成为好朋友才对！

无论冉无恙怎么躲他，怎么冷漠地对他，他都不为所动，坚持不懈地贴上去。冉无恙实在没办法了，只能和他成了朋友。

冉无恙把石玉的手从脖子上扒拉下来，随口回道："我在小树林里睡觉。"

小石头早就习惯了冉无恙的臭脾气，也不在意。他继续靠过去，兴致勃勃地问道："你找到了什么好地方？快告诉我，以后我也去睡睡！"

冉无恙嘴角抽了抽，敷衍道："嗯，过几天带你去。"

小石头不满地喷了一声，还想继续说话，这时帐篷外传来百夫长的吆喝声："各什长检查人数，报数！"

按照军中编制，十个人为一队，队长就是什长，冉无恙和小石头不是一个队的，但都归同一个百夫长管辖。这个帐篷里住着二十个人，有两个什长，一个是云亭，另一个就是小石头的哥哥石锋。

云亭和石锋清点完人数，立刻出去汇报，半盏茶的时间之后，两个人才回来。

云亭一眼就看到了躲在角落里的两个小家伙，从他的角度看过去，两个人头挨着头，不知道在说什么悄悄话。云亭黑眸微眯，眼底划过一抹暗色，嘴角却扬起了一抹温和的笑。他走到两个人身边，说道："小恙，该睡觉了，明天还有训练。"

他看向石玉，笑得更加温润，轻轻地拍了拍小少年的肩膀，笑道："小石头也早点儿休息，不然明天又起不来了。"

野兽般的直觉让小石头心口莫名一跳，脖子后面的汗毛莫名其妙地竖了起来，他立刻大声说道："好的，云亭哥！我马上睡！"话音刚落，小石头已经快速地蹿上了自己的床铺，直挺挺地躺下了。

石锋瞥了只有一个"厌"字可以形容的弟弟一眼，都不知道该说这小子敏锐还是迟钝，每次他黏着冉无恙，都会被云亭明里暗里地教训，傻小子还总是乐此不疲地贴上去，他这个做哥哥的都没眼看了。

小石头这副上蹿下跳的样子，真的好像猴子。冉无恙不自觉地勾起了嘴角，然后她就对上了云亭格外温柔的目光。

冉无恙浑身一僵，大叫道："我也睡了！"

营帐里的人就看着一道可以和小石头的速度媲美的身影冲向了床铺，躺平睡好。

军营里的生活一向很规律，到点睡觉、吃饭、训练，亥时一到，所有人都必须睡觉。

军营里都是大通铺，云亭一直都很小心地护着冉无恙，这二十个人住的小帐也是他特意争取来的。他把冉无恙安排在最靠边的位置，自己睡在她身边，将她与旁人隔开，再用被子隔在两个人中间，让她晚上能安心睡觉。

睡在云亭身边，冉无恙一直很安心，脑袋一沾上枕头，就立刻睡着了。

她万万没想到，半夜里会再一次听到熟悉的声音。

"叮！警告！警告！检测到五里之外，敌军正在靠近，请宿主做好准备！"

第二章　云亭的对策

"叮！警告！警告！检测到五里之外，敌军正在靠近，请宿主做好准备！"

尖锐的提示音连响了三次，终于将熟睡中的冉无恙惊醒了。

这种直接在大脑深处响起的提示音实在是太可怕了，冉无恙头皮发麻，头晕耳鸣，身体不受控制地直接弹坐了起来。

冉无恙的动作实在太大了，一向浅眠的云亭在她坐起来的那一刻，就立刻睁开了眼睛，黑眸深沉锐利，丝毫没有刚醒来的迷蒙困顿，大手也及时地抓住了因为起得太猛而差点儿翻下床的冉无恙。

今晚的月光十分明亮，帐篷内的光线还算不错，云亭能清楚地看到冉无恙满脸惊恐，大口大口地喘气的样子，仿佛被什么恐怖的东西吓着了。

云亭轻拍着她的后背给她顺气，压低声音问道："怎么了？做噩梦了吗？"

"我……"冉无恙呆呆地看着云亭，想说话，却又不知道该怎么说。

好不容易在云亭的安抚下平静下来，冉无恙立刻在脑海中问道："你刚才说的是真的？真的有敌袭？"

系统冷傲地回道："系统从不说谎。"若不是为了获得宿主的信任，也怕她在混乱之中被人杀死，它才不会给她预警。

不会真的有敌袭吧！冉无恙不想相信，但一想到系统能随便出现在她脑子里，能凭空变出一个会发光的透明面板，还能对她的一切了若指掌，如果它真的那么厉害，知道今晚有敌袭也不奇怪。

冉无恙一直盯着云亭，但眼神却是一片茫然，整个人都呆滞了。云亭急得用力抓住了她的肩膀，叫道："小恙你醒醒！"

肩膀的疼痛让冉无恙迅速回神，她眨了眨眼睛定了定神，垂下头避开云亭的目光，小声说道："云亭哥，我……我做了个噩梦，胸口闷闷的，好难受，想出去走走。"

小丫头只有在说谎的时候，才会避开他的目光。云亭眸光微闪，轻轻揉了揉她的脑袋，柔声说道："好，我陪你去。"

冉无恙本想说自己去就可以了，转念一想，若是真的有敌袭，云亭哥醒着比睡着了要安全，而且他那么聪明，肯定能想到办法保住大家的性命。

"好。"冉无恙点了点头，两个人一起走出了帐篷。

石锋翻了个身，听着两个人的脚步声越来越轻，在黑暗中翻了个白眼。云亭绝对是个深度"弟控"，那么大的小伙子做个噩梦而已，大半夜的不睡觉，还要陪着出去遛弯，简直有病。

"有病"的两个人并肩往前走着，冉无恙迫不及待地在脑海中叫道："喂，你……"

系统冷漠地打断了她的话："系统有名字。"

冉无恙撇了撇嘴，一字一顿地说道："'女神系统'A3297，你知道敌军目前在哪儿吗？人数有多少？他们要袭击哪里？"

它做自我介绍的时候，宿主不是正处于震惊之中，还当它根本不存在吗？怎么连编号都记得这么清楚？

系统轻哼一声，记忆力好了不起吗！就算宿主能准确地叫出它的名字，它也是不可能回答宿主的这些问题的，它只能帮助宿主提升自己、快速成长，不能什么都为她代劳。

是时候让宿主明白魅力值的重要性了。系统笑了两声，不怀好意地说道："这些问题系统都不能回答，不过可以给宿主显示敌军的行进图，宿主能看出多少是多少。显示行进图需要消耗魅力值，宿主目前只有60点魅力值，只能给宿主显示两秒的时间。"

冉无恙神色轻松，毫无压力地直接回道："两秒够了。"

系统觉得自己好像被打脸了，心不甘情不愿地说道："叮，扣除60点魅力值，显示敌军行进图。"

系统话音刚落，一个比白天看到的透明面板还要大上许多的光屏凭空出现在冉无恙面前，吓得她趔趄了一下，差点儿摔在地上，还是一直注意着她的云亭及时扶了一把，才让她免于平地摔跤的窘境。

虽然受了些惊吓，但冉无恙还是很快地调整了过来，凤眸紧盯着微微发出荧光的光屏，内容繁复的行进图就像是被复刻下来一般，分毫不差地出现在她的脑海中。

两秒的时间真的很短，一般人想将这么大的光屏从头看到尾都来不及，但对于冉无恙来说，确实够了。她若是用心去记一样东西，连一秒的时间都用不到。

两秒之后，光屏迅速消失在眼前，冉无恙立刻闭上了眼睛，回忆刚才看到的图像。

行进图中的红点应该就是敌人的意思,粗略算了一下,敌军人数在三百人左右。两秒的时间虽然短,但冉无恙还是能看到那些红点在缓缓移动,红点行进的方向竟然是……粮草营!

冉无恙猛地睁开眼睛,脸色大变,眼中的惊恐之色,比刚醒时更甚。

今晚的小恙很不对劲。云亭微微眯眼,回想着今天发生的关于冉无恙的事。似乎并没有什么异样,唯一的变数,就是她离开军营去边城的那段时间内可能发生了什么他不知道的事情。

云亭还在思考,手腕忽然被人紧紧地抓住。

"云亭哥,我们到那边走走。"冉无恙不知道怎么去解释现在的情况,时间紧迫,也容不得她找理由搪塞,她直接抓住云亭的手,拖着他往粮草营的方向走。

云亭跟着她走了几步,发现她要去的地方竟是粮草营,小恙去那里干什么?云亭剑眉微蹙,停下脚步,将闷头往前冲的丫头拉了回来,厉声问道:"那边是粮草营,守备极其森严,小恙为什么想过去?"

因为敌人要夜袭粮草营!她想把这个消息告诉云亭哥,却又不能解释她是从哪里得到的消息,也没有任何实质性的证据来证明夜袭这件事是真的。

这个莫名其妙地出现的系统非常神奇,越厉害也就说明它越危险,无论如何,她都不能让云亭哥知道有这样的东西寄居在她的脑子里!

系统:"……"

可是不暴露系统,她又要怎么说服云亭哥呢?

冉无恙苦恼得直想揪头发了,这时她听到一道熟悉的温和嗓音在耳边响起。

"走吧,我带你去。"

冉无恙惊喜地看向云亭,连忙点头,开心地笑道:"谢谢云亭哥。"

夜色昏暗,冉无恙太过高兴,没注意到她的云亭哥哥眼底的暗色越来越深。

云亭并没有带着冉无恙直接走到粮草营,而是绕了点儿路,攀上了一座正对着粮草营的小土坡,巧妙地避过了夜巡的将士的两次盘查。

两个人蹲在土坡后面,隐约能看到粮草营中巡逻的将士手里拿着的火把。云亭按住冉无恙的肩膀,不让她继续往前挪。

"就到这里吧,再过去被人发现的话,可就要受军法处置了。"

"嗯。"冉无恙点了点头,乖乖地蹲好,不再往前。她心里清楚,能到这里已经很不容易了,靠她自己一个人是绝对走不到这儿的。

粮草营的位置是特别挑选过的,位于整个军营的正后方,背靠临山。前方、左方和右方都被军帐环绕着,敌军想要到达这里,要么闯过整个军营,要么翻过临山。

临山的另一面是悬崖绝壁,山下还有一条大河,河水湍急,没人想得到,有人在强渡大河之后还能攀上悬崖绝壁。

然而看过敌军行进图的冉无恙却知道，凉国人真的从那面绝壁上过来了。

这样看来，凉国人肯定在几天之前就已经做好了夜袭的打算，先渡河，等到夜色降临时，再攀绝壁、上临山。

系统之前所说的五里，应该是算上了临山的高度。能够攀上那么陡峭的山壁，凉国这次派来的几百人，肯定是精锐中的精锐！

冉无恙心怦怦直跳，感觉到了一种山雨欲来风满楼的压迫感。但是看见前方军营中，将士们正在有条不紊地巡逻，而对面的山林风平浪静，没有一点儿异动，一切都是那么平静，就好像夜袭什么的，都是她自己臆想出来的。

冉无恙心中焦躁，却又不知道如何是好，扭头看向身边的云亭，才发现他双眸注视着对面的山林，神色凝重。冉无恙小声问道："云亭哥，你在看什么？"

云亭没有立刻回答她的话，半晌之后，才平静地说道："凉国人要夜袭粮草营。"

冉无恙倏地瞪大了眼睛，汗毛都竖了起来，整个人惊呆了！她像看怪物似的看着云亭，心中的疑问脱口而出。

"你是怎么知道的？"

果然如此，令小恙惊讶的是他怎么知道有敌人要夜袭，而不是夜袭这件事本身，这说明小恙从一开始就知道凉国人今晚会来夜袭。她被噩梦吓醒，特意跑来粮草营都是因为这个吧。

可是，她一个小姑娘怎么会知道这些？是下午跑出去的时候撞见了什么人或者什么事？小恙为什么不告诉他？云亭十分肯定，在小恙心目中，自己绝对是她最信任的人，是什么原因让她选择对他隐瞒？

以小恙的性格来看，她会做出这样的决定，必定是因为说出来的后果会威胁到她自身甚至还包括他的安全。

有人胁迫小恙！这个念头在心底划过，云亭整个人的气场都变了，墨色的眼眸中戾气毕露，整张脸都沉了下来，温润如玉、谦谦君子的形象荡然无存。

一瞬间翻涌的强大气场，连系统都检测到了，冉无恙却毫无察觉。她还不知道，因为她的一句话，很多事都暴露了。她还在好奇云亭是怎么知道敌人今晚会夜袭这件事的，于是拉着云亭的衣袖追问道："云亭哥，你快告诉我，你是怎么知道凉国人要来夜袭的？"

云亭低下头，对上了一双闪闪发亮的眼眸。小恙脸上满是好奇，没有一丝阴沉和压抑，看起来并不像被人胁迫的样子。云亭心下稍安，小恙不肯说也没关系，他总会知道的，毕竟他最不缺的就是耐心。

云亭转头看向对面的山林，顺势掩下黑眸中骇人的寒光，说道："临山关附近最常见的昆虫是萤火虫，五六月的时候，漫山遍野到处都是。现在虽然只是三月底，夜里应该也能看到零零星星的几只，但是现在，你看看对面的山林。"

冉无恙顺着云亭的目光看去，发现对面的山林黑漆漆一片，什么动静都没有，不仅看不到萤火虫,连虫鸣都听不到。她之前看对面山林的时候就觉得不对劲,但又说不出是哪里不对劲,原来是太过安静了,安静到诡异。

冉无恙想了想,还有一点想不通。

"那你怎么能确定就是凉国人呢?"

听到"凉国人"三个字的时候,云亭的手指轻抖了一下,他把手缓缓握成拳,用一如既往的平静温和的声音解释道:"凉国人最擅长的就是捕猎,不管是在草原上还是山林里,他们都是最好的狩猎者。山林中最多的是蛇虫鼠蚁,凉国有一种驱虫药,对蚊虫特别有效。但是一般的驱虫药达不到眼前这样的效果,要想驱赶整个山林的蚊虫,唯有军队特有的驱虫药才能做到。"

冉无恙手捧着脸,盯着月色下俊得天地变色日月无光的青年,两眼直冒星星,满脸崇拜地说道:"云亭哥好厉害,什么都知道!"

最先发现敌袭,还给她提供敌军行进图的不是它吗?怎么就云亭哥厉害了?难道不应该是系统最厉害吗?

气哭,芯片要炸!

系统悲愤的心情冉无恙一点儿也感觉不到,她在思考接下来应该怎么办。

当年她和云亭哥来投军,根本不是为了什么保家卫国。这场仗打了四五年,国内到处都是流民,地上的庄稼没到收割的季节就被人割走了,他们两个人很难找到吃的,还经常有人闯进家里来抢东西。他们也想过往皇城的方向逃,可是因为流民太多,朝廷已经将运城、凤舞城、若水城几座大城的城门关闭了,他们根本进不去。

无奈之下,为了一口吃的,他们才来投军。她在军营里也待了大半年了,对这里多少有些感情,再说粮草关系着她未来会不会饿肚子,无论如何也不能让凉国人夜袭成功。

事关重大,光靠她和云亭哥肯定阻止不了凉国人袭击粮草营,冉无恙凑近云亭,低声问道:"云亭哥,我们要不要去给大将军报信?"

云亭沉吟片刻,摇了摇头。

"大将军的主帐离这里太远了,我们现在跑过去报信根本来不及,路上还会撞上巡逻的士兵,等他们盘查完再层层上报,粮草估计都已经被烧成灰了。"

云亭哥说得对,他们这种小兵想见大将军实在太难了,到时候来不及将夜袭的消息上报,一旦追究起来,他们不但没有功,反而有过!

冉无恙伸长脖子,看了一眼不远处的粮草营,问道:"那我们直接去告诉守卫粮草营的将军,让他提高警惕可以吗?"

云亭微挑剑眉,用指尖在她的额头上敲了一下,回道:"守卫粮草营的将军是右中郎将贺弘,此人骁勇善战,却有勇无谋,过于自信。我们只是底层的小兵,贸然前去报信,又没有确凿的证据,最有可能的结果就是被审问一番之后,暂时关押起来。等凉国人打过来的时候,粮草营一片混乱,根本没人记得我们还被关着。万一刚好一把火烧过来，我们又跑不出去，就只能被活活烧死了。"

冉无恙倒吸了一口凉气，吸了吸鼻子，往云亭身边挪了挪，眼巴巴地看着他，问道："那我们怎么办？"

这小狗一般的眼神是怎么回事？云亭轻笑一声，拍了拍她的脑袋，笑道："先回营帐，把人都叫醒再说。"

"好咧。"冉无恙用力点头，也跟着笑。

云亭哥这么聪明，一定有办法。这半年来瑜国和凉国之间也发生过几次小规模的战斗，他们小队就是在云亭哥的带领下才平安活下来的。不然他一个还未及冠，身材还那么瘦弱的青年，是如何当上什长的，都是因为云亭哥聪明，才收服了一队人的心。

看着宿主屁颠屁颠地跟在云亭身后往营帐的方向跑去，系统总算意识到了，它最大的敌人，不是别的什么，就是这个叫作云亭的男人！

…………

两个人悄悄地出去，又悄悄地回来，进了帐篷之后，彼此对看一眼，一个人负责一边，将熟睡中的战友叫醒。

战时状态下的军人，即使是在睡觉的时候，也都保持着警惕，冉无恙的手一碰到他们的身体，他们就惊醒了过来。

当然，也会有异类。

"石头，快醒醒。"冉无恙用力地推了石玉一把，床上的人依旧纹丝不动，甚至连打呼的声音都没停，睡得那叫一个香。

冉无恙感觉自己手有点儿痒，两只魔爪直接伸向了石玉的脸颊，又是捏又是扯，把他的脸当面团一样揉搓，终于把石玉折腾醒了。

"大晚上的不睡觉，干什么？"小少年起床气还不小，甩开冉无恙的手，翻个身还想继续睡。

石锋看不下去了，直接一巴掌拍在小石头的脑门上，怒道："少废话，快起来。"

石锋的手劲可不是冉无恙能比的，这一巴掌下去，石玉的脑门都快肿了。他疼得直接跳了起来，刚想对他哥嚷嚷，就发现帐篷里的情况好像不太对。

周围的光线还很暗，显然没到出操的时间，本该睡着的战友们一个个跟木头桩子似的坐在各自的床铺上，也不说话，就这么坐着，怎么看怎么恐怖！石玉搓了搓胳膊上的鸡皮疙瘩，往石锋背后躲了躲，愣愣地问道："哥，出什么事了？"

这不仅是石玉心中的疑问，所有被莫名其妙地叫起来的人心里都憋着这个问题，到底出了什么事需要大半夜就把他们叫起来？

云亭没让他们久等，看众人都醒了，便压低声音解释道："小恙做噩梦，我陪她出去走走，走到粮草营附近，我发现有点儿不对劲。今天晚上可能有事，你们都收拾一下，做好准备。"

大家都是在战乱中挣扎求生的人，云亭说得很含蓄，众人却已经猜到他话里的意思了，今晚肯定不太平！他们这一军帐的人虽然良莠不齐，但有一个共同的特点，那就是惜命。

石锋是这个军帐中，除了云亭之外的另一个领导人物。不过他一向知道，自己脑子比不上云亭，所以他从来都是有什么不明白的就直接问，完全不怕丢脸。就像现在，他就直接问道："云亭，那我们现在要做些什么？"

云亭淡淡地说出一个字："等。"

众人面面相觑，却也没有人反驳。云亭轻描淡写、胸有成竹的模样给了他们很大的信心，让他们的心安定了几分。

云亭轻轻一笑，不紧不慢地解释道："临山地势险峻，能够翻过临山峭壁的人并不多，来的人必是凉国的精锐部队，最多三百人。想要靠区区三百人在我大军之中毁掉粮草，绝不可能，所以……"

"声东击西！"平日里云亭有意无意就会教冉无恙一些兵法，此刻她脑子里闪过了这四个字，便迫不及待地抢答了，"凉国人的后续部队今晚肯定会在别的地方挑衅我军，制造混乱。到时候潜伏在临山脚下的精锐部队再出其不意地突袭粮草营，就能打得咱们措手不及！"

冉无恙说完就一直盯着云亭的方向看，虽然周围黑乎乎的，看不清云亭哥的表情，但她就是感觉到云亭哥对她笑了，肯定是在夸她呢。

冉无恙心里美滋滋的，系统的危机感却更重了。云亭居然还抢了它教导宿主的工作，是可忍，孰不可忍啊！

云亭确实是笑了，还忍不住伸手揉了某人毛茸茸的脑袋，轻笑道："对，军营里很快就会乱起来，在那之前，咱们得想个办法在粮草营里放一把火。"

"放火？"众人都被云亭的话惊呆了。那可是粮草营啊，敌人都没放火，他们自己怎么反倒去放火啊？万一把粮食烧着了怎么办？

云亭并不觉得自己说了什么不可思议的事，他轻描淡写地说道："敌军制造混乱的目的是把我军大多数兵力吸引过去，导致后方空虚。咱们适时地放一把火，就能把大半兵力拉回来，那区区几百人也就成不了事了。"

说得有点儿道理，但是粮草营守卫森严，一般人连靠近都很困难，还怎么放火？

不大的军帐内，众人再一次陷入了沉默之中。不过很快，一道坚定的声音打破了一室的寂静。

"云亭哥，让我去放火吧。"

众人顺着声音传来的方向看去，只见一道瘦弱的身影坐得笔直，明亮的眼眸即使是在昏暗的帐篷内，也依旧璀璨夺目。

石玉回过神来，立刻说道："我也去！我生火的速度快，我们两个一起还可以互相照应，如果出了什么事，还有一个人可以回来报信。"

虽然大家都想活命，可是让两个毛都没长齐的小子去放火，自己躲在帐篷里，这么不要脸的事，大多数人还是干不出来的。

身材同石锋差不多，年纪却小上几岁的王战拍了拍和他一起逃难来的同乡阿陌的肩膀，大大咧咧地说道："还是我们兄弟俩去吧，你们两个年纪太小了，又瘦又弱，跑都跑不快。"

阿陌是个清瘦文弱、沉默寡言的青年，他听了王战的话，没多说什么，但也认真地点了点头。

被人这样看扁，石玉不乐意了，他冲着王战龇牙咧嘴，说道："你才跑不快呢，我跑得比你们俩都快！"

"别闹！"

石玉被他哥一巴掌镇住了，冉无恙用看智障的眼神看了他一眼，内心交战许久，才决定还是带着他一起行动。毕竟石头确实跑得很快，生火的速度也比她快。

"云亭哥，石大哥，我觉得我和石头是最合适的人选。"不等两个人反驳，冉无恙抢着说道，"你们先听我把话说完。我们两个人身形小、速度快，我还知道一条可以通往粮草营的小路，我们两个偷偷潜伏过去，不容易被人发现。等到乱起来之后，百夫长肯定会过来清点人数，我们俩目标小，他可能不会注意到，若是换成王战和阿陌，百夫长立刻就能发现咱们帐篷里少了人。所以你们谁去都不合适，我和石头才是最合适的人选。"

"叮，收到来自石玉的20点魅力值。"

"叮，收到来自王战的10点魅力值。"

"叮，收到来自阿陌的10点魅力值。"

"叮……"

冉无恙话音还没落呢，此起彼伏的提示音震得她有点儿蒙。

"'女神系统'A3297，这是怎么回事？"

啧，这个宿主怎么那么喜欢叫它的全名！一点儿都不亲切。系统不高兴，语气自然好不到哪儿去。

"勇敢的人，总是特别有魅力。当然，很多时候盲目自信的人是愚蠢的。"

冉无恙："后面那句话可以不用说的。"

系统高冷一笑，说道："抱歉，诚实是系统的众多优秀品质之中最为突出的一个。"

系统莫不是以为她和石头一样也是个智障？

在冉无恙和系统抬杠的时候，云亭却陷入了两难之中。他想狠狠地拒绝小恙的提议，不希望小恙离开他的视线，害怕她发生哪怕一丁点儿危险，他想把她护在羽翼之下，让她一生平安顺遂。他想要的很多，却也知道，那并不现实。

在这乱世之中，自己即使拼尽全力去护她，也总有无能为力的时候。如果有一天他死了，护不住她了，小恙该如何是好？

　　从很小的时候起他就知道，人不能一直依靠他人，只有自己强大，才能真正活得长久。

　　云亭有时候很庆幸自己足够清醒，有时候又痛恨自己活得太过清醒。他缓缓闭上眼睛，良久才生硬地吐出一个字："好。"

　　石锋原本也在犹豫，但听到云亭同意之后，也就跟着点了头。云亭有多"宝贝"无恙，石锋都看在眼里，他既然同意无恙去冒险，那多半是有了详尽又万无一失的计划，这两个孩子就算真的遇到什么事，也肯定是有惊无险的。

　　军帐里的人对云亭确实无比信任，见他答应之后，竟然没有一个人再提出反对意见。

　　云亭再次睁开眼睛的时候，情绪已经平静了下来，他把两个人叫到面前来，细细交代道："小恙，小石头，你们俩听好了，放火的地点就选在西南方，靠近山脚的位置。那里是存放兵器的地方，就算火势一时控制不住，也不会影响到粮食和军服、被褥这些物资。你们切记要等到军营乱起来之后再放火，放完火立刻找地方躲起来，不要乱跑。"

　　被云亭深沉严肃的目光锁定，两个人都下意识地站直了身子，不敢有一丝马虎，连忙点头道："嗯，我们知道了。"

　　确定两个人都将他的话听进去了，云亭才又看向其他人，继续说道："这里离粮草营最近，粮草营一旦起火，百夫长肯定会命令我们前去增援。到时候我们就往小恙他们所在的地方跑，一边帮忙灭火，一边接应小恙和小石头，让他们及时归队。凉国人夜袭粮草营，目的是毁掉粮食和草料，他们看到这边火了，肯定不会再往这边来，我们只需要负责灭火就好了。"

　　作为一名将士，临阵脱逃是重罪。云亭的计划，让他们这一队人既增援了粮草营，又不用正面对上凉国的精锐，确实是最好的安排。云亭解释得非常详细，因为他很清楚，只有有了共同的利益，才能让这些人听话。

　　果然如云亭所想，听了他的分析之后，众人纷纷附和道："这个计划好！就这么决定了。"

　　系统也觉得这个计划极好。宿主要去执行任务，云亭又不在，简直就是千载难逢的好机会。系统立刻开始不遗余力地自我推销起来，对冉无恙说道："宿主现在的体能值非常低，为了宿主的安全着想，也为了能更好地完成任务，宿主可以选择服用系统附送的初级基因修复液。服用之后，宿主的体力、智力，甚至是敏捷度都会大大提升，到时候宿主就可以大杀四方、所向披靡了！"

　　任由系统说得天花乱坠，冉无恙只当自己聋了，什么也听不见。

　　她只是去偷偷放一把火而已，又不是去当救世英雄，要什么大杀四方、所向披靡啊！整天劝她喝来路不明的基因修复液，谁知道喝了这东西以后是不是就会被它控制了?

无事献殷勤,非奸即盗!哼,当她傻吗!

系统:不行了,心态要崩,我要缓缓!

众人一番商议下来,也花了不少时间,现在已是丑时了。夜色深沉,正是人最困的时候,凉国人若是要发起夜袭,此时正是最佳时机。

冉无恙将生火所需要的东西都打包好背在背上,拍了拍石玉的肩膀,说道:"走,我们俩先过去潜伏起来,等时机到了就放火。"

石玉点头,将一把已经不怎么锋利的大刀拿在手里,壮志满满地回道:"好!"

石锋抬手一巴掌拍在弟弟脑袋上,把他手里的大刀拿了回来,递给他一把匕首,说道:"别逞能,多听无恙的话。"

"知道了,知道了。"石玉顾不得脑袋上的痛,两眼放光地抢过匕首,爱不释手地摸了又摸。这可是他哥的宝贝啊,平时碰都不让碰的!

云亭也走到冉无恙面前,递给她的,却是一张弓和十支长箭。

"小恙,小心一点儿,一切量力而行,保住性命才是最重要的。"

冉无恙利落地接过弓箭,嘴角微扬,笑道:"云亭哥,动武我们肯定是打不过的,但我们会躲啊!放心吧。"

石玉也拍了拍自己的胸脯,信心满满地说道:"云亭哥别担心,我会照顾好无恙的!"

"走吧你。"冉无恙翻了个白眼,抓住小石头的衣领,将他拎了出去。两道灵活的身影很快地消失在夜色中。

云亭盯着冉无恙消失的方向,神色平静,可袖袍遮掩下的双手已经紧握成拳。没有人知道,他用尽了所有的自制力,才没有在最后关头把人叫回来。

感觉自己这次是要去干一件大事,冉无恙和小石头都很兴奋,身手都比平常敏捷了许多。

冉无恙记忆力好,云亭带她走过一遍的路,她记得清清楚楚,只用了半炷香的时间,就带着石玉来到了粮草营对面的小土坡。

"叮,收到来自石玉的20点魅力值。"随着系统提示音响起的,还有小石头的惊叹声。

"无恙,你真厉害,总能找到这么多小路和隐蔽的地方!"

"呵呵。"冉无恙尴尬地笑了笑,也没多做解释。她身为女子,在军中生活多有不便,洗澡、如厕之类的都比旁人麻烦,也使得她总是喜欢寻找隐蔽的地方藏身,这让她有安全感。

石玉的神经比石头还粗,完全没看出冉无恙的神色有瞬间的不对劲。他一边警觉地东张西望,一边问道:"我们现在怎么办?哪边是西南方啊?"

这家伙怎么连个方向都认不清?冉无恙又一次怀疑自己带石玉来是不是个错误。

冉无恙决定不再理他,偷偷探出头去观察。她发现,云亭哥所说的西南方,其实就在这个土坡的右边，他们从土坡右侧面过去，只要动作够快，应该不会引起巡逻士兵的注意。

石玉等了半天也没听到冉无恙的回答，用力扯了扯她的衣袖，急忙问道："不会你也不知道吧！那我们咋办？"

冉无恙被石玉拉扯得身体一歪，差点儿扑进土堆里。她瞪了石玉一眼，不耐烦地指了指右边，回道："那边。"

石玉瞬间如打了鸡血一般，"唰"的一下抽出手里的匕首，迫不及待地说道："走，我们偷偷摸过去。"

这确实是一把好匕首，刀刃出鞘的那一刻，寒光乍现，晃花了冉无恙的眼睛，同时也像是一道电光劈在她脑门上，让她浑身一抖，脑子一清。

她一把抓住石玉的肩膀，将人拉了回来："等等，别去。"

石玉疑惑地看着她，问道："等什么？"

冉无恙也不知道等什么，就是觉得应该再想一想。

云亭哥不在身边，她一定要更加谨慎小心才行。一旦他们开始移动，就必须迅速地到达西南方的山脚下潜伏起来，中途若是有一点儿迟疑，或者发生任何意外，都会功亏一篑。

忽然想到了什么，冉无恙凤眸中划过一丝试探，在脑海中轻声问道："'女神系统'A3297，我现在有魅力值，能不能让我再看一次敌军分布图？"话音刚落，她又连忙加了一句，"一秒就够了！30点。"

她记得很清楚，两秒是60点，她根本不需要两秒，一秒就够了，能节省一半的魅力值。她现在也反应过来了，魅力值还是挺有用的。像她这么勤俭节约的人，自然是能省则省。

系统真的不想理她，但是看她这副吝啬的样子，就忍不住吐槽道："与其斤斤计较这点儿魅力值，不如想办法提高自己的实力，多赚一点儿。"

冉无恙撇了撇嘴，赚钱和省钱冲突吗？完全不冲突好吗！

冉无恙对系统的话不屑一顾，但很聪明地没有表现出来，好声好气地说道："那麻烦你帮我显示眼前的敌军分布图吧。"

不要以为你不说，我就不知道你在偷偷骂我！系统咬牙切齿，但是作为辅助培养类型的系统，它是不能无视宿主的正当要求的，即使再不高兴它也只能照办。

"叮，扣除30点魅力值，显示敌军分布图。"

巨大的光屏再次出现在眼前，这一次冉无恙镇定了许多，迅速地将它记了下来。

冉无恙甚至还有闲工夫和系统聊天。

"'女神系统'A3297，你能不能显示所有敌军的分布图？"如果能就太好了，她就可以掌握所有敌军的动向了！

系统冷哼了一声，回道："可以啊，根据显示的面积大小扣除魅力值，显示大地图需要 1000 点魅力值。"

1000 点，你怎么不去抢！

不对啊，小地图才 30 点，大地图就 1000 点了！具体扣多少根本就是系统说了算！如果一开始，她拥有的不是 60 点魅力值，而是 200 点，系统是不是就会说小地图一次 200 点了？

有可能！系统果然奸诈狡猾。冉无恙暗暗告诫自己，一定要记住每次扣除的魅力值的点数是多少，免得以后被它忽悠，随便加价。

系统有些心虚。宿主的每一项请求需要扣除多少魅力值，主人在研发系统的时候，其实是设定了一个区间的，系统可以根据宿主的实际情况做出调整，所以它扣除魅力值的时候，确实比较随意。但它没想到，它才和宿主绑定了几个时辰而已，竟然就暴露了！

好烦啊，所以说宿主心眼太多就不是什么好事！

冉无恙不知道自己又被系统嫌弃了，她此刻正在研究已经刻画在脑海中的敌军分布图。这张分布图显示只有临山附近，以冉无恙为中心，一里之内的敌军分布情况。

她原本只是为了保险起见，想要了解一下敌军的分布情况，等她细细看过这张图之后，才庆幸自己足够谨慎，没有贸然行动！

西南方的山脚下，他们之前看中的地方，此刻正有不下五十名的敌军精锐潜伏在那里！

她和小石头刚才要是贸然冲过去，别说放火了，连自己怎么死的都不知道！

时间一分一秒地流逝，冉无恙脸色越来越苍白，浑身上下都被冷汗打湿了。她绞尽脑汁地思索，怎么办？到底应该怎么做才能完成云亭哥交代的任务？

哦呵呵呵！怎么办？求我啊！

真是苍天有眼！小宿主，你总算落到本系统手里了吧！系统没有腰，如果有的话，它肯定已经叉腰狂笑了！

第三章　我是大力士

系统激动地等着冉无恙向它求助，可惜，它要失望了。

一开始的紧张和慌乱过后，冉无恙慢慢冷静下来，回想起战争初期，父亲刚刚去世，母亲卧病在床，半夜三更几个壮汉砸她家门的时候，云亭哥在她耳边说过的话："越是危急的时候，越不能慌，心越静，脑子越活。"

冉无恙闭上眼睛，深吸了几口气，再睁开的时候，眸光清亮，整个人已经完全冷静下来了。她紧紧地盯着西南方山脚下的密林，那里树影晃动，杂草丛生，如果不是系统提供的分布图上清清楚楚地标记着红点，她根本看不出来，那处林子里藏着人。

她和石玉绝对不能下去，不然就是一个"死"字，也不能去禀报，因为她没办法解释她为什么会在这里，又是怎么知道敌军的消息的。所以，还是要靠放火来引起粮草营驻军的注意，但是这火要怎么放呢？

目光扫到脚边的箭筒，冉无恙眼眸一亮，开始思考远距离放火的可能性。为了快速生火、放火，她带了一小瓶火油过来，可以用来制作火箭。问题是，她的箭术水平很一般，并不是她射不准，而是她的力气不够，以往练习的时候，二十丈之外的靶子她基本上都会脱靶，小石头的水平跟她也是不相上下。

那么她要怎么解决这个距离问题呢？

宿主这么快就能冷静下来，并且积极思考应对之策，说明这一届宿主心性坚韧，综合素质不错。但是系统并不怎么高兴，宿主遇到危机，居然没想到向它求助，它就这么没有存在感？简直不能忍。

系统毫不留情地戳穿了冉无恙打算使用火箭放火的幻想："以宿主现在的体能，最多只能把箭射到土坡下面，不仅不能完成任务，还会把自己作死。宿主如果服用初级基因修复液，可以大幅度地提升身体的各项数值，就能轻松将箭射到目标位置。"

又是基因修复液，冉无恙心中的那根弦再一次绷紧。系统已经不止一次地提起基因修复液，她能感受到系统急切的心情，越是这样，她越不安。

这次放火任务如果失败，没能阻止敌军烧毁粮草，之后他们肯定要饿肚子，处境也更艰难，但她不一定会死。然而服用来路不明的基因修复液，有什么后果，她没办法控制，她不想做别人的傀儡！

冉无恙果断地下了决定，不服用基因修复液。

系统又一次被冉无恙的固执气坏了，它看起来真的这么不值得信任吗？它就不信了，今天非得让宿主见识见识它的厉害。

系统一边磨牙，一边故作冷静地说道："魅力值也可以在短时间内提高宿主的体能和精准度，帮助宿主完成任务。"

冉无恙心头一跳，急忙问道："真的？"

系统斩钉截铁地回道："真的。"

一阵狂喜过后，冉无恙又微微皱起了眉头，谨慎地问道："要多少魅力值才够？"

"宿主目前剩余 190 点魅力值，如果想让体力提升到巅峰水平，这些魅力值只够维持两秒的时间。两秒之后，所有加持的力量都会立刻消失。"反正宿主都已经认定它狡诈了，那它也就不用客气了，一定要把宿主的魅力值榨光。

冉无恙这时候倒是顾不上讨价还价，她只关心系统提供的所谓的力量加持，到底能不能帮她实现远距离放火的设想。

毕竟这不仅关系到任务是否能完成，也关系到她和石玉的小命。冉无恙不得不再次确认道："你确定真的能助我完成任务？从这么远的地方射出火箭也能确保射中目标？"

它都委曲求全地主动帮助宿主了，宿主居然还怀疑它，系统也是有脾气的！反正只要保住宿主的性命，总有机会完成任务，它现在一点儿都不想管宿主的事了。系统冷哼一声："不信算了！"

冉无恙确实不信任系统，但同时也不得不佩服它的各种堪称神奇的本事，不抓住这个机会的话，她今天可能真的完不成任务了。

石玉等了好一会儿，发现无恙什么也没说，还呆呆地看着一个方向，跟失了魂似的。他用力地拍了拍无恙的肩膀，急忙问道："无恙，我们到底还要等什么啊？再等下去就耽误事了！"

确实不能再耽搁了，冉无恙咬了咬牙，决定赌一把！

"走。"冉无恙一声令下，两个人飞快地朝着右方跑去。

"好了，停下。"石玉正闷头往下冲，后颈忽然一痛，整个人又被冉无恙拉了回来，耳边也响起无恙刻意压低的声音。

石玉跌坐在土堆上，一边揉着后颈，一边瞪着冉无恙，低声吼道："干吗呢！我们不是要去山脚下吗？这儿离那儿起码还有几十丈呢！"

"就在这儿。"冉无恙头也不抬，丢下一句话，就不再理他，动作利索地打开布包，把生火的工具拿了出来。

石玉看她一副真的不打算继续走的样子，急忙问道："你拿这些出来干吗？"

"做火箭。"

冉无恙回答得干脆利落，掷地有声，石玉却被她整蒙了，愣了好一会儿，才惊道："不对啊，我们不是要到山脚下潜伏起来，等乱起来了再放火吗？你怎么到这儿就不走了？再说……"石玉瞥了一眼冉无恙比他还要瘦弱几分的身形，嘀咕道："这么远，做好火箭你也射不出去啊。"

冉无恙理都不理他，自顾自忙着。石玉恼了，一把抓住她的手，不让她继续动作，吼道："冉无恙，你到底想干什么？"

冉无恙也很无奈，不是她不想和石玉解释清楚，而是她根本没法解释她怎么知道敌军伏击在山脚下，更没法解释隔着几十丈远，她怎么能把火箭射出去。她什么都解释不通，既然如此，不如不解释，直接来硬的！

冉无恙用力甩开石玉的手，整张脸沉了下来，凤眸直勾勾地盯着石玉，冷声说道："你做不做？不做我自己做，以后你也别跟我一起了。"

"不是，我……我……"石玉手足无措地看着面无表情的冉无恙，不明白一直以来都很友好的小伙伴怎么忽然变得这么冷酷无情，他心里莫名有点儿怕怕的，下意识地说道："我……我哥说……"

冉无恙不等他说完，直接说道："你哥让你听我的！"

对哦，出门的时候他哥好像是这样交代的。石玉揉了揉脑袋，想了想，又说道："可是云亭哥说……"

"我哥也听我的！"冉无恙再次截断了他的话，不耐烦地说道，"别废话，就问你一句，敢不敢和我一起干？"

石玉年纪小，本身又是讲义气的人，被冉无恙这么一激，脑门一热，直接吼道："干！"

成了！冉无恙勾唇一笑，把东西往石玉怀里一推，说道："快点儿先做火箭。"

石玉也不是个磨叽的人，既然已经答应了，就不会再推托，他一屁股坐了下来，认真地做起了火箭。

把做火箭的活交给了石玉，冉无恙又将目光落在了西北面的密林里。两秒时间内，她只有一次挽弓瞄准的机会，到底是射向帐篷还是敌军潜伏之处？直接射向敌军，可以顺势暴露他们的位置，但也有另一种可能，就是火光还没有引起巡逻将士的注意就已经被敌军灭掉了，根本起不到警示作用。

思来想去，冉无恙最后决定还是射帐篷，为了制造混乱，一定要点一把大火才行！

石玉的动手能力很强，制作火箭的速度非常快，冉无恙才观察完地形，耳边就响起石玉得意的笑声："看，我弄好了！"

冉无恙低头扫了一眼，不得不说，石玉做得不仅快，做出来的火箭质量也好，应该不会半途灭掉。她赞赏地点了点头，说道："再做两支。"

"哦。"石玉也没多想，以为冉无恙是打算多准备几支，以防万一，毕竟凭她那点儿力气，这火箭还不知道能射到什么地方呢。

成功地做好了第一支，其他的做起来就快了，石玉只用了小半盏茶的时间，就又做好了两支。他将三支火箭递到冉无恙面前，抬了抬下巴，笑道："我全部做好了！"

冉无恙接过火箭，检查了一遍之后，朝他竖起了大拇指。石玉笑了两声，还想自吹自擂两句，远处忽然响起了闷闷的牛角号的声音。

这是……敌袭！

两个人朝远方看去，隐约能看到东方一片火光，南面也传来了厮杀的声音，原本寂静的军营沸腾了，下面的粮草营也躁动起来。

时机到了！

冉无恙将三支箭搭在弓臂之上，一只手扣住三支箭的箭羽，将箭头移到石玉面前，说道："点火，三支都点上。"

三支都点上？

石玉像看傻子一样看着冉无恙，就凭她那点儿力气，连一支箭都不知道能不能射过去，她还打算来个三箭齐发？冉无恙莫不是脑袋坏掉了吧！

冉无恙一脚踢在石玉小腿上，凶巴巴地吼道："快点儿！"

石玉痛得叫了一声，不敢招惹她，连忙给她点火，自我安慰道：没事没事，广撒网，多射几支，说不定能射中死鱼呢！

冉无恙可不管石玉心里怎么想的，她现在极度紧张，火箭点燃的同时，她立刻在脑海中对系统说道："'女神系统'A3297，用全部的魅力值换取能够射中目标的力量。"

哼，最后还不是要靠它。系统有点儿得意又有点儿不爽，但是再不爽，也只能帮啊，自己选的宿主，它能怎么办！

"叮，扣除190点魅力值，提升宿主的体能和精准度。"

提示音刚刚结束，冉无恙就感觉到一股奇异的力量充斥着全身，原本她一手拿弓，一手抓着三支箭，其实有点儿吃力，但现在她居然……居然几乎感觉不到它们的重量！就像手里拿着的不是一张弓，而是一根羽毛！轻飘飘的！

冉无恙心中掀起了惊涛骇浪。她原本觉得系统既然承诺提升她的力量，肯定会让她的力气变得大一点儿，可是她完全没想到，这不是大一点儿的问题，她现在甚至有种荒谬的错觉，就算给她一张十石重弓，她也能随意拉开！

"你只有两秒的时间。"冉无恙还在胡思乱想，脑海中响起了系统冷漠的提示音。

对，只有两秒！冉无恙连忙收敛心思，按照平日练习时那样，搭弓，肩背挺直，塌肩抬肘，手臂用力。以前因为力量的问题，她常常做不到肩、肘、手成一条直线，就算一开始做到了，瞄准的时间久一点儿，手臂就会开始抖。可是现在，她觉得自己根本没用什么力气就已经拉了满弓，弓臂甚至发出了"咯吱咯吱"的响声，仿佛不堪重负。

冉无恙不敢耽搁，立刻瞄准之前她选定的目标——最靠近敌军的一顶大帐篷！

不可思议的事情再次发生了。她的眼力一直不错，在茫茫夜色中，隔着这么远，她基本上都能看清粮草营中的每一顶帐篷，然而此刻，她眼中看到的世界，却发生了巨大的变化。她不仅看得到帐篷，甚至连帐篷布料上的纹理都看得清清楚楚！

冉无恙倒吸了一口凉气。这感觉很玄妙，她不知道应该怎么形容，就好像世界在她眼中变得更加清晰了，夜色已经不能阻隔她的目光。原本她想着只要射中帐篷就行，现在她改主意了！

她凤眸微眯，紧扣箭羽的三根手指倏地放开，弓如满月，箭似流星。

三支火箭射出去的同时，只听"啪"的一声响，弓承受不住如此巨大的力量，弓弦和弓臂全部断裂。在石玉看来，这弓就像是纸糊的一样，生生被冉无恙手撕了，还撕得四分五裂！

"无恙……你……你……你……"石玉惊呆了，嘴巴张得足以塞下一个鸡蛋。他的目光在冉无恙巴掌大的小脸和火柴棍似的胳膊上来回移动，那眼神就像在看一只长了角的怪物！

三支箭的速度极快，力道也大得惊人，不仅射中了帐篷，甚至连续射中了三顶帐篷！箭头上都绑着沾满了火油的布条，三顶帐篷迅速被点燃了。

石玉被火光惊醒，扭头看去，三顶燃烧中的帐篷已经将周围的几顶帐篷一起点燃，一时间粮草营的西南方火光冲天。

石玉紧张地咽了口口水，火势看起来有点儿太大啊！他傻愣愣地盯着滚滚浓烟，喃喃自语："我的娘啊……"

冉无恙也看到了自己的杰作，脑子里出现了片刻的空白，直到她感觉到那股奇异的力量从她身体中迅速抽离，她才回过神来。她心跳骤然加快，四肢发软，浑身冒冷汗，那是极度紧张和兴奋的后遗症。

此刻她的脑子里，只有一个念头：这个忽然闯进她脑子里的系统，实在是……太可怕了！可怕到让她战栗，同时也让她在心中生出了一股对力量的极致渴望！

很好！有渴望就对了！系统欢呼雀跃，不枉它偷偷给宿主开后门，瞬间将力量调到顶级。身处乱世的人，不可能抵抗得了这种仿佛可以碾压一切的诱惑！

冉无恙确实没能抵抗住这样的诱惑。如果她能够早一点儿拥有这么不可思议的力量，父亲是不是就不会为了保护她们被人活活打死？母亲是不是就不会因为没有吃的、没有药，在冬夜里闭上眼睛就再也没能醒来？在战场上，云亭哥是不是也不用为了护着她而多次受伤？

如果她能像今天这样，力敌千钧，洞若观火，是不是就能保护自己，保护云亭哥，再也不让在乎的人受到伤害了？

冉无恙心头火热，就像是熔岩在胸腔里灼烧一般，紧握的双拳因为太过用力而微微发抖，凤眸中的光芒亮得惊人。

就在系统打算抓住时机，再次忽悠宿主服用基因修复液的时候，粮草营中因为帐篷着火，已经彻底沸腾起来了，将士们奔跑呼喊的声音不绝于耳。

"敌袭！灭火，快！"

喧哗之声如一瓢凉水，直接浇在冉无恙滚烫的心窝上。她倏地闭上眼睛，屏住呼吸，在心里一遍遍告诫自己，冷静！冉无恙，你要冷静一点儿，不能被一时的迷障遮住了双眼，所有的诱饵外面都包裹着一层甜美的糖衣，吃下去就没有后悔的机会了！

直到窒息感导致胸口闷得发痛，冉无恙才睁开眼睛，大口大口地喘气，那种强烈的渴望和狂热的情绪也终于慢慢退去。

系统喷了一声，虽然觉得有点儿可惜，却也没觉得失望，反倒对冉无恙生出了几分佩服之情。心性如此坚定的人并不多见，它倒有些期待，想看看她到底能撑多久！

果然是它亲自挑选的宿主，不错不错！这时候的系统已经选择性地忘记了之前自己是如何的恼羞成怒、气急败坏了。

　　西北面的火势越来越旺，粮草营上空浓烟滚滚。原本躲在附近的凉国精兵眼见事态不妙，正准备撤离的时候，与过来灭火的粮草营将士撞了个正着，两方人马立刻打了起来。

　　石玉盯着草丛中忽然冒出来的凉国精兵，一双眼睛瞪得都快凸出来了，同时一阵后怕袭来，如果不是无恙忽然决定在这里射箭放火，他们两个傻乎乎地跑过去，绝对死定了！

　　石玉拍了拍乱跳的小心脏，凑到冉无恙身边，忐忑中又带着几分亢奋，一双眼睛亮晶晶地盯着她，问道："无恙，我们现在怎么办？"

　　石玉话音刚落，冉无恙脑海中立刻响起了一道提示音："叮，收到来自石玉的80点魅力值。"

　　冉无恙有些诧异，80点？这样就有80点魅力值了？看来这魅力值虽然花得快，但也并不难赚。

　　系统也很满意，果然在战乱的背景之下，收集魅力值和信仰值要比在和平年代容易得多。

　　"无恙？"石玉担忧地又叫了一声。不知道是不是他的错觉，今天无恙发呆出神的次数好像比往常多了许多。

　　只要有一点儿经验的老兵都能大概猜到火箭射出的方向，他们不能继续留在这儿了，若是被逮住绝对解释不清。"走！"冉无恙把地上残破不全的弓还有做火箭剩下的东西都装进包袱里，拉上石玉就跑。

　　云亭他们一直在帐内等待着，外面开始乱起来的时候，众人立刻看向云亭，只见他轻轻地摇了摇头，众人深吸了一口气，继续静静等待，直到帐外人声鼎沸，云亭才站起身，点了点头。

　　帐内十来个小伙子三三两两地往外冲，看起来就像是听到军号声匆忙跑出来的一般，不过每个人出来后，第一时间就扭头看向粮草营的方向，毕竟无恙和小石头是他们中间年纪最小的两个孩子，大家嘴上不说，心里都挺担心的。

　　好在粮草营的方向确实出现了滚滚浓烟，看起来火势还不小。石锋高兴地拍拍云亭的肩膀，低声笑道："云亭，粮草营着火了。"这两个小家伙办事倒还算牢靠，石锋与有荣焉。

　　云亭并没有笑，俊秀的剑眉甚至微微皱了起来。他盯着远处的冲天火光，心底一沉，低声说道："火太大了。"

　　火大？石锋收敛了笑容，不解地问道："火大不好吗？"

　　不是不好，而是在这么短的时间内，小恙他们不太可能放得了那么大的火。就算火油够多，他们应该也不会这么做。毕竟他们是要在附近躲藏等待的，火势太大，浓烟滚滚，人在附近根本没法久留。这中间怕是出了什么变故。

云亭面上看起来依旧淡定，心里早就急得要命了，然而没有军令私自行动是重罪，等百夫长领了命令过来再安排的话，还得拖上小半炷香的时间。

云亭扫了一眼聚在一起看着粮草营窃窃私语的士兵，心下有了主意。他朝身边的几个人使了个眼色，同一个军帐的人悄悄围了过来，云亭耳语了几句，大家立刻分散开来。

"快看那边，着火啦！粮草营着火啦！"

"敌军袭击粮草营了！"

"咱们要不要去救火？去晚了粮食就烧光了！"

本来大家就在议论这件事，此时忽然听到周围有人大声讨论着前方的大火，大家的心也跟着提了起来。那可是粮草营啊，如果粮草都被烧完了，这场仗还怎么打？直接不战而败了。

"走走走！大家一起去救火！"石锋躲在人堆里，扯着嗓子喊了一句，靠近粮草营的数百将士都附和着大喊起来，一同朝着粮草营跑去。这可关系着大家会不会饿肚子，没有一个人能够置身事外。

法不责众，就算真的要追究责任，分摊下来也就是十几下军棍的事。云亭、石锋一行人也跟着人群，朝着约定好的地方跑去。

距离粮草营还有半里地就已经能闻到呛鼻的烟味，本来天色就暗，再加上空气中满是烟雾，一丈之外的人都看不清，众人只是随着人流往前跑。

云亭用衣袖捂着口鼻，心中焦躁，脚步也越发匆忙。忽然一道黑影向他扑了过来，还没等他反应过来，手腕就被人抓住了，耳边响起了熟悉的声音："云亭哥！"

"小恙？"云亭反手抓住来人的手，对上了一双笑弯的眼眸，那颗在火上煎熬的心总算落了下来。

"有没有受伤？"云亭将人上上下下检查了一遍。冉无恙也配合着他的动作，笑道："没有，我和小石头都好好的。"

这时候石玉也已经扑到他哥面前邀功去了。石锋之前还一脸担心，确定弟弟没受伤之后，下一刻就黑了脸，一巴掌拍在石玉脑袋上，骂道："你们俩怎么在这儿？不是让你们在原地潜伏等我们去接应吗？瞎跑什么！"

"哎哟。"石玉捂着头怪叫了一声，幽怨地瞪着石锋，指着旁边兄弟情深的两个人，怒道，"你怎么又打我？你看看人家的哥哥！再看看自己！"

眼见着石锋又扬起了手，石玉连忙缩了缩脑袋，叫道："别打！我不说了不说了！"

他们一行只有二十个人，在数百将士中本就毫不起眼，再加上一路上又有浓烟遮挡视线，他们躲在草丛旁，完全没有引起别人的注意。

云亭看了看眼神飘忽的冉无恙，又看了看一脸亢奋的小石头，嘴角扬起了一丝浅浅的笑意，声音无比柔和地说道："说说吧，你们到底做了什么？"

冉无恙心尖抖了一下，下意识地往后缩。石玉现在正是得意又兴奋的时候，倒豆子一般将之前做的事一点儿不落地说了出来，说到冉无恙三箭齐发，把弓都撕了的时候，更是又叫又跳，又描述又比画的，激动得不得了。

在众人怀疑又惊讶的目光中，冉无恙干笑了两声，一脸尴尬地说道："你们别听小石头乱吹，他说得太夸张了，我什么水平你们还不知道吗？当时我们已经快跑到地方了，我想着多射几箭更容易射中，就射了三支箭，那时候太害怕，用了全身的力气才把三支箭都射出去了。至于那个弓，它本来就很旧，我也不知道怎么的，就把它拉坏了。"

众人一脸了然，这才对嘛，相较于小石头说的撕碎长弓，半山坡上三箭齐发还例无虚发什么的，无恙说的才像是事情的真相。

小石头难以置信地盯着无恙，不解地问道："才不是这样，无恙你为什么不承认？你就是……"

石锋用力地揉了揉小石头的脑袋，笑道："行了行了，我们都知道无恙很厉害了，你小子也厉害，行了吧。"

"我……"石玉还想再说，对上冉无恙黑黝黝的眼睛，喉头一紧，默默地闭上嘴，不敢再说话了。

众人都只当他小孩子心性，为了显示自己和小伙伴厉害才吹牛的，唯有云亭看着冉无恙嘴角尴尬又心虚的笑容若有所思。

几个人耽搁了一段时间，路上已经没什么人了，石锋拍了拍不知道在想什么的云亭，问道："云亭，我们现在还过去救火吗？"

云亭还没说话，冉无恙和石玉同时叫道："不能去！"

众人疑惑地看着他们，石玉撇了撇嘴，说道："无恙，你说吧。"

冉无恙也知道时间紧迫，并没有推托，将自己掌握的情况细细道来："我们当时之所以没有到原定的地点放火，是因为我在土坡那边看到西北面的山林里似乎有些异动，看起来很像有人埋伏，所以才选择远距离射火箭放火。后来我们躲在山坡上看了一会儿，因为火势太大了，敌人躲不下去要撤退的时候正好遇上粮草营过去救火的将士，双方还打了起来。你们仔细听，是不是能听到砍杀的声音？如果我们现在过去救火，只会和凉国的精兵对上，他们人数不少，有五六十个人。"

众人倒吸了一口凉气。五六十个人听起来好像也不是很多，但那可是凉国的精兵啊，那些人比他们骁勇善战，用的兵器还比他们的好上百倍，一不小心遇上一个，石锋他们几个壮小伙子可能还能抵挡两下，其他的人还不够别人一招的。

其他人听了冉无恙的话，都在庆幸自己没有贸然冲过去，捡了条命，云亭却想到了更多。

小恙的话里透露了两个重要信息，一个是敌军潜伏的位置，离存放兵器的帐篷不远，第二个是敌军的人数，为五十到六十人。

这次过来偷袭的敌军总人数应该不多，兵器又不是能够随意烧毁的，敌军根本没必要派那么多人守在那里，除非……他们此行的目的，除了毁粮食之外，还有抢兵器！

如果没有无恙提前放这一把火，等粮草营乱起来之后，大多数人想到的都是保护粮食，对于兵器这边肯定疏于防备。敌军只要将兵器运进临山，山中草木茂密，我军就算人数多，在短时间内根本找不到敌人的藏身之处。

粮草营用来存放物资的帐篷从外表上看起来都是一模一样的，敌军能如此清晰地掌握物资分布的情况，瑜国军队里面，怕是出了奸细。

想到这里，云亭的眉头再次皱了起来。两国交战已有五六年了，这两年瑜国渐渐露出败势，直到半年前，蔺不归带着五万军队来到临山关，才止住了屡战屡败的势头，甚至还连赢了好几场。

凉国的将士一向骁勇，没有太多战术技巧，但是这次的夜袭与以往的风格完全不同，声东击西、里应外合用得很溜。这次凉国的主帅怕是也换人了吧，或者，凉国出了个厉害的军师？

青年的脸色越发沉郁，周身的戾气将眉宇间的温和破坏得一干二净。冉无恙轻轻地拉了拉他的衣袖，温声叫道："云亭哥？"

云亭回过神来，对上冉无恙担忧的目光，冰冷的心立刻掉入了温泉水里，嘴角不自觉地弯了弯，笑道："我没事。"

周围还有这么多人，冉无恙也不好多问，转了个话题，问道："哥，我们现在要怎么做？"

这次云亭没有迟疑太久，直接说道："去东边的山泉池。"

"走，去山泉池。"众人暗暗松了一口气，不去西北面就好，现在那边怕是打得正凶吧！

冉无恙紧跟在云亭身旁，拉着他的手腕，脚步越来越慢，终于走到了队伍的最后。趁着没人注意他们，她凑近云亭的耳朵，小声问道："哥，你刚才是不是发现了什么？"

云亭也不打算瞒着她，小恙懂的东西越多，才能越好地避开危险。他压低声音，在冉无恙耳边说道："军中有奸细。"

冉无恙心脏猛地一缩，奸细？她回想起今晚发生的事情，如醍醐灌顶，醒过神来。她虽然没有云亭想得那么深远，却也能猜出个七八分来。

这个奸细很有可能就是粮草营里面的人，也有可能是副将以上级别的将领！会是谁呢？

一路上，冉无恙都在思考着这个问题。一炷香的时间之后，一行人终于赶到了山泉池。

临山是有山泉水的，为了方便营地里的将士们用水，也为了发生火灾时，能够及时地找到水源灭火，粮草营的人在距离山脚十来丈高的地方用石块围了个小池子用来蓄水。云亭所说的山泉池就是这个后天建造的人工水池。

现在已经是春天了，前段时间陆陆续续下过几场雨，水池里蓄满了水。此刻粮草营的将士和一部分赶过来的将士正拿着水桶从水池里取水，去西北面灭火。

夜色本来就很暗，只靠着几个火把照明，人都看不清，水池边上挤满了人，云亭一行人站在旁边一点儿也不起眼。

石玉本就瘦小，被一个路过的人挤了一下，差点儿摔了，还是石锋捞了他一把，他才没栽进水里。

石玉揉了揉被撞疼的肩膀，挪到云亭和冉无恙身边，小声问道："云亭哥，我们也要去打水吗？可是我们没有水桶啊。"

云亭摇了摇头，压低声音说道："敌军很快就会在别处放火，尤其是在存放草料和冬衣棉被的帐篷处。你和无恙搞出来的动静太大了，现在大家都往西北面跑，等到粮草那边烧起火来，怕是来不及救了。"

冉无恙摸了摸鼻子，她也没想到会这么猛……

石玉一点儿也不紧张，他昂头看着云亭，直接问道："那现在怎么办？"反正云亭哥肯定有办法的，有什么不懂的，问他就好了。

云亭一怔，低头看去，除了小石头眼睛一眨不眨地看着他外，小恙也眼巴巴地看着他。云亭无奈地叹了口气，指着一处地方，说道："从旁边找点儿称手的树枝，就是那里，给我撬！"

撬？众人倒吸了一口凉气，惊恐地看着云亭，只见他仍是一脸淡定地回看他们。众人咽了口口水，转身就去旁边找树枝去了。

他们智商不够，还是不要多问了。

山林里树枝多的是，什么样的都能找到，很快所有人都找到了合适的工具，几个人围在云亭所说的地方，努力地撬着水池下方的几块大石头。

他们之前分散地站在外围确实不起眼，可是现在都围在一起，手里还拿着手臂粗的木棍埋头苦干，瞬间就引起了站在高处的一名军官的注意。

"喂，你们干什么呢？不拿桶过来提水，聚在那边磨叽什么！"洪亮的呵斥之声从身后传来，几个人浑身一僵，没人敢回头，都看向云亭。

云亭给了他们一个少安毋躁的眼神，低声说道："我过去，你们在这儿等着。"

众人立刻点头，云亭转身朝着军官的方向走去，才走出两步，身后就多了一条小尾巴。

"我陪你去。"冉无恙固执地跟在云亭的身侧。她现在身上有个系统，手里还有80点魅力值，如果云亭哥有什么危险，还可以用魅力值和系统交换些能力来保护他！

系统窃笑，宿主心里虽然还有戒备和不信任，但在不知不觉中对它有了依赖感。久而久之，它肯定能挤掉云亭，成为宿主心目中最重要、最值得信任的人！不对，是最信任的系统!

系统还在做着白日梦,云亭已经带着冉无恙来到了军官的面前。

走到近处,冉无恙才发现这位军官的身材并不算高大,比云亭要略矮一些,但他体格魁梧,站如青松,看起来是二十多岁的年纪,面容刚毅,目光如刀似斧,锐利得直戳人心。

冉无恙并不认识他,云亭却是一眼就认出了眼前的男子,他是贺弘的副将——方天。传闻这位副将与贺弘脾性相投,两个人都是臭脾气、硬骨头。

云亭叹了口气,今天晚上他们似乎有点儿倒霉,诸事不顺。早知道是这位副将,他就不应该让小恙跟在身边,可惜现在说什么都晚了。

云亭假装不知道他的身份,拉着冉无恙上前行礼。

现在事情多得很,方天可没有心情等着他们慢慢行礼,他盯着两个人的头顶,厉声说道:"抬起头来!"

两个人偷偷交换了一个眼神,保持着镇定慢慢抬起了头。

相较于冉无恙发育不良的身材,以及一张瘦小的脸庞,云亭的长相就显得惹眼许多。

方天微微眯眼,细细打量眼前的青年。他穿着一身瑜国最普通的军服,长相极其俊美,一派斯文,完全不像武将,也不像军中之人,那股宠辱不惊、淡定从容的气场,比起皇城中的世家公子,也丝毫不差。

他怎么不知道,军中还有这般人物?莫不是凉国的奸细?

方天呼吸一顿,往前大跨一步,大手抓住云亭的衣襟,将他提了起来。方天虽然没有云亭高,但他的手劲大,这样一提,云亭立刻觉得呼吸不畅,忍不住咳了起来。

方天皱了皱眉头,这瘦弱的小身板,怎么看也不像凉国人。

云亭自始至终都没有反抗,冉无恙却是看不下去了。上个月云亭哥哥为了护着她,被敌军的马蹄踢到了胸口,瘀青了一大块,到现在都没养好。

当云亭的脸色由白转成青时,冉无恙终于忍不住了,急忙说道:"系统,用全部的魅力值兑换力量,能兑换多少是多少!"

哈哈,终于会主动求助了!系统心情大悦,大发慈悲地说道:"叮,扣除80点魅力值兑换一刻钟超强体力。"

下一刻,就在方天思考着要不要松开这个孱弱的青年时,一只瘦小的手猛地抓住了他的手腕,速度快得他都没反应过来。

方天顺着手的方向看过去,一张巴掌大的小脸撞进了他的视线。方天愣了一下,居然是之前一直被他忽视的瘦弱少年,更让他惊讶的是,少年不仅动作迅速,手劲竟也不小!

冉无恙抓住方天的手腕,想要把他的手拽下来的时候,就发现了问题。她现在的力量,完全不能和之前拉弓射箭时相比,没有那种力量勃发,无所不能的感觉。之前她还纳闷怎么80点魅力值就能换取一刻钟的体力呢,原来是力量降低了很多。这样也好,若是太夸张的话反而不妥。

冉无恙觉得这样不算夸张,可是在众人眼中,却是完全不可思议的事。

月光下,身高才刚刚到方天胸口的小少年,瘦弱得仿佛风大一点儿都能吹跑,她却用柴火棍一般的手,硬生生地抓住了方天粗壮的手臂,逼得方天不得不松开紧拽着青年衣襟的手。

窒息的感觉已经消退,云亭却还僵在原地,也同样盯着那只骨瘦如柴的手,缓不过神来。他算是看着冉无恙长大的,没有人比他更了解这个孩子了。她聪明也倔强,身体算不上弱,却绝对不强壮,她是个女孩子啊!

心灵同样受到了极大冲击的还有方天。他虽然比不上天生神力的大将军蔺不归,但在军中也是有名的大力士,怎么也没想到,自己有一天居然被一个瘦骨嶙峋的小子给制住了。

难道他之前看走了眼,他们的瘦弱都是装出来的?

方天眸光一厉,另一只手紧握成拳,朝着冉无恙的脸捶了过去。

方天放开云亭之后,冉无恙也立刻松开了手。她其实并不想对方天不敬,也不想和方天动手,只是看不得云亭哥受苦而已。

可惜她想收手,方天却不肯放过她。眼看着拳头马上就要砸脸上了,躲避已经来不及,她也不知道应该怎么躲,只能举起双手护住脑袋和脸,硬扛下了这重重的一拳。

因为有系统的加持,冉无恙只觉得有点儿疼,其实没受什么伤。周围的人不知内情,都看出了一身冷汗。那拳头挥得又快又猛,都带出劲风了,这一重拳砸下去,少年细小的胳膊怕是要被打碎了吧。

"小恙!"拳头和胳膊相撞的砰砰声彻底将云亭震醒,他习惯性地冲上去想将冉无恙护在怀里,然而众人眼中胳膊应该已经被打断的少年却将两只手放了下来,甩了甩,对着云亭咧嘴一笑,说道:"哥,你别过来,我没事。"

云亭脚步一顿。小恙消瘦的小脸红扑扑的,除了额头上冒出几滴汗之外,脸上没有太多痛苦之色,所以……她是真的没事?

众将哗然,方天也惊呆了,他已经用上八分力了,这小子居然还笑得出来!冉无恙不知道自己对哥哥安抚的一笑,彻底激怒了方天,拳头像雨点一样砸了下来。

此刻的冉无恙一点儿也不痛苦,她简直太高兴了,因为她被打的同时竟听到系统接二连三地发出了提示音,她现在的魅力值加起来已经快要突破600点了!

冉无恙狂喜,被打居然也能增加魅力值!这个错误的认知,让她在接下来的时间里,都选择了硬扛下方天的拳头。

她不知道粮草营有多少将士有过被方天一拳打飞出去的经历,也就不能理解他们看到她还笑得出来时心底涌起的滔滔不绝的佩服之情。

系统本来想提醒她，反击的话获得的魅力值会更多，可是转念一想，宿主到现在都还不信任它，让她多被揍几拳也是应该的。系统果断地选择了闭嘴，心情愉悦地看着宿主被揍，嗯，抗击打练习也是一种训练。没错，它都是为了宿主好。

冉无恙连续扛下了方天十多拳，周围的吆喝声越来越响，有些人甚至都忘了要提水去灭火。周围的人神情狂热，云亭反倒冷静了下来。现在不是追究小恙的力气为什么会变得那么大的时候，虽然她看起来游刃有余，他也不能看着小恙一直被人殴打。

周围越来越多的将士拥上来看热闹，云亭心底有了主意，朗声说道："大人，请您住手。我们是镇北营，吴东百夫长手下的士兵，一行一共二十个人，来这里是为了救火。请大人三思，现在最紧要的，还是控制住火势！"

青年的声音清朗好听，不疾不徐，就像一阵清风拂来，让人脑门一清。方天这时候才发现周围竟然围满了人，真正在打水救火的寥寥无几。

方天收回了拳头，大吼一声："看什么看，快去救火，想挨军棍是不是！"

围观的将士一哄而散，都拥向池边，生怕晚一步就要挨揍。

方天累得直喘气，指了指冉无恙，又是欣赏又是恼火地哼道："你小子真行！功夫不错啊！"

挨了二十多拳，她的两条手臂已经麻木了。冉无恙疼得龇牙咧嘴，一边揉着胳膊，一边说道："我没有功夫，就是力气大点儿而已。"

方天一怔，回想了一下，好像也是，这小子什么也不会，就知道抱着脑袋傻傻地硬扛，连逃跑都不会，没见过这么蠢的人。

"你叫什么名字？"方天上下打量了冉无恙一番，想不通这副又瘦又小的身体怎么就那么耐揍！

收获了1000点魅力值的冉无恙早就已经挪到了云亭身边，听到问话也不回答，抬头看向云亭。

在这种情况下，已经没有隐瞒的可能性了，不想被当作奸细，就只能乖乖报上名字。云亭点了点头，冉无恙才回道："我叫冉无恙。"

他刚才好像听到青年说，他们是镇北营的？镇北营离粮草营确实最近，看到火光过来救火也说得过去。目光在这一高一矮两道同样瘦弱的身影上来回审视，方天想着反正他们也跑不掉，听听两个人怎么说也不是不可以。

"你们既然是来救火的，鬼鬼祟祟地围在那里干吗？"

冉无恙知道自己不会说话，手又疼得厉害，干脆缩在一旁揉着两条快废掉的胳膊，让云亭去说。

云亭顺势上前一步，将冉无恙护在身后，才低声解释道："在山脚下，我闻到了淡淡的火油的味道，猜想敌军不会只在一处放火，就和战友们商量，把水池撬开一个缺口，将水流引到山下。这样一来，粮草营有三分之一的地方都会被水淹没，火也就烧不起来了。"

一听到火油味，方天脸色立刻沉了下来，急忙问道："你在哪儿闻到的火油味？"

从云亭猜到凉国可能换了一个会用脑子的主帅之后，他就知道，这次夜袭的凉国精兵，除了想要武器外，最想烧毁的是草料。草料易燃，一旦没了草料，瑜国的战马就废了大半。瑜国的骑兵本就不如凉国，若是战马再废了，瑜国的骑兵营也就废了。

云亭看向山脚下的那一大片营帐，他不是粮草营的人，不应该知道各种粮草具体存放的位置，于是选了一处靠近存放草料的帐篷的地方，指了指，说道："那里。"

方天细细辨认了一下方位，那一大片都是存放草料的地方。草料之中，多数是麦秸、稻草、玉米芯、花生壳等，这些东西极其易燃，若是再浇上火油，根本灭不掉。

方天皱起了眉头，满眼怀疑地看着云亭，说道："你说闻到了火油味，那你再撬山泉池，将水放下去，岂不是帮倒忙？"

方天一双虎目死死地盯着云亭，若是他说不出个所以然来，一定立刻将他捆起来，赏个几十军棍。

云亭神色依旧，不慌不忙地回道："敌军要渡河，又要翻越临山，不可能带很多火油。一整个池子的池水倾倒而下，不仅帐篷会被淋湿，泥土和帐篷里的草料、被褥也会被淋湿，那点儿火油根本起不了太大作用。只要火势不大，我军人多，很快就能控制住局面。"

方天拧眉思索片刻，又问道："你把水都放了，那西北面的大火怎么办？"

"前几天刚下过雨，池中的水量很足。我刚在池边查看地形的时候看到山泉池分左右两边，我们要挖的地方是右边，左边天然形成的石凹中的储水量，足够用来灭火。"

不管方天问什么，云亭都能一一解答。方天看着他那副一切尽在掌握中的样子，说实话，感觉有点儿碍眼。他瞪着云亭，冷哼一声，继续刁难道："你把粮草和被褥都弄湿了，还怎么用？"

这人怎么这般咄咄逼人，冉无恙从云亭背后伸出头来，嘟囔道："被子和草料湿了可以晒，若是被烧掉了，那就什么都没了。"

这小子竟敢对他翻白眼！方天气不打一处来，指着冉无恙想要骂她两句，这时身边的小将冲了过来，急忙说道："方副将，你看那边，帐篷着火了！"

方天连忙顺着将士手指的方向看去，果然是云亭刚才所指的方向燃起了火光，草料真的着火了！

方天脸色阴沉，额头上的冷汗一滴一滴往下落，想起之前云亭对答如流、胸有成竹的样子，心里不禁也有些认同他的想法。这时候也顾不得其他的了，方天跃上高处，指着石锋他们所在的位置，吼道："撬！快快快！一起帮忙！"

众将士听到命令，随便捡起一样称手的工具就冲上前去帮忙。

冉无恙想着一刻钟还没过，自己的力气大，抓起一根木棍也冲了上去。她跑得太快了，云亭拉都拉不住，只能跟着她一起过去。

"一二三！一二三！"

有了其他将士的加入，本来已经被石锋他们撬得有点儿松动的土坝立刻缺了一道口子，但是这道口子还是太小了，根本达不到云亭所说的效果。

云亭在周围走了一圈，又指了指一处地方，说道："这里，继续撬。"

众将士又一拥而上，换个地方继续撬。

"一二三！一二三！"

冉无恙扭头看了一眼山脚下的火光，心急火燎，再这样下去火势就要控制不住了。她偷偷瞄了眼周围的人，这么多人一起撬，她作点儿弊，应该不会有人发现的吧。

冉无恙在脑海中和系统讨价还价。

"'女神系统'A3297，消耗190点魅力值提升体力，两秒就够了。要和之前射箭时的力气一样大，不能打折扣忽悠我！"

算你狠，都已经有1000点魅力值了还这么抠！系统咬牙切齿地说道："叮！扣除190点魅力值提升体力。"

熟悉的力量感再次袭来，冉无恙高兴地将手里的木棍再一次戳入碎石下的缝隙间，用力一撬。

"啪"的一声脆响，胳膊粗的木棍直接被冉无恙捏碎了，木头渣子到处乱飞。

碎了……

冉无恙："……"

云亭："……"

众人："……"

乖乖，这孩子的力气也太吓人了。这么一来，她刚才只是抓着方副将的手没给他折断，还真是手下留情了啊！

方天看到这一幕，也吓出了一身冷汗，手腕莫名其妙地疼了起来。

冉无恙轻咳一声，拍了拍手上的木屑，故作镇定地抢过身边两名将士手中更加粗壮一些的木棍，用力将两根木棍戳入碎石中，大声叫道："发什么呆，再来！一二三！"

众人从惊吓中回过神来，连忙继续撬。冉无恙开了外挂，有了她的帮忙，撬了两次之后，那一片土坝破开了个大缺口。

山泉水从大缺口中涌出，旁边的小缺口也被水流冲垮，形成了一个巨大的缺口。水流从七八丈高的地方冲了下去，就像一条水龙，扑向火光之处。

山脚地势广阔平坦，这些从高处落下的水流并不足以将几个正在熊熊燃烧的帐篷的火焰完全扑灭，但火势明显减弱，已经不能再引燃周围的帐篷了。

"太好了，快看，火烧不起来了！"站在山泉池边的将士们都欢呼了起来，方天也松了一口气。他站在高处，刚才水龙扑出去的一幕他看得很清楚，水流的方向正对着起火的那一片营帐。

青年只通过淡淡的火油味，就分析出了敌人接下来的意图和动向。而且在这么短的时间内，想到利用山泉水将火扑灭已经很不容易，更难得的是，他能够迅速地找到挖掘的地点，甚至精准地控制了水流的方向。这样的才智，实在令人惊叹。

反正他是没有这个脑子的。方天对青年起了几分好奇之心，忍不住问道："你叫什么名字？"

解决了大火的隐患，他们这二十个人也算证明了自己，洗脱了奸细的嫌疑。云亭垂眸，避开方天探究的视线，淡淡地回道："我们是镇北营吴东百夫长手下的士兵，无名小卒而已。"

"哦？"方天觉得这人挺有意思，前锋营、骑兵营、伏虎营这些比较有名的营队，他都不一定记得所有百夫长的名字，更别说几乎全是老弱病残和新兵蛋子的镇北营了。青年明显是在敷衍他，难道青年不想领功吗？他身后的那些战友也不想吗？

方天的目光在云亭一行人身上转了一圈，只见十几二十个小伙子都乖乖地站在青年身后，一声不吭，竟没有一个人主动报上名来，完全没有想要抢功的意思。

哎哟，还真是这么高风亮节啊！他这算是发现沧海遗珠了吗？

其实这群人倒也没方天想的这么高尚。生活在军营底层的小兵们，只要能安安稳稳地活下去就行了，至于功劳不功劳的，还真没那么看重。

方天抬手在云亭的肩膀上重重地拍了两下，意味不明地大笑了两声，扭头指挥粮草营的士兵们提水灭火去了。

第四章　被算计了

冉无恙的一把火，将周围几个营的将士都引到了粮草营这边，也打乱了凉国人的计划，再加上云亭搞出的大手笔，山泉水直接淹了半个营地，火彻底烧不起来了，凉国这次的夜袭算是失败了。

粮草营虽然有损失，但损失并不大，天还没亮，火就已经被彻底扑灭了。

云亭也早早地带着一行人溜回了营帐。因为离开时没有和百夫长报备，云亭和石锋免不了被训了一顿，两个人早就习以为常，也不为自己辩解，被训完之后就回去了。

就这样平静地过了三天，两个人再次被百夫长叫了出去。

"你们很有能耐啊，居然撬了山泉池！还不告诉我，你们想干什么？心大了，想抢我的位置是不是？"两个人才刚站定，就被劈头盖脸一顿骂。

吴东十八岁入伍，熬了十多年，三十二岁才熬成了百夫长，平日里对手下的兵一向苛刻，最怕的就是有人抢他百夫长的位置。

云亭和石锋两个人对视一眼，将那天的事情解释了一遍，还将所有的功劳都归给了方天和吴东。吴东此人心胸狭窄，根本不会听人解释，一双三角眼恶狠狠地盯着两个人，恨不得在他们身上盯出一个窟窿来。

良久，吴东才阴阳怪气地说道："明日大将军要在校场上论功行赏，你们二十个人明日巳时，跟着我一起过去。"说完也不等两个人回应，甩袖离去。

次日。

校场上聚集了大约两万人，基本上都是伏虎营、前锋营、粮草营的人，整个镇北营只有冉无恙他们一行人。他们人少，被安排在了最后的位置，离高台百来丈远，即使伸长脖子，也只能看到一道高大健硕的身影站在台上，长什么样是看不清的。即使大将军已经尽量将声音放到最大了，后面的将士也就只能听个大概。

虽然如此，冉无恙还是挺开心的，因为这已经是她从军以来，离大将军最近的时候了。以前她要么是没资格参加有大将军出席的场合，要么就是离得天远地远，别说人影了，连根毛都看不到。

冉无恙微微踮起脚尖，努力想要看清大将军到底长什么样。她正看得津津有味，沉寂许久的系统忽然冒了出来，问道："那个人就是你们军营的最高统帅？"

冉无恙轻轻地"嗯"了一声，把自己知道的八卦和系统分享。

"大将军是蔺老将军最小的儿子，天生神力，他的武器是一双重锏，传说有一百多斤呢，除了大将军谁都用不了。大家都说，大将军是咱们瑜国的战神，战无不胜。"

"战神？就他？"系统嗤之以鼻，不屑地说道，"他的资质，最多只能算中等偏上而已。宿主要是肯乖乖听话，系统能让你成为这个位面真正的战神。"

呵呵，又来引诱她！冉无恙直接无视系统后面的那句话，接上之前的话题继续聊："大将军还只是中上而已吗？不会吧，大将军半年前来到临山关，连赢了好几场呢！凉国人都对大将军又敬又怕。"

井底之蛙见识浅薄！系统恨铁不成钢地怒道："你居然不信我？看看就知道了。"

一个光屏迅速出现在冉无恙面前。

姓名：蔺不归

年龄：29岁

智力：8级

体力：9级

敏捷度：7级

大将军这样天生神力的人，体力居然也只是9级而已，那10级是个什么概念？

冉无恙转了转眼珠子，谄媚地笑道："'女神系统'A3297，你好厉害哦，能不能让我看看云亭哥的情况啊？"

系统不为所动，说道："查看别人的人物面板，需要消耗10点魅力值。"

敲诈！查看大将军的时候怎么不用？冉无恙心里憋着气却不敢发作，谁让她有求于人，只好抿了抿唇说道："10点就10点，扣！"

"叮，扣除10点魅力值查看云亭的人物面板。"

姓名：云亭

年龄：20岁

智力：9级

体力：5级

敏捷度：5级

看到智力9级的时候，冉无恙的眼睛立刻变成了一颗心形，骄傲地叫道："哇！云亭哥的智力是9级，比大将军还高！我哥果然是最聪明的。"

系统冷笑两声，冷冷地说道："可惜他的体力和敏捷度都只有5级。"

冉无恙被噎得一口气堵在胸口，无言以对。

"无恙，无恙，你发什么呆啊，我们这次立了功，每个人可以领一件新兵器！"

冉无恙还在愣神，肩膀上忽然一痛，她扭头看去，就看到石玉一脸激动地看着她。

冉无恙揉了揉肩膀，低声抱怨道："你撞我干吗？"

也不知道石玉这家伙打了什么鸡血，无比兴奋地扑了过来，单手揽过她的脖子，小声说道："你刚才都在干吗？没听到吗？大将军亲口说了，这次立功的将士，每个人可以领一件新兵器。"

"真的？"冉无恙眼眸一亮，她入伍时领的兵器就是一把破烂的旧长刀，刀刃上全是豁口，她早就想扔了。

石玉揽着她的手倏地用力，不满地瞪着她，怒道："当然是真的啊，你没认真听大将军说话吗？"

还真没认真听，她只顾着和系统八卦了。冉无恙摸了摸鼻子，轻咳一声，讪笑道："我听了，就是听不清楚而已，你可真厉害，离得这么远都能听得到。"

石玉咧嘴一笑，得意地哼道："那当然了，大将军耶！我这辈子可能就只有这一次见到大将军的机会了,我恨不得把耳朵竖起来听。"

冉无恙轻嗤了一声,把他的手从脖子上扒拉下来,推了一把,笑骂道:"没出息。"

被人说没出息,石玉也不在意,还笑嘻嘻地拽着冉无恙往前跑:"走走走,轮到我们了,快去排队。"

这时候冉无恙才发现,高台上已经没人了,原本整齐的队列也早就解散了,将士们排成一列一列的小队,朝着校场四个角落走去,排队等待领取兵器。

冉无恙朝四周看了看,基本上每一个小队都有近百人,其中大多数人都长得高大健硕,和那些人一比,百夫长带领下的他们这一队二十人的小队怎么看怎么搞笑。尤其是她和小石头,又瘦又小,跟在队伍后面就像两条小尾巴,非常不和谐。

一行人走到东面的角落等待,不一会儿,七八个士兵推着三辆板车走了过来,每一辆板车上都放着八个大竹筐,竹筐里放满了兵器。

大家都是热血青年,看到兵器的那一刻全欢呼了起来,冉无恙也忍不住激动了一下。可惜他们这一队排在最后面,根本看不清竹筐里装了什么。

好在分发兵器的速度挺快的,排了大半个时辰就轮到他们了,小石头眼睛尖,一眼就看到了远处竹筐里的长弓,他立刻拍了拍冉无恙,说道:"无恙你快看,今日竟然还有弓箭可以选,要不你选弓箭吧,你的箭法那么好!"

冉无恙顺着他的视线看过去,果然看到前方的一个大竹筐里装满了长弓,有十来把,每一把都比她昨晚拿的弓要好一些。

她微眯着眼睛,仔细地看了一遍,看中了其中一把纯黑色的长弓。弓的大小和云亭常用的弓差不多,弓臂乌黑圆润,弓弦柔韧结实,肯定是一把好弓。

冉无恙点了点头,笑道:"好,我就选弓箭!"虽然她的旧长刀上都是豁口,但好歹也能用,她把云亭哥的弓给弄坏了,正好赔一把新的弓给他。

冉无恙耐心地等待着,时不时伸头出去看一眼,生怕自己看中的弓被别人选走了。好在大家都喜欢选长矛或者长刀,弓箭基本上很少有人选,毕竟大家不是专门训练过的弓箭兵,一般人的箭术都不怎么样。

好不容易轮到冉无恙了,她立刻快步走上前,指着之前看好的长弓,说道:"我想领弓箭,要那把黑色的弓。"

负责分发兵器的将士是一名壮汉,他回头看了一眼冉无恙指的长弓,又扫了一眼她的小胳膊,嗤笑一声,说道:"就你这细胳膊细腿的,给你弓箭你能拉得开吗?"

他随手抽出一把被火烧过,刀把已经黑了一半的长刀,递给冉无恙,不耐烦地说道:"给你一把刀,走吧。"

冉无恙皱了皱眉,却也没打算和他吵,拉住想要上前理论的石玉,一声不吭地接过长刀,转身就走。

"等等。"洪亮的喊声止住了冉无恙的步伐,这声音……好像有点儿耳熟?

冉无恙回头看去,只见方天正朝着这边大步走来,指着那名壮汉说道:"把弓箭给他。"

"是,方副将。"壮汉不敢耽搁,抓起冉无恙看中的黑色长弓,又拎了两筒箭,冲到冉无恙面前,讨好地笑了笑,说道:"小兄弟,这是你要的弓箭。"

冉无恙倒也没刁难他,伸手接过了弓箭。不过手里的长刀她可没有要还回去的意思,壮汉也没敢问她要,将弓箭送出去之后,连忙跑了回去。

石玉和冉无恙是最后领取兵器的士兵了,本来众人都已经开始散了,看到方天过来,不少人又停了下来看热闹。

方天指了指冉无恙,又指了指云亭,大声叫道:"冉无恙,还有你,你们过来。"

官大一级压死人,被副将当众点名,两个人连躲的机会都没有。

冉无恙并不是一个会细心观察周围情况的人,她嘟囔了一句"事精"就朝着方天走了过去。云亭却发现,不远处几名将军模样的人都在往这边看,还有百夫长吴东,他凉飕飕的目光一直盯着他和小恙,其中的怨气浓得都快化了。

两个人走到方天面前,方天懒得说废话,直接掏出了一个麻布小袋子,递给冉无恙,说道:"上次多亏了你们两兄弟,这是大将军赏你们的。"

看那小袋子的形状和大小,里面装的应该是银子,并且不少于一百两。冉无恙没接,扭头看向云亭,云亭面上不显,心底却是一沉。

军中的赏赐,一般都是给的兵器,或者是记军功,就算是给银子大多也是先记在账上的,毕竟现在还在打仗呢。今天这一出是怎么回事?直接越过百夫长给他们赏赐,还是直接给银子。

试探?又或是……考验?

方天啧了一声,晃了晃袋子,银子哗哗地响,笑道:"拿着啊,银子咬手不成?"

冉无恙还是不理他,眼巴巴地看着云亭。云亭眼中掠过一抹冷光,没有让冉无恙去接银子,而是自己迎了上去,将袋子接了过来,有礼地回道:"多谢方副将。"

方天又一次拍了拍云亭的肩膀,不知是有意还是无意,哈哈笑道:"客气什么,好好干,总有机会升官的。"说完也不顾众人的目光,大摇大摆地走了。

云亭叹了口气,掂了掂手里的麻布袋,袋子和他的心一样,沉甸甸的。

唉,接下来的日子里,他们恐怕有麻烦了。

…………

接下来的几日,冉无恙过得确实很不好,但不是因为百夫长的刁难,是因为云亭哥好像生她的气了。

从粮草营回来的第二天开始,一起灭火的同营帐的战友就将冉无恙团团围住了,都在问她的力气怎么忽然变得那么大。冉无恙找了各种理由搪塞过去,但是她那些理由,在云亭哥面前根本站不住脚。

云亭虽然一直都没有开口问她,但她自己知道,那是在等着她主动坦白。

冉无恙不是不想说，是不能说也不敢说。她又不想骗他，就只能这么拖着。已经拖了半个月了，眼看着云亭哥整天皱着眉头，越来越沉默，她真的很难受。

冉无恙背靠着大树，微扬的凤眸愣愣地看着蓝天，嘴里叼着一根嫩草，满脸纠结之色。

半个时辰之后，冉无恙终于下定决心，坐直了身子，暗暗深吸了一口气，说道："'女神系统'A3297……"

"宿主为什么总喜欢叫系统的全名？这样显得一点儿都不亲密。"系统对此不满很久了，它和宿主都绑定半个月了，除了宿主的魅力值在慢慢增长之外，两个人之间的信任度没有一点儿进展，新手礼包中的初级基因修复液到现在都没用上！

冉无恙暗暗翻了个白眼。他们之间本来就不亲密啊，系统莫名其妙地连招呼都不打就钻进她的脑子里，她没怨恨它就已经是很有风度了。若不是敌袭那天晚上，系统真的帮了她不少忙，她连话都不想和它说。

谁让自己看它不顺眼却又除不掉它呢？只能顺从了。冉无恙叹了口气，问道："那我叫你什么？"

冉无恙等了好久，就在她猜想系统是不是生气了的时候，才听到系统的声音缓缓响起。

"宿主可以叫我小神。"

"哦，小神。"冉无恙听话地直接改了称呼。她轻咳一声，语气中带着几分讨好，神色却很严肃地说道："小神，我有件事想和你商量一下。我八九岁的时候，就认识云亭哥了，他是看着我长大的，我以前根本没那么大的力气，他肯定已经看出我不对劲了。而且我以后如果还要使用魅力值的话，和以往不同的地方会越来越多。我父母已经不在了，云亭哥是我唯一的亲人了，我能不能把你的存在告诉他？"

在和系统提这样的要求之前，冉无恙是深思熟虑过的。通过半个月的试探和观察，她发现系统似乎认定了她，不会随便祸害别人，应该是不会强迫云亭哥做它的宿主的。

云亭哥是她最重要的人，她不想对他隐瞒，也不想对他说谎，她害怕两个人产生隔阂，也怕云亭哥伤心失望之后就真的不理她了。如果能把系统的存在告诉云亭哥，不但能解释她为什么力气忽然变大了，同时也能让云亭哥帮她想办法，让她早日脱离系统。

冉无恙想得很美，可惜现实非常残酷，她话音刚落，系统立刻严词拒绝。

"不可以。系统是通过位面穿梭技术，从星际时代来到这里的，不能让除了宿主之外的任何人知道系统的存在，以免引起不必要的恐慌、猜疑甚至掠夺。如果有人发现了系统的存在，系统将使用精神干扰、精神震荡等手段，对知情者进行精神攻击，以达到清除记忆的目的。被攻击者有可能失去这段记忆，也有可能陷入永久昏迷。"

永久昏迷！四个字就像四把尖刀，一下子戳进了她的心口，吓得她脸色立刻青了，连忙大声保证道："不要！我不会让任何人知道你的存在，你不要伤害我哥！求求你了！"

她一点儿也不怀疑系统的手段，别说是昏迷，就是杀人对它来说也不是难事吧。

冉无恙现在担心的已经不是云亭哥理不理她的问题了。云亭哥那么聪明，万一他发现了什么蛛丝马迹，猜到了系统的存在，岂不是就要被系统攻击了？

怎么办？以后她再也不使用魅力值了，再也不做出什么异常的事，云亭哥是不是就不会发现系统，也就不会被系统攻击？

冉无恙的身体一直在微微发抖，整个人就像是惊弓之鸟。系统能感受到她内心的恐惧和无措，就连它刚刚出现在宿主脑海里的时候，宿主都没有这么害怕过。看来云亭真的是她的软肋，这是好事，也是坏事！

系统给宿主使用了少量的舒缓药剂，在她的呼吸渐渐变得平稳之后，才低声说道："宿主不用这么紧张，只要云亭不知道你脑子里有一个来自星际时代的系统就可以了，其他的猜测都没关系。系统也是有原则的，不会随便对他动手。宿主现在要做的，是尽快升级。系统收集够信仰值就会离开，不会一直留在宿主身边的。"

"你真的会走？"这是冉无恙第一次向系统索要承诺。

系统有点儿心酸，却异常坚定地回道："系统从不食言。"

冉无恙没再说话。不知道是舒缓剂的作用，还是系统的承诺真的让她的心稍稍安定了一些，她总算平静了下来。

系统需要信仰值，光听名字就知道，信仰值应该是比魅力值更加高级，也更为难得的东西。她留意过，她上次使用魅力值换取力量之后，获得的魅力值更多。也就是说，她变得越厉害越让人敬佩，就能收获越多的魅力值甚至信仰值。

这样一来，她就需要更加频繁地使用魅力值，她会和过去的她更为不同。为了掩饰系统的存在，她就只能对云亭哥哥说很多很多的谎……

冉无恙捂着脸蹲在地上，用力地眨眼睛，将眼眶中的湿意逼退。她以后再也不是云亭哥哥诚实听话的好妹妹了。

系统看她那副愁眉苦脸要哭不哭的样子就觉得碍眼，不耐烦地说道："有什么好哭的？他生气你哄哄他不就行了？"

冉无恙猛地抬起头，眼睛里还有泪花，急忙问道："怎么哄？"

"稍等。"片刻后，系统兴致勃勃地说道，"有了！你们这里有挺多萤火虫的，你去抓一些回来，等到晚上你哥睡觉的时候，你就把萤火虫放到帐篷里送给他。他看到了肯定会很高兴的。"

星际时代有了全息技术，想要体验一下在星空中行走的感觉是很容易的事情。正因为这样，人们反倒返璞归真，开始追求起旧时代的浪漫来。

当时有一位历史学家从地球时期的文献中，看到过这样一句话："我无法为你摘下满天星光，唯有亲手为你送上人间萤火。"

这一句唯美浪漫的情话，一度风靡了全星际。经考察，书中所说的"人间萤火"指的就是一种名叫萤火虫的尾部会发出萤光的小型甲虫。

地球经历过末世之后，很多生物都绝种了，萤火虫也没有了。人们多方查找，终于在R星系的一颗小星球上发现了类似萤火虫的物种。但因为这颗小星球上有很多外星生物，非常危险，只有精神力和体力都在S级以上的人才能过去。所以萤火虫在星际时代是非常稀有的物种，受到所有人的狂热追捧。

用引得全星际数百亿人疯狂的萤火虫来哄一个人开心，多么浪漫，多么感人，云亭还不乐疯吗？

冉无恙抽了抽嘴角，表情很是古怪地说道："你让我……往我哥睡觉的帐子里放虫子？"这真的是哄人，不是整人吗？

"不是虫子，是萤火虫！"

冉无恙喃喃地道："萤火虫不是虫？"

系统怒了，吼道："萤火虫不是一般的虫！你想象一下，当你躺在床上，看到帐篷里全是一闪一闪的萤光，就像看到了满天星辰，它们围在你身边盘旋飞舞，抬手就仿佛触摸到了星光。难道你不觉得很浪漫吗？"

冉无恙眨巴眨巴眼睛，问道："什么叫浪漫？"

"浪漫就是富有诗意，充满幻想，能让人愉悦、感动的氛围或者行为。"

冉无恙龇了龇牙，小心翼翼地问道："你们那里的人觉得和虫子睡在一个帐子里，很愉悦、很感动？"

系统终于知道一口老血哽在喉咙里是个什么滋味了。怎么那么唯美浪漫的事到了宿主的嘴里就彻底变味了呢？这是什么审美啊？

心好累，系统有气无力地说道："算了，宿主自己想吧！没事不要来打扰本系统。"

冉无恙挠了挠脑袋，一脸懵懂。她说错什么了吗？她真的完全不想和萤火虫睡在一个帐篷里啊。

她小时候和云亭哥哥一起逃难，经常在山林里过夜，夏天的时候身边全是萤火虫，这些虫子有时会爬到她身上来，痒痒得难受死了。居然还有人因此感到愉悦和感动？真是太奇怪了。

在心里狠狠地吐槽了一番，冉无恙才站起身，拍了拍屁股上的草屑，准备回营。

"小恙。"熟悉的男声从身后传来。

冉无恙身子一僵，连忙把嘴里的青草吐了出来，用力揉了揉脸颊，让自己看起来精神一些，才缓缓转过身，对上了一双深沉的黑眸。

冉无恙浑身紧绷，迈着细碎的步子慢慢地挪到云亭身边，头也不敢抬，怯怯地叫道："云亭哥……"

她是真的挺怕的，以前是怕云亭哥生气，现在是怕他发现系统的存在。她都不敢看云亭哥的脸，怕被那双能够看透人心的眼睛发现了心中的秘密。

看着头已经快垂到胸口，浑身上下都透着心虚和忐忑的小姑娘，云亭哭笑不得。他虽然很在意冉无恙忽然的变化，也很想知道原因，但只要小恙不想说，他是不会逼她的。再说他不相信以他的观察力，最后会弄不清小丫头的秘密。

云亭抬手揉了揉她的头顶，笑道："回去吧。百夫长刚才下达了通知，让镇北营的全体将士酉时三刻在南面校场集合。"

"啊？哦！好的。"她还以为云亭哥哥来找她，是终于忍不住要来质问她了呢，原来不是啊！谢天谢地，她还没想好要怎么解释，怎么说谎。这关系到云亭哥的安危，她得编个最靠谱的理由才行。

暂时逃过一劫，冉无恙喜滋滋地跟在云亭身后，问道："现在都快傍晚了还要列队集合，难道咱们也要去夜袭凉国大军？"

云亭摇头，回道："不清楚。"他们这种底层的小兵哪里有资格知道上层将军们的军事计划，只需要跟着大军的安排行事就好。

这些天他一直忙着应付吴东的各种小动作，倒还真的没太注意将军主帐那边的消息。

军营被凉国人夜袭，虽然损失不算太大，却也还是会影响军中士气。不然之前蔺不归也不会大张旗鼓地搞一个论功行赏大会，来向军中众人传递一个"咱们没吃亏，还胜了"的信号。事实究竟如何，也就只有那些将军自个儿心里清楚了。

冉无恙失望地"哦"了一声。云亭哥以前有空的时候都会和她分析军中的形势，给她讲解各种军事命令下面隐藏的含义，今天却这么冷淡，肯定还是生气了。

冉无恙咬了咬下唇，追上前去抓住云亭的衣袖，轻轻摇了摇，就像小时候做错事求原谅那般软软地叫了一声"哥"。

"嗯？"从小到大，就只会这一招吗？云亭眉峰微挑，嘴角染上了一抹淡淡的笑意，脚步明显放缓了些。

不知道怎么回事，脑子里忽然回响起系统说的那些关于浪漫、星辰的话，冉无恙鬼使神差地问了一句："哥，你……喜欢萤火虫吗？想和它们一起睡觉吗？"

"……"云亭脚下一个踉跄，倏地回过头来，用干燥温热的手抚上了冉无恙的额头。

冉无恙的脸一下子涨得通红。她哥肯定以为她得失心疯了，有哪个正常人喜欢和虫子睡一起啊！都怪系统误导她！

她手忙脚乱地把云亭的手从额头上拉下来，支支吾吾地说道："我……我说着玩的！"

"我们快走吧，迟到的话又要被骂了，快走快走。"冉无恙拉着云亭的手闷头往军营的方向跑，她的脸热得都快可以煎蛋了。

她不敢去看她哥的表情，光想象一下云亭哥的反应就已经够让她绝望的了。和云亭哥比起来,她本来就不怎么聪明,现在估计在她哥心里,她是真傻了吧!

呜呜,以后她再也不做这种蠢事,再也不相信系统了!

系统:呵呵,怪我咯?

子时。

过了谷雨,不仅草木繁盛起来,蛇虫鼠蚁也活跃了不少,天气渐热,大晚上的也热得人满头大汗。

啪,石锋一巴掌拍在自己的脖子上,把敢于挑衅他的第十九只蚊子拍得血花四溅。用力地抹了一把脖子上的汗,石锋低声骂道:"娘的,那一百两银子本来就是将军赏给你和无恙的,你都分了六十两给吴东那孙子了,他还想怎么样?这摆明了就是在整咱们呢!"

云亭一行人现在所在的位置,是塔木城附近的一条山道上。山道的前方,一棵已经被砍断的大树阻隔了道路。他们几十个人正趴在山道两旁的草丛里,等着凉国的骑兵经过,然后放箭将这群骑兵引到旁边的山谷中。山谷里还埋伏了几百个人,他们这些人就是传说中的诱饵。

塔木城对于凉国来说,就和瑜国的边城一样,是位于两国交界处的城池。两国关系缓和的时候,还会通商,战乱的时候,这两座城池就成为两军博弈的地方。

边城就一度被凉国占领过大半年的时间,还是蔺不归来了之后才夺回来的。云亭猜测,蔺不归今晚是想拿下塔木城了。

正如方天所言,镇北营里不是老弱病残就是入伍没多久的新兵,也不会被委以什么重任,他们几百个人就只需要拖住凉国驻扎在塔木城附近的这支小型骑兵队就可以了。

他们都在草堆里趴了一个时辰了,也不知道还要等多久。和石锋被蚊虫叮咬出满头包的狼狈比起来,云亭显得神清气爽许多。

冉无恙心虚地低下头,不着痕迹地往石锋身边挪了挪,但也仅仅只是微微地挪动了一点儿点而已。

用50点魅力值和系统兑换了驱虫光环,所以冉无恙身边的三尺范围内都不会有蚊虫。不是她不想多花点儿魅力值帮大家一起驱赶蚊虫,实在是系统不同意。

系统说它的各项功能都只能作用于宿主,三尺已经是最大的距离了。她想要帮助大家,就得把系统升级到中级。开启了系统商城之后,用魅力值在里面购买东西,才能用在旁人身上。所以现在只有她和被她紧紧挨着的云亭幸运地不受蚊虫困扰了。

云亭正在想着另一件事情,倒是没注意到这件小事。吴东心胸狭窄,是个真正的小人。他能感觉到吴东看他的眼神,阴鸷而充满杀气,不可能只是小打小闹地折腾他们一下就完了。

这次与他们一起的另外两名百夫长,都和吴东有交情,三个人臭味相投,只要吴东给足了利益，另外两个人肯定会鼎力相助。

留在下面做诱饵的四个小队全是吴东手下的兵。他和石锋就不必说了，已经被吴东记恨上了。另外两个什长，一个名叫江陵，为人耿直，一副硬脾气，从不肯贿赂吴东，时不时还会顶撞他几句。还有一个叫简少君，传说伏虎营里的一个百夫长是他的远房堂叔，吴东一直担心简少君的堂叔帮着疏通好了关系，就会把他从位置上顶下去。

可以说他们这四个什长，都是吴东的眼中钉、肉中刺，他怎么可能不把握这次机会，将他们一网打尽？有什么方法比让敌军杀死他们更简单、更快捷、更顺理成章呢？

那个小山谷有一个葫芦形的入口，两边高中间低，吴东他们就埋伏在入口的高处。如果他们往回撤的时候，吴东不让他们归队，或者假装夜色深沉看不清，将他们当敌军射杀了也不是没有可能。

云亭沉吟片刻，忽然压低声音，对身边的石锋说道："你和队里的人说一声，一会儿敌军来了，将他们引诱到山谷入口的时候，咱们的人不要冲在最前面。"

"啊？为什么？"石锋一头雾水，后有追兵，肯定是赶紧回到我方军中更为安全，为什么不能跑在前面，难道还去给别人殿后吗？

石锋也不是真的蠢，只是平时不喜欢动脑子而已，现在看到云亭神色凝重、讳莫如深的样子，脑子里忽然蹦出一个可怕的念头。他惊讶地道："你的意思是……"

云亭猛地压住了他的肩膀，轻轻摇了摇头。石锋脸色忽青忽白，最后用力地捶了一下地面，叫骂了一声。

冉无恙就贴在云亭身边，他们的对话她一字不漏地听进去了。她比石锋敏锐，听到云亭说不要冲到最前面的时候就已经猜到了他的意思。吴东这个败类！她现在就想冲到他身边套上麻袋，把人往死里打。

石锋烦躁地搓了搓脸，左右看了看，确定和简少君、江陵的两队人马离得足够远，才低声说道："要不咱们现在就撤吧？"

"不行。"云亭直接打断了他的话，"现在跑了没能把敌军引过去，咱们就是实打实地违抗军令临阵脱逃了，死得更快。"

"那我们怎么办？万一那浑蛋真的……"后面的话石锋没敢说出来，抬手在自己脖子上一抹，狠狠地说道，"我们就死定了！"

石玉趴在石锋旁边，也听到了他们的话，但是他好像没怎么听懂，怎么他们就死定了？石玉往前挪了挪，凑到石锋身边，目光在石锋和云亭身上来回打转，一脸好奇地问道："你们在说什么啊？我怎么听不懂？"

"闭嘴！"被冉无恙和石锋同时吼了一声，石玉委屈地缩了缩脖子，生气地往旁边挪了挪，想了想又不甘心地挪了回来，竖起两只耳朵继续听，他就不信自己一直都听不懂。

云亭早就习惯了石玉的耍宝，也没理会他们三个人时不时的斗嘴。他抓起草梗，在地上随意地画了几下，一边画一边说道："天完全黑之前，我看过周围的地形。山谷的入口旁边，有一处小高地，那里是个乱石林，到时候我们躲到里边去。"

石玉和冉无恙一起凑上前去，看着两三笔就勾勒出的简易地图，心里都十分高兴。到时候他们往石林里一躲，才不管吴东和凉国骑兵怎么打呢。

石锋用力地拍了拍云亭的肩膀，哈哈笑道："好主意！真有你的！"

冉无恙笑得眉眼弯弯。她就说嘛，她哥就是聪明，没什么事是他解决不了的！

石锋悄悄地将自己人召到了身边，也没明说，只交代他们一会儿撤退的时候不要冲在最前面。如果发生了什么变故，听到他喊"撤"，不要犹豫，立刻往山谷右手边的石林跑。

有些人不明所以，只是把石锋的话记了下来，有些聪明的已经隐约猜出了点儿什么，脸色都不太好。

石锋刚刚交代完，耳边就传来了马蹄声，由远及近，声势浩大。

"来了。"云亭看着远处漫天飞扬的尘土，隐隐觉得有点儿不对劲。听这动静，可不像一两百人的骑兵小队。

骑兵越来越近，夜色昏暗，尘土又大，还是看不清敌军到底有多少人马，云亭心中的不安越来越盛。

前头的骑兵刚冲入他们的射程范围内，江陵那一队的人率先动手了。

云亭也跟着漫不经心地射了几支箭，然后直接拉起冉无恙，对石锋使了个眼色，说道："走！"

云亭和石锋都跑了，江陵和简少君也不会傻傻地留下来，所有人都往小山谷的方向跑去。

就在他们三四十个人跑到小山谷的入口，准备往高地跑去的时候，咻咻咻，数十支长箭朝着他们射了过来。

"啊！"随着几声惨叫，跑在最前面的七个人被箭射中，其中三个人只是被射中了脚，还能忍痛爬起来往后躲，另外四个人已经彻底地倒在了地上，没了声息。

江陵瞪着隐藏在高处，应该是战友却向他们射出手中利箭的人，怒吼道："你们疯了，为什么朝我们射箭啊！敌军在后面！"

"两军交战，不战而逃者，杀！"山林里传来吴东义正词严的呵斥之声，细听之下，却不难听出其中的恶意。

明明就是吴东安排他们下去引诱敌人，将他们引到易守难攻的山谷中来，怎么成了他们不战而逃？到了这个时候，再蠢的人都知道自己被坑了。

江陵举起手中的长刀，直指吴东藏身的方向，双目赤红，浑身杀气，嘶吼道："吴东，老子杀了你！"

江陵提着刀就想往前冲，箭矢立刻如暴雨般向他袭来。

"小心！"简少君拉住江陵的手腕，将他猛地往后拽了一丈多远，才堪堪躲过箭雨。

他手底下的兵也被射死射伤了两个，但他比江陵冷静得多。他们明显是被吴东算计了，现在发狂发怒根本无济于事。

前有拦路虎，后有追兵，形势对他们来说非常不利，但他发现另外两队的兵不知道是巧合还是早就知晓了什么，没有一个跑在最前面，也就没有人受伤。

就在众人惊慌失措、六神无主的时候，只听一名高大的青年大喊一声："撤！"他附近的将士立刻跟着他跑了起来。

虽然简少君不知道他们要跑到哪里去，但看到他们井然有序的模样，想也没想就对着自己手底下的兵叫道："跟上他们！"

江陵回过神来，扶起受伤的战友，也紧紧地跟了上去。

马蹄声越来越响，扬起的尘土扑面而来，熏得人眼睛都快睁不开了。战马的速度太快了，他们只耽误了这么一小会儿的时间，凉国骑兵就已经追了上来。

长箭破空而来，又有几个人无声无息地倒在了地上。

石锋感觉到自己的衣角被人狠狠地抓了一下，回头看去，只见石玉瞪大着眼睛，脸色煞白地朝他倒了下来。

他扑上前去接住弟弟，一支从身后射过来的利箭直接射穿了石玉的右肩，浓重的血腥味刺得石锋魂飞魄散："石头！你怎么样？"

石玉疼得说不出话来了，他紧紧地抓住石锋的衣襟，只会断断续续地喊着哥哥。

云亭第一时间发现了他们的异状，朝着离石锋最近的两个人喊道："阿陌、王战快帮忙，进石林。"

两个人点了点头，快步跑到石家兄弟身边。王战将小石头放倒在石锋的背上，和阿陌一左一右扶着他，防止他在奔跑中掉下来，四个人一起朝着石林的方向跑。

一直跟在他身边的小恙不见踪影，云亭急忙四处寻找，发现她居然落在他身后三四丈的地方，还越跑越慢，他喊道："小恙，快跟上！"

凉国人的马上骑射非常厉害，只怕最后有一半的人还没跑到石林就已经被射杀了。冉无恙握紧了手中的长弓，眼中划过一抹厉色，奔跑的脚步停了下来。

"你们先走，我殿后！"冉无恙朝着云亭吼了一句，转身又跑了回去。

冉无恙可不是去送死的，有系统在，她现在的力量和箭术绝对是世间少有的高手级别，只要把跑在最前面的马射死，后面的马就一定会乱，坐骑乱了，马上的人哪里还能射箭？

只要多争取到一点儿时间，云亭哥他们就能跑进石林，一旦躲进去了，箭雨对他们就不起作用了。

"小神，帮我将所有魅力值兑换为最强体力和眼力。"

"叮，扣除1860点魅力值，提升体力及精准度，维持时间：五分之一刻钟。"

冉无恙松了一口气，五分之一刻钟，比她想象的长，应该够掩护大家躲进石林了。

夜色中，一道瘦小的身影站在山道中央。她手往身后一摸，利落地将三支箭从箭筒中取出，搭弓射箭，仿佛不需要瞄准，也无须蓄力，满弓尽放，三支箭羽如闪电般疾射而出。

第五章　　基因修复

马匹惨烈的嘶吼声划破夜空，跑在最前方的三匹马轰然倒地，马背上的人直接被甩了下去，狠狠地摔在地上动弹不得。后面的马也受到了惊吓，其中两匹直接撞了上去，人和马一起摔飞出去。

骑兵们还搞不清楚发生了什么事，马匹接连倒地，仿佛只要冲在最前面的马，都会倒地而亡。有些人发现了不对劲，以为中了敌人的埋伏，地里埋了什么利器，便连忙勒紧缰绳停了下来；有些则控制不住身下的马，还在继续往前冲，倒下的马匹也就越来越多，一时间骑兵小队的先头部队彻底混乱了起来。

一名身材魁梧的黑衣男子坐在黑色骏马上，整个人几乎融入夜色之中，唯有脸上戴着的青面獠牙面具泛着冷光，他低沉的嗓音中透着不悦："前面怎么回事？"

紧跟在男子身侧的银甲将士抬头看了几眼，前面尘土飞扬，马的嘶叫声和人声交杂在一起，他完全看不清楚。沉吟片刻，银甲将士硬着头皮回道："回主子，应该是中了埋伏……"

黑衣男子周身的气息变得危险起来，银甲将士呼吸一顿，连忙回道："属下这就去查清楚！"说完立刻策马冲上前去。

凉国人这边一片混乱，弄得满天满地都是灰尘，再加上冉无恙身形又小，一时间她很难被找到。

吴东这边因为站在高处，视野就广阔清晰多了，他能隐约看到一道瘦小却异常敏捷的身影，那人手里拿着一把长弓，手中的箭就像长了眼睛似的，无论她怎么射，都能命中目标。

她的前方，战马倒了一地，很是壮观。

"下面那个人是谁？"吴东伸长脖子，眯起三角眼努力地辨认下面那道身影的身份，可惜脑袋一片空白，完全没有能对得上号的人。

他身旁另外两名百夫长也是惊疑不定，其中一个人瞪了他一眼，骂道："你问我我问谁！他们不是你的兵吗？"

吴东也很懊恼，这些人的确是他的兵，但是他不记得手下有这么厉害的人物，如果早知道有这样的奇才，他肯定跑到主帐去和大将军举荐了，说不定还能捞到点儿好处。

因为无恙扰乱了骑兵的队形，射向石林方向的箭少了很多，大多数人都跑进了石林，云亭也终于有机会仔细看看这支让他感觉到异常的骑兵小队。

这里是葫芦形山谷的入口，山路并不宽。然而他所见的马队，绝对不是一开始以为的一两百人，目测有上千人。

人多并不是让云亭惊讶的原因，让他惊讶的是，在队伍的中段，他看到了一队银甲军。在凉国，能得银甲军护卫的，无一不是身份高贵、举足轻重之人，这一队银甲军护卫的人是谁？

幽深的眼眸眯成了一条细缝也仍然没能看到他想看的，云亭干脆收回目光，不再为难自己。他回头看了一眼吴东所在的位置，勾唇一笑，吴东想借着地形优势剿灭凉国骑兵的计划怕是不可能完成了，今晚他们能不能保住性命都是个问题。

凉国的骑兵训练有素，在一开始的混乱之后，很快就发现了问题的根源，虽然他们完全不敢相信，放倒凉国二三十匹战马的人，居然是眼前这个长得跟豆芽菜似的少年！

对他们来说这简直就是奇耻大辱，凉国骑兵把手中的箭齐刷刷地瞄准了冉无恙，不把她射成蜂窝不罢休。

云亭心口一紧，捡了三个掉落在地的箭筒，不顾身后战友的劝阻，朝冉无恙的方向跑去。

在云亭眼中险象环生的冉无恙，实际上并没有那么危险，如果说她一开始冲出来的时候还有点儿害怕和不自信的话，那么现在她已经进入了一种很玄妙的忘我境界。

她现在可以做到听声辨位，甚至达到了凭直觉就能射箭的程度，那种酣畅淋漓的感觉简直让人着迷，就连陆陆续续响起的魅力值提示音她都没认真听。

咻咻咻，第一波箭雨来袭的时候，冉无恙丝毫不惧，她迅速侧身避开了朝她的脸、胸、腹三处射来的利箭，反手挽弓射出三箭，只听到扑通扑通扑通三声闷响，对她放冷箭的三个人已经抚着胸口摔下了马。

冉无恙再次伸手摸向身后的箭筒时，发现了一个残酷的事实：她没有箭了。

就在她想着要不要冲过去抢下距离她最近的两名凉国士兵的箭筒时，身后响起了熟悉的声音："小恙，接着。"

是云亭哥！冉无恙心中一喜，迅速转过身，默契十足地接住了云亭扔过来的三个箭筒。有了箭的冉无恙，就像一只长着獠牙张牙舞爪的凶兽，周围再次被她杀出了一块真空地带。

这是什么怪物啊……

趁着凉国骑兵愣神的时候，云亭赶紧说道："小恙，大家都撤了，我们也快撤！"

"好，走。"冉无恙毫不恋战，说走就走。

她可不愿意让云亭哥涉险，而且五分之一刻钟的时间马上要过了，她也耽搁不起。

云亭在前面带路，冉无恙在后面掩护，两个人很快跑进了石林。

两个人刚冲入石林，冉无恙忽然四肢一软，差点儿栽倒在地上，云亭连忙伸出手，将人捞入怀中。

云亭以为她是消耗太大，透支了体力，才会浑身无力，只有冉无恙知道，她并不是什么体力透支，是因为系统加持的力量消失了，才会被打回原形。

这种感觉，就像是上一刻手里还握着黄金万两，下一刻就变成了一个穷光蛋，这其中的落差简直让人心碎，同时也让人想发狂。

冉无恙吸了吸鼻子，鼻尖嗅到的淡淡血腥味唤回了她的理智，她强撑着疲惫的身体从云亭怀里退了出来，立刻发现了云亭左边胳膊上有着一片血红。

冉无恙慌了神，急忙问道："哥，你受伤了？"

她一把抓住云亭的胳膊，又不敢用力，生怕造成二次伤害。

云亭也没抽回手，任由她拉着，笑道："没事，一点儿小伤而已。走吧，我们过去看看小石头他们怎么样了。"

冉无恙站在原地不肯走，轻轻地挑开染血的衣衫，仔细检查伤口。伤势比她预料中的轻一些，是手臂被箭头擦过留下的伤口，皮肉外翻，没有伤筋动骨，和小石头的伤比起来，确实是小伤，但在冉无恙眼中，云亭哥哥擦破层皮，都是大伤。

"真的是小伤，过两天就好了，我保证，连个疤都不会留，好不好？"云亭轻声哄她，每次他受伤，小丫头都会生气，上次他被马踢中胸口，她气了整整两天。云亭有些无奈，但更多的，是被需要、被关怀的温暖。

冉无恙低着头不理他，撕下一块干净的里衣布料，将伤口细细包扎好，才闷闷地说道："走吧。"

云亭叹了口气，也没多说什么，牵着她往石林中走去。

这是一处天然形成的小石林，错落的石块就像一面面厚实的石屏一般竖立在地上，走在里面，就像走进了迷宫似的。

周围昏天黑地的，也不知道云亭哥是怎么认路的，冉无恙被带着东拐西绕，走了一会儿就走到了一处视野稍微开阔些的地方，同时她也闻到了浓烈的血腥味。

此处石屏并不多，周围也没有大树，月光下，冉无恙能看到空地里或坐或站或躺着几十个人，受伤的人不少，基本都是受的箭伤，也有些是摔伤的，还有几个躺在那儿一动不动，也不知道是死是活。

大家都是一个百夫长手下的兵，几乎都互相认识，没受伤的人正在帮伤员包扎伤口，不时能听到几声痛叫，但声音都不大，他们也知道此处并不是多么安全的地方。

石家兄弟就靠在一处石头上，石锋抱着石玉，阿陌正跪在石玉身边处理伤口，箭已经被拔出来了，只是血好像流得更多了。

冉无恙拉着云亭跑了过去，走到近处又不敢上前，她帮不上忙，害怕上去反而打扰到阿陌救人。

阿陌在村里的时候，曾经和一个赤脚大夫学过几年医，普通的止血、正骨他都会，平日小队里谁有个头疼脑热、跌打损伤都会找他，他的医术一点儿也不比军医那几个徒弟差，但此时他给小石头止血的手，却止不住地发抖。

小石头已经彻底晕过去了，瘦小的身子瘫在石锋怀里，双眼紧闭，面色青灰，半边身子都被血染红了。

"别怕，哥哥在呢，没事的没事的！哥不凶你了，不怕……"石锋用纱布紧紧地按住他背后的伤口，用着他们从未听过的温柔语气一遍遍地说着话，平日里铁骨铮铮的汉子哭得像个傻子，泪水糊了一脸。

冉无恙捂着胸口，只觉得心脏揪得难受。这半年来，她怕暴露女子的身份，除了云亭哥外，和旁人都不敢亲近，唯有牛皮糖一样的石玉一直黏着她，要和她做朋友，从表面上看，她总是嫌他烦，实际上在她心中，她早就已经把他当作朋友了。

冉无恙眼眶一热，眼泪不争气地往外涌，就在她忍不住快哭出来的时候，系统特有的淡漠中带着几分不屑的嗓音在脑海中响起："运气好，没射中右肺，只是几根血管破裂了而已，止住血就死不了。"

"真的吗？那怎样才能止住血？"冉无恙心脏"怦怦"地跳，眼泪还挂在睫毛上，看起来非常傻气。

系统轻嗤一声，回道："不是已经有人在给他止血了吗？你还是想想该怎么对付那些攻上来的敌军吧。"

系统话音刚落，一道焦急的男声从远处传来："敌军攻上来了！"

冉无恙下意识地握紧手中的弓，另一只手往身后的箭筒中探去，可惜她什么也没摸到，她的箭筒又一次空了。冉无恙也明白，就算还有箭也没什么用，石林里到处都是石头，他们躲进这里，就是为了躲避箭雨，敌人不能用箭，她同样也不方便使用，但是现在她除了箭术，什么也不会。

看出她的紧张和焦躁，云亭拍了拍她紧绷的背脊，安抚道："他们不会这么快地找到这里，我们过去看看。"

冉无恙深吸了口气，点了点头，将散落在地上的箭收拾起来放到箭筒里，和云亭一起往外走去。两个人刚走了几步，一名斯文俊秀的男子跟了上来，说道："我们和你们一起去。"

这声音好像是刚才说"敌车攻上来了"的那个声音，冉无恙多看了他两眼，才发现这人是另一个小队的什长简少君，他身边还跟着个江陵。

时间紧迫，云亭点了点头，四个人快步朝着石林外走去。

看到他们出去了，其他没受伤的人对视了一眼，也拿起武器跟了上去。

不知道云亭走了什么捷径，冉无恙觉得他们似乎只用了之前一半的时间，就走出了石林，而且他们站的位置很妙，可以轻松地看到外面的情况，外面的人却很难发现他们的存在。

才不过一刻钟的时间，山谷口的情形来了个大逆转，吴东带的那两三百人，完全不是凉国骑兵的对手，尽管占据着高地，却还是被人追着打。

冉无恙撇了撇嘴，她一点儿都不同情吴东，这种无耻小人早该没命了才对，可怜了他手下的兵，要陪着他一起死。

敌人很谨慎，没有贸然冲进石林，而是在石林外点起了火把。

江陵看着石林外面密密麻麻的人影，倒吸了一口凉气："怎么会有这么多人？不是说只是一小队骑兵吗？"

这一队人确实很多，粗略算起来，有上百人，云亭第一眼看到的时候也很是诧异。

按理说敌人这时候赶往塔木城，肯定是为了救援，应该采取快攻的策略冲过去才对。然而敌人不仅留下来剿灭吴东，甚至还专门派一队人进石林来绞杀他们，这不合常理。

云亭转念一想，又似乎明白了，他们是冲着小恙来的，小恙那手箭术使得出神入化，这样的敌人不趁此机会除掉，必定后患无穷。

云亭低头看了一眼身旁一无所知的小姑娘，手握成了拳又缓缓松开，最后把大手用力地盖在了她的脑袋上。

冉无恙正在观察敌情，头上莫名其妙地一重，她哥怎么在这种时候撸她的脑袋啊？冉无恙抬头看去，疑惑地眨了眨眼睛，然后她就听见她哥轻笑一声，说道："别担心，我们未必会输。"

系统冷哼了一声："啧，很会撩啊。"

"什么？"冉无恙不懂"撩"是什么意思，但总觉得不是什么好词。

系统没理她，她也没再问，因为简少君已经盯着她哥，急切地问："你打算怎么做？"

外面的火光越来越亮，云亭拉着冉无恙往后退了两步，待两个人的身体彻底隐藏在石屏的阴影之下以后，才不紧不慢地回道："骑兵并不擅长偷袭战，下了马，他们的战力起码折损一半。石林是我们天然的屏障，我可以想办法将他们分隔开来，各自困在一处，到时候我们再将他们一一击破便可。"

简少君眼前一亮，急忙问道："你会阵法？"他曾听老师说过，有些人不仅熟读兵书，还擅长奇门遁甲之术，若是能将这些术法融入兵法阵法之中，定有奇效。

"略知一二。"这人倒是机灵，一点就透，云亭多看了简少君一眼。

云亭说得很谦逊，简少君却是毫不怀疑地立刻说道："好，我们队听你的。"他和云亭接触得并不多，只是听说对方是个温润俊美满身贵气的谦谦君子，以前他以为云亭这个什长，是花钱贿赂吴东得来的。依今日所见，此人显然是真正的深藏不露。

江陵听到简少君的话，也连忙表态道："我们队也听你的。"他的队员只剩下四个人了，其中两个还受了伤，无法搬动，他虽然没有简少君聪明，却也知道，想活命就只有跟着大家一起行动才行。

"还有我们。"王战带着没受伤的人也一起赶了过来。

众人的士气还不错，冉无恙却没有他们这么轻松。她了解云亭哥，越是危急的时候，他反而会表现得越轻松。云亭哥自己应该也清楚，用他的方法绝对可以以少胜多，然而他们和凉国人之间的差距，不仅是数量的问题，还有质量……

四个小队本来就只有四十个人，如今死了七八个，又有十来个人受伤，能参加战斗的不足二十个人。其中如石锋、江陵、王战这种真正能与敌人搏杀的青壮年，只有七个。剩下的要不就是像她哥和简少君这样的文弱书生，要不就和她差不多，发育不良又瘦又小的小兵，还有三个快四十岁还略带残疾的老兵。

就这阵容，对上兵强马壮、高大健硕的凉国骑兵，就算人家战力折损一半，他们想要胜也是非常艰难的，也不知道最后能活下的人来几个人。

除非，他们这边能出现一个有非凡的战斗力的人！

"小神……"

没等冉无恙把话说完，系统已经和她做了理性分析："宿主现在只有1210点魅力值，就算系统都兑换成体力，最多也就只能支撑小半盏茶的时间。你们采用将敌人围困，小范围内杀敌的策略，那么能看到宿主英勇模样的，也就那么几个人，提供不了多少魅力值。没有了魅力值，宿主无法维持体力，不仅帮不了别人，反倒成了拖累。"

"给我服用基因修复液。"她的神情和语气都很平静，平静到系统都以为自己听错了。

"啊？"这就……答应了？之前它用尽了千方百计，又是威胁又是诱惑，宿主都不为所动，今天它还没开始说呢，宿主就同意了？幸福来得太突然，系统有点儿蒙。

"我想服用你说的那个基因修复液。"冉无恙又说了一遍，语气和眼神都比上一次更为坚定。

系统出现得太过莫名其妙，它的能力又是神鬼莫测。她害怕，怕被利用，被控制，被无声无息地取代，所以她抗拒它，想要对抗它，摆脱它，然而现在，她却不得不把系统当作最后一根救命稻草。

她不想成为谁的累赘、谁的负担，她不想死，更不想云亭哥死。到了这个时候，她也没什么好犹豫的了，没有什么比活着更重要。

"好的。使用初级基因修复液，修复途中会有点儿痛，请宿主忍耐。"像生怕她反悔似的，系统说完这句话就立刻给她使用了初级基因修复液，完全没给她一点儿缓冲和准备的时间。

"啊！"头忽然剧痛起来，冉无恙疼得大叫了一声扑倒在地上。她好像听到了云亭哥哥的声音，又好像什么也没听到，双耳嗡鸣，两眼发黑，她听不见，也看不见，只有无休无止的疼痛。每一块骨头，每一根经络，每一寸肌肉都在痛，整个人就像被投入熔炉之中重新锻造一般。

冉无恙虽然也是贫苦人家出身，逃难和参军时都吃过不少苦，可是那些苦和痛，完全不能和现在相比。

这哪里是有点儿痛啊，是抽筋拔骨的痛，撕心裂肺的痛，挫骨扬灰的痛，"女神系统"A3297，你这个骗子！

系统：啧，又叫它的全名，这时候还有精力骂它，看来是还不够痛了。

"小恙！小恙你怎么了？"就这么几秒的时间，冉无恙的衣服已经全部被汗水打湿了，说是从水里捞出来的都不为过。云亭紧紧地抱着冉无恙，再也维持不住那副淡定从容的模样。

简少君眉头紧皱，担忧地问道："她怎么回事？"他刚才躲在石林之中也看到了这个少年的箭术是多么出神入化、精妙绝伦，少年绝对是他们这群人中的最强战斗力，如果他在这种节骨眼上犯了什么病，他们可就要少了一大助力了。

相较于简少君功利的考量，和云亭一个军帐的王战几个人就显得真诚了许多，他们围在冉无恙身边，焦急地问道："无恙怎么了？"

云亭抱着怀里瘦骨嶙峋，不停颤抖的姑娘，心疼极了。他也想知道小恙到底是怎么了，潜意识里云亭就觉得小恙的忽然病倒，和她同样突然拥有的能力有关。

他后悔了，早知道会这样，就算小恙再怎么不愿意说，他也一定会刨根问底，把所有潜在的危险都一一解决，而不是像现在这样，看着她痛苦难受，无能为力。

就在云亭心急如焚，冉无恙以为自己要疼死的时候，系统提示音终于响起了："修复完成。"

伴随脑子里闪过的这句话，身体的疼痛就仿佛急退的潮水一般迅速削减，她清楚地感觉到，经过那番生不如死的疼痛后，她的身体发生了变化，浑身上下被注入了无限生机，身体的每一寸都仿佛被淬炼过一般，说不出的舒爽。它和之前系统短时间加持在身上的力量不一样，冉无恙能感觉到，这是属于她自身的变化，再也不是昙花一现、海市蜃楼的浮华了。

冉无恙倏地睁开了眼睛，第一眼就看到云亭俊美的脸和担忧焦急的黑眸，她咧嘴一笑，叫道："哥！"

云亭心底猛地一震，刚才小恙的眼睛里好像有一道光一闪而过，原本就飞扬的凤眸不知怎的更显张扬。他轻抚着冉无恙的眼帘，低声问道："小恙，你怎么样？"

冉无恙拉下云亭的手，从地上一跃而起，抬手拨了拨额前湿漉漉的发丝，露出光洁的额头。她勾唇一笑，愉悦地回道："云亭哥别担心，我没事，我感觉很好。"应该说，是从来没这么好过。

众人愣愣地看着眼前面色红润、神采飞扬的少年，有点儿反应不过来，如果不是看过她疼得浑身抽搐、大汗淋漓的样子，还真以为她刚才是在和他们闹着玩呢。

众人都松了一口气，云亭心中的担忧却更进了一步，没有哪个正常人前一刻还痛得死去活来，下一刻就能生龙活虎、神采奕奕，除非……

云亭眸光一暗，她是不是暗中服用了什么药？

冉无恙不知道她聪明的云亭哥哥已经猜到了部分真相，她现在正在查看系统提供的宿主面板。

宿主面板：
姓名：冉无恙
年龄：15岁
智力：8级
体力：7级
敏捷度：6级
天赋技能：过目不忘
魅力值：1210
信仰值：200
女神光环：0

智力和敏捷度都只提升了1个点，但是她的体力居然从4一下跨越了3个等级到达了7，系统都为此感到惊讶。

每个人由于基因不一样，服用基因修复液之后，得到改善的方向和提升的程度都不一样。冉无恙的基因或许在体力上原本就特别优秀，再加上她对力量的执念，所以在修复的过程中，体力这一项得到了极大的改善。

系统看冉无恙的眼神都变得灼热起来，只是初级基因修复液而已，就能一下子连涨三级，这可是个超级潜力股啊！不错不错，自己捡到宝了。

事实证明，将宿主培养成这个位面的战神是一条切实可行的道路，这一次或许只需个两三年，它就能完成本次任务了！系统简直乐开了花，即使这个宿主总是喜欢和它相爱相杀，它也愿意了！

冉无恙对基因修复液的了解少之又少，并不能理解系统这种仿佛中了几百个亿的激动心情。

她的目光在信仰值三个字上绕了一圈，心中有点儿茫然，她完全不记得这200点信仰值是怎么得来的了，难道救人能增长信仰值？

冉无恙没时间深想，敌人已经点好火把逼近石林了。

云亭有很多话想问她，却没有时间，只能将心中的担忧和疑问暂时压下。他抬起手，用食指在她脑袋上用力地敲了一下，厉声说道："我等着你的解释。"

丢下一句话，云亭不再理她，带着其他人去设置困人的阵法了。

冉无恙唉声叹气，心底发凉，完了完了，这次是真的躲不掉了。

"厌货，他有这么可怕吗？担心这些还不如担心他活不活得到质问你的时候吧。"

冉无恙脸色倏地暗了下来，有点儿生气系统这样诅咒云亭哥，同时也开始担心起云亭的安危来。

她现在就是力气更大，更耳聪目明一些而已，她不知道应该怎么与人搏杀。以前在军中训练的时候，她总是一下子就被云亭哥制住了，明明云亭哥也没用什么力，她就是挣脱不了，可见招式和技巧还是很重要的。

"小神，你有没有什么武功秘籍能让我学一学？"她自认为喝下了系统的基因修复液，和系统就算是真真正正的一条船上的人了，就算系统真的要利用她，也得先助她，所以她现在和系统提要求，一点儿都不带犹豫的。

"现在学？"系统有些被她的行动力惊着了。

"嗯，能学得了多少是多少。"

"……"它知道有个词叫作临阵磨刀，它家宿主更绝，打算现学现卖。哦，差点儿忘了，人家过目不忘，可惜格斗术这种东西，还真不是记在脑子里就有用的，不过宿主这么有上进心，系统自然要大力支持，再说还能扣魅力值，何乐不为？系统美滋滋地回道："有。初级格斗术，匕首篇，500点魅力值，要不要？"

冉无恙摸了摸腰间的匕首，咬了咬牙，回道："要。"

冉无恙在心里暗骂系统奸商，但等到她真正拿到系统提供给她的初级格斗术匕首篇的时候，她才知道，系统扣她500点魅力值真的一点儿都不贵，值，太值了！

冉无恙是见过那些教人武艺的小册子长什么样的，她以为小神提供的武功秘籍，最多就是册子上的小人画得更好、更逼真一些，招式更加厉害一些罢了，事实上，摆在她面前的，根本不是什么小册子！

系统扣完魅力值之后，她的眼前就凭空出现了一个黑影，冉无恙看不清黑影的五官，但能清楚地看到他的动作，他手里拿着一把七寸长的匕首，一招一式地开始演练起来，他每做一个动作，都有一道清冽中带着冷漠的女声在一旁介绍这个招式的动作要领。

冉无恙倏地一惊，连忙抬头往周围看去，不远处众人都在云亭的指挥下忙着自己手里的活，好像听不见也看不见她这边的动静。

冉无恙松了口气，看来这个黑影只有她一个人能看到。确定了这件事之后，她就不再管周围的事情了，静下心来，用心看，用心听。黑亮的凤眸中，不时有光影闪动，那些动作和动作要领就像被完美地复制了一般，刻印在冉无恙的脑海中。

云亭发现冉无恙一直没有过来就回头看了她一眼，只这一眼，就让他发现了冉无恙的状态不对。

她坐在一块石头上，背脊挺直，目视前方，神情异常专注，就好像她正在看什么对她来说非常重要的东西一般，可是那里除了几块石屏和满地的野草，根本没有别的东西可看。

云亭想起刚才冉无恙疼晕在他怀里瑟瑟发抖的模样，心脏猛地一缩，快步走了过去。

他站在冉无恙身后看了一会儿，确实没有看到任何东西，伸手按住冉无恙的肩膀，厉声问道："你在看什么？"

冉无恙吓了一跳，如果不是太过熟悉云亭的声音，刚刚才看完格斗术的某人差点儿就把人甩出去了。

冉无恙拍了拍胸口，回头看向云亭，嘻嘻笑道："没看什么，我就坐着发了会儿呆。"

好在初级格斗术已经演示完了，黑影也消失了，不然冉无恙真不知道自己怎么一边学习一边和云亭哥说话，如果那样的话肯定会被云亭哥发现的。

冉无恙看到云亭仍盯着之前黑影所在的方向看，心里怕怕的，直接拉着人就走。

"你们都弄好了吗？走走走，我们快过去吧。"

冉无恙只想着把人拖走，完全没注意到，云亭还回头看了一眼，这一眼中的狠辣和冷戾，让系统都心惊。

系统暗暗疑惑，这个人到底是什么人物？表面看着温润，内里切开，怕是比墨还黑吧。

简少君看到冉无恙拉着云亭的手往这边跑，那匆忙的模样，就好像背后有什么东西在追他们似的，他微微侧头看去，他们背后就是几块石头、一片草地而已，什么也没有。

他与这两个人也不熟，自然不好询问，朝冉无恙微微颔首，对着云亭说道："敌军冲进来了，马上就要走到我们布置好的区域了。"

这时候的云亭已经恢复成了平时温润可靠的模样，他点了点头，对着已经拿好武器列队站好的战友说道："时间紧迫，我们只能利用石林中现有的东西来布阵，效果不可能很好，所以敌人有可能是七八个人被困在一处，也有可能十来个人被困在一处。大家最好分成两个人一组，对敌的时候相互照应，协作杀敌。"

战友们开始商量着如何分组，冉无恙却在忧心接下来要面对的情况。

他们总共才十七个人，如果对上七八个凉国骑兵还有胜算，如果一下子对上十来个，怕是胜负难料。

冉无恙想起了上次敌军偷袭粮草营时看过的小地图，问道："小神，能显示石林中的敌军分布图吗？"如果能提前知道敌军的分布情况，就可以先选那些人少的地方发起进攻，这样既能增长大家的士气，同时还可以缴获敌人的武器为我方所用，增加一点儿获胜的保障。

噢耶，又有魅力值赚，系统无比贴心地回道："当然可以，系统为宿主推荐悬浮式敌军动态显示图，只需消耗500点魅力值，宿主就能轻松拥有了。"

500点？冉无恙的脸直接黑了："不是30点吗？"

系统一本正经、义正词严地忽悠道："30点是一秒的价格，悬浮式敌军动态显示图能够始终悬浮在宿主面前，宿主可以实时观察敌军动向，只要500点而已，系统已经给宿主打折了。若不是看在宿主第一次参加这种夜间对攻战的分上，没有2000点魅力值系统是不会给宿主使用的。"

一秒时间要30点，500点就可以一直显示地图，好像确实是她赚了！有便宜不占王八蛋，冉无恙一秒钟变脸，笑嘻嘻地讨好道："是是是，小神你最好了，来吧来吧，开启地图吧。"

"叮，扣除500点魅力值，显示敌军动态图。"顺利拿到500点魅力值，系统也非常高兴，爽快地为宿主打开了动态图。

冉无恙发现这个动态图和上次看到的巨大光屏不一样，它是一个长四尺、宽三尺的长方形屏幕，就悬挂在她视线的右上方，只要微微往右看，就能看到它，但又巧妙地不影响她的视野，可以说是非常方便了。

服用过基因修复液之后，她的五感都得到了提升，即使屏幕不大，她也能清楚地看到上面标注的红点和各种地形、路线。

原本她在石林里面就有点儿晕，根本认不清路，可是有了这张地图，她就像在空中长了双眼睛一样，能把周围的一切收入眼中。

冉无恙高兴地笑道："有了这种地图，根本就不用勘察地形了，敌人躲在哪里都能发现。如果有足够多的魅力值，能够开启大地图，岂不是可以将敌人如何调兵遣将都看得一清二楚了？那我军岂不是赢定了！"

系统沉默了一会儿，用着前所未有的严肃语气说道："系统的目标，是帮助宿主成为这个位面的战神，但是宿主现在的思想非常危险。战神除了本身必须拥有非凡的战斗力之外，统御力、观察力、判断力和决策力缺一不可，这些加起来，才构成宿主足以封神的实力。地图只能作为宿主能力不足、经验不够时的一种辅助工具，宿主依赖外力永远也不可能成为真正的战神。"

前面的话冉无恙虽然在认真听，但其实并没有太大的感触，因为她并没有想过要成为战神，她只是想在这个战乱的年代，在危险的军中，和云亭哥一起活下去而已。但是听到"外力"两个字的时候，她的心猛地一颤，系统之前给她的力量加持就是一种外力，一旦没有了系统，她就会立刻被打回原形，这就是外力。

她也意识到，只有像云亭那样，看到寂静的山林就能想到敌袭，一进入石林就立刻能够借助周围的环境对敌，这才是真本事。她只有把本事都学到了，就像刚才的格斗术那样，才有真真正正属于自己的东西。

冉无恙垂下头，咬着下唇，真心实意地说道："我记住了，对不起，我不该得意忘形。"

一点就透，这么快就能想明白其中关键，可见宿主的心性和眼界都还算不错，宿主也不过是个十五岁的小孩子，系统不但没有责怪她，还宽慰道："宿主你很好，想明白就行了，不必因此自责。"

冉无恙轻轻地"嗯"了一声，情绪依旧有些低迷，直到肩膀被人用力拍了一下，她才猛地抬起头来。

"无恙，我和你一组。"低沉的嗓音沙哑到冉无恙都快听不出是谁的声音了，她连忙回头看去，一道高大的身影站在她身侧。

"石哥？石玉怎么样了？"她之前一直忙着和小神说话，居然没发现石锋什么时候加入了他们。

"血止住了，由阿陌照顾着。"石锋牵了牵嘴角，笑容有些勉强，眼中是浓得化不开的疲惫和憔悴。

冉无恙暗暗松了口气，小神说过，能止住血小石头就不会有事。可惜她现在不能把这个消息直接告诉石锋，只能岔开话题，说起另一件事："石哥，你不要和我一组，你和云亭哥一组。"

对上石锋疑惑的眼神，不等他问，冉无恙就主动说道："我哥是这个阵法的核心人物，他不能有丝毫闪失，你是咱们队里武艺最好的，你跟他一组，我才放心。"

其实就算是石锋和云亭哥一组，她也是不放心的，但是她自己和云亭哥一组，她怕自己所有的注意力都放在云亭哥身上，反而不能更好地杀敌。

有时候就是关心则乱，她哥其实也是这样。平日里那么聪明的一个人，见到一匹马向她冲过来，想也不想就去救她，结果自己被马给踢伤了。明明她自己可以滚到一旁躲开，两个人都不用受伤。

无恙说的也有道理，石锋不好反驳。王战向前一步，拍了拍胸口，说道："那我和你一组，战哥保护你。"

在场很多人都只顾着逃命，并没有看到冉无恙以一己之力拖住数千骑兵，为大家争取时间的英姿。就算有人看到了，她瘦弱的外表也很有迷惑性，让人总是忍不住把她当作小孩子看待。

冉无恙轻笑一声，把双手环在胸前，摇了摇头，说道："我们一共十七个人，两个人一组，还剩一个，我自己一个人一组就行了。"

一个人一组，这怎么行？石锋刚刚才经历了一场亲弟弟重伤的劫难，哪里肯让冉无恙胡闹，急忙说道："你可以和我们一组啊，你一个人怎么能一组呢？"

冉无恙原本还想继续说服石锋，手腕忽然一疼。云亭抓着她的手，将她拉到了一面石屏后面，然后七拐八绕地，就走到了一处幽静的地方。

冉无恙忍不住瞄了一眼右边的动态图，友军是绿色的圆点，她自己是白色的圆点，从地图上看，她离战友们很近，却一点儿也听不到那边传来的声音，这奇门遁甲之术可真神奇。

"说吧，你到底想干什么？"冉无恙还在赞叹阵法的神奇，就听到耳边传来一声隐忍的低斥。

斑驳树影下，两个人面对面站着。这次冉无恙没有低头，看着对面面无表情，眼神却格外幽深的青年，心里也很难过。

她知道云亭哥在生气，他也应该生气。两个人相依为命，本来就应该互相信任、互相依赖，可是她身上发生了这么多离奇的事情，她却只能瞒着他，心里真的很痛苦。

冉无恙红着眼眶，忐忑地小心试探道："小神，是不是只要不暴露你来自星际时代，住在我脑子里这两件事就可以？"

良久，系统才回了一声"嗯"。

冉无恙高兴得都快跳起来了，紧紧地握住云亭的手，急忙说道："云亭哥，你相信我，我不是那种任意妄为的人，我知道你关心我，也知道你想听什么，等一切结束了我都告诉你，好不好？"

在冉无恙微红的眼眶加上可怜巴巴的眼神的攻势下，云亭最后还是又一次妥协了："好，这次我信你，但是你答应我的事要做到，知道吗？"

"嗯。"冉无恙抿嘴一笑，用力点头。

云亭叹了口气，扫了一眼她还背在身后的长弓，问道："你用什么武器？"长箭在石林里，没有太大的作用。

冉无恙拍拍侧腰的位置，说道："匕首。"

匕首就是云亭送给她的，他让她必须随身携带。对于这把匕首，云亭无比熟悉，它十分锋利，用来防身是很好的，可是用来杀敌并不妥当。

匕首太短，只有近身才能伤到人，可是近身肉搏，是最危险也最容易受伤的搏杀方式，他不明白冉无恙为什么要选它。

"我很会用匕首的！"冉无恙急于说服云亭，也存着几分卖弄的心思，利落地抽出了绑在腰间的匕首，将刺、扎、挑、抹、豁、格、剜、剪、带等匕首的基本用法都使了个遍。匕首在她手中，就像有生命一般。

云亭的心情更糟了，她什么时候把匕首练得这么好了？又是一件他不知道的事情！

冉无恙觉得云亭哥的眼神有点儿可怕，百思不得其解。她变得厉害了，她哥怎么好像并不高兴啊？

两个人离开才不过小半盏茶的工夫就回来了，云亭去时明明很生气，回来后却能平静地说道："两两分组，冉无恙一个人一组，分好组就出发。"

果然，云亭答应了冉无恙一个人一组的请求，就没有人再站出来反对，就算石锋黑着一张脸，也没有再说什么。

冉无恙想，这可能就是所谓的统御力吧。

第六章　初露锋芒

第一个攻击目标地是云亭选的，冉无恙看了一眼敌军动态图，确定那处地方只有八个人，便没再多说，跟着大家一起行动。

凉国人本就比瑜国人要高，这些精选出来的骑兵就更不用说了，个个牛高马大的。他们发现自己被困住之后也没怎么慌张，正举着手中的火把找出路。

云亭一行人冲进来的时候，凉国人慌乱了一瞬间，但看他们也不过才十几个人，大多数还都是老弱病残，脸上立刻露出了轻蔑之色。

冉无恙知道自己的斤两，选了一个最矮最瘦的人做自己的对手，可惜对方在凉国人中算矮，却也还是比她高了半个头。

两个人对上之后，冉无恙也深刻地意识到，记住招式和真正会用差得好远。对方拿的还是长兵器，她只能仗着灵活的身手，一边躲，一边抓紧时机偷袭。

她现在7级的体力，自然不能和系统加持时的力量相比，但冉无恙很满足也很开心，因为这是她自己的体力，不会因为时限到了便消失了。

实践出真知，过了几十招之后，冉无恙的招式明显用得更加连贯了，反应也快了很多，她的对手身上已经多出了十几道伤口。她趁对方分神的瞬间，猛地往前一撞，本来就已经快力竭的凉国人直接砸在石屏上，晕死过去。

"小神我赢了！我……"冉无恙高兴地和系统炫耀，可是她话还没说完，身后忽然响起一道凄厉的喊声。

"七叔！"

冉无恙回头看去，只见一个人影蜷缩在地上，一手抱住肩膀，痛苦地打滚。他身边不远处，一整条胳膊掉在地上，鲜血洒了一地。

要砍伤、捅伤一个人并不难，但要一下子砍下一个人的胳膊，除了要求武器足够锋利之外，这个人的力气必须够大，下手必须足够果断狠辣。

凶手并不难认，那是一个长着络腮胡的壮汉，身材高大健硕，比一般人高出一个头不止，夜色下，他站在那儿就像一座小山，难以撼动。

冉无恙还注意到，他的武器与旁人的不同，是一把大斧子。

此刻，络腮胡壮汉正挥着斧子砍向挡在七叔面前的青年。青年是和冉无恙一个军帐的战友艾小川，今年才刚满十八岁，平时也不太爱说话，但人特别仗义。就像此刻，他明知道自己不是壮汉的对手，仍然举着大刀迎向劈过来的巨斧。

勇气可嘉，可惜实力不济。长刀和巨斧碰撞，划出一道火花，斧头直接将长刀砍成了两半。巨大的力道让艾小川连刀柄都握不住，断裂的长刀直接脱手而出。手中没了武器，若是壮汉再来一斧子，艾小川的小命肯定不保。

壮汉背对着冉无恙，她提起匕首冲上前，猛地一跃，举起匕首刺向壮汉的肩胛骨。壮汉也是身经百战的骑兵，听到背后的动静，立刻往旁边一闪，躲过了冉无恙的偷袭。

对方有了防备，冉无恙也没有再出招。她趁机跑到艾小川前面，将浑身狼狈的青年挡在身后，低声说道："小川你去帮七叔包扎，这个人交给我。"

艾小川捂着剧痛的手腕，怔怔地看着身前还没有自己高的瘦小的身影，回不过神来。他刚刚已经感觉到巨斧劈砍下来的劲风扫到了他的脸，若不是有冉无恙搭救，他现在估计已经被劈成两半了吧。

惊恐过后便是深深的羞愧，无恙举着匕首与壮汉对峙的场面，就像是一只小羔羊挑战一匹成年巨狼一般。他怎么能躲在年纪比他小，还比他瘦弱的无恙身后呢？艾小川摇了摇头，捡起地上已经被劈断的残刀，说道："你去帮七叔，我来拦他。"

冉无恙皱了皱眉，反手狠推了艾小川一把，吼道："少废话，快去！"

艾小川被她推得直接摔在了七叔身边。他不可思议地看了看他和冉无恙之间的距离，所以说他刚才是被扔过来的吗？无恙的力气怎么这么大？

心中惊疑不定，他却没有时间多想。七叔已经晕死过去，胳膊还在流血，若是血止不住命就没了，艾小川连忙拿出怀里的纱布帮七叔止血。

络腮胡壮汉嗤笑一声，看冉无恙的眼神就像在看一只不知死活的小蚂蚁，他举起还在滴血的巨斧，恶声恶气地说道："找死！"

那把斧子最少也有三十斤，壮汉却能将它舞得虎虎生威，每一下都带起劲风，若是被砍中，别说是胳膊，连腰都会被直接砍断。

冉无恙不敢贸然接近他，只能靠灵活的身手不断躲避，借此消耗络腮胡壮汉的体力。

挥了几十下，连这小子的皮肉都没碰到，他是属猴子的吧，这么会躲！络腮胡壮汉不耐烦了，挥舞着斧子将冉无恙逼到两块石屏的中间，让她无法再闪躲，然后举起巨斧当头劈下。

又是这一招！冉无恙避无可避，只能举起匕首，硬接了下来。

兵器相接，再次擦出了火花，如泰山压顶般的力量直接把冉无恙压得单膝跪地。然而也只是这样而已，匕首仍稳稳地被她握在手里，她用仅仅五寸长的刀刃扛住了三四十斤重的斧子的重重一击。

络腮胡壮汉愣了一下，他没想到这个骨瘦如柴的小子居然挡得住他的斧子，心下又惊又怒。壮汉到底是比冉无恙对敌经验丰富，趁着她被斧头压得没法动弹的时候，抬起脚朝着她的胸口狠狠地踹了一脚。

冉无恙整个人倒飞出去，砸在地上。

冉无恙蜷缩着趴在地上，想站起来却发现自己动弹不得，胸口火辣辣地疼，像被一块巨石压着一般，呼吸艰难，血气翻涌，一口血直接喷了出来。好在她之前经受过一次基因修复液的洗礼，这种程度的疼痛还不至于让她晕厥。

"宿主右肩骨裂，肋骨骨折，是否修复身体？"

冉无恙疼得双耳轰鸣，若不是系统的声音是直接出现在脑子里的，可能都听不清了，来不及思考所谓的修复是什么意思，就已经点头回道："修复……"

"叮，扣除200点魅力值修复宿主身体。"

系统的提示音还没有结束，冉无恙就感觉到一股暖意在她的胸部、腹部游走，然后慢慢向右肩蔓延，不一会儿，她整个身体都暖融融的，疼痛感也在慢慢消退，就好像从来没有受过伤一样。

冉无恙动了动肩膀，真的一点儿都不痛了！这……这实在太神奇了！

冉无恙还没感慨两句，身体就被巨大的阴影覆盖了。一只手朝着她的后颈袭来，看样子是想将她拎起来，耳边传来络腮胡壮汉狂妄的叫嚣声："不知天高地厚的小东西，看爷爷怎么撕碎你这小身板。"

冉无恙眸光一厉，单手撑住地面，往旁边一滚，另一只手握住匕首，反手一挥，眨眼之间，已经离壮汉两三丈远。

冉无恙轻轻甩了甩匕首，血珠子沿着刀尖滴落在地。她凤眸微挑，唇角勾起一抹坏笑，说道："谁撕谁还不一定呢。"

壮汉的手还伸在半空中，手臂上一道血口子汩汩地往外冒血。冉无恙的速度太快了，壮汉到现在还有些反应不过来。

怎么可能？他那一脚明明踢实了，他知道自己的力道，这小子就算不死，也得躺三个月，但现在是怎么回事？她不仅躲开了还给了他一刀？

山风渐起，夜影朦胧，前方瘦小的人影手里握着的短匕首闪着森白的寒光，狭长的凤眸似笑非笑地看着他，仿佛她才是那个狩猎的人，自己却成了待宰的羔羊。

明明面对的是手下败将，壮汉后背却莫名地发冷，总觉得这小子有点儿诡异。

认定这小子有问题之后，两个人再次过招时，壮汉显然就有些束手束脚。然而在接下来的对战中，少年一改之前试探躲闪的打法，开始与他近身肉搏起来。

少年年纪不大，匕首却用得很溜，招式犀利又刁钻，偏偏她力气还不小，壮汉身上已经被削了好几刀。更令他冷汗直流的是，少年真的像打不死似的。每次他拼尽全力将人打飞出去之后，她都能很快地爬起来，看起来一副完全没有受伤的样子，仍是生龙活虎地朝他扑过来，眼眸还越来越亮，仿佛打上瘾了一般。

这个冲击实在太大了，壮汉惊得自乱阵脚，也让冉无恙找到了机会。她趁着壮汉后退的时候，举起匕首，刺向壮汉的脸部。壮汉大惊，连忙用斧头隔挡，谁知冉无恙手腕一转瞬间改了方向，锋利的匕首一下子刺入壮汉的腹部。

"啊——"壮汉惨叫一声，又惊又怒之下，举起斧子不管不顾地扑向冉无恙，嘴里怒吼道："臭小子，老子要把你剁成肉酱！"打不死她，砍总能砍死吧！

若是一开始对战的时候，壮汉这样朝她扑过来，她是害怕的，可是现在打了这么久，壮汉已经被她折腾得筋疲力尽，力气大不如前。再加上壮汉现在怒火中烧，也失去了冷静和判断力，冉无恙完全不惧。

轻巧地往旁边一闪，躲过了壮汉的一斧子，她轻笑一声，用之前壮汉对她的那种不屑又轻蔑的语气说道："死到临头，废话还这么多。"

被一个毛都没长齐的小子嘲讽，壮汉哪里忍得下这口气？他啊地大吼一声，双目赤红，满眼杀气地冲向冉无恙，手中的斧子再次被他挥舞得虎虎生风。

冉无恙眯了眯眼，故技重施，正面迎了上去，手中的匕首再次朝着他的脸面刺过去。壮汉冷笑一声，这小子难道以为他还会在同一招上吃第二次亏吗？他反应迅速地歪过头，躲开迎面而来的匕首，同时挥斧护住胸腹。

却不想冉无恙再次扭转刀尖，只是这次对准的不是壮汉的脸部，也不是腹部，而是——他的咽喉。

当匕首整个没入喉颈的时候，壮汉还没有反应过来，血已经喷涌而出，喷得冉无恙满头满脸都是血。

壮汉砰的一声，往地上倒去，有些虚脱的冉无恙也一下子栽倒在壮汉身上。

壮汉还没有死，一直在抽搐，眼睛圆睁，目眦欲裂，难以置信又满眼绝望地瞪着天空。血还在往外喷，他的喉咙里发出漏风一般的呵呵声。

冉无恙现在的情况也不太好。她才刚刚完成基因修复，就进行这样高强度的厮杀，之前一直强撑着，现在也是强弩之末。

然而更让人担心的，不是她的身体，而是她整个人的状态。她从军半年，也见过不少血腥，但在此之前，她从来没有这样近距离地直面鲜血与死亡。

她满头满脸都是血，温热黏腻的血液沿着脸颊往下流淌，眼睛里一片血红。她努力地眨眼睛，却仍然看不清眼前的东西，耳朵能清晰地听到喉管发出的漏气一般的呵呵声，空气里满是血液的腥臭味，恐惧像一只大手遮住了她的口鼻，让她窒息。

那种恐惧感，是对杀人的恐惧，同时也是对死亡的恐惧。她很清楚，如果她今天败了，她会被斧子毫不留情地劈成两半，地上流淌的将是她的鲜血。

其他人其实早就已经结束了战斗，但之前冉无恙和壮汉打得不相上下，战况正酣，他们不敢贸然冲上去，只能在旁边寻找时机，打算一拥而上制服敌人。谁也没想到，壮得像山一样的汉子竟被冉无恙杀了，还是一刀入喉！

众人惊叹的同时，都在夸冉无恙厉害，却没有人发现她的异状。

除了一个人。

"小恙？小恙！"云亭冲到冉无恙身边的时候，她的眼神已经开始涣散，身体微微抽搐，一直在干呕。

云亭直接将她拦腰抱起，走到旁边一处干净的草地上才将人放下来。冉无恙脚下一软，根本站不住，只能死死地拽着云亭的衣襟，往他怀里钻。

她感觉到一只有力的大手紧紧地搂着她的腰，将她固定在怀里不至于滑倒在地，另一只手托着她的后颈，轻轻揉捻，让她放松。

"小恙，你要记住，战场之上以命相搏，你不杀他，他就会杀你。你没有做错，不要怕，你赢了。"清越的男子的声音在耳边一遍遍地响着，不厌其烦。

冉无恙将脸埋在云亭的颈窝里，只有这样，她才能避开那些令人作呕的血腥味。

"叮，收到来自石锋的 50 点魅力值。"

"叮，收到来自王战的 50 点魅力值。"

"叮，收到来自简少君的 30 点魅力值。"

…………

脸上的血被云亭一点一点擦干净了，那种黏腻的恶心的味道也已经慢慢散去，靠在熟悉又温暖的怀抱里，冉无恙的心渐渐落回了实处。耳边传来的提示音也给了她很多鼓励，冉无恙紧绷的身体终于放松下来。

云亭仍是耐心地轻拍着她的背脊，良久才低声问道："好些了吗？"

冉无恙缓缓松开抓着云亭衣襟的手，低着头，轻嗯了一声。情绪慢慢平复下来之后，才觉得自己已经这么大了，还扑在云亭哥怀里求安慰，有点儿不好意思，尤其还是在这么多人面前。她的脸颊染上了一抹嫣红，好在夜色深沉，没人看得出来。

云亭看她的眼神恢复了往日的清明，脸色也好了许多，才稍稍放下心来，又安慰了她两句，才去处理伤员的事情。

除了七叔被砍断了胳膊外，其他人都只是受了轻伤，虽然赢得狼狈，到底还是赢了。不过这也才是第一场较量而已，杀入石林中的凉国骑兵有近百人，后面还有更大的危机等着他们。

战了一场，大家也累了，云亭朗声说道："休整一刻钟，准备去下一处。"

"是。"将士们三三两两地靠坐在一起，冉无恙找了一处远离血腥味的地方坐下，背靠着石屏，闭目养神，只觉得从身体到精神，都十分疲累，却又怎么都睡不着。

"宿主还在害怕吗？"冉无恙闭着眼睛没理它，系统也不介意，自顾自地说道，"云亭说得没有错，你不杀他，他就会杀你。真正的战场厮杀，比这个更加血腥和残酷。战神之路并不好走，宿主最好早点儿想明白，自己为何而战。"

战神应该为何而战？蔺将军他又是为何而战呢？为瑜国还是为百姓？冉无恙睁开眼睛，抬头看着漆黑如墨的天际，有些茫然。

"小家伙，没事吧？"不知道什么时候，石锋走了过来，一屁股坐在冉无恙身边。

冉无恙摇了摇头，低声回道："没事，谢谢石哥。"

石锋的身上有很多伤口，他只是随意地包扎了一下，对自己的伤势浑不在意。他和冉无恙一样，背靠着石屏，仰头看着夜空，喉咙像被沙砾打磨过一般，沙哑的声音低低地说道："凡事不要逞强。刚才如果不是我抓住你哥，他就要冲上去了。你如果受伤，你哥比你还疼，懂吗？"越说到后面，声音越小，也不知道他这话是想对冉无恙说还是对石玉说。

冉无恙看得出来石锋的精神已经有些恍惚了，她知道，石锋其实也不需要她回答。

手托着腮帮，冉无恙扭头看向不远处正在和简少君、江陵说话的云亭。他脸上的表情是难得的严肃，原本就棱角分明的脸庞此刻更显出冷峻的气质。隔得远，她听不到云亭在说什么，但看简、江二人愈来愈亮的眼神和脸上掩饰不住的佩服，就知道又有两个人被她哥聪明的脑袋征服了。

他和别人说着话，还总是不时地回头看向她这边，确定她好好地坐在那里，才又转过头去继续说。冉无恙缓缓呼出一口浊气，一直惶惶不安的心在那牵挂的眼神的抚慰下，出奇地平静。

活着真好，和云亭哥一起活着，真好。

这时，一只萤火虫刚好从身边飞过，冉无恙伸手一把抓住，将它握在掌心。小虫子在手里乱撞，痒痒的，冉无恙慢慢松开手，被困的小家伙跌跌撞撞地飞远了。

冉无恙轻轻唤了一声："小神。"

"嗯？"

看着浅绿色的光点一闪一闪地在头顶飞舞，冉无恙嘴角微扬，露出一个单纯又愉悦的笑容，说道："我不知道战神应该为何而战，但我知道，现在的我，为自己，为保护云亭哥而战。"

原来温柔的宣誓也这么有力量吗？系统的芯片微微发热，声音是一如既往的冷淡，但只要用心听，就能感受到其中蕴含的淡淡的鼓励："只要宿主的心不会摇摆不定、茫然无措就行。人需要有一个信念，才能支撑自己一路走下去。信念不一定是什么国家大义、百姓疾苦，如果活着和守护就是宿主的信念，也未尝不可。"

冉无恙安静地听着，忽然开口说道："谢谢你，小神。"或许她对这位新朋友还是会有些疑惑,但这一刻,她是真心感谢它,感谢它的帮助,也感谢它的敦促和教导。

啧,总是被宿主挤对,忽然听到她道谢,还真是有点儿不习惯。系统装模作样地咳了一声,没好气地回道:"没事煽什么情,快点儿滚去赚魅力值。"

冉无恙扑哧一笑,回道:"好啊,不过你可别想随便扣我的魅力值,我每次都记得清清楚楚的,我过目不忘哦!"

"……"嗯,这欠揍的语气,是它捆绑的宿主,没错了。

石林内的战斗还没有结束,石林外却早就已经安静下来了。

吴东带领的瑜国将士除了几个趁乱逃走的人外,其他人被凉国骑兵屠戮殆尽,如今的山谷入口已经是另一番景象。

两旁的高地上,或俯或仰地趴满了尸体,血水几乎染红了周围的土地。山道上,近千名骑兵整整齐齐地列队站好,除了偶尔传来的几下马蹄踢踏的声音外,再也没有一丝杂音,安静得仿佛没有人一般。

石林入口处,黑衣男子负手而立,目光落在影影绰绰的石林之中。他戴着面具,看不到表情,但一直护卫在他身边的银甲将士已经能感觉到,这位主子的心情恐怕不太好。

银甲将士本不想触这位的霉头,但是看到他竟然只身朝着石林的方向走去,心下一惊,不得不低声提醒道:"主子,石林中怕是有埋伏。"

在外面能看到石林中偶有火光,隐约能听到里面传来打斗的声音,但是一个多时辰过去了,竟然还没有一个人出来。逃进去的人加起来也不过二十来人,还有人受伤,怎么可能抵抗得住近百人的围剿?最大的可能性就是石林里面还有人埋伏,那些逃兵,甚至还有那个箭术高超的人可能都是诱饵,为的就是诱敌深入。

黑衣男子不为所动,还在继续往前走,银甲将士连忙跟上,心里急得要命,又不敢拦主子的路。就在男子快要跨入石林的时候,他忽然想到了一个人,立刻低声说道:"主子,瑜国军队正在攻打塔木城,公主还在城里等着您,若是木将军护卫不力,公主殿下有什么闪失……"

后面的话,银甲将士没能说下去,因为一条铁鞭已经向他抽了过来。

银甲将士不敢躲,咬牙受了这一鞭,肩膀上立刻皮开肉绽,好在男子没想要他的命,以男子的力道,一鞭就足够将他抽成两半。

黑衣男子周身的气息冷厉又危险,他回头看了一眼石林深处,最终还是冷声说道:"走。"

"是。"银甲将士松了口气,赶紧对身后的将士喊道:"列队,出发。"

近千名骑兵重新翻身上马,朝着塔木城的方向奔去。

虽然外面的凉国骑兵走了,石林内的战斗却越来越激烈,冉无恙他们一直战到天明，才取得了最终的胜利。

当最后一个敌人倒下之后，所有人也都筋疲力尽地躺在了地上。

"胜了……我们胜了……"

"我们活下来了！"

也不知道是谁先喊了一句，所有人都忍不住欢呼起来，是啊，活下来了。有多少人在昨天夜里，以为自己再也见不到第二天的太阳，如今太阳照常升起，阳光照在身上的感觉，温暖得叫人想哭。

总共有二十八个人躲进了石林，战斗中死了两个人，其他人都活了下来，虽然每个人身上都伤痕累累，但他们终究是活下来了。

这种死里逃生的感动和欣喜，在走出石林，看到满山的尸体时，变成了庆幸。庆幸吴东阻止他们归队，让他们逃过一劫，更庆幸的是在这个队伍里，有云亭这样多智近妖的人，还有冉无恙这只小怪物。

是的，小怪物。

这是所有经历过昨晚的战斗的将士们共同的心声。

他们从来不知道，匕首原来可以那么厉害，也不知道一个人的体力可以这么持久，从子夜战到天明，仿佛不知疲倦般永不停歇，简直就是一把人形兵器。

他们有预感，这两个人绝非池中之物，只缺一个机会，便会一飞冲天。

…………

冉无恙一行人回到军营的时候，大将军带领的大部队还没有回来，不过镇北营的营长倒是已经回来了。三百个人出去，回来只剩下二十六个人，总得有人向上汇报这次战斗的情况，最后还是云亭和简少君去了。

昨晚战斗了一宿，大多数人回到帐内倒头就睡，冉无恙却睡不着，她现在只有一个念头，洗澡！

冉无恙没有洁癖，认为自己还挺糙，但满身都是汗水血污、泥土草屑，她是真的受不了。和她同样感受的人也不是没有，但他们可以去澡堂洗澡，冉无恙却是万万不能去的。她偷溜着跑出了军营。

距离营地东面三里远的地方，有一个小瀑布，瀑布下面的水潭干净清澈，周围的环境也很幽静，是个洗澡的好地方。

这里是云亭帮她找到的，一开始她也确实是在这个水潭里洗澡，直到有一天她看到一条大鱼在水潭里游来游去，她立刻决定抓回去给云亭哥加餐。

冉无恙水性不错，深吸了一口气，就钻到水里抓鱼，但这鱼非常警觉，感觉到危险就拼命游。冉无恙追了一路，实在没气了才浮出水面，但那时候她却发现自己已经不在水潭里了。

原来水潭下面，有一条水路，顺着游过去就能到达一个溶洞。溶洞里面并不大，却比外面安全多了，从那以后，溶洞就成了她洗澡的地方。

此刻冉无恙就在溶洞里痛痛快快地洗了个澡，直到感觉那股子血腥味彻底消失之后，才长长地舒了口气，总算是干净了。

就在她准备游出溶洞的时候，她忽然发现好像有些不对劲。之前身上都是血污和灰土，她还看不出来，现在洗干净了，她一眼就看出她的手，不是她原来的手！

冉无恙惊呆了，虽然溶洞里面的光线不太好，但她还是能看出来自己现在的肤色简直白到发光！

她从小就帮家里干活，后面战争开始了，又是逃难又是参军的，所以手上有很多茧子和细小的伤痕，可以说是糙得很。可是现在她的手，光滑如玉，柔韧纤细，没有一点儿瑕疵，连颗痣都没有，甚至连指甲盖都粉粉嫩嫩的，天哪……她从来都没见过这么美的手！比公主都美吧！

冉无恙举着两只美到人神共愤的爪子，颤颤巍巍地问道："小神！我……我这是怎么回事？"

呵呵，知道本系统的厉害了吧！系统得意地解释道："宿主服用了基因修复液，小到指甲、皮肤、头发，大到肌肉、骨骼、脏器，身体的各个部分都会优化。宿主会长高，头发会变得黑亮柔顺，皮肤也会白皙柔嫩。宿主今年已经十五岁了，之前因为营养不足，胸部一直发育不良，月信也没有来，基因修复之后，这些都会得到改善。等将来宿主获得中级和高级基因修复液之后，宿主的身体会更加趋于完美。"

系统提到胸部，她才反应过来，低头看去，瞬间倒吸了一口凉气，这样是不是发育得太好了点儿……

冉无恙倏地把身子藏在水里，只露出了一个头，同时在脑海里放声大叫道："小神，你是不是忘了我现在还在军中？这么大个……让我怎么女扮男装？"

系统："……"好像是有点儿忘了。

系统久久不回答，冉无恙敏锐地察觉到系统的小尴尬，眼珠子一转，立刻为自己谋起了福利。

"小神啊，咱们打个商量呗，你既然能治疗好我的伤，又能随便改变我的身体，那能不能让我的胸小一点儿，长得再高一点儿，身材健壮些，长相最好再稍微俊朗那么一点儿……"

系统不等她说完，直接怒了："本系统是'女神系统'，打造的是'女神'，不是'男神'！就是战神，那也是女战神，不仅战力爆表，所向披靡，还要肤白貌美大长腿，懂不懂？"

怒吼声震得冉无恙脑袋都有些发晕了，她连忙叫道："懂懂懂！"

冉无恙总算知道了，系统对"女神"两个字异常执着，她还是不要去撩虎须的好。

她揉了揉发晕的脑袋，可怜巴巴地说道："我也没说要做'男神'啊，问题是你也要看看现在的实际情况，如果让人知道我是女子，别说上战场了，轻则受一百军杖，被赶出军营，重则要被杀头的！咱们不管是做女神还是战神，总要循序渐进吧，你也要为我想一想，对不对？"

宿主终于认识到自己的错误，系统也软化了几分。

"也对，没有绝对的实力，确实要低调行事。"

冉无恙疯狂点头。"对对对，低调低调！"

系统沉默了好一会儿，终于不情不愿地说道："好吧，但系统最多只能给宿主三年的时间。三年后不管宿主能不能成长到不惧任何人的程度，系统都不再帮助宿主隐藏生理特征。"

"好的。"冉无恙立刻点头，生怕系统反悔似的保证道，"小神你放心，我这么厉害，三年肯定够了！"

冉无恙拍拍胸口，总算是逃过一劫，但手底下柔软的触感又让她瘪了瘪嘴，这就是初级基因修复液的效果吗？她完全不敢想象，服用中级、高级基因修复液之后会变成什么样……

算了算了，冉无恙自我安慰，往好的方面想，起码三年内，她不用担心月信的事了！

冉无恙软磨硬泡、装乖卖惨各种招数用尽，系统最终还是按照她的要求，对她的身体做了一些调整。

肤色调暗了几个度，和她原先的肤色差不多，不过那些茧子和小伤疤之类的肯定是没有了；柔顺黑亮的头发也变得稍微毛糙了一些；身高长高了一寸，对这一点冉无恙表示热烈欢迎，如果可以的话，她希望再长高三寸，可惜被系统无情地驳回了，下一次长高就只能等中级基因修复液了。

最后是她无比纠结的胸部。系统死也不肯如她所愿地给她一个大平胸，闹又闹不赢，打又打不过，冉无恙只能妥协，拿块束布裹一裹，穿上衣服应该也看不出来。她游出溶洞，换好衣服，仔仔细细地检查了一遍，确定没什么问题后，才快步跑回营地。

冉无恙原本打算偷偷溜回营帐睡一觉，没想到才刚刚走进营地，就被艾小川堵了个正着。

"无恙，你跑哪儿去了？大家都在找你。"

冉无恙看到艾小川的第一反应是紧张。她偷偷观察艾小川的神色，发现他好像并没有发觉自己和以前有什么不一样的地方，暗暗松了一口气，才问道："你们找我干什么？"

艾小川把她拽到一旁，低声说道："大将军回来了。"

"回来就好啊……"话还没说完，冉无恙忽然想到他们这次的行动可以说是全军覆没了，就他们这十几二十个人回来了，他们不会被当作逃兵吧？

冉无恙担忧地问道："大将军难道要追究咱们的责任？"

艾小川摇了摇头，一脸凝重地回道："不知道。刚才主帐那边传令下来，除了下不了床的几个人之外，其他人全部到主帐去。"

"别想那么多，想也没用，过去看看就知道了。"冉无恙拉着艾小川就往主帐的方向跑。她哥肯定已经先一步被带到主帐去了，还不知怎么样了呢！

冉无恙和艾小川赶到的时候，石锋等人已经等在主帐外了。看到他们人齐了，守在主帐外的将士才将他们一行人带进去。

冉无恙还是第一次来大将军的主帐，以前只远远地见过几次。现在真的进去了，她才知道，将军主帐居然这么大，比他们住的军帐要大上三四倍不止。

冉无恙进去之后第一件事就是找云亭在哪儿，没费什么力气，她一眼就在一群人中找到了那个颀长俊秀的青年。

云亭也刚好看过来，两个人对视了一眼，云亭给了她一个"没事"的眼神便移开了目光。冉无恙从他的表情里也看不出更多的信息，不过看他身边的简少君一脸喜色的样子，他们应该没有被为难。

确定了云亭没事，她才有心情细细观察周围的人。主帐中坐着七八个人，个个都是身穿军服、身材高大的将领，除了之前见过的方天外，其余的人她一个也不认识。虽然都不认识，但大将军还是很好认的。

他穿着一身绛红色的将军袍端坐在主位上，长相算不上俊美，五官如刀削斧凿出来的一般，刚毅冷硬，右边眉尾的地方还有一道刀疤。他目光锐利，身带煞气，很有将军的威仪，和冉无恙想象中的样子差不多。

和冉无恙一起进来的人都是第一次进主帐，大家第一次见到大将军，愣神了很久才反应过来，低头见礼："见过大将军。"

"免礼。"大将军的声音倒是比他的外形要温和一些，他的目光直直地落在身材最为清瘦的冉无恙身上，说道："你就是冉无恙吧。"

云亭哥和简少君都在这里，昨晚的事估计两个人已经汇报过了，大将军注意到她也没什么奇怪的。冉无恙上前一步，不卑不亢地点了点头，回道："是。"

前几日就听方天夸过她几句，刚刚又听简少君说了她昨晚的所作所为，蔺不归对这个小少年挺好奇的，笑道："听说你箭术非常厉害，匕首也使得很好。"

冉无恙回想了一下，她的箭术厉害，是系统加持过后的效果，她的格斗术，是花了整整500点魅力值从系统那里换来的，可不就是厉害嘛！

冉无恙丝毫没有要谦虚的意思，很认真地回道："嗯，我的箭术和匕首都很厉害。"

"……"

主帐中有片刻的安静，接下来是一阵哈哈大笑的声音，就连云亭都忍不住勾了勾唇角。

虽然军中之人大多性格直率，不喜欢那些矫揉造作的谦让之词，但这样毫不掩饰地夸奖自己的话，还是很少听见的。众人想到她的年纪，还是十来岁的小少年，如此直白倒也正常。

年纪最大的中军都尉李德勇捋了捋胡须，忍不住笑道："果然英雄出少年啊。"

贺弘嘴角也止不住地上扬，哼道："我看是初生牛犊，不知道天高地厚。"整天听方天在他耳边说这个小子力气多大多大，那日在校场上远远地看了他一眼，瘦巴巴的，让他大失所望。今日看来，这直来直往的性子倒是有点儿意思。

"是骡子是马，牵出来遛遛就知道了，我倒想看看，这小子能有多厉害。"前锋营的将军萧篸是个好斗分子，平日里没事就喜欢找人切磋。他刚才也听了简少君的汇报，恨不得和冉无恙比上一比，只是人家还是个十几岁的小少年，他若上去比试，明显就是在欺负人了。他朝身后的少年使了个眼色。

一名身姿挺拔的少年走了出来，站在冉无恙面前，扬声说道："我和你比一比。"

这人有一张娃娃脸，看起来很年轻，身材倒是很高大，比冉无恙高了大半个头。

冉无恙暗暗打量这人，问道："你是……？"

少年虽然一直冷着脸，态度却并不倨傲。他微微颔首，抱拳自报家门："前锋营百夫长，蔺奚。"

姓蔺？哦，了解了！这位估计是蔺家的小辈，跑军中历练来了，难怪只是百夫长就有资格站在主帐里。明明是蔺家的小少爷，居然只是个百夫长而已，看来蔺将军确实是一个刚正不阿、唯才是举的好将军。

冉无恙心里有底了，面对少年的挑战，她欣然接受，笑眯眯地说道："你是前锋营的百夫长，肯定很厉害了，比一比是可以，但如果我赢了呢？"

少年皱了皱眉，冷声问道："你想如何？"

冉无恙咧嘴一笑，回道："不如何，想讨一个百夫长当当。"

昨晚的事情让她知道，官大一级压死人，尤其是在军中，军令如山，根本不给你质疑的余地。云亭哥这么聪明，却总不能发挥自己的才干，她要为云亭哥挣一个百夫长回来，再也不让如吴东这样的败类随随便便地支使他们了。

这事蔺奚可做不得主，他回头看向蔺不归。蔺大将军倒是爽快，一拍大腿，便应承道："好，如果你赢了蔺奚，就让你当百夫长。"

没想到他答应了，冉无恙却摇了摇头，抬手指了指站在一旁的云亭，说道："不是我，是让我哥当百夫长。"

云亭眸光闪了闪，倒也没开口阻止，只是眼中透着几分无奈。

自己赢了个百夫长却要让给别人，这倒有趣了。萧篸来了兴致，笑问："为什么啊？百夫长可不是什么人都能当的，你哥这么个文弱书生，就算让他当他也未必能胜任。"

冉无恙看向萧篸，眸光清亮，侃侃而谈："将军这话不对，上阵杀敌，又不仅仅只需要力气，还需要脑子。大将军带兵打仗，也不用次次冲在最前面吧。大将军指挥战斗，有前锋营冲锋陷阵，我哥指挥战斗，有我一马当先，保证能够更好地完成任务，怎么就当不得百夫长？"

这云亭年纪不大，性情却很是沉稳，竟然还会奇门遁甲之术。蔺不归本来就打算笼络这样的人才，冉无恙现在提出来，不过是正中下怀而已，他高兴还来不及呢，怎么会拒绝？蔺不归直接一锤定音："好！你赢了，就让你哥当百夫长。"

一听蔺不归答应了，冉无恙立刻开心地说道："那就开始吧。"

说完她还回头对云亭眨了眨眼睛，脸上写满了"求表扬"。云亭扶额苦笑，这傻丫头以后怕是被人卖了还得给人家数钱吧。

第七章　挑战蔺奚

一行人往外走的途中，冉无恙脑海中响起系统的声音："一会儿比试的时候，宿主最好选择难度大一点儿的挑战方式。"

冉无恙不解地问道："为什么？"

"系统升级需要大量的魅力值和信仰值，宿主必须站在更高的位置上，取得更大的成就，让更多的人见识到宿主的能力和魅力，才能获取到更多的魅力值和信仰值。进入前锋营，是宿主最好的选择。这场比试的主要目的，不是赢这个年轻人，而是要震慑所有人，独领风骚！"

系统说的这些她都明白，她也思考过进前锋营的事，不然刚才也不会那么干脆地就同意和蔺奚比试，但是系统的要求也太高了吧！震慑所有人，还要独领风骚……

冉无恙撇了撇嘴，嘀咕道："说得倒挺容易，那你说说，要怎么比？"

系统沉吟片刻，然后有些兴奋地说道："宿主可以和他比试远距离射杀特定的移动物。"

她服用过基因修复液之后，确实感觉到整个人都不一样了，力量充沛，五感敏锐，但是远距离、特定的、移动物，想满足这三个条件实在很有难度。冉无恙面有难色，不确定地回道："这么比会不会太风骚了？而且我也没把握能做到啊！"

系统轻啧了一声，又是劝慰又是安抚地说道："这有什么好担心的，系统自然会为宿主提供帮助。这次是宿主脱颖而出的大好机会，绝对不能错过。宿主也不用因为借助了系统的力量而感到不安和羞愧，系统有的是方法提升宿主的能力，只要宿主按照系统的要求训练，只需一个月的时间，宿主就可以凭借自己的实力做到这一切。"

听了系统的话，冉无恙安心了，跃跃欲试地问："那……我上了？"

"上！"

冉无恙和系统商量好了，一行人也来到了校场。冉无恙深吸了一口气，用力地咳了两声，把所有人的注意力都集中到她身上之后，开始了拉仇恨的表演。

"要比就比难一点儿的，不然的话显不出我的水平，最好让大家都来看着，省得我赢得百夫长的位置以后，又有人不服气。"

冉无恙这波仇恨拉得很到位，而将领们都被她搞得哭笑不得了，心想这还真是初生牛犊不怕虎。

贺弘忍不住一巴掌拍向冉无恙的肩膀，笑骂道："臭小子，你口气不小啊！欠收拾吧。"

可惜手掌在快要碰到冉无恙肩膀的时候，被她一个转身，巧妙地躲了过去。她微微挑眉，颇为挑衅地回道："谁欠收拾比过就知道了。"

在他面前还如此大方自信的年轻人，蔺不归已经很多年没见到过了，对这场比试还真的越来越期待了。

蔺不归两眼含笑地看着面前的小少年，问道："你想怎么比？"

冉无恙想了想，回道："拿二十只鸡过来，在其中十只鸡的脖子上绑上红绳，将它们放到草丛里。我和蔺奚在五十丈外射杀这些鸡，射中绑了红绳的鸡加十分，射错了扣十分。"

听她说完比赛规则，昨晚见识过她一个人迎战数百骑兵的风姿的战友们神色还算淡定，而将领们的表情都变得很微妙。到底是什么给了她这么大的信心，这孩子是太狂了还是太傻了啊？

五十丈的距离，至少要使用三石弓才能射中目标。蔺奚是蔺家人，力气相较于普通人来说，已经算大的了，也只是勉强能使用三石弓而已。这小子又瘦又小，真的能拉开三石弓吗？

如今已是晚春了，草丛高得可以没过膝盖，一只鸡放在里面，看都看不清楚，还必须射中脖子绑红绳的鸡，这对眼力的要求太高。

更重要的是，射中的加十分，射错的还得倒扣十分，这规则实在太苛刻、太刁钻了。

众人沉默了一阵过后，都用看傻子的目光看冉无恙。她一点儿都不在乎，直接走到蔺奚面前，问道："怎么样？比不比？"

面前的少年神采飞扬，蔺奚既觉得她不可思议，又有点儿羡慕她的张扬肆意。这么难的比试，他知道自己可能做不到，但蔺家人可以败，却不能不战而降。

蔺奚毫不回避地看向冉无恙，坚定地点头，回道："比！"

校场中央，两名少年对面而立，互不相让，谁也不服输。

好！少年意气与春争，这才是瑜国的好儿郎！蔺不归爽朗大笑，大手一挥，说道："这题目好生刁钻，出得好！来人，去抓二十只鸡过来。"

虽然军中粮食紧缺，冉无恙他们已经吃了几个月的粗粮窝窝头了，但十万大军里，光是各级将领就有上百人，隔三岔五总得让他们沾点儿荤腥吧，所以军中还是养着不少鸡鸭的。大将军一发话，立刻就有人提着二十只鸡过来了。

这动静闹得有点儿大，本来大将军一行人出现在校场上就十分惹眼了，现在又弄来那么多鸡，不少士兵都在一旁偷偷围观。

对于冉无恙来说，越多人围观越好。她心情不错地挪了挪步子，靠近蔺奚，笑眯眯地说道："咱们先背过身去，等他们做好准备，比试开始了，咱们再一起转过来，怎么样？"

嗯，很公平，蔺奚没有异议地点了点头，回道："好。"

两个人一起转过身，不知道又说了些什么，逗得冉无恙哈哈大笑。

云亭黑眸微眯，看着"有说有笑"的两个人，身上开始冒冷气。

站在云亭身边的石锋直接翻了个白眼，得，这位"弟控"哥哥又不高兴了。

萧箜亲自挑选了两把弓和二十支箭送到两个少年面前，说道："为了公平起见，你们比试用的弓都是一样的，每个人只有十支箭，以半盏茶的时间为限，时间一到比试就结束了。听明白了吗？"

两个人接过弓箭，朗声回道："明白！"

萧箜看他们二人都准备好了，鸡也按要求放到草丛里了，大声喊道："准备，开始！"

"叮，扣除1000点魅力值，提升体力和眼力。"

冉无恙手一抖，弓箭差点儿飞出去，1000点！

冉无恙直接炸了，吼道："系统！你给我解释清楚，为什么是1000点？"

她记得清清楚楚，系统第一次给她提升体力的时候，两秒时间只需要190点，今天不过就是射几箭而已，用得着扣1000点吗！

之前还说什么会帮助她，结果呢？扣了她1000点！她厮杀了一晚上，总共也才存下几千点魅力值而已，这一下子就被扣掉了三分之一！

骗子！大骗子！

冉无恙的怒火已经快要化了，系统一点儿也没受影响，慢悠悠地回道："比试已经开始了哦，对方已经射出一箭了，宿主确定要在这个时候和系统讨论魅力值的问题吗？"

听听！不解释就算了，还用这种调侃中略带幸灾乐祸的语气来刺激她，实在很欠揍！

最可气的是，她还不能拿它怎么样。冉无恙一口气憋在心里，脸都憋黑了。她咬了咬牙，恶狠狠地说道："你给我等着！"君子报仇十年不晚，女子报仇，一晚都嫌晚！

系统呵呵一笑，不怕死地继续撩拨："加油哟，宿主。"

冉无恙一时没控制好力量，太过用力，弓臂发出了抗议的咯吱声，一双漂亮的凤眸仿佛着了火一般，一副看谁谁死的狰狞模样。

众人都被她反常的样子吓了一跳，这是怎么了？蔺奚都已经射出去三箭了，她还一动不动地站在那里，射箭难不成还得先酝酿情绪？

就在蔺奚都停了下来，奇怪地看向她的时候，冉无恙终于动了。

只见她猛地举起手中长弓，取箭、搭弓、拉弦、放箭，动作非常迅速，仿佛根本不需要蓄力，也不用瞄准，箭就放出去了。那副轻松随意的姿态完全不像在使用三石弓，唯有凌厉迅猛，如流光般飞射而出的长箭显示着这一箭的力道。

1000点虽然很坑，但真的不是白扣的。冉无恙拉弓的时候就感受到了那股蓬勃的力量，几十丈外的鸡清晰得仿佛就在她眼前一般，别说鸡脖子上的红线了，胳肢窝下面的毛她都能数清楚。

这一箭的结果自然是命中目标，那只可怜的鸡被射中之后，直接被刚猛的力道带出去十丈开外才摔在地上，这一箭的威力可想而知。

众人倒吸了一口凉气。从这里到草丛的距离就有五十丈之远，她这一箭居然还能射出去十多丈才停下，真正是天生神力了。

众人都在心里嘀咕，少年弱鸡一样的身体里，怎么会有如此惊人的爆发力？众人惊叹的同时，又觉得冉无恙的状态不太对。刚才还好好的，甚至还会和蔺奚说笑，怎么一开始比试就完全变了一副模样，脸色阴沉，双目赤红，煞气好重啊！

难不成这就是传说中的"战疯子"吗？一旦进入战斗状态，就完全狂化了？

冉无恙不知道自己泄愤的举动会引起这样的误会，以至于后来得知自己得了个"战疯子"的诨号，她还一头雾水。

此刻的她心里堵着一口气，每一只鸡在她眼里，都是系统的化身，可想而知，这些鸡的死状有多惨。

一气呵成连射七箭之后，她终于停了下来，将三支未射出的箭扔回箭筒之中。

萧筝看得正上瘾呢，看她不动了，立刻上前问道："时间还没到，剩下的三箭你不射了吗？"

能得分的鸡都射完了还射什么？冉无恙臭着一张脸，冷冰冰地回道："不射了。"

这是什么意思，看不起对手？萧筝脸倏地一沉，脸色很难看。其他将领也对冉无恙这种傲慢自大，不尊重对手的行为很不满，但比试还未结束，他们也不好说什么，只是看向冉无恙的目光里已经没了一开始的欣赏。

蔺奚强忍着被对手轻视的屈辱和愤怒，坚持射完了最后的两支箭，半盏茶的时间也刚好到了。

早就等在草丛附近的几名将士立刻过去统计结果，二十只鸡数量并不多，很快两个人的成绩就出来了。

一名小将快步跑了过来，神情激动，两眼放光，大声回禀道：“报！红箭射中三只鸡，射错四只鸡，三箭射空。蓝箭射中七只鸡，没有射错，没有射空。”

"……"

小将报完结果之后，被这场比试吸引而来，围观了全程的将士们瞬间欢呼起来。然而这群刚刚还觉得冉无恙傲慢的将领，却陷入了一片死寂之中。

两个人用的弓和箭是一样的，为了方便统计分数，箭羽上分别涂了两种颜色，红色代表蔺奚，蓝色则代表冉无恙。

这样一来，比试的结果就很明显了。

冉无恙射中七只鸡得七十分；

蔺奚射中三只鸡，射错四只鸡，按照比赛规则，不仅没得分，反倒被扣了十分！

这分数对比实在太过惨烈了。

蔺奚今年也才十七岁，虽然一直努力表现得沉稳大气，到底还是年纪小脸皮薄。他看到自己不仅一分都没得到，还反被扣了十分，对手还是年纪比他小，身材比他瘦弱的少年，瞬间觉得自己没用极了。一张娃娃脸憋得通红，紧紧地抿着唇，眼眶也红通通的。

到了这个时候，众人也终于明白了，冉无恙没有射出最后的三支箭，并不是不尊重对手，而是她早就知道，草丛中已经没有能得分的鸡了。

这需要何等敏锐的观察力才能做到如此精准无误？别说蔺奚，就是蔺不归都不行。以大将军为首的一众将领看冉无恙的眼神彻底变了。

然而惊艳全场的冉无恙脸上却没有一丝笑容，也没有一点儿大获全胜的欣喜，一张臭脸上写满了不高兴。

众人面面相觑，疑惑不解，这都已经赢了，还赢得如此彻底，她怎么还不高兴？就连云亭也一时间弄不清她的想法。

其实在刚才射箭的过程中，系统的提示音一直没有停过，因为围观的人多，粗略算一算，短短的半盏茶时间内，她已经收获了七八千点魅力值，到现在魅力值还在持续增长中。这样算起来，系统扣掉的1000点魅力值其实也算不了什么，但她就是不高兴。

冉无恙穷惯了，抠门几乎已经成了她的固定属性，这1000点魅力值简直虐得她心肝脾肺肾都在痛，系统都被她气笑了。"1000点魅力值而已，至于吗？"

"至于！"冉无恙寸步不让，据理力争，"你明明说了会帮助我的，结果还扣我这么多魅力值，扣之前，也没询问过我愿不愿意，你这就是强买强卖！"

系统停顿了一下，试图和她讲道理。

"两秒190点，1000点收得并不贵。"

"贵不贵不是你说了算的，我觉得贵！早知道这样，我自己射就好了，也不一定会输！"

按照程序来说，确实是应该得到宿主的同意之后再扣除魅力值，宿主说得也没错，但是就这样妥协的话，它也很没面子啊。

想了想，系统呵呵一笑，说道："好吧，系统没有询问清楚宿主的意愿，就扣除1000点魅力值，确实是系统工作失误。扣除的魅力值无法赎回，为了补偿宿主，系统赠送一个骑术大礼包给宿主作为赔偿如何？"

冉无恙的脑袋瓜子迅速转了起来，之前初级格斗术匕首篇花了她500点魅力值，这个骑术大礼包怎么也得要个500点吧。

"成交！"冉无恙冷笑两声，看吧，果然还是要闹，不然她就真的亏了！

"叮，骑术大礼包已送出，请宿主查收。"系统也呵呵笑了两声，它要让宿主好好感受一下，免费的"福利"滋味如何。

冉无恙还没来得及去点开骑术大礼包，就听到大将军蔺不归爽朗的笑声："冉无恙，你的箭术确实很好。我宣布，这次比试，冉无恙胜。"

毕竟身边还站着这么多人，她刚赢了比试，所有人的目光都集中在她身上，她也不好总是分神和系统说话。冉无恙强忍住点开骑术大礼包的欲望，抬眼看向蔺不归，专心地听他说话。

冉无恙得了大礼包，认为自己占了大便宜，心里的怨气没有了，神情自然好了许多，嘴角还带上了几分微笑，再也不是之前鬼见愁的模样了。

蔺不归却误会了，以为冉无恙的好心情是因为他刚才宣布她获胜了，还夸奖了她，所以她才高兴了起来。

蔺不归忍不住感慨，少年人真是既简单又直白，眼睛里容不得半点儿沙子。他原本还打算过两天再任命云亭为百夫长，现在看来怕是不妥。

以免寒了这位天赋异禀的小将士的心，蔺不归决定当着所有将领和在场士兵的面，任命云亭为百夫长。

"自今日起，命云亭为百夫长，原来吴东手下的士兵全部由云亭接管，隶属……"事出突然，蔺不归一时之间有些犹豫。

蔺不归停顿了一下，萧棽立刻抓住时机开始抢人。

"肯定隶属我们前锋营啊，冉无恙的箭术这么厉害，在前锋营才能更好地发挥她的实力。"

"放屁，我们伏虎营才是精兵强将会集的地方，冉无恙就应该归伏虎营才对。"

"箭术与骑术搭配，威力更大，应该来我们骑兵营！"

一看萧棽又想把人才都笼到前锋营里去，另外两个营的将军也坐不住了，加入了抢人的行列，三个人互不相让地吵了起来。

萧篌、齐瑾、苏则郁，三个人分管前锋营、伏虎营和骑兵营，是蔺不归的左膀右臂。战场上三个人互相配合，团结协作，打了不少胜仗，平日里却喜欢互相斗嘴，尤其是发现什么好苗子的时候，三个人更是争得不可开交，若不阻止他们的话，一会儿说不定还得打起来。

蔺不归揉揉太阳穴，决定来个一锤定音，省得他们继续吵下去。

"行了，不要争了，云亭这一队就隶属……"

"等一下。"清亮的声音打断了蔺不归的话。

众人循声望去，发现打断大将军说话的，正是众人争抢的焦点人物——冉无恙。

三位将军为她争吵的时候，冉无恙忽然想到一个问题。她要赚魅力值和信仰值，对她来说前锋营确实是个好去处，可是对于云亭哥和其他的战友来说，或许活下去才是最重要的。

每次战斗的时候前锋营都必须冲在最前面，极其危险，战友们又不像她，有小神在暗地里帮助和支持，若是因为她的私心，让战友们断送了性命，她心里也会非常难过。

不如她自己去前锋营，让云亭哥带着石大哥他们继续留在镇北营，这样她能赚到魅力值，云亭哥他们也安全。

自认为这是个两全其美的好主意，冉无恙决定跟大将军禀明她的想法，然而她才刚张嘴，一道低沉悦耳的男子的声音早她一步说道："大将军，我们想去前锋营。"

冉无恙回头看去，正好对上云亭黑沉的眼睛。这双眼睛总能一眼看穿她的心思，同时她也从这双眼睛里看到了失望和难过。

冉无恙心头猛地一跳，想起了父母双亡时，自己说过的话："云亭哥，小恙没有亲人了，只有你，以后我们相依为命，永远不分开，好不好？"

是她自己说要和他相依为命，永不分开的，但是她刚才……

冉无恙红着眼睛看着云亭，之前想和蔺不归说的话，在看到云亭的一个眼神过后，已经被她抛到九霄云外了。

蔺不归原本就想把云亭和冉无恙安排到前锋营去，如今他们自己刚好也想去，实在是太好了，蔺不归立刻说道："好，就去前锋营。你们回去休整一下，三日后到前锋营报到。"

石锋一群人先是愣了一下，随即满脸激动地大声回道："是，大将军！"

他们都是二十岁左右的青年，无论因为什么来参了军，内心深处其实都有着建功立业的壮志，尤其是经过了昨夜一夜的厮杀，心中的热血也被点燃了。如今竟能加入前锋营，他们怎么可能不激动，那可是蔺将军座下最为勇猛的前锋营啊！

几个人心情激荡地看向将他们带入前锋营的冉无恙。之前还意气风发、惊艳四方的小少年此刻低垂着头，仿佛做错事的小孩子一般，亦步亦趋地跟在云亭身后，乖得不能再乖。

原本因为冉无恙忽然变得厉害而产生的距离感，被这一幕彻底打碎了。几个人对视一眼后哈哈大笑了起来，无恙怕是又要被哥哥进行爱的教育了。

云亭带着冉无恙也没走远，就在镇北营驻扎地后面的荒地上站定，指了一片相对干净的草地说道："坐。"

她之前没和云亭哥商量就自作主张，云亭哥肯定要训她了。冉无恙乖乖地在草地上坐下，垂头丧气的样子，不像赢了比试，倒像一只斗败的公鸡，蔫巴巴的。

云亭看她这副模样，嘴角不自觉地勾了勾，手指摩挲了一下，最终还是忍住了没有揉上毛茸茸的小脑袋。

感觉到云亭在她身边坐了下来，冉无恙把头垂得更低了，眼睛都闭了起来，然而等了好一会儿都没有听到低沉的嗓音在耳边响起。她把眼睛悄悄睁开一条缝，看到一只白皙修长的手出现在眼前，还有熟悉的油纸包。

冉无恙倏地睁大眼睛，接过油纸包打开一看，果然是一个粗粮窝窝头。

冉无恙眼前一亮，舔了舔嘴唇，惊喜地问道："你怎么会有吃的？"她从昨天到现在，什么东西都没吃，早就饿得前胸贴后背了，窝窝头淡淡的香味勾得她口水都快流出来了。

一个窝窝头而已，看把她馋的。云亭摇了摇头，笑道："去主帐之前经过伙房的时候拿的。"

现在军中粮食紧缺，早饭时间，每个士兵也就能领一个窝窝头和一碗稀粥而已，只有中午那一顿能放开肚子吃饱。冉无恙把窝窝头掰成了两半，将大的那一半递给了云亭。

云亭接过窝窝头却没有自己吃，而是轻轻塞到了冉无恙嘴里，又拿了她另一只手上小的那一半窝窝头咬了一口，笑道："别发呆了，快吃吧。"

冉无恙叼着窝窝头，怔怔地看着眼前俊秀温暖的脸庞，眼眶发热，不知怎么的，忽然很想哭。

她立刻垂下头，假装认真地啃着窝窝头，眼泪却止不住地往外涌。凉了的粗粮窝窝头的味道一点儿也不好吃，还刮嗓子，她却从这硬邦邦、冷冰冰的窝窝头中，吃出了一丝丝甜意。

这个人，是一直照顾她、保护她的云亭哥，是她发过誓，要永远相依为命、不离不弃的云亭哥，如果可以，她不想隐瞒他一分一毫。但是关系到云亭哥的安危，她不得不谨慎些，绝对不能暴露小神的存在，但又必须解释清楚自己身上的变化。

冉无恙绞尽脑汁地想了一会儿，吸了吸鼻子，低声叫道："云亭哥。"

云亭微微眯眼，假装不经意般轻嗯了一声当作回应。

"你生日那日，我去城里买面粉，回来的路上，遇到了……"冉无恙斟酌了片刻，才继续说道，"遇到了一个人。那个人说要收我做徒弟，教我武功、骑术、谋略，所有我想得到、想不到的都可以教给我,还说……还说会让我成为战神。"

云亭剑眉微挑,这个所谓的师父说的话,听起来太像骗子了。但他知道,事情绝对不是小恙遇上了一个骗子这么简单,因为小恙身上确实发生了不可思议的变化。

云亭不动声色地继续问道:"他为什么要选择你做他的徒弟?又为什么要培养你成为战神?收你做徒弟有什么条件吗?"

云亭问的这些问题,冉无恙早就想过了,心里也有了一套说辞。她微微低下头,故作害羞,不慌不忙地说了出来。

"师父说我骨骼清奇,还过目不忘,非常适合习武。师父一身绝学,想要找一个传人,与我有缘,就选了我。至于战神……"冉无恙咽了咽口水,把头垂得更低了,目光根本不敢看向云亭,硬着头皮继续说道,"师父说,他那么厉害,收的徒弟绝对不能默默无闻,所以打算培养一个战神出来,尤其是女战神,因为从来没有过,所以师父想挑战一下。"

系统:"……"编,继续编,它现在才知道,宿主居然这么有才。

系统听得津津有味,云亭神色虽然没什么变化,黑眸中却是暗光涌动,声音也沉了下来。

"他知道你是女子?"

"嗯,他一眼就看出来了。"何止是知道她是女子,她从头到脚,从内到外,所有的一切小神都知道得一清二楚。

后面的话冉无恙是不会说的,一来会暴露小神,二来……她小动物般的直觉告诉她,她哥现在的心情不太妙,冉无恙一边偷偷地观察云亭的脸色,一边努力地夸耀这位杜撰出来的师父,为其提升形象。

"师父很厉害,是世外高人,看出我是女子也不奇怪。"

一开始说"师父"两个字的时候,冉无恙还有点儿心虚,但是多喊了几次后,她竟然觉得挺顺口。小神教她使用匕首,以后还会教她很多本事,这不就是师父吗?所以她也不算骗云亭哥,想通以后,她说话就更有底气了。

世外高人?哼,不过是手段颇高的骗子罢了。云亭对冉无恙如此推崇这个骗子很是生气,却又不能在什么都没有问清楚之前发作,唯有压下心底的邪火,保持着一贯温和的语气,笑道:"不知道这位前辈现在在哪儿?你拜人家为师,作为哥哥,我也应该主动拜会才是。"

若是在平时,冉无恙肯定能感觉到云亭的神色不对,但是现在听到"拜会"两个字,她都快炸了,哪里还顾得上这些?

她上哪儿找个师父出来给云亭哥拜会啊!冉无恙吓得汗毛都竖起来了,连忙拒绝道:"不用不用,师父脾气比较古怪,不爱这些虚礼,除了我之外,不愿意见任何人!"

果然不敢见人,云亭对这个结果早有预料,只是他不明白,小恙为什么如此维护这个人。被胁迫?看着并不像。他提出要见这个人时,小恙非常惊慌,这说明她应该也知道这个所谓的师父有问题，那她为什么还要帮这个人隐瞒？

看来这个骗子比他预想的要高明。云亭继续不动声色地打听道："那前辈长什么样，做何打扮，是个什么样的人，能说吗？"

冉无恙有点儿慌，胡乱编她怕编不好，也怕自己瞎说一个形象会得罪小神，干脆在脑海中问道："小神，你长什么样？我怎么和我哥说？"

系统是没有实体的，一时之间它也没办法和冷兵器位面的人解释清楚什么是人工智能。宿主被云亭问得已经开始慌了，云亭还目光灼灼地盯着宿主，再拖下去宿主肯定会露馅。系统检索了一番，找出了一张3D图甩了出去，说道："按照画上的人说。"

冉无恙的面前，立刻出现了一张立体的人物画像。画中的男子身材修长，穿着一身素白长袍，皮肤白皙如玉，一头黑亮的长发比一般女子还要长，用一支白玉长簪固定在脑后。他整个人就像是黑白两色晕染出的一幅水墨画，衣袂纷飞，飘逸绝俗。

男子容貌极其俊美，一双眼睛仿佛蕴含着满天星光，冷漠中透出对众生的怜悯，看到他的人都忍不住想要跪下膜拜，尤其此刻他还悬浮在半空中，看上去就跟天上的神仙似的。

冉无恙哪里见过这种自带玄幻背景和光效的3D图，整个人都惊呆了，在脑海中大叫道："小神，你……你竟然长这样吗？不可能吧！"

这幅画是著名的插画师为一本蝉联榜首的修仙小说所绘制的人物插画，画中的人物是男主的师尊，这幅师尊图一经发布，立刻风靡全星际。所以系统认为，这应该就是人类审美中，对师尊这样的人物最为认同的形象。

宿主虚构了师父这样一个人物，系统经过检索，为她提供了这张图。

虽然这个人物看上去的确很完美，但是宿主这声"不可能"是什么意思？系统听着很心塞，它冷笑两声，说道："你哥盯着你呢。"

系统的话像一瓢冷水当头淋下，把她被美男颜值俘获的神志拉了回来。冉无恙浑身一抖，在哥哥的死亡视线中，认真地描述着画中之人："师父穿一身广袖白袍，墨发及膝，长得极其俊美，面如冠玉，剑眉星目，总之……"

冉无恙卡壳了一下，她确实读过几年书，认识字，但其实并没有多高的学问，将自己知道的形容词搜刮了一遍，也描述不出画中人物百分之一的神韵，最后只能放弃了，来个总结陈词道："总之师父就是丰神俊朗，宛若谪仙！"

冉无恙觉得自己的形容词干巴巴的，完全没有张力，可云亭听着这一串串的四字成语，却是怒火中烧、青筋直跳。

云亭原以为那人会给自己塑造一个世外高人的形象，还如此好为人师的，八成是个装得仙风道骨的老头儿，结果居然不是！

所以自家妹妹如此袒护那人，还为了他多次隐瞒自己，就因为那人长得俊？俊到只是让她描述一下那人的样子，就两眼冒光、一脸"花痴"、四十五度角仰望天空？

如果说他之前还是气得脸色阴沉，现在云亭的那张冷脸上，已经泛起了恐怖的青色。

云亭磨着牙，一字一顿地问道："他多大年纪？"

冉无恙眼睛还黏在画上，没注意到身边的某人心态已经快要崩了。她回想着小神那介于青年与少年之间的嗓音，实话实话："二十出头吧。"

说完她就立刻发现不对了，二十出头的年纪，怎么可能那么厉害，会教她功夫，能改变她的体质，还要培养她成为战神？这太不可思议了。

冉无恙赶紧弥补道："师父功力深厚，已臻化境，所以看起来比较年轻，对，就是看起来年轻，具体多少岁我也不清楚。"

她哥没事吧？这脸色……乌青乌青的。后知后觉的冉无恙终于发现身边人的不对劲了，仔细回想了一下，估计还是自己刚才说错话了，让云亭哥对系统产生了误会。冉无恙还想努力一下，小心翼翼地又加了一句："师父待我挺好的。"除了喜欢乱扣魅力值之外，基本没什么大毛病。

殊不知她越说，云亭心里的火越旺盛。从他生日到现在也不过十多天而已，到底是什么人，在这么短的时间里，把他一向冰雪聪明、乖巧听话的妹妹洗脑成这样？

好个丰神俊朗的二十多岁的谪仙！不把这个骗子揪出来，他把名字倒过来写！

云亭气糊涂了，自己都没发现，此刻的他，哪里还是战友们心目中那个足智多谋、运筹帷幄的温润公子？这副模样与二十出头的普通毛头小伙也没什么区别。

完了完了，云亭哥现在的表情，应该是叫狰狞没错吧……冉无恙伸出食指和拇指，拎起云亭的一小截衣袖轻轻晃了晃，颤颤巍巍地叫道："哥……"

小猫叫一样的声音让云亭迅速回过神来，他不能吓着小恙，现在要做的，是尽快揪出这个蛊惑他妹妹的小子。

云亭这会儿也不装什么善解人意的温柔好哥哥了，一只手捏着冉无恙的下巴，把她的小脸蛋抬起来，另一只手的食指轻点儿着她的眉心，沉声问道："你和我说实话，那晚敌军夜袭是不是他告诉你的？他用什么方法让你力气变大，箭术提升得如此之快？"

脑袋被固定住了，冉无恙也没胆挣扎，强烈的求生欲告诉她，最好一五一十地说出来，不然的话，可能会有不好的事情发生。

冉无恙飞快地在脑海里问道："小神，只要不暴露你来自星际时代，寄居在我脑子里就行，其他的事都是可以说的，对吧？"

得到了肯定的答案后，冉无恙一秒都没耽误，一五一十地回道："那夜的敌袭确实是师父告诉我的。师父有一种药，吃过之后，体力和五感都能得到很大的提升，我现在的力气比之前大了许多。"

果然是吃了某种药物，云亭一颗心瞬间揪了起来。能够立刻提升一个人的体力和五感，这样的药他以前也听说过，药效一过，对服药者必有极大的损伤。想到昨晚小恙浑身抽搐倒在他怀里的样子，云亭又急又怒，强压下心底的怒火，冷声问道：

"吃那种药,对你的身体有什么不好的影响?药效多久会过?你现在感觉怎么样,难受吗?"

冉无恙想摇头,奈何脑袋动不了,她只能眨巴着眼睛,回道:"师父说这个药的作用是修复身体,提升人体本身的潜力,并不是在短时间内透支身体的能力,所以对身体只有好处没有坏处。我现在感觉非常好。"

其实她自己也不是很清楚那药有没有什么不好的影响,但喝都喝了,现在纠结后遗症的问题完全没有意义,说出来也不过是多一个人替她担心而已。

云亭一点儿也不相信,世间有能快速提升人的体力和五感却又没有一点儿坏处的药,小恙现在看起来神采奕奕,绝对是药物的害处还没有显现出来而已!

虽然云亭一句话也没说,冉无恙却知道,云亭哥并不相信她说的话,对"师父"充满了敌意。

她一开始还有些着急,现在却觉得这样也好。云亭哥相信"师父"这个人的存在就够了,只要不撞破系统的真实身份,他就是安全的。

冉无恙不再为那位"师父"说话了,云亭也沉默了下来。他正在脑子里一遍地回忆这些天冉无恙身上的变化和奇异的举动,尤其是昨晚,突如其来的疼痛导致的身体痉挛以及无缘无故地独自发呆这些举动……

云亭黑眸微眯,语气笃定地说道:"昨夜他也在。"

冉无恙心下一惊,她不知道云亭是怎么得出"师父"也在的结论的,暗暗思量了一番,决定把能说的尽量实话实说。

"嗯,它在。你们去布置阵法,就我一个人的时候,它出现了,给了我一本秘籍,上面详细地记载了匕首的特性和利用匕首攻防的招式。"

"那本秘籍呢?"

冉无恙有些心虚,那种真人版教学的秘籍她实在拿不出来,于是抿了抿干燥的嘴唇,一脸无辜地回道:"收回去了,师父只给我看了一遍,我过目不忘,才能把那些招式都记下来的。"

确实,从昨晚的战斗中云亭就发现了,小恙刚开始使用匕首的时候,动作并不熟练,有些招式也不连贯,后期才慢慢变得游刃有余。他了解小恙,她很聪明,却也不是那种悟性极高的人,不可能在短时间内自创招式,就只能现学现卖,甚至她昨晚使用的招式和技巧,可能也只是秘籍中很小的一部分而已。

那人能拿出奇异的增强体质的药,还有如此精妙绝伦的武学秘籍,自身的武功同样不可小觑。昨晚他们布阵的地方离小恙不远,却没有一个人察觉到那个人的存在。

这个隐藏在暗处的人,比他曾经遇到过的所有敌人都要棘手。云亭百思不得其解,这人既然如此神通广大,为何偏偏选上小恙?他到底想干什么?

战神……

云亭剑眉紧蹙,低声问道:"你今日如此卖力地表现自己,就是为了去前锋营吧,是他要求你去的吗？"

冉无恙沉默了片刻，回道："不，是我自己想去。"

云亭眉头皱得更紧了，他盯着冉无恙的眼睛，想从其中找出一丝忐忑心虚。冉无恙没有躲闪，双眸平静地与他对视，漂亮的凤眸清澈如水，一片坦然。

云亭有些诧异，她没有说谎，她竟然真的想去前锋营？

冉无恙一只手抓住云亭的手腕，另一只手掰着他的手指。云亭还捏着她的下巴，怕弄疼她，立刻顺着她的力道松开了手。

脑袋终于得了自由，冉无恙屈起双腿，下巴磕在膝盖上，垂眸看着地上翠绿色的青草，良久，才冷声说道："我还记得，那年凉、瑜两国发生战争，凉国军队占领了临山关，到处都是流民，每天都有人死去。我们历经千辛万苦，好不容易逃到了运城，只要能进去，大家就安全了，可是我们那么多人站在城墙外，苦苦哀求，里面的人却无动于衷。那时候我想不明白，我们不是瑜国的子民吗？他们为什么不让我们进城避难？为什么不庇护，反倒放箭射杀我们？还有那些流民，同是瑜国人，同样被战乱祸害流离失所，他们为什么要抢我们的粮食？为什么要打死我爹？"

冉无恙的脸色异常苍白，原本黑白分明的眼睛里布满了血丝。

"那时候我每天晚上都做噩梦，觉得自己就像人人都可以不费吹灰之力就能踩死的蝼蚁。"

云亭呼吸一顿，立刻将浑身冰冷僵硬的冉无恙抱进怀里，用温热的手掌捂住了她赤红的眼睛，在她耳边沉声说道："不会！当年不会，以后更不会。"

眼前的世界从漫天血色变成了一片漆黑，冉无恙像小时候那样，靠在单薄却温暖炙热的胸膛上，而眼底一片冰冷。她一字一顿地说道："云亭哥，我不想做蝼蚁了。"

第八章　我要变强

当她真正感受过、拥有过那种力量之后，她承认她迷失了，她舍不得，她想活下去，有尊严地活下去。反正她现在也没有能力摆脱系统，不管结局如何，系统能让她变强，为什么不试？

她一直都知道，云亭哥用尽心力呵护她、保护她，是希望她永远都善良纯真，简单快乐，可惜，她即将要走上一条杀伐之路，终究是辜负了云亭哥的期望。

眷恋地蹭了蹭温暖的胸膛，手悄悄地抓紧云亭的衣衫，冉无恙轻轻地说道："对不起。"

呢喃低吟，宛若错觉，云亭却听得很清楚。不仅仅是这句"对不起"，之前的每一句，他都听得一清二楚，一字一句都像一把重锤，一下一下砸进心里。

人为刀俎，我为鱼肉的滋味，在遇上冉家人之前，他就尝了个遍，战乱时那点儿颠沛流离、抢食杀戮对于他来说，根本算不了什么。他已经尽量不让小恙看到那些血腥残酷腌脏龌龊之事，现在看来怕是于事无补，她心中仍是留下了难以磨灭的印记。

小恙一直很懂事，基本上他说什么，她就做什么，就连带着她参军，她也一声不吭地照做了。原本云亭还在考虑要不要直接禁止小恙去见那个人，现在看来，怕是不能了。

他并非不想小恙成长、强大起来，只是担心那人欺骗、利用小恙，怕她受到伤害。如今小恙显然已经开始信任那个人，并且为了变强，甘愿冒险，这个时候他若是阻止，只会把小恙越推越远，反而让人钻了空子。

不管怎么样，一定要保住自己在小恙心中不可取代的位置，只要他还在小恙身边，迟早能揪出幕后之人。

到时候，谁是螳螂谁是黄雀，各凭本事吧。

系统只能监控到宿主的情绪和心理，并不知道云亭在想些什么，但通过微表情分析以及心率监控等手段，它还是能分析出，宿主的这位"好哥哥"现在肯定在想什么可怕的东西！

从今天开始，系统决定，要把云亭当作重点人物好好监控起来。

云亭不知道，双方还没交锋，他就已经被列为危险人物了，他现在正忙着安抚怀里的小丫头。

云亭松开捂住冉无恙眼睛的手，大手在她脑袋上用力揉了揉，笑道："为什么说对不起？你没有做错任何事，我和你一样，也不想做蝼蚁。以后我们一起努力，在这乱世中，闯出一片天地，怎么样？"

冉无恙倏地坐直身子，难以置信地盯着云亭，一双眼睛亮闪闪的，透着无尽的欣喜。云亭哥没有劝她安稳度日，也没有斥责她逞凶斗狠，还说要和她一起努力！幸福来得太突然了，心里仿佛炸开了无数烟花，冉无恙如小鸡啄米似的直点头，开心地叫道："好！"

小姑娘兴奋得脸颊都红了，眼中满是信任和欢悦。云亭眸光微动，脸上划过一抹苦恼，叹了口气，笑道："只不过以前是我保护小恙，以后怕是要靠小恙保护我了。"

冉无恙脸上的笑容更加灿烂了，凤眸笑成了一弯新月。她一把握住云亭的手，十指紧紧地扣在一起，响亮又坚定地说道："相依为命，永不分开！"

同样的誓言，这次说出时的心情，与上次全然不同。当年的她惊恐无助，茫然无措，抓住云亭哥，就像抓住救命稻草；今天的她，带着对未来的期许和信心，对她最重要的人，许下承诺。

很好，再一次成功绑定，云亭也笑了，就如同当年一般，轻声回道："如你所愿。"

冉无恙开心地想要扑上去来一个拥抱，却被一根手指抵住了眉心。云亭薄唇微启，淡淡地说道："不过，你得先回答我一个问题。"

"什么？"冉无恙满脸疑惑。

下一刻她的下巴又被捏住了，云亭那张俊美无双的脸慢慢向她逼近，直到两个人的额头抵在一起才停了下来。

冉无恙咽了一口口水，云亭哥的皮肤好白好白，眼睫毛也好长好长啊，怎么会有人的眼睛如此深沉迷人呢？冉无恙觉得自己的脑袋晕乎乎的，连呼吸都不太顺畅了，就在她沉迷美色、目光迷离的时候，耳边响起了低沉中自带魅惑气息的声音。

"你说，他和哥哥谁比较俊？"

他？什么他？冉无恙有一瞬间的茫然，好一会儿才明白过来，云亭哥说的"他"，应该是自己那位"师父"吧。

这是……吃醋了吗？她哥哥怎么能这么可爱！冉无恙直接扑上去，挂在云亭的胳膊上，哈哈笑道："当然是哥哥，哥哥最俊，哥哥最厉害，在我心目中，没有谁比得上哥哥！"

云亭微微挑眉，话虽然是过分献媚了点儿，但不妨碍他听得很爽。捏了捏冉无恙那张笑嘻嘻的脸，云亭笑道："走吧，午时了，去吃午饭。"

"好咧。"冉无恙继续挂在云亭的胳膊上，两个人亲亲热热地往伙房走去。

"呵呵，所以哥哥是白月光心头血，系统用过就可以扔咯。"

脑海中响起系统嘲讽的声音，冉无恙目不斜视，选择性失聪，这个时候，当然是要装聋作哑啦。

刚刚开诚布公地聊过一回，感情更进一步的两个人吃过午饭之后，又一起回了镇北营。还没走到军帐前，一道颀长俊秀的身影就迎了上来。

"云亭、无恙，你们回来了。"

简少君和他们并不是一个军帐的，折腾了一天一夜，大家都恨不得早点儿躺床上休息，他却站在帐外等着他们，一看就是有事要说。

"怎么了，有事？"以云亭这两日对简少君的观察所得，此人年纪虽比石锋小几岁，但善于审时度势，为人稳重自持，单单只是加入前锋营一事，应该不至于让他如此失态。他的神情也很奇怪，似忐忑又似兴奋，整个人都透着一股子躁动。

简少君左右看了看，确定周围没有人，又朝两个人跨了一步，压低声音回道："太子马上要来了！"

冉无恙怀疑自己刚刚提升过的耳力出了问题,掏了掏耳朵,不确定地又问了一遍:"你说谁要来了?"

简少君一点儿也没有不耐烦,一字一顿地说道:"太子殿下!"他完全能够理解冉无恙的心情,刚刚得知这个消息的时候,也以为自己听错了,反复确认了好几遍,才敢相信,瑜国的储君,太子殿下要来临山关了!

与简少君的忐忑又隐隐欣喜,冉无恙单纯的好奇疑惑不同,云亭从这个信息中,读出了朝堂即将变天的信息。

瞿向卿乃先皇后苏莹的儿子,当今圣上的嫡长子,六岁那年就被册封为太子。先皇后薨逝这么多年,瞿向卿又不得皇上喜爱,还一直坐在太子的位置上,都是因为母族苏氏一族在背后支持着他。

苏氏在先祖登基时,有过从龙之功,且族人大多聪颖,擅读书,也擅长教书育人。瑜国文臣有半数以上都是苏老爷子的门生。当今圣上昏聩,瑜国的江山可以说有一半是苏氏在勉力支撑。

现如今,太子却被"发配"边疆了,朝廷中肯定发生了什么大事。当今圣上的身体早被酒色财气掏空,继皇后膝下还有两个儿子,两个人的年纪与瞿向卿相差不大,再不动手,恐怕就来不及了。

宫闱中这些龌龊的糟心事,云亭可没打算和两个人细说,只是沉默地站在一旁,听两个人兴致勃勃地讨论。

太子对于冉无恙这样的边城小民来说,实在离得太远了,她忍不住好奇地问道:"太子来边关干什么啊?"

简少君心里也激动着,听到冉无恙问,立刻把自己好不容易打听到的消息说了出来。

"听说是因为这场仗打了太久,皇上担心军中人心涣散,派太子过来鼓舞士气。"

鼓舞士气?还不如多送点儿粮草来呢,冉无恙撇撇嘴,轻嗤道:"我看是来监军的吧。"

简少君微微皱眉,脑子里好像忽然闪过一道光,某些之前因为太过亢奋而忽略的问题在脑海中一闪而过,想要抓住,又好像没有头绪。

云亭扫了他一眼,这人脑子确实不错,倒是有点儿意思。他微微勾了勾唇角,没让简少君继续想下去,说道:"你在担心什么?"

简少君本来就是来找他们商议的,再说,在云亭这种聪明人面前,装模作样也没意思,人家一眼就能将他看穿,不过是徒增笑话罢了。

他放下脑袋里繁杂的念头,直说道:"我们这一队人都是镇北营的伤兵,我怕太子来监军,咱们入前锋营的事有变。"

云亭脸上没有半分焦虑,微微一笑道:"人将军虽说过吴东手下的士兵全部由我接管,并入前锋营,但萧筌此人对手底下的兵一向要求严格,三日后去报到,他肯定会对我们这一群人进行考核。过了考核进入前锋营,名正言顺,就算是太子也挑不出错来,过不了的人留在镇北营反倒是好事。"

简少君沉吟片刻,点了点头,说道:"嗯,你说得对。"他的头脑虽然比不过冉无恙和云亭,与其他人比倒是不差。

想明白了,简少君便也不再多留,拱了拱手,说道:"那我先回去了,你们也好好休息。"

简少君走后,两个人也一起进了军帐。

军帐里静悄悄的,大家都在休息,从昨晚折腾到现在,还经历了那么激烈的战斗,铁打的身体也受不住。

云亭也是满身疲惫,他对着无恙低声说道:"你也累了一天了,睡会儿。"

不知道怎么回事,冉无恙其实一点儿也不困,但看到云亭眼下的青灰色和疲惫的眼神,立刻打了一个呵欠,爬上床躺好,回道:"嗯,我这就睡,云亭哥你也快来休息。"

云亭伸了伸腰,在她身边躺下,很快就陷入沉睡。他是真的有些撑不住了。

听着身边人平稳绵长的呼吸,冉无恙缓缓睁开了眼睛。云亭哥一向浅眠,她也不敢乱动,但她真的没觉得困,闭着眼睛也睡不着,干脆和系统聊起天来。

"小神,为什么我只觉得有些累,却一点儿也不困?"冉无恙把心中的疑问问了出来。

"宿主服用过的基因修复液,对身体的修复是全方位的。宿主需要的睡眠时间,比一般人短很多,一天只需休息一个时辰就够了。"

一个时辰?以前她睡四个时辰都觉得不够呢!冉无恙喜滋滋地笑道:"那我以后岂不是每天比别人多出了三个时辰?"

多三个时辰?系统呵呵一笑,宿主还是太天真了。未来的日子里,系统会让宿主将十二个时辰当二十四个时辰来使用的。

"宿主既然决定了要走战神之路,那么未来的日子里,就必须全方位地学习和训练。系统会为宿主做好训练计划,从武技到战术,从排兵布阵到战前冲锋,从细枝末节到统筹分析,宿主通通要学。"

冉无恙听着系统凉凉的声音,感觉自己从头发丝凉到了脚指甲。这些东西都要学,她只是过目不忘而已,不会融会贯通也不能灵活运用,等她学会怕是都成老战神了吧……

宿主的表情都快扭曲了,系统视而不见,继续打击报复,哦不对,是循循善诱道:"一切都是循序渐进的,宿主不用太过担心,跟着系统的计划走就行了。宿主即将进入前锋营,现在最紧要的,是掌握长兵器的使用方法,银枪、长刀、戟、矛,宿主最好都能学会并灵活运用,起码要有一样达到优秀级别。还有骑术,作为一名战神,骑术必须精湛……"

冉无恙听得一个头两个大,听到"骑术"两个字眼前一亮,急忙问道:"等等,说到骑术，我好像有一个骑术大礼包？"

"大礼包"三个字一听就让人安心，会不会一领取，她立刻就会骑马了？想象着自己骑着骏马在广阔的草原上奔驰的英姿，冉无恙的嘴角止不住地往上翘，若不是顾忌着身旁熟睡的云亭，都要忍不住笑出声来。

系统话说到一半，被冉无恙打断了也不恼，声音听起来还有几分愉悦。

"是的，已经发放，宿主随时可以取用。"

冉无恙满脸期待地问道："大礼包是什么？"

"宿主领取之后就知道了。"

冉无恙太过兴奋了，完全没听出系统冷淡嗓音下的不怀好意。她开心地笑道："领取大礼包。"

冉无恙兴致勃勃地查看大礼包的内容，脸上的表情从雀跃慢慢变成僵硬，一盏茶的时间之后，她爆发了。

"'女神系统'A3297，你又坑我！我和你拼了！"

冉无恙会气得跟系统拼命也是有原因的，眼前的透明光屏上，清清楚楚地显示着她心心念念的大礼包里装的究竟是个什么东西。

骑术大礼包：

1. 高级骑术技巧及应用。

2. 消耗10万点魅力值绑定坐骑后，可获得"心有灵犀"成就。

特别提醒：宿主领取骑术大礼包之后，系统将不再提供任何与骑术相关的知识和技巧。宿主需要绑定坐骑才可以学习高级骑术。

"特别提醒"四个字，系统还用大红色标了出来，还加粗！红艳艳血淋淋的，就跟冉无恙的心一样，正在滴血。

她花了一盏茶的时间总结确认，这个大礼包的内容简单说来，就是她必须支付10万点魅力值才能学习骑术，不付的话，她就不能从系统这里学习骑术了。

10万点啊！她连1万点都没见过，哪来的10万点？初级格斗术的匕首篇她才花了500点就换到了，10万点够她换多少秘籍啊？

最可气的是，系统根本没提醒过她领取大礼包的后果。这血淋淋的"特别提醒"四个字就像是在讽刺她一样，她都已经领取了，连反悔的机会都不给，还提醒个屁啊！

垃圾系统，摆明了在耍她玩！

宿主的心率和血压飙得有点儿过高了，默默欣赏宿主变脸的系统总算开始灭火了。

"请宿主保持冷静，大礼包是作为奖励随机发放的，就连商城里也没有'心有灵犀'这项技能。宿主要知道，在战场上坐骑与主人若是没有默契，配合不好，是非常危险的事情。一般人要和坐骑培养出感情和默契，需要两到三年的时间，宿主根本没有那么多的时间与战马磨合。大礼包对宿主来说，是非常实用的，宿主应该感觉到幸运，而不是愤怒。"

冉无恙红着眼睛吼道："可是要10万点啊！"她也不是不讲理的人，系统说的这些她都明白，正是因为明白坐骑的重要性，她才急着学习骑术，希望能更快更好地掌握骑术，与战马配合默契。

然而系统来个狮子大开口，10万点完全超过了她的承受能力，而且是强买强卖，这让她怎么不恼？

系统轻哼了一声，不耐烦地说道："不过10万点而已。商城开启之后，宿主想要换取武器、药品和各项技能，需要的魅力值都是以万为单位的。系统说过很多遍，宿主应该考虑的是如何更大程度地赚取魅力值和信仰值，而不是纠结于被扣了多少点！"

站着说话不腰疼，冉无恙黑着一张脸，心里仍是不爽，冷笑道："说得倒轻巧，魅力值也不是那么好挣的，等我挣够10万点，说不定都死在战场上了。"

宿主对自身是不是有什么误会？在校场上的时候，她没听到此起彼伏的提示音吗？没看到周围人欣赏甚至崇拜的目光，不知道自己有多优秀吗？

所以之前她都忙着和它怄气了是吗？系统真的要被这个一根筋的小宿主给气笑了。

"宿主先看一下宿主面板再说吧。"

系统话音刚落，冉无恙面前的光屏上的内容立刻更新了。

宿主面板：

姓名：冉无恙

年龄：15岁

智力：8级

体力：7级

敏捷度：6级

天赋技能：过目不忘

魅力值：41210

信仰值：610

女神光环：0

冉无恙眨了眨眼睛，再眨了眨眼睛，确定自己没有眼花，魅力值已经有……4万多点了吗？就连最难赚的信仰值也有600多点了！

这……这是什么时候发生的事？昨晚一夜的战斗加刚才一炷香时间的比试吗？

原来竟有那么多人觉得她有魅力吗？不仅仅是云亭哥，也不只是与她朝夕相处的战友，还有更多不相识的陌生人，甚至位高权重的将军们都觉得她厉害！

这样算起来，10万点好像也没那么令人绝望了。

冉无恙的嘴角再次不受控制地弯出了一抹漂亮的弧度，眼眸晶亮，仿佛蓄满了光，自信渐渐在这个始终被生活磨砺的小姑娘身上生根发芽。

心安定下来，冉无恙的怒气也就消了大半，这时候她又想起了系统多次提过的商城。

武器、药品、各项技能，每一样都充满了诱惑力。

药品……

冉无恙脑海中灵光一闪，问道："商城中有基因修复液吗？"

"有。100万点魅力值可换取初级基因修复液。"系统着重强调了100万。

这次冉无恙没有被100万这个数字给吓住，她继续追问道："开启商城的条件是什么？"

看到宿主有上进心，系统很高兴，自然是知无不言，言无不尽。

"系统升级到中级后可开启商城。系统升级到中级，需要1万点信仰值。商城开启之后，可用魅力值换取相关物品。商城中获得的物品，可以赠予旁人使用。"

冉无恙眼中的光芒更盛。云亭哥什么都好，就是身体有点儿弱，她上次看过他的各项数据，他的智力已经达到了9级，可惜体力和敏捷度只有5级。

冉无恙自己服用过基因修复液，知道它的神奇之处，若是云亭哥也能服用基因修复液，体力和五感都能得到提升，那他还不无敌了！

必须为云亭哥换到一瓶基因修复液！冉无恙在心中为自己立下了目标。

她一直都是一根筋的人，有了目标之后，满脑子想的都是如何实现它。

信仰值目前只有610点，还差9390点。她对怎么获取信仰值不是很了解，救人性命应该是获得信仰值的一个重要渠道。

魅力值就有点儿让人心累了。她目前只有4万多点，想要学习骑术，还倒欠系统5万多点。更别说基因修复液的价格，是吓死人的100万点了。

冉无恙握紧拳头，暗暗发誓，一定要努力赚取魅力值和信仰值，同时也要更加节省，开源节流、双管齐下方能成事！

系统特意强调修复液的价格，就是想让宿主开开眼界，眼光放远点儿，格局大一点儿，别老是为了几点魅力值和它闹脾气。然而事与愿违，从今往后，宿主确实会更努力地赚取魅力值了，同时，她也更抠门了……

"开始吧！"冉无恙一边说着，一边偷偷摸摸地爬起来。

系统急忙问道："宿主要去哪儿？"

"不是要教我使用长兵器吗？现在开始吧。"只有变得越来越强，才能让更多人崇拜她，也才能更快地换取到初级基因修复液。她现在就跟打了鸡血似的，一刻也不想等。

宿主太积极了，系统都不太习惯了，哭笑不得地说道："宿主不用去外面学，躺着学就行。"

"啊？"冉无恙蒙了，躺着咋学？

宿主两眼圆瞪，鼓着腮帮，一脸懵懂的样子还挺软萌的，系统忍不住调笑道："只要宿主乖乖地训练，系统就能让宿主躺赢。"

"躺……躺赢？"冉无恙更蒙了，完全不懂系统的幽默，心思都在"躺赢"两个字上打转，正准备下床的身体都僵硬了，系统不会对她做什么奇奇怪怪的事情吧？

好吧，位面不同，幽默失败。系统尴尬地轻咳一声，正儿八经地给紧张到面部都开始僵硬的宿主解释如何"躺赢"。

"系统与宿主的脑域相连，可以开辟出一处练习场，让宿主的精神体进入练习场内，学习军事理论知识以及各种兵器的使用方法。除了必要的一个时辰的睡眠时间，其余不方便在户外进行训练的时间，宿主都可以在练习场中学习和训练，精神与身体的双重试炼，可以快速提升宿主的战斗力。"

冉无恙认真听完也还是不太懂系统的意思，好在她也不是纠结的人，点头道："我不懂精神体是什么，也不知道精神怎么训练，不过我愿意试试。"

"好的。"系统也不再解释，让宿主亲身体会过后她自然就懂了。

冉无恙按照系统的提示，闭上了眼睛。等她再睁开的时候，发现自己已经不在帐篷里了，人也不是躺着的，而是站着的。

冉无恙吓了一跳，低头看了看自己的手，又动了动腿，甚至还掐了一下自己的胳膊，疼痛感非常真实。这就是她的身体没错啊，可她刚才不是还在床上吗？

她惊奇地打量周围的环境，这是一片非常大的空地，周围白茫茫的，被浓雾环绕着，空地上就只有她一个人。冉无恙站在原地不敢乱走，低声问道："小神，这里……就是你说的练习场？这不就是我自己的身体吗？我怎么会在这儿？"

没有让冉无恙久等，系统非常有耐心地解释道："这里确实是在宿主的脑域中开发出来的训练场，宿主现在看到的身体就是宿主的精神体，并不是真实的肉体。"

不是她的肉体？冉无恙又偷偷掐了一下自己的手心，真疼！她对训练场和精神体都很好奇，迫不及待地说道："那我们开始训练吧。"

"请宿主先选择兵器。"

系统话音未落，就有一排长兵器悬浮在半空中，形成一个圆形，将冉无恙环在中间。冉无恙紧张地咽了咽口水，真是太……太神奇了，这种凭空出现的方式，还是有点儿吓着她这个没见过世面的边城小民了。

惊吓过后，就是满心的激动和兴奋。她从没见过这么多种类的兵器，每一件都寒光凛凛、气势非凡，光看着就让人胆寒。

冉无恙一件件看过去，对每一件都喜欢得要命，拼命地告诫自己不要太贪心，才压下全抱在怀里的冲动。她来来回回地看了好几遍，最后把目光停留在一柄通体纯白、精致纤长的银枪上。她现在还不够高,力气也没达到顶峰,银枪最适合她。

冉无恙颇为留恋地又看了一遍其他的兵器,才不舍地说道:"银枪吧。"

她做出选择之后,其他的兵器全部消失,只剩下一柄银枪停留在她身边。

"好的,是否扣除500点魅力值换取初级银枪格斗技巧?"

冉无恙轻抚着冰冷的长枪,没有一丝迟疑,立刻回道:"是。"

和上次教授匕首技巧的时候一样,冉无恙的眼前再次凭空出现了一个黑影,他拿着一柄与冉无恙手里的银枪一模一样的兵器,一招一式地开始演练起来。他每做一个动作,都有一道清冽中带着冷漠的女声在一旁介绍这个招式的动作要领。

冉无恙没急着动,她专注地盯着黑影,将他的动作和动作要领分毫不差地复制在脑海中。确定自己完全记住了,她才拿起银枪,跟着那些招式练了起来。

或许她真的是习武的奇才,那么多招式她只花了半个时辰的时间,就已经学得有模有样了。

冉无恙把初级银枪格斗技巧中的所有招式从头到尾地演练了三次之后,系统终于说话了:"宿主已经掌握了基础动作,需要系统安排陪练吗?"

还有陪练?这简直是意外的惊喜,冉无恙连忙点头说道:"需要。"之前的初级匕首篇,她能真正地融会贯通,都是因为昨晚与凉国骑兵战斗了整整一夜,有人对练肯定比自己一个人比画招式学得快。

"叮,开启1对1对练模式。"

熟悉的系统提示音落下,一道人影出现在冉无恙面前。

看身材,对方是一名身高八尺、身材精瘦的男子。他穿着一袭黑衣,脸上也戴着黑色面罩,眼睛所在的位置是两个黑漆漆的窟窿,整个人看起来诡异又阴森。

男子手里拿的兵器,是战场上最常见的大刀。两个人对面而站,没有给冉无恙准备的时间,男子举着大刀便冲了过来。

他的速度非常快,招式凌厉,那把普通得不能再普通的大刀在他手里就像神兵利器一般。这人比凉国骑兵厉害十倍不止,冉无恙刚才练习过的那些招式,在他面前,就像是花架子,中看不中用。

两个人才过了不到十招,她的肩膀就被男子砍了一刀。

"啊!"冉无恙疼得低叫了一声,这一刀直接从她的右肩劈砍到右肋,若不是她举枪格挡了一下,这一刀足够将她劈成两半。

手里的银枪已经脱手,摔落在地上,血染红了冉无恙的半个身子。失血过多导致她浑身发冷,眼前一阵阵发黑,剧痛又让她保持着清醒。她狼狈地跌坐在地上,一双凤眸恐惧又警惕地盯着男子。

男子并没有追上来继续砍杀,而是沉默地后退了两步,在冉无恙身前一丈远的地方站定。

面罩上的两个窟窿,宛如黑洞,仿佛在看着她,又仿佛不是。

男子手里的刀还在滴着血,他就那样站在不远不近的地方等着,似乎只要冉无恙站起来,或者动一下,大刀就会毫不留情地砍向她的脖子。

恐惧如同一只巨大的爪子,掐着冉无恙的咽喉,让她连大气都不敢喘。

耳边只能听到心脏怦怦跳的声音,身体里的血管都在鼓动,却感受不到血液的温暖,只觉得整个人泡在冰窟里,她想晕过去,又不敢晕,就在此刻她听到了系统的询问。

"宿主需要减少疼痛度或者治愈伤口吗?"

冉无恙刚想回答需要,忽然想到什么,又停了下来。她半跪在地上,紧捂住血流不止的右肩,抖着声音问道:"我在这里受伤,我的身体也会跟着受伤吗?"

"不会,宿主结束练习之后会正常地醒来,身体仍保持着最好的状态。不过宿主如果选择不治疗伤口,在练习过程中,宿主的疼痛感以及濒死的恐惧感都会与现实中保持一致。"系统再次问道:"宿主需要治疗吗?"

一滴冷汗从额间滑落,滴到她的眼睛里,冉无恙闭上了眼睛。

那种伤口瞬间治愈,疼痛全然消失,仿佛自己是不死之身的感觉,很神奇,也很让人着迷。但是,经历过前一刻力量充盈无所不能,下一刻浑身无力身似浮萍的现实之后,她就明白了,那一切都是虚幻的。

消除疼痛和伤口需要魅力值,如果在战场之上,两军对垒之时,她没有魅力值了,该怎么办?

系统说过,它收集到足够的魅力值和信仰值就会离开,那么系统离开之后她要怎么办?就算在系统的帮助下,她真的登上了战神的神坛,在失去系统之后,她又会是谁?

冉无恙倏地睁开眼睛,咬着牙,一字一顿地回道:"不需要。"

她用没有受伤的左手抓起银枪,支撑着身体慢慢站了起来,把枪头再次指向了仿佛永远也不会倒下的黑衣男子。

她声音沙哑,双手颤抖,凤眸却炯炯有神。

"继续来,直到……我没办法再战为止。"

清瘦单薄的人不仅手在抖,腿在抖,连声音都在抖,但那双眼睛却亮得惊人。系统第一次在这双凤眸中,看到了浓烈的野心和欲望。

系统一开始的打算,是想让宿主把疼痛值调整到百分之五十,然后一点一点地往上加。还有那些狰狞的伤口,也可以稍微止一下血,至少让它看起来没有那么鲜血淋漓。

宿主所说的"没办法再战为止"的意思,应该就是死亡或者彻底晕厥吧。

以系统对宿主的了解,她谨慎、多疑、没有安全感,同时又大胆、狡黠、敢于打破常规。它猜到宿主不会沉溺于系统提供的捷径和便利,但没想到,宿主竟如此决绝,在第一次试炼的时候,就选择了完全不修复伤口和降低疼痛值。

这实在有点儿不可思议，毕竟在这个世界上，疼痛和恐惧是最为可怕的两样东西，有些人不怕死，却忍受不了剧痛和濒死的绝望及恐惧。

它怎么就挑了个这么好的宿主呢？啧，眼光好、运气好，真是没办法，它实在是太优秀了。

系统飘飘然起来，连声音都异常温柔，轻声说道："好的，请宿主做好准备哦。"

冉无恙没注意到系统别样的温柔，因为一直站着不动的男子得了命令，已经举起长刀再次冲杀过来。

冉无恙死死地抓住银枪，脑子里不断回忆着之前学到的招式。因为手上都是血，握着枪身的手在对敌的时候不断地打滑，但这一次，银枪再也没有脱手而出。

几招过后，冉无恙发现，黑衣男子虽然依旧在攻击她，不过力道和攻势都比之前减弱了不少。

冉无恙精神一振，她也知道自己肯定赢不了黑衣人，但能撑久一秒是一秒，只要在黑衣人身上留下一道伤口，就是胜利，只要做到每一次的试炼都比上一次好，她总有一天能赢他。

几秒之后，冉无恙身上又多了七八道大大小小的伤口，她几乎成了血人，然而她对面的黑衣人，仍然毫发无伤。

冉无恙不甘心，再这样磨下去，她只会失血过多而亡，不如拼一拼！

冉无恙用力地甩了甩脑袋，逐渐模糊的视线有瞬间的恢复。她看到黑衣人双手握刀，朝着她腹部劈砍过来，这时候她举枪格挡自然能够挡住，但是黑衣人离得如此近的机会实在太难得了，几乎没怎么思考，手中的银枪已经刺向了黑衣人。

坚硬的枪头如愿地没入了黑衣人的胸口，她自己也被大刀砍中了腹部，几乎……被腰斩。

冉无恙还来不及感慨自己的胜利，身体的迅速失温让她根本没办法做出任何反应，血淅淅沥沥地往下流，眼前的世界陷入黑暗之中。

系统监控到宿主的身体和精神已经到达了死亡的临界点，立刻切断了她与试炼场中的精神体的连接。

冉无恙倏地睁开眼，就像窒息的鱼一样大口大口地喘气，手下意识地捂住了心口和腹部。除了心跳有些快，额头上出了一点儿薄汗之外，她的身体没有任何问题，没有黏腻的血液，也没有狰狞的伤口。

虽然没有外伤，但那种几乎灭顶的剧痛和生命流逝的恐惧仍然不能立刻消除，她瞪大眼睛，盯着灰扑扑的帐篷顶端，神情恍惚。

"小恙？你怎么了？又做噩梦了？"

直到额头上传来温暖的触感，她才从茫然恍惚中惊醒。冉无恙缓缓地扭动脖子，对上云亭深沉的黑眸，怦怦如擂鼓的心跳才慢慢缓了下来。呼出一口浊气，冉无恙微微牵动嘴角，回道："没有，没有做噩梦，我只是……睡糊涂了。"

睡糊涂？不，不太对。小恙醒来时，呼吸明显很急促，乍一看她的神情确实是茫然的，然而细看便不难发现，她的精神非常紧张和恐惧，眼中还有一种……说不出的神采。

冉无恙还不知道，只一眼她的云亭哥已经发现了她的异样。她打量了一下帐篷里的情况，大多数人还在睡，昨天伤得比较轻的几个人都醒了，惊喜的是，她记挂的小伙伴也醒了。

冉无恙立刻冲到石玉的床铺旁边，关心地问道："石头你醒了，感觉怎么样？"

石玉也才刚醒不久，之前还在自家哥哥面前哼哼唧唧地喊着疼，现在一看到冉无恙，立刻抹了眼泪，抬高下巴，逞强地说道："没事，一点儿小伤算得了什么。"

石玉的右肩还在渗血，一张小脸白得像纸一样，不过是昂头这样一个简单的动作，就已经令他疼得冷汗直流了。这哪里是小伤，若不是他运气好，只怕连小命都丢了。

都这样了还要吹牛，冉无恙无奈地摇了摇头，笑道："是是是，你最厉害。"

还没跑进石林就差点儿被射死，石玉虽然脸皮厚，但还没到厚颜无耻的地步，不好意思地轻咳一声，决定揭过这个话题。

身体动不了，他就拼命地朝冉无恙使眼色，冉无恙往前靠了靠，低声问道："干吗？"

石玉神秘兮兮地问道："我听说咱们可以并入前锋营了，是不是真的？"

冉无恙点头，说道："嗯，云亭哥当上了百夫长，我们以后都归他管。"

"太好了！前锋营啊！有最坚固的盔甲，最锋利的兵器，还配战马！"石玉眼睛亮得跟探照灯似的，没受伤的那只手更是因为激动而在床板上用力地拍了好几下，身体的震动导致右肩的伤口又崩裂了。

血腥味刺激得冉无恙眼珠子都红了，她一把按住石玉的左肩，吼道："你给我老实点儿，别乱动！就你这病恹恹的样子，谁要你！"

冉无恙的表情算得上狰狞，原本想教训一下弟弟的石锋都被吓了一跳，更不用说本来就厌的石玉了。他感觉被无恙压着的左肩，比被箭刺穿的右肩还疼。

石玉疼得脸都扭曲了，他急急忙忙地认错，说道："我错了我错了，我这么机灵，前锋营怎么可能不要我？你走吧，我休息了，我现在就休息！"

这时候冉无恙才发现自己好像弄疼病人了，连忙收回手，亲眼看着阿陌帮石玉重新处理好伤口，才回到自己的床铺上坐下。想了想，她又钻进了被窝里，一边盖好被子一边和身边的云亭说道："云亭哥，我还困，还想再睡一会儿。"

她睡了一个多时辰才刚醒，又睡？云亭眉头微蹙，直觉不太对劲，但现在也看不出什么来，只能回道："好，你睡吧。"

冉无恙立刻闭上了眼睛，在脑海中说道："小神，我们再来一次！"

小石头和其他战友身上的伤让她明白，这个练习场，是比基因修复液，比无数精妙绝伦的秘籍更加宝贵的存在。它给了她无数次机会，给了她无数条命，让她能够在搏杀和血腥中磨炼体质和心智，快速成长。

到了这一刻，冉无恙终于意识到，自己究竟得到了一份多么大的机缘。

第九章　狗屎运

云亭发现，小恙是真的很不对劲。

这三天以来，她极度嗜睡，除了吃饭之外，其他时间都在睡觉。虽然帐中众人为了养伤，大多数时间也都在卧床休息，但小恙与他们不同。

她睡得很熟，旁人很难吵醒她，每隔一段时间，却会惊醒一次，每次醒来都仿佛劫后余生一般，但她很快又会闭上眼睛继续睡。

小恙那双漂亮的凤眸，也在不知不觉中发生了变化，面对他时，依旧温暖带笑，眼眉弯弯，但眼底流转的锋芒是遮不住的。最让云亭惊讶的是，小恙身上隐隐带着一股煞气，这是以前绝对没有的。

云亭百思不得其解，这几日他寸步不离地陪在小恙身边，实在不知道小恙为何会有这样的变化，总不会是在梦中蜕变的吧？

云亭满心忧虑，冉无恙对自己这三天的生活倒是非常满意。

她现在已经能够轻松地战胜一名黑衣人，还可以抵抗住三名黑衣人的围攻，坚持一刻钟才死。

才三天而已，小神都夸她进步神速。

小神说，如果她能在一刻钟内击杀十名黑衣人，她的初级枪法就算合格。按照现在的进度估算，最多半个月她就能达到小神的要求。

这些陪练的黑衣人可比一般的士兵厉害多了，她若是能在试炼场中以一敌十，在军营里，最起码也能以一个人之力，干翻四五十个人！

疼没有白挨，血没有白流，冉无恙只觉得自己的身体里充满了力量，完全沉浸在一步步变强的喜悦中不可自拔，差点儿忘了三日之期。

这日一早，帐内凡是能站起来的人，都一起去了校场。就连小石头也忍着肩膀的疼痛，不顾石锋的反对，强硬地跟着去了。

可惜他们却没能第一时间见到前锋营的萧筌将军，因为——太子殿下到了！

以冉无恙他们的身份，自然是没资格去迎接太子的，一行人自觉地退到了校场的边缘处，踮起脚尖看热闹。

太子的排场倒也不是很大，和冉无恙想象中的一个人出行，千万人跟随，前呼后拥，龙旗飘扬的景象不同，太子身边只有百来名骑兵护卫，几辆马车跟随。若不是之前得了消息，还以为来的只是普通的京官呢。

昨天听简少君说，太子这次来，好像还带来了三千石粮草，量不大，聊胜于无吧。

冉无恙微微眯眼，努力辨认，总算看清走在最中间的，是一名身穿玄青色常服的男子。他身材颀长，体形偏瘦，隔得太远实在看不清五官，但那周身的贵气还是能让人一眼看出他身份不凡，想必这位就是太子了吧。

大将军站在太子的左手边，太子的右手边还跟着一名男子。那人比太子矮半个头，身形微胖，身穿一袭绛紫色衣衫，腰间配着一条白玉腰封，衣服上用金线绣满了华丽的花纹，在阳光照耀之下闪闪发光，这打扮看着竟比太子的常服还要华贵。

这人应该也是朝廷派来的什么大官吧。冉无恙看了几眼便没了兴趣，移开目光的时候，正好看到云亭冷峻的侧脸。

他一直盯着太子和那个微胖官员的方向看，面无表情，眸光微动，也不知道在想什么。

周围一同围观的将士们都很激动，在冉无恙看来，这份激动，有一半是因为太子殿下，另一半则是因为他带来的粮草吧。

小石头伤还没好，不敢往前挤，扯了扯冉无恙的衣袖，低声问道："小恙，太子驾到，萧将军还有空理咱们吗？"

冉无恙撇了撇嘴，懒懒地回道："等着呗。"

他们不过是小兵而已，也就只能等了。只是冉无恙没想到，这一等就等了两个时辰，太阳都爬到头顶上了，某人才出现在校场上。

众人精神一振，连忙站好，大声叫道："萧将军！"

冉无恙上一次见到萧筌的时候，只觉得这人性子张扬又爽快，非常惜才好斗，还有那么一点儿匪气，应该是个挺好相处的人。

现在这人却黑着一张脸，乌云盖顶满身煞气，一看就知道他此刻的心情极端恶劣。

果然，他才在众人面前站定，就恶声恶气地说道："本将懒得说废话，就一句，想要进前锋营，没这么容易。通过考核的人可以进，通不过的都滚回镇北营。你们准备一下，明日巳时，在校场集合。"

云亭所料成真，要考核！

众人几天前就听云亭分析过，倒也没有太过惊讶，只是现在亲耳听到了这个消息，每个人的脸色都不太好。

萧筶丢下一句话就想走了，云亭微微向旁边挪了一步，不知是有意还是巧合，正好挡住了萧筶的去路。

"萧将军，我们这些人才刚经历过一场恶战，每个人身上都有伤，明日考核，对我等不公平。不知道萧将军可否通融几日？"云亭的声音，一如既往地清朗温和，听着就很舒服。

冉无恙也上前一步，连忙附和道："对，万一因为伤病发挥不良，萧将军可要损失不少人才。"

萧筶瞟了一眼敢堵他路的两个人，之前在主帐里面憋的气反倒消了几分。

对于这个瘦弱的少年，他印象深刻。那日她和蔺奚比试过后，他们几个主将偷偷聚在一起试过一次，结果只有大将军能射中八支箭，还有两箭射错了。

可见这个少年的厉害，对她的箭术赞上一句出神入化绝不为过。

小小少年便如此了得，这十来个人中，还有漏网之鱼也说不定。

萧筶迟疑片刻，最后还是爱才之心占了上风，点了点头，回道："行，就给你们十天时间，十天之后，想进前锋营的，都可以过来考核。"

冉无恙眼睛一亮，立刻顺杆儿爬道："萧将军，能不能说说，进前锋营要考些什么？也好让我们准备一下。"

萧筶嗤笑一声，这小子倒是得寸进尺了。偏偏他还就喜欢这种直来直往的人，只是他出主帐也是找了借口才出来的，不能在此久待。

萧筶朝身后的少年招了招手，说道："蔺奚，你给他们说说。"

站得像棵小白杨的蔺奚大声回道："是！"

萧筶快步离开后，众人才发现，魁梧的萧将军身后，还站着一个身姿挺拔的少年。

蔺奚有着一张可爱的娃娃脸，可他偏偏要把自己整成个面瘫，那副冷漠严谨的神情，和他可爱的包子娃娃脸完全不搭。

蔺奚看了众人一眼，最后把目光落在冉无恙身上，一板一眼地说道："前锋营中，有步兵也有骑兵。步兵的考核，需要士兵负重三十斤，围着校场跑十圈，一刻钟内必须完成。还需精通一项兵器，能在被两个人围攻的情况下，撑过一炷香的时间，就算通过。骑兵则要考骑术和马上射箭，在移动状态下，有六箭射中靶心就算通过。或考马上对战，在半炷香的时间内不落马也算通过。"

众人默默地听着，脸色越来越难看。冉无恙的嘴角抽了抽，不愧是前锋营，只是普通士兵而已，考核都这么严格。

冉无恙还想细细询问一下考核的内容，最好能找出什么空子来钻一钻，可惜酷酷的蔺小公子说完话就直接甩手走人了。

因为在他心目中，这些项目对能够赢过他的冉无恙来说，根本就是小菜一碟。他完全没有想过，被他视为对手的冉无恙小朋友，现在连马都还不会骑。

江陵脾气本来就有些冲，听完这些考核的内容直接就爆了，怒道："我怎么觉得，除了冉无恙之外，我们谁都进不去前锋营了？他是故意整我们的吧。"

他们现在可还站在校场上呢，人来人往的，这话若是传到前锋营的人耳朵里，就算他们最后进去了，日子也不会好过。

简少君用力地拍了江陵一下，低声说道："小声点儿。"

到底不是蠢人，江陵冷哼了一声，也没再继续抱怨。

但他说的，也是实话。这个校场虽然不是军营中最大的校场，但一圈跑下来最少也有一里路，十圈就是十里，还得负重三十斤！最重要的是还有时间限制，这第一项就不是一般人能完成的，更别说还要撑得住前锋营两位将士的围殴，一炷香的时间内不败……

除了小怪物一般的冉无恙，还有谁能完成？

众人不由自主地都看向云亭，只见他立在春光里，嘴角含笑，一派悠闲，好像一点儿也没把这个考核当回事。

和云亭最熟的石锋一把揽住他的脖子，逼问道："说，你是不是已经想到什么办法了？"

冉无恙翻了个白眼，石锋哥果然和小石头是亲兄弟，两个人都喜欢勒人脖子。

云亭抬手一弹，正中石锋手肘的麻筋。石锋嗷了一声，立刻把手收了回来。

云亭依旧笑得光风霁月，温和地说道："现在急也没用，大家先回去吧。"

熟悉云亭的人都知道，他不想说的时候，问也是没用的。因为对云亭有着信心，同军帐的几个小伙子一扫之前的颓唐之色，笑着往镇北营走去。

简少君和江陵对看一眼，心下疑惑重重。但他们之前本就与云亭不熟，经过石林那一战后，更觉得此人颇为神秘，也不敢追问，只能随着众人一起往回走。

冉无恙也想跑，却听到耳畔传来一声轻唤。

"小恙，你过来。"

冉无恙浑身一抖，她最近好像没闯祸吧？

冉无恙偷偷瞟了一眼，只见她哥笑眯眯地朝她招手，那模样跟等着猎物掉坑的猎人差不多。

她瘪了瘪嘴，一小步一小步地挪了过去，委屈地问道："怎么了云亭哥？"

云亭被她那副尿样逗笑了，他有这么可怕吗？

用力揉了揉她乱糟糟的头发，云亭没好气地问道："你师父不是有能让人体质变好的药吗？那药能不能卖？"

药？基因修复液吗？小神说过要等升级到中级系统的时候，才能用魅力值换，现在肯定是拿不出来了。

冉无恙摇了摇头，一脸歉意地说道："师父说那个药配制起来相当麻烦，很多药草都找不齐了，非常珍贵，所以除了我，师父不会给别人药的。"

云亭一直对冉无恙服用过的未知药物耿耿于怀，抓到机会就想弄点儿来研究研究。

不过他也知道，只要背后那人不傻，如此神奇的东西，自然不会随便拿出来。若是那么容易得到，他反倒要怀疑了。

迎着小姑娘愧疚的小眼神，云亭莞尔一笑，反过来安慰道："没有就算了，这东西又不是你的，没人会怪你。"

冉无恙紧抿着唇，心里还是有些怪自己。若是她努力一点儿，早点儿帮系统升级，就能帮云亭哥兑换一瓶修复液了。

云亭没想到自己一句试探的话，激起了冉无恙疯狂赚取魅力值和信仰值的雄心壮志。

对于未来的路，云亭也有了新的打算。他话锋一转，说道："小恙，你之前说，前辈手里有很多精妙的秘籍，能不能请求前辈拿出一两本来，帮帮大家？石锋他们只有蛮力，不会技巧，若是能学点儿精妙的招式，对他们很有益处。"

以前云亭行事懒散，是因为他打算等一年后时局稳定些就带小恙离开，如今小恙要进前锋营，想做战神，那他就要开始为她铺路了。

石锋几个人身强体健，最重要的是人品不错，对小恙也心存善意，若是能将他们全部带进前锋营，培养成小恙的左膀右臂，就更好了。

小恙身边多一些有能力的人护着她，她便多一分安全。

那位异常神秘的"前辈"手里有不少好东西，能利用的就不要浪费。

对哦！冉无恙像被人用力敲了一下脑袋似的，整个人都醒了过来。她之前怎么没想到，她完全可以用魅力值和小神换取适合大家的格斗术啊！

冉无恙完全不知道云亭脑子里的弯弯绕，找到了能帮助大家的办法，她兴奋得脸都红了，立刻在脑海中问道："系统，我能用魅力值和你换其他秘籍吗？"

云亭的打算系统也猜到了几分，独木不成林，即使是战神，身边也要有几个得力助手才行。

这个想法很好，只可惜是那个笑面虎小子想出来的，系统有点儿不爽，哼哼道："换是可以换，但系统只能将各种格斗术展示在宿主面前，无法拿出实物，其他人可看不到。"

冉无恙一点儿也没失望，她再一次庆幸自己有过目不忘的天赋，只要看过一次她就可以记下来，有没有实物，对她来说根本不重要。

"那我记住招式之后教别人是可以的吧。"保险起见，她还是问清楚一点儿为好。

总觉得被云亭那小子算计了，系统不情不愿地回道："可以。"

"太好了！"冉无恙欢喜地笑了起来，高兴地说道，"云亭哥你真聪明！我一会儿就去找师父。"

系统嘲讽地轻嗤了一声，真是什么都能夸，这哪是聪明，完全就是狡诈腹黑，就会利用宿主从它这里骗好东西！

系统满心怨念，完全没意识到，它目前的心态，就像是自家白菜被猪拱了的老父亲，担忧女儿遇上了软饭渣男……

说干就干，回到镇北营之后，冉无恙借口说要去找师父就跑了出去。云亭原本还打算尾随追踪，可惜今时不同往日，冉无恙身手极快，几个闪避，瞬间就消失在了山林里。

冉无恙手里已经有了初级匕首格斗技巧、初级银枪格斗技巧，但是对普通士兵来说，最常用的还是大刀，所以她又和系统兑换了初级大刀格斗技巧和初级箭术指导。

同时她还在云亭的建议下，兑换了初级外伤处理技巧、武器制造初级指南，还有几本阵术和兵书。

格斗技巧她打算亲自教给战友，后面的几项她全部默写成书。初级外伤处理技巧交给了阿陌，武器制造初级指南交给了小石头，阵术和兵书则交给了云亭。

在接下来的十天里，冉无恙过上了白天拼命操练大家，晚上在试炼场中和黑衣人死磕的美好生活。

阿陌在医术上十分有天分，小石头也素来手巧，脑子又灵活，短短十天，两个人就将冉无恙交给他们的书吃透了。可惜前锋营的考核并不考这些东西，不过两个人还是非常高兴，为冉无恙提供了几百点魅力值。

云亭的智力达到9级，他虽然没有冉无恙过目不忘的本事，记忆力和理解力却也是一等一的，冉无恙将那些书默写出来的当晚，他就全部看了一遍。

看完之后，他心中掀起了惊涛骇浪，握着书页的手都微微颤抖。别的且不说，就那几本阵法书和兵书中记载的内容，比他之前看过的相关兵法书籍都要高明，而这，还仅仅只是初级！

小恙背后的人，到底是谁？天下间竟真有这般人物？

冉无恙不知道自己用几千点魅力值换回来的东西，又让她的云亭哥想多了。

她这几日异常忙碌，也顾不上关心云亭了，时间紧迫，恨不得把各种对战技巧全部塞到战友们的脑子里，爱之深，责之切，手段也就……偏激了些。

于是战友们好不容易养好一点儿的伤口，每天都在崩裂，然后一脸兴奋、两眼发光的阿陌就会抱着药箱扑过来，军帐里每天都不断地传出哀号声。

虽然冉无恙虐大家虐得非常狠，但众人都很清楚，她这是在倾尽全力地帮他们。这些日子以来，他们偶尔还能偷点儿懒，无恙却是全天都没有休息过，不停地和他们一对一过招，态度一丝不苟。

小少年是真的很厉害，大家对她也是彻底地服气了。

虽然只有十几二十个人，但他们对冉无恙的欣赏、仰慕和崇拜都非常纯粹。十日的魔鬼训练，让冉无恙不仅收获了大量的魅力值，还获得了将近1000点的信仰值。

终于在考核的前一天，冉无恙凑够了10万点魅力值。

冉无恙差点儿喜极而泣，火急火燎地问道："小神，我是不是可以学习高级骑术了？还有那个心有灵犀成就，是不是也能达成了？"

系统冷冷地说道："首先，你要有一匹马。"

"……"这回不是喜极而泣，是泪流满面了。

她上哪儿去找马？军营里的战马都被统一养在马厩里，由专人饲养，每一匹都记录在案，比一名普通士兵还金贵，哪是她想要就能有的？

去野外驯服一匹野马回来？这个念头刚刚生出，就被冉无恙自己否定了。且不说临山关有没有野马，就算有，光靠一点儿蛮力也无法驯服一匹野马吧。

好不容易攒够的10万点魅力值，最后卡在一匹马上！还有她眼馋已久的高级骑术，看得到却拿不到，好想挠墙！

冉无恙已经难受到无心训练的地步，一个人坐在角落里，思考着究竟从哪里能搞到一匹马这个严峻的问题。

空地上，一群青年正在两两对练，兵器相击，哐哐作响，听起来很是激烈。实际上，众人的眼睛都在往角落里瞄，这几天仿佛打了鸡血般不知疲倦的小怪物居然也有没精打采的时候？

众人好奇得要命，但被疯狂操练的恐惧支配着，没一个人敢过去问。他们动作统一地扭头看向云亭，拼命地挤眉弄眼，示意他去问。

小恙少有这样坐立不安、魂不守舍的时候，云亭也有点儿好奇，在众人殷切的目光中，走到了冉无恙面前，居高临下地看着她，问道："小恙，你怎么了？"

冉无恙鼓着腮帮，慢悠悠地抬起头，一字一顿地说道："马！我想要马！"

云亭一愣，差点儿被小姑娘可怜巴巴又咬牙切齿的模样给逗笑了。

就这么喜欢马吗？云亭揉揉她的脑袋，忍不住笑道："前锋营也有骑兵，萧箜手里肯定有战马，你去问问他，说不定能弄到一匹。"

"真的？"她现在连前锋营都还没进去，萧箜会给她马？

唉，机会渺茫……

看她唉声叹气的样子，云亭摇了摇头，屈起食指，在她额头上敲了两下，压低声音说道："前锋营的骑兵比不过骑兵营的兵。"

又敲她！冉无恙捂着额头，瞪了云亭一眼，结果对上云亭似笑非笑的眼眸，眼前忽然一亮，她咧嘴一笑，喊道："我懂了！"

说完她便从地上蹿了起来，快步朝着前锋营冲了过去，留下一群青年面面相觑。

前锋营可不是想闯就能闯的地方，尤其是将军的营帐，守卫更是森严。冉无恙才刚靠近，就被两名身材健硕、手握长刀的守卫拦住了去路。

"你是谁？来这里干什么？"

这次来是有求于人，冉无恙自然不会硬闯。她轻咳一声，像模像样地站直身子，目视前方，严肃又认真地回道："我叫冉无恙，我想找萧将军，麻烦通报一声。"

冉无恙？谁啊？其中一名守卫上下打量了冉无恙一番，看她又瘦又小，穿的军服还那般破旧，也不知是哪个角落里的小兵，便摆摆手，不耐烦地说道："回去，有什么事让你的长官来汇报。"

冉无恙还想再努力一番，话还没说出口，就看到另外一个个子稍矮的守卫一脸恍然大悟地指了指她，激动叫道："是你！赢了蔺奚的那个小子！"

有门！冉无恙连忙点头，笑道："是我是我，我找萧将军有急事！"

"你等着。"矮个子守卫没为难她，丢下一句话，就跑进了不远处的萧将军的营帐里。

留下的那名守卫狐疑地打量面前的小少年。她个子不高，身材纤瘦，眼眉带笑，完全就是个没长大的孩子嘛！想到这半个月来传得沸沸扬扬的"战疯子"就是眼前的小鬼，守卫只觉得异常失望，肯定是大家夸大其词了。

冉无恙不是没感受到守卫嫌弃的目光，只是她现在脑子里想的全是如何说服萧箜的说辞，根本顾不上他。

没让她久等，萧箜高大的身影很快就出现在前方。

冉无恙心下疑惑，怎么不是让她进去，反倒是萧箜亲自出来见她这个小兵？

没等冉无恙想明白，萧箜已经走到她面前，俊朗的脸上带着笑，问道："你怎么来了？找本将有何事？"

冉无恙开门见山地说道："萧将军，我想要一匹马。"

萧箜嘿了一声，脸上的笑意更浓了。

"要马？你小子骑术很好吗？就敢开口问我要马！"

冉无恙轻哼一声，下巴微抬，豪迈地放言道："我的本事您知道的，给我一匹马，就连骑兵营的'兵王'也要输在咱们前锋营手里。"

"哟！"两名守卫倒吸了一口凉气。军中上下谁不知道，骑兵营的"兵王"谷城是军中骑术第一个人，这可是大将军亲口说的。

果然初生牛犊不怕虎，这小少年真是什么话都敢说，什么牛皮都敢吹！

"口气不小啊！"萧箜脸上的笑容淡了些，眼中多了几分郑重。

冉无恙双手环在胸前，一副自信心爆棚的样子，回道："实力摆在那儿，太谦虚怕别人说我虚伪。"

这话说得真欠揍啊，冉无恙的小心脏扑通扑通乱跳，其实她心里也没什么底，但脸上一点儿都不敢露怯。

她想，凭借系统出品的高级骑术和与坐骑心有灵犀的加持，她应该不会输给那个"兵王"，就算真的输了也没事，反正那时候骑术和心有灵犀已经到手了！

冉无恙心里的这些小九九萧箜一概不知。小少年这番不知天高地厚的狂傲之词却让萧筜心头一阵火热。

主要是这两年来，他的骑兵输给骑兵营太多次了，搞得他一点儿面子都没有，如今好不容易出了这么个人物，叫他怎么不眼热！

之前冉无恙与蔺奚的那一战也没人相信她会赢，结果她却赢得那么漂亮，这次说不定也能行呢！秉承宁可信其有不可信其无的原则，萧筜决定先把人留下再说！

萧筜用力一拍冉无恙单薄的肩膀，哈哈大笑道："行啊，走，我带你去选一匹好马！"

两个人就这么手搭着背朝着马厩的方向走去。冉无恙睨了一眼肩膀上的手，紧了紧拳头，不能动手不能动手，为了马，要忍！要忍！

两个人还未走进马厩，就看到远处有一群人正在里面巡视，浩浩荡荡，看起来有好几十个人。

冉无恙停下脚步，微微眯眼，看清了走在最前方的是一抹玄色的颀长身影，那人是……太子！

这时萧筜也已经发现了里面的人，脸色一沉，也停下了脚步。

两个人心头不约而同地闪过两个字——倒霉！

冉无恙轻咳一声，微微侧过头，压低声音说道："萧将军，要不咱们过一会儿再过去？"

萧筜也正有此意，连连点头，他强壮的胳膊再一次钩上了冉无恙的脖子，一个用力，把人拉向了另一个方向。

"走走走，别打扰了贵客，咱们到那边逛逛！"

这一大片区域是专门用来养马的，光是马厩就有二三十个，两个人现在所在的地方也养着不少马，不过这边养的不是战马，是专门运送货物的马匹。

这些马一般都由于品种不佳，或是年纪太大、带着残疾无法上战场了，才被用来运送货物。

它们和战马自然不能享受一个级别的待遇，不仅马厩矮小脏乱，草料粗糙，也没人精心喂养它们，干的活还非常繁重。

冉无恙和萧筜一起，在附近随意逛了两圈，刚好看到几名小兵正赶着十几匹马往外走，也不知道要去干什么，这些马看起来都没什么精神，在鞭子的驱赶下慢慢地走着。

冉无恙的目光不自觉地落在了一匹灰黑色的马身上，之所以一眼就看到它，是因为它比周围的马都要高大却瘦得可怕，用瘦骨嶙峋来形容一点儿也不夸张，远远看去，就像是一副行走的骨架。

可能是毛色的缘故，在一群黑色、棕色的马中间，它显得格外的脏，鬃毛和尾巴毛都结块了，它还走得特别慢，右后腿好像有点儿瘸？

"快走，再偷懒今天就别想吃草料了。"走在灰马身边的小兵不耐烦地挥着鞭子，手中的鞭子越挥越重，啪啪的抽打声听在耳里很是刺耳。

冉无恙眉头越皱越紧，直接走了过去，一把抓住了小兵挥鞭子的手，顺势一推，将他推远了，冷声说道："你别抽它了，它的脚被荆棘缠住了。"

被人推了一把，小兵有些恼火，原本还想呵斥冉无恙，但看到跟在她身后慢慢晃荡过来的萧崟，便立刻闭上了嘴巴，恭敬地站在一旁。他眼睛一会儿偷瞄冉无恙，一会儿又偷看萧崟，心里疑惑不解，前锋营的将军带着个小少年来他们这个破马厩做什么？

萧崟身材高大，又穿着一身将领的军服，一下子就成了众人的焦点，马厩中其他干活的小兵也都停下动作，时不时地往这边看。

只见与将军一同前来的那个小少年在一匹体形干瘦的灰马前站定，侧着脑袋打量了一会儿马腿。众人循着她的视线看去，果然看到这匹马的右后腿靠近马蹄的地方有些红肿，细看之下隐隐能看到荆棘的小刺，但大部分荆棘都已经嵌入了马腿里。

这个马厩里的马，不是老就是残，士兵们根本不会去注意它们到底是受伤了还是本来就是残疾。灰马腿上的伤口已经开始溃烂，再拖下去那条腿怕是真的要瘸了。

之前抽打马匹的那名小兵缩了缩脖子，正想着要不要去找军中的兽医过来看看，清瘦少年已经蹲下身去，手直接伸向了马蹄的伤处。

众人倒吸了一口凉气，少年还真是不怕死啊，就她那小身板，这马一脚踢过来，就能把她踢死了吧。

萧崟也没拦着冉无恙，他双手环在胸前，在一旁气定神闲地看着，心想若是连这点儿能耐都没有，他也就不用在这小子身上浪费时间了。

冉无恙敢这样做自然是做足了准备。她一边小心翼翼地将嵌入马腿里的荆棘一点点取出，一边防着马因为疼痛而踢蹬她，全身的肌肉都处于紧绷状态。

众人担心的惨剧并没有发生，这匹马颇有些灵性，似乎知道冉无恙在帮助它，全程都乖乖地任由冉无恙施为，只是在最疼的时候抖了一下蹄子而已。

因为灰马的配合，荆棘很快就被取了出来，伤口渗出的血水也不多，就是有点儿化脓，需要用些药才行。冉无恙站起身，一个大脑袋就迎了过来，她往后退了一步，刚好对上一双如同琉璃般晶莹剔透的大眼睛。

冉无恙暗自感叹，这双眼睛倒是灵动非常，忍不住抬起了手，揉了揉小灰马的耳朵，笑道："一会儿我去给你找点儿药敷一下就好了。"

然后，冉无恙就听到了一串提示音。

"叮，恭喜宿主，坐骑绑定已完成，扣除10万点魅力值，获得心有灵犀成就。"

"……"

冉无恙的手还抓着马耳朵，全身的力气像被抽干了似的，四肢冰冷。她虚弱地问道："小神，你是认真的吗？"

宿主这副"又有刁民要害我"的神情是什么意思？真是不识好人心，系统轻哼了一声，没好气地解释道："这匹马是凉国名种马和瑜国大良马的杂交品种，不仅皮薄毛细，力量大速度快，还颇具耐力。它现在看起来这么惨，是因为它今年才五岁，刚成年，再加上长期营养不良、过于劳累，身体有些受损。宿主与坐骑绑定之后，可用魅力值为它温养身体，不出一个月，它就能显示出自身优势，秒杀一切战马。"

冉无恙不知道什么是秒杀，但这是一匹顶级好马的意思她听出来了。她两眼放光，一扫之前颓唐绝望的神色，整张脸都明媚起来了，兴奋地叫道："比大将军的逐风还厉害吗？"

其实冉无恙也没近距离见过逐风，但听说过它的威名，传说它是将军的专属坐骑，高大威武、勇猛善战，和将军配合得天衣无缝，在战场上还曾救过大将军的命呢！

真是个没见过世面的小丫头，系统冷哼道："它比这个军营里任何一匹马都要厉害。"

"太好了！"冉无恙激动得差点儿跳起来，她现在已经不会再怀疑系统的判断，即使这匹马看起来惨不忍睹，她也相信它是匹千里马！

系统也忍不住笑了，随便到个破烂马厩走一圈，宿主就捡了个大漏，也不知道她是走了什么狗屎运。

走了狗屎运的冉无恙此刻满心满眼都是她的宝马良驹，简直可以用爱不释手来形容。

不知道是因为之前冉无恙对这匹马的善意还是因为互相绑定，这匹马对冉无恙也表现出了依赖之情，一直用脑袋蹭她的手心，乖得不得了。

马！她终于有马了！冉无恙一把抱住小灰马的脖子，对着萧篌哈哈笑道："萧将军，咱们不过去了，我就要它了！"

冉无恙兴高采烈，萧篌却有些傻眼了。

有战马不选，她竟然选这种驮货物的劣马。若是选那些看起来健康点儿的就算了，毕竟不是每个人都会选马，但她偏偏选了匹又干又瘦，还有一条瘸腿的病马。

这孩子莫不是傻吧？

有这种想法的不只萧篌，周围偷偷关注着他们的士兵都用看傻子的眼神看冉无恙，可惜人家根本不在意旁人的眼光，满心满眼都是那匹脏兮兮的瘦马。

到底还是年纪太小，不懂挑选马匹也是情有可原，萧篌也不好太打击她，小声劝道："这匹……不太合适，一会儿咱们过去选战马，选匹好的！"

冉无恙不为所动，摇了摇头，坚定地回道："不用，我就要这匹！"开玩笑，她10万点魅力值都花出去了，心有灵犀也绑定了，今天她死也要拿下这匹马！

少年纤细却充满爆发力的身体挡在灰马前面，眼神锐利。一直没精打采的灰马不知道怎么回事，也像是忽然间注入了力量，一双马眼充满了神采，干瘦的身体也莫名挺拔起来。

一个人一马就这样同仇敌忾地盯着萧箜，仿佛他就是要拆散他们的恶人一般。

萧箜揉了揉太阳穴，头痛地说道："你小子别跟我倔了，等你见识过什么叫好马之后，就知道这匹不行了。"

"在我看来，这匹就是好马。"冉无恙知道以小灰马现在这副惨兮兮的模样，根本没人相信她说的话。冉无恙也不说那些虚的，直接立下军令状。

"您别不相信，明天就是十日之期，我们兄弟十多号人都要参加前锋营的考核，您把这匹马给我，到时再把骑兵营的谷城请过来，我就用它挑战谷城，赢给您看，怎么样？"

"用这匹马赢谷城？"

清朗的声音低沉中带着丝丝笑意，竟格外动听，冉无恙和萧箜一起扭头看去，才发现不知道从什么时候开始，不远处竟然站着一群人，为首的那位还相当眼熟。

冉无恙和萧箜面无表情地看着他们，两个人的脑电波再次同步了：真是——阴魂不散。

不论内心活动再怎么激烈，当太子一行人走过来的时候，萧箜还是第一时间躬身行礼道："见过太子殿下。"末了还不忘向冉无恙使个眼色。

冉无恙装作才回过神来的样子，连忙躬身行礼道："见过太子殿下。"

身旁的小兵们也吓得不轻，跟着行礼问安。

太子对这一切早就习以为常，轻笑一声，摆了摆手，回道："都免礼吧。"

冉无恙虽不想招惹这些贵人，但对太子其实还是有几分好奇的，反正现在人都已经近在眼前了，她也就忍不住多看了几眼。

这位太子殿下很年轻，二十出头的年纪，面如冠玉，器宇轩昂，长得倒是挺俊，尤其那双眼睛，细眼长眉，总给人一种似笑非笑的感觉。到底是太子，天潢贵胄，只穿着一袭玄色长袍，仍是贵气逼人。

冉无恙自认为看人挺准的，有这样一双眼睛，这位太子殿下肯定没有看上去那般温润随和，不像她家云亭哥，谦谦君子赤诚端方，一看就是好人。

系统实在没忍住，轻嗤了一声。宿主莫不是瞎了，云亭那样的也能叫"谦谦君子赤诚端方"，那天下乌鸦肯定就是白色的了！

冉无恙也听到系统的嗤笑声了，只觉得莫名其妙，刚想问问它笑什么，耳边又响起一道男声，只是这声音听起来就让人不那么舒服了。

"就用这匹劣马，还想挑战骑兵营的谷城？真是无知小儿不自量力！"

冉无恙循声望去，说话的是一名身材微胖的男子。他比太子年纪大一些，身着华服，腰佩美玉，光看穿着打扮，他看上去更像太子，只可惜气质这种东西还真是看不见摸不着，全凭感觉。

即使他衣着华丽，神色倨傲，但往那位殿下身边一站，硬是少了那份与生俱来无处不在的贵气。

这人在太子面前还敢插话,不是大官就是贵族,冉无恙不想惹事,淡淡地回道:"结果如何眼见为实吧。"

服用基因修复液之后,冉无恙虽然长高了一点儿,也没那么瘦了,但总体看起来,仍是个十三四岁的少年模样。

微胖男子认定了冉无恙就是口出狂言之辈,但看她年纪小,倒也没和她一个底层小兵一般见识,满脸不屑地瞟了她一眼,便不再理会。

倒是太子仿佛对此极感兴趣,用清越的嗓音不紧不慢地说道:"本王前几日就见识过谷城的骑射功夫,可谓精彩纷呈,想不到这么快就又有机会再次见识一番,还是来自一位少年英雄的挑战,有意思。"

说到"少年英雄"的时候,太子还目露欣赏地看了冉无恙一眼。冉无恙保持着很激动但又努力压制的表情,乖乖地站在一旁,内心毫无波澜。

"萧将军,比试可是在明日?"

听了太子的问话,萧笭没有第一时间回答,而是迟疑地看了冉无恙一眼,见她微不可察地点了点头,想了想,便点头回道:"是。明日巳时。"

太子将两个人的互动看在眼里,微微挑眉,笑道:"好,本王明日一定前往前锋营观战。"

太子身份尊贵,与他们这些人说几句话就已经是屈尊降贵了,马厩的味道可不怎么好闻,太子一行人转身准备离开,不想一直乖乖地傻站在一旁的少年忽然向前一步,阻了太子的去路。

"太子殿下,若是我能用这匹马赢了谷城,那么它是不是就算我的了?"

太子微怔,少年的声音清脆响亮,还带着几分少年意气,许久不见如此直白地讨赏的人了,太子的心情莫名地好了几分。他爽朗一笑,回道:"好,若是你当真能用此马赢了谷城,本王就将它赐给你。"

太子话音刚落,冉无恙立刻大声说道:"谢太子殿下赏赐。"

还没比试就敢谢赏了,是狂妄自大还是真的胜券在握?太子微微眯眼,目光再次落到这个小少年身上,只见她巴掌大的小脸上,满满的都是笑,整个人看起来有点儿傻,难道是他……想多了?

微胖男子临走之前扫了冉无恙一眼,倨傲的脸上满是嘲讽,冷笑道:"还真是不知死活。"

待一行人走远,萧笭才用力地拍了一下冉无恙的肩膀,叹了口气,说道:"你啊,这回是真的骑虎难下了。"

前锋营和骑兵营经常比试,若冉无恙只是单纯地和谷城比骑射,输了便输了,也没什么,但明日有太子殿下观战,冉无恙还为了匹劣马主动讨赏,若是输了,怕是要被重罚。

冉无恙咧嘴一笑,萧笭的担忧她一点儿都感受不到,她只觉得自己今日的运气简直逆天了。

捡了个大漏就已经够走运了，还顺便从太子那里讨了个赏。

别看小灰马现在看起来很惨，等过了十天半个月，它就会显示出它无与伦比的优势。到那时肯定会有人和她抢马，以她的地位和身份，根本保不住它，就算小灰马已经和她绑定不会再认别人为主，终究是一桩麻烦事。

今日当着这么多人的面，太子答应将马赐给她，等明日她赢了谷城，自然也就没人敢抢她的马了，最起码不敢明抢！

最重要的是，明天与谷城比试骑射，有太子前来观战，围观的人还会少吗？

冉无恙已经可以想象明日魅力值源源不断地向她扑过来的美好景象了！

…………

军营之中，除了将领们有固定的坐骑之外，骑兵营和前锋营的将士虽然能分到战马，却不会固定某一匹，更不可能将战马私自带走。

冉无恙选的这匹马实在太寒碜了，它本身也不是战马，再加上明日她就要和谷城比试，萧筌做主，同意她把马领了回去。

冉无恙谢过萧筌，在众人或同情或嘲讽或怜悯的目光中，高高兴兴地牵着她的小瘦马回营了！

第十章　爱马忘忧

冉无恙雄赳赳气昂昂地牵着她的新坐骑回到了镇北营，一路上赚足了眼球。当她走到云亭一行人操练的地方时，一直对练着的众人都放下了手里的长刀，露出一副见鬼了的样子盯着那匹"行走的骨架"。

最先反应过来的是石玉，他跑过去围着小灰马走了一圈，又是惊奇又是不敢相信地问道："无恙，这就是萧将军给你的马？"

冉无恙双手环在胸前，眉眼带笑，小下巴一扬，大方地点了点头，那副骄傲的模样，仿佛她牵回来的是什么千里良驹一般。

石锋等人的脸色明显不太好。这些日子以来，冉无恙尽心尽力地教他们刀法，还和他们一一过招对练，他们是真心佩服她，打心底里感激她，对她也就更加爱护了。

如今看她兴冲冲地跑去找萧䇹讨一匹马，结果却牵回来这么个玩意儿，还一副占了大便宜的样子，一群大男人看着心疼坏了，想着肯定是萧䇹欺负无恙年纪小，诓骗了她。

石锋冷哼了一声，低声骂道："我还当萧䇹是个好人，想不到也是个浑蛋，小恙，他是看你年纪小坑你呢！"

一起训练了十天，大家的感情早就不同往日，同仇敌忾地说道："就是，不给就不给，何必拿一匹劣马忽悠人？"

"还是将军呢，品行如此卑劣！"

"有这样的将军，前锋营也没什么好进的。"

面对大家的关心，冉无恙也不知道应该怎么解释，她一边在心里默默地对萧䇹说了声抱歉，一边大声强调道："不是的，萧将军没有骗我，这是我自己选的马，它真的是一匹好马！"

石玉才不信呢，他拍了一下小灰马干瘦的屁股，拍下一手的灰土。石玉喷了一声，一脸嫌弃地说道："好什么好啊，瘦骨嶙峋的，一点儿也不壮实，脚还有点儿跛。"

其实也不能怪大家不识货，小灰马这形象真的是太惨了点儿，在普通人眼里，一匹好马就该高大健硕，四蹄稳健，肌肉发达。小灰马全身上下都剔不出几斤肉来，更别说身上还有一股一言难尽的味儿。

石玉嫌弃的话才刚说完，一条脏兮兮的尾巴就不客气地抽在了石玉的胳膊上，那力道着实不小。

石玉被甩了满脸灰，他捂着胳膊后退了几步，瞪大了眼睛，指着灰马怪叫道："哎哟，竟然敢抽我，脾气不小啊！"

小灰马打了个响鼻，尾巴朝着石玉的方向又甩了一下，大有"你再说我还抽你"的架势。

石玉的小脸都气黑了，王战看着有趣，哈哈大笑道："真稀罕，这马还会生气，小石头，你可小心点儿，人家知道你骂它呢。"

众人看着稀奇，也都一起围了上去，还别说，这马瘦是瘦，还挺有灵性。

云亭一开始也觉得是萧䇹忽悠了小恙，但听到小恙信誓旦旦、满怀信心地说这是一匹好马的时候，他还是细细观察了一下这匹被小恙看好的瘦马，一看之下它还真有不凡之处。

这匹马面部消瘦肉少，耳小鼻大，口色红艳润泽，四肢笔直，臀部稍高于背部，骨架匀称，养好了确实是一匹不可多得的好马。

云亭轻笑一声，在无恙满怀期待的目光中微微点了点头，笑道："有长进，眼光不错。"

冉无恙眸光闪亮，脸上的笑容更灿烂了，连云亭哥都说好，那肯定就是好了！她的心这回是真的彻底踏实了。

将两个人的互动看在眼里，众人面面相觑，怎么连云亭都说好啊？不信邪的几个小伙子再次把灰马团团围住，硬是要看出个所以然来。

看得久了，几个稍微懂一点儿马的人还真渐渐看出了些端倪。冉无恙吹了声口哨，一直站在原地不动的小灰马忽然动了起来，脚步轻快地跑到了冉无恙身边，还用冉无恙喜欢揉搓的小耳朵去蹭她的脑袋，那股亲热劲看得众人惊奇不已。

冉无恙笑得更加甜了，揪揪小灰马的耳朵，扬了扬下巴对云亭说道："云亭哥，我先带它去洗个澡。"

确实该好好洗洗，这匹马若是抖一抖，身上能抖出两斤土来，云亭摆摆手，嘱咐她早去早回便放行了。

冉无恙牵着灰马走了几步，余光扫到马蹄上方红肿的伤处后又停了下来，回头朝着阿陌喊道："阿陌哥，帮我准备些消肿止疼的药，一会儿我要用。"

"行。"阿陌二话不说就答应了，若不是看了小恙给他找来的医书，他的医术也不可能在短时间内有这么大的提高，他现在对冉无恙简直可以说是有求必应。

冉无恙满意地朝他挥了挥手，牵着她的小灰马洗澡去了。

冉无恙给小灰马选择的浴场，就是她之前洗澡的那个水潭。这里位置隐蔽，不容易被人发现，就算她衣服被弄湿了也不怕，而且附近还有不少蒲草，草叶柔软韧性又强，叶子团成团之后用来刷马再合适不过了。

她将小灰马牵到浅水区，用匕首割下一大捧蒲草放在一旁，开始认真为心爱的小坐骑洗澡了。

不知道是这匹灰马的性子本来就温驯还是绑定的原因，冉无恙让它低头它就低头，让抬腿就抬腿，让趴就趴，让站就站，乖得不得了。

小灰马不知道多久没好好洗过澡了，即使它全程表现得很配合，冉无恙也花了一个多时辰，弄得自己腰酸背疼，衣衫湿了大半，才终于将小灰马洗干净了。

不，现在已经不能叫小灰马了。

夕阳橙黄色的暖光下，立在水中的骏马四肢修长，通体银白，是的，不是雪白，是银白，阳光照耀下会发光的银白色。

冉无恙长舒了一口气，退后两步，好好地欣赏了一下自家的小坐骑。它的皮毛光亮，就像披了一身银光似的，再配上小家伙琉璃般剔透的眼睛，漂亮得让人心颤。冉无恙忍不住赞叹道："我的小乖乖啊，原来你这么俊的！"

洗干净了皮毛，仿佛也洗去了一身的桎梏和颓唐，马儿本就有些亢奋，再加上这一声小乖乖，就更不得了了。

只见它长嘶了一声，前腿高高抬起，整个身体立了起来，四肢完全舒展开来，俊秀挺拔，那轻盈的姿态，仿佛要踏云而去一般。

人们常说，美人在骨不在皮，冉无恙以前不太明白，看了她的小乖乖之后，她有点儿懂了，她的小乖乖瘦得只剩下一身骨头，但此刻的它看起来依旧腿蹄轻捷，丰神俊朗。

被水溅了一身，冉无恙也不在乎，抹了一把脸，继续痴痴地看着她的新爱宠，笑眯眯地赞道："真好看！"

美人在骨不在皮不是这么解释的好吗？系统简直无力吐槽。得了，它算看出来了，这届宿主是个颜控，还是个护短的颜控，前有云亭，现在又多加了一匹马。

冉无恙越看越觉得自家的马儿俊美无双，天下间再也没有什么马可以和它相提并论了，正因为这样，她也就更加担心了，总怕有人会来抢她的马儿。

冉无恙在水潭边的大石头上坐下，一边看着俊马，一边愁眉苦脸地问道："小神，我现在连骑马都不会，明天能赢吗？"

"可以。"系统一点儿都不担心，肯定地回道，"高级骑术已解锁，宿主随时都可以学习。宿主和坐骑已经绑定，坐骑也能进入宿主脑海中的练习场，宿主今晚努力练习一晚上，明日一定能赢谷城。"

它虽然没有见过谷城，但是对这个位面的普遍实力它还是了解的，就连蔺不归也不过是中上而已，它不信一个"兵王"能强到哪里去。

"嗯，我一定好好练。"冉无恙吃了一颗定心丸，也就没那么怕了，这时候才注意到，马腿上的伤因为泡在水里太久，都有些发白了。

冉无恙懊恼不已，急忙问道："小神，我现在还有多少点魅力值？"

她记得小神说过，绑定之后就可以用魅力值来给坐骑治疗了，希望自己剩下的魅力值够用。

"1934点。"

冉无恙龇了龇牙，感到万分心痛，10万点魅力值，真是说没就没！

她叹了口气，低声问道："这点儿魅力值够给我的小马治疗吗？"并不是她看不起这1000多点魅力值，实在是被系统坑过10万点魅力值之后，她终于懂了，对系统来说，魅力值越多越好，越多越好……

系统冷笑一声，宿主还是太年轻，它好不容易捆绑上一个宿主，当然是留着慢慢坑，一次坑死了以后就没的坑了，它可是一个懂得可持续发展的智能系统。

系统语气异常温和地笑道："宿主不必担心，治疗外伤已经足够了，内伤和营养不良等问题还需要慢慢来，一夜之间，变化太大会引起别人的注意。"

冉无恙抖了一下，搓了搓胳膊上的鸡皮疙瘩，第一次知道，温柔也不是这么好消受的。她轻咳了一声，回道："行，你快给它治吧。"

"叮，扣除1930点魅力值，治疗专属坐骑。"

呵呵，冉无恙嘴角抽了抽，好歹还给她留了4点。

冉无恙一直关注着马的情况，系统话音刚落，她就发现马腿上的伤口正在以肉眼可见的速度好转，但也没有完全愈合，留下一圈轻微的红肿之后，修复就结束了。毕竟之前那么多人看到了马腿上的伤，一下子完全治好太可疑了。

马还是一样干瘦，身体看起来没什么变化，就是眼眸更加明亮灵动。它还好奇地低头看了看自己几乎痊愈的腿，兴奋地扬了扬蹄子。

冉无恙朝它伸了伸手，马儿立刻走了过来，同时主动把脑袋伸到冉无恙手里，任由她抚摸。那副乖顺的模样，不像一匹马，倒像一只家养的小猫。

冉无恙怜爱地抚摸着它毛茸茸的小耳朵，手感太好了，她都舍不得松手。

冉无恙的心软得一塌糊涂，夕阳下，一个人一马亲昵的互动，看起来还挺有爱的。

系统忽然建议道："马匹已经与宿主绑定，宿主可以给它取个名字，方便交流，也助于培养感情。"

取名字？对啊，她应该给她的小乖乖取个名字才是。

小时候她也会给家里养的小鸡小鸭取名字，感觉取了名字之后，就真的是她家的东西了。冉无恙雀跃不已，用力点了点头，郑重其事地回道："嗯！我一定给它取一个威猛霸气的好名字！"

说是这么说，可是到底叫什么呢？她脑子一片空白，前一刻还雄心万丈，下一刻就蔫了。

好难啊……

云亭过来的时候，看到的就是冉无恙像是霜打的茄子一般垂头丧气地坐在大石头上发呆的画面。

为了给马洗澡，冉无恙身上都湿了，头发还在滴水，那模样怎么看怎么可怜。云亭心下一惊，正想快步走过去问问她是怎么回事，他还没动，坐在石头上的人先动了。

只见那道纤瘦的身影猛地翻身而起，身体瞬间隐没在石头后面，手上的匕首已经出鞘，一双凤眸寒光凛凛，冷厉的眼神暗含杀气。冉无恙朝着他的方向看过来，冷声喝道："谁？"

看清云亭的身影，冉无恙眼中的杀气散去，匕首也利落地收了起来，站起身笑道："云亭哥，你怎么来了？"

她言笑晏晏，还朝他招了招手，刚才的一切仿佛没发生过一般。云亭却知道，敏锐的感知，敏捷的身手，暗藏杀机的眼神，这些都不是错觉。

在他不知道的时候，小恙正在以不可思议的速度成长。

云亭压下心底的惊疑和莫名的失落，笑道："你这么久没回去，来看看你。"

冉无恙瘪了瘪嘴，一脸委屈地说道："它太脏了，洗了好久才洗干净。"说完她又高兴地指了指身边的马，献宝般说道，"云亭哥你快看，它是不是很俊？"

之前云亭的心神都被冉无恙占去，根本没注意周围的事，现在定睛一看，还真被惊艳了。他微微颔首，赞叹道："嗯，确实是匹漂亮的马。"

冉无恙与有荣焉地挺了挺胸膛，说道："那是我眼光好！我想给它取个名字。"

云亭就喜欢看她张扬得意的模样，嘴角不自觉地弯了弯。他撩起衣摆在之前冉无恙坐过的石头上坐下，随口说道："嗯，那就取一个。"

冉无恙的双肩立刻塌了下来，沮丧地回道："我想取个特别威武霸气的名字，可是……好难。"

云亭愣了一下，所以刚才那副可怜兮兮的模样其实是因为取不出威武霸气的名字吗？

云亭哭笑不得，小丫头还真是认真在为此事烦恼呢，云亭压下唇角的笑意，安慰道："你心里有什么候选的名字，说出来听听，哥给你参考参考。"

冉无恙抿了抿嘴，一屁股坐在云亭身边，压低声音，神秘兮兮地说道："叫追风怎么样？"

云亭睨了她一眼，回道："大将军的马叫逐风，你的叫追风，你说怎么样？"

冉无恙摸了摸鼻子，讪讪笑道："好像，是不太好。"

叹了口气，冉无恙双手捂住脑袋，一副脑壳痛的样子。云亭也不催她，悠闲地坐在一旁，非常有耐心地等着。

半晌过后，冉无恙终于不再折腾她的脑袋，坐直身子，一双眼睛直勾勾地盯着云亭，大声说道："叫闪电怎么样？或者雷霆、惊云也行！威不威武？霸不霸气？"

"……"

系统内心毫无波澜，呵呵一笑，很好，又一个取名废物。

冉无恙不知道自己又被系统嫌弃了，她正忐忑又期待地盯着云亭，等着他给自己出个主意。哪想到一向宠着她的哥哥忽然笑了起来，不是那种轻描淡写的笑，而是实实在在的大笑，温润深沉的黑眸中满是愉悦，爽朗的笑声回荡在山林中。

冉无恙瞪大了眼睛，好半天才回过神来，恼羞成怒地吼道："你笑什么啊！不许笑！要不你说，给它取个什么名字好？"

不知道是真的气着了还是羞恼，冉无恙巴掌大的小脸涨得通红，气鼓鼓的，一双狭长的凤眸硬是让她瞪得圆圆的，像只发怒的小牛犊。

受到主人心态的影响，身边的小马也一改恬静悠闲的姿态，四蹄烦躁地踏着地面，打了个响鼻，晶莹剔透的马眼也一眨不眨地瞪着云亭。

云亭本来已经快要止住笑意，却在看到这一个人一马如出一辙的表情后再次大笑了起来，还忍不住用手揉了揉小丫头湿漉漉的脑袋。

怎么能这么可爱！

还笑！冉无恙这次是真的恼了，她冲过去，一手抓住云亭的衣襟，在他反应过来之前，将人拽了过来，两个人额头抵着额头，呼吸可闻。

"说了不许笑！"

119

恶狠狠的低吼在耳边响起，云亭却置若罔闻，他被眼前这双冷厉的眼眸吸引了全副心神，眼眸里虽然暗藏着戾气与锋芒，却是那么生动，那么鲜活，那么……朝气蓬勃。

眼前的女孩儿，再也不是当年那个只能缩在自己怀里瑟瑟发抖，即使捂住了她的眼睛和耳朵，依旧恐惧慌张的孩子了。

他总算明白"吾家有女初长成"的感觉是怎样的了，感到欣慰骄傲的同时，又有些惆怅。未来风云变幻，只希望他的小恙能无忧无虑，平安快乐吧。

云亭不自觉地抚上冉无恙飞扬的眼尾，低喃道："唯愿乐以忘忧。"

"哈？"冉无恙一脸蒙，怀疑自己听错了，他们不是在说马吗？

云亭也是一怔，回过神来，感受到温热的气息拂在他脸上，嫣红的唇瓣近在眼前，云亭有些不自在地别开头。他轻拍了一下冉无恙的手，将衣襟从她手中解救出来，后退了两步，才低声说道："不如……就叫忘忧吧。"

冉无恙没察觉到云亭的异常，看他终于不笑了，还帮着想名字，心里的气也就消了。

她眨了眨眼，细细品味了一下，眉头皱了起来，有些不确定地问道："忘忧？这名字会不会……太娘了？"

云亭扶额，都不知道该说些什么了，好半天才叹了口气，说道："你这马不就是一匹小母马吗？"

冉无恙刚才帮马洗澡，把它全身上下都刷洗了好几遍，自然知道这是一匹小母马，可是也没人规定母马就不能霸气吧！冉无恙撇了撇嘴，有些不高兴地说道："母马是母马，但它以后是要和我一起上战场的啊，叫忘忧一点儿也不霸气。"

云亭都要被她逗笑了，这丫头怎么会对霸气如此痴迷？就她和她的小马现在这身板，跟霸气彻底搭不上边。

云亭摇了摇头，耐心地解释道："诸位将军的马名字都很霸气，你想找出一个与别人完全不同又称得上霸气的名字怕是很难了。你不是说要特别吗？反其道而行之岂不特别？"

说得好像……也有点儿道理，她确实想不到什么又特别又霸气的好名字。冉无恙挫败地垂下头，像只斗败的公鸡。就在她郁闷的时候，手心里忽然一暖，她抬眼看去，她的小马儿不知道什么时候又黏上了她，正用刚洗干净的小脑袋拱她的手心。

手感真好，又软又滑，银白色的毛真好看！

她的小乖乖真是又乖又萌又漂亮！爱美之心，人皆有之，更何况冉无恙还是一个颜控，这时候她竟也觉得，她家这么好的小母马确实应该搭配一个温暖又好听的名字！

冉无恙深吸一口气，抱住小马纤细的脖子，在它耳边大声宣布道："我决定了，从今天开始，你就叫忘忧了！"

10万点魅力值换来的心有灵犀果然不虚，马儿好像能听懂冉无恙的话一般，高兴地长嘶了一声，两只前蹄再次举起，狠狠地踏在浅水潭里，水花又溅了冉无恙一身。

冉无恙也不生气，紧搂着马脖子不放，她现在的身高还不高，整个人就像是挂在上面一般，画面看着很有喜感。

一个人一马心灵相通，感受着彼此的快乐，在夕阳的霞光中，美得就像一幅画。

云亭坐在一旁，静静地欣赏这幅美丽的画卷，之前一时失控的心跳也慢慢平静下来。人实在太复杂，人心不可控，小恙有个如此纯粹、永不会背叛的小伙伴也挺好。

此时的云亭不会想到，这个有着"很娘"名字的小马，在不久之后，会让多少人崇拜向往，又会让多少人闻风丧胆。

冉无恙和马儿又玩闹了一会儿，才牵着它和云亭一起回营。

刚踏入镇北营，冉无恙就看到小兵们三三两两地结伴朝着伙房走去，他们步伐松散，整个人懒洋洋的。冉无恙眉头紧蹙，有些不确定地问道："云亭哥，明天前锋营的考核，大家都能通过吗？"

以前还不觉得，现在再看，整个镇北营都太过松散，完全没法跟前锋营、骑兵营这些精锐营队相提并论。

虽然这十天来，大家都在很努力地训练，刀法也有了很大提高，但是一想到要对上的是前锋营的精英，冉无恙还是没什么信心，尤其是小石头、阿陌哥这些身体相对比较弱的，怕是连第一关，一刻钟内负重三十斤围着校场跑十圈都完不成。

冉无恙头发半干，几根呆毛直愣愣地迎风招展，很是惹眼。云亭看了几眼，摩挲食指和中指的指腹，却没再伸手揉她的头，只是低声回道："放心，我已经安排好了。"

"那就好，我听你的。"冉无恙对云亭有一种近乎盲目的信任，听他这么说，就真的放下心来，将全部精力都投入到与坐骑的磨合和高级骑术的学习上去了。

次日，一行人早早地赶到前锋营接受考核，然而他们才刚踏入前锋营的地盘，就被结结实实地吓了一大跳。

"怎……怎么这么多人啊？"石玉年纪小，忽然看到黑压压的人群，且每个人看他们的眼神，就像在看什么新奇玩意一般，吓得他直接窜到了石锋背后躲着。

王战也咽了一口口水，艰难地说道："他们不会都是来看咱们考核的吧？"

石玉浑身一哆嗦，小声说道："这么多人看着呢，如果输了岂不是很丢人？"

石锋反手一巴掌拍在石玉的背上，怒声说道："胡说什么，能不能想点儿好的，万一通过了呢！"

话虽这么说，其实石锋心里也没底，不只是他，其他人也忐忑不安，实在是人太多了，目测人数绝对上万。他们不过是名不见经传的小人物，来前锋营考核而已，用不着这么大阵仗吧？

云亭微微皱眉，若有所思。

冉无恙也同样感到惊讶,她猜到因为她在太子殿下面前大放厥词,来看热闹的人应该不少,却没想到人数居然如此之多。

她扫了一眼校场中央,太子殿下并没有来,大将军也不在,只有几道高大的身影站在那里等着他们。

冉无恙微微眯眼,仔细辨认了一下,萧箜和蔺奚她认识,另外两个人,身材高大的那个应该是骑兵营的将军苏则郁,另一个身形稍矮,但全身肌肉虬结的壮汉她不认识。

冉无恙纳闷了,既然太子和大将军都没有来,怎么会引来这么多人围观?

这时候她还不知道,她因为之前以碾压之势赢了蔺奚,在前锋营中已经非常有名了,再加上她在马厩里的豪言壮语传了出来,瞬间点爆了前锋营和骑兵营,甚至连其他几个营房也有人听到了消息赶过来看热闹。

军中之人,大多数骁勇好斗,尤其是那些精英,他们既钦慕强者,又不肯轻易认输,自然对那个传说中臂力惊人、箭术高绝的小子好奇不已,也就造成了今日的场面。

冉无恙一行人还处于震惊状态,但在众人灼灼目光的注视下,他们还是故作镇定地走到了校场中央。

萧箜细细打量了一下眼前这个由十七个人组成的小队,说实话,入得了他的眼的人也就七八个,其他的要不就是像石玉这样的豆芽菜,要不就是云亭这般的文弱书生,他甚至还看到了两个三四十岁的老兵!

萧箜暗暗叹了口气,虽然已经在心里将大多数人刷了下去,脸上他倒是没有显露出来,敢来考核已经不容易了,就算输,也得让他们输得心服口服才行。

萧箜一脸严肃,正色说道:"考核的项目和规矩之前蔺奚已经和你们说过了,本将军也就不重复了,你们是打算考步兵还是骑兵?"

他们这一行人,云亭是队长,他上前一步,用平和的嗓音不紧不慢地回道:"我们都考步兵。"

"都考步兵?"萧箜微微挑眉,看向冉无恙,问道,"你也考步兵?"其他人考步兵他能理解,毕竟马术没那么容易练,一般人只怕连马都没有骑过,更别说练骑射了。

但冉无恙不一样,她昨日说出要挑战谷城的话,说明她的骑术很不错,居然也要考步兵?

冉无恙毫不犹豫地点头,说道:"是。"

萧箜还没说话,站在一旁的苏则郁倒是开口了,他似笑非笑地说道:"你不是要挑战我们谷城吗?怎么考步兵?"

站在苏则郁身边的壮汉也正好看了过来,目光如狼般冷戾。

原来这人就是谷城啊,他身材虽然算不上高大,但是肌肉非常发达,四肢都充满了力量感。这样的人能够稳得住坐骑，同时力量大，开弓射箭都不费力，若是再加上不凡的眼力、稳定的心性的话，确实是不可多得的骑射人才。

冉无恙还在评估对手，隐约感觉到一道让她心颤的目光落在她身上，她连忙回头看去，果然是来自云亭的死亡视线。

冉无恙讨好地干笑两声，那乖巧的模样看得萧笙等人嘴角直抽。

冉无恙心里苦啊，她之所以没把挑战谷城的事告诉云亭，一来是不想给他添麻烦让他烦心，二来是对自己和系统有信心，如今被人当场戳破，被瞪也是活该。

好在云亭对她一向是当着众人的面百般纵容，背后才好好教育。

冷冷地看了她两眼之后，云亭便别开了眼。冉无恙暗暗舒了口气，假装什么事都没有发生，镇定地对着谷城点了点头，才看向苏则郁回道："挑战是挑战，考核是考核。"

苏则郁转念一想，也觉得这样很好，若是直接以和谷城的比试结果作为考核成绩，对这个孩子就太不公平了，她虽然狂了点儿，但确实是有实力的，年纪这么小，一下子经历太大的挫折也不好。

这时候的苏则郁完全忘记了在上一场冉无恙和蔺奚的比试中，冉无恙是如何疯狂地打他们的脸的。

相较之下，萧笙对冉无恙显然更有信心一些。出于尊重的想法，他也没反驳冉无恙的话，朗声说道："行，那先考核。"

站在一旁的蔺奚指着不远处堆成小山的沙袋，说道："考步兵的话，第一项就是一刻钟内负重三十斤围着校场跑十圈，那边有沙袋，两袋悬腰上，两袋绑腿上，刚好三十斤。"

冉无恙一行人早就知道考核内容，还偷偷演练了几次，听到蔺奚的话，都很淡定地走到沙袋旁，将四个沙袋稳稳地绑在身上。但是他们接下来的操作，就让众人有些看不懂了。

只见他们中的一个壮汉将扛在肩膀上的一大卷长麻绳放了下来，然后十七个人站成一排，一个接着一个，将自己拴在了麻绳上。

萧笙和苏则郁的脸色皆是一沉，但他们谁也没有说话，围观的将士们可就管不了这么多了，纷纷聚在一起讨论了起来。

"他们想干吗？"

"不会是打算绑在一起跑吧？这不是作弊吗？"

这话一出，大多数人的脸色都跟着不好看起来，反倒是一名年轻的小将满不在乎地说道："也不算吧，咱们考核的时候也没说必须单人跑，不能绑一起啊，只不过没人这么干过而已。人家愿意绑在一起怎么了，要赢一起赢，要输一起输，我倒觉得挺好，讲义气，和这种人做战友心里踏实。"

这么一说好像也对，不少人跟着附和，另外一名一看就是精英将士的汉子冷哼一声，不屑地说道："他们十几个人里，分开跑说不定还能有几个通过的，绑一起只会全军覆没，这不叫讲义气，叫作蠢。"

不管是讲义气还是蠢，冉无恙他们都已经我行我素地完成了捆绑工作。

萧鋆显然也没有再和他们多说的欲望，朝着远处的小将喊道："点香。"

"是。"今天没有风，点完这炷香的时间，刚好是一刻钟。

小将将香点燃，萧鋆立刻下了考核开始的指令。

众将早就空出了位置，等着看好戏，于是今日军中出现了有趣的一幕，上万人围观仿佛穿成串的蚂蚱似的一群小伙子在校场上疯跑。

前两三圈的时候，大家体力充沛，速度都不慢，即使是比较瘦弱的几个人也都没扯后腿，一行人飞快地奔跑着。到了第四圈，不少人就已经显露出了疲态，靠着体形健壮的几个人连拉带拽，才能保持住一开始的速度不掉队。

到了第七圈，整支队伍的速度都慢了下来，所有人都满身大汗，脸涨得通红。明眼人一眼就知道他们已经快要到达极限了。

之前不看好这种方式的精英将士们脸上都露出了果然如此的神色。

冉无恙他们采用的方式，基本上是两个健壮的人中间夹一个稍微弱一些的，到了后期，这些体力弱的人，就成了最大的拖累。除非当机立断，现在就将绳子全部斩断，可能还有几个人能在规定时间内完成考核，否则的话，等待他们的只有全军覆没。

当然，他们说的是一般情况，冉无恙不同，她有系统。

冉无恙经过初级基因修复液改造过的身体，比石锋他们要强许多，但拖着这么多人一起跑，还是很勉强。

在她开始感觉到力不从心的时候，脑海中响起了系统理性的声音。

"经测算，宿主如果现在还不提速，在限定时间内，将无法完成既定目标。"

冉无恙看了一眼远处燃烧的香，只剩下三分之一了，他们虽然也只剩下三分之一的路程，但大家明显已经体力不支，不可能保持一开始的速度，这样下去结果只能是输。

冉无恙调整着越发粗重的呼吸，问道："我现在有多少魅力值，够用吗？"

系统平时虽然经常嘲讽她、坑她，但在关键的时候，系统还是不会拖宿主后腿的，它很快回道："1820点，要带这么多人一起跑，只够支撑10秒时间。"

10秒？时间有点儿短，连半圈都跑不完，好在可以一边跑一边赚魅力值。冉无恙还在感慨魅力值不经用，就听到身后传来一道粗重的喘息声，透着关切和忧虑，问道："小恙，你还行吗？"

冉无恙身后跟着的是云亭，她回头看去，云亭一向白皙的脸上满是汗水，脸色红中泛着淡淡的青，显然也快要到达极限了。

冉无恙用力地点了点头，回道："我可以。"

其实这个捆绑前进的方法是冉无恙提出来的，一开始云亭选用的是另一种方法，能保证绝大多数人通过考核，不能通过的几个人云亭也在下一个考核环节为他们想出了必胜之法。

如此一来，这些体力弱的人也很容易得到萧崟的赏识，最好的结果就是一队人全部进入前锋营。当然其中也存在风险，若是萧崟最后不愿破例，这些人还是有可能被淘汰。

她咨询过小神，小神说只要魅力值够，她就能带着小伙伴们"躺赢"，所以她选择了这样的方式，她不想任何一个战友掉队。

冉无恙深吸一口气，目视前方，郑重地说道："小神，先帮我兑换1800点的体力。"

"好的。"系统也很爽快，"叮，扣除1800点魅力值提升至最大体力。"

熟悉的、充沛的力量充盈全身，冉无恙什么都不想，脑海中只有一个念头：全力以赴地往前冲。

十秒太短，一点儿也不能浪费！

原本脚已经像灌了铅一样，步子越迈越小的一队人忽然感觉到腰间一痛，一股巨大的拉力拖着他们往前跑。

所有人的脑子都是一蒙，他们是知道冉无恙的计划的，之前也试过几次，到后面大家筋疲力尽时，无恙总能体力大爆发，拖着他们继续前行，但是，没有一次是这么猛的啊！

原本脸色涨红的人，脸都有些发白。

这一变化太明显了，众人眼睁睁地看着明明速度已经开始变慢，显露出疲态的小队猛然加速，是的，就是猛然。

一行人以一种不可思议的速度飞快地往前蹿出了十来丈，几个身形瘦弱的人因为双脚交替的频率太慢，差点儿摔倒在地，好在前后的人一直拽着他们的胳膊，才没有发生什么惨剧。

一瞬间的寂静之后，校场上爆发了一阵阵惊呼。

"哇！神了，都跑了八圈了，他们怎么还有力气加速？"

"快看，是那个人，排在第一位的那个，看！是她加速了！"

冉无恙的状态和其他人都不一样，简直像是一头发了疯的公牛，那一往无前的架势，着实吓人，仿佛她后面拽着的不是一群体形健壮的小伙子，而是一串小蚂蚱……

那画面真是又惊悚又好笑。

一名身形比周围的壮汉明显瘦一圈的年轻将士激动地跳起来，扬眉吐气般大叫道："我没骗你们吧？我就说别看这小子瘦小，人家不仅箭术了得，体力也很惊人！"

小将身边的男子们都啧啧称奇，赞道："箭术怎么样不知道，但确实是天生神力啊！"

早就知道冉无恙天生神力的萧崟和苏则郁也被吓了一跳，两个人对视一眼，看来他们之前对冉无恙的认知还是有些偏差啊。

"叮，收到来自萧箜的 50 点魅力值。"

"叮，收到来自石锋的 80 点魅力值。"

"叮……"

此起彼伏的提示音在脑海中响起，此时的魅力值对冉无恙来说无疑是一场及时雨，她高兴得想尖叫，连忙问道："小神，怎么样？魅力值够不够？"

系统的声音听起来也有几分兴奋。

"截至目前，获取 17600 点魅力值。"

短短十秒时间而已，就得了 1 万多点魅力值！冉无恙惊得呼吸一顿，脸更红了，激动的！

果然人多就是好啊，一万个人，一个人给她一点儿，就是 1 万点了。

冉无恙以前并不是喜欢出风头的人，但从今天开始，她是了！以后她一定怎么高调怎么来！人越多的场合，她就越要往前冲！

有了魅力值，冉无恙觉得自己全身都充满了干劲，隐隐发酸的双腿都变得轻快起来，她高兴地笑道："小神，继续兑换。"

"好的。"

源源不断的魅力值给了冉无恙充足的动力，两条腿飞快交替，快得只能看到残影了。

回过神来的石锋等人既激动又羞愧，他们这么大个人，居然还要依赖一个瘦弱少年，还给她拖后腿，这怎么行！所有人都憋足了一口气，铆足了劲往前冲，速度竟比一开始时还要快上几分。

围观的都是热血青年，众人看到这一幕，瞬间就点爆了心中的豪情，纷纷吆喝起来，为他们加油喝彩，整个军营都沸腾了。

结果也是喜人的，一炷香未燃尽，一队人全部完成了考核任务。

第十一章　以巧取胜

校场中央，包括冉无恙在内的十几个人顾不得满地的灰土，直接躺下了。

虽然无比狼狈，但每个人脸上都带着笑，眸光闪耀，胸腔中燃烧着一团炙热的火。连气都喘不匀，大伙却开始笑了起来。

他们做到了，没有一个人掉队！

腰间的麻绳还没有解开，勒得人肋骨胸腹生疼，他们心中却同时生出一个念头：就算腰上这个麻绳解开了，他们这十七个人的心以后也要拴在一根绳上，不能散！

第一项考核通过了，还有第二项，躺了一会儿，几个人在缓过来之后，陆陆续续地站了起来。

经历过越多次战争，在沙场上厮杀越久的人，越重视不离不弃、可托付后背的战友之情。萧箜一开始虽然也觉得这种捆绑前进的方式不可取，但心底对他们这一队人还是很欣赏的。

萧箜又等了一刻钟的时间，待十七个人全部站起来之后，他才上前宣布第二项考核任务。

"步兵的第二项考核是近战，考核者自选一样兵器，以一敌二。前面有一个圈，在一炷香的时间内，被试者出圈或者被打趴下爬不起来都算输了。"

冉无恙等人循着萧箜手指的方向看去，看到校场的右方地面上有一个用红砖围砌的直径为三丈的圆圈，圈外摆着两个大大的兵器架，常见的兵器在那里都能找到。

围观的将士们一个个神色如常，可见这样的近战方式应该是他们常规的训练项目。

武器架上有好几把大刀，每一把都刀锋锐利，寒光凛凛。他们练了整整十天，被无恙虐了一遍又一遍，今天总算可以把本事亮出来了！

这些人是怎么回事？一个个双眼放光，跟狼似的。萧箜心尖一跳，连忙说道："这次必须单人应战！"

刚才还战意满满的一行人尴尬地摸了摸鼻子，他们也没说要群殴啊……

冉无恙笑嘻嘻地说道："萧将军别紧张，我们这次肯定单打独斗。"

萧箜瞪了冉无恙一眼，他能不紧张吗？感觉这群人随时都能给他搞出点儿什么事来。

"谁先来？"虽然这么问，但萧箜的目光一直都落在冉无恙身上。毕竟是第二场考核的第一战，开门红是必须的，这群人里也就只有冉无恙最有把握了吧。

"我先。"出乎萧箜的意料，冉无恙老神在在地站着不动，一名身高八尺、体形健壮的年轻男子站了出来。

萧箜打量了他一番，小伙子的体形和精气神与前锋营的将士差距不大，若是实力也和他的体形相符的话，倒也是初战的好人选。

大刀是军中最常见的兵器，两名前锋营的将士都选择了刀，王战心底暗暗松了一口气，也信心满满地选择了刀。

看他们都选好兵器，站在了圈内，萧箜大声宣布："好，开始吧！"

萧筌话音刚落，香就点上了。云亭留心观察了一下，发现这一炷香明显要比之前的香细，估摸着也就半刻钟时间吧，比他预料的时间要短一些，这对大家来说算是个好消息。

镇北营是个什么水准，萧筌心里清楚，他一开始的目标就只是百步穿杨的冉无恙和精通阵法的云亭而已，其他人他还真看不上眼。

因为对他们的要求不高，萧筌挑出来对战的人选，并不是前锋营中最强的那一批兵，而是中等偏下一些的将士，但这个标准也是相较于前锋营而言的，这些将士和其他营房的兵相比那也是精兵。

萧筌想着，这十七个人里，有一半能通过就不错了。正因为一开始没有期待，真正开始对打的时候，王战的表现着实让萧筌惊艳了一回。

王战的刀法大开大合，但不是那种毫无章法的胡乱砍杀，一招一式都有讲究，不仅有进攻还有防守，刀法之精妙，让围观的人都眼前一亮。

一开始前锋营的两名将士还没有把王战放在眼里，但对战十来招之后，就感觉到他们被对方的招式压制住了。即使两个人左右围攻，他也游刃有余！

王战的刀法，在十几个人之中算中上水平，按照云亭的策略，第一个考核的人不需要惊艳全场，需要的是稳。王战就很稳，一炷香的时间并不长，香一灭，王战就立刻主动收了刀，两名将士居然有一种意犹未尽的感觉。

有这种感觉的不仅仅是他们两个人，就连萧筌都觉得没看够，实在是因为这刀法极好，攻防兼备，莫不是他祖传的？

这个想法很快就被打破。

王战之后出来挑战的，是简少君。

他比王战略矮一些，身材颀长，刀在他手中，竟显出几分飘逸之感。

他的刀法与王战的刀法一脉相承，却更讲究策略，好几次简少君都将两个人逼到了红圈周围，若非两个人战斗经验丰富，在最后关头化险为夷，只怕是要输。

在简少君之后参加考核的人，居然也都坚持了一炷香的时间，虽然有人支撑得很勉强，但到底还是撑住了。

两名将士简直想呐喊了，这些人真的都是镇北营的吗？莫不是骗他们的？

围观的将士们大多都是精英，还有些小将领也混在其中看热闹，其中不乏刀法精湛之人，他们隐隐看出了些许异样。

苏则郁剑眉微蹙，低声说道："他们用的都是同一套刀法。"

萧筌眼中兴味更浓，笑道："嗯，而且进攻和防守都很有针对性，非常适合以一敌二。"一招一式仿佛都是为了这次考核量身定制一般，毫无疑问，这些人背后肯定有一个了不起的刀法大师在教导他们。

"你说，指导他们的人会是谁？"萧筌意有所指地看向了站在圈外兴致勃勃、大声加油鼓劲的冉无恙。

苏则郁扫了冉无恙一眼，那孩子有一双清澈的眼眸，还有一副灿烂的笑容，怎么看都是一个单纯的青涩少年，即使她力气再大、武艺再高，也不像个精于谋算之人，反而……

苏则郁把目光不自觉地转向了站在少年身旁的青年，他负手而立，眉目清朗，从他的脸上，除了温和淡然之外，什么也看不出来。

若说这一行人今日的所作所为都是那青年谋划的，苏则郁才觉得更有可能一些。他微微眯眼，低声说道："再看看。"

萧堃点了点头，眼底发光，今天还真是惊喜不断。

等到石锋上场的时候，已经被前面几轮比试折腾惨的两名将士，眼睛都红了，不是累红的，是气红的。

今天考核之前，战友们还打趣他们，说人家是镇北营的，鼓起勇气来考核不容易，让他们比试的时候手上留几分力，别把人打残了！

结果呢？别说把人打残，一连几局，连一个人都没淘汰出局，虽然他们也没被人打出圈外，但对于前锋营的精英来说，没有赢就是输啊！

不行，这局说什么都要挽回颓势，必须赢。

两个人看石锋的眼神，就跟饿了一个冬天的野狼发现猎物似的，冒出寒光。

石锋心头一跳，将手中的刀握得更紧，这些人的反应都在云亭的计划之中，他只需要按照计划行事就行，不怕不怕。

做了一番心理建设后，石锋终于沉下心来迎战。

这次的对战，因为两名将士的好胜心，从一开始就充满了火药味，双方打得非常激烈，你来我往，瞬间就过了好几招。

石锋的实力显然比之前的几个人都要高，一时间三个人战得难舍难分，不分上下。

三个人过了几十招之后，异变突生，石锋手中的刀在其中一名战士长刀的劈砍之下，刀柄还在手里，刀刃却被砍成了两半，并且飞出了圈外。

三个人都愣了一下，石锋随手将刀柄也扔出了圈外，两名将士很快回过神来，继续出击，打算用最短的时间结束战斗。

没有了武器，石锋不再与两个人正面对战，一边打一边兜圈子。

两个人没想到，石锋不仅刀法不错，身法居然也不差，像一尾泥鳅，在圆圈里乱窜，一时间他们竟也拿他没办法。

"我原本还挺看好他的，可惜刀毁了。"

"是啊，太倒霉了，才刚刚开始武器就毁了，总不能一直躲闪一炷香的时间吧，输定了。"

即使石锋还在坚持，围观的大多数人都已经认定了他的结局。

就在大家意兴阑珊之时，一道身影突然冲出来，像颗小炮弹似的，朝着石锋的方向冲了过去。

"快看，那个人在干什么？不会是要冲进去帮忙吧？不是单打独斗吗？"

众人都笑了起来，只觉得这队人太有意思了，总有些出其不意的表现。

只是大家这次的猜测显然是错误的，那道身影并没有冲进圈内，他只是将散落在外面的两截断刃和刀柄捡了回来，然后抱着这些东西，在圈外盘腿而坐。

等他坐定了，众人才发现，那是一个和冉无恙身材差不多的瘦小少年。除了断刃和刀柄，他的脚边还散落着几样东西，他低着头，神情专注，手指翻飞，也不知道在干些什么。

这人的行为太突兀了，大家的目光都不由自主地被他吸引了。

众人面面相觑，互相问道："他在干吗？"

有眼力好的人，将少年的动作看在眼里，不太确定地低声说道："他好像在……修理武器？"

修理武器？众人哂笑，那把刀又是脱柄又是断刃的，怎么修？就算真的能修，考核时间只有一炷香，这半大的小子难不成还能在一炷香的时间内修好不成？

别开玩笑了。

然而众人笑声还未歇，那名少年已经从地上爬了起来，手里抓着一把类似短刀的东西。

"哥，接着！"他大喊一声，把短刀扔进了战圈，石锋飞身一跃，接住了弟弟为他改装的新兵器，转身就重新迎上了劈砍过来的长刀。

当的一声，短兵相接，撞击声尤为刺耳，可见力道不小。那把短刀居然……扛住了！

"天啊，真的修好了，好快！"众人惊呼，人家甚至都不知道他是怎么弄的，竟在这么短的时间内就将一截断刃，改成了一把短刀！

短刀的样子看起来虽有些粗糙，却完全不妨碍使用，没看到那壮汉把那把刀舞得虎虎生威吗？好像比改装前的长刀还要好用的样子。

萧箜瞪大了眼睛，往前疾走了几步，眯眼细看，那竟是一把双刃短刀！萧箜的嘴角都要咧到耳朵后面去了，他这是走了什么运，这一队人简直就是宝贝啊！

之前的哂笑、质疑都变成了啧啧称奇的赞扬。

"那小子不错啊，看起来瘦瘦小小的，没想到他还有这本事。"

"是啊，手巧人也机灵。"

接下来的对战可谓精彩，石锋靠着这把短刀，竟是赢了一局，他把其中一名前锋营的战士打出圈了！

总算完事了，石锋长舒了口气，微微拱手，说道："承让。"

他是到目前为止，唯一一个将对手打出圈外的考核者，其中有一部分原因是两名将士连战数场体力消耗太大，还有一部分原因则是石锋确实优秀，当然，那把出其不意的改装双刃刀也厥功至伟。

毫不夸张地说，大家后来如此热情地加油鼓劲，全是冲着那把双刃刀去的，对于用刀的人，他们其实没什么兴趣，石锋的风头几乎被双刃刀抢光了。

他一点儿也不恼，这就是他们要的效果。

石锋刚刚走出圈，石玉立刻从兵器架子上挑了一把长刀冲进圈内，对着两名将士行了礼。那模样要多乖巧就有多乖巧，还用冉无恙一听就要起鸡皮疙瘩的声音软软地说道："两位大哥，我年纪小，习武时间也短，一会儿有什么不当之处，请多多包涵啊。"

石玉身材干瘦，比现在的冉无恙还瘦，整个人就跟个猴似的，如果刚刚没有露那一手，只会让人觉得他不适合军营，更不可能进前锋营。但偏偏就在刚刚，这个猴一样的小子，三下两下，速度快到眼睛都没看清，就将断成两截的大刀改造成了一柄双刃短刀，那股子机灵劲谁看了都喜欢。

两名将士对视一眼，还在想着一会儿要不要下手轻点儿的时候，一道熟悉的、带着无限压迫感的死亡射线落在了身上，两名将士身体一僵，立刻就懂了。

两个人嘴角抽搐，干巴巴地回道："好说好说。"

接下来的对战……怎么说呢？也很精彩，三个人你来我往地过招，很是热闹，但与之前几场相比，整个氛围明显温柔舒缓了许多，说是比试考核，还不如说是两名将士在给石玉喂招。

苏则郁额角的青筋直跳，他压低声音，恶狠狠地说道："萧筌啊萧筌，你是不是当别人都是傻子啊，这放水的方式是不是也太简单粗暴了点儿？"

确实简单粗暴，已经是明摆着在放水了。

萧筌轻咳一两声，一本正经、毫不心虚地回道："这是什么话，我是那样的人吗？我手底下的兵也是人，连比了六七场，累是正常的，下一局换人了。"

苏则郁呵呵两声，白了他一眼。军中将领谁不知道萧筌啊，只要是有些本事，入了他眼的人，他就算不要脸不要皮，也得把人往自己营里拉。

不就是看上人家小孩儿改装武器的本事了嘛，装什么公平公正啊？

石玉毫无压力地通过了考核，走出圈的时候，还对冉无恙挤眉弄眼了一番。

冉无恙翻了个白眼，懒得理他。但她心里是高兴的，连小石头都通过了考核，他们这队人肯定能够全部通过！

石玉考核完之后，萧筌果然将两名将士撤了下去，重新换了两个人上来。

萧筌手底下的兵，最少也能使用三种兵器，经过之前的比试，他也看出来了，冉无恙他们这一队人对刀法好像特别有研究，其实他完全可以让两名将士选择其他的武器，打乱他们的节奏，然而真要这么做萧筌又有点儿舍不得。

没错，就是舍不得，这套刀法太精妙了，招式好像并不多，却能生出多重变化。他很好奇，剩下的考核者还能使出什么新招来。

想来想去，萧笙还是让两名将士继续用大刀作为武器，对剩下的人进行考核。

萧笙留心观察，很快，他也摸清了一些他们的应对之法。

这些人用刀的技巧都没的说，但他们的体力和对战经验和前锋营的将士相比还是有很大的差距。

不过他们也挺聪明，前面几个上去考核的，都是体力好、能力强的，他们都在想尽办法地消耗对手的体力，怎么费力怎么打。

几次下来，他手下的两个人气息明显乱了，出招的速度和反应的速度都相应地变慢了。

到了这个时候，那几个身材清瘦的小伙子和老兵才陆陆续续地上场。

云亭也在其中。

萧笙对这个青年也挺好奇的，不过还是比不上苏则郁。云亭上场的时候，苏则郁整个人都紧绷了起来，一双黑眸一眨不眨地盯着云亭，那目光快把人灼出个洞来。

萧笙好笑地摇了摇头，觉得苏则郁太过紧张了，再怎么样，他也不过是个刚及冠的青年而已。

云亭使用的武器，也是刀。

他的力量不够，都是以防守为主，基本不正面攻击，明显就是在磨时间。在一般人看来，这个青年就一直在躲，这样的对决没有什么可看性。

众人缺乏兴致，苏则郁却是越看心越沉，这个青年，城府很深。

第一项考核时的捆绑前进暂且不说，第二项考核中，石锋手中的刀断刃脱手后少年及时修复，这些都是巧合吗？

还是说一切都是事先安排好的？安排这一切的人是谁？答案不言而喻。

半个月前，苏则郁就听说这个青年会一些奇门阵法，也是靠着阵法在石林中歼灭敌军，带着这一小队人活了下来。

未能亲眼得见，他当时只当青年是略懂皮毛，对青年有几分欣赏，却也并不怎么看重，然而今日一看，才知道自己完全想差了。

身为一名将领，平日里他也没少研读兵法，排兵布阵。从少年时期起，他就对奇门遁甲之术感兴趣，花了大量的时间和精力研读阵法，还拜了师父，然而如今已近而立之年，却也只学了个皮毛而已。

青年则不然。

师父曾说过，在奇门遁甲之术中，简胜于繁。

一开始他并不了解，近年来才略有心得。

青年看似是在懒散地躲避，实则大有文章。

他脚下踏的步子，并非乱走。奇门遁甲中的"遁"即隐藏，有些是靠着外物来实现"遁"，有些则不需要。

就像青年一般，无须外物，用最简单的方法，圆圈为界，自身为介，将圈内的两个人困住。

这两个人之所以怎么打都打不到他，并非青年的轻功有多厉害，只是这两个人被迷惑了而已。

苏则郁暗叹了一口气，就凭这个，青年的能力就已经在他之上。

有这样的本事，青年为何还要跑到军营里来，还待在镇北营，一待就是大半年？若只是想隐于军中，最近又为何如此高调？

还有他那个弟弟，本事不小，一身怪力。

这兄弟俩想干什么？

苏则郁总觉得这中间有什么不对劲的地方，却又想不通其中的关键，他抬头看了一眼身边一脸春风得意的萧筡，又默默地别开眼。

算了，他自己再琢磨琢磨吧，就算说出来，萧筡这傻大个也不一定懂。

香灭，云亭的考核也通过了，他对着两个人微微颔首，退出了圈外。

两个人揉了揉脑袋，感觉头有点儿晕，两个人都将这点儿归咎于云亭太能跑了，把他俩都转晕了。甩甩头，两个人很快就将这段小插曲抛诸脑后了。

等待考核的人数一个个地在减少，还剩最后两个人的时候，冉无恙走了出来。

围观的将士们再次沸腾了，大家等了这么久，就是想看这个天生神力的小子还有什么别的本事。

冉无恙双眸微红，呼吸略显急促，不知情的人以为她是战意凛然，迫不及待地想要上场，实际上她只是太激动了而已，高兴得想落泪。她还没动手呢，叮叮当当的提示音居然又开始响起来了，好幸福……

就在冉无恙思考着应该如何大展身手，以便获得最多魅力值的时候，校场上发生了一些小混乱。

二三十个体格健硕，身带煞气的壮汉一窝蜂地冲了出来，像出闸的猛虎似的，气势如虹。

他们冲到萧筡面前，口中嚷嚷道："将军，换我们上！"

不仅是他们，校场上不少自认为实力强劲的百夫长都恨不得一起冲上来和冉无恙一较高下。

就连始终站在苏则郁身后沉默地看了一个早上的谷城，也蠢蠢欲动。

说实话，他第一眼看到冉无恙的时候是有些失望的，年纪小、身材瘦弱，他都怀疑军中关于她的传言实际上都是夸大其词的，就算她确实箭术不凡，骑射却不一定拔尖，毕竟两者之间的区别是巨大的。

但之前短短的一刻钟时间让他对这个少年起了极大的兴趣，这么瘦弱的身体是怎么孕育出那般强大的力量的？

想到他和少年之间还有一战之约，谷城胸中战火灼烧，万分期待。

想要和冉无恙一决高下的精兵还真不少，不断有人拥向萧筡请战，萧筡虽然头痛，心底倒是挺高兴的，其实他也很想探探冉无恙的底。

萧筌看向冉无恙，问道："换两个人和你比，你有意见吗？"

"没有。"冉无恙飞快地摇头，态度无比诚恳地说道，"我也想见识一下前锋营的精锐到底有多厉害，到时还希望各位不吝赐教。"

必须没意见啊，对手越厉害，输在她手上越能显出她的水平高！若不是一直提醒自己不能太膨胀，那样会招人恨，她都想叫他们一起上了！

"好！"冉无恙如此爽快，萧筌便也不客气了，点了两名他最看好的亲兵，朗声吼道，"刘虎，余子你俩上，给老子争点儿气。"

被点到名的两个人一脸喜色，雄赳赳气昂昂地回道："是！"

这两个人光从身材上看，并不算特别健硕，但他们四肢修长，就算隔着衣服，也能隐隐看到完美的肌肉线条。他们步伐稳健，眼神锐利，气势和之前的几个人全然不同。

石锋等人被冉无恙操练了十天，对她的本事是十分信赖的，然而看到二人气势汹汹而来，不免还是有点儿担心。

冉无恙丝毫不惧，她递给小伙伴们一个让他们安心的眼神，又挪到云亭身边，微扬起下巴，小声说道："哥哥放心，我保证完成任务！"

为了不让外人听到她的话，冉无恙靠得很近，近到云亭一抬眼，就能看到她脸颊上细小的绒毛。云亭眸光闪了闪，不着痕迹地后退一步，笑道："我相信你，快去吧。"

得了哥哥的鼓励，冉无恙心满意足地走了，完全没注意到云亭脸上一闪而过的不自然。

冉无恙在兵器架前站定，众人以为她还是会选刀，却不想她一伸手，取下来一柄银枪。

她将银枪拿在手里掂了掂，感觉这把银枪比在练习场中使用的那把稍微轻了一点儿，其他地方差距不大，便没有换其他的银枪。

冉无恙选定了兵器，围观的众人都兴奋地嗷嗷叫起来，刀法虽然精妙，但是看了一个多时辰，真的是看腻了，总算能换一样兵器看了。

银枪长而锋利，灵活快速，杀伤力也强，但它是刺兵器，多为战马上冲锋之用，一般的小兵，手里没有好的枪法，根本发挥不出银枪的作用，还不如大刀用起来简便。所以军中真正善于用枪的人并不多，伏虎营的齐瑾将军便是使枪的好手。

不知道今天过后，军中善枪之人，是否又多一个人。

看冉无恙选了银枪，刘虎和余子还有些失望，他们二人都是善于用刀之人，还以为今日能和冉无恙切磋刀法呢。

冉无恙提着枪，率先进去圈内，揖手道："请。"

两个人各自选了一把刀，在冉无恙面前站定，郑重地回道："请。"

几乎是香点上的一瞬间，三个人同时动了。

刘虎和余子是同一个帐中的战友，两个人配合得非常默契，一个取中路直击冉无恙的命门，一个绕到身后攻击她的下盘。

被两个人夹击，冉无恙分毫不乱，她举起银枪往前一挡，同时长腿向后，踢向余子的前胸，这一脚力量很足，若是被踢中，必受重创。余子不敢大意，赶紧后撤，合围之势就这样被冉无恙化解了。

经过这些天的练习，冉无恙在练习场中已经可以同时与十名黑衣人周旋而不落下风，以一敌二对她来说，完全没有难度，她很好地发挥了银枪的长处，以长克短，以快打慢。

她现在需要思考的是，怎么样才能完美地完成云亭哥交代的任务，同时又能最大程度地出风头。

冉无恙想了想，觉得还是速战速决最能体现她的能力。

很快，余子和刘虎都感觉到，冉无恙的攻势变了。长枪在她手中，仿佛活了一般，如一尾游龙，轻盈飘逸却又异常危险，他们全是依靠着这些年培养出来的对危险的直觉，才惊险地躲过几次攻击。

冉无恙一边打，一边观察两个人，余子年轻一点儿，瘦一点儿；刘虎正值壮年，也比余子健壮一些，就刘虎吧。

确定了人选，冉无恙便不再手下留情，她枪身一转，抓住枪尾，用力一震，将枪身击向刘虎的右肩，为了达到预期中最好的效果，冉无恙用上了全力。

"啊！"

一声惨叫传出，众人只看到一个人影倒飞出十来丈远，砰的一声摔在地上，然后就不动了……

一切发生得太快了，别说别人没看清，就连余子都没看清，冉无恙是怎么把人打出去的。

冉无恙也惊了一跳，她……她只是想打伤刘虎的右臂而已，让阿陌哥有机会展示他治疗外伤的能力，没想重伤他！

刘虎躺在地上一直没有动，冉无恙急了，顾不上别的，急忙跑了过去，余子立刻跟上。

萧筌和苏则郁也发现刘虎的情况不太好，急忙赶了过去。

云亭拍了拍傻站在他身边，一脸呆滞的阿陌，低声说道："快去。"

"哦！"阿陌回过神来，抓起简易药箱就冲了过去。

刘虎的情况确实不好，人已经晕过去了，脸色乌青，嘴角还有一丝血迹。

萧筌赶紧让身边的小将跑去请军医，军营很大，这一来一回怕是要耽误一刻钟的时间。

冉无恙偷偷在脑海中问道："小神，刘虎不会……不会死吧？"

系统忙着统计魅力值，随便扫描了一番，回道："死不了。"

冉无恙舒了一口气，还好还好，没有性命之忧。

就在众人焦急地等待的时候，一个青年跑了过来，他将手里的木箱放在地上，蹲下想要检查刘虎的身体，被萧筌拦了下来。

"你是谁？要干什么？"

看到阿陌来了，冉无恙飘忽的心安定了点儿，她赶忙解释道："萧将军，阿陌哥医术很好的，以前我们受伤都是他治好的，让他给刘虎看看吧。"

萧筌迟疑了片刻，还是收回了手，这个青年身上有淡淡的药草味，还随身带着药箱，看起来确有几分医者的样子。

阿陌得了许可，立刻给刘虎把脉，然后轻轻地将人翻转过来。经过阿陌的紧急处理，刘虎虽然没有醒，脸色却好转了许多。

冉无恙蹲在阿陌身边，小声问道："阿陌哥，他怎么样？"

云亭制订的计划，阿陌也知道，无恙之所以会将人打伤，都是为了他。不想无恙因为这件事难过自责，阿陌轻声安慰道："只是背过气去了，现在缓过来了，没事的，别担心。"

冉无恙提着的心总算放下了一些，她乖乖地蹲在一旁，不再打扰阿陌治疗。

训练和对战的时候，有人受伤是很正常的事，因为离得远，众人只知道刘虎被打伤了，具体伤成什么样也不清楚，他们现在讨论的中心就是刚才冉无恙到底是怎么出手的。

站在前排的几个人围在一起，低声讨论着。

"刚刚发生了什么你们看清了吗？"

"好像就是对打的时候，冉无恙挥枪一挡，刘虎就飞出去了！"

"太快了，我可能眼花了，根本看不清。"

众人纷纷道："我也眼花。"

说了一会儿，忽然有一个人摇了摇头，啧啧叹道："那小子果然是'战疯子'啊，一旦摆开阵势，那就是六亲不认，大杀四方。"

好像是哦，这时候看过冉无恙和蔺奚那场比试的人也都想起了那日冉无恙举着长弓，面无表情，目光凶狠地射箭的样子。

今日才刚交手，她又打伤了刘虎，可不就是个"战疯子"嘛！

冉无恙完全不知道，就这样传来传去，她"战疯子"的名头怎么也拿不下来了。

刘虎还在治疗，余子和冉无恙两个人也帮不上忙，你看着我，我看着你，良久，余子才小声问道："咱俩还打吗？"

冉无恙扭头看向萧筌，萧筌没好气地瞪了她一眼，哼道："打什么打，你们三个都出圈了，算平局吧。"

他有预感，如果冉无恙真成了他手底下的兵，他可能年纪轻轻就得长白头发，这孩子真是……

都不知道应该怎么形容！

听到不用打了，余子有些失望，又有点儿庆幸，总之心情很复杂。

冉无恙倒觉得无所谓，不打也好，她现在很害怕自己一不小心又把人给打坏了。

围观了这场十分短暂的对决，石锋等人倒吸了一口凉气，艰难地咽了口口水，讪讪地笑道："无恙对我们真是……挺好的。"

原本认为的魔鬼训练，现在想想，都觉得温柔了许多。

看着倒在地上不省人事的刘虎，石玉感觉自己已经好了不少的肩膀再次疼了起来，他一脸尿样地说道："我以后再也不说无恙对我下手狠了，她对我绝对是真爱！"

话音还没落，后颈倏地一凉。石玉回头看去，迎上云亭哥阴恻恻的视线，石玉连忙捂住脑袋，叫道："是友爱！友爱！"

石玉还在耍宝，冉无恙已经提着银枪回来了。

这时候耳边的提示音已经多到令她耳鸣的程度，她却高兴不起来。冉无恙垂着头，不像打了胜仗，倒像是做错了什么事似的，蔫头耷脑地说道："云亭哥，我……我下手好像重了点儿……"

冉无恙心里有点儿堵，她真的不是故意将人伤得这般重的，她原本想着将他的手臂打脱臼，让阿陌哥给他接上就好了，没想到会变成现在这样。

这些日子她都在和黑衣人对练，他们会流血，但是从不会叫疼，所以她也就不知道自己下手有多重。她看刘虎体格精壮，以为他受得住，就忘了留力了。

唉。

云亭看她一脸苦相，像棵霜打的茄子，既心疼又无奈，她的心还是太软了啊。不过这样也没什么不好，只要她高兴就行，谁说心软就不能做战神？

一直克制的手，终于在无恙可怜巴巴的目光下，失了束缚，轻轻揉上她的脑袋。云亭温声安慰道："别难受了，他不会有事的，我陪你一起过去看看好不好？"

这哄孩子一般的口吻，听得冉无恙面上一热。她动了动脑袋，拉下云亭的手，故作深沉地说道："我没事，就是有点儿担心战友而已。"

云亭轻轻一笑，也不拆穿她，两个人一起走到了刘虎身边。

好消息是刘虎终于醒了，坏消息是他还动不了，正被阿陌安置在地上，等着担架过来将他送回营房去。

云亭朝着萧箜和苏则郁微微颔首之后，才看向阿陌，关心地询问道："怎么样？"

顾虑着冉无恙的心情，阿陌想将伤情说得轻一些，他才刚张口，就被云亭一个冷厉的眼神吓退了。

云亭不着痕迹地看了萧箜一眼，沉声说道："照实说。"

阿陌这才想到，萧将军还在身边，一会儿车医肯定会来，若是他下的诊断和军医相差太大，那么他的价值就会大打折扣。已经付出了代价做到这一步了，他若是不能进入前锋营，那真是太亏了。

阿陌瞬间明白了云亭的意思，没再披着藏着，直接将刘虎的情况说了出来。

"脱臼已经接好了，肌肉有点儿拉伤，休息两天就没事了。不过他手骨骨折了，再加上胸骨骨裂，最少要躺一个月。"

"……"冉无恙简直无颜面对刘虎了，但也不能就这么躲着，她凑上前去，真心实意地道歉道："刘大哥，真对不起啊，我没控制好力道。"

刘虎醒了，胸口剧痛，意识却很清醒，听到冉无恙向他道歉，还有些不高兴。他白着一张脸，艰难地说道："我没事，都是小伤，比试哪有不受伤的？你是真的厉害，我服气！"

"……"又是骨折又是骨裂的，还说小伤，这位大哥真的是硬汉了。冉无恙嘴角抽了抽，也不知道应该怎么回了。

好在也不需要她回应，军医带着担架赶过来了。检查过刘虎的情况之后，年过半百的老军医连连夸奖阿陌处理得当，接骨的手法也很老到，一副相见恨晚的样子。

若不是要送刘虎回营房，他恨不得立刻拉着阿陌回去讨论接骨之术。

军医兴冲冲地走了，萧筌看阿陌的眼神，热烈得快要着火。

云亭微微挑眉，将阿陌挡在身后，彬彬有礼地问道："萧将军，咱们这边还剩最后一个阿陌了，还比不比？"

这还用说？萧筌大吼一声："比！赶紧比！"比完就立刻加入前锋营，到时候不管是军医还是别的将军，就没办法跟他抢人了。

之前那个会改装点儿武器的小鬼他都放水要了，眼前这位可是大夫啊！

苏则郁都有些嫉妒了，萧筌怎么就这么走运呢！

军营里有近十万人，再多军医都不够用，更何况还不多。他们这几个冲在最前面的营队，是直面敌人的中坚力量，伤亡很大。

很多人其实不是直接被敌人砍杀而死，而是因为前线缺少军医，将士们得不到及时的治疗，还没送回后方医帐就死在路上了。

还有一些则是因为耽误了最佳的治疗时机，不得不截肢成了残废。若是前锋营里就有个厉害的大夫，那简直相当于多了几条命。

总之就是一句话，他们缺大夫，非常缺！

这就能够很好地解释萧将军现在看阿陌的眼神，为什么比看冉无恙还要热烈许多了。

考核的结果也是毫无悬念，阿陌成功完成考核，至于考核的过程不说也罢。

最后萧筌总结了一番，第一项考核所有人全部通过；第二项考核中，除了冉无恙自己出圈，成了平局之外，其他人也全部通过了考核。

最终的结果就是，冉无恙是一队人之中考得最差的那一个。

这简直就是一个奇迹，镇北营的人来参加前锋营的考核，居然全部通过了，还是在上万人的见证下通过的，虽然有几个人能够通过有放水的嫌疑，但谁让人家有其他的过人之处呢？

萧筌匆忙宣布结果之后，就打算让大家都散了，督促云亭一行人赶紧回去收拾东西，搬到前锋营来，正式加入前锋营。

可惜他的如意算盘暂时未能实现，因为校场上又来人了，来的还是萧筌躲不开还惹不起的人。

…………

"如此热闹，莫不是本王来晚了？"清朗的声音在校场上响起，几乎被嘈杂的人声盖过。

太子今日依旧穿着一身玄色长袍，身边只带了两名侍卫，一主二仆，就这样漫步而来，像是走在家中一般随意自然，丝毫没有天潢贵胄、高高在上的架子。

不管太子表现得多么温润随和，他仍然是太子，萧筌和苏则郁依旧毕恭毕敬地行了礼。

"见过太子殿下。"

众将也中规中矩地跟着行礼。

太子连忙上前一步，虚扶起二人，叹道："这是军中，又非朝堂，两位将军不必如此多礼。"

两个人是武将，对礼仪之事本来看得就不重，太子都这么说了，两个人便顺从地站起了身。

校场上没有凳子，更没有遮阴的帷幔，太子也和其他人一样在日头下站着。

他脸上竟没有一丝嫌弃和愠意，反而还显得兴致勃勃，仿佛对军中的一切都很好奇。这样随和的太子，让不少将士心生好感。

太子双手背在身后，好耐性地又问了一遍："本王可是来晚了？准备何时开始比试？"

没让萧筌说话，苏则郁赶在他开口之前，直接回道："不，太子殿下来得刚刚好，比试正要开始。"

他带着谷城在这儿等了一上午，萧筌倒好，自己选拔完人才之后，就想拍拍屁股走人了，还想把冉无恙给带走。

真当他好欺负不成？今日就算太子没来，他也不会让萧筌就这么溜了的。

太子假装没看到两名将军幼稚的互瞪，他转而看向冉无恙，轻笑道："冉无恙，昨日你不是说要挑战谷城吗？你的那匹马儿呢？"

不知道是不是错觉，冉无恙总觉得，太子今天对她的态度比昨日好了许多，也不是说太子昨日对她很差，就是一种微妙的感觉。

今日太子与她说话，无论是遣词用句还是神态语气都显出几分亲昵，仿佛……仿佛两个人有交情似的，天知道她也就只有在昨天跟太子说过两句话而已。她摸不清这些上位者的心思，想不明白就干脆不想了。

至于她的马，自然是另有安排。

她想过了，一开始就牵着马出场的话，达不到惊艳全场的目的，也显示不出她家忘忧的神骏和优雅。

她和系统商量了大半个时辰，最后才决定了忘忧的出场方式。

冉无恙食指微屈，放在唇边，一声长哨从她口中传出。

这是在干吗？众人疑惑地看着冉无恙，只见她抬头看向远方，仿佛在等着什么。

很快，一串马蹄声从远处传来。一开始大家还没反应过来，随着马蹄声渐响，不少人都循声望去，一匹银白色的马朝这边狂奔而来。

它通体银白，四肢修长，奔跑时体态轻盈，速度也很快，最招人眼球的，还是那一身漂亮的皮毛。此时已经接近午时了，正是太阳最为耀眼的时候，炙热的阳光照在银白的皮毛上，就像是一条光带一般，光彩夺目。

人们不自觉地让出一条小路，骏马一路畅通无阻地来到冉无恙身边。

被冷落了一个早上的忘忧一看到主人，立刻欢快地黏了上去，还一直用小脑袋去拱冉无恙的脖子，对主人的喜爱之情表露无遗。

冉无恙如它所愿地揉了揉它的耳朵，小家伙才满意地缩回脖子，乖巧地站在冉无恙身边。

其实冉无恙和忘忧已经绑定，又有"心有灵犀"加持，根本不用吹哨，只需在脑海中呼唤它，忘忧就会向她奔来，折腾这么一轮，按照系统的说法就是博眼球、博关注而已。

这么做的效果还是有的，忘忧出现的那一刻，她又陆陆续续地听到了几声提示音。

军中的战马大多是黑色和棕色的，偶尔也有几匹白马，但因为没人有工夫经常给它们洗澡，白毛总会显得有点儿脏，没什么美感。

但冉无恙这匹不同，客观地说，这匹银马除了太瘦之外，无一不美。

昨日很多人都看到了冉无恙牵着一匹瘦骨嶙峋、又脏又瘸的劣马回了镇北营，今天她却带来一匹如此漂亮的骏马，不少人都大呼不可思议。

也有些人不以为然，冷哼道："漂亮有什么用？这么瘦，这种马恐怕跑不了几步就得喘吧。战马讲究的是耐力、爆发力、战斗力，光漂亮有什么用？"

大多数将士也都认同这种说法，纷纷觉得这匹马也就是看着漂亮而已。

很快，冉无恙就会让他们知道，什么叫实力与美貌并存。

其实在这么多人之中，内心受到的震撼最大的，是萧箜。

昨天他可是近距离见过这匹马的，他怎么也没想到，才过了不到一天的时间，它就大变样了。难道洗澡和不洗澡的区别真的这么大吗？

萧箜不肯承认自己眼光差，狐疑地盯着忘忧，问道："这真是昨天那匹瘸马？"

冉无恙是个极护短的人，听萧筀这么说她的小乖乖，立刻不高兴了，黑着脸反驳道："它没瘸，只是脚受了点儿小伤而已，昨天上了药就好了！"

萧筀扫了一眼马腿，果然看到了一圈淡淡的红痕。也是，瘦成骨架的马也没这么容易找到第二匹。

萧筀轻喷一声，叹道："还真让你小子捡了个漏。"

若是这马昨天就是这副模样，即使它再瘦，也轮不到冉无恙。真不知道这小子是独具慧眼还是运气逆天。

这匹马的确是大变样了，但对于见惯了好马的太子来说，也算不得多惊艳，比起谷城刚刚牵过来的那匹黑马就更是差得远了。

若是好好养个半年，这匹小银马或许能有一战之力，今日勉强应战，根本毫无胜算。

太子瞿向卿不想冉无恙输，他希望这个少年能够赢，最好赢得漂亮些。

父皇昏庸，骄奢淫逸，瑜国早就已经国力空虚、风雨飘摇，他被酒色财气掏空的身体，怕是时日无多。

瞿向卿会来到这战乱之地，是多方博弈的结果。明面上是继后姚氏按捺不住，想趁机架空他，甚至要他的命，才将他逼至边城，实际上舅父也暗中推了一把。

文人造反，三年不成，光有文臣的支持，还不足以将他送上王座，他本就是太子，若能趁着这次机会收拢武将，大瑜的江山必定被他收入囊中。

只可惜他已经来军中半个月了，不管他如何旁敲侧击，暗中示好，蔺不归都油盐不进，装聋作哑，再加上身边又有个姚颂一直监视着他，他根本不敢有大动作。

这时候他发现了冉无恙，简直是个意外之喜。

天生神力，箭术高绝，颇受军中年轻将军的喜爱。最重要的是，这个人年少，城府不深，容易拉拢操控，对于现在的他来说，冉无恙是一个很好的突破口。

瞿向卿对冉无恙有所期待，自然也不吝啬表达自己的关怀和善意。

他眼中暗含担忧地看着冉无恙，温声说道："无恙真的要用这匹马来比试吗？它的伤还未完全康复，你可以重新选一匹用来比试，若是你赢了，本王依旧可以把这匹马赐给你。"

无恙？云亭瞳孔猛然一缩，黑眸危险地眯了起来，就像一只守护着珍宝的恶龙被贪婪的入侵者惊醒了一般，他缓缓抬头，黑沉沉的眼睛锁定了瞿向卿。他什么都没做，在瞿向卿发现之前，云亭又垂下了眼眸，就仿佛刚才那一瞬间爆发的杀气都是错觉。

这极其短暂的恶念瞿向卿没有发觉，冉无恙也一无所知，她对她的忘忧充满了信心，毫不领情地拒绝了瞿向卿。

"多谢太子殿下，不过不需要换，我就用这匹马挑战谷城。"

果然是年少轻狂，瞿向卿也没再继续劝她，轻轻一笑，回道："好，那本王就拭目以待了。"

今日骑兵营的人,半数以上都赶过来看热闹了,最初可不是为了看镇北营的人考核,他们都是冲着冉无恙和谷城的对决而来的。

谷城可是骑兵营的"兵王",已经一整年没人敢挑战他了,原以为今日是来看谷城如何教训这个不知天高地厚的新兵的,没想到少年给大家带来那么多惊喜。

势均力敌的对战,才更让人期待。当谷城牵着他的战马走到冉无恙面前的时候,校场上再次沸腾了起来。欢呼喝彩的声音,差点儿要掀翻军营的上空。

这边的喧哗和热闹,吸引了更多人前来,校场被黑压压的人群围得水泄不通。

被这么多人围观,若换了旁人可能会感到紧张,但对极其渴望魅力值的冉无恙和成名多年的谷城来说,没有造成任何困扰。

与蔺奚那场的比试,是冉无恙制定的比赛规则,这次既然是挑战别人,冉无恙决定还是让谷城来决定挑战方式更好一些,显得她大气。

冉无恙很有风度地将主导权交给了谷城,大方地问道:"你想怎么比?"

谷城也丝毫没有谦让的意思,他黑沉的双眸直盯着冉无恙,那一瞬间,冉无恙甚至感觉到了一股无形的压力,"兵王"不愧是"兵王"。

冉无恙不动声色地与之对视,良久之后,她才听到这个冷硬的男人沉声说道:"我知道你箭术不错,不过今日我不想和你比骑射。"

冉无恙眉峰一挑,回问道:"那你想比什么?"

"斗将。"

斗……斗将!

周围先是一静,数万人的校场上,居然鸦雀无声,等众人从惊讶中回过神来,爆发了一阵阵更为激烈的喧嚣声,吆喝声一浪高过一浪。

实在不能怪他们,就连最为了解谷城的苏则郁,都没有想到谷城会选择用斗将的方式,来迎接冉无恙的挑战。

所谓斗将,其实是指两军对垒时,各出军中一员猛将进行对战。

虽然战场上的胜负,主要还是取决于军队的战斗力和将领的指挥才能,但这样单枪匹马的对决,在一定程度上,更能够激励军中士气,同时彰显我方实力。

然而斗将,却是极难的。

双方将领各领一骑,策马快速行进,互相冲锋,二马相交之时,猛然出手,必有一个人会被击落。力大、眼力卓绝、冷静果决者,往往容易获胜。

斗将对双方将领的要求很高,坐骑也是取胜的关键,若是在交锋之时,坐骑害怕了,中途退缩,极可能害得主人坠马。

而且斗将还非常危险,稍有不慎,便性命不保。

众人都在好奇,不知道这个少年敢不敢应战。

第十二章　云亭的秘密

冉无恙自然是敢的。

不得不说，她的运气确实好，若是由她自己购买，她肯定会买初期骑术，而斗将篇，唯有在高级骑术中才有介绍，若非昨晚在练习场中练过好几次，她还真的不敢应战。

斗将比骑射难多了。

就算她和忘忧心意相通，一开始与黑衣人斗将的时候，她还是输得异常惨烈，不是坠马就是被对方击中，若不是有练习场，她有九条命都不够死。

就是因为知道其中的凶险，她才犹豫了。

万一，伤了对方性命怎么办？

冉无恙迟疑地看向谷城，对上的是一双黑沉沉的眼睛，里面没有迟疑，没有犹豫，只有浓烈得让人无法忽视的战意。

冉无恙的心猛然一缩，她在想什么呢？谷城需要的，是一个全力以赴尊重他的对手，而不是瞻前顾后、自以为是的战友。

如果她连这点儿勇气和胆识都没有，不用比她就已经输了！

有了这样的认知，本来想要拒绝的冉无恙最后点了点头，干脆利落地回道："好。"

冉无恙并不是一个城府深、很难懂的人，她的犹豫和担忧全部落入了谷城的眼中。

谷城并不意外少年会有这样的反应。刘虎受伤之后，少年表现出的愧疚和歉意，充分地体现了她是个善良而且容易心软的孩子。谷城只是没想到，这孩子能如此快地想通。

不过对视一眼罢了，冉无恙竟能立刻领悟到他的意思，如此通透，委实难得。

到了这一刻，谷城对她才算有几分除战斗之外的欣赏。

他淡淡地扫了一眼一直乖乖站在冉无恙身后的银马，问道："你确定用这匹马？"

这并非质疑，而是在做最后的确认。

谷城的想法与别人不同，世人看重的，是一匹马的血统是否优良、体格是否健壮、是否能日行千里，然而在他看来，骑术中最重要的，并非坐骑有多威武，而是坐骑与主人之间的联系有多深。

他的小黑与他并肩作战五年有余，极通人性，现在就算拿大将军的逐风和他换，他也毫不心动。

冉无恙与她身后那匹马，就给人一种互相亲近的感觉。

对此谷城也有些好奇，听说这马是冉无恙昨晚才牵回去的，她怎么能在短短一天的时间里和马匹培养出这般高的默契？

谷城百思不得其解，这真是个奇特的少年。

奇特少年冉无恙牵着她的小马，一脸坚定地回道："确定，就用它和你比。"

嘴上说得斩钉截铁，一转身，冉无恙立刻在脑海中求救。

"小神，快，用魅力值修复忘忧的身体机能，调整到最好的状态。"

冉无恙在谷城的身上感受到了极大的威胁，这是一个强大的对手，她丝毫不敢托大。说完她又想到了什么，赶紧补充道："让它更健康一点儿就好了，别改变它的外形啊！"

宿主只说一句话，就把系统惹怒了。

"本系统在宿主心目中这么蠢吗？系统治愈修复宿主身体的时候，改变宿主的外表了吗？"

"……"好吧，她蠢。

既然双方都对斗将这样的挑战方式没有异议，比试也就正式开始了。

在冉无恙翻身上马之前，萧筌拽了她一下，低声问道："小子，你有几分把握？"

冉无恙想了想，保守估计道："七分。"

七分？面对谷城，小家伙竟有七分把握？萧筌有些不相信。

冉无恙嗤笑一声，直接推开他翻身上马，给了他一个走着瞧的眼神。

不过自始至终，她都没敢看云亭一眼。

云亭哥是最了解她的人，在此之前她根本不会骑马，如今一上来就敢与人斗将了，这根本不是"我有一个师父"就能解释的。

她不看云亭，却不能把耳朵也堵上，在跨上马背那一刻，耳边传来了熟悉的男声。

"当心点儿。"

这听不出喜怒的声音，真的让人腿软啊。

冉无恙欲哭无泪，胡乱地点头，抓起她的银枪就跑。

…………

冉无恙骑着忘忧，站在校场的最左端；谷城骑着小黑，站在校场的最右端。

说实话，围观群众的心情有点儿复杂。

一边是瘦弱少年加上一匹干瘪的小马，一边是八尺壮汉加上一匹健壮的骏马，怎么看怎么诡异啊！

然而这种欺负弱小的既视感在冉无恙策马跑起来之后，彻底消失了。

太快了，那匹瘦成纸片的银马速度太快了，几乎在眨眼之间，就已经冲出了十丈开外，这……这怎么可能！

大家都没回过神来，两个人、两匹马已经冲到了中线上，只听到"当"的一声兵器相击的声音，都没看清他们的动作，两匹马已经错身而过。

斗将把"狭路相逢勇者胜"这句话的意思诠释得淋漓尽致。

那种在马背上你来我往，拼杀上百回合的情况其实很少发生，真正的斗将，讲究的是一鼓作气，一击必中。

众人眼睛一眨不眨地盯着两个人。没有人坠马，他们身上也没有血迹，说明刚才那一次交锋，两个人战成了平手。

咝——

冉无恙暗暗吸气，轻轻动了动手腕，好痛！整条手臂都麻了，军中的人，力气怎么都这么大啊！

谷城使用的武器是一把巨斧，手柄比一般的斧子要长，没什么花哨的纹饰，就是一把生铁打造的斧子，看起来就很重。

冉无恙对斧子其实是有一点儿心理阴影的，上次在石林里，她就差点儿被斧子劈成两半，谷城手里的这把斧子，比凉国骑兵那把还要大，太吓人了。

当这把斧子向她劈过来的时候，她全身的汗毛都竖了起来，太刺激了，多来两次她心脏都要受不了。

系统例行公事般问了一声："宿主需不需要修复？"

"不用。"冉无恙得意地一笑，"他也没比我好到哪里去。"

谷城确实没比她好多少，他握着斧子的手也在微微发抖。

刚才两个人交锋之时，他挥出了一斧，以为冉无恙会躲开，因为她看起来就是走"用巧劲取胜"路数的人，毕竟她真的很瘦。

出乎意料的是，她没躲，反而抓住枪身，两手平举，生生扛住了一斧子。

他能感觉到，冉无恙只是在试探他，并没有用全力。而他不是个喜欢留力之人，刚才那一局，他用了几分力。

她这么小的身体里，到底哪来的力气抵挡他的攻势？

谷城是真的好奇了，同时心里的战意更盛，已经好多年没人能够激起他的好胜心了。

完全没有停下来休息一下的打算，谷城掉转马头，朝着冉无恙发起了第二轮攻击。

斗将真的是简单粗暴的战斗项目，两个人不断地相互冲击，每一次都仿佛在生死边缘徘徊，稍有疏忽或者力有不逮，就会被对方击中。

发起一次又一次的冲击，谷城仿佛不知疲倦，冉无恙的两条手臂都麻了，更夸张的是，枪身中段用来格挡的地方，都是斧子砍出来的口子，若不是这柄枪也是生铁打造的，早就被谷城砍断了。

冉无悲暗暗骂了句脏话，没完没了了吗！让不让人喘口气！

不行，这样密集的进攻，她体力会撑不住，必须尽快结束！

冉无悲盯着那把巨斧看了一会儿，俯身在忘忧耳边说了几句话，忘忧长嘶了一声，显得很兴奋。

今天的这场斗将，也让冉无悲发现了一件事，她的小乖乖才是战疯子。

这都多少个回合了？对面那匹健壮的小黑马都累得直喘气，她的小乖乖却越跑越兴奋，越跑越快，她都能感觉到有不少热辣辣的目光直射向她的爱宠了。

今天之后，这小家伙怕是要扬名了。

冉无悲轻拍了一下忘忧的脑袋，忘忧仿佛得了什么暗示，以前都是小黑马朝着它冲过来，这次换成它朝黑马冲去，看那架势，简直像是要和黑马一起撞死，同归于尽似的。

两匹马越跑越近，不是错觉，真的很近，马头几乎撞在了一起，黑马和谷城都被吓了一跳，黑马更是不受控地往旁边躲了一下。

就是这一下，让马背上的谷城身体一晃，手中的巨斧没能及时地挥出去。

然而都已经这样了，忘忧还不放过人家，黑马往旁边躲，它竟然追了过去，两匹马几乎是擦身而过。

这也导致马背上的两个人，腿都快碰到一起了。

两个人贴得太近，斧子根本砍不到冉无悲身上，银枪比巨斧灵活，她将枪头穿过谷城两臂之间，枪头钩着斧子的前端，用力一挑。

一切都发生在电光石火之间，众人只看到两个人错身而过，谷城手中的巨斧脱手而出，狠狠地砸在地上，把平整的地面砸出了一个坑。

在普通的比试里，将士丢掉了自己的兵器，就已经输了一半，而对于斗将来说，失了武器，就是输了。

谷城安抚着受到惊吓的小黑，看了一眼掉落在地上的武器，垂眸低叹道："我输了。"

冉无悲干笑两声，什么话都没说。

不是她不想风度翩翩、故作谦虚地说上一句"承让"，而是她现在疼得说不出话来。两只手都是抖的，疼得她想飙泪，她怀疑自己的两条胳膊都骨裂了！

谷城居然输了！

骑兵营的"兵王"谷城居然输给了一个少年！

看到这个结局，有人狂喜，有人恼火，但众人总归都觉得不可思议。

萧筌嘴角都咧到耳后去了，哈哈大笑道："我宣布，这次的挑战，前锋营冉无悲胜！"

"前锋营"三个字吼得都快破音了，萧筌憋屈了这么久，今日总算扬眉吐气了。一边说着，他还不忘一边时不时地瞟向苏则郁，那副得意扬扬的傻样简直让人不忍直视。

苏则郁别开眼，懒得理他，怕看多了傻样眼睛疼。

萧筌却当苏则郁恼羞成怒，心下更高兴了，笑得无比畅快，看冉无恙也越发顺眼。萧筌走到她身边，用力拍了拍她的胳膊以示亲近，笑道："你小子可以啊！"

萧筌的手劲极大，这一巴掌下来，冉无恙疼得差点儿叫出声，可是那么多人看着她呢，她要是叫了，不就丢脸了！

冉无恙强忍着疼痛，表情都有些扭曲了，眼看着萧筌还想再来几掌的样子，她差点儿就想咆哮了，好在铁掌落下之前，她被一只白皙的手轻轻拉到了身后。

安心地躲在那道清瘦的背影之后，冉无恙简直热泪盈眶，果然只有云亭哥看到她的痛苦，前来解救她了。内心感动得无以复加，冉无恙软声叫了一声："哥……"

可惜云亭根本没理她，自顾自地与萧筌攀谈。

"萧将军，考核结束了，比试也比完了，没什么事的话，我们就回去收拾东西了。"

原本萧筌还想和冉无恙多聊两句，一听这话，连连点头道："好好好，快去吧，明天，不，今晚就到前锋营报到吧。"

那副恨不得立刻将他们拖进前锋营的猴急样，实在有失将军风范。云亭轻咳一声，回道："是。"

云亭对石锋几个人招了招手，一行人正准备回去，一道颀长俊秀的身影慢慢地踱到冉无恙面前，笑道："果然英雄出少年，本王今日也算大开眼界了，无恙，这匹小银马属于你了。"

清润的嗓音带着几分笑意，太子说着欣赏赞叹的话，没有皇族特有的矜傲，反而透着淡淡的亲昵，让人感觉非常舒服。

被夸奖的人却是一愣，太子不出声，她还真的差点儿把这个人给忽略了。

校场上的人实在是太多了，乱糟糟的，再加上太子今日出行只带了两个侍卫，还穿得那么低调，真的很容易消失在人海中。

冉无恙暗暗嘟哝，难怪皇帝出行都要搞那么大阵仗，不那样做，实在无法夺人眼球，彰显与众不同的身份。

虽然在冉无恙心中，忘忧早就是她的了，但能让太子当众将忘忧赏赐给她，以后就能减少不少麻烦。冉无恙也领他的这个情，忍着手臂的疼痛，揖手道："多谢太子殿下赏赐。"

今天的太子殿下对她好像特别友好，冉无恙害怕他又要磨叽，没想到太子只是点了点头，让她回去好好休息便走了。

干脆利落，没浪费她的时间，冉无恙心情大好，对太子的印象好了几分。

一行人好不容易从万人围困的校场中逃出来，头发都挤乱了，冉无恙在云亭的小心护卫之下，倒是没让自己的手臂伤上加伤。

有人一疼就总想作，冉无恙跟在云亭身后，一路上哼哼唧唧地喊疼。

云亭停下脚步，回头看她，似笑非笑地问道："很疼？"

冉无恙连忙点头，可怜巴巴地说道："嗯，可疼了，两只手都疼。"

这次她向谷城挑战的事，云亭哥又不知道，她敏锐地感觉到云亭哥生气了。但是做都做了，后悔也没用，再说，她也不后悔，她需要马，需要魅力值，挑战谷城只是第一步而已。

她也知道，瞒着云亭哥终究是她不对，现在也只能先服软，装可怜，希望能让云亭哥心软别生她的气，就算气也别气太久。

"是吗？"云亭勾了勾嘴角，瞥了她的手一眼，温柔地笑道，"回去找阿陌配些药酒，哥哥给你好——好揉一揉。"

冉无恙浑身一僵，冷汗都快流下来了，两只爪子凉飕飕的。她瘪着嘴，凄凄切切地叫道："哥……"

之前还只是撒撒娇，现在是真的想哭了，她都这样了，再给她揉一揉，那感觉……想想都毛骨悚然。

冉无恙欲哭无泪，连忙在脑海中问道："小神，我今天赚了不少魅力值吧？"

收获多，系统的心情就好，它和颜悦色地说道："413560点魅力值，7350点信仰值。宿主再努力一点儿，收集够10000点信仰值就可以升级到中级系统了。"

哇！冉无恙在心底欢呼了一声。好多魅力值，好多信仰值啊！感觉自己简直是一夜暴富，冉无恙欢呼道："好，我会努力的，今天赚了那么多，能不能帮我治疗一下手臂啊？我肯定骨裂了！"

在战斗时不用魅力值修复，一是不想作弊，占对手便宜；二是不希望自己对魅力值产生依赖性，无法真正地成长起来。

可是现在不一样，她都已经比完了，手里又有那么多魅力值，用一点儿也无妨。

冉无恙满心以为系统会立刻答应，没想到耳边响起的，却是系统无理、冷漠无情的拒绝的话语！

"经过扫描，宿主的手臂只是肌肉拉伤和韧带撕裂，并没有骨裂，用药酒揉一揉，休息几天就好了。赚取魅力值不容易，要用也该用在刀刃上，建议宿主不要浪费。"

"……"

说得好有道理哦，可是她听着怎么那么想咬人呢？哦，不对，是咬神！

冉无恙憋着一肚子气回到营帐，还在想着怎么求求阿陌哥，让他不要配那劳什子的药水，她也好躲过今天这一劫。

她还没想到什么好法子，帐篷的门帘就被人从外面掀开，一名高大的男子走了进来。

冉无恙认出这人是跟在太子身后的侍卫，不解太子侍卫为什么会来这儿。

"冉小将可在？"

人家都点名找她了，冉无恙只能走过去，问道："你找我有什么事吗？"总不会表面上说把马送给她，背地里又要回去吧？一国太子没这么卑鄙小气吧？

显然这次某人是以小人之心度君子之腹了。男子从怀里掏出一个巴掌大，精致漂亮的白玉小瓶递到冉无恙面前，恭敬地回道："冉小将今日连战几场，身体必定不适，太子殿下命小人送些药酒过来。"

不知道是怕她不识货，还是想要体现太子对她的恩德，男子又补了一句："这是宫中御医配制的良药，里面添加了多种珍贵药材，可活血化瘀，缓解疼痛。"

药酒！怎么怕什么来什么？太子是想害她吧！冉无恙不但不领情，反而整张脸都黑了，急忙说道："不用，我只是小伤，用不着这么好的药，你回去替我谢谢太子殿下抬爱，药还是拿回去吧。"

男子不明白冉无恙不感恩戴德就罢了，为何还变了脸色，心下有些不高兴，但他也不敢把药就这么拿回去，干脆将药往门边的小柜上一放，留下一句话就跑了。

"冉小将的感谢小人会转告殿下的，告辞。"

"喂，等等！"还能这样？冉无恙抓起药瓶追出去的时候，哪里还能看到人。

冉无恙纠结地盯着手里一看就很贵的玉瓶，想着是直接扔掉呢，还是先藏起来。手里一轻，冉无恙回头看去，玉瓶已经被云亭拿在手里。

云亭用手指摩挲着瓶身，笑道："既然是御医配的好药，就不要浪费，可不能辜负了太子殿下的好意。"

冉无恙咽了咽口水，紧张得连声音都有些抖。

"哥、哥！你冷静点儿……"

然后冉无恙就被很冷静的云亭拎回了帐内。她无助地伸出两只手，眼睁睁地看着云亭不要钱似的将药酒涂满她的手臂，然后……用力地帮她将药酒揉开。

他一边揉，还一边让她不要忘记太子殿下对她的赠药之恩。

"啊啊啊！疼疼疼！轻点儿，轻点儿！啊啊——"

到最后，冉无恙都恨不得冲到太子帐篷里把人揍一顿！

石锋等人全捂着耳朵默默地躲了出去，冉无恙的叫声实在是太惨了，让人不忍心听。

不知道是不是把气都撒出来了，云亭后面倒是没再为难冉无恙，也没再提挑战谷城的事。

冉无恙以为这关暂时算是过了，没想到一个折腾完了还有另一个。

之前以不要浪费魅力值为由，不肯帮她修复手臂的系统，现在又跳出来，说她手臂伤着了，不方便整理行李，影响生活，扣了她500点魅力值，把她手臂上的伤治好了！

揉都揉了，痛也痛过了，还治什么治啊！

这一个两个的，全是在整她吧！

浑蛋！

……………

这一个下午，众人就在云亭和冉无恙两个人低气压的笼罩下，飞快地整理着行李，效率奇高。天还没黑，就连帐篷都全部打包好了。

虽然他们一点儿也不明白，为什么明明赢了考核，这两个人还黑着脸，但这也不影响他们满心欢喜地搬到前锋营。

在前锋营迎接他们、给他们领路的，是之前和冉无恙交过手的余子。

余子今年虽然才二十二岁，但他十六岁就入伍了，也算是老兵了，他的性子和普通军人差不多，直爽开朗，觉得自己和冉无恙是不打不相识，对他们特别热情。

余子给他们安排了一个新的大帐篷，五十人一帐的那种，被云亭婉言谢绝了。

以为他们是到了新的地方不太适应，不愿意和别人挤在一起，余子也没强求，给他们找了一个清静点儿的位置，让他们将自己带过来的帐篷扎起来。

十几个人扎一个帐篷，速度非常快，天刚黑的时候，帐篷就已经支起来了。他们在这边折腾，虽然动静不算大，但也吸引了不少人的注意。

毕竟今天早上，他们这一行人可谓是大出风头，尤其是冉无恙，她在打败了谷城之后，已经成为不少人心目中的新晋"兵王"了。

就在这短短的小半个时辰里，冉无恙已经看到八九队人从他们身边走过了，那些人一个个都身姿挺拔、列队整齐。石玉看得眼睛都亮了，又是崇拜又是感慨地说道："真不愧是前锋营，果然个个都是精英。"

王战拍了拍石玉的脑袋，笑道："咱们现在也是前锋营的人了，也是精英啦！"

他又不是小孩子，怎么老是拍他的头？石玉不高兴地把王战的手拍开，倏地站直身子，仰着头，臂指前方大声叫道："对！我石玉现在也是前锋营的人了！以后谁都不许再拍我的头……"

豪言壮语还没说完，啪的一声，脑袋上又挨了一下。

"臭小子，少得意，快进去收拾东西。"

石玉愤怒地回头，对上他亲哥的一双虎目，瞬间蔫了，抱着一堆行李，灰溜溜地跑进了帐中，引得还在外面固定帐篷的几个人哈哈大笑。

就在他们一边干活，一边说笑的时候，远处走来一队人，离得挺远的，也不是朝着帐篷的方向而来。他们会被注意到，是因为这一队人有些特别。

十来个身披铠甲的将士押着一个男人往前走，那人身材挺高，即使佝偻着身子，都比旁边的将士高一些，若是站直了，怕是要高出一个头。

那人身上的黑衣，现在已经变成黑色布条挂在身上。他的身体入眼所见全是伤痕，有鞭伤、烫伤，还有刀伤，总之那人看上去就像个血人。隔着这么远，冉无恙都能闻到血腥味。

被打成这样，那应该是个俘虏吧，两军交战，抓到俘虏很正常。

有这么多人看守，还被打成这样，此人绝对不是普通的小兵，肯定是敌军中的重要人物。

冉无恙好奇地多看了两眼，看到那人不仅身上是血，脸上也满是血污，一头乱发覆在脸上，看不太清楚样貌。他戴着粗重的手铐和脚镣，被一名将士拉拽着往前走，每走一步，就是一个血脚印，他走过的地方，留下了一条血路。

冉无恙对这个俘虏倒没有什么太大的同情心，若是他们瑜国的将领被凉国人抓住了，指不定比这更惨呢。只是她还是忍不住感叹了一声，这人命真硬，流这么多血都没死。

冉无恙看了两眼就没什么兴趣地低下头，继续扎帐篷，倒是她身边的云亭，一直注视着一行人走远，直到看不见了才缓缓垂下眼眸。

云亭的脸色非常平静，和周围看热闹的几个人没什么区别。然而只有细看才会发现，他幽深的黑眸中涌动着某种激烈的情绪。

亥时。

累了一整天，好不容易安顿好的众人总算是能好好歇下了，才熄灯没多久，大大小小的鼾声就响了起来。

今天冉无恙也累了，没有继续练武，但她也没休息，而是背起了兵书。

今天赚了很多魅力值，她大方地兑换了十来册兵书，打算今晚好好背下来，明日再将它们默写出来送给云亭哥。

上次送了云亭哥两本兵书，他就很喜欢，这次送十几本，他应该会高兴吧。

冉无恙美滋滋地背书，系统却是无比心塞，宿主这样到底是在学习呢还是在哄男人啊？

虽然很不爽，但系统也没有阻止，之前那两本兵书，云亭看过之后都在上面做了注释，有些宿主不明白的地方，也是云亭一点点地给宿主讲解的，看在他还有点儿用的分上，就给他一点儿甜头吧。

虽说冉无恙过目不忘，背完十多本书，也已经是丑时了。

她正想着是再兑换一些阵法的书继续背，还是干脆睡觉的时候，身边的人忽然动了。

一开始冉无恙也没在意，以为云亭是要起夜，但是接下来发生的事，就有些不对劲了。

云亭下床后，将放在床头的衣服穿了起来，还束了发，这样子怎么看都不像是去如厕啊？

他要去哪儿？

冉无恙心下疑惑，正想起身问他，就看到云亭将一把匕首绑在了小腿上，这还不算，他还将一块布和一个褐色的瓶子揣进了怀里。

如果她没看错的话，那个瓶子里装的是迷药吧，还是烈性迷药，在那段逃亡的日子里，冉无恙是亲眼见识过这种迷药的威力的。

云亭哥去干什么需要带上这些东西？

冉无恙的眉头死死地拧在一起，身体却是一动不动，连呼吸都很平稳，仿佛还在熟睡。

直到那道身影消失在帐篷里，她才猛然翻身，披上衣服，追了出去。

等出了帐篷，被夜风一吹，因为担心云亭而紧张混沌的脑袋清明了几分，她发现自己果然是关心则乱。

她不熟悉前锋营，也不知道云亭哥要干什么，贸然乱走极有可能撞上夜巡的将士，或者坏了云亭哥的事。

她思量片刻，说道："系统，扫描整个军营，定位云亭，打开大地图。"

"叮，扣除5000点魅力值扫描军营，定位云亭。"

这时候，冉无恙已经懒得再和系统讨论应该扣除多少魅力值的问题，因为军营的大地图已经出现在她眼前。

让冉无恙满意的是，系统不仅给出了云亭的位置，还把每个营区的位置都标明了，并且将前锋营的区域特别放大。地图上，一个个小红点正在慢慢移动。

冉无恙仔细地看了一下，红点应该是巡防的将士，白点是她所在的位置，绿点则代表着云亭。

有了这张地图，她可以轻松地避开巡防将士，也能不远不近地跟着云亭，既不会打扰他，也不至于把人跟丢。

她跟了半个时辰，发现云亭哥一直在同一个区域里转，好像是在……找东西？

云亭哥要找什么？

冉无恙猜不出来，只能一直跟着他转。云亭即将走进的区域是前锋营和伏虎营的交界处，不知道为什么，这里巡逻的将士多了许多，密密麻麻的红点交织，看得人头皮发麻。

冉无恙不放心，跟得更紧了。

冉无恙一边跟着人，一边还要注意看地图，前方有三个路口，云亭哥现在走这条，会撞上巡逻的将士，这条路中间没有岔路，撞上了连躲的地方都没有。

更糟的是，另外一队巡逻的人也正在往这边走，云亭哥走这条路，只会腹背受敌。

冉无恙当机立断，迅速冲了过去，从后面一手抓住云亭握着匕首的手，一手搂紧他的腰，将他拖走。

云亭没料到有个人突然从背后出现，还擒住了他。黑眸一沉，他倏地松开了手中的匕首，在匕首往下落的时候，右脚一踢，匕首朝左边飞了出去，他左手顺势一捞，将匕首握紧，反手朝身后就是一刀。

冉无恙一惊，连忙往旁边躲，同时压低声音说道："云亭哥，是我！"

她感觉到云亭身体一僵，不再挣扎，便立刻放开对他的钳制，拉着人往最安全的那条小路上跑。

两个人刚刚跑进去，就有一小队人从另一条路拐了过来，前进的方向正是刚才他们所在之地。

小路狭窄，又没有光，冉无恙拉着云亭贴着墙壁站立，路过的人若是不走进来，根本无法发现他们。

待那些人走远，冉无恙急忙问道："云亭哥，你在找什么？告诉我，我帮你找，两个人一起找快一些。"这里实在太危险，她不能再让云亭哥一个人冒险。

云亭微微眯眼，故作平静地问道："你知道我在找东西？"

冉无恙摸了摸鼻子，讪讪笑道："你在这附近都转了半个多时辰了……"

也就是说，这丫头跟在他身后半个多时辰了，而他居然没有发现，果然本事见长了。

暗巷中，两个人其实都看不太清对方的表情。云亭看着身旁模糊的人影，眼中潜藏着某种情绪，声音是一如既往的平静温和。

"不知道我要找什么，就敢说帮我找，你知不知道会惹上多大麻烦？"

冉无恙心一沉，立刻追问道："会惹很大麻烦？"

云亭仍看着冉无恙所在的方向，虽然什么也看不清。在冉无恙又一次追问之后，他眸光微动，轻声回道："会。"

连云亭哥都说是大麻烦，那得多麻烦啊！冉无恙这次是真的急了，在黑暗中胡乱一抓，拉了一截衣袖往前拽，火急火燎地说道："那咱们别说那么多了，快找啊，天都快亮了！"

今时不同往日，冉无恙如今的手劲可不小，云亭还没反应过来就被她拽着往前走了好几步，他愣了一下，笑声止不住地往外溢。

不问他找的是什么，也不问他会有什么麻烦，只想着怎么帮他，果然再怎么成长也还是个傻丫头。云亭只觉得一颗心都泡在了温水池里，又暖又躁。

今日之事，他不愿让任何人知道，就算被小恙撞见了，他原本也是不打算说的，但这一刻，他却忽然生出了想将自己的一切都告诉她的冲动。这念头来势汹汹，让他自己都觉得不可思议的同时又感到理所当然。

云亭自嘲地一笑，他骨子里果然还是流淌着自私又贪婪的血液，明知道不应该让她搅进血雨腥风之中，却又不肯放开她的手。

他已经被抛弃过一次了，小恙是他唯一的温暖，他不愿放手。

既然如此……

冉无恙正拽着云亭往前走，打算先穿过这条巷子再好好问问云亭哥要找的东西是什么，忽然感觉手上一暖，她整只手都被包裹在一只人手之中，她的心忽然怦怦乱跳起来。

小时候云亭哥也这么牵过她，这两年她大了，他就再也没这么做了。冉无恙的脸莫名烧了起来，好在夜色浓重，没人看得出来，不然就太丢人了。

就在她走神的时候，耳朵上一热，温热的气息喷洒在她的耳朵上，好听的声音也随之响起。

"我要找今日傍晚看到的那个俘虏。"

冉无恙下意识地缩了缩脖子，耳朵也跟着红了，好一会儿才反应过来云亭说了什么。

俘虏？云亭哥为什么要找那个俘虏？冉无恙想问，又听到云亭继续说道："军营中，关俘虏的也就那么几个地方，我刚才找了三处，都没有找到。"

傍晚才见到那个俘虏，晚上就来找，连勘察和打探的时间都没有留给自己，这不像云亭哥会做的事。那个人是谁，和云亭哥有什么关系？云亭哥又为什么这么急着找他？

冉无恙有很多疑问，却也知道，现在根本不是刨根问底的时候。既然是云亭哥要找的人，她就要帮他找到！

冉无恙抬头看向悬挂在脑袋上方的地图，之前云亭哥走过的地方她都知道，把那几处排除之后，就只剩下两处有可能关押俘虏的地点。

那个俘虏在军营里还被那么多人押送，必定是重要人物，那么关押他的地点守卫一定更加森严。

地图中有个地方红点特别密集，她认为那里很有可能就是关押俘虏的监牢。

冉无恙不能暴露地图的存在，想了个托词，说道："我之前跟着你，又不敢跟太近，在那边发现了一个地方，守卫非常森严，我觉得很有可能就是关俘虏的地方，我们过去看看吧。"

"嗯。"云亭没有反对，他在附近转悠得太久了，再拖下去天真的要亮了。

这附近巡逻的士兵实在太多了，冉无恙必须借助地图，万分小心才能避开。夜色昏暗，她担心一会儿跑太快两个人走散了，她咬了咬下唇，在扑通扑通的心跳声中，将手从云亭的手心里挣了出来，又飞快地反握了回去，十指紧扣的那种握法。

她轻咳一声，故作自然地解释道："守卫太多了，我带着你走，免得走散。"

云亭剑眉微挑，眼神复杂地盯着两个人交握的手，最后也没有挣开，轻笑了一声，回了声："好。"

说话就说话，笑什么嘛！冉无恙揉了揉有些发痒的耳朵。

云亭说好，就真的完全由着冉无恙牵着他走。小恙能一边避开守卫，一边跟着他，肯定有她的办法。看了一路，云亭发现，小恙比他想象的还要厉害，厉害到……有些超乎常理。

这片区域的守卫很多，他自己一个人走的时候就躲避得非常艰难。但是小恙不同，她选择的路线，巡逻的将士明显少了很多，有好几次都是小恙刚拉着他躲到一个遮蔽物后面，迎面就走过来了一队巡逻队。

时机算得太好了，就像是小恙知道在什么时间、什么地点会遇到什么人似的。

又是那种玄之又玄的感觉。小恙的这种能力应该也是来自那位神奇的"师父"吧。

这种完全琢磨不透的感觉，实在很糟糕。

…………

临山关本就是瑜国重要的关口，这里常年都有驻军，和凉国的战争爆发之后，皇上前前后后新增了近十万兵力，以至于将士们的营房，还有部分存放粮草、兵器的地方都使用了帐篷，实际上军营里还是有许多青砖绿瓦房的。

有地图作弊，两个人的速度非常快，七拐八绕就到了一座占地面积不小的瓦房前。

两个人躲在远处的树丛里，冉无恙指着前面的瓦房说道："就是那儿。"

这座瓦房看起来有些年头了，青砖绿瓦的颜色已经发灰了，屋檐墙脚处满是青苔霉斑，像是常年无人居住似的。

两个人蹲守了一炷香的时间，已经看到三队巡逻的将士手里举着火把，在瓦房附近巡视，紧闭的正门前还有十名身披盔甲的将士守卫，当真是一只苍蝇都飞不进去。

冉无恙很好奇，里面关的到底是什么大人物？她托着腮帮，打量着那几个守门的将士，一边猜测着他们的武力值，一边压低声音问道："云亭哥，你找那个俘虏，是要救他出来，还是要杀了他？"

杀了他倒是容易，救出来就难了，这里守卫如此森严，就凭他们两个人，又没有万全的准备，不可能将一个重伤的俘虏神不知鬼不觉地带出军营。

冉无恙苦恼着一会儿该怎么办，等了好一会儿，也没听到云亭的答案。

她扭头看去，借着火把的火光，冉无恙在那张斯文俊秀的脸上，看到了犹豫和迟疑。

又过了一会儿，才听到他叹了口气，说道："我……只是想见他一面。"

见他一面？

冒那么大风险，就为了到监室里见一面？

冉无恙不是很懂云亭的想法，不过她倒是很少见到云亭如此犹豫。

云亭平时给人的感觉总是很温和，好像很好说话，实际上，他一向很有自己的主张，行事果决，是放弃还是牢牢抓住，他心里早有决断。

那个俘虏能让云亭哥露出这种神情，也算厉害。

冉无恙又看了一眼已经被她放到右上角的光屏，沉吟片刻，说道："只是见一面的话，我有办法。"

今夜的小恙，给了他太多的惊喜，云亭轻弹了一下冉无恙的额头，笑道："很厉害啊，小丫头。"

冉无恙干笑了两声，并没有被夸奖的高兴，反而很心虚。

云亭哥之所以觉得她厉害，是因为他不知道，这间大瓦房的守卫布局是典型的外紧内松，外面有近百人守着，里面却只有两个守卫，他们只要能进去就好办了。

她手握地图，瓦房内外的人员守备情况一览无余，自然能找到空子钻进去，但这些终究不是她自己的本事，她实在没脸接受这份夸奖，只能赶紧转移话题。

"快走吧云亭哥，我带你进去。"

冉无恙没走正门，抓住了巡逻队的一个空档，带着云亭从侧面翻过围墙，潜入了瓦房。

瓦房内的构造很简单，从正门进来之后，有一个宽敞的空间，放了些座椅板凳，供人休息，再往里，就是一条长长的通道，通道两侧，都是没有窗户的监室。如今这些监室大多数都空着，只有最后一间关着人。

现在已经寅时了，正是人最困顿的时候，或许是太过信任外面巡视的人，瓦房中留守的两个人，一个正歪在一张椅子上睡觉，另一个倒还算清醒，但也是哈欠连天，目光呆滞。

两个人躲在角落处，冉无恙小声问道："云亭哥，你带了迷药吧。"

如此肯定的语气让云亭知道，小恙果然是看着他离开帐篷的，但她那时候却没有声张，而是默默地跟着他。云亭既骄傲又失落，只不过这些情绪都没有表现出来。

"带了。"他低头从怀里掏出了一个褐色的小瓶和一条布巾，递了过去。

冉无恙接过装迷药的小瓶晃了晃，还剩下大半瓶，应该够了。

虽然以她现在的身手，想要悄无声息地放倒两个人并不是什么难事，但冉无恙还是选择了用迷药。

她也不知道云亭上哪儿弄来的这种药，不仅药效强劲、发作快，醒来后还不会留下任何昏迷之前的记忆，只会以为自己太累睡着了而已。

如果云亭哥只想见那人一面，不想惊动军营里的人，用迷药是最好的办法。

冉无恙小心翼翼地将布巾撕成两半，各倒上一点儿迷药，将其中一块布巾递给云亭，指了指自己，又指了指醒着的那个守卫，然后指了指云亭，再指了指昏睡过去的那名守卫。

云亭轻轻颔首，两个人悄悄地潜过去，彼此间交换了一个眼神后，就默契地朝着各自的目标扑了过去。

冉无恙的速度非常快，那名守卫还没反应过来，就已经晕过去了；云亭那边更省事，守卫原本就睡着了，现在更是直接晕死过去。

两个人动作麻利地处理好守卫，让他们各自躺在一张长椅子上，若是有人进来或者他们自己醒来，肯定会以为是太困了，一不小心睡着了。

"咱们快一点儿，时间不多了。"再过一个时辰天就要亮了，他们必须赶在天亮前回到帐中，时间真的很紧。

冉无恙抓起挂在墙上的一串钥匙，和云亭一起直奔最后一间监室。越靠近，血腥味越浓重，当他们真正来到监室前，看清里面的情况时，冉无恙忽然有点儿明白，云亭哥为什么这么急着今晚过来了。如果再晚几天，估计人就没了。

这间监室很大，靠近门口的墙壁上插着一个火把，光线昏暗，只能隐约看清监室内的情况。

四周放满了刑具，一个四肢被锁链拴着，血肉模糊的人坐在监室最中央，他的上衣已经被剥掉了，身上的伤比下午看到的时候更为狰狞可怕，血腥味浓重得让人呼吸困难。

这个人浑身都是伤，四肢又都被锁链拴着，冉无恙不怕他对云亭不利，也就没有跟过去。她打开门后，就站在门边守着，既能看到里面的情况，也能随时注意外面。

云亭慢慢走近男子，在离他三步远的地方停了下来，就这么静静地盯着人看。

冉无恙有些纳闷，云亭哥不会真的就这样看看那个俘虏就完事了吧？

冉无恙只能看到一个背影，并不知道，眼前看似平静的人，内心并不平静。云亭眼睛盯着男子，却像是通过他看向另一个人，仿佛陷入了什么回忆里。

他面无表情，黑眸中各种情绪翻腾，最后却只剩下冷漠。

云亭忽然上前一步，伸出手掀开男子满是血污的头发，乱发下露出了一张刚毅的脸庞。

那人伤痕累累，明明已经半死不活了，警觉性却依旧很高。头发被人撩起的瞬间，他倏地睁开眼，一双布满血丝的眼睛狠戾地瞪向来人，若是眼神可以杀人，只怕他面前的人早就死了。

看清云亭的样貌后，那人便愣住了，眼睛越瞪越大，最后竟是流出泪来，用沙哑的声音颤抖着叫道："阿……阿行？真的是你吗？"

冉无恙眨了眨眼睛，一脸蒙，阿行？谁啊？

愣了一会儿神，冉无恙忽然想起来，六七年前云亭哥来到他们家的时候，她爹曾经问过他的姓名，他就是不肯说。后来还是爹说，男子除了姓名之外，还有表字，既然他不肯说自己姓甚名谁，那就给他取个字，方便称呼。

所以，"云亭"二字并非他真正的姓名。一直这么叫着，冉无恙倒把这事给忘了。

想到这里，冉无恙心里忽然就难受起来。说什么相依为命，一辈子不分开，结果，她连人家真正的姓名都不知道！

心中郁闷，冉无恙有些迁怒于他们，索性别过头去，懒得看监室中的两个人。

"阿行，果然是你！你还活着，太好了！"男子的眼睛里仿佛燃起了两团火焰，目光灼热得恨不得在云亭身上烧出两个洞来，他连眼睛都不敢眨一下，好像一眨眼，眼前的人就会消失一般。

男子的情绪并没有感染到云亭。除了刚进来那会儿，在男子睁开眼睛之前，云亭的情绪短暂地失控了片刻，现在他神色平静，眼神冷漠，冷淡地问道："你怎么会在这里？这次凉国的主力大军是狄历部落？"

被严刑逼供了半个多月，全身没有一处好肉的痛苦都没能让男子吐露一个字，云亭一问，男子竟没有一丝迟疑地回道："自从五年前你母亲去世之后，狄历越来越被王上厌弃，这些年已经排在五大部落最末位，这次凉国的主帅是王上的心腹，木晏。"

冉无恙听得云里雾里的，但有一点儿她听懂了，云亭哥是凉国人，可能还是这个什么狄历部落的人。

对这点儿冉无恙倒不是很惊讶，她记得云亭哥刚来他们家的时候，口音就有点儿怪怪的，不像临山关的人。

当时瑜国和凉国之间还没有开战，关系还算融洽，临山关内有不少凉国人，那时云亭哥不过是个半大的孩子，也就没人追究他是哪里人。

其实冉无恙对凉国也不是很了解，只知道它是由五大部落组成的国家，地处西北，土地贫瘠，民风彪悍，隔三岔五地就要和周围的国家发生冲突。这个狄历部落应该就是五大部落之一吧。

男子说完话，云亭也没有继续再问，就好像刚才那一问也只是可有可无的寒暄一般。室内一下子安静了下来，气氛变得有点儿尴尬。

男子怔怔地盯着云亭看，仿佛在用目光描摹他的五官，干涸的嘴唇张张合合，最后他仍是低声问道："阿行，你……还在怪她吗？"

这话一问出来，云亭周身的气息都变了，整个人从一枝孤傲的青竹变成一把布满煞气的长剑，剑光凛凛，旁人还未触及便会被剑气所伤，可谓锋芒毕露。

男子被这猛然扑来的气势震得心惊不已。是啊，他怎么忘了，眼前的青年再也不是当年那个被逼入绝境的少年郎君了。

是他大意了，即使是那时的阿行都已经名满皇都，很不好惹，更何况现在。

心惊的同时，男子又止不住地兴奋，阿行还活着！他们狄历部落还有希望！男子咽了咽口水，明知道这些话可能会激怒云亭，还是说道："舅舅知道，你心里有怨，但她当年也是没有办法，如今她人也已经不在了……"

哇！冉无恙倒吸了一口凉气，这个人还是云亭哥的舅舅！

她连忙伸长脖子，扭过头眯眼看去，想要看看这个人长什么样，可努力了好一会儿还是什么都没看清，最后她只能放弃。

好吧，这一脸血污，别说看清长相了，是人是鬼都分不出来。

一声匕首出鞘的清音在监室中响起，打断了男子未尽之语，也打断了冉无恙的胡思乱想。

冉无恙又有点儿蒙了，不是说不杀吗？

男子也有些难以置信地看着云亭。

匕首出鞘了，云亭身上那种凌厉的锋芒倒是尽数收敛了，他没再看男子一眼，将匕首扔在男子脚边，转身就走。

"当年你曾给我一线生机，如今我还你一线生机。"

狄勒图恍惚间想起了八年前的那个晚上，他也是这般将一瓶药塞进年仅十二岁的少年手中，对他说道："这是你的一线生机，能不能把握得住，就看你自己了。"

那时少年看他的眼神是什么样的？伤心？失望？恳求？不敢相信？他发现自己居然记不清了。

狄勒图的胸口疼得厉害，他没有看地上的匕首，一直紧盯着云亭的后背。看到云亭真的打算就这样离开了，他眼中闪过一抹焦急，忽然想到什么，吼道："阿行，小灵也来塔木城了！"

云亭脚步一顿，良久才低声问道："她，还好吗？"

虽然云亭没有回头，狄勒图心底却是松了一口气，这小子对小灵终究还是有感情的，只要还有感情，那什么事都好办了。

狄勒图的身体已经是强弩之末了，刚才那一吼差点儿用尽他全身的力气。他捂着胸口喘了好一会儿，才一边咳一边说："这些年，她很想你……"

冉无恙的耳朵倏地竖了起来，同时她还不忘偷偷观察云亭的神情，好在他的脸色和眼神并没有因为"她很想你"四个字有什么变化。

冉无恙的心稍稍安定了些，只是她对这个叫"小灵"的人没什么好感。

狄勒图看云亭还是没有回头，连忙继续说道："我之所以会来塔木城，就是为了保护小灵。半个多月前的夜袭，你应该还记得吧，那就是小灵的主意。木晏虽然听了小灵的计策，却要我亲自带队前来夜袭粮草营，原本一切都很顺利，不知道为什么我们还没动手，粮草营自己先着火了。那次夜袭失败，我才会被俘。"

所以云亭哥的舅舅被俘，其实是他们俩的"功劳"？冉无恙都不知道应该怎么说了，这也太巧了吧。

云亭也有一种无语的感觉。这其中的因果还真的说不清，若不是狄勒图被俘，他们这一生应该都不会再相见了吧。

狄勒图不知道面前的两个人就是自己被俘的罪魁祸首，他还在强忍着疼痛，说着"小灵"的近况。

"小灵这些年来，一直都很想念你，你小时候教她的东西她都没有忘，她和你一样聪明，现在都已经是名满皇都的才女了。"

冉无恙的眉头越皱越紧，脸色也越来越难看。这个小灵是谁？云亭哥小时候教她什么了？他们小时候就认识，岂不是青梅竹马？

才女！才女有什么了不起的，她以后还是战神呢！

最可气的还是云亭哥，他居然还站在那儿听，还听得那么认真！

冉无恙气死了，冷声说道："快天亮了，走不走？"

云亭诧异地看了她一眼，才发现小恙的神色不太对，她看他的眼神也很奇怪。小恙平时就算生气、恼他，也从来没用这种语气和他说过话。

难道是因为她知道了他是凉国人，所以……

不，小恙不是这样的人，他说来找俘虏的时候，以小恙的聪颖应该就已经猜到几分了，不会到现在才发作。那是为什么？

云亭暂时想不明白，但也愿意顺着小恙的意思离开，该做的事情他已经做完了，也应该离开了。

眼见着云亭又要走了，狄勒图顾不上身上的伤，继续吼道："阿行！你能不能答应舅舅一件事，去塔木城看看小灵？如今她孤身一个人留在塔木城，我很担心，这场仗还会打下去，木晏不会全心护她，我怕她出事！"

云亭又一次停下了脚步，冉无恙的眉头皱得都快打结了，但这次她什么都没说。

"你准备一下，三日后我会救你出去，你护着她。"留下一句话，云亭再也不管背后的人有什么反应，大步走出了监室。冉无恙二话不说地跟了出去。

回去的路上，谁也没有说话，云亭脸色阴沉，冉无恙若有所思。

快要回到营房的时候，冉无恙停下了脚步，一把抓住云亭的衣袖，一双黑亮的眼睛紧紧地盯着云亭的黑眸，犹豫了片刻，冉无恙还是将压在心底困扰自己良久的问题问了出来："哥，小灵是谁？"

今晚发生的事对冉无恙的冲击很大，云亭的身份、早年在凉国的经历，她都好奇，都想知道，但是莫名地，她对这个叫"小灵"的人更为在意。

云亭哥留下匕首，都已经打算走了，可是一听到这个"小灵"在塔木城没有人保护，就立刻答应三天后来救人。云亭哥那么在乎这个人，她到底是谁？和云亭哥又是什么关系？

"她是……我妹妹。"云亭的声音压得很低，语气很平淡，但他眼底流露出的淡淡的眷恋和温柔，冉无恙还是看出来了。

冉无恙心一酸，她的嘴角就耷拉下来了。

云亭哥居然还有妹妹？亲妹妹吗？还是和她一样的妹妹？

不知道怎么回事，听到"妹妹"两个字，她心里就非常不舒服，亲妹妹她不舒服，不是亲妹妹，她就……更不舒服了！

就像心里堵了一口气，胸前压着一块铁，怎么都难受，冉无恙烦躁得想找人打一架。

冉无恙的手用力捂着心口，眉头紧皱。她这到底是怎么了？

系统轻嗤一声："什么怎么了，不就是吃醋咯。"

吃……吃醋？冉无恙呼吸一顿，眼睛倏地瞪大，下意识地反驳道："吃什么醋，别瞎说！"

她越是否认，系统越是要戳破她心底的那点儿伪装。它啧啧笑道："你说吃什么醋？还不是听说人家还有妹妹就吃醋了呗。"

"妹妹"两个字简直是魔咒，冉无恙的眼眶都红了，她吼道："我才没有！"

"这叫心虚。宿主想知道自己现在心跳多快吗？"

她当然知道自己的心跳有多快，快得她呼吸都困难了。被系统一次次戳穿，冉无恙终于破罐子破摔，赌气道："我就是不高兴怎么了！我就是吃醋生气又怎么样！他是我哥哥，我们说好了相依为命，永远都不分开的！"

不就是看上一个男人吗？在星际时代，看上了就追啊，当年最年轻的影后狂追第一军团少将，追了几个星系，历时八年，最后还不是把人搞定，抱得美男归了？

宿主是要成为战神的人，在这种事上有什么可扭捏的？系统恨铁不成钢，怒声说："天下可没有永远不分离的兄妹，承认喜欢他，想要独占他有那么难吗？"

喜欢他，独占他……

这几个字就像炸弹一样在冉无恙脑袋里炸开了花，她从脸到耳朵、脖子都红了，头顶差点儿冒烟。

她这脸色着实吓人，就连在夜色下都能看出红得不正常。

"小恙，你怎么了？脸这么红？"云亭抬起手摸了摸冉无恙的额头，灼热的温度吓了他一跳，他急忙说道，"你发热了？"

云亭不摸还好，一被那双微凉的手抚过额头，冉无恙不仅脸热，全身都快烧起来了。她胡乱地推开云亭的手，语无伦次地解释道："没有！没有发热！什么都没有，刚刚跑太快了，对，就是跑太快才热的！"

说完她才发现自己的声音有些大了，她连忙压低声音，小声说道："我们快回去吧，不要被人发现了。"

冉无恙说完也不理会云亭，一溜烟地跑了，这时候她已经把什么"小灵""云亭身世""三天后怎么救人"等诸如此类的问题都抛到脑后去了。

"没出息！"系统看她那副熊样，已经决定以后都懒得管她了。

第十三章　救　人

回到营帐天才刚蒙蒙亮，云亭就将阿陌从床上叫了起来。

冉无恙因为听了系统说的那些话，闹得心神不宁，尤其是云亭靠近她的时候，她的脸就会不自觉地发红。

可是阿陌给她把过脉，没发现她身体有什么问题，最后大家一起商量的结果就是，冉无恙在床上躺一天好好休息，如果下午还不好，他们就去找老军医过来看看。

冉无恙一时间也不知道怎么解释，干脆听话地躺在床上装死，可惜她还没躺多久，快午时的时候余子来叫她，说是萧箜让她到大将军军帐去。

冉无恙的身体本来就没什么事，趁着云亭去帮她领午饭的空当，和石玉交代了一声就跑出去了。

她不是第一次来大将军的军帐了，除了感慨一下军帐真是又宽敞又舒服之外，也没有什么别的感觉。

冉无恙进去之后规规矩矩地行了礼："见过大将军。"

蔺不归摆了摆手，让她起来，他看向她的目光，除了之前的欣赏之外，还多了几分探究。冉无恙假装看不见，转身向在座的将军们抱拳行礼："各位将军好。"

今日大将军帐内，除了冉无恙一个小兵之外，其余的都是各营的将军，就连蔺奚和谷城都没在帐中。将军们原本还担心冉无恙会不自在或者紧张，毕竟此人也不过是个少年而已。

然而出乎众人意料，小少年表现得很淡定，是真的淡定，冉无恙轻松地和大家问好，笑容干净，眼眸清亮，整个人都很放松。

他们是将军，单是常年打仗身上聚集起来的煞气，很多成年人都承受不住，少年却是完全不为所扰，这样的胆识不是一般人能拥有的。

一屋子的将军对冉无恙的印象都更好了几分。本来还有几位将军认为把如此重要的任务交给这么一个少年不妥，如今他们看来，倒也可以。

冉无恙不知道诸位将军已经想了这么多，说到底，她就是个土生土长的边城小民，没见过几个当官的。对皇权、军权只有个笼统的概念，她估计连小兵到将军中间究竟差了多少级都没闹明白。

至于这些将军身上的煞气，说句实话，还没有练习场中与她对练的黑衣人重，所以和几位将军共处一室，她还真的没什么畏惧的感觉。

齐瑾昨天就听说这小子善于用枪，还赢了谷城，那时他就心痒了，想找机会和她比一比，但又担心自己一个将军去找她挑战吓着小孩子。

如今他见冉无恙如此爽快，胆子也大，就忍不住笑道："听闻昨日你与谷城斗将，赢得漂亮，下次咱们俩也来斗一斗怎么样？"

冉无恙眼前一亮，笑容无比灿烂地回道："好啊，随时候教！"如果能再比一场就太好了，到时候她的魅力值、信仰值都能噌噌地往上涨。

小少年的眼神实在太热烈了，好像她恨不得今天就比一场似的，齐瑾哭笑不得，都说这小子是战疯子，今日一见果然传言不虚。

看到众人都看着她笑，冉无恙才惊觉自己想要打一架的意图好像太过明显了一点儿。她尴尬地轻咳了一声，站得笔直，一本正经地问道："大将军今日叫我来，有什么事吗？"

蔺不归原本还只是微微扬起的唇角直接笑开了，他说道："我听萧箜说，你骑术了得，武艺也很出众，为人又机灵，所以本将军要对你委以重任。"

委以重任？冉无恙并没有很开心，她微微皱眉，谨慎地问道："什么重任？"

蔺不归对冉无恙不骄不躁、谨慎沉稳的态度很是满意，亲自给她讲解了目前的形势。

"这一个多月以来，我军与凉国大军虽然没有正面交战，但双方大大小小的冲突不断，有好几次我军都吃了大亏。凉国主帅依旧是木晏，但作战风格大变，我们从抓到的几个俘虏口中审问出了一点儿线索，木晏身边似乎出现了一名厉害的军师。"

"军师？"冉无恙脑海中闪过一丝思绪，但是太快了，细想起来又抓不住，她低声问道，"所以这个任务是关于那个军师的？"

蔺不归叹了口气，回道："是的，这个军师藏得很深，我已经派了几批探子去查，都没能查出军师的身份，所以才想让你去试试，最好能摸清楚这个军师到底是什么人。"

一开始蔺不归也没想让冉无恙去，只是之前派了几批人过去，凉国那边已经有所警觉，他若再想派人去查，选人就很重要了。

冉无恙年纪小，看起来又瘦弱，不容易引起敌人的注意，更重要的是，她武功好，人也聪明，再加上胆识过人，确实是刺探军情最好的人选。

冉无恙心里是不怎么想去的，她更想上战场冲锋陷阵，那样获得的魅力值和信仰值更多，可惜将军们明显就是商量好了，通知她而已，她在人家手底下当兵，根本没有资格拒绝。

冉无恙也就懒得推托，直接问道："就我一个人去吗？"

蔺不归欣赏她的爽快，大手一挥，送了十名精兵随她一同前往，也好有个照应。

只是去打探消息而已，有没有人随行她都无所谓，但一想到有人说不定就有魅力值，蚊子腿也是肉，她就欣然答应了。

"行了，你先回去，明日我让人和你说一说塔木城的情况，顺便将这几次打探到的消息一并告诉你，让你心里有个数，三日后清晨出发。"事情说完了，蔺不归就让她先走了。

将军们显然还有军务要商量，冉无恙也应该乖乖地告退了，可是她一听到塔木城和三日后出发几个字，心里就有了另一番计较。

昨夜，云亭哥说三日后去救那个俘虏，那不正好和他们出发的日子对上了？冉无恙觉得，救人并不难，难的是怎么把人带出军营。

云亭那天若是能和她一起离开，他们两个想想小法，说不定就能顺利将人运出去。

不把云亭哥带上，留他一个人在军营里她也不放心。

冉无恙已经迈出去的步子又缩了回来，她用着恳求的目光看向主位上的蔺不归，说道："将军，我哥可以一起去吗？"

"云亭？"蔺不归对那个斯文俊秀，又懂得兵法、阵法的青年印象还挺深。

"对对对！"冉无恙连连点头，一脸骄傲地说道，"我哥聪明，他要是一起去，肯定能查出这个军师是何许人，您能不能让他和我一起去？"

蔺不归被她逗笑了，这孩子说到她哥哥时，眼睛就放光。他好奇地笑道："你总说你哥聪明，你哥到底有多聪明？"

就是聪明呗！但口说无凭，不举个例子，他们肯定不相信。

这个例子，还得是他们也知道的，不然可信度就会降低。想了想，冉无恙看了萧筌一眼，笑眯眯地说道："我们整个小队一个不落，全部通过了考核，加入前锋营。"

冉无恙看他那一眼，实在是意味深长，萧筌回过味来，迟疑地问道："你的意思是，你们小队能加入前锋营，是你哥的功劳？"

冉无恙歪着脑袋看他，咧嘴一笑："不然呢？考核途中哪来那么多意外？"反正他们都已经入了前锋营了，萧筌也不能把人赶出去吧。

其实昨天下午，萧筌回想起考核过程中发生的事，就感觉到有些不对了。

好好的大刀，怎么会说断就断，刀把又怎么会说掉就掉？还有冉无恙，才一招而已，直接把人打骨裂了。搞了半天，原来一切都是云亭为了帮那两个小子，特意设的局！

虽然收下那两个人他也不亏，但一想到自己被人摆了一道，萧筌还是很生气，尤其是苏则郁还在旁边笑话他，他就更恼火了。

这群臭小子，到了他手下看他以后怎么收拾他们！

等苏则郁把昨天考核的事情细细说给大家听，并且特别指出云亭对阵法的运用还在他之上以后，蔺不归立刻就同意了冉无恙的请求："好，你哥和你一起去，这次任务如果顺利完成，本将军有重赏。"

"谢将军。"得到了想要的结果，冉无恙也不再多留，一溜烟就跑了出去。

从将军主帐出来，冉无恙本想立刻跑回去告诉云亭这个消息，但跑着跑着，脚步就渐渐慢了下来，想到一会儿要面对云亭，一颗心莫名地烦躁起来。

她索性暂时不回去了，脚步一转，往镇北营后面的树林走去。

现在已是初夏，草木繁盛，郁郁葱葱，冉无恙随便选了一棵大树，直接躺在了树荫底下。正午的阳光透过树荫，落下斑驳的剪影，晃得人眼晕。

她缓缓闭上眼睛，脑子里乱糟糟的。从昨晚到现在，小神说过的话一直在耳边回荡，它说，天下没有不分离的兄妹。

她记得住在她家隔壁的荣娘有两个哥哥，都非常疼荣娘，小时候经常让荣娘骑在他们脖子上玩，还会给她编蜻蜓，带她抓鱼虾。

再大一点儿了,荣娘的两个哥哥还会给她买头绳,买冰糖葫芦,带她去看花灯。

那时候她可羡慕荣娘了,也是因为这个,云亭哥来她家的时候,她才那么高兴,那么黏着他,喜欢他。

她从来没有过哥哥,她想和云亭哥永远在一起,想要他的眼睛里只能看得到她,一直陪着她,疼爱她。她以为这就是对哥哥的感情,但是小神说不是。

兄妹不是一家人吗?怎么会分离?

后来,荣娘和她哥哥怎么样了呢?

是了,荣娘的两个哥哥都娶妻了,娶妻的第二年,荣娘的哥哥有了孩子,就开始围着妻子和他们的孩子转了。

所以,以后云亭哥也会有自己的妻子、孩子,再也不会像现在这样陪在她身边了吗?

不,这一刻,冉无恙前所未有地清楚自己的心意:她不要云亭哥娶别的女人!

冉无恙猛地睁开眼睛,坐直了身子,叫道:"小神!"

系统懒洋洋地回道:"嗯?"

"如果我想……"冉无恙抿了抿唇,虽然她心里已经很坚定了,但是"独占"两个字说出口,还是有点儿羞耻,她深吸了好几口气,终于还是问了出来,"我想独占云亭哥,要怎么做?"

系统轻笑一声,回道:"怎么,终于承认喜欢人家了?"

"我一直都很喜欢云亭哥,我不知道你所说的喜欢是怎么样的喜欢,我只知道我想他一直陪在我身边,只对我笑,对我好,永远都是我一个人的。"冉无恙一口气说完之后发现,真的把这些说出口,好像也没这么难。

啧啧,想不到宿主的占有欲这么强,不愧是它看中的战神。系统笑嘻嘻地鼓励道:"喜欢就追呗,让他也喜欢你,离不开你就行了。"

"怎么样才能让他喜欢我,离不开我?"反正这些话这个世上只有他们俩自己听到,冉无恙也逐渐放开了,不懂她就问。

智能系统虽然智能拟人化很高,但如果没有特别加入恋爱模块,它是不懂应该如何谈恋爱的,好在它自己不懂,还可以在系统内搜索,它将高居榜首的几条一一说了出来。

"'男神'攻略第一条,要抓住'男神'的心,先抓住'男神'的胃。"

这是要考厨艺?冉无恙抓了抓头发,脑袋耷拉下来。她还没能和娘亲学好厨艺,战乱就开始了,以她现在的厨艺做出的菜只能算勉强能吃而已,和美味相差十万八千里,而且他们现在又在军营里,她总不能老往伙房跑吧。

她干笑两声,心虚地问道:"厨艺我以后肯定会好好练的,还有没有别的办法?"

"'男神'攻略第二条,看脸的世界,只要长得好看就行了。"念完这条,系统兴奋了,诱惑道:"这条好办,宿主只需要向他展露你基因改造过后的盛世美颜,云亭可能就立刻从了你了。"

它明明是"女神系统",自家的宿主却没有一点儿女人味,活脱脱的清俊少年!它真是愧对主人!

冉无恙一点儿也不体谅系统痛心疾首的心情,只觉得很生气,说道:"你别瞎说,别的男人我不知道,但是云亭哥才不是那么肤浅的人!"

眼看宿主都气红眼了,系统也不和她争:"行行行,换一本。恋爱宝典第一式,两个人要成为彼此的最佳伴侣,除了灵魂上的共鸣,还要有身体上的吸引,亲爱的女孩儿们,你们可以 #%&@*……"

后面的话冉无恙一句也没听到,都是哔哔哔的马赛克音,她不解地问道:"小神,你说什么啊?"

系统无语,它读的那些居然触动了未成年人保护机制,被自动屏蔽了。在这个位面待久了,系统都忘了十五岁的年纪在星际时代是妥妥的未成年。

它有些意兴阑珊地回道:"没什么,宿主当系统什么都没说,自己看着办吧。"

冉无恙又追问了几句,系统直接就不理她了,她只能自己慢慢琢磨。

灵魂上的共鸣和身体上的吸引?

这是让她多和云亭哥说说话,两个人再多一点儿……一点儿肌肤之亲吗?

是这个意思吧?

想着想着,冉无恙的脸又红了。

天哪,她都在想些什么啊!

冉无恙哀叹一声,张开双臂,闭上眼往后倒去。然而迎接她的,不是松软的草地,而是一双温热的大手。

冉无恙倏地睁开眼睛,目光正好对上云亭的黑眸。

"云……云亭哥?"冉无恙蒙了,前一刻她还在胡思乱想,后一刻被她念叨的人就出现在眼前。撑着她后背的手,温暖又有力,她整个背都麻了。

冉无恙木木地想,这样算不算身体的吸引?

云亭看到她呆呆地盯着他看,眼珠子都不动了,脸蛋依旧一片粉红,仿佛灵魂出窍似的。云亭皱了皱眉,手扶着她的后背,让她坐直身子,黑沉着脸说道:"我今天早上是怎么和你说的?"

云亭的脸一沉下来,她就蔫了,嗫嚅着回道:"今天在床上乖乖地躺一天,不要到处乱跑。"

"那你在干什么?"

她垂下头,不敢看云亭,她总不能说,我一想到你就心跳加速,面红耳赤,所以不敢回去吧。

冉无恙咬了咬唇,眼一闭,索性破罐子破摔,回道:"我困了,在这儿坐一会儿。"

穿过大半个军营，跑这儿坐一会儿？云亭简直要被她气笑了，忍不住就在她额头上弹了一下，笑骂道："午饭不吃，就跑到这里来坐，你现在真是越来越不听话了。"

冉无恙也不反驳，摸了摸额头，闷闷地说道："我错了。"

冉无恙双手抱着腿，下巴搁在膝盖上，低着头。从云亭的角度，只能看到一个毛茸茸的脑袋，小丫头把自己缩成小小的一团，怎么看怎么可怜。看她这副模样，云亭也不忍心再说她。

"走吧。"云亭扶着她的胳膊，想把人拉起来。

冉无恙却没有动，反而抓住云亭的手腕，硬是把人拉了下来："云亭哥，你先坐下，我有话和你说。"

小丫头力气大了，真是了不起了，云亭无奈地回道："有什么话回去吃了午饭再说不行吗？"

冉无恙摇头，抓着他的手腕死活不肯放："刚刚大将军找我过去，交给我们一个任务，这件事应该还是需要保密的，我们在这里商量好了再回去吧。"

云亭拗不过她，也只能在她身边坐下："说吧。"

云亭很高，两条大长腿怎么放都不舒服。他索性背靠着大树，一条腿屈着，一条腿伸直，姿势很豪迈，但由他做起来，硬是多出了几分清贵洒脱。

云亭的皮肤白，细碎的阳光洒在他身上，将他整个人笼罩在一团光晕之中，仿佛会发光一般。

冉无恙抚着怦怦乱跳的小心脏，挪着屁股坐到云亭身边，她忽然想到了什么，偷偷瞄了一眼那双无处安放的大长腿，眼中划过一抹光亮。

她忽然往后一倒，直接将头枕在了云亭的大腿上。

云亭吓了一跳，连忙伸手去接。可惜冉无恙的动作太快了，他手才刚伸出去，人已经躺在草地上了。而他的腿上也忽然一重，一颗小脑袋就这样砸在了他大腿上。

"你……"云亭浑身一僵，喉结滚动了一下，一瞬间身体失去了行动力。

冉无恙的身体也很僵硬，一颗心提在半空中。尤其是感受到脑袋下的腿部肌肉绷得紧紧的时候，她更紧张了，干脆闭上了眼睛，颤颤巍巍地说道："我困，不想坐着，你让我靠一会儿……"

小恙小的时候就喜欢和他撒娇要赖，战乱爆发，尤其是她父母相继去世之后，她仿佛一夜长大，变得乖巧听话，已经很少和云亭这般撒娇了。

云亭明显能感觉到小恙整个人都是僵硬的，脖子一动不动，她这样躺着根本不可能舒服，她在紧张？紧张什么？

云亭微微弯腰，在她耳边低声问道："小恙，你真的没事吗？"

冉无恙不敢睁眼，心虚地回道："没事，就是昨晚没睡，困。"

两个人离得近，云亭能清楚地看到冉无恙长长的睫毛抖啊抖啊，眼睛还时不时地露出一条缝偷看。

云亭失笑,拿她没办法,也只能放松下来,让她枕得舒服一些。轻抚着她头顶的发丝,云亭轻声说道:"那你快说吧,说完就回去了。"

云亭惊喜地发现,小恙的头发比之前好了很多,虽然看起来不是很黑亮,但手感极好,细细软软的,竟让人有一种爱不释手的感觉。

在云亭一下又一下的安抚之下,冉无恙终于放松下来,将早上主帐中发生的事情和云亭说了一遍。

云亭用手指在那光洁的额头上点了点儿,笑道:"是将军让我们一起去,还是你想我和你一起去?"

若是将军一开始就想让他们两个人去完成这个任务,不可能只让小恙一个人过去,两个人一同前往的结果,多半是小恙求来的吧。

有一个聪明、对自己又无比了解的哥哥就是这点儿不好,什么都瞒不过他。

冉无恙撇了撇嘴,嘀咕道:"反正这次是个好机会。"

她转了个身,微微把脑袋抬起来一些,睁开眼看着云亭,将自己的打算说了出来:"把人偷出来不难,偷出来以后怎么把他弄出军营才是最大的难题。如果运不出去,人救出来也没用,还会把你我都牵连进去。我是这么想的,反正三日后我们要出军营,到时将人混在出营的队伍之中,神不知鬼不觉地把人运出去,你说怎么样?"

迎着那隐含着期待的明亮双眸,云亭没说好,也没说不好,他低声问道:"那么个大活人,怎么把人混进我们的队伍里?我们这一行也才十来个人而已。"

冉无恙皱了皱眉,思量片刻,回道:"这次的任务,是到塔木城打探那位军师的情况,并不是刺杀,所以肯定需要一个明面上的身份。与其一行人浩浩荡荡地冲过去,倒不如假扮成商队,运送一些凉国人需要的物资,最好能引起他们军中人的兴趣,咱们再慢慢打探。"

云亭眼中含笑,微微点头,继续问道:"那我们运什么呢?"

冉无恙没有犹豫太久,笑道:"现在是夏天了,运棉布和药材,肯定受欢迎。"

云亭摇了摇头说道:"这两样东西,咱们军中本来就缺,你要假装成商队,那得运几车?再说棉布药材虽然是好东西,我们就这么几车的货,能引起军队的兴趣吗?"

也是,一个月前粮草营才被敌人烧了不少货物,她还要拉几车布和药材送去塔木城,将军们怕是要拍死她吧。

冉无恙身上的劲一松,脑袋再次砸在云亭的大腿上。她苦恼地问道:"那你说怎么办?"

云亭的脚一抖,脸上闪过一丝不自然,不着痕迹地将某人的头往下挪了挪,才僵硬地回道:"运榔果吧。"

"榔果?这有什么好卖的啊?"榔果冉无恙认识,边城附近村子有不少榔果树,据说这种果子能杀虫,还能行水化湿,也算一味药材,只不过药效不高,味道也不怎么好，大家很少用。

原来这东西还能卖钱吗？

"瑜国人不怎么喜欢椰果的味道，一般都用来驱虫，但是在凉国，不少人喜欢嚼食椰果，尤其是军中之人，他们觉得椰果的味道够劲，比吸水烟过瘾。"

冉无恙这回真的惊呆了："椰果还能嚼着吃啊？"

云亭又揉了揉她乱糟糟的头发，笑道："椰果驱虫效果还不错，粮草营里肯定有不少，咱们拉几车走应该没问题。"

椰果的味道很大，如果把人藏在里面，血腥味都能遮得干干净净。解决了一件大事，冉无恙很高兴，也跟着笑："太好了，明天我去和萧筌说。"

"好了，回去吧。"云亭动了动脚，不知道是被太阳晒着了还是怎样，脸色也微微有些红。

身下的泥土松软，周围都是草木的气息，阳光照得身上暖暖的。冉无恙有些昏昏欲睡，脸蛋在云亭腿上蹭了蹭，她软软地说道："舒服，让我再躺一会儿嘛。"

云亭的身体更僵硬了，脸也黑了，这丫头真的不是故意的吗？

和云亭商量好之后，冉无恙就去找萧筌，说了他们打算伪装成商队，运送椰果前往塔木城的计划。

战争爆发之后，边城和塔木城的百姓、小商贩之间就不再通商了。随着战事胶着，两个城池的物资都开始紧缺，商品交易的利益越来越大，普通人不敢通商，山匪、年轻力壮的流民倒是开始铤而走险了。

冉无恙他们就是打算伪装成由流民组成的商队，这样一来，他们一行人都是体格健壮的青年就说得过去了。

冉无恙还提议，前去打探的人选，就算不会说，也最好能听得懂塔木语。边城和塔木城虽然隶属两个国家，但是因为两城之间距离很近，语言还是互通的，就是口音有些不同。

冉无恙是土生土长的边城人，自然是听得懂塔木语的。云亭更不用说，别说塔木语，就是凉国皇城的官话，他也会说。

萧筌一个高兴，又是一掌拍在冉无恙的肩膀上，笑道："好小子，真有你的，想得还挺周到，之前派出去的探子就是因为没办法深入到敌营之中才打探不到，这次你们肯定能有收获。加把劲，给咱们前锋营长点儿脸。"

冉无恙呵呵干笑两声，实在是没脸回应。她和云亭哥折腾这一出，其实最大的目的，还是把一个敌国俘虏从军中偷出去。

面对萧筌那充满信任和激情的目光，冉无恙还真有些不自在，又说了几句话她就找借口溜了。

冉无恙和萧筌说完话，又跑回营把石玉悄悄叫了出来。

"石头，有件事，我想请你帮忙。"

冉无恙的表情太过严肃，搞得石玉也跟着紧张起来，他倏地站直身子，也跟着摆正脸色，问道："什么事？你说。"

冉无恙再一次观察四周，确定没有旁人之后，才压低声音说道："过两天我要去执行一个任务，有些危险，我想让你帮我在一个载货的车厢里弄一个暗隔出来。"

"什么暗隔？"石玉一时间没弄明白她的意思。

冉无恙想了想，拉着石玉蹲下，捡起地上的一截枯枝，在泥地里画了起来。她一边画一边解释道："就是在车厢的底部加一个隔断，让车从外表看上去就是装载货物的，实际上底部有个可以藏人或者兵器的地方。"

石玉越看眼睛越亮，他现在对改装武器和各种器具已经着了魔，看明白了地上的图，手立刻就痒了，他二话不说便答应了："明白了，我帮你弄。"

冉无恙拿起树枝一扫，地上刚刚画好的图就被抹掉了，她抬眸盯着石玉，一字一顿地说道："这件事是机密，不能告诉任何人，连你哥哥都不行。"

被那双凤眸这么一看，石玉后颈的汗毛都竖起来了，他连忙说道："放心，我今天自己一个人帮你弄，保证不会让人发现。"他怎么觉得现在的无恙，比他哥哥还吓人？

得了保证，冉无恙勾唇一笑，说道："谢谢。"

清浅的笑容破开了严肃沉闷的气氛，石玉暗暗松了一口气。如同以往那样，他用肩膀撞了一下冉无恙的肩，笑道："谢什么啊，咱俩谁跟谁！"

冉无恙故作嫌弃地把人推开，嘴角的弧度却是越扬越高。

看来她还要找机会从小神那里换取更多更高级的书给小石头和阿陌学习才行，云亭哥说得没有错，只有身边的人都厉害起来，才能更方便她行事。

这两天，冉无恙不知道云亭都在忙些什么，她只能把自己能想到的东西都准备好。随身的匕首被磨了一遍又一遍，已经达到了吹发可断的程度，她还向阿陌要了许多消肿止血的伤药。

冉无恙紧张忐忑又略带兴奋地度过了两天，终于等到了约定的那个晚上。

丑时刚到，两个看上去已经陷入沉睡的人同时睁开了眼睛，对视一眼，两个人非常默契地起身穿衣，绑好武器，悄声离开营帐。

这次，他们都蒙上了面巾。

安全起见，冉无恙还是开了地图。快要到达红点密集的区域时，冉无恙低声说道："云亭哥，一会儿你跟紧我。"

"嗯。"知道她有特殊的躲避技巧，云亭也没矫情，亦步亦趋地跟在冉无恙身后，经过没有月光、特别黑的地段时，他还会抓住冉无恙的衣角，以免自己走丢。

每当这个时候，冉无恙面巾下的小脸就开始发烫，不过她的心情倒是极好的，她恨不得一整晚乌云都能把月亮遮得严严实实！

在地图的指引下，两个人非常顺利地来到了囚禁狄勒图的瓦房外面。

守卫依旧森严，和两天前没有什么变化，冉无恙的眉头却皱了起来。

发现了她的异样，云亭低声问道："怎么了？"

"里面有八个人，迷药不好用了。"

云亭没有问她是怎么精准地知道瓦房里有八个人的，他沉吟片刻，说道："再等等，卯时初动手。"

冉无恙转念一想，就明白了云亭的打算。

他们已经和其他人约好了辰时出发，如果动作快一点儿，一刻钟内将人救出去，刚好能赶上出发的时间，等守卫的人发现的时候，人已经运出去了。

冉无恙也觉得可行，点头应道："好，我们再等等。"

两个人就这样静静地趴在草丛里，冉无恙一直盯着瓦房内那八个红点看，有点儿烦恼。

他们又不是敌人，杀八名战友这种事，她还是不想做的，但如果下手不够狠，让他们有机会叫出声，会给她和云亭哥带来灭顶之灾，怎么做才好呢？

想了好久，也没什么好办法，冉无恙干脆求助系统，问道："小神，怎样才能快速把人打晕，又不至于把人弄死弄残？"

"500点魅力值。"

"……"除了魅力值，你还会什么！冉无恙腹诽了一通，最后还是咬了咬牙，说道："成交。"

随着扣除魅力值的提示音响起，冉无恙的面前出现了一张详细的人体穴位图，其中几个重点穴位特意被标成红色。同时还有两个小人在旁边演示如何在三招之内把人放倒，干净利落，精准到位，可谓非常直观生动了。

每次冉无恙都在暗骂系统狂扣她的魅力值，但每次看到系统提供的东西，她又忍不住感慨，这魅力值花得好值！

这种痛并快乐着的心情，根本没法说。

冉无恙心里想着乱七八糟的事，眼睛却是一眨不眨地盯着穴位图和两个对打的小人，将这些知识一个不落地全部记下。

她以为夜色中，没有人会注意到她，然而她一切细微的动作和神情都落入了云亭的眼中。

如果说这世上，有什么人最了解冉无恙，那这个人非云亭莫属。

小恙能过目不忘，她记东西的时候，眼睛会死死地盯着需要记忆的内容，眼珠微微转动，眸光锐利，心无旁骛。

她现在的样子，正是专心记忆时最常见的神态，但是，她的面前除了虚空夜色，什么也没有。

那她在看什么，又在记什么呢？

云亭忽然想起，那日在石林之中，她也是这样，坐在一块石头上，眼睛死死地盯着眼前，没有人知道她在看什么。

　　那个夜晚，她在所有人惊愕的目光中，将匕首用得出神入化。

　　后来他问过小恙是怎么回事，小恙给他的答案是，那天晚上，她"师父"也在石林中，教会了她怎么使用匕首。

　　难道……

　　云亭瞳孔猛然一缩，全身紧绷，身体依旧保持着趴伏的姿势，但他把所有的注意力都放在了身边，细细地搜索着每一寸草丛、灌木。

　　然而……没有！

　　除了无边的夜色和凉凉的夜风，什么都没有！

　　这到底是怎么回事，那个"师父"又是何人？怎么会有如此鬼魅的手段？

　　为了今天晚上能够顺利地把人救出来，冉无恙非常认真地学习了快速将人击打至昏迷的斗殴技巧，过分的专注让她并没有注意到，身旁的人神色复杂地盯着她看了一个时辰。

　　等她觉得自己已经完全融会贯通，绝对可以对付监室里的八个守卫了，才喜滋滋地看向云亭，信心满满地笑道："云亭哥，时间差不多了，我们走吧。"

　　此时的云亭，早已将眼中的惊疑与忧虑尽数压下，轻轻点儿头，回道："好。"

　　两个人潜入瓦房，在上次迷晕守卫的那间大房间内，再次遇上了两名守卫。这次两名守卫身体笔直、眼神清明地守在通往监室的入口处，不像上一次那般懒散。

　　冉无恙细看了一下两个人站立的位置，正好在房梁的下方，她朝云亭使了个眼色向上指了指，云亭点了点头。

　　冉无恙往上一跃，身手敏捷地攀上了房顶，沿着房梁慢慢地往两个人所在的地方爬，爬到两个人正上方的时候，她猛地往下扑去。

　　两名守卫感觉到一道黑影从上方袭来，连忙抬头看去。

　　冉无恙一拳打在其中一名守卫的太阳穴上，也不知道她到底用了多大力道，就这么一下，守卫直接扑倒在地，一动不动。

　　另一名守卫反应过来，拔出手里的刀，张嘴想要大喊，却被黑衣人捂住了嘴，刀刚举起来，还来不及砍向黑衣人，他的后颈忽然传来一阵剧痛，眼前一黑，他便什么也不知道了。

　　冉无恙扶着守卫软倒的身体，将他手里的刀夺了过来，插回到刀鞘中，再把人放在地上，以免发出声响惊动其他人。

　　云亭从黑暗中走出来，神色如常，心绪却难以平静。他刚才看得很清楚，小恙的招式犀利又狠戾，不带半点儿犹豫，一击即中。

　　小恙几天前和石锋他们对练的时候，他观察过小恙的武功路数，并非这种风格，难道真的是今晚学会的？可是她到底是怎么学的？

　　冉无恙正为自己一次解决两个人感到高兴，回头就对上云亭幽深的黑眸，她总觉得云亭看她的眼神有点儿怪，不解地低声问道："怎么了，哥？"

云亭眸光微动，眼中的探究尽数收敛，抬手指了指监室的方向。

不用仔细听，冉无恙也能听到尽头那间监室内传来鞭子抽打的声音，这都快天亮了，还在审讯吗？

冉无恙以为云亭是担心里面的人，才会神色怪异，便没多想，拉着他就往监室的方向跑。

两个人没有贸然冲进去，虽然冉无恙已经从地图上看到监室内有四个守卫，但里面具体是什么情况，她还不清楚。

两个人躲在监室门外，隐身于黑暗中，小心地观察着室内的情况。

监室内仍是点着一个火把，光线昏暗，一个似乎是将领的人坐在一张椅子上，两个守卫一左一右地站在将领身旁，嘴里说着狠话，还有一个人手里拿着鞭子正在抽打吊在正中间的俘虏。

这四个人中，有三个人离得比较近，抽鞭子的那人离得远，如果靠冉无恙一个人，她很难像之前那样，瞬间击倒他们。

万一有人大声呼喊，他们就危险了。

冉无恙正在思考对策，忽然听到云亭在她耳边低声说道："我负责解决坐在椅子上的那个人，你负责解决旁边的两个守卫，挥鞭子的那个，留给他。"

他？哪个他？云亭哥说的不会是吊在半空中，被抽得浑身是血，不知道是死是活的俘虏吧？他都这样了，还能指望得上吗？

云亭勾了勾嘴角，肯定地点了点头。

好吧，云亭哥说他行，他就行！如果那个人实在指望不上，她一会儿动作快一点儿，应该也能顶上！时间不多了，再拖下去天就亮了。

确定好了方案，两个人没有耽搁，直接冲了进去。

"谁？"坐着的将领只来得及叫了一声，就被云亭用匕首的手柄连续击打头部，晕了过去，旁边的两个守卫也没能扛得住冉无恙的铁拳，瞬间就被放倒了。

等冉无恙回过头，想要冲向挥鞭子的守卫时，刚好看到被吊在半空中，仿佛已经昏迷的男人忽然动了。

他不知用了什么方法挣开了铁链，手中白光一闪而过，一颗头颅飞了出去，在地上滚了好几圈才停下。

一招毙命。

安静的监室内，只能听到血嘶嘶喷射的声音。

冉无恙双目圆睁，有一瞬间她呆愣住，心脏不受控制地狂跳。她不想承认，自己被眼前的一幕惊着了。

"我还以为你不来了。"男子甩了甩匕首上沾染的血迹，自己身上的血还在滴滴答答地往下流，沙哑的声音里，居然还能听出几分笑意。

此刻的他，就像是挣脱了牢笼的猛兽，一股凶煞之气扑面而来。

冉无恙一直听说凉国人凶悍狠辣，骁勇无敌，不然也不会四处征战，动不动就挑衅周边各国，但她也没想到，这人都已经被折磨成这样了，居然还如此勇猛。

冉无恙暗暗告诫自己，不要因为有小神帮助就得意自满了，和这个男人比起来，自己还是弱了。最起码在心性上，她就比不过。

将目光移向地上的无头尸体，冉无恙皱了皱眉，她并不想杀人，但这样的结果，对她和云亭哥来说，其实……是有利的。

毕竟有人闯进军营来营救，守卫只是被打晕的话，怎么看都不像是凶悍的凉国人所为。

狄勒图虽然浑身是血，但他赤裸着上身，露出健硕的胸肌和臂膀上虬结的肌肉，冉无恙还总是时不时地往他身上看。

云亭眸光一冷，解下背在身后的小包裹，随手扔到狄勒图怀里，冷声说道："把身上的伤收拾一下，别一边走一边滴血。"

这个人虽然是云亭哥的舅舅，可是看云亭哥对他的态度，冉无恙猜测云亭哥和他的感情并不太好，既然如此，她也没必要对这个人和颜悦色！

云亭说话很不客气，狄勒图不但没有生气，还朝他笑了笑。

狄勒图解开布包，看到里面放着一套干净的衣服，两个瓷瓶还有几圈纱布，他立刻迅速地将瓷瓶里的药粉倒在伤口上，再用纱布将伤处紧紧地缠绕起来，动作一气呵成，他仿佛没有痛觉一般。

冉无恙虽然不喜欢这个人，但是不得不佩服他，对别人狠，对自己更狠！

在狄勒图包扎好，准备穿衣服的时候，冉无恙听到远处传来一串轻微的脚步声，抬头一看地图，果然看到两个小红点正在向这边移动。

刚才他们已经用最快的速度解决了四名守卫，但这边的动静显然还是引起了剩下两名守卫的注意，好在他们没有通知外面的人。

冉无恙朝云亭打了个手势，就冲了出去，云亭没有跟出去，只是不自觉地握紧了手中的匕首，黑沉的眼睛一直盯着监室大门的方向。

狄勒图一边穿衣，一边暗暗观察云亭。劫狱这件事，关系着身家性命，他外甥竟然带着这个少年前来，而少年也愿意随同外甥而来，两个人之间的感情怕是不浅。

狄勒图眉头紧拧，算一算，阿行离开凉国也有七八年了，虽然不知道他这些年经历了什么，但一个人的性格总不会有太大的变化。

阿行早慧，从很小的时候开始，无论是处事还是性情都表现出一种极端的矛盾性。他既冷酷又深情，看似温和实际上手段和心性都十分狠辣，但是对于入了他的眼、他的心之人，他又极度心软，处处维护。

就像对小灵，即使时隔多年，只是一句"小灵无人照顾、无人保护"，就足以让阿行改变主意，冒着巨大的危险将他救出去。

如果不是这样的性情，当年的阿行也不会明明洞察一切，却还是……

狄勒图暗暗叹了一口气，妹妹终究是赌输了。

狄勒图暗自叹息的时候，冉无恙又回来了，她神色轻松，对上云亭关心的眼眸，还朝他俏皮地眨了眨眼睛。

这一身的孩子气，还说要当战神？云亭无奈地摇了摇头，心里却因为冉无恙对他的亲近而暗暗欣喜。

瓦房内的守卫全部解决了，狄勒图收拾妥当之后，三个人一起往外走去。

狄勒图发现，监室外面倒了两个人，他们身上没有一丝血迹，呼吸清浅，看样子是晕了。少年刚出去了一段时间才回来，这两个人应该是她放倒的。

这里离监室很近，他竟没听到一丝动静，两个明显已经有了防备的守卫，就被少年无声无息地解决了。狄勒图暗暗打量走在最前面的少年，看身形不过十三四岁，一脸稚气，没想到身手竟然如此敏捷。

然而，在接下来的路程里，狄勒图深切地感受到，这个少年，不仅仅是身手敏捷这么简单。在守卫如此森严的军中，她竟如入无人之境一般，带着他们顺顺当当地逃了出来。

其间有好几次他都以为躲不过，少年却能领着他们与守卫完美地擦身而过，这不仅仅是简单的了解地形和守卫的巡逻安排就能做到的，就仿佛所有的人和物都在少年的掌控中一般。

在完全不知道什么是实时地图的狄勒图眼中，这一切实在太不可思议了。

狄勒图忍不住靠近云亭，低声问道："阿行，这小兄弟不错啊，叫什么名字？"

云亭抬眸看了他一眼，墨色的眼眸中一片冷漠，还隐含着淡淡的警告。

狄勒图摸了摸鼻子，不敢再问，生怕惹恼了这个心思深沉的外甥。

…………

因为说好了辰时出发，被当作货物的椰果在昨天下午就已经装车完毕了，又因为椰果在瑜国人看来，并不是什么珍贵的东西，那几车椰果也没人特意去看守，随意停放在冉无恙指定的位置。

趁着天还没彻底亮，冉无恙带着两个人来到板车停放的地方，从中找出小石头改造过的那一辆，轻轻抽出侧面的一块隔板，露出了里面的暗隔。

狄勒图扫了一眼那个狭小的暗隔，倒是没什么意见，他鼻子抽动了两下，看到车厢里满满的都是椰果的时候，眼前一亮，随手抓了一把，将一整颗丢进嘴里咀嚼。龇了龇牙，他一脸享受地低哼道："够劲！"

冉无恙撇了撇嘴，凉国人的口味真是古怪，这种东西有什么好吃的？好在她的云亭哥不是这样！

在狄勒图又伸出手，准备再抓一把椰果的时候，云亭抬手挡住了他的胳膊，冷声说道："快进去，别出声。"

狄勒图讪讪地收回手，没再说什么便钻进了车厢底部的暗隔。

等他们把隔板装好，一切恢复如初，冉无恙才暗暗松了一口气。

天已经蒙蒙亮了，两个人不敢再耽搁，钻进了旁边的树丛内。不一会儿，两个人就换下了夜行衣，拎着包袱来到了集合的地方。

两个人刚站定，背后就传来一声笑声："你们俩怎么这么早啊？"

冉无恙回头看去，来人身材高挑健硕，脸上带着笑，正是和冉无恙不打不相识的余子，他身旁跟着一名少年，蔺大将军的大侄子——蔺奚。

说起这个，冉无恙在刚刚得知蔺奚会和他们一起前往塔木城的时候，还惊讶了一下。蔺奚可是蔺家年轻一代的第一个人，说不定过个十几二十年，就是接替蔺将军成为大将军的人，这种危险的行动怎么能让他参加？

后来问了云亭哥才知道，这是蔺家的祖训，如果没办法通过军中的磨炼，就算是长子嫡孙，也不可能成为蔺家的掌权人，也就做不了大将军了。

有时候冉无恙也很疑惑，云亭哥不是凉国人吗？怎么感觉比她还了解瑜国？

冉无恙脑子里思绪纷飞，脸上却装作不好意思的样子，她摸了摸头，咧嘴一笑："第一次出去办事，有点儿紧张，睡不着。"

余子爽朗地哈哈大笑，安慰道："没事，到了塔木城，小心着点儿就行，发现不对劲咱们就撤。"

"好。"冉无恙乖乖点头，看起来格外乖巧好说话。若不是好兄弟到现在还在床上躺着不能动弹，余子差点儿就要以为眼前的少年温软无害了。

又等了一会儿，人终于全部到齐了。

这次前往塔木城打探军情的，加上冉无恙和云亭一共十个人。

蔺奚和余子是前锋营的，还有六个人分别来自伏虎营、骑兵营和斥候营。其中斥候营的老方和张君之前就去塔木城打探过情况，对塔木城和凉国军队比较了解。

老方将出入塔木城的注意事项又说了一遍之后，一行十个人、四辆马车终于出发了。

第十四章　塔木城

他们离开的时候，瓦屋里发生的事情应该还没有被人发现，一行人很顺利地出了军营，没有受到任何盘问和检查。但是冉无恙心里还是挺紧张的，她总担心他们走出几里地就有人追出来，要检查他们的车，或者把他们叫回去。

好不容易顺顺当当地走出了十几里，她又开始担心躲在暗隔里的男人会不会搞出什么幺蛾子。好在一路上都很平静，什么事也没发生。

边城到塔木城并不算远，快马加鞭的话，几个时辰就能到了，但他们这次带着几车货物，又要假扮商队，速度就慢了很多。

天已经彻底黑下来了，他们距离塔木城还有十多里。这个临时组建的队伍，领头的是年纪最大、侦察经验最足的斥候营副将老方。

老方看了看天色，抬手示意一行人停下，说道："这个时辰塔木城的城门已经关闭了，我们先在此处休息一晚，明日一早再进城。"

众人自然没有意见，决定在官道旁的树林里露宿一夜。

一行人都是精兵，野外生存对他们来说，都是小事。火堆很快就点了起来。

现在已经入夏了，并不冷，但干粮又冷又硬难以下咽，在条件允许的情况下，他们还是会烧一锅热水，配着干粮一起吃，胃里也能舒服一些。

水很快烧好了，将士们解下腰间的小水囊，依次上前装上一点儿热水，然后围在火堆旁，一边啃干粮，一边喝水。他们一个个沉默不语，神色严肃，背脊挺得笔直，双眼时不时地扫过周围的草丛，警觉性很高。

冉无恙默默地翻了个白眼。真不愧是精兵，时刻保持着高度的警觉性，纪律严明，但是这样完全不像一支商队啊！他们是不是对流民有什么误解？

冉无恙一边拿出干粮一边在心里吐槽，眼前忽然出现了一个空的水囊，耳边也传来云亭刻意压低的声音："去装一点儿热水，别喝。"

"别喝"两个字说得很轻，如果不是离得近，冉无恙的听力又强化过，她根本听不清云亭说了什么。

冉无恙心头一跳，回想了一下，刚才云亭哥去捡了些柴，好像确实在烧水的铁锅旁边走了一圈，云亭哥这是打算给他们下药？

冉无恙接过水囊，微低下头掩饰眼中的惊讶，轻轻"嗯"了一声。她走到铁锅旁，装模作样地装了小半袋水，就回到云亭身边坐好。

几个人安静地吃着干粮，老方沉稳的声音在耳边响起："这里视野还算开阔，离塔木城很近，应该不会有什么危险，今晚两个人一组守夜，每组守一个时辰，天亮就出发。"

云亭看向老方，温和地询问道："我和小恙守第一个时辰，行吗？"

老方抬眼看去，观察眼前的青年。他长相俊美，气质温和，若不是出现在军中，旁人一定以为这是一名儒雅的书生。

昨晚大将军特意将他叫到帐中，交代他此行要多听听这个青年的意见。老方虽然不明白这个青年到底有何过人之处值得将军特意嘱咐，但心中对他到底是多了几分忌惮。

老方点了点头，回道："可以。"

谁都知道守第一个时辰是最轻松的，睡到一半爬起来守夜实在不是什么愉快的事，但是众人对这个安排也没什么意见，毕竟冉无恙年纪小，云亭又是个文弱青年，照顾他们一点儿也是应该的。

骑了一天的马，大家也都累了，再加上不知道明天会遇到什么棘手的情况，好好休息养精蓄锐才是正事。

不用守夜的人吃完干粮，就各自找地方躺下了。蔺奚也是一副习以为常、处之泰然的样子，可见平时没少风餐露宿，冉无恙对蔺家的家教更佩服了几分。

心里存着事，冉无恙也不敢多问多说，老老实实地坐在云亭身旁等待着。

半个时辰之后，云亭捡了一块石头，随手扔进了火堆里，烧得正旺的枯枝被石头砸断了，噼里啪啦地响。在夜深人静的晚上，这动静可不小，别说是士兵，就是普通人也很可能被惊醒，但是这群精挑细选的精兵强将一动不动，谁都没有反应，睡得很死。

两个人又等了一会儿，周围仍是一片死寂，几个人的呼吸都平顺绵长，完全没有醒来的迹象。

云亭和冉无恙对视一眼，谁也没有多说话，默契地起身朝着板车的方向走去。

隔板刚刚取下来，一道黑影就从暗隔里面滚了出来，一屁股坐在地上，大口大口地喘气，低声咒骂道："憋死老子了。"

云亭把一壶水和干粮递了过去。

这些日子狄勒图根本没吃饱过，早就已经饿得要死，接过水和干粮，他直接坐在地上就狼吞虎咽地吃了起来。

狄勒图手里的干粮还没吃完，云亭已经冷漠地说道："这里离塔木城很近了，你走吧。"

狄勒图抓着水囊的手一紧，他装作没听到，将干粮吃完，又将水囊中的水一口饮尽，才站起身，深深地看了云亭一眼，什么也没说，高大的身影飞快地消失在夜色里。

冉无恙盯着狄勒图离去的方向，眉头不自觉地拧了起来，她疑惑地问道："云亭哥……就这样放他走，真的可以吗？"他们之后也是要去塔木城的，虽然狄勒图不知道他们去塔木城的真实意图，但也不妨碍他给他们使绊子啊！

这个人在瑜国吃了这么大亏，怎么可能不报复？

人都走了，现在才问不嫌晚吗？云亭有些想笑，又因为冉无恙对他做的任何决定都持放任和支持的态度而感到暖心。他忍不住揉了揉她的脑袋，低声笑道："放心，他没机会给咱们找麻烦。"

什么意思？冉无恙没懂，但云亭哥让她放心，她就真的放心了，反正人都走了，想也没用。

终于完成了一件大事，紧绷了一整天的神经放松了下来，冉无恙伸了个懒腰，长长地舒了口气，将胸中的郁气都吐出去。

看她如释重负的样子，云亭有些心疼。小恙表面上很镇定，实际上还是有些害怕的吧，云亭想到她从昨晚开始，就没合过眼，今天还骑了一天的马，觉得她肯定累坏了。

云亭拉着她回到火堆旁，轻声说道："累了吧，快去睡觉，还有半个时辰，我来守就行了。"

冉无恙刚想说不累，忽然想到了什么，眼眸微闪，话锋一转，可怜兮兮地说道："骑了一天的马，我好累哦，云亭哥，你让我靠着睡吧。"

云亭刚想答应，却敏锐地发现小丫头的目光偷偷地落在他的腿上，这丫头不会又想枕着他的大腿睡吧！

云亭莫名地感到腿麻，喉咙有些发干，他推了推冉无恙的肩膀，用修长的食指往旁边一指，冷酷无情地说道："去那边睡。"

小气鬼！冉无恙撇了撇嘴，不情愿地走到旁边的大树旁，靠着粗壮的树木闭上了眼睛。

唉……

"身体的吸引"计划失败！

冉无恙背靠着大树不肯躺下，虽然她闭着眼睛，但眼珠子还在滴溜溜地转着，一看就不是乖乖睡觉的样子。

云亭叹了一口气，也没理她，站起身，朝着老方的方向走去。

冉无恙听到动静，眼睛悄悄睁开了一条缝，正好看到云亭摸出老方腰间的水囊，将里面还没喝完的水倒掉，又将自己水囊里的水倒了一些进去。

剩下几个人的水囊，云亭也一一检查了一遍，有些人的水都喝完了，有些还剩下一点儿，云亭有条不紊地将他们未喝完的被下过药的水全部替换掉。

如今已经入夏，萤火虫也多了起来，星星点点的绿光在林间飘荡，不知道是不是冉无恙的错觉，她总觉得那些萤火虫特别喜欢云亭。他的身边萤光缭绕，虽然他穿着一身粗布衣衫，却仍然像是会发光似的，行走间飘逸潇洒，就是那简单的倒水动作，在冉无恙眼中，也是行云流水、美不胜收。

以前冉无恙还只觉得这些萤火虫老在眼前飞来飞去，烦得很，如今看到这番美景，她总算领悟到小神对于萤火虫的种种赞赏和所谓的浪漫之美了。

冉无恙双手交握着放在胸前，歪着脑袋眼睛一眨不眨地盯着那道颀长的身影，满脑子想的都是：云亭哥怎么这么聪明，这么细心，还这么俊啊……

大半夜的，心跳得跟打雷似的，要不要这么激烈？系统忍不住哼道："'花痴'！宿主能不能控制一下自己，你看人家的眼神，就像饿死鬼看见五花肉似的，太瘆人了。"

冉无恙不知道"花痴"是什么意思，不过猜也知道不是什么好词，至于饿死鬼什么的，反正她也拿系统没有办法，假装听不到是她最后的抵抗。

云·五花肉·亭忙完这些回过身来，就对上了一双亮晶晶的眼眸，异常火热。

冉无恙眼眉一弯，嘿嘿笑了一声，软软地叫道："云亭哥……"

云亭浑身一抖，不自觉地后退了两步。这丫头最近是怎么了？看他的眼神总是怪怪的，就跟恶狼似的，真的有点儿吓人。

云亭尴尬地轻咳了一声，走到冉无恙身边坐下，努力冷着脸说道："快躺好，睡觉。"

冉无恙瞟了一眼近在咫尺的大长腿，无比爽快地点头回了一声"好"，接着以迅雷不及掩耳之势迅速躺了下来，脑袋也不负所望，非常争气地枕在了云亭的大腿上。

冉无恙一气呵成的动作，迅速得都快产生残影了。腿上传来的重量也诚实地告诉云亭，他这是又被人当作枕头，黏上了。

云亭嘴角抽了抽，低下头就看到小丫头眼里闪着得意的光芒，笑盈盈地看着他。云亭心尖微颤，抬手盖在了冉无恙的眼睑上，低声喝道："睡觉！"

云亭之前碰过水，指尖微凉。手指覆在冉无恙的眼睑上，让她感到说不出的舒服。

脑袋下枕着柔韧的大腿，眼睛上盖着温润的掌心，冉无恙高兴了，彻底乖了。

当然，今晚的事也让她领悟到了一个道理：类似睡大腿这样的事，不要问，直接做就好了！

…………

塔木城城门早在戌时就已经关闭。对于普通人来说，城门关闭，自然是无法再进出了，但对于狄勒图来说，想要进城还是很容易的。

一路的奔波后，他的伤口早就裂开了，身上的黑衣再次沾染上了血色，他倒是丝毫没有放在心上，眉头都没皱一下，提气一跃，翻入了城内。

多日的酷刑还是对他造成了极大的影响，往日翻个十来回他都不会喘一下，今日脚才落地，就摔在了城墙脚下。好在这个时候，此处无人巡逻，不然又是一场麻烦。

狄勒图缓过了这阵痛苦，慢慢爬了起来，朝着偏僻的街角走去。他跌跌撞撞地走到一处简陋的小宅院前，抓住朱红大门上的圆形辅首，三短一长，有规律地叩着门。

小院内极其安静，狄勒图也不急，继续叩着。又过了一会儿，门忽然从里面打开，两名壮汉闪身而出，一个人一边抓住狄勒图的胳膊，将人拉进了院内，门也在三个人进入之后，立刻关上了。

僻静的街道再无人声，刚才的一切似乎都只是幻觉。

大门后的景象与外面的平静完全不同。不大的小院内，除了两个出来抓人的壮汉之外，还有七八个身穿黑衣手握兵器的男子，他们神色肃穆，眸光冷厉，都警惕地盯着壮汉抓进来的人。

狄勒图觉得头似乎有些眩晕，他也没挣开两个人的手，微微抬头，冷声说道："是我。"

一院子的人都是狄勒图的得力干将，话音刚落，众人都没看清他的脸就立刻认出了他，纷纷收起了兵器，激动地低声叫道："是首领！"

"真的是首领，首领回来了！"

三短一长的叩门方式确实是首领专属的暗号，但是他们都知道，首领在夜袭瑜国粮草营的时候，被瑜国人抓住了，半个月过去了，他们也一直在想办法营救，但始终不得其法。

蔺不归可不是吃素的，想要将人从瑜国大营中救出哪有这么容易？

今日半夜忽然听到这个暗号响起，他们又惊又喜，却也不敢掉以轻心，所以才有了刚才那一幕。

一名四十多岁的男子从人群中走了出来，他年纪大，身材也比周围的壮汉要消瘦许多，但众人对他很是恭敬，看他上前，连忙让开一条路。

中年男子走到狄勒图面前，激动地抓住他的两只胳膊，看着他满脸血污、狼狈不堪的样子，眼眶都红了，哽咽道："首领您回来了，实在太好了！"

狄勒图看清眼前的人后，也很是激动，他反手抓住中年男子的手臂，急忙说道："乌力！我……我见到……"

还没来得及说出云亭的名字，狄勒图忽然感到眼前一黑，天旋地转，极度的困倦从脑海深处袭来，这绝对不是受伤失血过多或者疲惫产生的眩晕，他什么时候……被下药了？

乌力连忙接住软倒下来的狄勒图，急忙叫道："首领？首领您怎么了？快！快去请大夫。"

狄勒图在昏迷前，只听到乌力焦急的吼叫声和周围嘈杂的人声，他脑海中闪过一个念头：多年不见，到底是大意了，他还是低估了这个外甥！

…………

"昨夜为何不按照安排守夜？"

老方的眉头死死地拧在一起，心底憋着一股气。

按照原本的守夜安排，他和张君是最后一班，然而当战友叫醒他们的时候，天已经快亮了，也就是说，有人擅自改变了守夜的计划。

而这个人，就是大将军交代过需要多加注意，凡事多与之商量的云亭！

才第一天而已，云亭就给他整出乱子，老方暗暗叹了一口气，这也太难带了！

若是云亭知道老方此刻的心声，估计也想叹气，若不是迷药的药效没有过，他也不想多守一个多时辰的。

云亭站在老方面前，微低下头，一脸愧疚地解释道："我当时觉得并不困，睡也睡不着，想着不如守得久一些，这样大家就能休息得好一点儿，毕竟我们今日就要进入塔木城了，也不知道会遇上什么棘手的事。我武艺不好，帮不上大家，唯有在力所能及之处，多分担一二，没想到因此破坏了纪律，真的很抱歉。"

听了云亭的解释，老方的脸色缓和了许多。眼前的青年白皙俊美，年纪还很轻，听说他入伍才半年多而已，又一直待在镇北营，从未出过任务，做这些又都是为了队友着想，老方也不好再苛责他。

老方的表情依旧严肃，声音倒是放轻了几分，说道："军纪就是军纪，不容你随意更改，下不为例。"

"是。"云亭连忙点头，一副虚心受教的模样。

老方看他真有悔意，也没多说什么，交代众人收拾好东西准备出发，便转身去检查马匹和货物去了。

冉无恙和云亭一组，老方虽没有点儿名说她，但那句下不为例也是对她的警告。

外人看她一直垂着头，都以为她心里委屈难过，所以不愿见人，其实她只是听云亭一本正经地胡说八道，怕自己控制不好面部表情拖后腿而已。

余子和蔺奚对视一眼，蔺奚板着脸，朝他使了个"你去"的眼色。余子翻了个白眼，心想你想安慰人家就自己上，使唤他算什么事。

余子看老方走远了，才小跑到两个人身后，一手搭在云亭肩上，一手正准备搭上冉无恙的肩膀。云亭忽然转过身看向他，微微皱着眉，忐忑地问道："帮忙守夜真的是很严重的违纪行为吗？"

余子的另一只手还举在半空中，因为云亭忽然转身挡在他面前，他也不好再去搭冉无恙的肩膀了，于是不在意地收回手，小声安慰道："确实是违纪了，不过也没那么严重。老方就是这样的人，比较严肃，但人很好的，你俩别放在心上。"

云亭微笑着点头，很是认真地保证道："嗯，我明白了，下次不会了。"

冉无恙也装模作样地跟着点头。远处老方大吼了一声："出发了。"

三个人彼此间交换了一个眼神，谁也没再说话，连忙拿上收拾好的东西，牵着马走出了树林。

…………

半个时辰之后，冉无恙终于见到了塔木城的城门。

来之前老方就和他们说过塔木城的情况，瑜国的大军驻扎在距边城十数里的山坳附近，算是易守难攻的地形，凉国的军队却是驻扎在塔木城内，大本营就设立在城北角，所有的高级将领都居住在那里。

所以当冉无恙看到比边城高了将近一倍的城墙，且城门口还有近百名士兵守卫的时候，她也就没有感到十分惊讶。

冉无恙悄悄观察着前方的情况，发现城门虽然大开着，但是进出的百姓并不多，像他们这样运着货物的车队倒是有不少，有些车队上插着旗子，写着某某商行，有些则什么都没有。总之看上去鱼龙混杂，倒是方便了他们行事。

一行人慢慢地跟在杂乱的车队后面往前走，在他们离城门还有百来丈的时候，几个将领打扮的壮硕男子忽然上前拦住了他们。

一名满脸刀疤的壮汉指了指他们身后的几辆马车，声音洪亮，语气粗暴地吼道："你们干什么的？"

老方连忙下马，微微弓着背，快步跑到壮汉身旁，搓着手谄媚地笑道："军爷，我们是塔木城和边城附近的小民，准备了一点儿货物，想来塔木城做买卖，赚点儿钱糊口。"

冉无恙眼睁睁地看着老方从一个沉默寡言、严肃淡漠的汉子，瞬间变成现在的谄媚小人，心中暗暗佩服，不愧是斥候营的人，厉害！

刀疤壮汉看都没看老方一眼，目光转向老方身后的一行人。当视线扫过冉无恙的时候，她立刻配合地缩了缩脖子，低下头又忍不住抬眼，偷偷打量壮汉，将没见过世面又满心好奇的少年这个角色演得惟妙惟肖。

"呵呵。"系统冷笑两声，厉害了，我的宿主居然是个戏精。

刀疤壮汉看着一行人，看到他们虽然都是男子，但老的老，小的小，弱的弱，真正顶事的也就那么几个汉子，便不再将注意力放在他们身上。

壮汉抬手拍了拍车厢，问道："里面装着什么？"

老方讪笑道："现在世道艰难，别的东西咱们也弄不到，这是兄弟们在边城附近收的椰果，拿来这边卖，还请军爷行个方便。"

老方一边说着一边将一个沉甸甸的荷包借着衣袖的遮掩递了出去。

"椰果？"刀疤壮汉眼前一亮，没有接老方的荷包，他身后的几个人也来了兴致，一群人围了过来。这回他们不但不吼了，还压低了声音，对着老方急不可耐地说道："快，打开看看。"

老方捏着送不出去的钱袋，脸微僵，却也不能在此刻惹恼了这几个人，只好老实地掀开覆盖在马车顶部的麻布，露出了里面的椰果。

刀疤壮汉一脸陶醉地深吸了一口气，脸上的笑容更灿烂了。他和他身边的人一拥而上，每个人抓了一把，迫不及待地塞进嘴里，辛辣苦涩的味道刺激得几个人龇牙咧嘴，他们哈哈笑道："不错，就是这个味，够劲！"

几个人走到一旁，凑在一起嘀嘀咕咕不知道说些什么，片刻后，刀疤壮汉又走了过来，从怀里掏出一个钱袋子朝老方手里一扔，说道："这几车椰果留下，拿着钱走吧。"

"这……"老方傻眼了，以前他来塔木城刺探的时候也见过商队进城，他们都是送点儿银子打点就行了，今天是怎么回事，银子送不出去，货还被缴了！

刀疤壮汉脸一沉，阴狠地说道："怎么？嫌少？"

老方连连摆手，装出一副害怕的样子，急忙说道："不不不，没有的事。"

刀疤壮汉嗤笑一声，不屑地吼道："不是的话领了钱就快滚吧！"

就这样走的话，他们原本借椰果名正言顺地进入塔木城的计划就泡汤了，什么都没打探到，还损失几车椰果，这怎么行？但若是现在不同意，和这几个人起冲突，也不是明智之举。

就在老方左右为难的时候，一道清润温和的男声自身后传来："这位军爷，并非我等不愿意将椰果卖给您，更不是嫌钱少，而是……若将椰果给您，怕是害了您。"

老方心头一跳，回头看去，云亭不知道什么时候站在了他身后。

刀疤壮汉也顺着声音传来的方向看去，只见一名年轻俊美的男子正满眼忧虑地看着他。之前他随意扫了一眼，只觉得此人清瘦无害，如今细看，才发现他容貌竟如此出挑，目如朗星，面如冠玉。凉国军营里甚少见到长得这般好看的人，刀疤壮汉看云亭的目光也带上了几分探究和警惕："你是什么人？"

想到他刚才的话，刀疤男子内心莫名有些忐忑。他脸色更为阴沉，不等云亭回答，又恶狠狠地说道："把话给老子说清楚，不然扒了你的皮。"

云亭吓了一跳，不自觉地后退了一步，后又强作镇定地继续说道："您也看见了，我们这次运的几车货物都是椰果。好不容易来塔木城做一趟买卖，怎么样也应该多弄点儿好东西再来，为什么只准备椰果？这自然是有原因的。"

刀疤壮汉不耐烦听他绕圈子，追问道："少废话，什么原因快说！"

云亭紧张地左右看了几眼，上前一步，刻意压低声音后才小心翼翼地说道："这批椰果是一位大人定的。上次来塔木城卖货的时候，不知道怎么被人知道了我们是边城附近的人，就有人寻了过来，点名要椰果，说好了我们运椰果来，他给我们想要的东西。"

壮汉惊讶地看着他："你们要什么？"

云亭莞尔一笑，更靠近壮汉几分，推心置腹般低语道："和您说句实话，我们这么积极地运这批椰果过来，并不是为了换钱。如今世道乱了，没有点儿称手的家伙我们都不敢出门了。"

刀疤壮汉倒吸了一口凉气，低声问道："你们要用椰果换兵器？"

云亭既不承认也不否认，笑而不语。刀疤壮汉当他默认了，心里立刻开始盘算起来。

如今打仗，军械管制很严，兵器可不是那么好弄的。能拿得出兵器换椰果的人，他们确实惹不起，今日他们若因为扣下这批椰果而得罪了什么大人物，就得不偿失了。

刀疤壮汉其实已经信了云亭的话，但又觉得因为几句话就放手一批椰果，有点儿不甘心。他想了想，继续问道："那位大人长什么样，姓甚名谁？"

云亭摇了摇头，苦笑道："咱们什么身份，哪里知道大人的名讳？那人身高八尺，身材健硕，他只说准备好货物，到城北营地寻一名姓闵的大人即可。"

"闵？"刀疤壮汉低喃了一声，眼珠子转了转，眉头皱了起来，不知道想到了什么，脸色瞬间变得苍白。

云亭一直暗暗观察着他的神色，看他这般模样，立刻肯定地回道："对，姓闵。"

壮汉急忙转身跑回那群人中间，说了几句话，几个人的脸色也开始不自然起来，眼中皆带着惧意。

云亭眉峰微挑，似乎想到了什么有趣的事。

刀疤壮汉回来时，再也没提过"椰果"二字，他眼中隐含着几分惊慌，看了云亭一眼，最后却把目光转向老实站在一旁的老方，凶神恶煞地说道："你们进去吧，不过进城之后，见了人最好别乱说话，不然……"

老方连连点头，诚惶诚恐地保证道："是是是，军爷们放心，刚才什么事也没发生过！"

老方又摸出之前准备好的荷包，连同刀疤壮汉给他的荷包一起塞回壮汉手中，呵呵笑道："承蒙军爷关照，小小意思您一定要收下，请兄弟们喝酒。"

掂了掂手里的重量，刀疤壮汉脸色缓和了几分，对着他摆摆手，说道："行了，滚吧。"

老方脸上的笑容极其谄媚，他点头哈腰地说道："多谢军爷，您慢走。"

直到人走远了，老方脸上的笑才慢慢消失，他目光复杂地看了云亭一眼，倒是什么都没说。一行人继续朝着城门走去。

他们跟在一支商队的后面，很顺利地到了城门口，不知道是不是刀疤壮汉打过招呼，守门的士兵数了数他们马车的数量，收了入城费就放他们进去了。

进城之后，按照原计划，他们是应该找个客栈先住下来，但是云亭刚才忽然搞了那么一出，老方也不知道他是不是有什么别的安排，只能低声问道："接下来去哪儿？"

云亭没有说去哪儿，而是温和地询问道："先找个客栈住下可好？"

云亭又将主动权递给了老方，老方面上不显，心里倒是挺满意的，点头回道："行。"

一行人入住了距离城北最近的一个小客栈，十个人刚好包下了后院的五个房间。行李一放下，所有人全部拥进了云亭和冉无恙的房间。

余子和他们两个人最熟，进了门就迫不及待地冲到云亭面前，问道："云亭，你怎么会认识什么姓闵的大人？"

云亭一脸无辜地看着他，回道："我不认识啊。"

"啊？"这回换成众人傻眼了。

冉无恙抿嘴憋着笑，好了，云亭哥忽悠完凉国人，现在要开始忽悠瑜国人了。

云亭轻轻一笑，仿佛有些不好意思，低声解释道："两国还未开战的时候，我在边城见过很多凉国人，十个里面有六个是姓闵的，闵应该是凉国的大姓，将领之中姓闵的肯定不在少数，所以我就随便说了一个，碰碰运气。"

碰运气？就这么简单？众人面面相觑，除了老方垂眸不语、若有所思之外，其他人都忍不住笑了起来。余子拍了拍大腿，哈哈笑道："你小子运气还真不错，万一那个刀疤男不认识什么姓闵的将领，又或者他派人询问一下，咱们可就穿帮了。"

云亭摇了摇头，淡定地回道："不会穿帮。"

余子见他如此笃定，不解地问道："为什么不会？"

众人再次把目光集中在云亭身上。他依旧面带微笑，不紧不慢地解释道："进城的商队那么多，这些人骚扰的都是像我们这样的小商队，那些车队前插了旗帜的大商队，他们连碰都不敢碰，可见这几个人都是没什么背景，只能占点儿小便宜的低级军官，他们谨慎小心、欺软怕硬，不仅不敢去打听，还会尽量撇清关系。现在我们就算到他们面前转悠，他们也会假装不认识。"

众人回想起刀疤男和他身后那些人听到"闵大人"三个字时脸色都白了，之后什么都没敢问，还威胁他们不要乱说话的情景，觉得他们确实是些欺软怕硬的小人物，不足为惧。

余子捶了一下云亭的肩膀，扬了扬眉笑道："行啊，还是你脑子转得快，之前老是听小石头他们说你聪明，什么都难不倒你，我还不信，今天看来，你这脑子还真是好使。"

云亭莞尔一笑，接下了余子调侃似的夸奖，但也仅此而已。他没再继续夸夸其谈，脸上甚至没有一丝傲慢得意之色。

老方忽然有点儿明白大将军为何如此看好这个青年了，此人聪明睿智、胆大心细，最重要的是不骄不躁、沉稳内敛，这个年纪的年轻人，很少能做到这一点。

老方对云亭的印象更好了几分，看他始终微笑谦和地站在一旁，没有继续说话的意思，老方轻咳一声，将众人的注意力吸引过来，沉声说道："好了，这一关算是过了，但是安全起见，今天暂时不要行动。云亭提出的以椰果换取兵器的主意，确实比单纯的卖椰果更容易接触到凉国的将领。明日一早，我们兵分两路，一队前往城北营地，一队前往城中集市，放出我们手上有椰果并且可以长期提供椰果的消息，等着鱼儿上钩。"

老方是这次行动的头儿，又来过塔木城多次，对于他的安排，众人自然是没有什么异议的，齐声回道："是。"

老方摆了摆手，说道："都散了吧，好好休息一晚上，明天还有活干。"

众人陆续走出了房间，老方看了云亭一眼，脚步有些迟疑，但最终他也没有留下，还是和众人一起走了出去。

冉无恙双手环在胸前，背靠着窗棂，将老方的神色看在眼里，云亭一直没有说话，她也就始终保持沉默。

冉无恙早就习惯了什么事都听云亭的,对于老方的安排,有些不以为然。

云亭刚才那一大段解释冉无恙是不怎么相信的,他从不做没把握的事,那位闵大人未必就是编造的。

云亭哥是凉国人,他舅舅还是狄历部落的高级将领,从他们上次的对话可知,云亭哥还认识这次凉国的主将木晏,那么他知道几个小将领的名字也就不足为奇了。

昨夜云亭哥说过,狄勒图没有机会给他们找麻烦,这句话是什么意思?还是说,云亭哥这次来塔木城还有什么别的打算?那个姓闵的人有可能是关键人物吗?

冉无恙一时间想不明白,暂时也不打算问。她总不能什么事都要云亭哥告诉她吧,多看多想,她自己说不定就能看出点儿什么。

云亭看冉无恙歪着头,一手摸着下巴,一手叉着腰,一会儿眨眼睛,一会儿皱眉头,也不知道想什么想得那么出神,忍不住笑道:"傻愣着干吗?"

冉无恙回过神来,尴尬地摸了摸鼻子,嘿嘿笑道:"没什么,我去收拾行李。"

冉无恙抓起放在凳子上的小包袱,冲进了里间。

说是收拾行李,其实也没什么东西好收拾的,冉无恙打开里间的矮柜,随手将包袱塞了进去,就算收拾好了。

她站起来伸了个懒腰,环视了一圈,才后知后觉地发现,这间不大的房间里只有一张床……

一张床!

冉无恙咽了口口水,心脏莫名其妙地狂跳起来。

早年云亭哥刚到他们家的时候,怎么都不肯和他们住在一起,硬是在她家旁边垒了一间泥巴房住。后来瑜国战乱,为了保护和照顾她们母子,云亭哥是和她们住一块了,但那时世道乱,晚上根本不敢熟睡,他总是拿把椅子靠在门边睡。

之后冉无恙父母双亡,他们在边城住不下去,只能四处躲藏,风餐露宿,也不可能安安稳稳睡个好觉。

入了军营,一个大帐篷里住着十几二十个人,还是大通铺,云亭哥为了让她睡得舒服些,还总往旁边挤。

这样算起来,今晚两个人才算是第一次睡一张床吧!

冉无恙走到床边,看着那不算宽敞的床铺,还有摆在床尾唯一的一床被子,脸慢慢地红了……

"宿主,你学坏了。"

突兀的声音在脑海中响起,冉无恙尴尬地轻咳了两声,红着脸故作镇定地甩锅道:"不是你说要让他喜欢我,就要多一点儿身体上的吸引吗?学坏也是你教的!"

所以之前它说过的"两个人要成为彼此的最佳伴侣,除了灵魂上的共鸣,还有身体上的吸引"这句话中,她就只记住了"身体吸引"这四个字了是吧?所以她现在满脑子都是带颜色的废料怪它咯?

系统呵呵两声，高冷地回道："你高兴就好。"

冉无恙本来就有点儿红的脸更红了，就在她考虑要怎么哄一哄小神的时候，身后传来一声略带疑感的询问："怎么了，床上有什么吗？"

不知道是不是做贼心虚，不过是不轻不重的一句询问而已，冉无恙浑身的汗毛都竖了起来。她此地无银三百两地大吼了一声："没有！什么都没有！"

她感觉到身后的人又往前走了两步，脑子瞬间一空，想也没想地把鞋一蹬，刺溜一下扑到床上，抱着被子闷头解释道："我……我就是想试试，这个床舒不舒服！"

客栈的床是标准的双人床，冉无恙趴在被子上，面朝下，脸埋在枕头里，整个人摊成了一块饼，声音闷闷地传出来。床舒不舒服云亭不知道，但这姿势怎么看都不太舒服。

云亭微微挑眉，轻笑道："舒服吗？"

冉无恙动了动脑袋，实在憋不住了才爬起来深呼吸了好几口气。在云亭似笑非笑的目光中，她干笑道："还……还可以，挺舒服的。"

这人吧，果然是需要磨炼的，脸丢着丢着也就习惯了，她现在的脸皮就比以前厚了不少。挨过了最初的慌乱和羞赧之后，冉无恙忽然就处之泰然了，反正她的傻样云亭哥见得多了，应该也习惯了吧。

她爬起来，往里面挪了挪，掀开被子的一角，拍拍身边的空位，眼眉弯弯，乖巧地问道："云亭哥你要来试试吗？真的很舒服哦！"

在床上一番折腾后，冉无恙的发丝有些散乱，脸颊上的两团红晕衬得她格外娇艳，一双凤眸硬是给她笑成了一弯新月。最重要的是，她眼中闪烁的期待与跃跃欲试的光芒，看得云亭头皮发麻。

云亭揉了揉眉心，叹道："不用了，你试吧。"

他怎么觉得，今天晚上可能不会太好过？

第十五章　双生子

客栈茶肆之类的地方，向来是小道消息的聚集地，这次任务本来就是为了打探消息,一行人收拾好之后,就到大厅用饭。

这间客栈位置算不上好,但菜做得极好,刚到傍晚,大厅里已经座无虚席。

客栈不大,二楼和后院都是厢房,大厅里也没有包间,只有五六间用木制屏风间隔出来的雅间。老方多加了几两银子,从掌柜那里要到了一间最靠近大厅的雅间。

他们坐在这里既能听到大厅里的动静,又不容易引人注意,同时也能看到进出雅间的人,可以说是占据着非常好的位置了。

菜刚上齐,小二掀开厚重的门帘出去的时候,一道清瘦的身影从外面一闪而过,片刻后,隔壁的雅间里传来了模糊的人声。

"焦大人,让您久等了。"

除了云亭,在座的几位武功都不弱,尤其是冉无恙,经过基因修复液修复后她听觉异常发达,能将隔壁的声音听得一清二楚,甚至连音色都能听出来。开口说话的那位,是个年轻人。

"无事,东西找到了吗?"一道更为低沉的嗓音也响了起来,听起来很是焦急。

"幸不辱命,您看是不是这个?"

片刻后,那道低沉的声音惊喜又遗憾地说道:"嗯,是它!怎么就这点儿?"

青年苦笑一声回道:"龙诞茶,瑜国一年也产不了多少。新茶早就被权贵们瓜分完了,这些陈茶还是我费了千辛万苦才找到的,您还嫌少,能找到就已经是幸运了。"

"我也知道不容易,这份人情我记下了。"

"焦大人客气了。不过大人为何忽然要寻找此等金贵的茶叶,莫不是……喜欢?"青年很小心,某些字眼听起来模糊不清,想来是他将声音压到了最低。

隔壁两个人的交谈停滞了片刻。好一会儿低沉的声音才继续说道:"那倒不是,军中来了位贵人,现在住在北苑,我等自然要好生照料,不可出一点儿纰漏。"

听到北苑的时候,老方的神色明显郑重起来。他站起身,脚步放轻,走到木制屏风旁,把耳朵贴在屏风上仔细地听,雅间里的众人也放下碗筷,屏住呼吸听着隔壁的动静。

众人的注意力都放在隔壁,也就没人发现云亭在听到"北苑"二字时,一向温润的眼眸里,竟划过一抹冷厉的光。不过很快他便低下头,垂下眼睑,仿佛什么也没听见。

青年似乎也知道住在北苑代表着什么,声音都不自觉地高了两分。

"什么贵人竟如此矜贵?"

"皇城来的……"后面的声音更加模糊了,即使冉无恙听觉敏锐,也听不清他们说了什么。随后他们又听到了青年激动的道贺声,可见这位贵人的身份确实非同一般。

"恭喜焦大人了,得了贵人青眼将来必定飞黄腾达!"

"不求有功,但求无过吧。"

两个人之后便没再提起贵人的事，闲话几句家常，用完了饭，青年先离开了。他走之后没多久，隔壁又响起了脚步声。

老方对着同是斥候营的张君使了个眼色，张君意会，拿起一个空的酒壶快速走到雅间门口，掀开门帘朝着外面喊了一句："小二，再上两壶酒。"

门帘被掀开，一行人都看到一个四十出头的男子从雅间里走了出来，他手里抱着一个木盒，盒子不大，看他小心谨慎的样子，就知道这盒子里的东西，必定就是龙涎茶了。

冉无恙眼珠子一转，脑袋里忽然冒出了个主意。她一手托着腮帮，一手拉着已经坐回座位上的老方的衣袖，仿佛一名任性的少年般嚷嚷道："二叔，你说咱们那几车椰果能卖出去吗？凉国人真的喜欢吃那种味道怪怪的果子吗？若是卖不出去怎么办？我们折腾了好几天才凑足这几车呢，卖不出去岂不是做白工了？"

果然如冉无恙所料，中年男子在听到"椰果"的时候，脚步慢了些，目光也往雅间里扫去。

老方反应也不慢，他揉了揉冉无恙的脑袋，呵呵笑道："肯定能卖出去，明日咱们到集市上碰碰运气。说不定一天就卖完了！"

冉无恙努了努嘴，不怎么相信地回道："但愿吧。"

这时小二端着两壶酒过来了，中年男子低下头，抱紧手里的木盒大步走出店外。

老方接了酒，又过了一刻钟才把小二叫过来结了账。一行人回到后院，非常有默契地一起去了老方的房间。

门一关上，老方立刻拍了拍冉无恙的肩膀，笑道："你小子够机灵的。"

刚才那一席话，二人说得真是恰到好处。若那位焦大人对他们这批椰果感兴趣的话，必定会找过来，就算他不来，明日也会派人到集市上去打听，要是能把椰果卖给他就再好不过了。

冉无恙咧嘴一笑，肩膀往下沉，从老方手里溜了出来，跑到云亭身旁站好，才笑道："没办法，我哥教得好。"

众人早就见过或听说过冉无恙护哥哥的各种事迹，听她这么说只是善意地笑了起来，倒没觉得意外。云亭也温和地笑了笑，缓缓往前迈了一步，将冉无恙挡在身后，不着痕迹地将她与众人隔开。

云亭脸上笑着，心里却很是不愿意。这种动不动就喜欢拍人肩膀、揽人脖子的坏习惯，她能不能改掉！

老方还不知道他自以为年轻人之间鼓励似的互动，被当成了急需改掉的坏习惯。他将众人叫到圆桌前坐下，压低声音问道："刚才你们也都听见了，有什么想法，说说看。"

众人对视几眼，一时间没有人说话。他们彼此都认识，但隶属不同的营，并不熟悉，这种时候，就显现出临时组队的弊端了，谁也不肯率先开口。

最后还是与老方同属斥候营的张君开了口。

"我来过塔木城几次，多方打探过，木晏的军中只有几位幕僚，并没有军师一职。北苑一直是军中主帅居住的地方，木晏竟能让这位贵人住进北苑，可见此人要么身份极其高贵，要么很受木晏赏识。"

余子顺着话题，问出了大家心中的疑问。

"那么这位贵人会不会就是咱们要找的军师啊？"

有人开了头，大家也就放松下来，你一言我一语地说了起来。

"有可能啊，若不是很有能力的人，怎么可能得到这样的礼遇？"

"也不一定吧，说不定也是个皇亲国戚过来监军的呢？"

众人说到最后也没能讨论出什么有用的东西来，毕竟信息太少了。一直沉默不语的蔺奚冷声说道："猜来猜去也没用，今晚去探一探城北军营不就知道了？"

"……"众人语塞，一起看向老方。

若是长期滞留在塔木城，必定惹人怀疑，十日之内他们必须离开，现在既然有了线索，自然要去探一探。老方思量许久，最终点了点头："好，今晚咱们就去探个虚实。"

一听要夜探城北军营，众人都很激动，唯独冉无恙撇撇嘴，心情不太好。今晚他们要去夜探军营，那就肯定没机会睡床了。

可惜啊可惜！

…………

斥候营有塔木城城北军营的地图，但也只是很粗略的区域分布图而已，北苑在军营的北面，占地很广，里面究竟有几座院落、苑内的守备情况这些信息都不清楚。他们这一行不过十个人，又没有后援，老方不敢托大，今晚的任务倒不复杂，就是查一查北苑住进来的贵人到底是谁。

十个人，兵分五路，按照老方原本的安排，云亭的武功最差，和武艺、经验都老练的伏虎营精英组队最为合适。可惜他话刚说出来，就被冉无恙和云亭双双否定了。

冉无恙肯定要跟她的云亭哥哥一组，她有小神相助，今晚夜探军营就算没有收获，也一定能带着云亭哥哥平安离开，把人交给谁都不放心，必须自己守着才行！

在两个人的坚持下，老方没办法，只能将他们分在一组，安全起见，还特别照顾他们，让他们侦察北苑最外围的几处房屋。这种地方基本都是下人的居所，不会有什么危险，就算老方他们失手，出了什么事，两个人逃也能逃得比别人快。

冉无恙和云亭对这个分工没什么异议。亥时一过，十个人换好夜行衣，朝着城北军营摸了过去。

众人在去之前就研究过地图，到了城北，他们互相打了个手势，就两个人一组分开行动了。

冉无恙手里的魅力值非常充足，显示实时地图的光屏一直悬挂在右上角。她迅速地扫了一眼，带着云亭避开代表敌军的红点一路往北苑跑去，虽然绕了不少远路，但胜在安全。

两个人躲在一处阴影之下，等一队巡逻的侍卫走过之后，冉无恙才探出头，指了指背后的围墙，说道："从这里进去就是北苑了，云亭哥，你一会儿一定要跟紧我。"

云亭点了点头，闷声回道："好。"

夜色加上面巾的遮掩，让冉无恙难以发现，云亭看她的目光里满是惊骇。

塔木城作为凉国边关最重要的城池，其城北军营的分布图，甚至是北苑的建造图，云亭在儿时就见过。时隔多年，他虽然不敢说对城北军营里的一切了若指掌，却也绝对比老方他们了解得多。

他以为，今晚会是他带着小恙躲避守卫夜探军营，事实却完全相反。

从踏入城北军营的那一刻开始，小恙就一把抓住他的手腕，显露出一副胸有成竹的样子，拉着他左躲右闪地往前跑。她对周围的建筑极其熟悉，有好几次他都以为他们要走进死胡同了，没想到一个拐弯就又豁然开朗了。

更古怪的是，他们基本上没有遇上几个巡逻的守卫，这明显很不正常。这和上次在瑜国军营救人时的情况非常相像，小恙在军中来去自如，运筹帷幄，仿佛一切都在她的掌控之中。

但是这怎么可能呢？小恙从来没有到过塔木城，更别说城北军营了，她不可能对这里如此了解，就算她手里有精细的地图也不可能在夜色之中做出如此精准的判断。

云亭心中隐隐有了猜测，小恙的这些奇异之处，肯定是她那位"师父"带给她的。

那人到底是何许人也？越是见识他的手段，越是让人胆战心惊！

冉无恙奇怪地看着站在原地一动不动的人，轻轻推了推他的肩膀，低声说道："走啊，我们翻墙进去。"

云亭回过神来，压下胸中翻涌的情绪，微微颔首。

北苑的围墙并不高，还不到一丈，冉无恙拉了云亭一把，两个人很快就翻过了围墙。脚才刚刚落地，他们就听到远处传来一声脆响。

哐当。

瓷器破碎的声音在寂静的夜晚格外响亮，一道女声咆哮道："我不要你管，你给我滚！"

冉无恙脚步一顿，心下疑惑，敢这么大声吼叫的，肯定不是奴婢，那会是什么人？

凉国军营里也有女人吗？

这个猜测让冉无恙的好奇心被吊了起来。她指了指声音传来的方向，一脸兴奋地低声说道："我们过去看看吧。"

夜色下冉无恙只能看到云亭皱着眉头，眼眸微眯，盯着远处一言不发，冉无恙以为他担心安全问题不肯让她去，于是飞快地看了一眼右上角的地图，发现除了不远处有两个红点外，周围一个守卫也没有。

冉无恙凑近云亭，讨好地说道："没事的，周围都没有人，哥，走吧走吧，去看看嘛。"

云亭不知道在想些什么，仍是没有回应她。冉无恙瘪了瘪嘴，反正也没有危险，不用担心云亭哥的安全，她干脆自己行动，脚步轻快地朝着前方的小庭院走去。

云亭想要叫住冉无恙，但内心有一个声音一直在说：去吧，八年了，远远地看一眼就好，就看一眼……

只是迟疑了一瞬，冉无恙的身影已经消失在了庭院的拐角处，云亭来不及多想，快步追了上去。

这方小院不大，位置也挺偏，但是布置得倒很精致，一点儿也不像是军营，比起一般富贵人家的闺阁后院也是一点儿不差的。

冉无恙沿着墙根悄悄摸了过去。折腾出这么一处院落，还有女人，莫不是那位木晏大将军在军营里金屋藏娇吧？

啧啧啧，也不知道是什么样的美人，能让凉国的大将军做出这种事情来。心里八卦的小火苗越烧越旺，冉无恙连脚步都快了几分。

前方已经能看到烛光了，冉无恙不敢走得太近，她背贴着院墙，身体躲在阴影里，脑袋往前伸了伸，看到十丈外，一扇朱红雕花木门大开着，满地的瓷片、茶渣，当季难寻的果子也滚了一地。

一道窈窕的身影就站在离大门不远的地方，即使只看到一个模糊的影子，冉无恙也能感觉到对方肯定是位大美人。

冉无恙眼睛更亮了，猫着腰挪了个地方，躲在一棵大树后面，在这里终于能把美人的身影看得清清楚楚了。

女子穿着一袭烟紫色的广袖留仙裙，夜色中，这样的颜色穿在身上竟没让她显得暗淡，反而衬得她皮肤莹白剔透。柳叶细眉微微上挑，让她看起来神采飞扬，一双杏眼微眯，更是带出了几分锐气，高挺的鼻梁使她的五官更加明艳，浓密油亮的黑发长及小腿，风姿绰约。

她整个人就像一幅绝美的仕女图，哦不，应该叫仙女图才对。

冉无恙从没见过这么美的女子，见过她之后，冉无恙才知道，冰肌玉骨、倾国倾城这样的词还真不是妄言，真的有人能长成这样！

别说木晏了，连她一个女子都有点儿心动啊，眼睛都舍不得从大美人身上移开。

"闹够了没有？"

冉无恙沉迷美色，一道沉闷的男声忽然响起，吓了她一跳，她连忙循声望去，这才发现大美人身后，居然还站着一个男子。他身材魁梧，比纤细高挑的大美人还要高出一个头，他穿着一身黑衣，戴着一个青面獠牙的狰狞面具。

冉无恙还在疑惑这人的身份，就听到大美人冷笑一声，满是讥讽地说道："怎么？太子殿下要对我动手吗？"

太……太子？

冉无恙一双凤眸倏地瞪圆了，这人是凉国太子？

北苑里的贵人，是凉国太子？不是吧？冉无恙被眼前的一幕整得有点儿蒙，不久前瑜国的太子才刚来临山关，现在凉国的太子竟也在塔木城？

如今边疆打仗，都需要派出太子级别的人物前来助阵了吗？是形势已经如此严峻了还是皇室都流行身先士卒，亲临战场了？

冉无恙忍不住多看了那位太子殿下两眼。这也太独树一帜了吧，大晚上的，在府邸里还戴着个面具，这是什么奇特爱好？太子果然不是一般人能懂的，相较之下，还是他们瑜国的太子正常一点儿。

冉无恙躲在大树后面腹诽，眼睛却死死地盯着屋内，生怕漏看了什么重要的细节。

只见那位大美人忽然转身，不知道去干什么，很快又走了回来，猛地甩出一堆东西，对着黑衣太子喝道："有本事你把我绑上，押回去啊？"

冉无恙定睛一看，地上散落的是一卷比拇指还粗的麻绳，它们摔在地上的声音那么响亮，一看就分量十足。

冉无恙在心底吹了声长哨，都说凉国人彪悍，看来传闻是真的，大美人看着柔柔弱弱的，脾气倒不小，还在房间里随时准备一捆麻绳，举手投足间潇洒又粗暴，真是厉害了。冉无恙对她莫名生出了一丝敬意。

黑衣太子戴着面具，冉无恙看不见他的表情，但从他双拳紧握，浑身的肌肉仿佛都绷紧了的样子来看，这位估计也是气得不轻。

隔得这么远，冉无恙都能感觉到那股压抑的怒火。她有些担心大美人，可惜人家却是丝毫不怕，甚至还朝黑衣太子走近了两步，两个人几乎面对面站着。

大美人嗤笑一声，十足挑衅地说道："哦，差点儿忘了，我是领了皇后懿旨前来相助木将军的，太子殿下如此听皇后的话，怎么会违抗懿旨呢？"

冉无恙以为黑衣太子会发怒，没想到他紧绷的身体反而松懈了下来，从面具后传出的声音透着冉无恙听不懂的疲惫和深沉。

"这件事我会和母后解释，你明天就跟我回去吧。"

大美人盯着他的面具看了很久，忽然转身背对着他，冷硬地回道："我不会走的，你想强行带我走，就把我的尸体带回去吧。"

黑衣太子胸口上下起伏，明显情绪波动很大，但他还是很克制地压低了声音，说道："因为你的任性，舅舅到现在都生死未卜，你还想怎么样？"

大美人像是被刺激到了，回过头瞪着黑衣太子。一张美人脸都气到扭曲了，她甚至一把抓住黑衣太子的衣襟，低吼道："你也知道舅舅被俘，身陷敌营，生死未卜啊？这时候让我走，是让我不顾舅舅的死活吗？也是，你这样的人，怎么会知道什么是血脉亲情！"

等等，舅舅？

冉无恙之前一直是以局外人的身份在看热闹，听到这里，却觉得越来越不对劲了！

"身陷敌营""生死未卜""舅舅"几个词语串联在一起，让冉无恙想起了那个被审讯了十来天，浑身是血依旧勇猛危险的男人，云亭哥的舅舅——狄勒图。

这个女子，不会那么巧就是云亭哥的亲妹妹，叫什么"小灵"的人吧！

冉无恙的眉头死死地拧在了一起，她盯着女子，将她从头到脚打量了一遍，试图从女子身上找出一两处瑕疵，最后却以失败告终。

长得……确实还可以，不过也就那样，没有云亭哥好看！哼！

在心里毫无理由、毫无根据、无理取闹地把之前被自己誉为大美人的女子嫌弃了一遍之后，冉无恙总算能够正常地思考，这时她发现了一些说不通的地方。

这女子叫狄勒图舅舅就算了，怎么太子也叫他舅舅，难道他们的母亲是皇后？狄勒图不是说云亭哥的母亲五年前就死了吗？那么这个"小灵"又是怎么领了皇后懿旨前来相助木将军的呢？

总不会是狄勒图有两个妹妹，一个是云亭哥和小灵的母亲，一个是黑衣太子的母亲吧？

这样算起来，黑衣太子其实是云亭哥的表弟或者表哥？

冉无恙通过这几句简短的对话，在脑子里疯狂地猜测着这两个人的身份以及他们和云亭哥的关系，可惜信息太少，一切都只能是猜测。

冉无恙忍不住想去看看云亭哥的反应，如果这个女子真的是他的亲妹妹，他肯定很想念她、在乎她吧。

强忍着心里冒出来的酸水，冉无恙回头看去，发现自己身后居然没人！

云亭哥呢？冉无恙心头一跳，冷汗都冒出来了，她连忙看向右上角的地图，发现代表友军的绿色小点就在离她不远的地方。

冉无恙镇定下来，按照地图的提示，看向她的左前方。

那里是几块嶙峋巨石和灌木矮丛造就的一处景致，夜色下只能看到一簇簇的黑影，若不是冉无恙眯起眼睛努力地寻找，还发现不了两块巨石中间那道清瘦的身影。

不得不说，云亭哥比她会找地方，若不是有地图的提示，冉无恙根本找不到人，如今她也只能勉强看到人影，表情、眼神什么的，根本看不到，她也就没办法通过这些猜测云亭哥的心思了。

冉无恙转而看向屋内，一扫之前漫不经心看热闹的态度，两只耳朵高高地竖了起来，全神贯注地盯着两个人。

"我不懂血脉亲情,你还能好好地活到今天,对着我大呼小叫?"面具下传出的声音闷闷的,但仍能听出男子的气息已经不太顺了,仿佛已处在暴怒的边缘。

女子冷眼看着他,忽然笑了起来,可惜脸上没有一丝笑意,说出来的话依旧冷厉。

"是啊,我能活到今天,还真得多谢你了,太子殿下!你怎么还不滚回去好好侍奉你的皇后娘娘,来这里管我做什么?"

黑衣太子叹了口气,回道:"你气我、恨我都可以,母妃去世之后,若非皇后照拂,你我能不能平安长大都未可知,你怎可对皇后不敬!"

女子说话可谓毫不留情,黑衣太子竟然能一再容忍,这人的脾气看起来也不像是这么好的,冉无恙忍不住好奇黑衣太子到底能容忍到什么程度。

女子果然没有让冉无恙失望。不知道黑衣太子刚刚说的话怎么刺激她了,她眼中的恨意几乎化为实体,吼道:"她对你当然好,都把你扶上太子之位了,你要对她摇尾乞怜是你的事。我永远都不会感谢她,当年若不是她的亲哥哥魏衡胡言乱语,三哥又怎么会死?"

三哥?冉无恙的心再次提了起来,这个"三哥"说的不会是……

"放肆!不可妄议国师!"

之前不管女子怎么骂都努力克制脾气的太子忽然大喝一声,惊得冉无恙都屏住了呼吸。

瑜国是没有国师的,冉无恙一个边陲小民也不知道国师是多大的官。但黑衣太子吼过一句之后,那女子不知道想到了什么,她脸色突然变得惨白,眼中透着惊恐和茫然,嘴上倒是真的没有再多说一个字。

冉无恙疑惑了,凉国的国师这么厉害吗?感觉比皇后还厉害!

屋内一下子陷入了死寂之中,两个人谁也没有说话,女子垂着头,整个人还在微微发抖,不知道是害怕还是愤怒。

良久,还是黑衣太子先说了话,他的声音沉闷,语气却平缓了很多,甚至可以算得上温柔。

"好了,别闹了,回去吧。"

女子缓缓抬起头,那张让冉无恙无比惊艳的美丽脸庞上布满了泪水,眼泪还在无声地流淌着,女子怔怔地看着黑衣太子脸上戴着的狰狞面具。

她伸出手,轻轻抚摸着面具,手上的动作有多温柔,说出来的话就有多冷漠。

"你真可笑,你看看自己现在这副鬼样子,以为戴着个面具,遮住这张脸,看不到它,你就能安心了是吗?你还记得自己长什么样吗?"

黑衣太子身体一晃,踉跄着退了两步。女子不依不饶,步步进逼,她看着太子的眼神,冉无恙形容不出来,那不是单纯的恨和怒,那双眼睛诉说着太过复杂的情绪,看得人心里发沉。

女子伸出手，紧紧地抓着太子的衣襟，不许他再退，她用力一拽，将高大的男子拉弯了腰。她额头抵着冰凉的面具，两个人几乎隔着面具脸贴着脸。女子压低声音，一字一顿地说道："现在的你，没有资格教训我。万俟翱，你这个胆小鬼、浑蛋！"

话音刚落，女子猛地抬起手，一巴掌毫不留情地扇了出去，黑衣太子脸上的面具直接被打落在地。

冉无恙惊得倒吸了一口凉气，双目圆睁，心中掀起了惊涛骇浪。

怎么……怎么会这样？

面具下的那张脸……竟然……竟然和云亭一模一样！

冉无恙惊恐地扭头看向巨石后的人影，还好，云亭哥还在那里！

这个戴面具的男人虽然长得和云亭哥一样，但他肯定不是云亭哥，天下间怎会有人长得这般相似？

双生子！冉无恙的脑海中飞快地闪过一个念头，凉国太子和云亭哥应该是一对双生子，所以云亭哥真正的身份，其实是凉国的皇子吗？

一时间冉无恙脑子乱得很，还没等她细细分析揣摩，就听到一道冷沉中夹带着杀气的男声低呵道："谁？"

显然刚才冉无恙心神不宁时发出的细微响声还是惊动了屋内的男子，只见他面无表情地捡起地上的面具重新戴在脸上，高大的身影朝着冉无恙的藏身之处冲了过去。

黑影的速度很快，在夜色下仿佛一头猛兽扑杀而来。在系统的训练之下，冉无恙的身体早就有了对危险的应对本能，她脑子里还在想着乱七八糟的事情，身体已经下意识地后退了两步，躲过迎面而来的铁拳。

身后是院墙，冉无恙没办法再退，好在面前有一棵树挡了一下，这一拳才没有砸她脸上，但那凌厉的拳风已经足够她回过神来。

一拳没打中，紧跟着第二拳就打了过来。这里的空间太过狭小，冉无恙几乎被逼在了死角里，若不想办法突围，她就只能一直被动挨打。

冉无恙咬了咬牙，不再一味躲闪。她右手紧握成拳，看准了时机，抬起拳头就直接对上了万俟翱再次砸过来的铁拳。

冉无恙的拳头只有对方的一半那么大，万俟翱根本没把她放在眼里，然而两拳相击的时候，巨大的冲击力震得万俟翱拳头发麻，甚至被逼退了两步。

冉无恙的情况更为惨烈一些，她也没想到万俟翱的力气那么大，她的右手掌以及整条右臂瞬间僵硬了，紧接着剧痛的感觉铺天盖地袭来，疼得她脸色煞白，龇牙咧嘴。

好在这些天在练武场上练习的时候，她经受过无数次骨裂、骨折的折磨，目前的疼痛程度她还可以接受，她猜测自己这只右手怕是废了。

果然，系统清冷的声音随即响起："检测到宿主右手腕骨骨裂，掌骨骨折。宿主目前的力量与此人相距甚远，建议使用武器搏斗。是否治疗伤势，是否兑换力量？"

"治疗并且兑换最强体力。"冉无恙一点儿也没矫情地立刻让系统给她治疗手上的伤，在练武场里坚持不治疗修复，是为了磨炼自我，在这种真正面对强敌的时候，还不懂得利用自身优势，那就是找死！

人家才退两步，她的右手都废了！两个人之间的差距她还是看得很清楚的，她身边还有一个云亭哥，她如果输了，别说保护云亭哥了，甚至会拖累他。今天这一战只能胜不能败。

随着扣除魅力值的提示音响起，右手及手臂上的疼痛感迅速消退，她微微活动了一下手指和手腕，很好，非常灵活。

冉无恙又握了握拳头，心中一喜，她感到自己力量充盈，仿佛有使不完的劲，如果现在再和万俟翱对一拳，就不知道骨裂的是谁了。

虽然有了力气，冉无恙却不打算蛮干，她抽出绑在腰间的匕首，趁着万俟翱被逼退的空当，反手一划，若非万俟翱反应快，咽喉上就得多道口子。

万俟翱避过刀刃，心下一惊。刚才两个人实打实地对了一招，从拳头上反馈的力道来看，小贼力气虽然不小，却不是他的对手，按理说小贼的右手绝对伤得不轻，但是她现在居然还能握得住匕首，难道刚才那一拳她留力了？

万俟翱原本就凌厉的招式变得更加狠辣，冉无恙提起十二分的精神，把手上的匕首使得精妙绝伦、虎虎生风，才勉强挡住了他的攻势。

从冉无恙暴露的那一刻开始，云亭的心就高高地提了起来，但他一直都没有动，无恙可能不知道，但他很清楚，这个院子里的危险人物不仅仅是阿翱，还有小灵。

万俟灵站在门前冷眼看着院内战得不可开交的两个人，她脸上的泪痕未干，整个人却已经从之前的癫狂和嘶吼中冷静了下来，一双眼睛静静地盯着冉无恙。她像一匹蛰伏的狼，眼中闪着凶残的暗光。

云亭不自觉地皱起眉头，几年不见，小灵和记忆中的样子差距太大了。记忆中的小姑娘聪明又傲气，像一团烈火，明媚灼热，让人看到她就忍不住想追逐，想将她捧在掌心里宠着，可是现在，她的骨子里仿佛浸入了阴冷的毒汁，不知道什么时候，就会将心里的烈火彻底浇灭。

云亭心疼得无以复加，这是他从小宠到大的姑娘啊，她学会的第一个字是他教的，她会叫的第一个人不是父皇，也不是母妃，是哥哥……

屋内的烛火氤氲摇晃，映衬得站在门前的女子身形越发单薄清瘦，仿佛一阵风就能将人吹走。但她的眼神桀骜锋利，如一匹孤狼，看得云亭眼眶酸涩，脚不由自主地往前迈了一步。很快他又冷静下来，无论如何，现在不是相认的好时机。

云亭一直盯着万俟灵，只见她忽然眯了眯眼睛，转身就跑回了屋内，云亭心下不安，回头看向院内打得难舍难分的两个人。阿翱招式凌厉，力大无穷，但是无恙身手灵活，手里又拿着武器，两个人一时间倒是难分高下。

万俟翱一开始并没有把这个孤身闯入军营的干瘦小贼放在眼里，但打着打着，他发现这个小子有点儿邪门，一般人都是越打越疲累，力气只会越发小，这人竟是越打力气越大，十分反常。

万俟翱认真了起来，拳法越发精妙，力道更加刚猛，冉无恙明显感觉到自己应对起来艰难了许多。这人力气大，配合上适合的拳法，简直如虎添翼，即使手中没有武器，也能一力降十会。

系统忽然说道："记他的招式。"

"嗯。"冉无恙应了一声。这一两个月以来，除了武力训练之外，小神也教了她不少兵法和战术，以彼之道还施彼身便是其中之一。

一边搏命一边还要记招式，这对别人来说可能很难，但对冉无恙而言是轻而易举的事。万俟翱的拳法并不繁复，冉无恙用心记，不到半炷香的时间，就将他使用过的拳法记下了七八成，同时还不忘在脑中融会贯通。

当万俟翱再次使出一招弓步冲拳的时候，冉无恙立刻用他使过的侧踢扫腿踢了过去。

万俟翱眼前一亮，这小贼居然用了他的招式来对付他！

"叮，收到来自万俟翱的50点魅力值。"

冉无恙愣了一下，这人一边和她打架还一边给她送魅力值，懂得欣赏对手，也算是个心胸开阔之人了。

冉无恙渐渐摸清了万俟翱的拳法套路，应对起来轻松了许多，甚至有一种棋逢对手的感觉。

万俟翱也打得热血沸腾。他一开始觉得这小贼弱，如今不过是过去了短短的一刻钟时间，小贼竟像是脱胎换骨一般，似乎每时每刻、每分每秒都在变强，还能一边打一边偷师，这种人万俟翱真是第一次见！

两个人越打越快，几乎都快成两道残影了。无恙渐入佳境，不落下风，云亭脸上却丝毫不见喜色，他们打了这么久，动静不小，若不能及时抽身，怕是走不掉了。

云亭本想自己先退到院外，再提醒无恙撤退，然而他刚从两块巨石间走出来，就看到万俟灵从屋里出来了，她的手里拿着一支精巧的小型弓弩，锋利尖锐的弩箭正对着冉无恙。

云亭心脏倏地一紧，瞳孔微缩，那泛着冷光的箭头看得他头皮发麻。小恙的注意力全在阿翱身上，根本没有心力再去防备其他偷袭，这一箭要是射中了，非死即伤。

云亭叹了口气，抬起右手，用绑在右手腕上的袖箭对准了万俟灵……手里的弓弩。

这套袖箭是云亭出发前让小石头定做的，杀伤力比弓弩小，配备的短箭也少，主要是为了应对突发状况和偷袭敌人。

云亭心中酸涩难当，他从没想到，自己有一天会朝着小灵举起手中的武器，但今日他不得不这么做，他不能眼睁睁地看着小恙在他眼皮子底下受伤。

手中的小型弓弩是经过改良的，也是万俟灵最常用的武器，她微微侧头，一双美目冷冷地注视着院子里缠斗的两个人。她现在的做法非常危险，一个不小心，没射中敌人，反倒有可能会射中万俟翱，一般人遇到这种情况，根本不敢轻举妄动。

万俟灵眼中没有半点儿焦躁和惊慌，她放缓呼吸，手稳稳地托着弓弩，静静地等待时机。

趁着两个人错身之际，万俟灵眸光微闪，手指正准备扣动机括，一道风声呼啸而来。她来不及做出反应，手腕忽然一痛，好像被什么东西狠狠地撞了一下，手中的弓弩啪的一声掉在了地上。

院内竟然还有人伏击？万俟灵心下一惊，连忙后退躲入屋内，警惕地看向短箭射来的方向，果然在巨石后看到一道颀长的黑影。

这个距离实在太近了，她刚才居然一点儿都没有察觉，万俟灵后怕不已，同时心中又生出一丝疑惑。

她扫了一眼掉在地上的弓弩，弓弩的侧面正插着一根短箭，有这样的精准度，想要杀她易如反掌，就算不杀她，射穿她的手腕也是轻而易举的事情，这个人为什么只是射掉她手里的弓弩？

黑暗中，那人似乎抬头看了她一眼，他脸上蒙着面巾，万俟灵看不清他的样貌，隐约间只看到一双深沉的纯黑色眼睛。

怦怦，莫名其妙，毫无预兆，她心脏猛地跳了两下，脑海中不断闪现着那双黑色的眼睛。万俟灵捂住胸口，怔怔地盯着黑影。他已经从巨石后跑了出来，没有去帮助院内的黑衣人，反倒朝院外跑去。

"快走，不要恋战。"云亭再次举起右手，朝着万俟翱射了两箭。

万俟翱可不是万俟灵，这种威力不大的袖箭，是根本不可能伤到他的，他急退两步一个侧身就躲了过去。

听到耳边传来云亭低沉的嗓音，冉无恙才从酣畅淋漓的比斗中回过神来，她立刻看了一眼右上角的地图，无数红点已经往这边围了过来。如果在军营里被这些人围住，他们的麻烦就大了，蚁多咬死象，她再能干也打不过源源不断的士兵。

趁着云亭射出的短箭将万俟翱逼退了两步，冉无恙毫不迟疑地转身就跑，从万俟翱的手底下溜了出去。

冉无恙飞快地冲到云亭身边，抓起他的手，就往暗处奔去。云亭也配合地跟着她跑，两个人很快消失在万俟翱眼前。

万俟翱想追上去，又想到万俟灵还在院子里，正要嘱咐她好好待在屋内不要乱跑，却看到她傻愣愣地站着，一只手扶着另一只手的手腕，弓弩还掉在地上。

万俟翱脸色一沉，跑到万俟灵身边，一边抓起她的手腕查看，一边急忙问道："你怎么了？伤哪儿了？"

万俟灵有些恍惚，木木地摇了摇头。

万俟翱仔仔细细来来回回地看了好一会儿，确认她手腕上没有伤口，身上别的地方也没有血渍，难道是……吓到了？万俟翱疑惑了，不可能吧，他妹妹可不是这么容易就被吓到的人。

他又追问了两句，若是平时，万俟灵早就不耐烦地走了，但今天，她竟乖乖地站在原地，虽然没有回答他，却也没有恶声恶气地朝他吼。

算了，万俟灵不肯说，他也问不出来。那两个贼人潜伏在院中多时，肯定听到了不该听的东西，绝对不能让他们离开塔木城。

"留在屋里不要乱跑。"留下一句话之后，万俟翱急匆匆地朝着两个人离去的方向追了过去。

一阵夜风吹来，万俟灵浑身一抖，望着空荡荡的院落，脑海里仍然不受控制地闪过那双深沉的黑眸。

在哪里见过？她肯定在哪里见过那双眼睛！越是努力去想，她就越是抓不住。万俟灵迟疑了一会儿，最后还是提起裙摆，飞快地追了出去。

呜——呜——闷闷的号角声响彻夜空，整个军营瞬间骚动了起来。

不是吧，要不要这么夸张，不就是溜进来两个探子而已吗？用得着大半夜地吹军号吗！

冉无恙一边在心里咒骂万俟翱小题大做，一边盯着地图焦急地找出路。

红点实在太多了，军号响起之后，原本集中在营房里的红点都跑出来了，好在敌人一时间也找不过来，只要两个人不朝红点密集的地方跑，就应该不会被围攻。

冉无恙刚松了一口气，却发现一串红点，有七八十个人，正朝着他们的方向追过来，都是从北苑过来的，应该是万俟翱带人追来了。

真是阴魂不散！

"这边。"

冉无恙正在发愁应该往哪边跑才能既躲过后面的追兵，又不会撞上敌军，手腕上忽然一紧，云亭哥拉着她往西面跑去。

西面？冉无恙认真地看了看地图，西面确实也有一个门，那里离他们最近，红点也很少。就是从西面出去之后是一片小荒坡，五里之内没有人家，这样空旷的环境不利于他们隐藏，靠两条腿肯定是跑不过敌人的战马的。

冉无恙忽然想起了自家银白漂亮的爱驹，连忙问道："小神，隔得这么远，能召唤忘忧吗？"

"可以。"

这么远都可以？不愧是绑定的坐骑，冉无恙高兴了，说道："快让它到军营西面侧门来接我们。"

追兵紧追不舍，这种时候系统也不和她贫嘴了，回道："好。"

西门离北苑不算太远，两个人目标明确，一路狂奔，很快就看到了围墙。

越跑越近，眼前的景物也越来越清晰，冉无恙瞪大了眼睛，有点儿想哭。

西门的守卫确实少，也比其他门松散，但这围墙和城门也未免太高了吧！

她好想问一问系统，轻功这种东西，能不能速成？

冉无恙还在天马行空地想着一夜之间……不对，是一瞬间获得身轻如燕、飞檐走壁的绝世轻功的可能性，背后就被人用力地拍了一下，她听到熟悉的嗓音带着几分无奈和急切说道："发什么呆，上树，翻墙出去。"

"啊？哦！"冉无恙顺着云亭手指的方向看去，果然看到两棵十来丈高的大树挨着城墙生长，粗壮的树枝都长到墙外去了，借着大树翻出墙外绝对是一条安全轻便的路径。

冉无恙以前就会爬树，现在更是不在话下，爬树的时候，她还能顺手拉云亭一把，两个人只用了几秒的时间，就已经翻出了墙外。

他们闹出的动静不小，引起了西门守卫的注意，十几二十个人举着火把追了上来。

"哥你先走。"冉无恙抽出匕首，迎上了蜂拥而来的守卫。

云亭留下一句"小心"便毫不犹豫地往前跑。爬树、翻墙已经耗费了他全部的体力，他留下只会拖小恙的后腿。

对付十多个守城门的小兵，对冉无恙来说并非难事，很快她便占了上风，再给她半盏茶的时间，就能将他们全部解决。但这时，一直紧闭着的西门忽然打开了，一支穿着银白色铁甲的队伍冲了出来。

他们手握利器，身披铠甲，行动迅速且整齐划一，冉无恙立刻感受到这些人与正围着她的守门小兵不同，隔着老远，那股精锐凶悍的气息就张牙舞爪地扑面而来。

冉无恙只觉得这支军队非同一般，云亭却一眼就认出了他们的身份——银甲军。

云亭看着跑在最前面、戴着面具的威武健硕的身影，不知道是该生气还是该叹气。多年不见，一见面就喊打喊杀的，他们俩的八字可能真的犯冲。

云亭之所以带着无恙走西门，就是知道从西门出去，三里之外有一大片荒林，它们靠着奇门术数的遮掩躲过追捕并不困难，但现在遇上了银甲军，只怕他和无恙还未跑进荒林，就已经被团团围住了。

周围都是荒地，一望无垠，躲都没地方躲，云亭正为接下来如何逃生头痛的时候，远处传来一串急促的马蹄声。

云亭抬眼看去，只见一个银白色的光点在远处跳动，几秒之后，光点变成了光影，速度极快地朝着他们的方向狂奔而来。

云亭黑眸轻眯，那是……忘忧！它怎么会在这里？

这也怪不得云亭惊讶，他们今夜的目的是夜探军营，为了不引人注意，出来的时候根本没有骑马。马匹全在客栈的马棚里，客栈离西门十多里，别说马了，就算是狗都未必找得过来，这匹马简直就像是从天而降的奇迹一般。

冉无恙也看到了那道银白色的身影，她可没有云亭那么多的疑惑和感慨，只觉得他们有救了。

忘忧不愧是与冉无恙心有灵犀的绑定坐骑，一个人一马配合默契，矫健的马儿以奔雷之势冲入人群之中，来势汹汹，惊得众人四下躲避，生怕被它撞翻在地死于足下。然而它看似莽撞，奔到冉无恙面前的时候竟完美从容地停了下来。

眨眼间冉无恙已经翻上了马背，守门的小兵甚至没反应过来，人就跑了。

冉无恙策马奔向云亭，眸光清亮锐利，神采奕奕。她如一把长刀破开黑暗踏风而来，飒爽英姿看得云亭都有些愣神。

"把手给我。"一声清喝响起，云亭下意识地伸出手之后又觉得不对，他虽然清瘦，但也是个身高八尺多的大男人，万一把无恙拉下马怎么办？

还没等他收回手，手腕上忽然一痛，一股巨大的力道将他提到了马背上，云亭虽然惊讶，却也没有乱了阵脚，顺势夹紧马腹，坐稳在马背上。

他看着自己那紧紧环住冉无恙纤腰的手，脑海里又闪过他如小鸡一样被拎上马背的情形，心情无比复杂。

云亭郁闷心塞，万俟翱的心情也好不到哪里去，他带着银甲军冲出西门，正好看到冉无恙骑着一匹银光闪闪的战马，单手将另一个黑衣人拉上马，英姿勃发地准备冲出包围圈。

原本还想抓活的回去好好审一审，如今看来倒是不可能了，这两个人像泥鳅一般滑不溜手，今夜让他们跑了，就别想抓住了。

万俟翱冷哼一声，扬声说道："弓箭手。"

"是。"跑在最前面的银甲军听令立刻停下脚步，举弓引箭，随着万俟翱举起的手落下，一支支利箭朝着黑衣人逃跑的方向射了出去。

万俟灵也追了上来，站在万俟翱身后，紧张地看着那匹银白色的战马在箭雨中穿梭。她既想将黑衣人抓住，又不想他受伤，矛盾的心理连她自己都无法解释。

咻，一支箭擦身而过，云亭原本准备松开的手倏地收紧，将冉无恙整个人抱在怀里，不让她有一丝一毫被箭刺伤的机会。

后背紧贴着的怀抱并不宽厚，却让冉无恙红了眼眶。她怎么这么笨，怎么能让云亭哥坐在后面呢？她自己有魅力值可以修复身体的损伤，就算中箭也不会死，可云亭哥不行啊！

云亭仿佛知道冉无恙想干什么似的，用两只胳膊死死地抱着她，将她禁锢在怀中，不许她挣扎。

"别乱动，现在掉下马咱们俩都会被射成刺猬，你什么都别想，只要控制好忘忧往前跑就行。"

冉无恙也知道云亭说的是对的，她深吸一口气，不敢再乱动，不断地催促着忘忧跑快点儿，再快点儿。

忘忧的速度已经很快了，快到有些不可思议。云亭紧皱的眉头却完全无法松开，马跑得再快，终究快不过箭，更别说银甲军手里还有强弩，射程比弓箭更远，他们躲得过第一波，却不见得能躲得过第二波。

云亭回头看去，果然看到后面追上来的银甲军已经开始换上弩了。

在威严整齐的银甲军中，一道烟紫色的窈窕身影格外显眼。

小灵……

云亭低头看了一眼怀里拼命催促着马匹奔跑的小姑娘，轻叹了一声，罢了，暴露就暴露吧。

万俟灵追出来本来就是为了弄清黑衣人的身分，目光一直没从那人身上移开过，只见他转过身，朝着自己所在的方向稍稍抬起右臂，握成拳头的手忽然竖起食指和中指两根手指，然后……轻轻地弯了弯。

那……那是……

那只手所做的手势仿佛慢动作一般呈现在眼前，万俟灵眼睛倏地睁大，瞪着夜色下显得过分白皙的手，脑子就像被一道雷劈中似的，她紧张得连呼吸都停滞了。这时一支利箭射中了黑衣男子的肩膀，他的手抖了一下，垂了下来。

"不！"万俟灵脸色惨白，大吼一声，疯了一般朝着身边的银甲军冲了过来，死死地抓住一名将士的弓箭，叫道，"住手！不许放箭！"

小将吓了一跳，不敢乱动，他身边的几个人也惊得忘了动作。

万俟翱听到尖锐的叫声，回头看去，就看到在外人面前一向高贵端庄的万俟灵，不顾仪态，疯狂地大吼大叫，喊着不许放箭。

小灵怎么在这儿？万俟翱担心她被乱箭伤着，快步跑了过去。

听到脚步声，万俟灵回头看去，眼前一亮，她没有一丝迟疑，抓住一支断箭，将箭头抵在咽喉处，朝着万俟翱大叫道："叫他们全部把弓放下，也不准追！"

万俟灵这突如其来的举动，不仅吓到了万俟翱，也震慑了银甲军的将士们，他们虽然还是举着弓箭，却也没人敢放箭了。

别人可能不知道万俟灵的身份，银甲军作为太子殿下的近卫，他们很清楚，七公主是太子的亲妹妹、心头肉，哪怕公主殿下从没给过太子一个好脸色，太子对她仍视若珍宝。若是七公主出了什么事，太子的怒火他们可吃不消。

第十六章　万俟行

万俟翱的脸色比面具还要黑，他心都揪了起来，完全不知道这个丫头又在发什么疯。他这次是真的怒了，冷声喝道："万俟灵，你发什么疯？"

万俟灵什么也不说，扬起脖子，手上用力，毫不犹豫地将锋利的箭头刺入柔软的皮肤。一抹艳丽的血色沿着纤细的脖子一路流下来，染红了烟紫色的衣襟，异常刺眼。

万俟灵眼中的疯狂与决绝，看得万俟翱胆战心惊。不敢心存侥幸，他连忙抬起手示意周围的银甲军放下弓箭，喝道："全部退下。"

银甲军迅速放下弓箭，整齐划一地后退了三四丈，才停下来。

看到能够伤害那个人的弓箭终于全被放下了，万俟灵那颗狂跳的心才算缓和了一些。她大口大口地喘着气，回头看向黑衣人离去的方向，只见一片茫茫夜色，那人早就不见踪影了。

万俟灵在松了一口气的同时，又从心底生出了无尽的茫然与恐慌，那个人……又不见了！

万俟灵痴痴地盯着远方，手里的断箭也握不住，掉在了地上。

万俟翱立刻冲了过去，将万俟灵脚边的断箭全部踢开，又手忙脚乱地从她的衣袖里掏出手绢紧紧地捂住渗血的脖颈。

"万俟灵你是不是疯了？以后再敢做这种自残的事，看我不抽死你！"

万俟灵任由他呵斥，仿佛全身力气都被抽空了似的，脚一软跪坐在地上，毫无征兆地哭了起来，不是那种无声的哭泣，是哇哇大哭，哭得面红耳赤，哭到喘不上气来。

万俟灵一向要强，从不肯在人前示弱，更别说在这么多银甲军的将士面前号啕大哭了。

万俟翱被她吓住了，哪里还顾得上去质问她为何要做自残的荒唐事？他连碰都不敢碰她一下，手足无措地陪她一起蹲着，一向冷硬的声音都发抖了。

"你……你哭什么？我又没动手，行了行了，别哭了……"

万俟灵根本不理会他，只觉得心口有一团火在烧，耳边嗡嗡作响，脑子里只容得下那道黑色的身影，唯有大声地哭出来，才能宣泄心中的狂喜和恐惧。

她认得那个手势，那是她和三哥之间的小秘密。

三哥的身体一直不太好，一到夏天就要到别院避暑休养。小时候她最喜欢追在三哥屁股后面跑，三哥去哪儿，她就一定要追着去。五岁之前太小了，自己做不了主，五岁之后，别院之行就多了她这个小尾巴。

她还记得，第一次去别院的时候，她就在那里发现了一只小兔子，软软的、白白的，非常可爱。

她可喜欢那只兔子了，简直爱不释手，一刻也不能让小兔子离开她的视线，就连睡觉都要抱着兔子一起睡，还魔怔地要和小白兔一样吃青草和胡萝卜。

三哥笑话她和小白兔才是亲姐妹，小白兔是老大，她是老二，还给她取了个小名，叫兔兔。

一开始她不懂事，还觉得这名字好听，后来长大了一些，会害羞了，就死活不许三哥叫了。

三哥平日里也不会叫她兔兔，只有想逗她玩的时候，才会朝她举起食指和中指两根手指头，轻轻勾两下，就像两只兔子耳朵。

这是只有三哥才会对她做的手势，时隔八年，她竟又一次看到了！

难怪她觉得那双眼睛那么熟悉，那个人……那个人是三哥啊！一定是，一定是他，他没有死！没有死！

万俟翱在这边安慰了半天，万俟灵还是哭得停不下来，也不肯说是为什么哭。万俟翱实在没办法了，只能亲自抱着妹妹回了北苑，临走前给身旁的副将使了个眼色，副将轻轻点儿头，等两个主子离开后，立刻率领将士顺着黑衣人离去的方向追了过去。

万俟灵这么一折腾，拖住了银甲军，没了箭雨的威胁，忘忧的速度更快了，瞬间就跑进了荒林之中。

冉无恙无心去管身后的箭雨怎么停了，追兵怎么没有追上来，她现在心中又慌又急，因为她闻到了血腥味，她没有受伤，那么受伤的只会是云亭哥。

"哥，你怎么样？"冉无恙一边问一边扫了一眼地图，不知道为什么，那些红点都聚集在西门附近，没有追上来。她想停下来看看云亭的伤势，手才拉拽了一下缰绳，就被云亭阻止了。

"别停下，追兵很快会追上来，我只是被一支箭擦伤了胳膊，小伤而已，快走，咱们先回客栈。"

耳边传来的声音非常沉稳，没有失血过多的虚弱感，环在她腰上的手也力道十足，冉无恙提着的心稍稍放下了一些，却也没有完全相信他的话，她在脑海中问道："小神，云亭哥的伤势怎么样？"

系统淡淡地回道："轻伤。"死不了的都是轻伤，没毛病。

冉无恙完全不知道系统对于伤势的评判标准，得到了云亭和系统的双重保证，她总算是信了。

忘忧的毛色十分特别，冉无恙担心会被今天追捕他们的银甲军认出来，也怕骑马回客栈，马蹄声会惊醒客栈里的人。

冉无恙没有将马骑回客栈，在离客栈一里远的地方就停了下来，拍了拍马屁股，让它在人烟稀少的城郊先躲一躲，反正可以通过系统召唤忘忧，她也不怕马会丢。

忘忧撒娇般地用脑袋蹭了蹭冉无恙的脖子，十分乖巧地离开了。

冉无恙不舍地看着忘忧走远了，才跑到云亭身旁，想看一看他的伤势，手还没碰到人，云亭脚下忽然趔趄了一下，竟像是要倒下一般。

冉无恙大惊失色，连忙扶住他，手上冰凉黏腻的触感让她的心猛地一跳，她缓缓抬起手看去，满手血污。

"云……云亭哥！"冉无恙这时才发现，云亭的额头上全是冷汗，她抖着手掀开云亭脸上的黑巾，一张灰白的脸出现在眼前，血色尽失。

冉无恙暴怒了，这就是所谓的小伤？轻伤？

云亭几乎是看着冉无恙长大的，对她的情绪和心思不说了若指掌，起码也能猜中七八分，看她脸色铁青，眼尾发红，就知道这丫头现在肯定又惊又怒，怕是气坏了。

在她爆发之前，云亭索性身体一软，将大部分重量直接压在冉无恙身上，虚弱地说道："回……回客栈。"

忽然压在肩头的重量让冉无恙更加慌神了，就算心里再生气，这时候也根本没办法发作。

她一手用黑巾捂住伤口，一手搂着云亭的腰，快步朝着客栈走去，好在一里并不算远，两个人很快就回到了居住的客栈。

客栈有个后门直通后院，后院被老方包下来了，两个人穿过后门进到院内，发现院内十分安静，一行十人，他们两个人是最先回来的。

冉无恙全副心神都在云亭身上，已经没有精力去关心其他战友了。她将云亭扶回屋内，让他趴在床上，转身冲到柜子旁，把包袱拿了出来。

出来之前冉无恙就从阿陌那里拿了很多药，其中光治疗外伤的就有七八种，她将小药瓶一股脑儿地倒在床上，想要从中找出止血药粉的时候，才发现自己慌乱中竟然忘了点儿灯。

怕烛光太亮引起别人的注意，冉无恙也不敢多点，只点了一根蜡烛，放在床旁边的矮几上。

朦胧的烛光中，云亭修长的身形显得更加消瘦，黑衣被血浸湿了，都贴在背上，床单上也落下了点儿点猩红。

这张床下午的时候冉无恙还在上面滚过，那时候她满脑子都是晚上和云亭睡一张床的情景，现在人就躺在床上，她却再也没了那些心思。

密闭的房间里，血腥味越来越浓郁，不断地刺激着冉无恙的神经，她深吸了好几口气，才勉强压下心底的慌乱。担心撕扯会影响到伤口，冉无恙从抽屉里找出一把剪刀，轻轻地剪开黑衣，一个血窟窿出现在眼前。

冉无恙哆嗦了一下，紧紧地抿着唇，努力保持镇定，将伤口附近的布料全部剪掉，又细细查看了一番。云亭哥背后的伤只有一处，在肩胛骨上方靠近胳膊的位置，伤口并不大，但是很深，好在没有伤及内脏。

大半夜的不可能去找小二要热水，冉无恙只能将茶水倒入铜盆里，用棉布蘸水清理血污，伤口太深，轻轻一碰，血水就往外冒。

冉无恙用力地眨了眨眼睛，强压下涌上来的泪意，拿出针和羊肠线，为云亭缝合伤口。

阿陌手上的医书都是冉无恙从系统那里换取之后默写出来的，虽然有些地方她不是很理解，操作也不熟练，但步骤她还是记得一清二楚的。

若是帮别人缝合，她肯定能胜任，但是换到云亭身上，只是简单地缝几针，似乎就已经耗费了她所有的精力。剪断羊肠线的那一刻，冉无恙擦了擦头上的冷汗，长长地舒了一口气。

看着缝得歪七扭八的伤口，冉无恙的心又揪了起来，感觉比自己受伤还痛。

她心里已经够难受的了，系统偏要在这时候跳出来往伤口上撒盐，语气还十分欠揍。

"现在知道心疼了？出了事才心疼有什么用？"

冉无恙拿出一瓶止血药，轻轻地撒在缝合好的伤口上，对于系统所说的话，她就像完全没听到一般，彻底无视了它。

冉无恙没有反驳，也没和系统顶嘴互骂，系统反倒感到不自在起来。宿主好像真的生气了，它也怕惹急了宿主，难得好声好气地解释道："他只是失血过多，休养几天就好了，完全没有伤到内脏，这不是轻伤是什么？"

系统已经示弱了，冉无恙却仍是没理它，仿佛又回到了初见时，不听不说不理会的状态，双方好不容易建立起来的信任，出现了一条巨大的裂缝。

系统立刻意识到，宿主的情绪很不妙，若是不能让她将胸中的怒气发泄出来，或者找到方法解开这个心结，系统这一个多月以来的努力，将彻底化为乌有。

冉无恙对云亭的重视超过了系统原本的预计，它现在再去解释道歉估计也没多大用处，既然这样，不如以毒攻毒吧。

系统轻哼一声，冰冷的声音说出来的话比之前更加过分了。

"你和我生气有什么用？云亭会受伤都怪你，你有没有好好反省过，自己今日究竟错在哪里？"

冉无恙上药的手轻轻一抖，药粉撒到了伤口外面。她也不嫌浪费，把手里的止血药像不要钱似的往伤口上倒。

她的情绪波动不小，但她就是不和系统说话，仿佛已经打定了主意，不管系统说什么都不再理它了。

系统也有些急，却不敢表现出来，它拿出了更为严厉的态度，冷声责备道："其一，潜伏的时候没有控制好自己的呼吸，一惊一乍，暴露了位置，将自己和战友置于危险之中；其二，暴露之后还与敌人缠斗多时，没有及时撤离，错过了最佳的时机；其三，宿主手里有地图，有敌军动态图，掌握这么多优势，都没有规划好撤离的路线，在撤离的过程中，也做不到临危不乱、未雨绸缪，若是一开始宿主就让云亭坐在前面，他怎么可能会受伤？"

系统一边说，一边注意观察冉无恙的神色，虽然她看起来仍是一副无动于衷的样子，但手里的动作明显慢了一倍，显然她还是将系统说的话听进去了的。

"但是……"系统故意停顿了一下，才继续说道，"宿主最大的错不是刚才说的那些，而是不思进取，心性不坚！"

冉无恙眸光闪了闪，脸色阴沉，闷着头给云亭包扎伤口，仍是不说话。

系统继续道："系统早就提醒过宿主，想要变强，想要开启商城，想要早日脱离系统，就必须升级系统。宿主有多久没有看过宿主面板了？又有多久没有关心过手里到底有多少点魅力值和信仰值？若是宿主之前努力一点儿，开启了商城，云亭身上的伤只需两瓶药剂就能迅速治愈，他哪里还需要吃这种皮肉之苦？"

这次冉无恙终于有反应了，她双眼亮得惊人，急忙问道："你说的是真的？"

系统暗暗松了一口气，愿意和它说话就好，只要宿主还有所求，就有弱点，系统已经找到了拉拢宿主的方法，心里也就有了底。它继续投放诱饵道："当然是真的，别说是这点儿皮外伤，就算他心脏被捅了个窟窿，只要宿主手里有药剂，都能救回来。宿主需要的东西、能想象到的东西，系统商城里都有。"当然，需要用到的魅力值也是宿主想都不敢想的。

系统不能欺骗宿主，但是什么信息该说，什么不该说，就由系统自己决定了，最后一句它就觉得完全没必要说。

冉无恙果然咬下了系统的饵，之前的愤怒和疏离都被她抛到了九霄云外，她急切地问道："我现在有多少魅力值和信仰值？还差多少能升级？"

"自己看。"

系统话音未落，熟悉的透明光屏出现在眼前，似乎怕冉无恙看不清一般，魅力值和信仰值后面跟着的数字被系统放大了数倍，还用了血淋淋的红色字体。

宿主面板：
姓名：冉无恙
年龄：15 岁
智力：8 级
体力：7 级
敏捷度：6 级
天赋技能：过目不忘

魅力值：541210
信仰值：8210
女神光环：0

8210点，只差1790点，冉无恙死死地盯着那几个猩红的数字，眼睛酸涩得厉害，忽然觉得自己这些日子过得十分可笑。

自从魅力值多了之后，用魅力值换取力量变得轻而易举，早两个月前那种获得之后又被剥夺的失落感和恐惧感消失了，她对靠升级系统获得更高一级的修复液提升自己这件事也就懈怠了。

学了点儿本事，打败了兵王谷城，在云亭哥还有战友面前，她表面上总是一副这没什么了不起的样子，其实心里早就得意忘形了，沾沾自喜了，自以为是了。

说什么要做战神，不过就是怕得罪系统，顺着它的话说说而已，其实她内心深处根本没觉得自己能成为战神，她和系统学那些本事，只是因为不想再被人欺负，不想做蝼蚁罢了。

系统第一次和她说升级到中级可以打开商城换取东西的时候，她曾信誓旦旦地说，要给云亭哥换一支基因修复液，可是现在她赚到的魅力值，才刚刚够换半支，也不知道自己在得意什么。

系统说得没错，她就是不思进取、心性不坚！

如果今天这一箭射中的不是肩膀，是心脏，她是不是只能眼睁睁地看着云亭哥死？明明有机会救他，却因为自己的懈怠而错过。

只要一想到这个可能性，她就浑身发冷，愧疚和悔恨像巨浪一般袭来，几乎将她淹没。

越想越觉得自己愧对云亭哥，愧对爹娘，也愧对给了她这样的机会的老天爷。

冉无恙，你怎么能这样？

不知不觉中，眼泪夺眶而出，噼里啪啦地都砸在了云亭光裸的背脊上。

因为失血过多，云亭一直昏昏沉沉，身上忽冷忽热。他能感觉到无恙在帮他缝合伤口、上药，不想无恙担心难过，他强忍着疼痛，不敢乱动，也不敢发出声音，好不容易等到伤口包扎好了，能够缓口气了，他又发现他家的小姑娘竟然哭了。

云亭猜到小恙会生气，说不定还会和他发脾气，却没想到竟把人给吓哭了。

其实他也不算说谎，这一箭虽然不是轻描淡写的擦伤，却也没有射中要害。只是一路颠簸，加上没有时间处理伤口，血流得有点儿多，才会导致他脸色发白，眩晕无力。如今止住了血又在床上躺了一会儿，他感觉已经好多了。

落在背脊上的泪水明明是凉的，他却觉得像热油一般滚烫，这对他来说，简直就是酷刑。

"小恙……"云亭想要翻身起来，刚动了一下，就有一只冰凉的手轻轻按住了他的肩膀，不让他挪动分毫。

"别乱动。"一向清亮的嗓音带着浓浓的鼻音，隔了一会儿，小恙又呜呜地哭道："云亭哥，对不起，我错了……"

云亭微微蹙眉，不明白小恙为什么忽然道歉，他以前也不是没受过伤，今天的伤势算不得多重，小恙怎么哭得这么伤心？

总觉得她今天的情绪不太对劲，云亭侧头看向床边哭得不能自已的人，轻声问道："为什么道歉？"

冉无恙眼睛红彤彤的，一边抽噎着，一边回道："我……我赢了谷城之后，就得意了，骄傲了，觉得自己了不起了，不好好和师父学本事，害你受伤……"

小姑娘说得断断续续的，没说完又开始呜呜地哭，云亭已经很长时间没见她哭成这样了，心疼得要命，等好不容易听明白她说什么之后，简直哭笑不得。

云亭万万没想到，小恙竟是为了这样的原因哭。她才十几岁，赢了本来就应该得意，应该骄傲啊，若是挑战成功了，还老僧入定般不为所动，他才真要担心。

其实系统也是这么想的，它来到宿主身边才几个月而已，宿主成长得已经很快了，它希望宿主沉稳进取，也希望她肆意张扬。若是宿主年纪轻轻就失了少年意气，没了棱角锋芒，它费了那么多劲培养出来的还是战神吗？

刚才它说那些话，也是因为宿主真的生气了，系统想刺激一下她，让她把怒气发泄出来，没想到歪打正着，将有点儿飘的小姑娘彻底拽到了地面上，还把人家弄哭了。

系统有点儿尴尬，不知道要怎么安慰宿主，又怕自己多说多错，开解安慰宿主这种活还是留给云亭吧。推卸了一番责任之后，系统默默地遁了。

眼看着小姑娘哭得都打嗝了，云亭无奈地叹了口气，再哭下去，眼睛要坏了。他朝冉无恙招了招手，示意她上前来，低声哄道："乖，别哭了，哥给你说个故事怎么样？"

冉无恙吸了吸鼻子，胡乱抹了一把脸，摇了摇头回道："哥我不哭了，你别说了，你还伤着呢，要多休息。"

真是懂事的姑娘，云亭抬起没受伤的手揉了揉冉无恙乱糟糟的头发，微笑道："血止住了，没事，我想说。"

冉无恙心有所感，云亭哥要说的故事大概就是他自己的事吧。她其实早就想问了，就是不敢问，现在云亭哥愿意说，她自然是不能错过的。

冉无恙趴在床边，歪着头靠在床沿上，看着云亭苍白却依然俊美的侧脸，低声说道："嗯。你说，我听着。"

对上一双红彤彤却写满了好奇的大眼睛，云亭心底因为即将要说的话而生出的那点儿沉重消散了不少。他轻叹了一声，缓缓说道："你今天见到的两个人，一个是我的妹妹万俟灵，一个是我的孪生弟弟万俟翱，我……曾经是凉国的三皇子，万俟行。"

果然是皇子，冉无恙对云亭的身份早有猜测，倒没有太过惊讶，只是在心里把"万俟行"三个字默念了三遍，这是云亭哥的名字，从出生以来就一直伴随着他的名字，她一定要好好记住！

冉无恙在脑海中描摹着这三个字，一双眼睛直愣愣地盯着云亭，只觉得这个名字和她的云亭哥哥相配极了。

她这副发痴的样子实在太傻了，云亭微微挑眉，笑道："吓着了？"

"没……没有。"对上云亭含笑的黑眸，冉无恙不好意思地别开眼，脑海中也回想起了第一眼见到云亭哥时的样子。

衣衫褴褛，骨瘦如柴，半点儿不像皇子，比难民还惨，冉无恙疑惑地问道："既然是皇子，那你怎么会来临山关？我记得当年你瘦得差点儿就……"

后面的话，冉无恙没有说出来，记忆中那时候的云亭哥真的好瘦好瘦，瘦得皮包骨头，比村里最穷的、连粥都吃不上的人家还要瘦。

她还记得那段时间娘总是变着法子做好吃的给云亭哥补身体，养了小半年才长了一点儿点肉。

云亭也想起了自己刚到冉家时的模样，那时的他刚刚被父皇厌弃，被母妃背叛，无处安身，说不上万念俱灰、生无可恋，却也是心灰意冷、百无聊赖。

若不是遇到了冉家人，现在的他不知道会是个什么样子。

仿佛想到了什么有趣的事，云亭嘴角不自觉地扬了扬，说道："冉婶炖的鸡汤养人，我后来都被养成小猪崽了。"

低沉的笑声很是动听，冉无恙却是脸皮涨红，恼羞成怒地低吼道："哥！"那段日子，云亭哥根本没胖多少，倒是她圆了一圈，若说猪崽，她才是名副其实的猪崽。

云亭哥还有心情和她开玩笑，心里应该不是很难过吧？冉无恙偷瞄了一眼，甚至还能看到他唇角微弯的弧度，迟疑了一会儿，冉无恙还是忍不住追问道："你还没说当年为什么会来临山关呢。"

她知道今天的机会十分难得，若是今晚不能让云亭哥说出当年的事，以后再想要他开口，怕是难了。她想知道云亭哥以前的事，想要更了解他，不想被排除在外。

云亭嘴角的笑容慢慢淡了，良久才低声说道："你应该听说过，凉国是由五个部落组成的王朝吧？"

冉无恙连忙点头："嗯，就是不知道是哪五个部落。"

"这五个部落分别是西凉、狄历、北羌、赫哲、塔尔。一百多年前，西凉部落的首领万俟燕雄才伟略、骁勇善战，带领西凉军队横扫西北，统一了五大部落，建立了凉国。只是西北幅员辽阔，打江山容易，守江山不易，所以直到现在，凉国内部，其余四个部落势力虽然都被削弱了，却仍各自为政。为了能够互相牵制，也为了各个部落的利益，每一任凉国皇帝的后宫里，都会有四大部落的公主为妃，我的母亲就是狄历族的公主狄勒静，被册封为贤妃。"

"她进宫一年,就怀上了龙嗣,还是难得一见的双胎。可惜自古以来,双生子并不是什么吉兆,不仅生产艰难,极易一尸三命,在凉国甚至还有双生子乃夺运之子的说法,尤其是在皇家,对双生子很是忌讳。我与万俟翱的出生时辰相差不过一盏茶的时间,两个人的命运,却截然不同。"

云亭的声音既轻且缓,就像是一把古朴的七弦琴,音色悦耳,扣人心弦。只可惜这个好声音里,却没有太多感情,仿佛在叙述一段无关紧要的旧事,听得冉无恙的心都揪了起来。

从呱呱坠地到长成翩翩少年,一个人最为单纯稚嫩、热血天真的时光,怎么可能无关紧要呢?云亭哥用这般轻描淡写的语气说出来,是真的释然了,还是伤得太狠,所以才藏得更深?

冉无恙心里矛盾极了。她想听云亭继续说下去,了解那段她没有机会参与的时光,可是又怕听到那些鲜血淋漓的往事,一桩桩一件件,都是刻在云亭哥心上的伤口,她光是想想,就觉得很疼很疼。

没等冉无恙纠结完还要不要继续追问的问题,她的额头就被微凉的指尖弹了一下,云亭低沉淡漠地继续说道:"我和万俟翱明明是双生子,都是从一个娘胎出来的,我从小身体很差,他却十分健壮;我大多时候生活在行宫里,而他被母亲带在身边,一直生活在宫中。凉国素来重武轻文,阿翱很小的时候,就显露出拔山扛鼎的天赋,很得父皇喜爱。我平日生活在行宫里,倒也平安无事,直到我们十二岁那一年,凉国地动频繁,还发生了严重的旱灾。国师借天机测算之名,断定我命犯天煞孤星,六亲无缘,刑亲克友,危及社稷……"

"胡说!"不等云亭说完,冉无恙疾声骂道,"什么狗屁国师,胡说八道!"

冉无恙年纪虽然不大,但也知道"天煞孤星"四个字的杀伤力,就算是在小村子里,一个人身上哪怕沾上一点儿克亲的名声,都会被其他人指指点点,不受人待见。

云亭哥身在皇家,被国师批命"天煞孤星",还会危害社稷,他的日子还怎么过得下去!

想象着云亭哥小时候可能受到的种种不公平待遇,冉无恙的心又揪了起来,她小心翼翼地问道:"后来呢?"

"后来……"云亭停顿了一下,不知道想到什么,轻笑一声,像是自嘲,又像是无所谓的调侃,语气依旧平和,他漠然地回道:"后来我的母亲为我做出了最好的选择。"

"她……"冉无恙不自觉地握紧了拳头,紧张地问道,"她为你做了什么选择?"

虽然云亭用的是"最好"两个字,但冉无恙就是莫名地觉得,这个选择对云亭哥来说并不是什么好选择。

云亭眸光闪了闪,垂下眼睑,沉声说道:"我死,就是最好的选择。"

啪!因为紧张,冉无恙的手下意识地抓着东西,一个小药瓶被她牢牢地握在手心里，听到那个"死"字的时候，她又气又怕，整个人都紧绷起来，控制不住力道，小瓷瓶就被她抓碎了。

寂静的夜里，这轻微的响声也足够刺耳，云亭一把抓住她的手，惊讶地道："你干什么？"

云亭强撑起身子，掰开她的手指查看，一个好好的瓷瓶被生生捏碎了。

好在云亭动作迅速，不让冉无恙再握拳，将她手里的碎瓷片都抖落到地上。掌心里有星星点点的血点，手掌倒是没被割出大口子。

云亭松了口气，黑着脸拍了一下她的手，冷声说道："长能耐了你！"

冉无恙心虚，任由云亭抓着她的手腕不敢乱动，干笑两声，追问道："她下手之前你就逃出来了，对吧？"

云亭懒得理她，从一堆空药瓶里找出还剩下一小半药粉的小瓷瓶，将药粉轻轻撒在伤口上。

药力作用之下，掌心刺痛，冉无恙龇了龇牙，也不敢叫疼，讨好地小声撒娇道："云亭哥，我错了，真错了，你快继续说嘛。"

云亭拿出纱布，将她的手包了一圈又一圈，就是没理她。冉无恙咬了咬下唇，倏地举起没受伤的那只手，做了个发誓的手势，信誓旦旦地道："我以后再也不这样了！我保证！"

云亭瞟了一眼她高举的手，冷哼一声，完全不相信她的保证，心想也不知道她什么时候学的毛病。

处理好冉无恙的小伤口，云亭也没再躺下，他轻靠在床头上，在冉无恙催促的目光中，轻声说道："她亲手为我准备了一碗毒药，见血封喉，人吃下以后死得很快，不会有太多痛苦。"

停顿了一会儿，他勾了勾唇角，似笑非笑地说道："或许，她希望我能走得更安详一点儿吧。"

冉无恙整个人呆住了，脑子都是蒙的，她连生气都忘了，喃喃自语道："她……她怎么可以这样？"

不是说虎毒不食子吗？

她家里虽然穷，但是从小到大，爹娘都宠着她、护着她，说是把她当成掌上明珠也不为过，她从来没有想到，这世上竟然有娘亲会放弃自己的孩子，还亲手送上一碗毒药……

那个女人怎么下得去手？

云亭哥那时候才十二岁啊，他做错了什么？

云亭哥刚才是在笑吗？他怎么还笑得出来呢？

亲生母亲想要自己的命，光是想想，冉无恙就觉得胸闷到无法呼吸，眼泪唰唰地往下掉，比之前哭得还凶。

云亭一怔，平常也没见她这么爱哭啊？看到那张哭到变形的小脸，他忍不住笑了起来："哭什么，我这不是好好的嘛。"

冉无恙哭得太惨了，眼泪像不要钱似的往外涌，鼻涕都快流到嘴里去了。云亭叹了口气，用拇指在她鼻子上一抹，鼻涕糊了一手，他也不嫌弃，只觉得冰冷的心口温暖熨帖。

云亭修长漂亮的手上全是黏糊糊的鼻涕，那画面真的让人不忍直视。冉无恙僵着脸，终于不哭了，一张脸红得像块烙铁似的。

"宿主不先擦擦鼻涕，顺便帮人家擦擦手吗？"就在她头顶快冒烟的时候，消失了许久的声音再次在脑海中响起，虽然系统极力保持平缓的语速、平静的语气，冉无恙还是从里面听出了嘲笑！

冉无恙手忙脚乱地抓起一块棉布往鼻子上一抹，又迅速地用棉布盖住云亭的手，一边擦还一边转移话题："你是怎么逃出来的？你没有喝那碗毒药吧？""见血封喉"四个字，光是听着就让人毛骨悚然。

云亭盯着那块糊了不少鼻涕的棉布，挑了挑眉，淡淡地回道："喝了。"

冉无恙倒吸了一口凉气，脸都白了几分。她转念一想，云亭哥还活着，没事没事，都是过去的事了。她盯着云亭不敢再说话了，生怕再勾起他痛苦的回忆。

其实那些陈年旧事，对云亭来说，早就算不上多痛苦了。最痛的时候已经过去了。

从国师批命那一刻开始，他就知道，死是他最好的结局，对谁都好。只要他活着，不管是社稷还是皇族出了什么事，都会算到他头上，他活着会拖累万俟翱，连累狄历一族，他死了，就一了百了了。

他明白狄勒静为什么会做出这样的选择，可是，他不是旁人，是她亲生的儿子！

若做出这个选择的，是狄勒图，是父皇，他或许还能释然，但偏偏是他的母亲。他还记得，年少的自己知道这个消息的时候，是多么痛苦、迷惘、不敢相信。

那时的他，心中除了怨，还有恨！

他的母亲把他渴望的、求而不得的爱都给了万俟翱，没有施舍一点儿给他，最后甚至想要他的命。

云亭没有告诉冉无恙，那天夜里，是他要求狄勒静留下来陪他，让她一勺一勺喂他喝下那碗毒药。

既然狄勒静选择放弃他，他就要让她一辈子都忘不了亲手杀死自己的孩子究竟是什么滋味！

青年半靠在床头，昏暗的烛光下，半张脸都隐没在帷幔的阴影里。他面无表情，垂眸不语，整个人透着一股沉郁之气，周身都蒙上了一层黑雾似的。此情此景看得冉无恙心惊肉跳。

"哥……"冉无恙怯怯地叫了一声，紧张地咽了口口水，慢慢地挪过去，像小时候一样,将脸蛋贴着云亭的掌心,轻轻地蹭了蹭,一边蹭还一边小心翼翼地看他的表情。

云亭将她的小动作看在眼里,紧绷的唇角微不可察地弯了弯。他掌心的触感细腻温润,和小时候的软糯不一样,莫名地让人舍不得移开手。

他的指腹不由自主地在冉无恙的脸颊上摩挲了两下,她还配合地把脸在他掌心里蹭了蹭。云亭轻叹口气,似庆幸又似感慨,有这个人在身边,还真的怎么都难过不起来。

对上冉无恙想安慰又不知道说什么的忧虑眼神,云亭不禁轻笑了一声,捏了捏她的脸颊,笑道:"好了,我没事,那个时候,死确实是最好的选择,置之死地而后生,不死怎么逃走呢?"

冉无恙皱了皱眉头,低语道:"那个药不是见血封喉吗?"接着她脑海中精光一闪,急忙说道,"你之前和狄勒图说的一线生机,莫不是他当年救了你?"

云亭回忆了一下当时的情形,平淡地回道:"他在狄勒静决定下毒的前一天给了我一小瓶药,告诉我吃了它,就算喝下毒药我也不会死。"

冉无恙松了一口气,说道:"原来如此。"她心想,这样算来,狄勒图是救了云亭哥一命,下次再见到他的时候,冉无恙决定对他友好一点儿。

云亭看她的表情就知道她在想什么,觉得她真是好骗的小傻瓜,有人对她好一点儿就以为是好人了吧。

云亭摇了摇头,故意逗她道:"我并没有喝他送来的解药。"

"没喝?你怎么能不喝呢!"冉无恙惊讶地瞪着云亭,今晚她这颗心上上下下忽高忽低来回荡漾,还好她现在身体好能撑得住,若是以前说不定她都会被吓出个好歹来。

冉无恙这一惊一乍的样子跟被踩了尾巴的猫似的,云亭都被逗笑了。

连亲生母亲都想要他死,那个时候云亭怎么可能还会相信狄勒图这个舅舅?万一那个药根本不是解药,又或者其中还掺杂着什么别的东西,这样做岂不是给自己找麻烦?他怎么可能将命交到别人手上?

不知道是手感太好,还是小丫头委屈的样子太可爱,云亭忍不住又捏了捏她软乎乎的脸颊,才在冉无恙哀怨控诉的目光中好心地给她解释。

"国师为我批命之后,我就提高了警惕,狄勒静做的那些事情虽然隐秘,却也不是无迹可寻,狄勒图给我解药之前,我就知道母亲想毒杀我了。你也不要觉得狄勒图是什么好人,他若是真想救下我的命,以他狄历部落首领的能力,狄勒静连下毒的机会都没有。他给我解药,只不过是想看看我有没有能力躲过这一劫,值不值得他出手保下来罢了。"

冉无恙听得目瞪口呆,这一家子都是些什么人啊?难道血脉亲情对他们来说,就没有一点儿意义吗?

越想越觉得她的云亭哥太可怜了，冉无恙拍了拍自己的胸脯，非常义气地说道："哥，你还有我呢！那些糟心亲戚你就别管他们了。"

"……"云亭沉默了一会儿，点了点头，小恙也没说错，他们确实是糟心亲戚。

被小丫头这么一打岔，云亭也没心思说下去了，草草解释了两句："我换下了狄勒静送来的那碗毒药，假装中毒，她以为我毒发身亡，就放火烧掉了我居住的院落，伪装出行宫失火、我意外身亡的假象。我将计就计，把早就准备好的尸体留在屋内，趁乱离开了行宫。"

云亭说得简略，冉无恙听了一晚上糟心事，也不想再听那些残忍龌龊的细节，她气愤地低哼一声，说道："凉国有什么好的，哪里比得上我们临山关？云亭哥，你离开就对了，离他们远远的才好！"

不知是自嘲还是讽刺，云亭竟也笑着附和道："是啊，还是离远一点儿好，毕竟我是天煞孤星，离远一点儿，免得克着他们。"

云亭在笑，冉无恙的脸却沉了下来，她回想起初见时的种种，闷闷地问道："你那时候不愿意让阿爹收养你，也不愿意和我们家住在一起，就是因为那个什么国师的狗屁批命？"

云亭嘴角的笑变得僵硬。那时候的他，也才十二三岁，虽然从未相信过国师的批命，但父母的厌弃、无望的童年还是让他不可遏制地产生了强烈的自厌情绪，觉得自己可能命中真的带煞，他自己都讨厌自己，自然也就不想连累旁人。

云亭抬起手，轻轻地揉了揉冉无恙的脑袋，低声回道："冉叔冉婶是好人，不管国师所言有几分真假，我都不想连累你们。"

他不想赌，不想用那个唯一能让他感受到温暖的一家人的性命去赌。

平时无论冉无恙生多大的气，云亭温柔的安抚一定能把她哄好，这次却适得其反。她一把抓住云亭的手腕，把他的手从自己脑袋上拉下来，双目微红，低声说道："明明是那个国师针对你，什么天煞孤星，什么刑亲克友，你爹、你弟弟、你妹妹都还活得好好的，我爹娘却都已经去了，如果一定要这么算的话，我才是真正的天煞孤星，六亲无缘！"

云亭脸色大变，猛地坐直身子，厉声呵斥道："冉无恙，你胡说什么！"

冉无恙也不怕他变脸，梗着脖子，分毫不让地吼回去："我没胡说，不管你是什么命格，就算你真的命硬，我的命也不软，咱们俩在一起，你克不到我，我也克不着你，正好合适！"

冉无恙红肿的眼睛里满是倔强和委屈，她瞪着云亭，恶狠狠地吼道："相依为命，我们说好的！"

她那副凶悍的样子，仿佛云亭敢多说一个不字，她就要冲上去咬人。

相依为命，怎么听都应该是悲凄的四个字，却被她说得宛若誓言。云亭甚至觉得，这四个字美好得让人心颤。

"你知道自己在说什么吗?"云亭黑眸微眯,静静地看着对面的女孩儿,眼中有着冉无恙看不懂的风暴。

第十七章　圣贤高徒

在冉无恙的记忆里,云亭面对她的时候,态度总是很温和,甚至可以说是宠溺,就算她做错事了,他也只是严肃地教导她而已。但是现在,眼前熟悉的人变得不同起来。

昏暗的烛光下,那双黑眸显得越发幽深难测,就像深海酝酿的风暴,表面上看似平静无波,实则异常危险,一不小心就会被它卷入海底深渊。

这是她从未见过的云亭。被这样一双眼睛紧紧地盯着,感官敏锐的冉无恙竟有一种汗毛倒竖的感觉,她艰难地咽了一口口水,似乎有些明白,却又好像不能完全理解云亭哥的意思。

她在那双眼睛里,不仅看到了隐忍和狂热,还看到了要将人吞噬的欲望。她应该害怕才是,但此刻除了感觉到心脏跳得越发快了之外,她完全没有一点儿想逃的念头。

这个人,是她的云亭哥,不管他想要什么,她都可以给。

冉无恙的手不自觉地握紧,她深吸了一口气,又狠狠地呼出了一口浊气,毫不退缩地迎上了云亭的目光,回道:"我当然知道自己在说什么,这句话我说过很多次了,是你嫌我年纪小,从来都没有把我的话真正放在心上。我们俩就得相依为命,这辈子都不能分开,就算你不答应、想反悔都没有用,我已经不是以前什么都不懂、弱不禁风的小姑娘了,以后我还会越来越强,你逃不掉的!"

系统:"……"

我的宿主什么时候无师自通地拿到了霸道总裁的剧本?

这斩钉截铁又幼稚霸道、充满匪气的宣言,让云亭那颗仿佛在滚水中翻腾的心除了滚烫外,更柔软了几分。他控制不住地笑出声来。

她如此认真地宣告,云亭哥竟然笑,还笑得那么开心!冉无恙的脸上一片绯红,是生生被气红的,她怒瞪着云亭,恼羞成怒地说道:"你笑什么?"

云亭的心软得一塌糊涂,他轻咳一声,勉强压下嘴角的弧度,轻笑道:"我真的逃不掉了?"

云亭哥的表情看起来明明很严肃认真,为什么她却好像从那微微上扬的语调中,听出了几分戏谑?

冉无恙皱着眉头,分析不出云亭哥这句话里是否蕴含着什么意思,但她心中的答案是不会变的,她点了点头,肯定地回道:"嗯!绝对逃不掉!"

咚咚咚。

云亭还想说什么,几声急促的敲门声打断了他即将出口的话。

两个人朝门外看去,一道低沉压抑的男声从门外传来:"我是余子,快开门!"

有人回来了。

冉无恙没急着去开门,她压低声音,在云亭耳边轻声问道:"今晚的事,怎么说?"

闹出那么大的动静,等到老方回来,肯定要询问每个人,到时候他们也要有个说法。

云亭沉吟片刻,说道:"就说我们发现凉国太子来了塔木城,因为想探听他们说什么而被发现了行踪。"

云亭的意思就是暴露万俟翱,将所有人的注意力集中到他身上,保护万俟灵。冉无恙想了想,听话地点了点头。

冉无恙原本一点儿也不喜欢万俟灵,那个女孩儿是云亭哥真正的妹妹,血脉相连,云亭哥那么在乎她、惦记她,冉无恙嘴上不肯承认,心里却嫉妒死了。但是今晚听云亭哥说起以前的生活,她又庆幸这世上有一个万俟灵,庆幸在那段冰冷灰暗的时光里,还能有一个人,给云亭哥带来温暖。

咚咚咚,敲门声再次响起,冉无恙不再迟疑,快步走到门边,将门打开。

门外站着几个人,门一开他们便鱼贯而入,冉无恙扫了一眼,一共四个人,老方不在其中。

冉无恙迅速关上门,问道:"只有你们回来了?其他人呢?"

余子扯下面上的黑巾,烛光下,他的脸色很差。他烦躁地回道:"我在路上就只遇到了他们几个,在我们之前没有人回来吗?"

"没有。"冉无恙的心情也有几分沉重,已经过去这么久了,如果逃出来的话,人也应该回来了。

余子将手里的黑巾扔在桌上,黑着脸坐下,一声不吭。

倒是最后进屋的男人扫了一眼里间,目光在床上的身影和地上带血的布条上一扫而过。他问道:"里面的人是云亭吗?他受伤了?"

冉无恙去开门的时候,云亭就已经闭上眼睛躺下了。屋内光线极其昏暗,这个人才刚进来,就已经将屋里的情况查看了个遍。

冉无恙抬眸看了他一眼，男子身材高大，长相普通，唯一有点儿特别的是他的脖子上有一条疤，四寸长，疤痕很明显，可见当时的伤势应该很重，伤口还是在这样要命的位置，这个人能活下来简直是奇迹。

如果没有记错的话，他好像是伏虎营的，名叫胡扬。冉无恙对他印象不深，这人平常很少说话，没什么存在感，没想到观察力这么强，人也很谨慎细致，丝毫不比斥候营的人差。

冉无恙微微点头，轻描淡写地回道："我哥被箭射伤了，没什么大事，就是失血过多需要休息。"不等他继续说话，冉无恙将之前用剩下的伤药全部拿出来放在桌上，说道："我这里有药，你们有没有受伤？要不先把伤口处理一下再说吧。"

胡扬又往里间看了一眼，没再继续说话，接过冉无恙递过来的药瓶，坐在角落里自行包扎伤口，一如既往地安静。

这一夜，陆陆续续又回来了几个人，随着时间的推移，大家的脸色越来越凝重，直到五更天，仍然有一个人没有回来。

这个人不是别人，正是蔺大将军的亲侄子，蔺奚。

"都怪我，他才多大，我怎么就同意跟他分开走了呢！我现在就去找他。"枯坐了一夜的余子终于忍不住站了起来，朝门外冲了出去。

"站住。"老方手疾眼快，一把将人拽了回来，将急红眼的余子按到椅子上坐下，低声喝道："你上哪里去找他？现在外面到处都是凉国的士兵，整个塔木城都戒严了，你还没走到城北营地就已经被抓住了。"

要不是昨夜搜查的士兵太多，他和张君几个人也不至于东躲西藏，快天亮了才回到客栈。

余子一拳头狠狠地砸在桌子上，二十多岁的小伙子，眼眶都红了，他吼道："那你说怎么办？难道我们就这样不管他了吗？如果他被凉国人抓住的话……"

后面的话余子没有说出来，都是军营里的人，被俘之后会受到什么样的对待，每个人都心知肚明，更别说凉国人还是出了名的凶残野蛮。

蔺奚的身份如果暴露，凉国人还可能想利用他威胁蔺不归而留下他一条命，如果这孩子倔强不肯松口，很可能直接死在敌营里。

老方作为这次任务的领头人，他心中的焦躁和忧虑不比余子少，好在他还能沉住气。他冷声说道："我当然不会放弃蔺奚，但是现在我们根本不知道他在哪里、是否被俘，昨夜发生了什么事我们也没有弄清楚，绝对不能贸然行动。各队先汇报一下昨晚分开查探的时候有什么发现。"

其他人开始汇报昨晚的情况，冉无恙一边听着，一边在脑海中问道："小神，我能通过地图查找队友找到蔺奚吗？"

"不行。"系统斩钉截铁地回道，"距离太远了。远距离查看实时地图及队友情况不仅需要非常多的魅力值，还需要将系统升级到中级才能实现。"

冉无恙眼神一暗，又是升级，升级系统已经刻不容缓，她得想办法早点儿弄到更多信仰值才行。

救出蔺奚应该是一个很好的升级契机。冉无恙继续问道："那我如果去到城北营地能不能从实时地图中看到蔺奚的情况？"

"如果他在地图显示范围内的话可以。"

"冉无恙？冉无恙！"因为云亭受了伤，卧床不起，脸色十分苍白，老方只能转而询问冉无恙，没想到这孩子一脸呆滞地看着前方，一副神游天外的样子，老方的眉头都快拧成了麻花。

冉无恙正听着系统的话，耳边传来一声低吼，她抬头看去，发现所有人都看着她，老方都快把"恨铁不成钢"几个字刻在脑门上了。

冉无恙轻咳一声，定下心神，老老实实地回道："我和云亭哥昨晚进入北苑之后，正准备查看外围的几个房间，就看到一个戴面具的高大男子，领着几个身穿银甲的将士往内院走。我们看他如此神秘，觉得这个人很有可能就是军师，所以跟了上去，我隐约听到其中一个银甲将士叫戴面具的男人……太子殿下。"

"太子？"所有人的脸色皆是一变，他们没想到冉无恙和云亭两个人只是随随便便在北苑外围查看，就发现了这么重要的情报。

冉无恙不管他们如何惊讶，自顾自地说道："是的，太子。我想听听他们具体说些什么，就跟得近了一点儿，没想到他们如此警觉，我和云亭哥便暴露了……"

"你……你怎么如此莽撞！"老方指着冉无恙，气得半死。他们发现如此重要的情报，不及时回来汇报，竟然不自量力地冲上前去，能逃出来算他们命大！

张君拍拍老方的肩膀，做起和事佬，劝道："好了老方，他们没受过斥候营的训练，能回来就好，你也别气了。"

冉无恙配合地低着头，努力做出沮丧难过的样子，老方也不好再说什么，叹了口气，说道："万俟翱居然来塔木城了，难怪昨晚那么大动静，又是军号又是全城抓捕。"

听到老方叫出了那个人的名字，余子好奇地问道："北苑里住的贵人应该就是太子了，那所谓的神秘军师是不是也是他？老方，凉国的太子是个什么人物？"

老方摇头叹道："我也不是很清楚，只是耳闻凉国太子万俟翱少年成名，单手可举六百斤重的铜鼎，小小年纪就得到凉国君王的厚爱，才智谋略如何不得而知，不过……"

老方脸色凝重地继续说道："如果这次的军师真的是万俟翱，那此人绝对不是空有武力的莽夫，他此次秘密前来，肯定有大图谋。"

老方越想越凶险，着急地说道："不行，我们一定要把这个消息尽快送到大将军手里。"

张君摇了摇头说："塔木城戒严，现在城门的守卫更加森严，这两天我们最好不要轻举妄动。"

余子急了,叫道:"不是,我们不能就这样一走了之啊,蔺奚怎么办?起码也要弄清楚,他是不是被俘了吧?"

就在所有人都陷入沉默的时候,一道清越的嗓音在屋内响起:"我倒是有个办法。"

众人抬头看去,不知道什么时候,冉无恙已经拿起一张图铺在了圆桌上。

冉无恙丢下一句话,将众人的注意力都吸引过来之后,也不管他们有什么反应,手里抓着一支细狼毫,专心致志地在图上写写画画。

众人面面相觑,不知道她葫芦里卖的什么药,都围了过去。

一直躺在床上假装虚弱昏睡的云亭,缓缓睁开眼睛,看向被人群围拢在中间的冉无恙,眉头皱了起来。小恙想干什么?

他之所以装晕,就是想回避老方的询问,小恙年纪小,老方不会为难她,她只要将昨晚发生的事情大概说一下,就能混过去,但看小恙的态度和作为,她似乎另有打算?

这时候的云亭还不知道,经历过他受伤这件事之后,冉无恙的心态完全变了,她现在满脑子想的都是升级系统,已经到了疯魔的地步。

凡是能收获魅力值和信仰值的事情,她都愿意去做。

往后的日子里,她是怎么高调怎么来,怎么耀眼怎么做,以一种匪夷所思、张狂无比的行事风格在军营里"杀"出了自己的一片天地。

一开始大家围过来看,只是想知道这个小少年在搞什么鬼,但是当他们看清她写下来的东西之后,脸色都变得怪异起来,余子按捺下抓住冉无恙的肩膀疯狂摇晃的冲动,艰难地问道:"这是……什么?"

冉无恙头也不抬地回道:"地图。"

余子翻了个白眼,这不是废话吗?他当然知道这是地图。

昨天老方就是拿着这张图给他们讲解城北营地地形的,但原来的地图只是标注了大概的方位和营房的简略分布情况而已,是一张简单到不能再简单的地图。

然而现在,冉无恙却在图上写满了密密麻麻的标注。

余子越看越惊奇,忍不住追问道:"喂,你该不是乱写的吧,你怎么会知道得这么清楚?"

冉无恙瞥了他一眼,理直气壮地回道:"我昨晚去过啊。"

余子倒吸一口凉气,几乎控制不住自己的音量,吼道:"你的意思是,昨晚黑灯瞎火的,你就进去一次,居然都记下来了?"

不能怪余子大惊小怪,围站在桌边的所有人都觉得眼前的一切太不可思议了。

在几乎可以算得上重新绘制过的地图上,每一处建筑,每一条小路冉无恙都一一勾画了出来,甚至连一路上的岗哨也标注得一清二楚。

虽然冉无恙只绘制了她昨晚走过的那一片区域的地图，对于整个军营来说，这只是很小的一部分，但也已经足够惊人了。要有怎么样的观察力、记忆力和分析能力，才能总结出这样一份详尽到让人惊叹的地图来？

老方和张君看着冉无恙两眼放光，这是一个宝贝啊，这样的人，简直就是为了他们斥候营而生的！

感受到众人崇拜的目光，冉无恙心情极好，因为她耳边全是系统叮叮当当的提示音，期盼已久的魅力值正源源不断地向她涌来。

仔细回想一下，她几次获得大量的魅力值和信仰值都是在她锋芒毕露的时候，以前她果然还是太低调了，往后一定要变本加厉……不对，应该是再接再厉才对。

冉无恙彻底抛弃了以往漫不经心的态度，变得积极起来。

她将毛笔放下，指着刚刚画好的地图，侃侃而谈："昨夜我和云亭哥在这里被发现之后，就一路西行，朝最近的西门跑，当时大部分的兵将都忙着追捕我们，北苑的其他地方反而没有多少追兵。刚才你们也说了，从北面撤退的时候，除了一两个人运气不好之外，其他人都只是遇上了零星的几队巡逻兵而已，所以我猜测蔺奚并不一定是被抓住了，而很有可能是被困在军营里暂时出不来。"

冉无恙显然还有未尽之语。若是之前，老方不会这么认真地去听一个十多岁孩子的意见，即使她功夫再好，再能打也没用，毕竟勇与谋是两回事，但是看过她绘制的地图之后，老方觉得，或许还可以对她有更多期待。

老方耐心地主动询问道："你想怎么做？"

能得到老方的认可，对她后续要做的事情很有帮助，冉无恙唇角微弯，继续说道："现在最重要的，是不要自乱阵脚。万俟翱秘密来此却被我们撞破身份，抓不到人绝对不会善罢甘休，如今不仅街上有人巡逻排查，几个城门以及城墙四周，也必定有太子近卫层层把守。我们一行人中，伤势较重的有三个人，他们身上的血腥味，鼻子敏感点儿的人很容易就能闻出来，我们贸然出城就是自投罗网。"

冉无恙一边说一边暗暗观察众人，他们虽然神色各异，却也没人打断她的话，显然是认同她的看法。

冉无恙暗暗舒了口气，接着说道："咱们不如反其道而行之，天亮之后，老方带上没有受伤的人，按照原计划去集市，一来可以打探消息，二来也可以掩人耳目。受伤的几个人就留在客栈里，把那几车椰果分装到麻袋中去，有士兵来客栈盘查时，就说整车椰果怕不好卖，分装成小袋方便售卖，椰果的味道极重，很容易就能掩盖掉他们身上的血腥味。"

余子皱着眉头追问道："那你呢？"

冉无恙扬了扬眉，意气风发地回道："我自然是再去一次城北营地，如果蔺奚没有被抓住，我能找到他的话还可以把人带回来；如果他真的被抓了，那我就把城北营地好好侦察一番，把这张地图完善，等咱们回去搬来救兵，救出蔺奚的可能性也大大增加。"

冉无恙到底还年轻,只想到救人。一张完整而详细的城北军营地图,价值远远不止于此。

老方非常心动,但也没有失去理智,他没有立刻答应冉无恙,思考良久,才沉稳地回道:"你一个人去太危险了,让余子和张君跟你一起去。"

一直沉默低调的胡扬忽然站起来,说道:"我的轻功很好,伤势也比较轻,让我也一起去吧。"

老方刚想点头,一道虚弱的嗓音从里间传来:"不必,让小恙自己去。"

众人回头看去,发现说话的人正是冉无恙的哥哥,云亭。

在所有人"你是不是疯了"的眼神中,云亭神色淡然,不容拒绝地说道:"小恙只能一个人去。"

冉无恙在他们这群人中,年纪最小,和余子也算不打不相识,余子一路上都十分照顾她,听到云亭说出这般无情的话,他的脸立刻黑了下来,怒声说道:"云亭,你怎么做人家哥哥的?无恙才十几岁,怎么能让她独自一个人去冒险呢?"

其他几个人虽然都没有说话,但他们看向云亭的眼神里,都带着谴责和不认同。

"你为什么这么说?"根据老方这几天的观察,云亭对冉无恙的关心和照顾不是假的,老方不相信他会无缘无故说出这番话。

云亭扫了众人一眼,淡淡地回道:"你们去会拖她的后腿。"

义愤填膺的众人开始骚动。

这是什么眼神?好气哦。

冉无恙心里也是不愿意有人跟着她去的,这些人就算武功不弱,对她来说也是实打实的拖后腿。

云亭哥如果能帮她解决这些麻烦,她是很高兴的,但云亭哥说得这么直白,也太……太拉仇恨了吧。

冉无恙小心地偷瞄了一眼大家的反应,果然在一开始的惊讶过后,每个人的脸上都或多或少带着几分不满。

云亭却仿佛什么都没看到一般,语气依旧温和有礼,只是说出来的话却让冉无恙的脸皮发热:"小恙的本事,你们之前应该也听说过一些,其实对她来说,那都只是小试牛刀而已,她真正的本领连千分之一都没有展示出来。"

冉无恙红着脸垂下头,不敢打扰自家哥哥吹牛,但她也还做不到坦然面对这种过度的吹嘘。

事实上,她之前每一次比试,都是拼尽全力的,还为了赢浪费了很多魅力值……

众人对视一眼,都觉得云亭这话说得真的是过于狂妄了,冉无恙确实有那么几分本事,但也不用这样吹嘘吧。

云亭神色从容,对众人的目光熟视无睹。他只看着老方,郑重地说道:"小恙的师父，是一位隐士圣贤。"

隐士圣贤是什么……鬼？冉无恙猛地抬头，呆滞地看着一脸淡然的哥哥，脑子一片空白。

其实不仅冉无恙一头雾水，除了满目震惊的老方和若有所思的胡扬外，其他人也都疑惑地看着云亭，完全不知道所谓的隐士圣贤是个什么来头。

震惊过后，老方整个人跳了起来，激动地吼道："你……你说的是真的？冉无恙真的是隐士圣贤的弟子？"

隐士啊！圣贤啊！老方觉得自己脑子都快炸开了。

不是所有居于山野不入仕途的人都能被称为隐士的，只有那些不贪慕富贵、不依附权势、性情高洁且能入仕而不入仕的隐居者，才能被称为隐士。

而要配得上"圣贤"二字，就更难了，那必须是品德高尚，又具有超凡才智学识的人，才能被称为圣贤。

当世能被尊称为隐士圣贤的人，十根手指都能数得过来，就算是一国之君，见到这样的人物都要恭恭敬敬地尊称一声先生。

那可都是站在云端、神秘莫测，活在传说里的人物啊。没想到……没想到今天他老方居然和隐士圣贤有了交集，即使只是见到了圣贤的徒弟，也算是极其幸运了。

老方越想越激动，心头的火越烧越旺，若不是因为心中的敬畏，他都想冲过去抱住冉无恙沾沾圣贤的仙气。

他红着眼睛、抖着声音说道："小恙啊，你……你怎么不早说你是圣贤的弟子啊？"你早说我就供着你了啊！

最后一句话虽然没说出来，但老方那热情似火、如狼似虎的眼神还是惊得冉无恙急忙后退了两步。

太……太吓人了！

众人其实也被吓得够呛，老方是个多稳重老练的汉子啊，眼前这个双目通红，激动得都快语无伦次的人是谁？

隐士圣贤到底是个啥，你们好歹解释一下啊，一群人的好奇心被吊着，简直抓心挠肺。

云亭是不可能给他们解惑的，不管是人还是事，之所以神秘，就是因为保持着那一层朦胧感，一头雾水什么也看不清楚，可不就神秘了吗？

云亭捋了捋散乱在床榻上的发丝，继续似是而非地说道："师门自有师门的规矩，什么本事能显露，什么不能，什么情况下才能显露，都是有讲究的，不足为外人道也。小恙有自己的独门本领，以她的本事，独自一个人进出军营自然是来去自如，但是带上你们，可不就是拖后腿吗？"

在场的人都是一群当兵的，血气方刚，听着这样的话，拳头真的有点儿痒！但又因为对所谓的隐士圣贤有所忌惮，众人只能暂时忍着，就这样看着老方仿佛被洗脑了一般连连点头说道："是是是，的确如此。"

老方丝毫没有想过云亭会骗他。一来，普通人根本连隐士圣贤是什么都不知道，不可能张口就编得出来；二来，因为这么多年来世人对隐士圣贤的神化，老方从来没想过有人敢亵渎圣贤，敢拿圣贤的名号来撒谎。

冉无恙的本事，来得确实挺诡异，他出发之前，就听军中将领们提到过冉无恙，他当时还挺奇怪的，不是说冉无恙只是边城长大的小民吗？这才多大，不仅轻轻松松赢了余子和刘虎，就连"兵王"谷城都败在她手下。

其他都还好说，骑术这个东西，斗将都接触不到，更别说普通老百姓了。还有刚才，这随手绘制地图的能力也是十分惊艳。

如今知道了冉无恙的身份，老方只觉得恍然大悟，参透了所有真相。

这可是隐士圣贤的弟子，打败几个"兵王"，绘制几张地图，那不是再简单不过的事？需要大惊小怪吗？完全就是理所当然的啊！

老方完全陷入了自顾自的猜想中不可自拔。

"叮，收到来自老方的100点信仰值。"

冉无恙无语："……"

系统长叹一声，恨恨地说道："看看人家，什么叫睁眼说瞎话，什么叫作无中生有，三言两语就能把人忽悠成这样，还给你整出个高大上的身份来。同样是编一个师父，宿主之前编的那些都是个啥？没有对比就没有伤害，宿主知道什么是智商被碾压的感觉了吗？"

好一会儿，冉无恙才呆呆地回道："啊？你说什么？"

得，宿主这花痴样，眼里的崇拜和钦慕都快溢出来了，这哪里是智商碾压，根本就是荷尔蒙碾压！

它怎么就忘了，宿主是个重度兄控患者，晚期没的救的那种，刚才它基本上等于说了一串废话。

其实也不算废话，系统夸云亭的那些话冉无恙是听进去了，还深有同感！

她用手捂着胸口，一脸沉醉地说道："云亭哥真的真的好厉害啊，三言两语轻描淡写就能达到这么好的效果。我和云亭哥简直就是天造地设的一对，他负责出谋划策，我负责大杀四方，我们俩加起来，妥妥的智勇双全啊！"

智勇双全不是这么用的，好吗！槽点太多，系统都不知道应该怎么吐，憋了半天，也只能冷冷地回了一句："呵呵，你高兴就好。"

众人的好奇心和求知欲到达了顶点，余子和其他人挤眉弄眼一番，忽然一拥而上，直接把老方连拖带拽地带到角落处，一定要弄清楚隐士圣贤到底是个什么人物。

一群大男人聚在一起嘀嘀咕咕，冉无恙小跑到床前，在脚踏上坐下，背对着众人，悄悄地对着云亭竖起了大拇指，还无声地做了个口型：好厉害！

云亭瞥了她一眼，看到她那张小脸上的笑容比三月的春花、六月的骄阳更加灿烂，晃得人眼发晕。

云亭抚额轻笑，这丫头一身本事来得诡异无常，满头的小辫子，全身上下都是漏洞，却还是这般没心没肺，简直让他哭笑不得。

这世上有很多好东西，如果没能力守得住，就会给自己带来大麻烦。

他不知道小恙之后还会展露出什么非同常人的本领，只希望这面"隐士圣贤"的招牌能为她暂时挡住一些窥视、觊觎的目光吧。

冉无恙回头看了一眼，发现那群人还围在一起说个不停，她也忍不住趴在床头上，凑到云亭身边，压低声音好奇地问道："哥，隐士圣贤是什么？很厉害吗？"

云亭拍了拍她的脑门，警告地看了她一眼。冉无恙吐了吐舌头，也知道现在不是说话的好时机，不敢再追问，笑嘻嘻地蹲在床边，非常狗腿地给云亭捶腿。

云亭浑身一僵，不自在地往后挪了挪，想要把腿收回来，没想到这丫头毫无危机感地也跟着往前挪，追着他的腿不放。

云亭微微眯眼，眼底暗光浮动，仿佛蕴含着一团火，灼烧着自己，也想要灼烧眼中的那个人，可惜一对上某人稚气的脸庞和单纯的眼神，什么火都熄了……

他只能闭上眼睛，命令自己忽略腿上的感觉，想些别的事情分散注意力。

其实云亭会提到隐士圣贤，并不完全是出于胡诌臆想，他还真的认识这么一位前辈——十多年前为他医治身体的周老先生。

在他看来，那位圣贤确实有过人之处，不仅胸襟广阔，医术高明，对药理也有一番超出世人的理解，被尊称为药王都不为过。

若不是有幸遇到这位老先生，他可能活不过十岁，更别说像现在这般，几乎与常人无异。

只是那位圣贤的能力在云亭眼中，虽远高于常人，却还在凡人的范畴内，可是小恙这位师父，手段和本事，却是奇异到鬼神莫测的程度。

这也是云亭从一开始就不认为小恙背后那人是隐士圣贤的原因。

到目前为止，那位"高人"对小恙应该没有什么恶意，但这么久云亭都没有找到一点儿线索和痕迹，还是让他内心烦躁。所有的不确定和变数在他看来，都是危险。

冉无恙完全不知道自家哥哥为她操碎了心，忧虑到都快早生华发了，她还在美滋滋地捶着小腿献殷勤。

直到叮叮当当的魅力值提示音接连响起，其中还夹杂着几声信仰值的提示，冉无恙才又惊又喜地抬头看去，只见年轻力壮的几个大小伙子，正用一种探究、羡慕又敬畏的复杂眼神看着她。

看来老方应该已经和他们解释了什么是隐士圣贤了，冉无恙重重地叹了口气，你说说，这人啊，背景啊，身份啊怎么就这么重要呢？若是早知道……

算了，别说早知道了，她到现在都不知道什么是隐士圣贤！

冉无恙哀怨地看了一眼云亭，撇了撇嘴，一屁股坐在脚踏上生闷气。所有人都知道什么是隐士圣贤了,就她这个隐士圣贤的"徒弟"啥都不知道,这叫什么事!

老方看到冉无恙托着腮帮气鼓鼓地坐在脚踏上,以为她是因为身份暴露了而不开心,也不敢在这个时候去招惹她,转而看向侧躺在床上,即使面色发白微微垂眸,却也依旧光风霁月的青年。

老方眼底有亮光一闪而过,他轻声问道:"云亭啊,你不会也是……"

云亭不等他问完,抬眸看他,轻笑着摇了摇头,否认道:"我不是。"

"哦。"老方有些失望,又觉得理所当然,遇到一个圣贤的弟子就很难得了,怎么可能那么容易又遇到第二个?

虽然云亭不是圣贤的弟子,但老方每次对上他那双好看到过分的眼睛,总是不自觉地对他郑重几分。他用着商量的语气问道:"无恙是圣贤的弟子,自己去军营自然是没问题了,但是如果她找到蔺奚,把人救了出来,总要有人接应才好,不如……让余子和胡扬他们两个在军营外等着,你们觉得如何?"

余子在一旁连连点头,拍着胸脯保证会保护好冉无恙。云亭想了想,颔首说道:"可以。"

老方暗暗松了口气,冉无恙虽是圣贤的徒弟,到底也才十多岁,若是在他眼皮子底下,让圣贤的徒弟发生什么危险,啧啧,不敢想!

云亭都点头了,冉无恙自然也不会反对。

这时候天色已经大亮,客栈里的人也开始出来走动,在房间外都能听到大家议论纷纷。原本老方的意思是等入夜了,他们再去打探。

有地图在手,又有系统帮忙,冉无恙觉得白天和晚上的区别不大,早去一刻钟,蔺奚获救的概率就更大几分,于是她坚持现在就出发,老方拗不过她,只能点头同意。

就在冉无恙三个人赶往城北军营的时候,蔺奚遇上了非常棘手的状况。

第十八章 倒霉的蔺奚

背靠着冰冷的石壁,蔺奚连呼吸都觉得费劲,全身冷得像置身于冰窖中一样,他知道,这时候如果晕过去就真的醒不过来了。

蔺奚用力拍了自己一巴掌,才勉强保持神志清醒,这个简单的动作,也耗尽了他全部的力气。

他一直捂着伤口的那只手已经麻木了,眼皮也越来越重。他甚至没有力气再给自己来一巴掌了。

算了吧,这样死掉是有点儿丢脸,但也比落在敌军手里成为俘虏、被折磨屈辱而死的好。

这样想着,蔺奚整个人都放松了下来。捂着伤口的手慢慢松开,眼睛眼看着就要闭上了,一串整齐的脚步声传入他耳朵里,又将决定安静等死的少年惊醒了。

有敌人!

蔺奚倏地睁开眼睛,眼中的死气一扫而空,目光仿佛被注入了新的活力,变得锐利起来,刀再一次被他握在了手里,年轻的身体紧绷得像拉满的弓,蓄势待发。

昨夜他撤退的时候正面遇上了一小队巡逻兵,以一对十,他的腿被砍伤了,为了躲避追兵,他东躲西藏到处乱窜,不知道怎么回事,跌到了一个洞里面。

周围实在太黑了,他根本分辨不出这里是什么地方,掉下来的时候腿摔折了,他也无法移动。现在来的这些人,肯定是来追捕他的,他不能束手就擒。

蔺奚仔细倾听,从脚步声中分辨出来人在六个以上,别说他现在受伤了,就是没受伤也不一定能从这么多人手里逃出去。

蔺奚眸光一暗,来吧,杀一个不亏,杀两个就是他赚了!

脚步声越来越近,伴随而来的,还有火把的微光。蔺奚屏住呼吸,尽量将自己藏身在角落的阴影之中,准备来个出其不意、攻其不备。

可惜他躲得再好,浓郁的血腥味还是会出卖他,而且这次来的人,可不是普通的巡逻兵。

几乎是刚刚走进洞口,四名护卫就闻到了血腥味,为首之人冷声说道:"保护主子。"

两名护卫和两名侍女训练有素地将一名年轻女子护在中间,另两名护卫举着火把上前查看,很快,他们就发现不远处的角落里,一个满身血腥的黑衣人正手握尖刀,随时准备扑杀过来。

密道里居然有人,万俟灵也吓了一跳。昨晚一夜没睡,可她现在一点儿都不累,她觉得自己甚至可以三天三夜都不睡!

万俟灵太高兴了,从没这么高兴过,她敢肯定,昨夜那个对她竖起两个手指头的人,绝对是三哥,不会有错!

她激动、狂喜,却又不敢告诉任何人,这个时候,除了自己,她谁也不信。可是靠她自己的力量,要找到三哥太难了,想了一夜,她终于决定还是去找舅舅的心腹乌大人商量对策。

如果说这世上还有人和她一样希望三哥能活下来,那这个人唯有舅舅了。乌大人是舅舅的左膀右臂，也是看着三哥长大的，找他应该安全。

为了不惊动万俟翱和木宴，她还特意从密道出去，却没想到会在密道的入口发现一个黑衣人。

那一身黑衣让万俟灵想到了什么，她眼中闪过一抹惊喜，急忙叫道："快，抓住他！"

四个壮汉一拥而上，不过是几个回合，就把伤重的蔺奚压倒在地。万俟灵伸长脖子往里看，全是黑压压的人影，什么也看不清，她急得大声叫道："你们小心点儿，别把他弄死了。"

四个人不敢再压着黑衣男子，为首的一个人擒住他的双手，反剪到身后，压着他跪在万俟灵面前。

蔺奚还想挣扎，可是浑身脱力的他怎么可能是这些精英护卫的对手，他只能狼狈地坐在地上。

黑衣男子头发散乱，脸上的面巾已经不见了，这时候，万俟灵才算真正看清他的长相。

他年纪不大，十五六岁，五官还算不错，可惜长着一张娃娃脸，再配上他现在惨白惨白的脸色，模样真是惨不忍睹。

在凉国，男子以高大健硕、五官棱角分明为美，这样的娃娃脸少年实在不符合公主殿下的审美。

万俟灵略过他的脸，看向他的身材。黑衣男子坐着看不出高矮，不过他有那么长的两条腿，应该也不矮，身上的肌肉看着还挺结实，体形和清瘦是肯定沾不上边的。

昨晚和三哥在一起的那个人个子不高，看上去比她还矮上一些，功夫不弱，身手敏捷，身形瘦弱，反正怎么看，眼前这人都不是昨晚上那个黑衣人。

把蔺奚上上下下打量了好几遍，万俟灵失望透顶，她看蔺奚的眼神，也从一开始的激动好奇，转变成了嫌弃厌恶。

护卫观察着主子的脸色，小心翼翼地问道："主子，这个人如何处置？"

这个人身穿黑衣，身受重伤，应该也是昨晚潜入军营的，说不定，他也认识三哥？

三哥没死这个消息，暂时还不能让万俟翱知道，虽然这些年来万俟翱对她十分照顾，但她不能保证，从小和三哥就不怎么亲近的万俟翱知道这个消息之后，不会对三哥不利。

万俟灵有点儿苦恼，这个人不能交给万俟翱，更不能交给木宴大将军，留他在军营反倒是个麻烦。

遇上了她，算这小子走运！万俟灵挥了挥手，潇洒地说道："带走。"

"是。"对付俘虏，可没有轻拿轻放这么一说，两名护卫一个人一边提着蔺奚的胳膊，拖着他往前走，血滴滴答答地流了一路。

他流这么多血，不会没到地方就死了吧？这么个娃娃脸少年怎么看也不像硬汉，万俟灵皱了皱眉头，停下脚步，不耐烦地说道："给他包扎一下伤口再走。"

"是。"一名侍女从随身携带的小包里掏出了一卷纱布，给蔺奚简单包扎了一下。

蔺奚伤得最重的是腿，原本穿着黑衣伤势还不明显，如今白纱布一裹，血瞬间就将纱布染红了，看着还真有几分吓人。

万俟灵扫了一眼还在不断渗血的伤口，咬了咬唇，难得好心地说道："再给他上点儿药吧。"

这个人可能认识哥哥，万一他是哥哥的朋友，却死在自己手里，那可怎么办？不行，这个少年绝对不能死在这里。

失血过多导致蔺奚的状态非常差，耳边嗡嗡作响，眼前一阵阵发黑，恍惚的神志让他以为自己可能是听错了，给他上药？给一个俘虏上药？

他艰难地抬起头，看了一眼前方模糊的身影，其实他已经看不清这人的样貌了，但那婀娜的身形和淡淡的幽香都显示对方是一名女子。

原来这些人不是追兵啊，女孩子的心肠果然比较软，昏迷前蔺奚这么想着。

"是……"不仅蔺奚疑惑，贴身服侍照顾万俟灵的两名侍女也非常惊讶，她们家的公主可和那些看到只兔子受伤要眼泪汪汪上前救治的小白花公主不一样。

主子不管是骑马射箭还是兵法战术都不输男儿，也深知战场的残酷，怎么会对一名俘虏发善心？

侍女猜不出自家主子心里的想法，却也知道这个黑衣男子与旁人应该是不同的，连忙拿出上好的金疮药为他止血，手上的力道明显比之前轻了许多。

话分两头说，这边冉无恙和余子、胡扬三个人躲过城中巡逻的士兵，来到了城北。他们所在的位置还算空旷，隐约已经能看到军营高高的围墙了。

走到一处天然形成的凹地时，冉无恙拦住两个人，不许他们再前进。

她半蹲下身子，朝着两个人招招手，余子和胡扬对视一眼，也乖乖地蹲了下来。

冉无恙咧嘴一笑，小声说道："你们就在这里等我，不要靠近军营，无论发生什么情况，都不许进去找我。如果天黑了我还没有回来，你们就回客栈去等我，千万千万不要自作主张地进军营，听到了吗？"

这里离军营的北门还有两三里地，说近不近，说远也不算远。余子一路上心里都不踏实。

老方把那个隐士圣贤说得那么玄乎，他是有点儿不太信的，就算隐士圣贤真的很厉害，无恙才十多岁，跟在高人身边学习的时间也不长，肯定没学到多少本事。

不管怎么说，他和胡扬两个壮小伙子躲在外面接应，让一个少年去冒险，这不妥当！

"无恙啊……"余子抹了一把脑门上的汗，准备认认真真，语重心长地和冉无恙好好分析分析，谁知道他才刚叫出个名字，肩膀就被人重重地拍了一下。

胡扬从后面压住了他的肩膀，力道大得差点儿让他一屁股坐在地上。

余子想回头骂他，却听到一道低沉而淡定的声音回道："知道了，我们会在这里安静等待。"

"你愿意等就自己等，我可没同意！"余子气急败坏地吼了起来。奇怪的是，不管他怎么用力，居然都无法挣脱胡扬的控制，越是挣扎反而被压制得越厉害。

两个人你来我往，都快打起来了。冉无恙随手捡了两块小石头，分别砸在了两个人手肘后方的尺神经上，他们手上一麻，终于消停了，一起看向蹲在不远处的冉无恙。

只见她眨了眨眼睛，忽然笑了起来，那笑容里带着三分邪气，七分警告。她懒懒地说道："行了，我不管你们怎么想，总之别给我找事就行，不然的话……以后我可不带你们玩了哦。"

"……"

这话说得实在够儿戏也够无赖，余子听了哭笑不得，胡扬心底却是一颤。

圣贤弟子的身份，决定了冉无恙未来的道路、所能达到的高度都是他们难以企及的，"不带他们玩"中"玩"的意思，是警告抑或是威胁，就耐人寻味了。

一时间，胡扬想了很多。冉无恙已经懒得和他们废话了，趁着胡扬还压着余子，没人拦路，她敏捷地跳出了凹地，飞快地朝着军营的方向跑去。

看着那道瘦小的身影以常人无法达到的速度奔跑着消失在眼前，余子满脸愁容，担心得要命。

胡扬席地而坐，背靠着矮树丛闭目养神，看起来非常镇定，至于他心里在想什么就没人知道了。

冉无恙跑到两个人看不到的位置后就不再继续往前了，随便找了棵大树藏身在树后。她一边观察着不远处北门的守备情况，一边问道："小神，这个距离可以从地图上看到蔺奚了吗？"

"可以。"

冉无恙松了口气，连忙说道："那快打开实时地图吧。"

"叮，扣除2000点魅力值显示实时地图。"

咝，冉无恙倒吸一口凉气。系统现在扣魅力值真是越来越狠了。

实时地图很快出现在冉无恙眼前。可能是因为昨晚被人闯军营，城北今天的守卫明显比昨晚严密。冉无恙左看右看，终于在一片红点中找到了代表友方的绿色光点。

"咦？"冉无恙皱着眉头盯着地图上缓缓移动的绿色光点，疑惑地问道，"这个绿点代表的应该是蔺奚吧，他怎么出来了？"

绿点一直向东门移动，现在已经快要走出东门了。从图上红色光点的数目和它们与绿点的距离来看，蔺奚应该是被人押着走的。

冉无恙的心一沉，最坏的情况还是发生了，蔺奚被俘虏了。

冉无恙心情沉重地盯着那个小绿点，越看越不对劲。他们走过的位置，好几处地图标记的都是房间，这世上还有人能穿房而过？

冉无恙有些不确定地问道："这个路线有点儿诡异，他们走的是不是一条密道？"

"嗯，是密道。"系统略感欣慰，宿主总算没把前些日子教过的东西还给它，不然的话，系统肯定要给宿主制订一整套地狱级别的军事理论教学计划，到那时冉无恙就算有过目不忘的本事，也得脱一层皮。

冉无恙不知道她走运地暂时躲过一劫，还暗暗佩服自己观察细致。也因为她一直盯着绿点看，她还真发现了异常的地方。

明明就是在军中，押送一个俘虏而已，为什么要走密道？如果是因为这个俘虏很重要，那么他们行走的方向是要出军营的，又怎么会只有七个红点押送呢？他们不怕中途出岔子吗？

如果是木宴或者万俟翱要提审一个俘虏或者想利用蔺奚做些什么，根本不需要这么低调谨慎，甚至有些过于小心。

冉无恙猜测，抓住蔺奚的人，很可能并不是凉国军方的人，不是军人却又住在军营里，还能有那么大本事知道这条密道的人，应该就只有……万俟灵了。

冉无恙为蔺奚提着的心放下了两分，眉头却又死死地拧在了一起，她真的一点儿也不想和那位公主打交道！

眼看着代表蔺奚的绿色光点越走越远，冉无恙叹了口气，心不甘情不愿地朝着地图所示的密道出口跑去。

一路上，冉无恙还不忘咬牙切齿地骂道："蔺奚，这次的人情你欠大发了，若是我把你救出来之后，信仰值没个三五百点，看我不弄死你！"

系统沉默："……"

冉无恙骂骂咧咧地跑了一刻钟的时间，才气喘吁吁地赶到密道的出口。

与一般密道的出口喜欢选在荒凉隐秘的地方不一样，这条密道的出口居然选在了一座小院里，周围像这样的农家小院还有不少。

冉无恙背靠着一面土墙大口大口地喘气。那座农家小院的门忽然从里面打开了，一道窈窕漂亮的烟紫身影从院内走了出来。

冉无恙连忙往后缩了缩，确定女子不可能看到她之后，才慢慢地探出脑袋往外看。

此人果然是万俟灵。

冉无恙昨晚上就知道万俟灵是个大美人，如今在太阳底下，那张绝美的脸庞不仅没有失色半分，反而更加明艳动人。

本就白皙的肌肤在阳光的照耀下白到发光，远远看去，万俟灵就像是个玉人般。她长身玉立，站在农家小院外是那么突兀，就仿佛仙女落入凡间，周身自带光环。

总而言之，冉无恙脑海中所有用来形容美人、仙子的词，用在万俟灵身上都不为过。

最夸张的是那腰身，冉无恙举起两只手远远地比画了一下，估计就比她大腿粗一点儿。某人偷偷摸摸地摸了一把自己的腰，轻哼了一声，酸酸地嘀咕道："那么细，还能叫腰吗？叫竹竿吧！"

"宿主好好升级系统，等用过中级基因修复液之后，宿主的身材、容貌也不会比她差多少。"

系统的声音忽然响起，吓了冉无恙一跳，她以有史以来最快的速度将手从腰上放下来，面无表情地说道："不！不用，我一点儿也不羡慕嫉妒，一点儿也不！我现在这样就很好！"

系统嗤笑一声，说道："宿主有没有听过'此地无银三百两'这句话？"

"……"冉无恙努力地绷着脸，当作什么都没听到。正好这时，两名侍女打扮的女子也从院内走了出来，冉无恙赶紧岔开话题："快看，又有人出来了！"

两名身材壮硕的男子紧跟在两个侍女身后走出，他们绕到小院后面，牵过来一辆马车。

车身是漂亮的绛红色，没有任何纹饰，简单大方。车停稳之后，其中一个侍女朝院内招了招手，两个男子一左一右架着一名黑衣人走了出来。

黑衣人发髻散乱，低着头，好像已经昏迷了，从身形和绿点的移动轨迹来看，冉无恙认出这个人应该就是蔺奚。

他的上半身看起来还好，下半身就有些骇人了，从大腿到脚踝都缠满了绷带，绷带上血迹斑斑，也不知道那两条腿受到了怎么样的重刑，总之看起来特别惨。

她不会来晚了吧？冉无恙的一颗心倏地提到了嗓子眼，可是她转念一想，又觉得不对，如果蔺奚死了，那么代表蔺奚的绿点应该消失才对。

她忧心忡忡地问道："小神，蔺奚他这是怎么了？"

系统二话不说，先扣了 20 点魅力值，才慢悠悠地回道："腿骨开放性骨折，大腿被砍了一刀，失血过多，没伤到主要脏器，伤口简单处理过，暂时死不了。"

冉无恙拍了拍怦怦乱跳的心脏，点了点头，一脸庆幸地说道："那就好，流点儿血而已，死不了就行。"

昨晚上你可不是这么说的！蔺奚的伤势比云亭重多了，出血量起码是云亭的两倍！这人的心真是偏到没边了。

系统对冉无恙的双标彻底无语了，冉无恙却在烦恼现在应该怎么做。

两名男子已经将蔺奚扔上了马车，侍女和万俟灵也先后上了车。

万俟灵和蔺奚在一起，冉无恙肯定是不能通知余子他们过来一起救人的，万一最后他们把万俟灵也给抓了，那可就糟了。

冉无恙数了一下,万俟灵身边一共跟着六个人。四个男子虎背熊腰、肌肉虬结,两名侍女应该也有武艺在身,以一敌六,她有胜算,但不能快速结束战斗。

这里离街市不远,随时都有可能遇到街上巡逻的士兵,动静太大,难保不会把人招来。

再说,就算她真那么厉害能大杀四方,也不能发狠把云亭哥的亲妹妹一起杀了吧,所以,最好的办法就是,能不正面交锋就不正面交锋。

没经历什么激烈的思想斗争,冉无恙就飞快地决定了,她先按兵不动,跟上去看看万俟灵把人带到哪儿去,再找机会救人。

万俟灵一点儿也不知道马车后面还有人盯梢,她现在也颇为烦恼,怎么处理这个少年成了大问题,严刑逼供肯定是不行了,若是让三哥知道,生气了怎么办?

她在三哥心里可是个喜欢养小兔兔的乖巧妹妹,用刑这种事,她是万万不能做的,起码不能亲自做!

不能用刑,还不能让少年落到万俟翱和木宴手里,万俟灵叹了口气,出门就捡到个烫手山芋,真是麻烦,好在从这个人身上应该能挖到一点儿三哥的消息,不然真是亏大了。

密道里太黑,看人也只能看个大概,万俟灵在马车上盯着少年有点儿圆的娃娃脸看了一会儿,忽然发现,他长得虽然不算英俊,却意外地有点儿可爱,这么大的人了,脸居然还有点儿婴儿肥。

闲着无聊的万俟灵伸出食指,在那看起来肉嘟嘟的脸颊上戳了两下,软软的,嗯,手感还行。

不知道是万俟灵戳得太狠,还是止血之后,身体稍微恢复了一些,蔺奚忽然睁开眼睛。

万俟灵手顿了一下,却也没收回来,还看着他,等着他回过神来。

于是在眼睛终于能看清楚的时候,蔺奚看到的就是这样一幅画面:微微摇晃的马车里,一位难以用语言形容的绝色美人懒懒地依靠在车壁上,她的身后刚好是一面窗户,薄纱的窗帘随风摆动,灿烂的阳光透过薄纱映照在女子身上,仿佛她置身于一片柔和朦胧的光晕之中。

蔺奚出身世家,自认为见过不少名门贵女,也看过皇城脚下最有名的乐伶舞姬的表演,但是那些人都不能与眼前的女子相提并论。

女子脸上带着淡淡的笑容,专注地看着他,而且,如玉一般的手指还正摸着他的脸?

一时间,蔺奚竟不知道自己究竟是醒了还是在梦中。

今年才刚满十七岁的少年,哪里见识过这种场面?他的脸"唰"的一下红了。

哦?还会脸红呢?

这人挺有趣,万俟灵眼中染上了几分笑意,声音更柔美了,简直用上了哄人的语气，柔声说道："醒了啊，你叫什么名字？看起来年纪不大，怎么会跑去军营里去了呢？你家住哪儿？是哪里人？"

蔺奚根本没注意她说什么，只觉得她的声音和她的人一样柔美。

少年呆呆地看着她，眼中有她早就见惯了的惊艳的神色，却没有一般男子的欲念。

万俟灵脸上的笑容更深了，她干脆半蹲下身，离少年更近一些，继续用着轻柔的声音诱惑地说道："你乖乖回答我的问题，我不但治好你的伤，还放你走，好不好？"

"放你走"三个字终于让蔺奚回过神来。

不对！

他原本明明是在凉国军营里，被困了一夜最后还被俘了，现在怎么会在这儿？不仅有香车美人，美人还对他轻言软语。

蔺奚心下一凛，难道……难道他遇上了传说中的……美人计？

发蒙的脑袋仿佛被人当头浇下了一盆冰水，蔺奚神志一下子清明了起来。他的身体虽然绵软无力，无法动弹，脸却绷得紧紧的，无比严肃。

他满眼警惕地盯着眼前的绝色女子，将抗拒写在了脸上，可是心底却有一个声音一直催促着他问道："你……是谁？"

少年的警惕性还挺强的嘛。万俟灵秀眉微微一挑，婉约的气质瞬间被打散。她捏着人家脸蛋的手往下移了几分，用着标准的恶霸调戏良家小娘子的手势捏着少年的下巴，懒洋洋地回道："小家伙你不乖哦，你忘了自己现在是俘虏了吗？"

女子捏着他下巴的力道不大，手指也不热，还带着些凉意，蔺奚却觉得浑身发麻，头像是被架在火上烤，脸皮滚烫。

蔺奚不自觉地咽了一口口水，强迫自己的目光从那樱花色的唇瓣上移开，冷硬地回道："我什么都不会说的！"

万俟灵的手现在还捏着蔺奚的下巴呢，喉结滚动的微妙触感清楚地传递过来，少年脸上的温度也高得不正常。傻子都能看出他现在既紧张又害羞，然而他还要努力维持着抵死不从的样子，万俟灵都被他逗笑了。

这人真是太好玩了。万俟灵又往前凑过去，唇瓣几乎贴在少年的脸上，她轻笑一声，戏谑道："哦？真的不说吗？"

女子离得太近了，说话时呼出的气息蔺奚都能感觉到，即使他闭上眼睛，鼻子还是能闻到淡淡的暖香。一股热血直往他脑门上涌，然后……然后就没有然后了。

万俟灵哭笑不得地看着再次晕过去的少年，好笑地摇了摇头，松开了捏着他下巴的手。失去支撑，蔺奚啪的一声，倒在了马车地板上。

万俟灵毫无愧色地坐回窗边，单手托着下巴看着窗纱外朦胧的街景，脸上的笑容渐渐淡去。

唉，万俟灵悠悠地叹了一口气，她目前最大的烦恼是不知道应该用哪一种手段从少年嘴里套取到三哥的消息。

按照昨晚的情况推断，这些人很可能是瑜国的探子，她心理上对此没有任何的抗拒，就算三哥现在和瑜国人在一起她也毫不在意，只要三哥还活着，什么都好。

只是她不介意，不代表别人也不介意。三哥是凉国皇室的身份绝对不能曝光，她不想因为自己的急切和疏忽，给三哥带来麻烦。

最好兵不血刃，让少年心甘情愿又毫不怀疑地对她坦白一切。

万俟灵歪着脑袋，扫了一眼少年手感不赖的脸颊，脑海中竟然也神奇地闪过"美人计"三个字。

…………

冉无恙身上穿的是最普通的粗布衣服，和街上的普通百姓没什么区别，再加上她看起来瘦小无害，几次迎面遇上的巡查士兵都没有把她抓过来盘问。

冉无恙不远不近地跟在马车后面，这一路走来，她发现了一个有趣的现象。

街上巡逻盘查的竟然有两批人，一类是普通的士兵，还有一类，就是冉无恙交过手的银甲军。

全城搜捕的非常时刻，万俟灵这辆大马车就像是夜晚的明灯一样扎眼，不管是普通士兵还是银甲军，遇上了肯定都要拦下来盘查一番。

身穿银甲的将士比普通的巡逻士兵身份和地位都要高出许多，但是他们在面对手持万俟灵腰牌的护卫时，态度比普通士兵还要恭敬，显然这位公主在银甲军中地位非常高。

银甲军的举动在一定意义上，代表着主子的态度。万俟翱对万俟灵这个妹妹，是真的挺好。

冉无恙猜测，这些年肯定还发生过什么别的事，不然明明有个这么关心自己的哥哥，万俟灵不但不领情，还对他大呼小叫。

冉无恙闲着没事，胡思乱想地脑补了一通。在她的思绪如同脱缰的野马拉都拉不回来的时候，前面的马车慢慢停了下来。

冉无恙也立刻停下脚步，好在这个地方虽然有点儿偏，但还在城区内，周围都是密密麻麻的小院落，她随便往旁边一闪，就能藏身。

万俟灵的马车停在一处简陋的小宅院前，她率先下了车，抓住朱红大门上的圆形辅首，三短一长，有规律地叩着门。

很快，门从里面打开了一条缝，守门的人显然认识万俟灵，一看到是她，眼中的戒备立刻散了，热情地将门打开，说道："您来了，快请进。"

万俟灵没急着进去，在门外等着护卫将蔺奚带下马车，一行人才一起进了小院。

院门一关，守门人就闻到了一股血腥味，他眸光倏地一暗，回头看去，只见两个护卫正一左一右地架着一名黑衣人紧跟在公主身后。

黑衣人下半身血迹斑斑，头低垂着，四肢绵软，应该是已经昏迷了。

守门人眉头紧皱，迟疑地问道："殿下，这个人是……？"

首领刚刚回来，今日不知道怎么回事，街上又多了好多巡逻士兵，像是在找什么人，他的精神高度紧张，不得不谨慎。

万俟灵一时之间也不知道应该怎么界定少年的身份，说他是俘虏的话，按照凉国人对待俘虏的态度，她怕她一个没注意，这小子就被不小心弄死了。

万俟灵避重就轻，没解释蔺奚的身份，转而问道："屋里有大夫吗？"

守门人的脸色瞬间凝重了起来，点了点头，回道："有，好几个呢。"

万俟灵一怔，问道："好几个？"这是舅舅在塔木城的一个秘密据点，备有一个大夫不奇怪，好几个就太怪异了。

没等她细问，接到下人通报的乌力从内院急忙迎了出来，一向沉稳的此人这时竟显得有些急切。他朝着万俟灵匆匆行了个礼，立刻说道："殿下，您来得正好，首领回来了！"

"舅舅回来了？"万俟灵愣了好一会儿，才从惊喜中回过神来，又忽然想起刚才守门人说的几个大夫，她心猛地一跳，追问道："舅舅什么时候回来的？怎么回来的？受伤了吗？伤得重不重？现在怎么样了？"

万俟灵一口气问了一大串问题，脸都急红了，乌力连忙安慰道："公主殿下别着急，首领现在情况还算好……"说到这里，似乎想到了什么棘手的问题，他的脸色也沉了下来，叹了口气，低声说："您先跟我来吧。"

"好。"万俟灵也不再多问，只想快点儿见到舅舅。

两个人刚走出几步，守门人又追了上来，一脸难色地问道："殿下，这个人该如何处置？"

他也不想在这个时候打扰公主殿下，可是他又不知道黑衣人的身份，摸不准殿下的心思就只能问了。

万俟灵回头看了一眼仍然昏迷不醒的少年，想了想，回道："先找个大夫给他治伤。"

守门人不敢怠慢，连忙回道："是。"

安顿好少年，万俟灵又迫不及待地说道："乌大人，你快带我去看舅舅。"若不是顾忌身份和礼仪，万俟灵恨不得拖着乌力往内院跑。

乌力还不知道他差点儿就要被公主殿下拖着跑了，他的注意力都在那个伤得不轻的黑衣人身上。虽然觉得不妥，但这是公主带来的人，他也不便说什么。

乌力不着痕迹地收回打量的目光，做了一个请的手势，说道："是，公主随我来。"

趴在墙头将这些都看在眼里的冉无恙，心情有些复杂，她没想到万俟灵绕了半个塔木城，最后的目的地居然是这里。

万俟灵的舅舅就是云亭哥的舅舅，所以这座院子的主人是狄勒图！

好吧，这算是凑到一起去了，冉无恙揉了揉太阳穴，觉得脑壳有点儿痛。

万俟灵和乌力进了内院，蔺奚则被两名护卫架着往另一个方向走了，冉无恙想了想，没有跟过去。

蔺奚昏迷了，她可没本事大白天带着一个浑身是血，没有行动能力的黑衣人穿越半个塔木城返回客栈而不被人发现。

再说蔺奚又是骨折又是刀伤还失血过多，虚弱成这个样子，就算冉无恙运气好，真的把人带回去了，他伤得这么重，不请大夫来给他好好治一治，小命估计还是保不住。

现在万俟灵愿意让大夫给蔺奚治疗，冉无恙也很高兴，心想等大夫处理完伤口，把骨头接好、上好药，她再去把人带走也不迟，那时候天也快黑了，刚好方便她行事。

嗯，完美！冉无恙自我感觉良好地点了点头。

在这儿等着也无聊，冉无恙朝着万俟灵离开的方向追了过去，想去听听万俟灵和狄勒图说些什么，万一他们对云亭哥有什么企图或者算计，她也可以早做防范。

这座小院本来就不大，内院只有三个房间，冉无恙根本不需要查看地图，就知道万俟灵他们到底在哪个房间里。

冉无恙朝中间最大的正房走去，还没走到门边，就听到万俟灵略显焦急的声音从屋内传来："既然没有危及性命的伤势，为何舅舅一直不醒？"

一直没醒？冉无恙脚步一顿。狄勒图走的时候明明生龙活虎的啊？

回想了一下狄勒图离开那天的情形，冉无恙恍然大悟，是临走时喝的那壶水有问题吧。

她终于知道当时云亭哥哥说的那句"他没机会找我们麻烦"是什么意思了，狄勒图醒不过来，自然也就没办法在他们还在塔木城期间使坏了。

云亭哥真厉害！冉无恙在心里将云亭从头到脚日常夸耀了一番之后，她那因为蔺奚受伤而没办法把人带走的坏心情终于缓和了一些。

冉无恙担心有人忽然进入内院看到她躲在门外偷听，干脆翻身上了回廊外的横梁，像只壁虎一样趴在屋檐下面，透过半开的雕花窗往里看。

屋里没有什么名贵的装饰，一张朴素的大床上躺着一个人，那人隔着帐子又盖着棉被，冉无恙看不清他的长相。

不过万俟灵坐在床边口口声声喊着舅舅，这个人应该是狄勒图吧。

冉无恙看不清也懒得深究，歪着脑袋继续听。

领着万俟灵进来的那位乌力大人显然也为狄勒图昏迷不醒的事忧心不已，他低声叹道："所有大夫都说首领只是失血过多，身体虚弱一时醒不过来而已。"

"不可能！"万俟灵冷声说道，"这都两天了，就算伤得再重，舅舅也不至于一直都醒不过来。"

乌力当然知道首领一直不醒不正常，他跟随首领多年，怎会不知首领的实力？当年平定族内叛乱时，首领伤得比现在还重，几个军医都说可能救不回来了，首领也只是昏睡了一夜，次日一早就醒过来了。

这次他一昏迷就是两日，中间连个梦呓、呻吟都没有，就像睡着了似的，还是睡得特别安稳那种，首领这次的伤情确实奇异。

问来问去也问不出个所以然，万俟灵也有些烦躁，换了个问题问道："舅舅到底是怎么回来的？你们找到救人的办法了？"

乌力摇了摇头，也是一脸疑惑不解地回道："蔺不归治军很严，我们的人才刚探明首领被关押的大概位置，原本打算三日后再次夜袭敌营，趁乱营救首领，没想到前天夜里首领独自一个人回来了。首领回来的时候，穿着一身干净的衣服，身上的伤口都包扎好了，应该是有人救了首领，只是何人所救，我们还不知道。"

前天？有人救了舅舅？难道是……

万俟灵的心跳得有些快，她心中有个念头一闪而过，又怕是自己想多了。她深吸了一口气，极力保持冷静的态度问道："舅舅回来之后和你说过什么吗？或者有什么奇怪的举动？"

"首领刚回来就昏迷了，几乎没来得及说什么。"乌力不明白公主的脸色为什么忽然变得如此怪异，呼吸好像也急促了几分，难道公主知道什么内情？

乌力在脑海中又一次细细回想了一遍那夜发生的种种，当时首领看到他之后，好像很激动地说了几个字……乌力心猛地一跳，说道："首领昏迷之前，好像想要告诉我什么事，但他只来得及说'见到'二字就晕过去了。"

是了，肯定是了，舅舅一定也见到了三哥，肯定是三哥救了舅舅！

万俟灵再也按捺不住，叫道："我知道是谁救了舅舅了，是三哥！一定是三哥！"

"三皇子？"乌力惊得眼睛都瞪圆了，下意识地回道，"这怎么可能？"

三皇子不是在八年前就已经……

万俟灵眼眶微红，哽咽着回道："一定是三哥。"

怕乌力不相信，万俟灵就将昨晚几名黑衣人夜探北苑被万俟翱发现追捕、其中一名黑衣人对她做那个小兔子手势这件事，以及这个手势的由来，甚至多年前羞于见人的小名"兔兔"她都一起说了出来，就是为了证明昨夜那个黑衣人是她的三哥，万俟行！

万俟灵伸出两个手指头，做了一个她昨晚已经做了无数遍的动作，笃定地说道："不会错的，我不会认错那个手势的！"

昨晚上云亭哥还偷偷给万俟灵做过手势吗？她怎么不知道？

趴在屋檐下的"小壁虎"盯着自己的食指和中指看了一会儿，僵硬地勾了两下，黑着脸冷哼了一声，闷闷地说道："兔兔？什么破名字，无聊！"

啧啧，这酸味浓得连智能系统都要被熏着了，系统忍不住调侃道："回去你也让云亭给你取一个更无聊的不就好了？能赢过'兔兔'两个字的多了去了，什么'宝宝''贝贝''甜甜''心肝'之类的。"

"什……什么乱七八糟的，谁稀罕要这些古古怪怪的名字啊！"冉无恙嘴上说着不要，脑袋却不受控制地想着云亭哥用低沉的声音轻轻地念出这些词……

冉无恙的脸唰的一下红了，从耳朵到脖子红成一片！黑脸壁虎这回彻底成了红脸壁虎了。

"太纯情是撩不得男神的哟。"

"能不能闭嘴！"如果可以，冉无恙真想缝上它的嘴！

系统根本不怕她生气，笑道："可以，不过宿主以后可别来请教本系统如何追求男人。"

冉无恙冷哼一声，回道："不需要，抓虫子放别人蚊帐里这种追求方式我用不上。"

系统："……"算你狠！

系统终于消停了，冉无恙暗暗松了一口气，揉了揉通红的耳朵，继续偷听两个人说话。

乌力的声音正好从屋内传出来："即使昨夜那人真的是三皇子，公主殿下又怎么能肯定救出首领的人是三皇子呢？"

"你不觉得时间太过巧合了吗？前晚舅舅回来，昨晚就有人夜探北苑，而且我听说，昨夜那些人可能是瑜国的探子。舅舅被俘，我们想尽办法都没能将人救出来，若不是军营里有内应，怎么可能从蔺不归眼皮子底下把人救出来？我猜想，三哥就躲在瑜国军营里。"

乌力垂眸不语，不知在想些什么，他嘴上没有反驳，万俟灵却能感觉出来他并没有被自己说服，她心里着急，下意识地看向昏睡中的舅舅。

狄勒图脸色虽然不太好，有些苍白，但神情很是放松，仿佛他正在做着什么好梦一般，一点儿也不像伤重昏迷的样子。

万俟灵越看越觉得不对劲，记忆深处的某些画面忽然在脑海中闪现，她倏地睁大眼睛，叫道："我想起来了！乌大人，我有证据，舅舅不是失血过多导致的昏迷不醒，他是中了迷药。"

乌力一惊，眉头紧皱，快步走到床边，急忙问道："什么迷药？首领怎么会中迷药？"

终于找到了证据，万俟灵也很激动，回道："乌大人应该还记得，当年周老先生给我三哥治过病吧。那时候三哥就对迷药特别感兴趣，治病的两三年里，三哥和周老先生学了制药的手法，还自创了几个药方，周老先生还夸过三哥悟性极佳。舅舅的症状很像三哥调制出的一种迷药，服用后会陷入沉睡，但面容安详……"

万俟灵说着说着，后知后觉地发现，乌大人的脸色好像变得有点儿阴沉，她立刻意识到问题所在，连忙解释道："这种药对人没有害处，能让人凝神安眠，帮助舅舅养伤，快则五日，慢则七日，舅舅就会醒来，乌大人大可放心。现在最要紧的，还是找到三哥。"

冉无恙趴在梁上听得很认真，暗暗点头，原来云亭哥的迷药是跟名师学来的，难怪那么厉害。

又多知道了一点儿云亭的小秘密，冉无恙心下雀跃，可惜这个秘密是从万俟灵口中知道的，想想又很心塞。

从小看着万俟灵长大，乌力知道公主并不是莽撞之人，如果没有把握，她不会一口咬定。

乌力心里已经信了五六分，但他处事向来谨慎，首领未醒，他不会轻举妄动。

心中百转千回，脸上却是分毫不显，乌力沉吟片刻，顺着万俟灵的话说道："公主所言极是，如今三皇子的安危才是最重要的，只是……"

乌力摇了摇头，一脸沉痛地低声劝道："如今狄历势弱，现在外面到处都是巡逻士兵，咱们贸然行动，反而容易惊动木宴，到时候三皇子就更加危险了。首领可能已经见过三皇子，公主不如等首领醒过来之后，再与首领商议对策。"

万俟灵还想说什么，一想到三哥的安危，又闭上了嘴巴。乌力的推托之意她不是听不出来，只是她如今需要借势，便不可与他撕破脸。

万俟灵一遍遍地告诫自己，无论多么急切也不可自乱阵脚，小不忍则乱大谋。她深吸一口气，微微颔首，妥协道："好吧，那就再等几天。"

两个人后面说的话冉无恙就没兴趣再听了，她抬头看了看天色，想着蔺奚那边应该也差不多了，便利落地从房梁上蹿了下来，朝着蔺奚的方向跑去。

冉无恙在外院找到了蔺奚所在的房间，她对这个位置非常满意，只要翻过一道围墙她就能离开这座小院。

冉无恙到的时候，大夫已经离开。估计是蔺奚的伤势太过严重，万俟灵不怕他跑了，所以门外只留下了一名护卫守着。

攻其不备，冉无恙很轻松地就将那名护卫放倒了，把人拖到角落里，她才轻手轻脚地溜进了屋内。

屋里的血腥味还未散去。冉无恙一进来就看到蔺奚直挺挺地躺在床上，他的衣服已经换过，脸上身上的血污也都擦干净了，两条腿包着厚厚的纱布，这待遇比一般的俘虏不知道高出多少倍。

冉无恙原本打算把人拍醒，但一看到那肉肉的脸颊，她手就有点儿痒。

冉无恙缓缓伸出两只爪子，抓着蔺奚挺有肉感的脸颊，一边揉捏一边低声叫道："蔺奚醒醒！醒醒！"

冉无恙手劲不小，蔺奚的脸颊很快就被掐红了，人也如冉无恙所愿被疼醒了。

在蔺奚睁开眼睛之前，冉无恙迅速地收回了罪恶之手，面带微笑，慈祥地看着他。

"冉……无恙?"一睁眼就看到一张熟悉的笑脸,蔺奚整个人都有点儿恍惚了,为什么每次醒来自己看到的人都那么出乎意料,上一次是绝色美人,这次是战友?

蔺奚猛地记起自己的处境,强撑着坐起身,急切地问道:"你怎么会在这里?"

废话,当然是来救你啊。冉无恙很想翻个白眼,但一看到蔺奚脸颊上被她掐出的几个红彤彤的印子,就莫名有些心虚。她干笑两声,回道:"我来救你啊。"

迎着蔺奚狐疑的眼神,冉无恙轻咳一声,略过了暗道的那一部分解释道:"我本来打算去军营打探一下你的下落,哪想到还没到军营,就看到你被人塞进马车带走了,我自然要跟过来看看你怎么样了。"

冉无恙的年纪比他还小,竟还冒那么大危险进来救他,蔺奚很是感动,连脸颊上莫名其妙的疼痛都忘了。他脸上还是保持着一贯的高冷表情,眼睛却红了,说道:"冉无恙,谢谢你!"

"叮,收到来自蔺奚的200点魅力值、50点信仰值。"

50点信仰值!她已经有一段时间没有收到这么多的信仰值了,果然救人就是好啊!

冉无恙一巴掌拍在蔺奚的后背上,眼睛都笑弯了,高兴地说道:"够意思!没白来救你!"

"啊?"蔺奚被拍得差点儿岔气,他一脸茫然地看着笑得阳光灿烂的冉无恙,很是不解。

不就道个谢吗?她就这么高兴?这也太容易满足了吧,蔺奚感慨,冉无恙真是个正直善良的好人!

被发了一张好人卡而不知道的冉无恙盯着蔺奚包裹得严严实实的双腿,问道:"你还能走吗?"

这么重的伤哪里是一时半会儿就能好的,刀伤还能强忍着,骨折根本不受自己控制。蔺奚不想拖累战友,紧咬牙关将双腿挪下床,逞强道:"我可以走。"

蔺奚的双脚刚刚从床上挪到地上,一道熟悉的温柔女声从门外传来:"来都来了,就别急着走了。"

房门应声而开,万俟灵窈窕的身影出现在门外,身后还跟着乌力和几个护卫。

冉无恙嘴角抽了抽。今天也太背了吧,她怎么就和万俟灵正面撞上了呢?

万俟灵一进屋,一双眼睛就紧紧地锁定了冉无恙。这个人来救圆脸少年,和他肯定是一伙的,再看这人的身形、体态……和昨夜同三哥一起闯入北苑的黑衣人一模一样。

万俟灵那双盯着冉无恙的眼睛简直要放光。她指着冉无恙激动地叫道:"你是……"

不是吧?这样都能认出她来?冉无恙倒吸了一口凉气,右手猛地举了起来。

万俟灵身后的护卫脸色大变，正准备冲上前来保护主子，却见那人手起掌落，下一刻，蔺奭直挺挺地往后倒了下去。

万俟灵、乌力、众护卫都愣住了。

系统："这是什么神仙操作？"

第十九章　生气要哄

迎上几个人错愕的眼神，冉无恙才反应过来，在敌人的地盘把自己战友打晕这种事，确实太怪异了。

刚才她根本来不及多想，云亭哥的身份是无论如何都不能在蔺奭面前暴露的，将人打晕是她能想到的最稳妥的解决方法，现在冷静下来，她也觉得自己有些鲁莽了。

屋内陷入了一种极度安静的诡异气氛之中，万俟灵最先回过神来，从冉无恙的一系列动作中隐约猜到了她的用意。

万俟灵的心脏怦怦狂跳，她往前疾走几步问道："你什么都知道，对不对？他在哪里？"

反正蔺奭晕了，冉无恙也没什么好顾虑的，冷漠地回道："他现在很好，你不需要知道他在哪儿。"

这个人果然是和三哥一起的！万俟灵激动得声音都微微发抖，她强压下冲上前去抓住对方的冲动，低声问道："昨晚他是不是受伤了？伤得重吗？"

说起昨晚，冉无恙就想起了云亭哥背着她对万俟灵打手势的事，一口气哽在胸口，气都气死了。

"兔兔"什么的，真是讨厌！

冉无恙阴沉着脸，回道："他有我照顾，好得很，用不着你担心！"

这语气听起来怪怪的，像是一个人在赌气，还带着几分霸道，不像是好友或者同伴会说的话，倒像是……

像什么？万俟灵一时间也说不上来，但就是觉得哪里不对劲。

万俟灵暗暗打量着这名忽然出现的少年。少年身形单薄，模样稚嫩，长得眉清目秀，眼神明亮锐利，看起来比那圆脸少年还要小。

三哥到底在干什么啊？怎么他身边的人，年纪都这么小？他真的在瑜国军营里吗？难不成现在瑜国的军队已经青黄不接到这种程度了？

万俟灵心里好奇得要命，又不敢表现出来，她微微一笑，用上最温柔的嗓音好声好气地问道："你叫什么名字？我们可以好好谈谈吗？"

冉无恙对万俟灵这个人的感情实在是复杂，既庆幸有她陪伴云亭哥度过那段最为艰难的少年时光，同时又讨厌她和云亭哥之间有那么多温馨可爱的小秘密。

冉无恙瞪了万俟灵一眼，不耐烦地回道："我和你没什么好谈的。"

这个人从头到尾都没有给过她好脸色，现在还瞪她，万俟灵心里很不舒服，还有些恼火，但为了三哥她又不得不忍耐。一时间互相看不顺眼的两个人就这样憋着一口气，大眼瞪小眼，场面有些滑稽。

"这位小兄弟……"

冉无恙瞥了乌力一眼，一下就看出这个人是老奸巨猾之辈，她自知玩不过这种人，话都不让他说完，直接堵了回去："你用不着和我套近乎，我什么都不会说的。"

乌力脸色一沉，微微垂眸，掩下眼底的冷光，沉声说道："既然如此，那你就留下慢慢说吧。"

冉无恙轻哼一声，嗤笑道："早动手不就完了？哪来那么多废话！"

说完冉无恙直接从腰间抽出了一把匕首，朝着几个护卫冲了过去。

一对三，四个人很快缠斗在一起。

乌力因看到冉无恙身材纤瘦年纪又小，难免看轻了她。万俟灵却知道这个人不是那么好对付的，她不仅能和万俟翱战个平手，还能从万俟翱手底下逃脱，别说是这几个护卫，就算小院里所有的护卫一起上，也未必能留下她。

果然如万俟灵所料，真正打起来，三名护卫在冉无恙手底下根本占不到一点儿便宜。

小院不大，几个人都是近身搏斗，冉无恙的匕首使得出神入化，才过了十几招，三个人身上就已经被匕首划出了几道血口子。

"碧空？"

什么碧空？冉无恙一对三仍然游刃有余，听到叫声回头望去，只见万俟灵一双美目热切地盯着她……手上的匕首。

这把匕首还有名字？云亭哥从来没和她说过啊？所以这又是一件万俟灵知道而她不知道的事？

冉无恙感到心塞，下手也就更狠了。

乌力不敢相信地看着那道纤瘦的身影在三名壮汉中间游走，速度快得根本看不清她是如何出招的，不过几秒的时间，三名护卫全部被打倒在地。

眼看着她就要翻上墙头离开，万俟灵连忙叫道："等等，你别走，你不管床上那个人了吗？"

冉无恙脚步一顿，回头看了一眼，正好看到蔺奚直挺挺地躺在床上。

好吧，她原本是来救人的，人没救着，还把该救的人打晕了。

冉无恙心中无比烦躁。她自己走容易，但是带一个完全昏迷的人走是不可能的。

把人留在这里，她倒不怕他们把蔺奚藏起来，毕竟她有地图。她就怕他们抓不到她拿蔺奚出气，对他用刑。

万一他们想从蔺奚嘴里审问出云亭哥的消息，反倒暴露了云亭哥的身份怎么办？

带走也不行，留下也不行，冉无恙左右为难，脸色越来越难看。

万俟灵不知道冉无恙内心的想法，也不敢赌，怕冉无恙真的不管蔺奚一走了之，她连忙说道："我可以好好照顾这个人，你想什么时候来接走都可以，但是……他必须来见我！"

这个"他"指的是谁不言而喻。

冉无恙刚想拒绝，脑海中就浮现出云亭哥说起万俟灵时，不经意间流露出的温柔怀念的神色，她又觉得自己不能随随便便替云亭哥做决定。

咬了咬牙，冉无恙恶声恶气地回道："我可以转告他，但他来不来我可不管！还有，你们不能审问里面那个人！"

三哥怎么可能不想见她，只要有人帮忙传个信就好！生怕冉无恙反悔，万俟灵连忙说道："好！一言为定！"

这边打斗的动静还是惊动了其他护卫，七八名壮汉提着刀冲了过来，将冉无恙团团围住。

这个人就是再见三哥的希望，万俟灵哪里还敢为难她，立刻摆了摆手说道："放她走。"

几名护卫悄悄看向乌力，乌力微不可察地点了点头。

冉无恙根本没把这些人放在眼里，纵身一跃，出了小院。

乌力使了个眼色，几个人意会，朝着冉无恙离开的方向追了出去。

万俟灵眉头微蹙，叫道："回……"

"公主莫急。"乌力上前一步，压低声音说道，"他们只是暗中跟着那个人而已，若是我们能找到三皇子的落脚处岂不是更好？"

万俟灵抿了抿唇，虽然心中有一股说不清楚的不安，但想见三哥的心情占据了上风，她最终还是没有阻止他们追上去。

冉无恙从小院出来的时候天还没有完全黑。或许是因为今日到处都是巡逻的士兵，百姓和商户们都被吓坏了，天还没黑街上就已经没什么人走动。

冉无恙为了避开巡逻兵穿过一条小巷，系统的声音在脑海中响起："有人跟踪你。"

冉无悉冷哼一声，回道："不自量力。"她早就发现有人尾随着她了，不然她也不会走暗巷。

冉无悉不紧不慢地朝着更加偏僻的巷子深处走去。她已经把腰间的匕首抽出来了，不知道想到了什么，又把匕首塞了回去，身子一转，躲到了暗巷的拐角处。

宿主不回去，躲在这里干什么？系统觉得她不太对劲，问道："你想干什么？"

"干吗？当然是打他们啊！"她现在一肚子火，正愁无处发泄呢，这些人来得正好！

宿主是不是被它养得有点儿暴力了？

系统反思了一会儿，最后得出结论：战神以武力征服天下没什么问题，不服的就是应该打到服。

嗯，没错，就是这样。

系统心安理得地看着宿主将几个冲进暗巷的护卫狠狠地打了一顿，每一拳都朝脸上招呼，拳拳到肉。他们伤势不重，就是疼而已。

这些人回去之后，不仅主子认不出他们，估计连亲妈都认不出了吧。

冉无悉足足揍了一炷香的时间，才算把心里的郁气发泄完，终于良心发现，放过了一群鼻青脸肿的大汉。

其实这几名护卫对上冉无悉还是有一战之力的，只是乌大人的意思是让他们跟着少年找到她的落脚处，又不是来暗杀，所以当他们看到少年手里没拿武器，举着拳头冲上来的时候，难免轻敌了，想着挨几拳也没事。

他们哪知道这瘦巴巴的少年拳头这么硬，还黑心地都是往脸上招呼。

被打蒙的几个人从地上爬起来，抬眼看去，暗巷中哪里还有少年的身影？几个人连忙追出去，找了几条街，连影子都没找着。

人呢？一眨眼的工夫跑哪儿去了？

几个大男人面面相觑，只觉得脸更疼了。

…………

冉无悉回到客栈的时候已经是戌时了，前两日后门外还会挂上一两个小灯笼，今夜却什么也没有。

夜色浓重，冉无悉眯了眯眼睛，才勉强看清门是虚掩着的，应该是老方他们特意给她留的门。

她走到门边，正准备推门进去，忽然听到门后有一道轻微的呼吸声，她全身的肌肉瞬间紧绷起来，手也立刻抚上了腰间的匕首。

"是我。"门内的人也察觉到她的动作，男声响起的同时，门也从里面打开了。

一张相貌普通、眼神刚毅的脸出现在眼前，冉无悉有些诧异，在门口等着她的人居然是胡扬。

胡扬朝她身后扫了一眼，漆黑的街道上空无一人，很显然，冉无悉并没有把蔺奚带回来。

冉无恙进门之后，一直暗暗观察胡扬的脸色，只见他平静地关上后门，眼中没有失望、疑惑之类的神色，只是压低声音说道："大家都在等你，快进去吧。"

冉无恙点了点头，跟着他往里走，盯着前方高大的身影，眉头紧锁。她总觉得胡扬这个人很矛盾，仿佛平庸至极，没有一点儿存在感，但是当你仔细观察，又会发现他处事自有章法，胸中暗藏丘壑，反正就是说不出的古怪。

冉无恙的房间如昨晚一样挤满了人。房门打开的瞬间，一道人影就向她扑了过来，她立刻弯腰下蹲，从那人张开的双臂下穿了过去。

余子扑了一个空，差点儿撞到随后进来的胡扬身上，他也不恼，转身又追在冉无恙身后，叨念道："无恙啊，你总算回来了，天黑了你没来找我们，我们没有乱走，听从你的安排回了客栈等你。"

冉无恙原本不想理他的，听他这么一说，倒是转身看了过去。

余子嘿嘿笑了两声，脑门上仿佛写着"快夸我"几个字。好好的一个汉子，现在看起来傻兮兮的。

冉无恙忍不住笑了，真是稀奇了，白天的时候他还不听话，嚷嚷着要跟她一起潜入城北军营找人，到了晚上就这么乖了？

冉无恙瞟了胡扬一眼，她总觉得是胡扬和余子说了什么，才让余子傻傻地冲过来讨好她求表扬。

可惜胡扬不像余子这么憨傻老实，他始终面无表情，从他那张平凡的脸上，根本看不出心里想些什么。

冉无恙本来就不是善于心术之人，眉头不自觉地又皱了起来。

这时，一杯水递到了她的面前，熟悉得不能再熟悉的声音在耳边响起："累不累？喝点儿水。"

云亭伤得不重，休养了一天，已经可以下床走动，他一边给冉无恙递水，一边不着痕迹地观察她。

衣服上有些污渍，没有血迹，身上没有血腥味，脸色红润，应该没有受伤。

确认了这一点，云亭提了一天的心总算放了下来，这时候他也才发现，小丫头似乎有点儿不对劲。

若是以往，小恙早就开开心心地接过水杯，一边喝水一边笑眯眯地看着他，但是今天，她不仅没对他笑，连水都没有接，甚至还转过身去，仿佛没看到他一般。

云亭微微挑眉，这是怎么了？

他还没来得及多问两句，余子又黏了上来，问出了所有人心中最为关心的问题："蔺奚呢？你找到人了吗？"

冉无恙现在一看到云亭就想到他和万俟灵有那么多小秘密，心里酸溜溜的。

索性眼不见为净，她转身走到老方面前，背对着云亭一屁股坐在小板凳上，低声说道:"我把军营找了个遍,没有找到人,蔺奚应该不在城北敌营。"

一听这话,余子刚才还朝气蓬勃的脸立刻垮了下来,他急问道:"怎么会呢?他不在敌营还能在哪儿?"

老方也很焦急,开口问的却是另外一件事:"所有地方你都找过了吗?你还记得清楚路线和细节吗?能不能绘制出详细地图?"

并不是老方不关心蔺奚,而是敌营的详细地图实在太重要了。

塔木城和临山关,是两国的最后防线。这些年来,两国频繁交战,皇城中百姓谈论起来,说的都是战事胶着、难分胜负,实际上大多数时候,都是瑜国输。瑜国之所以到现在还没有被凉国攻破,都是拿人命来填。

这两年招兵的年纪越来越小,像冉无恙这种十三四岁的少年比比皆是。更严峻的是,原本驻守临山关的将领几乎全部阵亡,若非蔺大将军及时赶到,凉国的军队就要直取运城了。

近年来凉国数次占领临山关,可是瑜国占领塔木城,却要追溯到十多年前蔺老将军在世的时候。

老方手上这张被冉无恙嫌弃过无数次的地图,也是那时候画的,十多年过去,里面的建筑布局、军需储备、岗哨位置等早就发生了很大变化。

蔺大将军想要如他的父亲一般攻下塔木城,这张地图至关重要!

在老方热切期盼的目光下,冉无恙想了想,保守地回道:"我不能保证一点儿差错和疏漏都没有,但基本能绘制出比你手里那张精细十倍的地图。"

冉无恙有系统提供的地图,只要舍得花魅力值去换,别说精细十倍,就是百倍她都能绘制出来,只是这样就太夸张了,她没法说明出处。目前的她还没有目空一切的资本,低调些好。

"那就好,那就好!"老方不知道冉无恙开了逆天外挂,一听十倍,就满意地连连点头。

看到两个人的注意力居然都在地图上,余子心火直冒,怒声说道:"地图的事后面再说,蔺奚不在军营,他怎么不回来呢?他不会伤重倒在外面……"说着说着,他脑海中就浮现出蔺奚浑身是血倒在路边,失血过多凄惨死去的画面。

余子哭丧着脸,额头上的冷汗都冒出来了,其他人听他这么一说也吓得脸色煞白。

再让他们自行想象下去,蔺奚的尸体不仅凉了,可能还已经腐烂了。

冉无恙一巴掌拍在余子的后颈上,说道:"别胡思乱想,我找到营地东门附近的时候,看到几名身形壮硕的男人拖着一个黑衣人上了一辆马车。看身形,那个人很像蔺奚,当时离得远,我也不敢完全肯定。我怕打草惊蛇,就只是远远地跟着他们一路往东走,那边都是民宅,小巷错综复杂。那一片巡逻兵太多了,我为了避开他们,就把马车跟丢了。"

回来之前冉无恙就想过要如何给大家一个交代，敌营危险，蔺奚既然已经不在那里了，她不可能让战友再去敌营冒险，但是遇到万俟灵的事也不能随随便便暴露，事关云亭哥，一定要谨慎谨慎再谨慎才行。

思来想去，她只能想到这个办法，只说蔺奚在城东，具体的情况等她和云亭哥商量过之后，再和老方他们细说不迟。

余子脑海中还在循环播放蔺奚惨死的一幕，他到现在还有些发蒙。大喜大悲之下，他都不太敢相信自己的耳朵，愣愣地看着冉无恙，一字一顿地问道："你是说，蔺奚被人抓住送出军营了，他没有死？"

余子的脸色到现在还是一片惨白，他是打心底担心蔺奚的安危。

冉无恙心下不忍，肯定地点了点头，认认真真地回道："如果那个黑衣人是蔺奚的话，那么他确实没有死。我后来又在城东附近找了很久，没看到马车的踪迹，我猜马车可能是进入了某个小院。"

张君和老方对视一眼，低声说道："塔木城东面大多是民宅，将俘虏藏在那里，恐有诈……"

余子好不容易从蔺奚没有死的消息中缓过神来，又听到张君说有诈，生怕他们商量来商量去，最后还是不肯去救蔺奚。他终于忍不住吼道："不管是不是有诈，我们好不容易有了蔺奚的消息，民宅总比军营好，大不了我们一家一家地找，肯定能找到。就算不能把他救出来，也得先找到人，知道他是死是活吧。"

张君不是说不想救人，只是习惯性地想得多了一些而已，被余子这么一吼，倒像他不管蔺奚死活似的，他和老方两个人的脸色都变得难看起来。

余子脾气有点儿急，又是个愣头青，看没人接他的话，心里发慌，盯着冉无恙急忙问道："无恙你说我说的对不对？"

冉无恙没和云亭商量之前，也不知道具体应该怎么做，她抿了抿唇，绞尽脑汁地思考着怎么安慰余子。

余子看她也不说话，心里更急了，慌乱间对上了云亭平静温和、仿佛能包容一切的黑眸，胸中那种无所适从又着急慌张的情绪似乎平息了几分。

他吸了吸鼻子，哽咽着说道："云亭，我们都是前锋营的啊，你们不能见死不救，蔺奚也才十七岁……"

云亭拍了拍他的肩膀，郑重地说道："放心吧，蔺奚是我们大家的战友，谁都不会见死不救的。你先冷静下来，听我细说，如果你或者其他人觉得我说得不对，也可以反驳，好吗？"

云亭今年才及冠，年纪比余子还要小几岁，认真算起来，除了冉无恙和蔺奚，一行人中最年轻的就是他了，但就是这样一个青年，用他沉稳的嗓音、温和包容的胸怀、淡定从容的气度，奇异地安抚了包括余子在内的所有人，让他们的情绪慢慢稳定下来。

在这么多人面前红了眼，余子有些不好意思，他揉了揉鼻子，低声回道："嗯，你说。"

云亭看向老方几个人，看到他们也缓缓点了点头，才继续说道："东面是平民百姓居住的地方，少说也有几百户，鱼龙混杂。我们只有这么几个人，摸黑排查的话几个晚上也查不完。连年征战，百姓们警惕性很高，城区内夜间巡查的力度肯定也比白天要大。只要出现一点儿纰漏，不管是塔木城的百姓还是官兵都会盯死我们，到那时我们可能连城东区都跑不出来。"

云亭一边说，一边暗暗观察众人的神情，以老方为首的几个人都微微点头，显然是认同他的看法。

如胡扬这样的，仿佛什么结果都接受，脸上写着无所谓。唯有余子低着头，紧握的双拳显示着他的心里并不平静，争取了这么久，结果依旧不如他的意。

云亭等了一会儿，看他心绪虽然起伏不定，却仍是没有出声反驳，心中对他的评价提高了几分。他继续说道："大家辛苦了一天，身体和精神都很疲惫了，我的意见是，与其今夜盲目行动，不如明日一早让无恙带路，咱们分成几组，一边卖椰果一边暗访，这样更容易有所斩获，也更安全。"

停顿了一会儿，给足了他思考的时间，云亭才低声问道："余子，你说呢？"

刚回来的时候，余子就听老方他们说了今天一天的经历。外出打探消息的人被巡逻兵拦了三次，留在客栈的云亭等人，也应付了两批官兵的搜查盘问，若不是他们手里有椰果，乔装成卖货的小商队，说不定还会被抓回去审问。

昨夜一宿没睡，今天又折腾一天，大家是真的很疲累了。

即使余子心里很想马上冲出去找人，但理智还是让他接受了云亭的建议。他咬了咬牙，回道："听你的！"

余子没有继续闹下去，老方松了一口气，被俘的人毕竟是蔺大将军的亲侄子，他的压力也很大。

如果余子回去和大将军或者萧将军说他见死不救，不顾蔺奚死活，就算将军们不会听信余子一面之词，却总归还是对他不利。

如今云亭能说服余子，真是再好不过了。生怕余子又闹什么幺蛾子，他立刻站起身，对众人说道："既然大家都没意见，那就这样吧，时间不早了，都回去休息，明日一早，我们再去城东打探。"

说完他朝张君使了个眼色，张君会意后立刻起身，两个人匆匆离开，其他人对视一眼，也一起走了出去。

余子走在最后，出门前他又回头看了一眼，这一次，冉无恙对他点了点头，肯定地回道："我肯定能找到蔺奚把人救回来，请你相信我！"

余子什么也没说，只是红着眼睛点了点头就快步跑了出去。

众人走了，冉无恙的脸色不仅没有变好，反而更加冷了，仔细看，还能看出她连嘴巴都噘了起来。

那副气鼓鼓的模样，在云亭眼里不但不吓人，还有几分可爱。

休养了一天，云亭的身体已经没什么大碍了，他走到冉无恙身旁，也拉出一张凳子坐下，像往常一般揉了揉她的脑袋，轻笑着问道："怎么了？谁惹我们家小恙生气了？嘴上都能挂几斤油了。"

以往云亭用这样哄小孩儿的语气逗她，冉无恙就算不立刻转怒为喜，也绷不住生气的表情了，但是今天，她仍是冷着脸，把头扭到一边，将腰间的匕首抽了出来，砰的一声丢到了桌上。

这把匕首是云亭三年前送给小恙防身的武器，小恙对它爱不释手，十分珍惜，从不让它离身，即使是睡觉时也要把它放在枕头下面。

一得空闲，小恙就会拿着软布一遍遍地擦拭它，有时候云亭都觉得匕首的地位比他还高，今日这是怎么了？

这还是这么多年来，小丫头第一次对他发这么大脾气，感觉……有点儿新鲜。

小恙极少生气，尤其是生他的气，今日气成这样，怕是白日遇到什么事了吧。都不需要多用脑子，云亭就已经猜到，小恙和小灵肯定是碰上了。

云亭好笑地摇了摇头，两个都是妹妹，一个是亲妹妹，一个是……

咳咳，云亭的嘴角微微弯了弯，他暗暗叹了口气，能怎么办？哄呗。

他将一直用热水温着的饭菜端了出来，一样样地摆在桌上，饭菜的香味瞬间充斥了整个房间。

云亭忍着笑把筷子递到冉无恙面前，好声好气地哄道："再怎么样也别和自己的肚子过不去，吃饱喝足才有力气生气，对不对？"

饭菜的香味很诱人，对饿了一天的冉无恙有着极大的吸引力，但她硬是梗着脖子，不去看那诱人的饭菜一眼。她指着桌上的匕首，气鼓鼓地问道："它叫碧空？"

云亭一怔，"碧空"这个名字，已经在他的记忆里消失很久了，久到现在想起来都有些恍惚。

云亭伸出手将匕首握在手里。坠手的重量、冰凉的触感、鞘上粗糙的万字花纹，让他再次回想起那段至今都令他感到可悲又可笑的往事。

他摩挲着匕首的把手，缓缓将匕首拔了出来，白芒耀眼，一如当年般锐利。

良久，他才似叹息又似嘲讽地说道："你仔细看它的刀刃，是不是白中泛青？它刚刚打造好的时候，青光更加明显，就像雨后晴空。那时候我还小，总想着起一个好听一点儿的名字，所以就给它命名'碧空'了。"

冉无恙虽然还在闹别扭，侧着身不肯理云亭，但她的眼睛诚实地瞄向了云亭手里的匕首。锋利的白刃上果然泛着浅淡的青光。

她几乎每天都要擦拭匕首好几遍，之前居然都没发现！冉无恙气闷地说道："既然它有名字，你为什么不告诉我？"

云亭沉默了一会儿才低声回道："它以前叫碧空，后来就不再是碧空了，所以就没有告诉你。"

什么叫以前叫碧空，后来就不叫碧空了？名字还能被收回的吗？冉无恙隐隐猜到这或许又是在云亭哥少年时期发生的一件不太愉快的事。

她偷偷瞄了云亭一眼，小心翼翼地问道："为什么啊？"

问完她又后悔了，虽然她真的很想知道真相，但揭人伤疤这种事实在太不道德了，而且这个人还是云亭哥，就更不应该了。她连忙说道："算了算了，还是别说了，我不想知道了！"

眼睛里明明写着"好奇死了，好想知道"几个大字，脸上却硬要装出一副不在意、不感兴趣的模样，这样小心呵护着他的冉无恙，在云亭眼里简直不能更可爱了。

他的心早就已经冷硬如铁，哪有这么容易就受伤了？既然小恙想知道，那告诉她又何妨，以前他不说，只是觉得没必要说而已。

云亭掂了掂手里的匕首，笑道："你有没有觉得，这把匕首特别重？"

冉无恙点头："嗯，是比普通匕首重很多。"那时才十二岁的她差点儿拿不住这把匕首，后来还是她每天练习挥舞匕首一千下，才勉强能使用它。

"因为……"云亭刻意停了一下，挑起了冉无恙的好奇心，待她不自觉地往自己身边靠的时候，他才故作神秘地压低声音说道，"它是用玄铁打造的。"

"玄……玄铁？传说中能造出无坚不摧的神兵利器的玄铁？"冉无恙整个人差点儿从椅子上跳起来，若不是云亭把匕首拿在手里，她都想抢过来仔细研究一番。

云亭被她一惊一乍的反应逗笑了。他摇摇头笑道："事实上也没那么神，对不对？"

冉无恙还没从自己整天揣在腰间，砍过柴、切过烤肉的匕首居然是玄铁所造这件事中回过神来，她眼神火热地盯着匕首，努力地想从中看出点儿什么不一样的东西来。

云亭将手往左移，冉无恙的目光就跟着往左，手往右移，她的目光就跟着往右。

云亭实在没忍住，哈哈笑道："玄铁是我八岁那年意外得来的，当时我的反应就和你现在一样，觉得自己能打造一把天下无敌的神兵利器了。"

冉无恙白了他一眼，这话的意思，是说她现在的智商和他八岁时一样吗？

好不容易才哄好了一些，云亭怕她恼羞成怒又开始折腾。他轻咳一声，收敛了笑意说道："玄铁太过珍贵，我打算将它打造成匕首送给父皇。只是我找了好几个厉害的铸剑师都没能成功，我记得不知道哪本古籍有云，金铁之精，无法熔化不能成剑，唯有活人血肉精魄才可助其炼化……"

活人血肉精魄？不会是她想的那样吧！为了铸匕首割肉放血？

冉无恙倒吸了一口凉气，吃惊地说道："你手臂上的两道疤就是放血留下的？"

那时候她还没有吃过什么苦，没经历过战争的残酷，云亭胳膊上那两道深可见骨的狰狞疤痕就把她吓得做了几夜的噩梦。

小丫头盯着他的胳膊，大有掀开袖子再次检查一下疤痕的趋势。云亭连忙将手往后收了收，继续说道："还别说，我放了血之后，匕首倒是真的炼成了。为了能在万寿节献上礼物，我还特意在鞘上下了不少功夫，可惜当时力气小，雕的万字纹丑得没法入眼。狄勒静看过之后，直接不许我将匕首献给那位至高无上的王了，理由是丢脸。"

哪里丑了！亲手一点点雕刻出来的万字纹明明是最珍贵的！

冉无恙听了直冒火，追问道："后来呢？"她总觉得还有后续，不然云亭哥不至于抛弃"碧空"这个名字。

"后来我还是偷偷地将匕首藏在身边，在万寿节的时候，当众献上了这份礼物。"云亭像是想起了什么好笑的事情，轻笑一声，继续慢悠悠地说道，"事实证明，还是狄勒静更了解那个男人，他只扫了一眼，都不屑于拔出刀刃看一看，就说了一句'丑陋拙劣，配不上"碧空"二字'。"

所以这把费尽千辛万苦锻造出来，饱含着云亭哥的鲜血与热诚的匕首就这样被弃之如敝履了？没有得到一句夸奖，只换来了一顿责骂、一场羞辱？

冉无恙气得头顶都快冒烟了。云亭仍是一副无所谓的样子，将匕首随手扔回桌上，自嘲道："很傻吧。没有人珍惜，就算把身体里的血都流尽了，也只是徒劳。"

家里虽然穷，却从小被爹娘捧在手心的冉无恙完全不能理解，世上怎么会有这样的父母！云亭的父母一次又一次刷新了她对"父母"这个词的认知。

她猛地扑到桌上把匕首捡了回来，紧紧地抱在怀里说道："谁说没有人珍惜？我珍惜！它是我最喜欢最重要的宝贝，谁都比不上！"

一想到这把匕首里面竟然还有云亭哥的血，冉无恙就心疼得要命，心疼匕首，更心疼云亭哥。

看着她傻傻地用脸去蹭鞘上雕刻得粗糙拙劣的万字纹，云亭觉得好笑的同时，心也热乎乎软绵绵的，想起往事而生出的那点儿郁气就像是太阳下的水雾，瞬间散得一干二净。

"好，有你珍惜就是它最大的幸运了。"也是……我的幸运。

他眼中的光专注温柔得让人心碎，可惜冉无恙沉浸在"云亭哥好可怜"的情绪中不可自拔，生生错过了。

咕，忧伤又美好的气氛，被肚子的抗议声打破了，冉无恙浑身一僵，脸微微泛红。

云亭再次没忍住笑出了声，将筷子递了过去说道："出去一天饿了吧，快吃点儿东西垫垫肚子。"

冉无恙小心翼翼又万分珍惜地把匕首别在腰间，才接过筷子和饭碗，吸着口水看向桌上的菜肴。

番茄炒鸡蛋，酸辣土豆丝，香辣兔丁，家常又丰盛的晚饭，这些都是她喜欢吃的。她口水都快流出来了，只是目光落在香酥麻辣的兔丁上的时候，脑海中不知道怎么的，就想起了兔兔……

她放下碗筷，幽怨地看着云亭，竖起食指和中指两根手指头，弯了弯，委屈地问道："这又是什么？兔兔？"

云亭盯着那两根纤长的手指头，太阳穴跳了跳。这是没完了？

听到小恙说出"碧空"这个名字的时候，云亭就已经猜到两个丫头不仅碰过面，肯定还对过话了，但是他没想到，她们竟然连这种小事也要拿出来说。

两个人有这么熟吗？女孩儿们到底都在想什么？

云亭哭笑不得："连饭都不吃了，就为这个生气？"

冉无恙也知道自己这样太小气、太莫名其妙了，但她就是忍不住啊！

她瘪着嘴，垂着头，像被霜打的茄子似的嘀咕道："你和她是血脉相连的嫡亲兄妹，你们从小一起长大，还有那么多那么多的小秘密，我们都没有……"

所以这是吃醋还是撒娇？云亭被她生生气笑了。他用指尖轻敲桌面，嘴角扬起一抹醉人的弧度，笑道："小秘密是吗？我们也有啊，还有很多呢。"

冉无恙好奇地抬头看他，眨了眨眼睛，呆呆地问道："是什么？"

云亭哥笑得这么温柔灿烂，可她怎么觉得心里有点儿发毛？

"我记得……"在冉无恙忐忑的目光中，云亭单手托着下巴慢悠悠地说道，"刚在你家隔壁住下的那一年，冉婶给我做的好吃的几乎都进了某人的肚子，短短几个月就养出了小肚腩，冉叔冉婶当时是怎么说来着？"

云亭假装思考，停顿了一会儿，在冉无恙的脸越来越红的时候，他愉悦地笑道："家里养了只猪小妹对不对？可惜某人撒泼打滚，死也不让叫，其实我觉得猪小妹比兔兔好听多了。"

"猪小妹好听吗？猪猪好听一点儿吧。"沉寂许久的系统也来凑热闹。

"闭嘴！"冉无恙快气死了。

她就知道，她就知道云亭哥这么笑准没好事！

"这算什么小秘密啊！别说了！"冉无恙直接扑了上去，想要捂住云亭的嘴。可惜云亭早有准备，哪会让她这么轻易就扑到，侧身往旁边一闪，就躲了过去。

云亭身上有伤，冉无恙不敢用力去拉拽他，只能围着他团团转，试图阻止他继续说下去。

云亭显然不打算就这样轻易地放过她，一边躲闪一边笑道："你急什么，还有很多啊，某只馋猫想吃蜂蜜，自己偷偷跑到后山捅蜂窝，结果被蜜蜂追，只能躲到烂泥潭里，回来之后五桶水都没洗干净，身上臭了整整三天。

"还有个小傻瓜听说毛笔是用羊毛做的，就追着两个月大的羊崽薅羊毛，结果被羊妈妈踢了几脚，几天下不了床……"

冉无恙的脸都绿了，她发狠地冲上前，用双手紧紧地抱住云亭的腰，气急败坏地吼道："你答应过再也不提这些事的！"

冉无恙整个人扑到他怀里，云亭也不躲了，任由她抱着，抬起手在她毛茸茸的脑袋上揉了揉，轻叹道："不提我怕你忘了。"

"忘了才好呢！"这些哪是什么小秘密，明明就是她的糗事！

冉无恙恼羞成怒，干脆把脑袋压在云亭没有受伤的那边肩膀上，赖着不肯动。

柔软的发丝摩挲着他的脖子，带来丝丝痒意。

云亭微微低头就能看到小恙头顶的发旋，若是几天前，小恙像这样腻在他怀里，他一定会轻轻将她推开，小丫头已经长成大姑娘了，即使亲如兄妹也不可再这般亲近了。但是现在，云亭不但没有松手，反而缓缓收紧双手，将人更深地拥入怀里。

冉无恙后知后觉地发现，自己的腰正被云亭哥搂着，两个人的身体紧紧地贴在一起。

脸上的热度节节攀升，她还没来得及害羞，就听到那个扰乱她心湖的人竟然又说道："我还记得……"

有完没完啊，还说！冉无恙连忙挣开云亭的怀抱，手忙脚乱地去捂他的嘴，怒声说道："不许再说了！"

嘴被捂着云亭也不恼，他眼眸含笑地看着她，继续说道："我还记得，在我没有食欲，吃不下东西的时候，有一个人总是把最好的肉挑出来，夹到我碗里；她还会在我喝完苦涩的汤药之后，给我冲一杯蜂蜜水；我来临山关的第一个新年下雪了，好冷，但是我收到了一份最暖心的礼物，一支羊毫笔。"

被捂住的声音闷闷的，温热的气息喷洒在冉无恙的掌心上。她甚至都没办法去细听云亭究竟说了什么，只觉得手心麻麻的、痒痒的。她连忙收回手背到身后，想在衣服上搓一搓，又舍不得，无比纠结。

脑子一片空白之下，冉无恙本能地将手握成拳头，想要留住他的温度和气息。

冉无恙的小动作没能逃脱云亭的眼睛，他伸出手，再次将他的女孩儿拥进怀里。

"这些是我们之间的小秘密。就算再也不提，我也永远不会忘。"正是这个傻姑娘，用她阳光般的热情和炙热的心，将他从背叛、绝望的深渊中解救了出来，让他冰冷的心重新有了温度。

云亭哥主动抱她！完了完了，不只是手心，她觉得自己的心好像也开始麻了。

自认为脸皮有城墙那么厚的冉姑娘这一次变成鸵鸟了，她连头都不敢抬，更别说和云亭对视了。

云亭哥说的这些，都是她十岁之前干的傻事，而且还不是最傻的，她干过的糗事多得她自己都数不清。

年岁再大一点儿的时候，她还拉着云亭哥一起犯蠢，云亭哥也总是陪着她胡闹，就连爹娘都说，哪家的亲哥哥也做不到这么宠妹妹。

云亭哥说他永远不会忘,她何尝不是呢?

七年。

云亭哥珍贵的青少年时光,她快乐的童年时光,他们彼此陪伴着一起度过。

他们有很多独属于两个人的小秘密,她根本不需要去羡慕嫉妒别人。

冉无恙豁然开朗,心情正好,忽然听到云亭带着笑意的低沉嗓音又悠悠传来:"哦,对了,某人还说要抓萤火虫陪我一起睡觉的事,我也记着呢。"

我不是!我没有!这个真的不关我的事,都是小神的错!

冉无恙决定装死,当作没听到。

两个人靠在一起,谁也没再说话,小小的房间里,昏黄的油灯火焰微晃,将两个人相拥的影子拉得很长。

鼻间环绕的是淡淡的饭菜香气,怀里抱着的,是信任依赖着自己的可心之人,云亭恍惚间觉得,若是未来的几十年都能这样度过就好了。

咕,温馨的气氛被响亮的腹鸣声再次打破,两个人对视一眼,同时笑了起来。

云亭轻拍了一下冉无恙的后脑勺,说道:"还闹不闹了?"

今天丢脸的事经历得太多,冉无恙已经彻底地放开了,她从云亭的怀里钻出来,揉了揉肚子,大大方方地回道:"不闹了,肚子好饿,我要吃饭!"

说完自己就跑回到桌边,也不用云亭招呼,抓起筷子和碗大口大口地扒起饭来。

军营里的伙食实在太差了,冉无恙已经好久没吃过这么好的饭菜了,再加上饿了一天,她吃饭的速度简直可以用风卷残云来形容。

她的腮帮鼓鼓的,嘴里饭菜还没吃完就又往里塞。云亭在她身边坐下,微微皱眉,低声说道:"慢点儿吃。"

冉无恙埋头苦吃,敷衍地点点头,往嘴里送食物的速度可是一点儿也不慢。

这是连嚼都不想嚼就咽下去吗?云亭又好气又好笑,看着像只小仓鼠一样进食的丫头,他的手忽然有点儿痒。

"呜!"冉无恙吃得正开心,右边的腮帮子忽然被戳了一下,嘴里的食物差点儿吐出来。

她抬头怒视着云亭,飞快地吞下口中的食物,在云亭准备戳第二下的时候,扭头张嘴就咬,非常精准地咬住了纤长的食指。

敢戳她,咬你哦!

冉无恙得意地扬了扬眉,故作凶狠地又唷了两口,实际上根本没用力,牙齿轻轻磨着指节,说咬还不如说是衔着。

云亭整个人都僵住了。柔软的唇,温热的舌尖,牙齿撕磨的痒痛,纷杂刺激的感受一股脑儿涌了上来。云亭被她咬得心浮气躁,不自觉地咽了一口口水,只觉得喉咙异常干燥。

他飞快地抽回手,轻咳一声,故作镇定地说道:"快吃饭,吃饱了把今天发生的事说给我听。"

看你还敢不敢戳我！冉无恙自顾自地得意，美滋滋地继续扒饭，完全没注意到云亭的声音比平时暗哑几分。

云亭咬了咬牙，暗暗深吸了好几口气，不断默念着：小恙今年才及笄，再等等，再等等……

"醒了？"

蔺奚刚一睁眼，耳边就响起一道清越的女声。原本还有些恍惚的神志立刻清醒，眼中利光一闪而过，他猛地坐起身，循声望去。

只见烛光下，绝色女子半依在软榻上，身旁的矮几上放着一杯清茶，两盘糕点，还有一个小茶盅。她单手托着下巴，嘴角微扬，眼眉中带着淡淡的笑意，看起来心情很不错。

两次醒来听到的都是同一句话，看到的也是同一个人，他还发现自己身上脏污的黑衣已经被换了下来，腿上的伤也重新上了药。蔺奚惊疑不定，这女子到底想干什么？

他记得冉无恙偷偷潜进来救他，但是他们还没走出这扇门就被女子发现了，然后……然后他就晕过去了？

蔺奚到现在还没想通自己到底是怎么晕过去的，当时他的注意力都在忽然出现的女子身上，后颈骤然一痛，他就晕过去了。

那时候只有冉无恙站在他身后，总不可能是冉无恙打晕他的吧。

蔺奚回头仔细观察了一下这个房间，发现床的后方还有一扇小窗户，蔺奚恍然大悟，肯定是有人从窗户翻进来，趁他和冉无恙不备，将他们打晕。

如今他在这里，冉无恙怎么样了？

蔺奚有些担心，悄悄地瞟了女子一眼。

蔺奚虽然一直绷着脸，但那双眼睛还没学会如何藏匿心思，万俟灵一眼就能看出他在想什么。

看着他一会儿疑惑一会儿恍悟，万俟灵觉得有趣极了，好心地等他将之前的事理顺之后，万俟灵才笑着说道："你是不是想问你的同伴哪儿去了？"

蔺奚确实很想知道冉无恙怎么样了，也不矫情，追问道："你们把她怎么样了？"

万俟灵眼皮都没抬，淡漠地回道："杀了。"

"什么？"蔺奚心头一震，脸色煞白，他猛地站起来，竟想冲向万俟灵。可惜他才刚站起来，脚使不上力，又跌坐回床上，这一通折腾，好不容易包扎好的伤口再次裂开。

万俟灵扫了一眼渗血的纱布，微微挑眉，轻抿了一口茶水，似笑非笑地问道："你们感情很好吗？这么关心她。"

女子轻言浅笑，身上没有一丝戾气，怎么看都不像是心狠手辣之人。

这个人虽然抓了他，却没有对他用过刑，还给他疗伤，没理由对冉无恙痛下杀手。蔺奚定了定神，迟疑地问道："你真的杀了她？"

万俟灵眨了眨水灵灵的大眼睛，一脸无辜地回道："俘虏一个就够了，再说她长得又没有你好看，留着也没用。"

"你！"这宛若调戏一般的话，气得蔺奚脸色一会儿红一会儿白，严肃冷漠的面具都戴不住了，一张娃娃脸气到扭曲。

一句话就气成这样？这么不禁逗吗？多少年没见过这么有趣的人了，万俟灵忍不住哈哈大笑起来。

万俟灵笑得眼角的泪都出来了，到了这时候蔺奚还不知道被人耍了那也太蠢了。

长得像仙女似的，性子怎么这般恶劣！

蔺奚知道自己不善言辞，肯定说不过女子，勃然大怒也只会让自己变得更加可笑。他深吸了一口气，冷着脸，一言不发地瞪着万俟灵，如果目光能化为利剑，万俟灵已经变成刺猬了。

可惜目光只能是目光，无法化为利剑。万俟灵不仅没变成刺猬，还能笑盈盈地与他对视，说出来的话，带着三分轻佻，七分霸道，听得人血压飙升。

"你别再这么看着我啊，不然我可不能保证自己不会做出什么别的事情来，毕竟你这么对我胃口。"

这……这种话她怎么说得出口？蔺奚震惊了！

他出身簪缨世家，名门望族，从小到大接触的都是大家闺秀，即使有些贵族千金被宠坏了，也只是刁蛮任性些罢了，他哪里见过这般……这般……

四岁开始习武，十二岁入军营的"钢铁小直男"，根本找不到一个合适的词来形容眼前的女子。

蔺奚脸色涨得通红，憋了半天，他才憋出两个字："无耻！"

第二十章　营救行动

凉国百年前才将五个部落统一，一直以来都是重武轻文，女子骑马射箭是常事。

凉国女子喜欢威武健硕的男子，男子也喜欢直爽热辣的女子，凉国上下对女子的礼教束缚相对于其他几个国家要小很多。

之前那些话都是万俟灵为了逗蔺奚而说的，实际上更出格的话她还说过不少，但从来没有人敢斥责一位公主"无耻"。

第一次听到这个词，万俟灵觉得有点儿新鲜，生气倒不至于，但这人既然敢说她无耻，她自然不能让人家失望。

"呵。"万俟灵起身，唇角依旧挂着浅浅的笑容，眼中骤然而生的冷意让蔺奚整个人都紧绷起来。

她倚靠在榻上的时候，明明给人一种温柔纤弱的感觉，可是当她站起身踏着烛光而来，蔺奚立刻感觉到强烈的压抑感迎面扑来，此时的她宛若一只猎豹，优雅又危险。

蔺奚戒备地盯着缓步走来的女子，思考着等她靠近，趁其不备将她制服的可能性。可惜女子并没有靠近他，而是在离他五尺开外的地方来回踱步。

寂静的夜晚，轻轻的脚步声被无限放大，每一步都仿佛踩在心尖上一般。长久的沉默使得气氛更为凝重压抑。

蔺奚屏住呼吸，双手紧握成拳，一双黑眸冷冷地注视着万俟灵。

"我现在很生气，你知道惹我生气的后果是什么吗？"万俟灵清清冷冷的声音里暗含杀气。蔺奚眉头都没有皱一下，一言不发，眼中没有一丝惊慌，不是强装镇定，而是真的毫无畏惧。

哟嗬，骨头很硬啊！万俟灵微微眯眼，冷声说道："我知道你骨头硬，你猜你同伴骨头有没有你这么硬呢？"

冉无恙果然没死！

蔺奚暗暗欣喜的同时又开始担心起来，无恙年纪小，身子骨也瘦弱，绝对撑不过严刑拷打，她完全是因为冒险来救他才会被俘，现在又要因为他失言而受刑吗？

少年依旧绷着冷脸，好似不为所动，可惜眼中的慌乱和自责没能逃过万俟灵的眼睛。

骨头是硬，可惜心太软，万俟灵嘴角微扬又很快压下，故作矜傲地说道："你要是现在对我说你错了，我就放过你，也放过她，如何？"

她让他认错？心底冒出一团怒火的同时，蔺奚又觉得有点儿可笑，生气了让他认个错就能消气？

这也太儿戏了，蔺奚总觉得万俟灵是在耍他，等他认错之后恐怕只会迎来更加恶劣的嘲讽羞辱，最终她也不会放过无恙。

但即便这样，他也不敢拿冉无恙的性命来赌。薄唇紧抿成一条线，蔺奚眼中划过一抹坚毅之色，他抬起头，炯炯有神的眼睛直勾勾地看着万俟灵，冷声说道："我错了，请你放过她。"

少年没有一丝敷衍，说话掷地有声，听得万俟灵一愣。

竟然真的认错了？她有些意外，不但没有失望，反倒觉得这人不慕虚名，挺重情义，比那些为了所谓的气节和面子死也不肯低下头颅的蠢货聪明务实多了。

万俟灵本就不怎么生气，如今对他又多了两分欣赏，自然不会为难他，不过，逗逗他倒是可以的。

她忽然走上前，伸手去摸蔺奚的脑袋，蔺奚一惊，迅速往右边一闪，躲过了头顶上那只作乱的手。

万俟灵也不恼，一副"真是拿你没办法"的模样，笑道："好吧，我原谅你了，谁让你长得可爱呢。"

蔺奚一口气堵在胸口，异常难受。

就好像你已经做足了准备，认为对方会捅你一刀，结果人家却笑嘻嘻地给你拿出一颗糖。这种憋屈又无力的感觉简直要把人逼疯。

此刻，蔺奚对万俟灵的评价只有八个字：喜怒无常，性子恶劣。

万俟灵可不在乎蔺奚怎么看她，少年明明想发火，却因为她手里有"人质"而不得不忍着的憋屈模样，就已经足够取悦她了。

万俟灵像是忽然想起什么，转身走回到矮几前，端起一个茶盅又走了回来。

"你不饿吗？我特意吩咐人给你做的肉糜粥，尝尝看。"万俟灵一边说着，一边将盅盖打开，淡淡的米香飘散开了。

蔺奚本能地咽了一口口水，身体却往后挪了挪，眼中戒备变得更深。

万俟灵将他的小动作看在眼里，轻嗤一声说道："放心，我如果想要你的命，根本用不着下毒。"说完，她将茶盅往前送了送。

蔺奚迟疑了片刻，还是伸手接过了万俟灵手里的茶盅。

他一天一夜没有吃东西，又失血过多，浑身无力，就算有机会逃跑他都跑不动，还是要养好身体才行。

蔺奚深吸一口气，捧着小茶盅试探性地尝了一口，眉头立刻皱了起来，不是因为别的，是因为……太好吃了。

他出身好，吃过不少好东西，这粥香糯浓稠，还带着淡淡的清香，只有碧粳米才有这样的独特风味。肉糜肉质细腻，味道鲜美，应该是鹿肉。

碧粳米产量少，价格贵，鹿肉补虚羸，益气力，有钱也未必买得到，她为什么要给他准备如此精细的食物？

就在蔺奚百思不得其解的时候，女子清越的声音带着懒洋洋的味道在耳边悠悠响起："下毒我是舍不得的，下药嘛……倒是有可能。"

蔺奚浑身一僵，嘴里的粥吞也不是，咽也不是。

少年仿佛被点了穴一般动也不动，看得万俟灵再次愉快地笑了起来。好玩，这人真好玩。

佳人轻笑，美不胜收。蔺奚却视若无睹，面无表情，低下头继续喝粥，心底没有任何波澜，或者说，已经有点儿麻木了。原来被调戏这种事也是会习惯的。

经过这短短的几次交锋，他已经深刻地明白，他在女子手里绝对讨不到便宜，谈话的节奏始终掌握在女子手里。

他看不清女子的意图，不如闭嘴，少说少错，静观其变好了。

就在蔺奚打定主意，一会儿不管女子问什么都不回应的时候，女子翩然起身，捋了捋微皱的裙摆，漫不经心地说道："你好好休息吧，明天我再来看你。"

蔺奚捧着已经空了的茶盅，呆呆地看着朝门外走去的身影，疑惑地问道："你……不审问我？"

帮他治疗，给他送吃的，最后还让他好好休息，蔺奚是真的搞不懂女子在想什么了，就算不严刑拷问，起码也要想尽办法套他的话才对。

她，就这样走了？

万俟灵停下脚步，回头看他，眼中满是兴味，笑道："你很期待我审问你啊？"

"啊"字还带着小尾音，配上她戏谑的表情，倒像是蔺奚舍不得她走似的。

蔺奚的脸又黑了，他发现自己根本没法和女子好好说话，索性不说了，正准备躺下休息，眼前一暗，毫无征兆地晕了过去。

万俟灵看着他直挺挺地倒在床上，嘴角扬起一抹漂亮的弧度，她摇了摇头，幽幽叹道："我都说了会下药了，你自己不相信可怪不了我。"

万俟灵稍稍抬手，一直紧闭着的房门忽然打开，门外站着一个黑衣男子，毕恭毕敬地叫道："殿下。"

男子身材颀长，不似一般的凉国男子那么壮硕，此人身形与蔺奚极为相似。

月光从他背后照进屋内，隐约能看清他的脸。奇异的是，这张脸竟然与躺在床上的蔺奚的脸一模一样，而他身上穿的黑衣，正是蔺奚换下来的那身血衣。

万俟灵淡淡地瞟了男子一眼，目光在他的脸上停留了片刻，眉头微不可察地皱了皱，她冷声问道："能做到几成像？"

"九成。"男子缓缓抬头，原本僵直冷硬、仿佛戴着一张人皮面具的脸，忽然生动起来，一脸茫然地看着万俟灵，迟疑地问道："你……不审问我？"

竟然连声音都变了，音色、语气都与蔺奚一般无二。眼前的人几乎与蔺奚重合，就算两个人站在一起，不是极度熟悉蔺奚的人，恐怕都无法分辨。

万俟灵又盯着男子那张脸看了一会儿，眉头才缓缓松开，除了没有真正的蔺奚"呆"之外，其他的，都很像。

万俟灵指了指一天之内因为各种原因昏了三四次的少年，说道："带走。"

两名壮汉进入房中，将昏迷的蔺奚架出了屋外，假蔺奚立刻走到床前躺了上去，顾长精瘦的身躯，苍白的娃娃脸，沉重的呼吸，一眼看去完全分不出真假。

万俟灵满意地点了点头，笑道："很好。"

那人若是老老实实给三哥传信自然最好，若是耍花样，她也奉陪到底！

....

"你要见她吗？"冉无恙将白天发生的事情一五一十地说给云亭听，最后问出这句话的时候，她心里忐忑又矛盾。

她其实是不愿意云亭哥去见万俟灵的，她不想多出一个人来分散云亭哥的注意力，可是她心里也明白，这么多年不见，云亭哥肯定也很想妹妹。

冉无恙偷瞄着云亭的脸色，只见他垂眸敛眉，久久不语。冉无恙心疼他，正想昧着本心劝他去见一见，却听到他低声说道："算了，还不是时候。"

云亭哥不想见万俟灵！冉无恙心里的小人已经高兴得直打滚了。一双眼睛亮晶晶地看着云亭，她说道："那我今晚再偷偷潜进去，把蔺奚救出来怎么样？"

就这么不想他见小灵吗？刚才还像霜打的茄子，现在就生龙活虎了。

云亭无奈地摇了摇头说："你小看她了，今日你能找到蔺奚也是巧合，打了她一个措手不及。如今她有了准备，就不会让你再有机会偷袭，她不是坐以待毙的人，你现在再去那个小院也未必能找到蔺奚了。"

她找到蔺奚才不是机缘巧合！云亭哥都那么多年没见过万俟灵了，还这么夸她，冉无恙有点儿酸，闷闷地回道："只要蔺奚还在塔木城，我就能找到人。"

这样也能吃醋？他第一次知道这丫头还是个大醋缸子。云亭忍不住又揉了一把她的脑袋，轻声给她解释道："小灵在塔木城没有什么势力，你真正要担心的是乌力。他是狄勒图的左膀右臂，也是智囊，平日不显山不露水，实则不容小觑。"

看她还是闷闷不乐，云亭叹了口气说道："就算你能把人救出来，你又怎么解释自己是如何在大半夜的单枪匹马把人救出来的？你没发现自己被人盯上了吗？"

冉无恙倏地抬起头，试探着问道："你是说胡扬？"

云亭用手指点了点儿她的额头，笑道："还算机灵。"

冉无恙一把抓住云亭的手，不许他再折腾自己的脑袋。她凑到他身边，神秘兮兮地问道："你也觉得他有问题对不对？你说他想干什么啊？"

"我暂时还不知道他是谁的人，目前他对你也没有什么恶意，你自己小心点儿就行。"对于胡扬的身份，云亭心里已经有了猜测，若胡扬真的是那个人的手下，只能说那人藏得还挺深。

冉无恙哦了一声，就将胡扬的事抛到脑后去了。她钩着云亭的小手指晃啊晃，一脸讨好地笑道："哥，你最聪明，肯定已经想到办法了，我们接下来要怎么做？"

真是越大越爱撒娇了，以前他就拿她没办法，现在就更没办法了。云亭揉了揉额角，让她附耳过来，低声说道："明天，你……"

这两天街上巡逻的士兵多了很多，城东集市也比往日萧条，人们不敢出门，货郎们只能挑着货物走街串巷。

因为有这样一群人存在，冉无恙他们背着背篓兜售椰果，倒是没有那么扎眼了。

一行人走到城东区的分岔口，一向寡言的胡扬忽然说道："一个人一组是不是太分散了？若是发生什么事不好应对，不如还是两个人一组吧。"

冉无恙瞥了他一眼，说道："我哥和苏哥都在客栈养伤，眼下就只有八个人，这片区域那么大，两个人一组什么时候才能查探完？咱们在这里卖一两天椰果还说得过去，如果一直在此逗留，一定会引起巡逻士兵的注意。"

冉无恙话音未落，一队巡逻兵迎面而来，盘查自然是少不了的，最后离开的时候还顺走了半筐椰果。

巡逻兵一走，老方当机立断："一个人一组，大家抓紧时间，有什么发现不要轻举妄动，先回来汇报再行动，听清楚了吗？"

"是。"所有人都点头了，老方不放心地看了一眼余子，问道："余子，听清了吗？"

余子阴沉着脸，倒也没唱反调，沉声道："我知道了。我不会擅自行动的。"

老方看他阴晴不定的样子，还是有些担心，但也没办法，挥挥手说道："走吧，分头找。"

冉无恙选的区域就是狄勒图的小院所在的街道，她先在周围的几户人家假意兜售了一番，才走到小院门口，轻轻敲了两下。

门内一片寂静，冉无恙也不急，很有规律地一下一下地敲着，很快门后传来一道男声："谁？"

冉无恙并不答话，仍是锲而不舍地敲着，又过了一会儿，门终于打开了一条缝。

开门的不是冉无恙上次看到的那个守门人，而是一个更为年轻的小伙子，这张脸她没什么印象，应该没被她打过。

冉无恙从背后的背篓里抓了一把椰果递了过去，笑道："小哥，买椰果吗？我家的椰果很好的。"

小伙子暗暗地打量她，想关上门，又好像有所顾虑。

冉无恙咧嘴一笑，往前走了一步，压低声音说道："可以让你家公主先尝后买哦。"

小伙子的眼睛倏地睁大，上上下下将她又打量了一遍，才猛地拉开门，急忙说道："进来。"

进到院内冉无恙也不往里走了，一边将背后的背篓卸下来，一边说道："我时间不多，叫你们主子快点儿出来。"

"等着。"小伙子也不废话，丢下一句话就飞快地往后院跑去。

小伙子跑了，院子里仿佛只剩下冉无恙一个人，那当然是错觉，冉无恙不用看实时地图就能发现最少五个人躲在暗处盯着她。

不知道是不是她昨晚出手太重，几道盯着她的视线都不太友好。冉无恙回想昨晚那一个个被打成猪头的壮汉，自己也觉得下手确实有点儿重了。

她尴尬地揉了揉鼻子，百无聊赖地抓起一把榔果在手中把玩，同时在脑海中说道："小神，显示蔺奚的位置。"

"叮，扣除2000点魅力值显示实时地图。"系统扣魅力值的时候毫不手软，好在物有所值，提供的地图也非常详细。

冉无恙扫了一眼，就发现绿点的位置已经发生了变化。云亭哥猜得果然没错，他们真的将蔺奚换了个地方藏起来，好在人还在这座院子里。

万俟灵应该一直在等着她，小伙子刚跑出去没多久，她和乌力两个人就出来了。

万俟灵一来就冲到冉无恙面前，丝毫不掩饰自己的急切，追问道："他答应了吗？人呢？"

她眼中期待与希冀的光芒看得冉无恙有些难受，因为冉无恙知道，云亭哥这次是不可能见她的，她却那么热切地期盼着。

冉无恙移开目光，压下心底那点儿因心软而产生的小情绪，冷声说道："我要先看一眼蔺奚，万一他被你们弄死了怎么办？"

冉无恙的警惕反倒让万俟灵更加安心，她爽快地说道："好，你跟我来。"

万俟灵领着她去的方向，正是昨天蔺奚所在的那个房间，可是蔺奚明明不在那里，万俟灵领她过去干什么？

很快，冉无恙就知道原因了。

还是上次那间房间，透过大开的房门，冉无恙看到一个黑衣少年坐在床上，一名大夫打扮的男子正在给他把脉，两个人还说了几句话。

少年面无表情，神色冷峻，冉无恙可以清楚地看到，他的脸色比起昨天已经好了许多。

那是……蔺奚？冉无恙下意识地又往前走了一步，却被万俟灵拦住了，只听她略带几分傲慢地说道："人就在那里，活得好好的，我可没食言，你呢？"

冉无恙有点儿蒙，再次扫了一眼悬在右上角的实时地图。她现在所在的地方，根本没有绿点，眼前这个蔺奚是谁？

冉无恙紧盯着远处的"蔺奚"，不解地问道："小神，这人是谁？"

耳边响起扣除魅力值的声音，很快，系统回道："他不是蔺奚，脸上覆了一层假皮而已。"

"你确定？"可是这个人不仅仅和蔺奚长得一样，就连声音都一样啊！

"系统是根据基因进行识别，不是根据脸和声音，不可能出错。"

冉无恙自然是相信系统的，但她还是忍不住感叹道："以前我也听说过易容一说，却没想到，天下间竟然真有这般厉害的易容术！"

系统冷笑一声，不屑地说道："宿主好好升级，商城里有生物模拟面具，比这个效果好十倍。"

冉无恙简直想哭，小神真的是无时无刻不在鞭策她升级，威逼利诱都用上了。她也很想升级啊，做梦都想！

冉无恙盯着屋里的少年，眼神直勾勾的，好像看着里面的人，又好像在发呆。万俟灵暗暗着急，这人不会发现什么了吧？

万俟灵侧身挡住了冉无恙的视线，冷声说道："人你已经见到了，我的要求呢？"

冉无恙回过神来，这次没再回避她的问题，说道："他说可以见你，但是有条件。"

"条件？"三哥见她怎么可能还有条件？万俟灵目光一冷，眼中满是审视，显然已经不相信冉无恙所说的话。

与万俟灵这样近距离对话让冉无恙发现，万俟灵的眼睛和云亭哥很像，微微眯起来的时候，给人一种心尖一颤的压迫感。

可惜冉无恙连云亭都不怕，更别说万俟灵了。迎上她冰冷审视的目光，冉无恙不受影响地继续说道："你应该知道，我们是一群人一起来塔木城的，没那么容易单独行动，他的身份不能暴露，所以，明天需要你们配合我演一场戏。"

"什么戏？"

冉无恙勾唇一笑，说："当然是大营救的戏，我把其他人都带过来营救人质了，他才能找到机会去见你们啊，到时你们可以约在别的地方见面。"

万俟灵眼神更冷了，这个人当她是白痴吗？想要调虎离山也应该想个更精明点儿的法子！

万俟灵强压下心中的怒火，说道："我为什么要信你？"

万俟灵防备心果然很重，好在冉无恙早有准备，丢下了云亭交给她的第一个饵："他说你可以和乌力大人好好商量一下，毕竟乌大人可是你舅舅的智囊。"

冉无恙一边说着一边看向万俟灵身后的中年男子。这位乌大人确实十分低调，全程都是万俟灵在说，他始终静立在万俟灵身后，如果不是云亭哥和她说过这个人的厉害之处，冉无恙还真的不会注意到他。

说实话，冉无恙还挺忌惮这种人的。

万俟灵听到这句话，心倏地一紧，小时候三哥确实和她说过，乌大人足智多谋、胸有丘壑，可谓智囊，那时候的乌大人，还没有现在这般受舅舅重用。

能说出"乌大人是智囊"，足以证明这个人确实很得三哥信任。

她太想见三哥了，就算明知道这其中可能有诈，还是不得不踏进去。她沉吟片刻，最终还是点了点头："我答应你。"

乌力眉头微蹙，上前一步，在万俟灵耳边低声说道："殿下……"

不给他开口说话的机会，冉无恙继续抛出第二个饵，说道："他还说，明天让乌大人也一起去，他有话要对你们说，是关于那位……"

冉无恙故意停顿了一下，才压低声音继续说道："关于那位国师的，他说乌大人应该懂他的意思。"

一直看不出喜怒，四平八稳的乌力就因为一句话脸色骤变。他惊骇地看着冉无恙，那一瞬间，冉无恙几乎以为他要扑上来掐住她的脖子让她把话说清楚。

冉无恙倏地后退了一步，戒备地盯着他，好在乌力的情绪很快平复下来，没有做出什么过激的事情。

此刻乌力已经相信了冉无恙身后确实站着三皇子，若不是三皇子，这小子绝对不可能说得出这番话来。

他目光灼灼地盯着冉无恙，问道："明日如何相见？"

鱼儿总算咬钩了。

冉无恙暗暗松了一口气，脸上不敢露出一丝情绪。她微微扬着下巴，回道："明日卯时，我会带人来救人，你们做好准备，配合我演好营救这场戏，当然，卯时他也会在城西的洛水亭等你们二人。"

万俟灵和乌力对视一眼，两个人一同颔首，同意了冉无恙的计划。

冉无恙和万俟灵谈妥时间和明日营救的计划之后就离开了小院。这次不知道是忌惮她还是有什么别的打算，乌力居然没有派人跟踪她。

冉无恙还是谨慎地在周围逛了几圈，顺便把背篓里的椰果卖完了，才选了一条偏僻小道绕回了客栈。

她回到客栈的时候，老方等人还没回来。她跑进内室，在床边的脚踏上坐下，一脸兴奋又得意地说道："云亭哥，万俟灵他们真的好奸诈，找了一个人易容成蔺奚的样子来骗我，那个人不仅长得和蔺奚一模一样，连声音都一样！好在我识破了，不然明日救回来一个奸细就糟糕了。"

云亭轻嗯了一声，翻看着从掌柜那里借来的游记杂书，头都没抬，说道："你怎么知道那个人是易容的？"

冉无恙轻嗤一声，拍着胸脯说道："我当然知道啊，雕虫小技而已，我一眼就能认出谁是真正的蔺奚！"

翻书页的手一顿，云亭缓缓抬头，淡淡地问道："你跟他很熟？"

"……"冉无恙后颈的汗毛竖了起来，强烈的求生欲让她即使不太明白发生了什么事，也毫不犹豫地立刻摇头否认道："不不不，我们不熟，一点儿也不熟！我只是有特殊的辨认技巧而已！真的，只是技巧，技巧！"

冉无恙干笑两声，眨巴着眼睛，一脸无辜地冲着云亭傻笑。

云亭心里刚生出的那点儿醋意被她这么一打岔，也散得干干净净。他低下头继续看书，反正以这丫头的性格，就算不问她她也会倒豆子一般都说给他听的。

然而半盏茶的时间过去了，小丫头仍是安安静静地趴在床头发呆，这就有些反常了。云亭放下书，轻声问道："怎么了？"

冉无恙咬着下唇，又沉默了好久，才小声地问道："哥，你真的不想见万俟灵吗？"她看得出来，万俟灵根本不信任她，万俟灵做这么多妥协都是因为想见云亭哥而已。她应该是真的很想哥哥了吧。

云亭眸光微动，低下头，继续翻看着手里的游记，良久才和昨天一样回道："还不是时候。"

不是时候？那什么时候才是时候？冉无恙不懂。

云亭盯着书，神情好像非常专注，然而仔细看却能发现，他已经许久没有翻过书页了。

冉无恙静静地趴在床头陪着他，云亭看书，冉无恙看他，两个人就这样安宁地度过了一个时辰。

太阳下山之前，院外传来了人声，老方他们陆陆续续回来了。

大家似乎已经默认冉无恙他们的房间就是议事的地方，一个个回来之后就到他们这里会合。

余子进来的时候垂头丧气，脸色青白，冉无恙只看一眼就能猜到他这一整天肯定是一无所获。

看到冉无恙，他的双眼终于有了些许神采。他满含期待地问："你这么早就回来了？有没有什么发现？"

趴了一个多时辰，骨头都僵了，冉无恙活动了一下肩膀，也不拐弯抹角，直接回道："有啊，我找到蔺奚了。"

找……找到了？

所有人都像被点了穴似的停下动作，难以置信地看着冉无恙。

他们在城东找了一整天，自然知道城东的情况，那里人员复杂，到处都是小街小巷，要想在这种地方找一个人，还是个俘虏，简直是大海捞针。结果才第一天，冉无恙就告诉他们，人找到了？

难道这就是隐士圣贤的手段？这也太厉害了。

余子最先反应过来，抓着冉无恙的胳膊，急切地问道："他在哪儿？"

"叮，收到来自余子的100点魅力值。"

在叮叮当当的几声提示音中，余子的提示音最大声，给的魅力值也最多，冉无恙看他的目光都温柔了许多。她有问必答地回道："在城东金鱼巷内。"

老方也回过神来，追问道："你是怎么找到他的？是什么人抓了他？"

冉无恙早就想好说辞了，老方一问，她便侃侃而谈："昨天我就是在金鱼巷附近把人跟丢的，所以今日我就在那附近找了好久。巷子深处那户人家院子里正好停着一辆马车，我仔细看过了，那辆马车就是昨日掳走蔺奚的那辆。"

只是找到了马车而已？余子又急了："那你看到蔺奚在那个院子里了吗？"

冉无恙点点头，回道："那处院落不大，但是里面有十几二十个护卫，每一个都孔武有力，一看就是练家子。我当时远远地看到蔺奚被关在一处靠近外院的小屋里，护卫太多,我怕打草惊蛇就先跑出来了,也没来得及查他们到底是什么人。"

十几二十名护卫,隐藏在鱼龙混杂的城东金鱼巷里,这些人应该不是军中之人,也不是凉国太子的人,那他们又是何人?是敌是友?

一时间老方思绪万千。余子就没这么多顾虑,有了蔺奚的确切消息,他的一颗心总算是放下了一半,他兴冲冲地说道:"只有十几个人而已,事不宜迟,我们今晚就去救蔺奚吧。"

"我认为夜间动手不妥。"

又不妥?余子像被点爆了怒火一般,扭头瞪着云亭,吼道:"有什么不妥的?那你说何时动手?是不是又要等?"

云亭温和一笑,也不和他计较,气定神闲地说道:"卯时。"

所有人皆是一怔:"早上动手?"

云亭点头说:"卯时正是天将亮未亮之时,也是人最易放松警惕的时候,最重要的是,城门辰时打开,救出蔺奚之后,我们最好立刻离开塔木城。"

众人从来没想过在清晨救人,一时间都陷入了沉思之中。

半响,余子一拍大腿,喊道:"对啊,咱们已经查到凉国太子前来塔木城的消息,无恙也说能画出凉国军营的地图,任务早就被我们超额完成了,只要救出蔺奚,咱们就可以走了啊。"

是啊,任务他们早就超额完成了,如果再能将蔺奚安全救出,他还有什么好顾虑的?至于那些人是谁,截走蔺奚有什么意图,是敌是友都不是他一个老兵管得了的。

想明白了一切,老方只觉得豁然开朗,也不再多说,对着众人招招手说道:"那就卯时行动,咱们商量一下,具体如何行事。"

成了!

冉无恙朝云亭眨了眨眼睛,抽出一张白纸铺在圆桌上,一边画着小院的平面图,一边说着明日的计划。

翌日。

初夏时节,卯时的天空已经透出了一丝光亮,街道上还没有人行走,一片寂静。

一健壮一清瘦的两道身影趴在一座小院的院墙上。好在院内种了一棵桂花树,茂盛的枝叶遮盖了两个人的身影,不仔细看根本看不出树冠里还藏着人。

余子挥开戳在他头顶上的树枝,低声抱怨道:"你为什么一定要拉着我和你一起过来这边蹲守?"

余子想跟着老方他们一起去救蔺奚,却被冉无恙硬拉着过来勘察后院,心里一百个不愿意,可惜老方他们都站在冉无恙这边,根本没人听他的意见。

当然是因为不拉着你,胡扬就要跟过来了,她才不愿意和一个心思深沉,不知道是敌是友的人一起行动呢,自然是挑余子这个呆子最安全。

当然实话是不可能说的，冉无恙重重地叹了一口气，一脸愁苦地说道："因为我觉得这座院子的后院有点儿不对劲，那么多人里面，除了云亭哥，我最信任的就是你了，不找你我还能找谁呢？"

被人信任和依靠的感觉还是很好的，余子心底那点儿郁闷和不甘瞬间就被他抛到九霄云外了。

他轻咳一声，一副大哥照顾小弟的架势，说道："你说的也是，毕竟我们是一个营的，又是不打不相识，感情肯定比别人要好。你发现了什么不对劲的地方？和我说说，我帮你看看。"

冉无恙强忍着笑意点头，指了指院内说道："你看。"

余子眼前的院子正是这座院落的后院，庭院不算大，却有四个护卫分别守在院子的四个角，无论从哪个位置潜入，都逃不过他们的眼睛。

更奇怪的是，最靠近角落的小房间门口，居然还有两名护卫守着。

余子也看出了一点儿门道，轻声说道："防守很严，那个小房间肯定有问题，说不定还真藏着什么秘密。"

冉无恙附和着点头道："我也觉得，一会儿老方他们一动手，待院子乱起来之后，咱们就进去看看。"

"嗯。"

两个人静静地隐身在树冠之中，没再说话。

冉无恙记得中间的正房好像是狄勒图的房间，不知道乌力有没有把人送走。她在脑海中悄声说道："小神，显示实时地图。"

"叮，扣除2000点魅力值显示实时地图。"

看了一眼地图，冉无恙惊得瞪大了眼睛，在中间那间房间里，赫然显示着密密麻麻二十多个红点。

冉无恙悄悄拍了拍胸口，心想还好她对狄勒图没有什么歹意，不然的话刚冲进屋就被剁成肉泥了吧。乌力倒是真心实意地护着这个首领。

原来这个院子里还藏着这么多人，冉无恙细看了一下内院的格局，蔺奚所在的房间处在角落位置，她一会儿动静小一点儿，速战速决，应该不会惊动狄勒图屋里的护卫。

冉无恙借着地图，顺便看了看前院的情况。万俟灵很讲信用，按照约定，不多不少，正好调了十五个人守在那里。

十五对六，老方他们肯定没这么快突围成功，她这边动作快一点儿，应该能赶上。

两个人在墙头上又趴了一会儿，耳边传来一阵刀剑相击的打斗声，动静不算大，但在后院还是能听得清清楚楚。

余子精神一振，低头看去，只见那六名大汉一动不动，对前院的动静置若罔闻。

余子惊叹道："他们居然不为所动，这些到底是什么人，简直是训练有素。"他悄悄挪动了一下身体，慢慢抽出腰间的长刀，蠢蠢欲动。

冉无恙赶紧按住他的手，急忙说道："你干什么？"

"不是你说要到那个房间去看看吗？不解决这几个人怎么去？"

冉无恙喷了一声，做了一个抹脖子的动作，哼道："下面有六个人守着呢，他们的胳膊比我大腿还粗，就这么下去你能一下子打死他们吗？万一把人引过来怎么办？"

余子瞄了一眼冉无恙骨瘦如柴的腿，又看看下面虎背熊腰的汉子，抽刀的手乖乖地放了下来，他讪笑道："那你说怎么办？"

冉无恙撇撇嘴，回道："看着吧。"

冉无恙从随身背着的背包里拿出一个六寸长的细竹筒，然后又掏出一个布包，布包哗啦一下打开，里面一排排地插着密密麻麻的细针，冉无恙从中挑出了六根，一点儿点小心翼翼地塞到细竹筒里。

不知道是不是错觉，余子总觉得那几根针的针尖上泛着幽幽的蓝光，总不会淬了毒吧？

余子指着那排泛蓝光的小针，问道："是不是有毒？"

冉无恙立刻把他的手推开，警告道："小心点儿，上面淬了迷药的，碰破点儿皮就够你睡三天。"

吹牛吧你，破点儿皮还能睡三天！当他没见过迷药吗？余子翻了个白眼，没理她。

冉无恙看他别过头没再去碰那些针，也就不再管他，专心地将针装入竹筒内。

她将竹筒叼在嘴里，双手抓着头顶的树干，敏捷地往上一翻，轻巧地落在了上方的枝干上。

找到一个最合适的位置，她将竹筒对着目标人物，轻轻一吹。

这时候余子才发现，冉无恙手里的小竹筒并不是普通吹针用的竹筒，它的前端竟然可以旋转，针还能连续发射。

针的速度太快，迷药的药效又太霸道，等余子回过神来看向小院的时候，六个人已经整整齐齐地躺在地上了，其间连一点儿声音都没来得及发出。

余子像看怪物一般盯着冉无恙，缓缓竖起拇指，说道："厉害！"

"叮，收到来自余子的50点魅力值。"

冉无恙撩了撩额前的发，笑道："雕虫小技，一般般啦。"

余子无语，这种谦虚还不如不要，太打击人了。

两个人等了一会儿，确定没有别的护卫出现，才从墙头上跳下来，沿着墙根，悄悄地摸到了角落的房间里。

房门没有锁，冉无恙推开门，两个人一前一后闪了进去。

屋内空间不大，一面雕花屏风将房间分为外间和里间。外间只有两张方椅、一个小木柜，一目了然，屏风后也只有一张床。

两个人一踏进屋内，就发现了床上躺着一个人。

余子腰间的刀已经拔出来了，他朝冉无恙使了个眼色，仿佛下一刻就要冲进去砍人似的。

冉无恙倒吸了一口凉气。屋里只有一个小绿点，床上的人肯定是蔺奚，余子这一刀下去，砍的可是他兄弟。

她连忙摇头，悄声地说道："少安毋躁，先看看再说。"

冉无恙现在在余子心里就是个高人，她说不砍他自然也不会莽撞行事。

床上的人好像睡得很熟，两个人都走到床边了，他仍睡得很安稳。

冉无恙掀开床幔，一张俊秀的娃娃脸暴露在两个人眼前。

"蔺……蔺奚？"余子眼珠子都瞪圆了，手里的刀差点儿没拿稳，"他怎么会在这儿？"

余子又惊又喜，连忙冲上前去将人扶起来，却发现怎么叫蔺奚都没有反应。

"蔺奚，醒醒！醒醒！"余子又是拍脸又是掐人中，也没把能蔺奚叫醒。他心里一慌，求救地看向冉无恙，问道："他怎么回事？"

他呼吸平稳，脸色还不错，再加上万俟灵对云亭的感情，她不至于对身份不明的蔺奚下死手，冉无恙看了一会儿，得出一个结论："估计是被下了点儿迷药吧。"

余子松了一口气的同时忍不住咒骂道："这些人可真是狡猾，昨日他们肯定是发现你了，特意设下陷阱等着我们呢，还好你机灵说要来后院查看一番，不然就让他们得逞了！"

"叮，收到来自余子的50点魅力值。"

她还什么都没说呢，余子就帮她自动补齐了剧情，小伙子，有前途！

冉无恙用力拍拍他的肩膀，夸奖道："你说得很对，这些人真是太狡猾了！咱们快走，老方他们还在前面顶着呢。"

"对对对，快走。"余子身材高大，轻轻松松就能将蔺奚背起来。

三个人就像来时一样，沿着墙根跑到桂花树下，冉无恙和余子两个人合力，才将昏迷的蔺奚运出院外。

前院的打斗非常激烈，在院外都能听到刀剑之声。周围几户人家都打开门探出头来观望，天色越来越亮，再这样下去，很快就会招来巡逻的士兵。

余子背着蔺奚，焦急地看向前院的方向，问道："老方那边怎么办？"

他们会合的地点就在不远处的一个岔路口，冉无恙推了推余子，指着前方说道："你先背蔺奚过去和云亭哥会合，我去叫老方他们撤。"

冉无恙背不动蔺奚，余子不可能将蔺奚交给他。无奈之下，他只能点头道："好，你小心点儿。"

"放心。"冉无恙摆摆手,朝着前院跑去。

冉无恙来到前院,没有贸然冲进战局,她翻上墙头,悄悄观察院内正在混战的两方人马。

这次来塔木城执行任务的都是万里挑一的精兵,即使以一敌二,也未见败象。

万俟灵这边的护卫也是精挑细选的猛将,双方打得很激烈,势均力敌。

然而老方他们是来救人的,势均力敌就意味着根本没办法突破对方的防线。

老方没想到,这些护卫会如此难缠,天色已经大亮,他们却连房门都未曾攻破,再这样下去,别说救人,自己都得折在这里。

眼看着老方几个人急了眼,打算拼命突围了,冉无恙连忙大声叫道:"别打了,快撤,人救出来了。"

冉无恙这一嗓子,惊了一院子的人。

老方他们都知道冉无恙和余子一起到后院查看,听她这么一喊,立刻明白前院的"蔺奚"不过是个幌子而已。

"撤!"老方一声令下,六个人迅速地朝六个方向撤退,几乎是瞬间就消失在院内。

他们走得太过突然,留在院内的护卫们面面相觑:"怎么回事?他们撤了?不救人了吗?那……这戏还演不演?"

领头的壮汉神色一变,对着身后的下属说道:"你去后院看看。"

"是!"年轻的护卫拔腿就往后院跑。

一刻钟后,护卫又跑了回来,脸色难看,支支吾吾地道:"人……人不见了。"

后院安排了将近三十个人驻守,竟然还守不住一个昏迷的俘虏?领头的壮汉怒声问道:"怎么回事?"

"属下刚才进去看的时候发现,林新他们六个人都躺在地上,身上没有明显的伤口。更奇怪的是,留在屋内保护首领的人竟然没有听到一点儿声响,别说打斗了,连叫声都没有。若不是我冲进去问,他们还不知道俘虏已经被救走的事情。"

邪了门了,还有这种事?那个瘦巴巴的小子竟然这么厉害,无声无息一下子放倒六个人?

领头的汉子百思不得其解,却也知道现在不是追究这些的时候:"来人,派两个人去洛水亭禀报大人。"

"是。"

年轻的护卫不甘心地问道:"头儿,就这样让他们跑了?不追吗?"

领头的壮汉沉吟片刻,回道:"追,但是……不要闹出太大动静。"

虽然他不知道殿下和大人想见的人到底是谁,但是能从他们的态度中看出,他们对那个人十分重视,若是动静太大连累了那人,他们就真的吃不了兜着走了。

…………

昨晚早就商量好了撤离路线，六个人虽然从六个方向撤离，却能在半炷香的时间内，全部到达会合地点。

不知道云亭用了什么方法，之前余子怎么叫也叫不醒的蔺奚竟然醒了，只是他的精神十分萎靡，整个人都很恍惚。

大家只当他被俘期间受了折磨，身体孱弱而已，没有放在心上，觉得只要人救回来就好。

蔺奚这个样子肯定是不能自己骑马了，好在他们之前伪装成小商队，还有几辆运送椰果的板车。大家决定让余子赶车，蔺奚坐在板车上，累了还能靠着板车休息。

蔺奚的脸色实在太难看了，冉无恙担心地问道："你能坐着吗？"

蔺奚揉了揉太阳穴，强忍着不适回道："可以。"

余子也拍拍胸脯保证道："我会看着他的，你们放心吧。"

云亭抬头看了看天色，说道："辰时了，我们走吧。"

一行十个人，四辆板车，其中两辆车里还装着满满的椰果，晃晃悠悠，不紧不慢地朝着城门走去。

这几天进出城门查得比较严，又是一大早，城门口没什么人，很快就轮到他们了。

两名守门的小将看到那两车椰果也是眼前一亮，他们将几个人为数不多的行李翻了个底朝天，来来回回地检查了两三遍，仍是不肯放行。

老方正琢磨着要不要送些银子好早点儿出城，身后却响起了一道粗犷的男声："你们是什么人？这么早出城干什么？"

众人回头，循声望去，暗道一声冤家路窄。

这人竟然是进城时遇见的那个想要吞下他们几车椰果的刀疤男。

刀疤男显然也认出了他们，瞟了一眼他们还剩下的整整两大车的椰果，冷笑一声，阴恻恻地说道："是你们啊，椰果没卖完怎么就走了？"

老方干笑两声，一脸苦相地回道："军爷，军中是不是发生了什么大事？我们去军营找那位大人，根本没人有空理咱们，这两天天天有军爷到客栈去查，太吓人了，我们可不敢再想换兵器的事情了。世道不太平，还是早点儿回去算了，毕竟家里还有媳妇、老娘等着呢。"

老方上前一步，压低声音，讨好地说道："这些椰果反正也卖不出去了，这一车就送给军爷尝尝鲜了，还请军爷行个方便。"

一车椰果！刀疤男眼中闪过一丝贪婪。

前天封城戒严，完全不许人进出塔木城，昨天倒是放宽了一些，已经有几个商队出去了，今日应该也能通融通融。

他们这支小商队虽然都是男子，但是弱的弱，小的小，又只来了两三天而已，看起来也不像奸细。

自己辛辛苦苦在这儿守城门，不就是为了那点儿油水吗？心一横，刀疤男冷声说道："两车都留下。"

老方大惊失色，连忙摆手道："这怎么行？军爷好歹给咱们留点儿。"

这群人没有了闵大人撑腰，他还有什么好忌惮的？

刀疤男立刻变脸，抓着老方的衣领，满脸狠厉，赤裸裸地威胁道："不行那就别出城了，爷倒要看看你们能不能保住这两车椰果。"

老方吓得脸都白了，再也不敢坚持，连声求饶道："别别别，您别生气，留下，都留下！还请军爷行个方便，高抬贵手。"

老方这副窝囊样取悦了刀疤男，他伸手拍了拍老方的脸颊，嗤笑道："行了，别那么多废话，把板车卸下来你们就走吧。"

"是是是，多谢军爷！"老方连连道谢，指挥着余子等人将两车椰果卸在刀疤男指定的位置，又塞了一小袋银子，一行十个人才顺利出了城门。

…………

城西洛水亭，其实就是一座破烂的木亭子，但因为它是方圆五里内唯一可以歇脚的地方，就算它破了一点儿，依旧受到大家的追捧。

今日的洛水亭里来了一位绝美的姑娘，她在亭子里走来走去，看起来颇为焦躁，一双眼睛一眨不眨地盯着前方的小路，那模样就像是等待久别的情郎一般。

偶尔有路过的人看见了，都忍不住多看几眼，但也只能是看看而已，谁要是不识相地走进洛水亭，立刻就会被这位天仙一般的姑娘丢出去。

天还没亮万俟灵就到了，她怕三哥有顾虑，将随身保护的人赶到一里之外等着，不允许他们靠近洛水亭。可是眼看着已经卯时三刻了，她还是没看到三哥的身影，她的心简直像是泡在热油里，上下翻滚。

又过了一刻钟，小道上传来一串飞驰的马蹄声，万俟灵一颗心倏地提了起来，怦怦直跳。

然而待马跑近了，尘土也散了，从马上下来的却不是她日思夜想的那个人。

年轻的护卫快步奔到亭子里，单膝跪地，低着头说道："禀公主殿下，昨日那个少年使诈，声东击西，命人在前院拖住我们，她自己跑到后院把俘虏救走了。"

失望、愤怒、委屈、惊慌等情绪交织在一起，冲击得万俟灵半天说不出话来，良久，她才捂着胸口，低声问道："你说俘虏被她救走了？"

"是。"护卫的头垂得更低了。

听到冉无恙去了后院，乌力脸色微变，问道："首领怎么样？"

"首领没事，少年只是放倒了几名护卫，带走了俘虏，没有进首领的房间。"

"下去吧。"乌力摇了摇头，自嘲地笑了笑。一把年纪了，到底还是着了三皇子的道。

万俟灵固执地在亭子里又等了一个时辰，天光大亮，依旧没有等到她期盼已久的身影。

乌力叹了口气，轻声劝道："殿下，我们回去吧，三皇子怕是不会来了。"

"为什么？他不想见我吗？"万俟灵眼中满是茫然，她想不明白，一向最疼她的人，为什么连见她一面都不肯？

万俟灵无措地抓住乌力的衣袖，呜咽道："乌大人，我是不是再也见不到三哥了？"

乌力没有万俟灵这么悲观，他反倒认为三皇子肯定会见他们，不然他不会提起国师的事，这次不见必定有他的考量。

乌力不忍看她泪眼婆娑的样子，劝慰道："殿下莫急，三皇子或许另有打算，此刻不见，可能是时机未到吧。"

什么时机未到，都是废话，乌力的话非但没能安慰到她，反而点燃了她心中的怒火。

"哼，他们以为把人救走我就找不到了吗？笑话！"万俟灵盯着边城的方向，目光灼灼、咬牙切齿地说，"三哥，我会找到你的，你给我等着！"

整个皇城没有人不知道，同七公主殿下的美貌一样出名的，还有她执拗的性子，她认准的事情，谁都别想让她妥协，就连王上都不行。

乌力失笑，公主的执拗这些年都是太子深有体会，这次倒是可以让三皇子也见识一下了。

浅绿 著

女神养成计划2

战神篇

下册

青岛出版集团 | 青岛出版社

大学校长遴选

第二十一章　以杀止杀

冉无恙一行人假扮商队，来的时候有四辆马车，出城时被刀疤男扣下两辆装满椰果的车，现在还剩两辆空车，这两天卖椰果得来的钱，也全都给了刀疤男。

好在他们的目的是打探消息，若真的是来做生意的话，这一趟他们可以说是亏得血本无归了。

蔺奚脚伤骑不了马，一个人坐在马车上有些显眼，冉无恙便和他一起坐马车。

他们一个瘦小，另一个娃娃脸显嫩，两个人靠坐在板车上打盹，看起来就像是没睡够被长辈叫起床的少年，并不扎眼。刀疤男和守卫们看到他们坐在马车上也没怀疑，一行人平安地混出了城。

冉无恙自告奋勇地陪着蔺奚坐马车，自然是有原因的。

她用肩膀轻轻地撞了一下蔺奚的胳膊，低声问道："你没事吧？"

蔺奚眉头紧蹙，食指和中指用力地揉着太阳穴，回道："没事，就是头有点儿痛。"

他醒来时脑子迷迷糊糊的，听余子说，敌人狡猾，声东击西，把他藏在了后院的一个小房间里，是冉无恙发现后院的异常，他们二人才找到他，把他救出来的。

那个该死的女人居然骗他说冉无恙死了，事实上她根本连人都没有抓到，说那些话就是想看他痛苦狼狈的样子吧。

一想到那张艳若桃花的脸，蔺奚的头就更痛了，他捂着脑袋，问道："那日我被他们打晕之后，你是怎么逃出去的？"

被他们打晕？冉无恙眼前一亮，蔺奚会这么认为，要么就是他自己先入为主，要么就是万俟灵误导了他。

不管是哪一样，对冉无恙来说，都是好事，她顺势点头，胡扯道："那天你晕了，我一个人没办法救你出去，只能当机立断，丢下你自己从窗户跑了。他们追了我几条街，好在那附近小巷子多，我才能避开他们逃出来。"

冉无恙一边说着，一边小心翼翼地观察蔺奚的反应，他低着头，双眼紧闭，额头上都是冷汗。

他应该很难受吧，说话的声音都变了，不像平时那么清亮，哑哑的。

冉无恙解下腰间的水囊，伸了过去，期期艾艾地说道："蔺奚……对……对不起啊。"

蔺奚接过水囊，喝了几口水，嗓子终于舒服了一些。他扭头看向满脸愧疚的冉无恙，不解地问道："为什么道歉？"

冉无恙刻意停顿了一会儿，才小声地回道："其实你受那么多罪，都怪我。那天晚上我逃回去之后，老方他们问我有没有找到你，我……骗了他们。"

蔺奚微微皱眉，却没说什么，示意冉无恙继续说。

"我说你被人押进马车里抓走了，我追到城东就把人跟丢了，没有告诉他们你在金鱼巷的民宅里。"

冉无恙把头垂得更低了，破罐子破摔一般继续说道："你被俘，大家都很担心也很紧张，尤其是余子，为了找你，他还和老方他们起了争执。我怕贸然说出你的位置，大家急着救人，没有做好万全准备，反而误事。所以我自作主张，骗他们说还没有你的下落，第二天自己偷偷又去那座宅子里勘察了一遍，才回来和他们定下了今天救人的计划。"

冉无恙抿着唇，仿佛做了错事等待责骂的小孩儿，闷声说道："如果那日我一回去就告诉大家你的下落，你就不会受那么多苦了。对不起！"

这孩子就为这个道歉？

他自己技不如人被俘虏了，最后还是靠冉无恙才得以逃脱，这孩子却因为来晚了一天，就愧疚成这样，还给他道歉，人也太实诚了吧。

蔺奚心下感动，连忙安慰道："这怎么能怪你？你这么做是出于谨慎，如果不是你，我现在还是俘虏呢。你没有做错任何事，不需要道歉，应该是我谢谢你才对。"

蔺奚的脑子里忽然闪过一张绝美的脸庞，嘴角那抹似笑非笑的弧度看得蔺奚心头一颤，那个女子实在太狡猾了，如果冉无恙没有经过查探，当晚就带着大家来救他，说不定所有人都会栽在她的手里。

蔺奚越想越觉得冉无恙今天才来救他是无比正确的选择。他一手抓着水囊，另一只手搭在冉无恙的肩膀上，郑重地说道："这次真的谢谢你了！"

冉无恙一怔，轻咳两声，憋着笑，连连摆手，谦虚地说道："不用谢，不用谢，我们是战友，本来就应该互相帮助的。"

这人真好忽悠，冉无恙暗暗舒了一口气，不管怎么说，她总算把谎圆上了。

这两天极其混乱，老方他们都没有去深究其中的细节，一旦回到军营里，蔺不归肯定会仔细询问这段时间发生的事。到时候大家就会发现，她说的和蔺奚说的不一样。

到了那时再来解释当然也可以，但很多时候，人们很容易先入为主，第一印象很重要。

她现在先和蔺奚解释清楚，让蔺奚相信她，站在她这边，等到和蔺不归汇报情况的时候，蔺奚就会下意识地附和她的话，就算蔺不归有所怀疑，蔺奚也会帮她说话。

她真是太机智了！

冉无恙自我感觉很良好，和云亭哥待在一起这么久，耳濡目染，她怎么说也应该沾染上不少聪明气嘛。

趁着大家都忙着赶路，没人注意他们俩，冉无恙打算继续套蔺奚的话。

以蔺奚的种种表现来看，冉无恙猜测，万俟灵应该没有出卖他们，不过防人之心不可无，万一万俟灵背后算计他们怎么办？

冉无恙眼珠子一转，又往蔺奚的方向靠了靠，将声音压得更低了，悄声问道："他们有没有审问你，对你用刑啊？"

为了便于观察，不错过蔺奚脸上一丝一毫的神色变化，冉无恙几乎是贴着蔺奚坐，两个人靠得极近，从云亭的角度看过去，冉无恙的嘴都贴到蔺奚的耳朵上了。

云亭微微眯眼，周身涌起的煞气让身下的马都受到影响，不安地打了个响鼻，可惜两个靠在一起咬耳朵的少年一无所知。

蔺奚茫然地摇摇头："没有。"

他到现在还是想不通，女子抓了他既不审问，也不用刑，到底想要做什么？总不可能她真的是看他长得好看……

蔺奚意识到自己脑子里居然会有这样乱七八糟的想法，脸都白了。

没被用刑脸白成这样，冉无恙有点儿不相信，不死心地继续问道："那你知道他们是什么人吗？我看到他们中间有一个女子，她是谁？"

蔺奚身体微微一颤，声音闷闷地回道："不知道。"

他是真不知道还是假不知道？蔺奚眼中一闪而过的迟疑和慌乱没能逃过冉无恙的眼睛，她还想旁敲侧击地再问上几句，蔺奚又开始揉太阳穴了，脸色苍白如纸，看着都吓人。

冉无恙不好意思继续追问，只能微笑着说道："你头又痛了？那快别说话了，闭上眼休息一会儿。"

"嗯。"蔺奚随口应了一声，仿佛疲惫至极一般闭上了眼睛。

冉无恙百无聊赖地伸了伸懒腰，这里离塔木城也有十里了吧？那她家忘忧……

冉无恙刚想到她的爱马，耳边就响起了一串马蹄声。

众人紧张地回头看去，只见一匹银色的骏马从路边的小树林里跑了出来，准确地说，应该是朝着冉无恙的方向奔了过来。

这马一身银色皮毛油光水滑，瘦骨嶙峋却又丰神俊朗，实在太好认了。

只需一眼，众人立刻认出它就是冉无恙走了狗屎运，从劣马堆里挑出来的宝马——忘忧。

冉无恙从马车上跳下来，朝着飞奔而来的爱马招了招手，开心地叫道："忘忧！"

忘忧兴奋地长嘶了一声，跑到冉无恙的面前，用脑袋一个劲地蹭冉无恙的脖颈。

"蹭就蹭，你别舔啊！好痒！"冉无恙缩着脖子左右躲闪也避不开忘忧热情的舌头，搞得狼狈不已。

她不甘示弱地伸出魔爪，胡乱揉搓着忘忧的脑袋，鬃毛被揉得乱七八糟，一人一马闹得不亦乐乎。

忘忧对冉无恙那股亲热劲，一点儿也不像马，倒像只爱撒娇的小奶狗，看得人牙酸。

余子身为前锋营的精英，自然少不了与马接触，战马与战士越有默契，战场上才越游刃有余。

只是马毕竟是畜生，不通人性，人想与马培养出默契，没有两三年是难见成效的，这马和冉无恙相处不到半个月，就这般听话黏人，实属难得。

余子又是羡慕又是好奇地问道："你的马怎么在城外？"

今早在客栈的马厩中没有找到忘忧，大家都以为是小二没有拴好缰绳让它跑了，余子还安慰了冉无恙几句，承诺回去再给冉无恙找一匹骏马，没想到这马竟在这里等着他们。

忘忧的毛色和外形太特别了，冉无恙怕它被银甲军认出来，只能通过"心有灵犀"让它先跑到城外，再找机会与自己会合。

这些事情当然是不可能说出来的，冉无恙摇了摇头，一脸无辜地回道："我也不知道啊。"

虽有些意外但也不算离奇，余子没多想，笑道："你小子运气不赖，跑了的马还能自己找回来。这马真有灵性！"

冉无恙爽朗一笑，不客气地笑道："那是当然，也不看看是谁的马。"

蔺奚被救出来了，消息也打探到了，如今连丢的马都自己回来了，众人心情愉悦，也跟着调侃了冉无恙几句，气氛轻松了许多。

老方看了看天色，任由他们笑闹了一会儿，才朗声说道："咱们要快马加鞭了，不然天黑以前到不了临山关。"

大家都应了"是"，可惜实际情况却容不得他们快马加鞭。

云亭和另外两名将士身上都带着伤，蔺奚骑不了马，只能坐马车，有这几个人拖后腿，一行人的速度比来时的速度还要慢上许多，酉时已过，他们距离临山关还有四五十里。

这时候天色已经彻底黑了下来，就在老方纠结着是摸黑赶路，还是先找个地方休息明日再回军营的时候，前方不远处传来了一阵哭喊声。

一行人都是精兵，马也是良驹，听到动静的那一刻，战士们全都勒紧缰绳停了下来。

在夜色的掩护下，除了一团团黑影，众人听不到一丝声响，若不细看，根本发现不了官道上竟有一支马队。

寂静的夏夜，前方的喧嚣声越发清晰，依稀能听清是妇人和孩童的哭喊声。

蔺奚双腿不能动，又坐在马车上，看不清前方的情况，侧耳倾听了片刻，抬手拍了拍挡在他侧前方的余子，压低声音问道："前面是怎么回事？是边城的百姓吗？"

余子轻踢马腹，马又往前走了两步，找了个视野更好的位置。余子微眯着眼睛抻长脖子看了好一会儿，才退到蔺奚身边，摇了摇头，回道："看起来像流民。"

听到"流民"二字，众人没有松懈下来，反而更为警惕了几分。

两国交战六年有余，临山关附近几个城镇的百姓无地可种流离失所，他们忍饥挨饿朝不保夕，生活得很艰难，然而变成流民的他们同样也很危险。

半年前，蔺大将军夺回临山关，允许流民进入边城里生活，可惜真正入城定居的流民少之又少。

老弱病残者，熬不过生活苦楚早早死去，撑到现在还能安然活下来的流民，大多已经与山匪无异，甚至比山匪更加凶狠暴戾。

他们一行十人虽然都是精兵，但在不知道对方实力的情况下，也不会贸然冲出去。

在妇人和孩童啼哭声的掩护下，几人轻踢马腹，驱马慢慢地往前行进。

冉无恙的视力比老方他们的好上许多，稍微靠近一点儿，她就将远处发生的一切看得一清二楚。

官道旁的矮树林里点着一大一小两个火堆，大火堆旁，七八个男子围坐在一起，虽然不是每个人都身材高大体格健壮，但基本上都面色红润，他们手里还抓着酒坛子，谈笑风生，看起来精神奕奕。

小火堆旁则完全是另一番景象。十来个女子蜷缩在一起，大多表情麻木，对周围发生的一切似乎毫无察觉，死气沉沉的，还有几个女子捂住耳朵，头也不敢抬，瑟瑟发抖。

她们就像是被关在鸡笼里，等着被人宰杀的鸡一般。

哭声倒不是从她们这里传出来的，哭得撕心裂肺的是一名身穿粗麻布衣、头发散乱的妇人，她正扑倒在一名男子的脚边，拼命地磕头。

男子的身材高大健硕，他单手拎着一个小女孩儿，正要往大火堆的方向走去。

小女孩儿只有三四岁，被男子提着后颈，四肢不停地摆动挣扎，哭得脸色涨红，哭声却是越来越小。

"求求你们，求求你们放过小花，你们想要我干什么都可以！求求你们了！"妇人的声音已经沙哑，听起来异常凄厉，她的额头上满是草屑和小石子，殷红一片，血甚至都流到了她右边的眼睛里，她却仿佛感觉不到疼痛一般，疯狂地磕着头。

男子不为所动，一脚踢在妇人的胸口上，骂骂咧咧地说道："老娘儿们，给老子滚开，倒人胃口。"

妇人强忍着疼痛，艰难地爬起来，又扑上去抱住男子的脚踝，嘴里不停地乞求道："求求你，求求你……"

男子满脸不耐烦，再次抬脚踹向妇人，这时一道黑影猛地朝他扑了过来，男子一惊，连忙后退两步，却还是被黑影抓住了手臂。

冉无恙定睛一看，那是一名十一二岁的半大少年，他两只手抓着男子健壮的手臂，拼命地想要将男子手里的小女孩儿抢过来，他一边拉拽着男子，一边吼道："放手！放开我妹妹！"

可惜豆芽菜一般的胳膊根本无法撼动男子半分，少年双目赤红，隔着数十丈的距离，冉无恙都能从那双眼睛里，感受到深深的恨意和杀气。

少年又一次扑上去张嘴死死地咬住男子的手腕。

这一口几乎咬下一块肉来，男子脸色巨变，面目狰狞地抓住少年的脖子，狠狠地甩了出去。

少年像断了线的风筝一般倒飞出去，"砰"的一声撞在一棵大树上。他痛苦地蜷着身子，瘦骨嶙峋的身体不停地抽搐，满口鲜血。

男子看了一眼被咬得血肉模糊的手腕，眼中的戾气更重了，看向少年的眼神仿佛在看一个死人，粗声粗气地吼道："臭小子，老子待会儿连你一块炖了！"

妇人爬到少年的身边，手忙脚乱地将他抱在怀里，颤抖着问道："小松……小松，你怎么样？！"

少年身体还在抽搐，嘴里的血止不住地往外涌，呼吸粗喘如牛，一句话也说不出来。

这边的动静惊动了火堆旁的男人们，他们纷纷扭头看了过来，一个满脸横肉的光头男哈哈大笑道："老四，你行不行啊？这么慢，实在不行就让兄弟来。"

男子将手里的小女孩儿举了起来，黑着脸吼道："你才不行，老子这就宰了她。"

男人们哄笑出声，甚至还有人吹起了口哨，仿佛说的不是杀死一个孩子，而是杀鸡杀猪一般随意。

孩子心思最为纯净，也就更加敏感，对恶意的感知比大人要敏锐许多。

小女孩儿满眼惊恐，脸色青白，挣扎得更加猛烈，声嘶力竭地哭喊道："娘！娘……娘救我！哥哥！哥哥！"

"小花！"妇人尖叫一声，想要扑过去，但怀中的重量又让她迟疑了，进退两难间只能将儿子抱得更紧。

本来已经倒在地上动弹不得的少年，听到妹妹的哭声，倏地睁开眼睛，两手撑着地面，竟还想站起来，可惜他伤得太重，别说站，就连挣开妇人的怀抱都做不到。

妇人死死地抱住少年的腰，痛苦又绝望地哭道："小松，你别过去，别过去……"

女儿的哭声就像一把把尖刀，每一下都刺进母亲的胸膛里，妇人闭上眼睛不敢去看女儿的脸，只能埋头抱住拼命挣扎的儿子，绝望地痛哭着。

她不能在失去小花之后再失去小松，绝对不能！

系统检测到宿主血压、心率、肾上腺素忽然开始狂飙，达到了一个危险的临界点，忍不住询问道："宿主，你怎么了？"

系统的声音不小，冉无恙却什么也听不见，眼前的一幕与记忆深处那片血色场景重叠，此刻她的眼睛里、脑海里全是无尽的鲜红颜色。

她仿佛又听到了那道熟悉的声音哭喊着救命，恐惧、无助、绝望就像汹涌的海水将她重重包围，让她窒息。

不过片刻，哭声戛然而止，血淅淅沥沥地洒了满地，然后便是令人作呕的，混和着血腥与枯木气味的烤肉味飘散开来……

"警告！警告！经检测，宿主的身体、心理状况都接近临界点，请宿主冷静。"

尖锐的警告声在冉无恙的脑海中响起，就像是一把巨斧，劈开了血色的海洋，让冉无恙的脑子恢复了片刻的清明。

"我……想……杀……人……"冉无恙仿佛失去了语言能力一般，简简单单的四个字，她说得磕磕巴巴，每个字都仿佛在颤抖。

系统惊诧地问道："什么？"

"我想杀人！"这次，她说得顺利多了，一字一顿，掷地有声。

话音刚落，她拔出了腰间的匕首。

寂静的夜晚，匕首出鞘的声音如古琴低吟，划破夜空传入每个人的耳朵里。

众人惊愕地看向冉无恙，都被冉无恙身上浓重的杀气吓住了。夜色中匕首寒光凛凛，细看之下还能看到淡淡的青光。

老方大惊，低声呵斥道："冉无恙，你干什么？不要轻举妄动！"

作为斥候，老方的眼力自然不弱，他也观察到，对方有九个男子，身上都带着兵器，看起来精神饱满。这些流民都在乱世中打滚儿了几年，绝不是善茬，他们这边也有伤员，贸然冲出去并不是最好的选择。

云亭也发现了冉无恙的异样，一把抓住她的手腕，手心触碰到的皮肤一片冰凉。

"小恙，你怎么了？"云亭焦急地看向冉无恙，才发现她的情况非常不好，整个人就像是从水里捞出来似的，满头满脸都是汗水，她双目赤红，脸色异常苍白，就连双唇都泛着青灰色。

云亭心猛地一颤，加重了手上的力道，紧紧地抓着她的手，冷声说道："冉无恙，冷静！"

"我要杀了他们。"

仿佛在沙地上磨砺过一般沙哑的声音听起来非常平静，甚至可以说是没有一丝波澜，然而紧紧拽着冉无恙的云亭能感受到，平静的面具底下是多么汹涌的杀意。

"啊！不……不要！小花！小花……"偏偏这时，妇人凄厉的尖叫声骤然响起。

云亭只觉得手上一痛，冉无恙的手腕已经脱手而出。

"驾！"

云亭完全抓不住冉无恙，连话都来不及说一句，马已经载着冉无恙冲了出去，犹如一柄银色的利剑，刺向不远处的矮树林。

蔺奚眉头紧锁，盯着冉无恙疾驰而去的背影，有些茫然地问道："怎么回事？冉无恙怎么了？他们到底要干什么？"

云亭冰冷的眼眸中寒光涌动，刚刚握过冉无恙的手缓缓地握成拳，他淡淡地回道："杀人吃肉。"

"吃人？！"蔺奚双眼瞪得又大又圆，满眼的难以置信之色，喃喃自语道，"怎……怎么可能？"

"娘！"

凄厉的叫声惊得众人寻声望去，却看到让人心尖发颤的一幕。

小女孩儿脆弱的颈部被鹰爪一般的大手紧紧地扣着，她再也喊不出声，只能发出粗重的喘息声。

妇人目眦欲裂。她原本只是想悄悄地看女儿最后一眼，可是眼前的这一幕，让她再也控制不住自己。她放开儿子再次扑了上去，可惜她的动作还是没有男子快，眼看刀刃就要划过小女孩儿柔嫩的脖子，一道银光闪过，男子动作一顿，像是被人按下了暂停键，一动不动。

众人愣愣地盯着男子，还没反应过来是怎么回事，男子高壮的身体"砰"的一声直挺挺地倒在地上。

男子甚至还保持着之前的姿势，一只手拿着刀，另一只手拎着小女孩儿，可惜他再也没有机会做下一步动作，因为他的脑门中央正插着一把匕首。

匕首开刃的部分，已经全部没入男子的头颅之中，只剩下把手在外面，下手之人力道之大可想而知。

匕首戳得深，血没有立刻流出来，男子双目圆瞪，眼中满是未退去的惊恐与难以置信之色，死不瞑目。

小女孩儿被吓傻了，忘了痛也忘了哭，就那样呆呆地趴在尸体上。

"老四！"光头男最先反应过来，"哗啦"一声抽出随身携带的长刀，怒吼道："谁干的？给老子滚出来！"

火堆旁的男人们也回过神来，纷纷抽刀，站起身戒备地四处张望。这时候，他们才发现不远处一匹银白色的骏马正在向他们疾驰而来。

马的速度极快，眨眼间便已经冲进了小树林里，火光映照下，马背上的人显得十分矮小、消瘦，光头男眼中的忌惮消失了一些，随之而来的是狠戾与傲慢。

在他看来，这就是一只自以为正义的小狗崽子，不知天高地厚地闯入狼窟里来送死，这样的热血男儿这几年他见过不少，最后还不是全都死在他们的手里？

光头男前一刻还在想着一会儿要将来人抽筋拔骨，为兄弟报仇，下一刻，一人一马已经朝着火堆冲了过来。那匹马居然不畏火，没有丝毫减速，男人们被这一往无前的气势惊得迅速地往两边躲开。

马背上的人经过男子的尸体的时候，一个弯腰俯身，迅速地拔出了匕首。速度快到众人都没看清她的动作，匕首已经回到了她的手中。

匕首被拔出来之后，血喷涌而出，小女孩儿被热血淋了一身，被吓得尖叫起来。

她一边哭一边挣扎着想要爬起来，可是男子虽然死了，掐住她的脖子的手却没有松开，不管她怎么挣扎，都没办法逃开，小女孩儿哭得更惨了。

"小花！"妇人冲到小女孩儿的身边，用力掰开男子的手，将小女孩儿紧紧地抱在怀里，连滚带爬地回到儿子的身旁，又抓住儿子的手，拖着他往后退。

三个人一直退到一棵大树后面才停了下来，心脏"怦怦怦"地狂跳。

那名叫作小松的少年，此刻根本感觉不到身上的疼痛，他两只手用力地抠着粗壮的树干，指尖泛白，一双眼睛亮得惊人，目光仿佛着了火一般，死死地盯着不远处挥舞着匕首的单薄身影，眼里透着无尽的崇拜。

这道身影甚至没有比他高出多少，然而那人从马背上一跃而下的瞬间，手起刀落，离那人最近的男人已经身首异处，人头"咕噜咕噜"地在地上翻滚。

小松呼吸急促，大口大口地喘气，脑子"嗡嗡"作响。他感觉自己的心脏像是要爆炸了一样，从前那些随意地掌控着对他们的生杀大权，仿佛永远无法战胜、无法反抗的人，在这个人面前，竟像蚂蚁一般不堪一击。原来那些人并不是不可战胜的！

小松眼睛通红，眼睛一眨不眨地盯着前方，生怕漏看了一丝一毫。

然而这场杀戮还只是开始而已。

冉无恙凶残的手法着实吓到了这群山匪，但他们也是见过血，经历过一次次拼杀活下来的人，心里虽然也怕，却也知道不能在这个时候胆怯。几个人对视一眼，决定一拥而上，以多欺少地将其斩杀。

敌强我弱时，人海战术不失为一个好办法，可惜他们遇上的是身怀系统的冉无恙。

冉无恙很不对劲，就像魔怔了一般，系统早就察觉到了，虽然不知道为什么，但作为宿主的贴心专属系统，这种时候只会鼎力相助绝对不可能给她拖后腿。

系统将宿主的身体素质调整到最佳状态，同时还不忘时刻监控着宿主的身体状况，一旦受伤，随时准备着帮她修复身体，反正宿主魅力值够多，随便用。

这段日子在训练场上的刻苦训练没有白费，只不过是几个有勇无谋的莽夫罢了，冉无恙对付他们根本不费力。

他们一起上，只会让她更加兴奋，她简直杀红了眼。

不知道为什么，今天冉无恙似乎格外偏好斩首的方式，匕首在她的手里，比刽子手手中的砍刀还要恐怖。

光头男是真的怕了，恨不得抽自己两嘴巴子。这哪里是什么小狗崽子？这简直是一头凶兽、一尊杀神！

　　"叮，获得来自小松的 200 点信仰值。"

　　"叮，获得来自小花的 200 点魅力值。"

　　"叮，获得来自小花母亲的 100 点信仰值。"

　　"叮……"

　　源源不断的提示音响起，冉无恙无动于衷，她的眼前一片血色，脑海中只有一个信念：杀光这些人！

　　光头男早就被吓破了胆，哪里还敢往前凑，手里的刀都不知道什么时候掉了。

　　他仓皇地逃跑，这时看到远处又有一队人马朝这边走来，已经来不及思考这队人马是敌是友，只想着躲开身后的杀神。

　　光头男神色癫狂，一边跑一边大叫道："救命！英雄救命！"

　　老方一行人根本顾不上这个被吓得尿裤子的孬种，入眼的景象，让他们全都倒吸了一口凉气。

　　火堆在打斗中已经被踢散了，昏暗的光线下，看不到太多血色，但血腥味已经浓郁到让人作呕的程度。最可怕的还不是血腥味，而是不大的空地上，东一个西一个地滚了一地的人头，怎么看怎么惊悚。

　　不是说他们做不到以一敌十，而是做不到这般……这般干净利落！

　　之前军中的几场比试让冉无恙名声大噪，他们都知道冉无恙挺厉害的，赢了蔺奚，赢了余子，甚至赢了兵王谷城！然而他们没有想到的是，这小子竟然这么猛，仅凭一把匕首，就在几息之间，了结了近十条性命。

　　这些人可不是手无寸铁的平民百姓，每个人手里都拽着几条人命，战斗力应该也不弱，一个照面就败得如此惨烈，实在是令人咋舌。

　　余子和蔺奚对视一眼，不约而同地咽了一口口水。这一刻，两个人都清晰地认识到，冉无恙之前对他们真的很客气了……

　　"战疯子"三个字从众人的脑海中闪过，众人身体不自觉地抖了一下，纷纷感叹道："惹不起，惹不起！"

　　趴在地上的光头男浑身颤抖，却不敢回头看，拼命地磕着头，痛哭流涕地求道："小的是边城人氏，战乱不得已才成了流民，我们也是饿得没办法了才会做出此等恶事。是……是他们要杀人啊，和我没有关系！求诸位英雄饶小的一命……"

　　光头男话还没说完，只觉得背后一阵劲风袭来，后颈剧痛，视线瞬间模糊，周围的一切都像在翻滚。

　　冉无恙面无表情地站在无头尸体后面，手中的匕首还在"滴滴答答"地滴着血。众人静默，怔怔地看着浴血归来，包裹在无尽杀气中的少年，不自觉地屏住呼吸。

　　"凭什么他们求饶就能活？"略带沙哑的声音冷漠地质问，就像是来自地狱的拷问，让人无端起了一身鸡皮疙瘩。

"他们就是该死！"在这个充斥着血腥味的夜晚，一个畅快又饱含恨意的吼叫声忽然响起，惊得众人扭头看去。

只见那名叫作小松的少年一只手扶着胸口，另一只手撑着树干，慢慢地站了起来，他的嘴角和下颌上满是鲜血，无比狼狈，眼里的光却亮得惊人。

"对！该死！早就该死！"少年身边的妇人蜷缩在树干后面，没人能看清她的神情，那咬牙切齿的语气已经表明了她的态度。

树丛里传来"窸窸窣窣"的声音，众人细看才发现，里面竟躲着十来个女人。

她们挨挨挤挤地缩在一起，不敢出来，与之前的麻木不同，她们的眼中重新有了光芒，尽管那些光芒中掺杂着戒备和恐慌。

她们没有说话，脸上却是明晃晃地写着"该死"两个字。

一群大男人被这样的眼睛看着，心里也是异常难受。

是啊，凭什么他们求饶就能活呢？

小女孩儿一家人撕心裂肺地求饶的时候，他们怎么就没有给人活的机会？这孩子绝对不是第一个遭此厄运的人，那些被残忍杀害的人就活该死吗？

山匪们一个个红光满面体格健壮，哪里像饥饿之人？这些人死不足惜。

老方他们在战场上也没少杀人，自然不会觉得冉无恙杀死几个人渣有什么不妥，只是她身上的煞气和血腥味实在是太浓郁了，使得她方圆三丈内，成了一片真空地带。

一时之间，还真没谁敢靠近她。

也不对，除了一个人。

云亭一直跟在队伍的最后，在冉无恙疯狂地砍脑袋的时候，他只是静静地看着，一言不发。

那时大家都盯着冉无恙，没有人去注意云亭。

胡扬微微侧头，不着痕迹地看了一眼，云亭的神色太平静了，那种平静不单单是面无表情，他的眼睛漆黑如墨，眼中没有一丝波澜。

胡扬自认为观察入微，这个文质彬彬的青年却始终让他捉摸不透。

直到这时候，该杀的人都被杀完了，青年才翻身下马，朝着冉无恙走去。

云亭仿佛完全感受不到逼人的煞气一般，自然又随意地夺下冉无恙手中的匕首，用指腹轻轻地擦拭她脸颊上溅到的血珠，嫌弃地说道："溅了一身血也不嫌难受。"

这话听着像是数落，却又带着诡异的宠溺感，语调之平静，神色之淡然，仿佛冉无恙不是砍了一串人头，溅了一身血，而是年少贪玩，溅了一身泥巴。

众人暗暗地咽了一口口水，差点儿忘了，这位也不是一般人。

这世上估计也只有云亭能在这种情况下，夺冉无恙手里的兵器而不被她攻击吧。

余子揉了揉鼻子，莫名其妙地有些羡慕是怎么回事？其他人和余子的想法都差不多，唯有胡扬低垂眼眸，盯着地上的人头，若有所思。

众人眼中神勇无比的"战疯子"冉无恙，此刻身体的状况并没有大家想象中的那么好。

或许是心底那股嗜血的冲动得到了满足，又或许是时间到了，系统将加持在冉无恙身体上的力量收回，她觉得自己身上一点儿力气都没有，不仅如此，她还冷。

初夏的夜晚，本来闷热的风吹在身上，竟比腊月的寒风更加刺骨，从皮肉冷到骨头，冉无恙控制不住地发着抖。就在她膝盖发软，马上要跪倒在地的时候，一双温暖的手把她抱进了怀里。

她现在眼前还是一片血色，根本看不清楚面前的人，但这个人的怀抱她记得，单薄却能让她感到无比安全。

冉无恙放松地靠在那人并不宽厚的肩膀上，闭上了眼睛，或许是真的太冷了，她的牙齿都在打架，良久才低喃道："荣娘……"

云亭轻拍着冉无恙的手微微一顿，心中轻叹：果然如此！

对"荣娘"这个名字云亭的印象还是挺深刻的。

那是一个肉嘟嘟的小姑娘，比小恙小两岁，就住在冉家隔壁。

小姑娘性子很活泼，不管得了什么好东西，都要拿到冉家来找小恙分享，最喜欢做的事就是炫耀哥哥，一会儿说哥哥给她买了什么好东西，一会儿又说哥哥带她去哪儿玩了。

每当这个时候，小恙就会眼泪汪汪地跑来找他撒娇求安慰。在很长一段时间里，云亭都觉得冉无恙那么黏他、喜欢他、信任他都是这个叫荣娘的小姑娘的功劳。

可惜太平日子没过几年，瑜国和凉国爆发了战争，临山关被攻破，边城的百姓为了活命只能跑。

那时候荣娘的哥哥们都成亲生子了，逃难时只顾得上自己的妻儿，最后一家人跑散了，荣娘和她娘亲跟随着流民一起暂时躲进了山林里。

荣娘长得白白胖胖的，身边又只有一个瘦弱的母亲没有男丁保护，被饿极的流民盯上了。

那天的月亮也像今晚的月亮一样明亮，荣娘也是这样哭喊着叫娘亲，叫哥哥。可惜她没有小花走运，没有等到救命的英雄。

当时他已经将小恙抱在怀里，捂住她的眼睛和耳朵了，尽量不让她看到、听到什么。

现在看来，他那时做的努力都是徒劳的。

那天夜里发生的一切，早就已经成了小恙的心魔。

云亭并不在乎几个人的死活，不过是一场杀戮罢了，若是这样能解开小恙的心结，倒是一件好事。

云亭缓缓地收紧双臂，将人抱得更紧了，直到她的身体终于不再颤抖了，才轻叹了一口气，说道："都过去了。"

不！

没有过去。

冉无恙静静地依偎在云亭的怀里，耳边平稳的心跳声奇异地安抚了她躁动的情绪，她眼中的血色已经散去，头脑也渐渐地恢复了清明。

今天发生的事情绝对不会是个例，在她看不到的地方，这样的事情还有很多。她想要这一切过去，唯有结束这场战争，让百姓的生活重归平静，法度秩序重新回归，让食人魔无所遁形，再也不敢伸出魔爪。

这一刻，她好像终于懂了，"以杀止杀，止戈为武"的真正含义。

"叮，检查到宿主目前拥有信仰值10700点，魅力值814500点，达到升级条件，是否升级？"

可以升级了？冉无恙没有一丝迟疑，迫不及待地回道："升级！"

第二十二章　系统升级

"叮，扣除10000点信仰值，系统升级中。"

说完这句话之后，系统就没声音了。

冉无恙都已经做好了升级有可能会头痛或者眩晕之类的心理准备了，结果……什么感觉都没有。

冉无恙又等了一会儿，还是没动静。她疑惑地问道："小神，不是说升级吗？"

没有得到回应，冉无恙有些蒙，也不敢乱动，只能干等着。

于是场面就变得有点儿诡异也有点儿尴尬了。一大群人就这样看着刚才还像只凶兽一样大杀四方的少年，此刻乖乖地窝在云亭的怀里，表情还略显呆滞……

凶兽变绵羊，反差之大，看得人无语。

冉无恙就靠在云亭的怀里，她的异样云亭自然看得比谁都清楚，小恙又在发呆了。

他有时候甚至怀疑，小恙每一次这样看着一个方向发呆，就是在与那个神秘的"师父"联系，可是天下间，真的有这么隐秘又神奇的联络方式吗？

云亭心中思绪万千，脸上仍是带着温和的笑意，对着众人说道："想必大家都累了，今晚我们就在这里休息吧。"

他们不在这里休息也不行啊，满地的尸体、头颅总要收拾掩埋吧。还有十几个惊恐不安的女子和孩子，他们一走了之，这些人该怎么办？

年轻人哪，就知道冲动行事，最后还不是要他收拾残局。

老方叹了口气，让张君和余子去询问那些女子的姓名、身份，为何会在此处，那些山匪是否还有同党，老窝在何处等等问题，还让胡扬带着剩下的几个人到数丈外的地方挖几个深坑埋尸体。

他自己则屏住呼吸，将滚得到处都是的头颅一个个捡回来和尸体堆在一起，最后又重新点了两堆火。

众人好一通折腾，这片被死亡笼罩的小树林终于又活了起来。

冉无恙这时候可顾不上周围的人在干什么了，心里乱得很，不管她在脑海中怎么呼唤，系统都没有回应她。

不会是系统升级失败了吧？又或者，这个神奇的系统像它来的时候那样，莫名其妙悄无声息地离开了？！

就在冉无恙越来越心焦的时候，一直装死的系统终于说话了。

"叮，系统升级完毕，宿主是否查看新面板？"

还好，还好，系统还在。

冉无恙松了口气，回道："查看。"

宿主面板：

姓名：冉无恙

年龄：15岁

智力：8级

体力：7级

敏捷度：6级

天赋技能：过目不忘

魅力值：814500

信仰值：700

女神光环：0

升级礼包：中级基因修复液1支、女神光环1点

冉无恙大致扫了一眼面板上的数据，没太在意，她的目光死死地粘在了"中级基因修复液"这几个字上面。

她之前用过一次初级基因修复液，立竿见影又无比强大的修复效果让她大开眼界，中级肯定比初级好，用了中级基因修复液，她应该能变得更厉害吧。

冉无恙万分期待地问道："中级基因修复液是不是能让我变得更强？"

"是的，中级基因修复液能更大程度地优化宿主的基因结构，激发潜能，提升身

体各项数值，但是在改造修复的过程中，痛苦程度加倍。建议宿主在舒适安全的环境下服用。"

痛苦程度还要加倍？她回想起第一次服用基因修复液时，能将人折腾得死去活来的痛楚，身体不受控制地抖了一下，但变强大的信念还是支撑着她没有退缩，她深吸了一口气，继续问道："修复时间需要多久？"

"半盏茶的时间。"

修复时间倒是不长，和第一次的修复时间差不多，现在又不用赶路，附近也没有什么危险，早点儿服用早点儿变强，冉无恙不想给自己太多犹豫思考的时间，直接说道："我可以承受，现在就给我用吧。"

反正系统已经尽到告知义务了，宿主说要用，它自然不会拦着，爽快地回道："立即服用中级基因修复液，请宿主做好准备。"

突如其来的剧痛没有一丝缓冲地席卷了冉无恙的全身，话都没说完就开始疼了，冉无恙哪里来得及做什么准备？系统又坑她！

嘴唇瞬间就被咬出血了，冉无恙暗暗发誓，下次还有机会服用基因修复液的话，她一定要先准备好一块软布，咬在嘴里再服用。

一开始她还有心情想这些有的没的，片刻后她已经完全没办法思考了。

骨骼、肌肉、经脉、血液，冉无恙能感知到的一切都在被一股巨大的力量撕扯着，碾压着，同时又有另一股力量，在对她的身体进行安抚、重组。破坏与修复，交替不止循环往复，无休止一般折磨着她，那种痛苦简直没法形容。

系统说的痛苦加倍并不是说着玩的，是真的痛，冉无恙的反应自然也就比服用初级基因修复液的时候更为激烈。

本来软绵绵地靠在自己怀里的身体忽然抽搐了起来，云亭差点儿抱不住她。

"小恙？！"云亭立刻扶着冉无恙坐下，低头查看她的情况。

在不算明亮的火光的映照下，云亭清楚地看到冉无恙双眼紧闭，脸色苍白如纸，大汗淋漓，睫毛不安地抖动着，湿漉漉的，也不知道是汗水还是泪水。最刺眼的是，她的唇缝之间还有鲜血溢出来。

云亭大惊，抬起她的下巴细看，才发现她并不是吐血，而是把嘴唇咬破了。她咬得太过用力，嘴唇已经变成绛紫色。

云亭目光微沉，用力地掐住她的下颌骨，她的嘴唇和牙齿才稍微分开了一点儿，他顺势将食指弯曲，伸进她的嘴里，顶住她的牙关。

冉无恙早就疼糊涂了，根本不知道自己咬的是什么，更控制不住力道，云亭的手指很快就被咬破了。

他皱了皱眉头，没把手指抽出来，把另一只手搭在冉无恙的手腕上，混乱的脉象让他的眉头皱得更紧了。

就这一会儿的工夫，小恙浑身都被汗水打湿了，像刚从水里捞上来似的，最让人不安的是，她的身体忽冷忽热，体温极不正常。

小恙从小到大身体都很好，从来没有这样……不，有过！

云亭猛地抬起头，微微眯起来的黑眸显得狭长而危险，仿佛一名老练的猎人，不动声色地环视着周围，试图找出隐藏在暗处的猛兽。

小树林中的树木并不茂密，矮树丛也不是很多，不至于一望到底，却也不怎么好藏人。

上次在石林中，小恙也曾这般毫无预兆地扑倒在他的怀里，疼到浑身颤抖，只是那次小恙看起来没有今天这么痛苦，并且很快就恢复了。

小恙说她是吃了那位"师父"给的能够瞬间增强实力的药，才会如此，今夜那个神秘人是不是也在附近？

云亭的脸色简直可以用阴沉来形容，今日之前，他始终认为，即使躲在冉无恙背后的神秘人行事莫测行踪诡秘，以他的能力他总能把人揪出来，只是时间长短的问题，然而现实狠狠地打了他的脸。

今天小恙一直与他们同行，他的目光几乎没有从小恙的身上离开过，遇到这群人后发现小恙的情绪不对，他更是将全部心神都放在了小恙的身上。他可以肯定，这段时间没有人有机会接近小恙，小恙也没有往嘴里塞过东西，那她现在的状况又怎么解释？

就在云亭百思不得其解、心绪烦乱的时候，冉无恙终于等到了系统的提示音响起。

"叮，修复完成。"

疼痛来得快，去得也快。疼痛感消失的瞬间，冉无恙立刻感觉到身体被融融暖意包裹起来，温暖舒适得让人想呻吟出声，与此同时，还有一股磅礴的力量充斥着全身。

她惊奇地发现，世界好像变得不一样了。

和第一次服用初级基因修复液时的感觉不一样，除了获得更为强大的力量，她的五感提升了许多，她不需要仔细去听，就能清楚地听到远处正在挖坑的战友们呼吸的声音；夜色下，她不需要仔细去看，也能将脚边的枯叶上，两只正在打架的蚂蚁看得一清二楚；她的嗅觉也变得格外灵敏，空气中本就浓郁的血腥味，在这一刻显得更为刺鼻，周围混乱驳杂的味道令她差点儿呕吐。

好在她一直被云亭抱在怀里，她将鼻子凑到云亭的颈脖处深吸了一口气，属于云亭特有的冷香让她好受了一些。

冉无恙暗道：感官太过敏锐也不是什么好事！

云亭心里存着事，一双黑眸也一直暗暗地观察着周围的情况，一心二用，但他最在意的，还是怀里的人。

发现冉无恙身体不再颤抖，还抱住了他的脖子，他立刻低下头，看着怀里的人，低声问道："怎么样？还难受吗？"

冉无恙又深吸了一口气，才从云亭的怀里出来，用食指轻拨了一下湿漉漉地贴在额头上的发丝，唇角轻扬，笑道："我很好，非常好！"

此刻的冉无恙，脸色红润，唇瓣嫣红，除了额头上还有些汗珠，根本看不出之前的狼狈样子，现在的她可以说是神采奕奕。

云亭一直知道，冉无恙的眼睛明亮又漂亮，但此刻这双眼睛里绽放的神色，看得云亭心跳如擂鼓。就像是蒙尘多年的珍珠一下子露出了自己的本来面目，不是特别璀璨耀眼，却是光华内蕴，摄人心魂。

有这样的效果虽然有情人眼里出西施的原因，更多的还是因为女神光环。

可惜冉无恙根本没注意到面板上"女神光环"四个字，自然也不知道它的威力。

云亭怔怔地盯着她，她也没觉得有什么不妥，还如往常一样，凑上去撒娇道："哥，让我再靠一会儿好不好？"

云亭身体微僵，喉结滚动，好一会儿才"嗯"了一声。

冉无恙急着查看自己服用完中级基因修复液之后的身体数值，没注意云亭不自然的神色，舒舒服服地靠坐在云亭的怀里，说道："小神，我要查看面板。"

"好的。"

巨大的透明光屏上，显示着宿主的当前状态。

姓名：冉无恙

年龄：15岁

智力：8级

体力：9级

敏捷度：8级

天赋技能：过目不忘

魅力值：814900

信仰值：700

女神光环：1

"这次基因优化，宿主的体力和敏捷度都增长了两级。恭喜！"这么快体力就达到了9级，宿主果然有潜力成为战神，它的眼光就是好！

系统心里美滋滋的，冉无恙脸上却没什么喜色，她甚至还皱起了眉头："还不够……"

小神说过，满级是10级，她没有一项能达到。

这些年来跟在云亭的身边，有了对比，她早就知道自己不算是聪明人，但这次升级，智力一点儿都没有提高，还是只有8，这对她来说，打击有点儿大。

宿主的情绪很是低落，自信心还受到了打击，这可不行。

始终将宿主的身心健康放在首位的系统立刻安抚鼓励道："宿主的升级速度已经很快了，不必给自己太大的压力。"

系统与宿主绑定还不到两个月，就已经升级到中级系统，这升级速度和前任宿主的升级速度相比，已经是快到不可思议的程度了。

都说乱世出英雄，果然不假，按照这个速度，它或许不用一年，就能升级到高级系统了，想想就很激动。

系统心里乐疯了，却还不忘保持自己高冷的形象，轻咳一声，不骄不躁地说道："宿主切记，凡事当循序渐进，过犹不及。"

冉无恙沉默片刻，"嗯"了一声点点头，在心里一遍又一遍地告诫自己，脚踏实地一步一个脚印才是最为稳妥的升级方式，不能急躁，一定不能急躁！

默念了好几遍，冉无恙总算放下了对智商的执念，想起了一直以来，除了中级基因修复液，最令她好奇和向往的东西。

她双眸闪亮，盯着光屏兴奋又期待地问道："我现在能看看你说的那个系统商城吗？"

"当然可以。"系统心情极好，声音都轻快了许多，"叮，开启商城。"

透明面板闪烁了一下，记录着冉无恙的基本情况的字消失了，面板上出现了许多个小方块，方块上画着各种图案，有些是彩色的，有些是灰色的。

作为土生土长、没见过什么世面的古代人，冉无恙完全不明白这些小方块代表着什么意思，更不知道如何去使用它们。

冉无恙盯了小方块一会儿，还是一头雾水，最后只能求助系统，问道："小神，这些小方块是什么东西？要怎么用？"

开启商城意味着宿主将要花费大量的魅力值和它兑换物品，宿主想要的东西越多，消耗的魅力值就越多，宿主就要更加努力地赚魅力值，拼命地升级。系统仿佛已经看到高级系统正在向它招手了！

它再次升级指日可待！未来的日子，想想就很美好！

系统一扫往日冷漠的嘴脸，无比热情地介绍道："一个图标代表一种物品，彩色方块意味着宿主目前的等级可以兑换里面的物品；灰色则表示等级不够，暂时无法兑换。宿主点击彩色小方块，系统会为宿主详细地介绍该物品的名称、兑换价格以及使用说明哟。"

"我明白了。"冉无恙是个非常务实的人，灰色图标目前无法兑换那就不必为它们浪费精力，可以略过了，她专心地研究起那些彩色的小方块。

在军中待了大半年，冉无恙最感兴趣的就是武器。她的目光第一时间被各种刀、剑、弓、弩、铜、戟、匕首之类的冷兵器吸引。

冉无恙忍不住一一点开来看，里面的兵器每一件都是精品，线条流畅刀锋锐利，仅仅通过一张图片就能感受到它的魅力。

冉无恙双眸发亮，兴奋得脸都红了，恨不得全都据为己有，可惜现实很残忍，最便宜的一把巴掌大的小弯刀，就要20万点魅力值，在战场上用得上的大刀、长枪等长兵器没有低于50万点魅力值的。

武器的种类当然不止冷兵器，那些标注着"激光剑""光能炮""量子枪"等字样的热武器，别说见了，冉无恙连听都没听过，好奇之下点进去一看，价格那一栏后面跟着的一长串零直接把她吓跑了。

这价格也太黑了吧！谁买得起啊？冉无恙一边心想，一边继续往下看。

下面一栏的小方框里售卖的是各种武学功法、兵书、医书等书籍类的商品，从初级到高级，应有尽有。

商城没开启之前冉无恙就用魅力值和系统换过这类书籍，倒是没什么新奇的。她继续往下看，很快又发现了几十个画着透明琉璃小瓶的小方块，图片上的瓶子长得都差不多，装着的液体的颜色略有不同，每一个看起来都晶莹剔透，非常漂亮。

冉无恙逐一点开细看，才知道这些小瓶子里装的竟都是药水。

肌肤修复液、营养剂、养颜剂、精神力舒缓剂、止血剂、补血剂、吐真剂等，多到她数不过来，功效更是千奇百怪，她连想都没想过世上竟然还有这样的药水。

这些药水里冉无恙最在意的，还是基因修复液，她自己服用过，知道基因修复液的效果有多么神奇！她一直心心念念的，就是为云亭哥兑换一支初级基因修复液，让他也能变得身强体健，再也不会被孱弱的身体拖累。

冉无恙看向初级基因修复液后面标注的价格，眼睛倏地瞪圆了，六……六个零？！

虽然很早之前系统就和她说过100万点魅力值才能换到初级基因修复液，但那时候商城还没开启，她也就是听听而已，现在真的看到这么小一瓶初级基因修复液屁股后面拖着六个零，她的心瞬间凉了。

手握几十万点魅力值，已经好久没觉得自己穷的冉无恙这一刻再次体验了一把穷光蛋的感觉。

冉无恙捂住胸口，气弱地问道："小神……能赊账吗？"

系统沉默了一会儿，冷漠地回道："根据系统规则，宿主有三次打白条的机会。不过宿主从系统这里预支了多少魅力值，三个月之内，必须双倍偿还。如果三个月内不能偿还魅力值，宿主身体的各项数值将会减少三成，并且还要遭受一次电击刑罚。"

冉无恙倒吸了一口凉气，不是因为电击刑罚，而是因为抠门的系统居然愿意让她赊账！太阳打西边出来了吧，生怕它后悔，冉无恙赶紧回道："我愿意！立刻帮我兑换初级基因修复液吧。"

系统冷哼一声，没有急着帮她兑换，继续说道："宿主将来是要上战场的，会面临很多不可预料的危险，系统建议宿主谨慎使用打白条的机会。云亭目前只是失血过多有些虚弱而已，商城里有很多便宜的药剂能够解决失血虚弱的问题，宿主可以等到赚够魅力值之后再兑换初级基因修复液，不急于一时。"

冉无恙迟疑了，系统虽然抠门还经常坑她，但确实帮过她很多次。她嘴上喜欢和系统对着干，心里还是信它的，赊账的机会只有三次，她的确应该谨慎些才是。

战场上危机四伏，不仅是她，云亭哥也有可能遇上致命的危险，若是真的到了需要系统救命的时候，她既拿不出足够的魅力值，赊账的机会又被用完了，那才真是追悔莫及。

冉无恙沉吟片刻，最终还是点了点头："你说得对，初级基因修复液可以日后再买。你快告诉我，要治好云亭哥的伤，应该买哪种药给他吃比较好？"

一向喜欢和系统对着干的宿主如此乖巧听话，它倍感欣慰，声音都柔和了几分："系统诚意推荐，补血剂配合肌肤修复液一起服用效果最佳。补血剂能迅速地补充气血，让人精力充沛，保证你的云亭哥哥比没受伤之前更加健康有活力；肌肤修复液能让伤口立刻收敛愈合，不留一丝痕迹，只需一小瓶，还你一个肤白貌美的小哥哥。"

冉无恙脸颊微热，泛着淡淡的粉红，肤白貌美什么的，她还真的有点儿心动，可惜也只能想想而已。

补血剂10万魅力值一瓶，肌肤修复液5万魅力值一瓶，对她来说，价格也是非常昂贵了。

冉无恙倒不是舍不得，给云亭哥用的东西，再贵她都会买，只是昨天所有人都看到云亭哥的肩膀受伤了，如果他的伤口完全愈合，甚至连原有的旧伤都消失不见，那也太奇异了，根本没法解释。

冉无恙有些遗憾地说道："肌肤修复液暂时不需要，先来一瓶补血剂吧。"

"好的宿主。叮，扣除10万点魅力值换取1瓶10毫升补血剂。"肌肤修复液没推销出去，系统也不气馁，反正今天已经开张了。

系统提示音响起后，冉无恙立刻感觉到手心一重，手里多了一样小东西。

借着衣袖的遮掩，她慢慢地摊开手心，偷看了一眼，手中的东西果然和彩色图片里显示的透明琉璃瓶一模一样。

这东西居然就这样凭空出现在自己的手里了，太神奇了！

冉无恙万分惊奇，情绪亢奋，动作不免大了一些，一直暗暗观察她的云亭将她的异样看在眼里，眼眸微垂，思量片刻后，掩下眼底的精光，在她的耳边轻声地问道："怎么了？又有哪里不舒服了？"

冉无恙眼眉弯弯地看向云亭，笑出一口白牙，哪里有一点儿不舒服的样子？她现在高兴得找不着北了，手都有些抖，正想不管不顾地将小药瓶拿出来，送到云亭的手里，抬眼间，对上那双轻眯起来的黑眸。

冉无恙心头一沉，仿佛一瓢凉水当头淋下，让她因为拿到药而沸腾的脑子瞬间冷静下来。

以云亭哥谨慎多疑的性格，她若是直接拿出药瓶给他，他绝对不会立刻服下，还会有诸多理由来说服她。可是不喝下去，云亭哥就没有办法去感受这药的神奇之处，她就算说尽好话也没有用。

系统寄生在她身上的时间虽然不长，她却已经多次亲身体验过系统的神奇之处，如果它真的想要害她和云亭哥，他们根本躲不掉，既然躲不掉，那就一定要好好地利用这次难得的机会。

她还想给云亭哥兑换初级基因修复液改善云亭哥的体质呢，今日必须让云亭哥亲身体验一回，才能让他相信这些神奇的药水。

这些年来，冉无恙懂得一个道理，乱世之中，弱肉强食、强者为尊，他们必须抓住一切机会，才能好好地活下去。

人生有时候就是需要这么一点儿莽撞，一点儿赌性，说不定他们就赢了呢？就这一点来说，喜欢运筹帷幄凡事都要未雨绸缪的云亭倒是真的比不上凭直觉行事的冉无恙。

冉无恙打定主意便不再多想，暗中拔掉瓶口的塞子，转身扑到云亭的身上，低声叫道："哥！张嘴！"

这世上能让云亭放下戒心的人，算来算去，也就冉无恙一个。

听到冉无恙的话，云亭下意识地张嘴，她动作飞快，一只手扶住他的后颈，另一只手将药瓶送到他的嘴边。冉无恙的力气非常大，云亭一时间竟然躲不开，一小瓶药水就这样被尽数倒入了云亭的口中。

冉无恙不给云亭吐的机会，在他咽喉的穴道上轻点了一下，"咕咚"一声，他被迫将药水吞了下去。

冉无恙眼睛一眨不眨地盯着云亭，小心翼翼地问道："哥，感觉怎么样？"

被灌了一口不明液体，云亭心中倒是没有多少慌乱感，更多的是烦躁感和怒意堵在胸口。就像冉无恙了解云亭一样，云亭对这个看着长大的姑娘也十分了解。

被灌到他嘴里的东西，十有八九是那位师父给的。明知道他疑心重不会喝的情况下，小恙还非要灌到他的嘴里，这说明小恙对这东西非常有信心，同时也反映出她对那位神秘师父的信任，这是云亭最不愿意看到的情形了。

云亭深吸了一口气，强迫自己冷静下来，反正吐也吐不出来，当务之急还是要弄清楚小恙给他喝的是什么。云亭静下心来专注地感受着身体的状况。

刚刚喝进去的液体，入口时没有什么味道，他细细品味，能尝出一丝淡淡的苦味。随着液体滑入喉咙，顺着食道往下，他很快感觉到一股暖流，经由经脉，慢慢地流入四体百骸。

这股暖意刚刚好，不显灼热，无比温和，仿佛人在隆冬时节泡在温泉水中一般舒适温暖。

等暖意慢慢地消失后，云亭立刻察觉到，他的身体发生了一些诡异的变化。他肩膀上的伤完全不痛了，还伴随着淡淡的痒意，让人很想挠一挠。

云亭很清楚，这是伤口愈合、恢复必经的过程，只是在平时，这样的过程一般要持续半个月到一个月，而他刚刚在几息之间就已经感受了全过程。

他自小体弱，喝过无数的药水，从珍贵的古方到罕见的偏方，他都试过，有些药效强的，确实能在一个时辰内看到效果，但他绝对没有见过起效如此之快，效果还这般明显的药物，说一句立竿见影也不为过。

更神奇的是，不仅他肩膀上的伤口在好转，他身体的每一条经脉、每一块肌肉都仿佛被滋养过一般，数日累积下来的疲惫感消失了，失血造成的眩晕无力也随之远去。

冉无恙等了好一会儿，只见云亭眉头紧锁，一向没有太大波动的眼眸微微睁大，眼眉上挑，神色是从未有过的严肃。

不管冉无恙怎么追问，云亭就是不理她。冉无恙一颗心像在油锅里被炸似的，浮浮沉沉又急又慌，她死死地抓着云亭的手腕，把指甲抠到云亭的肉里都没注意，只顾得上追问道："哥，你怎么了？你倒是说话啊！我要急死了！"

冉无恙的声音里都带上了哭腔，就在她在脑海中向系统求救的时候，云亭终于有了动静。

"你给我喝的是什么？"云亭反手握住冉无恙的手腕，力道之大，让冉无恙觉得有些疼。

对上云亭忽然变得锐利的眼神，冉无恙呼吸一滞，感觉到一阵后怕。没有经过云亭哥的同意，就私自给他灌药，她刚才肯定是吃了熊心豹子胆了！

冉无恙缩了缩脖子，不敢看云亭的眼睛，含含糊糊地回道："就是……就是治疗伤口、滋补身体的药。哥，你的身体有没有感觉舒服一点儿啊？"

何止是舒服一点儿，毫不夸张地说，从出生到现在，云亭从未感觉这么好过。

经过周老先生调理，他的身体比儿时好了许多，却依然不能与健康男子的身体相比，即使是没有受伤之前，他也总是会感觉到疲惫，但是这一刻，他觉得自己精力充沛，血气丰盈。

就像是在沙漠中艰难行走了数日的旅人忽然找到一片绿洲，喝饱了甘露的感觉，神清气爽，畅快无比。

这药效实在太过神异，云亭心中已翻起惊涛骇浪，只是一直以来的行事作风让他习惯了无论心绪如何翻腾，脸上仍能保持淡然。

他知道小恙十分重视他的身体，也打算不瞒她，坦然地回答道："我感觉非常好，伤口完全不疼了，精神也很好。"

"真的？太好了！"冉无恙长舒了一口气，提着的心总算是放了下来，嘴角止不住地往上扬。她赌对了，这药对云亭哥果然有大用！

两个人的手一直交握着，云亭能感觉到冉无恙的手里握着什么东西，低头看去，不知是什么东西反光，晃了云亭的眼。

云亭目光微闪，低声说道："你手里拿的是不是药瓶？给我看看。"

"哦。"云亭哥的伤全好了，冉无恙心里高兴，也没多想，就将手里的小琉璃瓶子递了过去。

云亭接过小瓶子，对着火光细看，眼中闪过一丝诧异之色。身为皇子，他自然是见识过好东西的，这种小手指粗细，完全无色剔透无瑕的小琉璃瓶子他还是第一次见，不说这药物有多珍贵，光是瓶子就价值连城。

据他所知，世间还没有谁能制作出这样精美纯净的容器。

云亭轻轻地摩挲着冰冷光滑的瓶身，轻笑一声，看来，他之前对那位神秘人的猜测并不准确啊。

云亭的笑声轻浅又低沉，仿佛还带着几分愉悦，在这片略显嘈杂的树林中响起，没有引起任何人的注意，就连冉无恙都没感觉到不妥，一直看戏默不作声的系统却敏锐地嗅到了一丝危险的气息。

"警告！药瓶必须回收，不能落到云亭的手里，请宿主立刻拿回来！"

严厉的警告声忽然在冉无恙的脑海中响起，吓了冉无恙一跳，系统已经很久没有用这样的语气和她说话了。担心药瓶在云亭的手里会对他不利，她像只小猎豹似的扑上去，迅速出手，将药瓶夺了回来。

云亭的手还保持着握着药瓶的姿势，药瓶已经消失在眼前了，云亭眉峰微挑，冉无恙干笑两声，讨好地笑道："哥，别看了，没什么好看的。你的伤是真的好了？真的没有哪里不舒服吗？你一定要和我说实话，不要骗我……"

云亭看着她一边喋喋不休，一边将双手背到身后，那副欲盖弥彰的小模样看得他忍不住想笑。

云亭轻咳一声，掩下嘴角的弧度，顺着她的话回道："的确好了，现在伤口估计都开始结痂了。"

冉无恙感觉到药瓶被系统收回，在手中消失，轻轻地舒了一口气，笑道："结痂好啊！结痂就太好啦！"

冉无恙的两颗小虎牙在夜色中分外惹眼，傻乎乎的样子简直没眼看，云亭真不知道该说她聪明还是说她傻。

云亭在心底轻叹一声，思量片刻，终于还是问道："这药是你师父给你的？"

说到药水，冉无恙的眼睛闪闪发亮，她用力地点头，兴奋地说道："嗯，师父手里有很多珍贵的药水，每一种的功效都各不相同，你喝的那个就是能让人迅速恢复精力和血气的药水，还有……"

"你要付出什么样的代价才能换到这些药水？"

冉无恙被云亭低沉中略显急促的声音问得一怔，一般人听到世上竟有如此神奇的药水肯定会感到十分好奇，追问一二，云亭哥第一时间关心的却是她需要为此付出什么样的代价。哥哥果然最疼她！

· 299 ·

冉无恙整颗心又软又暖，恨不得立刻将一切告诉云亭，再也不让他担心了，可是话到嘴边，她又想起系统曾经对她的警告，只能打消这个念头。

冉无恙十分苦恼，真的不想一直这样欺骗云亭哥。

冉无恙的脑子里飞快地闪过一个念头，她微微抿唇，在脑海中轻声问道："小神，你以前说过，只要云亭哥不知道你来自星际时代，并且存在于我的脑子里，就不算泄密，你就不会伤害他清除他的记忆，对吗？"

系统感觉她要开始作妖，却又不知道她具体想怎么作，中规中矩地回道："是的。"

冉无恙"嘿嘿"笑了两声，声音放得又轻又软，笑道："小神哪，咱俩都这么熟了，商量一下呗。你看，我云亭哥那么聪明，什么事都逃不过他的眼睛，与其这样躲躲闪闪，欲盖弥彰引他猜度，不如咱们把能说的东西说出来，打消他的疑虑，你觉得怎么样？"

系统轻嗤一声，没好气地回道："宿主想怎么做，系统没有办法干涉。系统只是提醒宿主，云亭一旦知道真相，系统将启动消除记忆程序，请宿主三思而后行。"

"消除记忆"四个字听得冉无恙心惊肉跳，不过也正是因为这样，她更加坚定了自己的想法。

她自己什么脑子自己清楚，在云亭哥面前跟个透明人也没什么区别，说的谎越少，才越不容易出错！

冉无恙在脑子里来来回回地过了一遍又一遍，才深吸一口气，趴在云亭的肩膀上，在他的耳边小声地说道："哥，我和你说实话吧，我师父真的很厉害，比你说的那些隐士圣贤还厉害。"

云亭不动声色地微微点头，右手食指和拇指轻轻地摩挲，回道："是吗？他有多厉害？"

"它手里不仅有好多兵书、医书、武功秘籍，还有各种各样神奇的药水。我刚才给你喝的药水只是其中最不起眼的一种，师父手里还有一种能够提升人身体素质的药水，我第一次服用的是初级的，刚刚又服用了中级。云亭哥，我现在比之前强，强很多！"

冉无恙不知道怎么和云亭形容她现在的状态，干脆捡起脚边一块鸡蛋大小的石头握在掌心里，用力握拳。伴随着细碎的"咔嚓"声，她松开手，那块石头已经在她的手里四分五裂，碎成七八块。

云亭瞳孔微缩，暗暗心惊。这力气，与那些天生神力者的力气相比，也不差多少。

然而之前的冉无恙，连玄铁匕首都用不利索，她的改变，可以说是脱胎换骨了！造成这一切的原因，只是几瓶神奇的药水而已，这事传出去，怕是要天下大乱！

冉无恙将那个神秘的师父说得越厉害，云亭的心就越沉一分，他喉咙发紧，良久才勉强镇定地问道："你要付出什么样的代价？"

代价？云亭已经第二次问这个问题，而且这一次，他显然更为郑重，冉无恙想了又想，最后有些不太确定地回道："师父……要我成为战神。"

战神？这算什么代价？云亭的眉头皱得更紧了。

冉无恙其实也不太确定，弱弱地叫道："小神……"

系统不等她把话说完，直接肯定了她的想法，斩钉截铁地说道："宿主说得没错，系统的存在，就是为了将宿主培养成为女战神。"收获魅力值、信仰值等精神力量都是顺带的，没错，主人给它的初始设定就是这样的！

得了系统的保证，冉无恙安心不少，这次的语气比之前坚定许多。她抓着云亭的手，语重心长地说道："云亭哥，你别担心了，师父收我为徒真的就是为了让我成为战神而已。"

冉无恙的手心不算柔软，却是干燥温暖的，她一直将手背在背后，根本没机会将药瓶收起来，这件衣服的袖子也不是能收东西的，她也不会把那么重要的东西随手丢在地上，然而现在那个药瓶……不见了。

云亭目光微闪，暂时将药瓶的事抛诸脑后——小恙已经被那个神秘人洗脑了，他现在急于去否定神秘人也没用。

他神色一如既往地温和，顺着冉无恙的话继续问道："他有没有说，他打算怎么助你成为战神？成为战神之后需要你做什么？"

让小恙为他征战天下？这人好大的野心！云亭心猛然一跳——那个人莫不是想要灭三国，统一天下？

这个时候云亭完全没有想过冉无恙能不能成为战神，又凭什么征战天下的问题，他现在已经在神秘人脸上打上了野心家的标记。

如今凉国、瑜国、西宁三国鼎立，三国之中，西宁位处西海，是一座岛国，与凉国、瑜国并不接壤；瑜国原本是三国中最为强盛的国家，地大物博，人口众多，但几代君王都贪图享乐，昏庸无能，导致朝廷无能，奸臣当道；凉国由五个部落组成，因地处西北，土地贫瘠，民风彪悍，部落间纷争不断，只有每年缺粮少食的时候，才能目标一致地团结起来攻打瑜国抢夺些粮食、布匹、钱财、奴隶过冬。

目前三国之中，还没有哪一国有统一天下的实力，难道是民间的能人异士想要谋取天下？

冉无恙不知道就这一会儿的时间，云亭不仅在脑海中将天下局势分析了一遍，还将记忆里排得上号的能人异士、隐士圣贤都数了一遍，企图从中找出她的那位神秘师父，看看对方究竟是何方神圣。

"成为战神之后……"冉无恙正在回忆系统一开始来到她身边时给过的承诺。

系统曾说，会教导她，帮助她成为战神，等到系统升级到高级，它收集够能量后，就会自动脱离，到那时，系统就会像来时一样悄无声息地离开了吧。

原本最大的愿望就是尽快摆脱系统的冉无恙，想到这里竟有一种惘然若失的感觉。她紧抿着唇，良久才小声地说道："我成为战神之后，它就会走了吧。"

"不可能！"云亭不相信这个世界上有人会只付出不求回报，一开始不说，只能说明他图谋更大。

云亭毫不掩饰他的怀疑态度，眼中难掩怒意。

冉无恙暗暗着急，她之前虽然也有点儿害怕系统，但现在已经完全不怕了，甚至感激系统来到她的身边，让她的人生变得不一样。

冉无恙不希望云亭哥误会系统，想帮系统说好话，心急之下脱口而出道："我说的都是真的，师父它……它是个怪胎！它想要我成为战神，要天下人都来崇拜我、敬仰我，其实就是……就是想培养一个战神出来玩玩，没什么坏心眼的！真的！"

云亭：听起来这人像个傻子。

系统：呵呵，听起来我像个变态。

冉无恙说完才察觉到自己说的话究竟有多傻！

什么叫培养一个战神出来玩玩？战神是用来玩的吗？战神是说培养就能培养的吗？

"云亭哥……"冉无恙揪着云亭的衣袖，一时间不知道应该说些什么来为系统正名，总觉得自己多说多错，越描越黑。

被冉无恙那双凤眼可怜兮兮地瞅着，云亭在心底再次叹了一口气，说道："好了，暂时不说这个了。你得到这些药水，是有条件的吧？"

这个问题好回答很多，冉无恙点点头，回道："嗯，师父希望我能够勇往直前，多多展示自己的能力，会根据我的表现给我奖励，那瓶药水就是我出手救人的奖品。"

"奖品？"云亭不紧不慢地问道，"这么说，那药是你师父刚刚给你的？"

冉无恙刚想点头，脑海中再次响起系统的警告声。

"宿主请注意，他在套你的话，你最好想清楚再回答！"

冉无恙浑身一抖，回过神来，从出城门到现在，云亭哥一直和她在一起，这期间她没有和任何陌生人接触过，她怎么可能刚刚拿到药？！

冉无恙暗骂自己粗心，她在云亭哥的面前太容易放松警惕了，这样不行。

她暗暗观察云亭的神色，摆了摆手，故作自然地回道："不是刚刚给的，师父在我出军营之前，就已经把一些止血补血还有提升资质的药给我了，但是它说过，必须达到它的要求，我才可以使用这些药水，不然师父会很生气，所以昨天我才没有把药拿出来给你用。对不起啊，云亭哥！"

"这样啊……"云亭目光微黯，将她翘起来的一缕发丝别到耳后，笑道，"傻瓜，我怎么会怪你呢？既然是你师父的嘱咐，那你可要好好遵循，别惹他生气才好。"

云亭没有刨根问底，冉无恙松了一口气。

好险，她总算蒙混过关了！

冉无恙嘴角一弯，乖巧地回道："嗯，我知道的。"

系统轻"啧"一声，暗叹：这次选的宿主也太傻了吧。好在冉无恙只在云亭的面前掉智商，不然它真的想换宿主了。

想到刚才宿主急于给系统说好话，把云亭噎得够呛，它的心情莫名其妙地又好了起来。

冉无恙自以为已经将系统和云亭都安抚好了，完美地平衡了二者的关系，心情同样很不错，以至感觉到一道视线一直紧紧地锁定在她的身上，她也没有生气。

冉无恙抬眼看去，对上了一双警惕中带着惊慌和崇拜的眼睛，是那名叫小松的少年。

他谨慎地躲在大树的后面，眼睛一眨不眨地盯着冉无恙，时不时还瞄一眼她脚边的碎石块，满眼惊叹。

冉无恙被看得有些不好意思，她和云亭哥说话的声音很小，少年应该没听见他们说什么，她徒手掰石块的表演，少年肯定是看到了。

冉无恙轻咳一声，尴尬地笑了笑，朝少年摆摆手打了个招呼，少年立刻正襟危坐，表情严肃地朝她点了点头，像个小老头似的。

"叮，收到来自小松的100点魅力值。"

哇，魅力值这么高的吗？冉无恙惊喜不已，调出面板看了一眼，买完补血剂之后，她的魅力值还有70多万点了，信仰值800点。离100万的目标不算太远，冉无恙暂时放下心来。

将士们动作迅速，不过半个时辰就将尸体全部掩埋，老方安排好守夜的人，招呼众人休息，一天下来大家都累，很快小树林里便恢复了平静。

他们还有任务在身，不可能去围剿流民，只能从这些妇人口中了解情况，回去禀报给大将军，由大将军定夺。

翌日，一行人将老弱妇孺护送到临山关内，便准备回营复命。

他们刚刚掉转马头，一道瘦弱的身影忽然冲了过来，张开双臂拦在路中央，喊道："我能不能跟你们一起走？"

妇人脸色一白，抱着小女孩儿追上前来，一把抓住少年的手，着急地说道："小松，你瞎说什么？你还小，别给壮士们添麻烦，快跟娘回去。"

少年挣扎着甩开妇人的手，吼道："我已经十四岁了，不小了！我想学武，等我有了本事，我就去参军，把凉国狗贼，还有那些食人魔全都打跑，这样我们就再也不会流离失所、受人欺辱了。"

少年在人群中扫了一眼，目光定在一处，猛地冲了过去，差点儿撞上银白色的骏马。他昂着脑袋，直直地盯着马上的冉无恙，急切地说道："我想跟着你，行不行？！"

冉无恙低头看去，少年身材瘦弱单薄，一点儿也不像十四岁的样子，他甚至都还没有马背高，但他那双眼睛亮得惊人。

冉无恙安抚地拍了拍忘忧的脖子，对着少年摇了摇头，毫不留情地直言道："不行，你这么瘦小，连刀都拿不动，跟着我能干吗？"

少年眼中闪过一丝慌乱和难堪之色，他却不肯退后一步。他仍紧紧地盯着冉无恙，清澈的双眼里带着少年人特有的执拗与天真，仿佛认定了她一般。

被这样一双眼睛盯着，冉无恙头皮发麻，也觉得棘手了。她抿了抿唇，这次倒是不说少年年纪小了，指了指旁边抱着孩子默默垂泪的妇人，说道："你还有母亲和妹妹需要照顾，你跟我走了，她们怎么办？"

少年果然愣了一下，眼中闪过一丝迟疑之色。冉无恙赶紧趁热打铁道："男子汉大丈夫，亲人都保护不了还想保护谁？你也不用太担心，再等等，这场仗很快就会结束，你们一定能过上平静的生活。"

少年皱着眉头，不依不饶地追问道："有多快？"

冉无恙沉默了片刻，仿佛真的在计算时间一般，在少年灼灼的目光中，淡定地说道："不会超过两年。"

老方几个人还算有耐心，一直等在一旁，让他们俩可以好好说话。听到冉无恙这样说，老方不自觉地摇了摇头。

这场仗已经打了四五年了，瑜国节节败退，若不是半年前蔺大将军出战，夺回临山关，瑜国怕是已经战败。即使是蔺大将军都不敢说两年内能结束这场战争，更别说冉无恙这样一个不及弱冠的少年了。

众人都觉得这只是冉无恙骗小孩子的把戏，一个善意的谎言而已，谁也没有当真。

唯有少年用力地点头，郑重其事地回道："好，我相信你。"说完，他还举起右手，握成一个小拳头，踮起脚，伸到冉无恙的面前，固执地说道，"我叫闫松，我们一言为定！"

冉无恙微微一笑，右手握拳，俯下身和少年的小拳头轻轻地碰了一下，一字一顿地回道："我叫冉无恙，一言为定！"

第二十三章　一力降十会

从树林到临山关虽然只有四五十里路，但顾及老弱妇孺的身体状况，他们一路上走得非常慢，等回到军营的时候，天色已经暗了。

按照以往的惯例，出任务归来，带队的将领必须第一时间向上峰禀报任务的完成情况，这次他们前往塔木城探察敌军军师的身份，是蔺大将军亲自下的命令，老方更加不敢怠慢，只是这次的情况有些特殊，出了冉无恙这个变数，他自己一个人去回禀怕是不妥。

老方迟疑地看了冉无恙一眼，最后还是对着众人说道："你们随我一同前去复命吧。"

一行人对看几眼，多少也能猜到老方的想法，心照不宣地跟着老方一起前往将军主帐。

军营内，除非传递紧急军情或者得到将军手令，否则不许策马疾行。

余子背着蔺奚走在前面，云亭刻意慢了几步，冉无恙假意搀扶着他，两个人慢悠悠地走在队伍的最后面。

快到主帐时，云亭低下头，在冉无恙的耳边低语道："一会儿蔺不归必定会询问你关于你师父的事情，你想怎么说就怎么说，往大了说，越玄越好。不必怯懦心虚，你要记住，你是'隐士圣贤'的弟子。"

"隐士圣贤"四个字，云亭说得轻，咬字却很重。冉无恙瞬间就明白了他的意思，目光一亮，捂着嘴低声笑道："那我真的放开胆子吹了？到时候要是兜不住，哥，你可得帮我圆回来啊。"

冉无恙狭长的凤眸中闪着狡黠的光，眼中满是信赖和跃跃欲试的兴奋光芒，仿佛只要有他在身边，就没有什么可怕的。

云亭心蓦然一软，这两天生出来的郁气都散了七八分。

他抬手自然地在那毛茸茸的脑袋上揉了揉，轻声说道："放心，有我。"

简单的四个字消除了冉无恙的紧张与不安，她脚步轻快，神色飞扬，对接下来与蔺不归的交锋，生出了几分期待。

一行十人到了主帐前，却不可能全都进去，守卫进去通报之后，老方和余子一左一右搀扶着蔺奚进了主帐里，其他人则老实地在帐外等候。

昨夜那些女子不知道怎么回事，时不时地哭泣几声，搞得冉无恙一晚上没睡好，好在服用中级基因修复液之后，她的身体强韧了许多，几天几夜不睡问题也不大，就是脖子有点儿僵。

冉无恙以为老方他们进去没那么快把事情说清楚，便自顾自地扭扭脖子伸伸腰，活动筋骨，没想到才过了小半盏茶的时间，余子就从里面快步走了出来，朝他们招了招手，说道："快进来，大将军召见。"

说完余子还对冉无恙眨了眨眼睛，仿佛有什么天大的好事等着她似的。

看着余子这副喜形于色的模样，冉无恙已经能猜到刚才在帐内老方肯定说了不少关于她的好话。

冉无恙悄悄地看了云亭一眼，云亭勾了勾唇角，给了她一个少安毋躁的眼神，冉无恙深吸了一口气，跟上众人的脚步，进了帐内。

主帐还是原来的样子，只是右方多出了一个大沙盘，不知是不是正好赶上将军们推演阵法，讨论战术，帐内聚集了很多人。

前锋营主将萧箜、伏虎营主将齐瑾、骑兵营左中郎将苏则郁、粮草营右中郎将贺弘、中军都尉李德勇，可以说，军中最为重要的几位将军都在帐内了。

冉无恙一走进来，就立刻感觉到很多道目光落在她的身上，说来也奇怪，进来之前她还有些紧张，真正进来之后，反倒不紧张了。

匆匆扫了一眼主帐内的几位将军后她便收回了目光，低下了头，随着众人一起行礼道："见过大将军，见过诸位将军！"

蔺不归身为主帅，虽然威严，对手底下的将士却还算和蔼，摆了摆手，示意众人免礼："诸位辛苦了！"

这次任务基本上完成了，也算可以交差，众人连忙回道："幸不辱命。"

冉无恙随大溜地行了礼，起身时面前多出了一道黑影。

冉无恙心猛地跳了跳，抬头看去，蔺不归不知道什么时候竟从将军主位上站了起来，走到了她的面前。

"我听老方说，这次任务进行得如此顺利，多亏了冉小兄弟。你对蔺奚有搭救之恩，蔺某在此谢过了！"蔺不归身材高大魁梧，声若洪钟，冉无恙在他的面前，显得格外娇小。

冉无恙倒也不惧，坦然地与蔺不归对视。蔺不归素来喜欢大大方方的孩子，笑着拍了拍她的肩膀，明显对她比对旁人亲厚一些。

一同执行任务的将士们将这一幕看在眼里，心底无不羡慕。

蔺不归虽然没有说要给冉无恙什么赏赐，但是有大将军的这句话，冉无恙便算是在大将军的面前挂上了号，前途绝对不会错了。

冉无恙没听出这里面蕴含的意思，只是就事论事地回道："蔺将军客气了，能救出蔺奚是大家的功劳，并非我一人之功，再说战友之间，本该如此不必言谢。"

她眼眸清澈澄明，态度诚恳，不似作伪。蔺不归乐了，这孩子有点儿意思！

冉无恙当然诚恳，这么说是因为她本来就是这么想的。以前在镇北营的时候，她和石头、阿陌他们都是战友，那时候她没什么能力，即使如此，他们出了事，她在力所能及的情况下也会尽全力救人的，如今换成蔺奚，也是一样。

"说得好！"蔺不归朗笑一声，对冉无恙的评价又高了一层。

中军都尉李德勇见这两个人说来说去都未说到点子上，实在忍不住，上前一步，拱了拱手，郑重地问道："不知尊师是哪位圣贤？"

李德勇是所有将领中年纪最大的，平日里十分稳重自持，此刻竟如此沉不住气，这让冉无恙对"隐士圣贤"四个字的分量又有了新的认识。

她有模有样地回了一个礼，说道："家师隐居多年，并不打算出世，更不图虚名，我离开时，师父交代过不必提他的名讳。"

　　她一开始就想好了，不管谁问，她绝对不会说出"师父"的姓名和住所。假的就是假的，她编得再好也会有纰漏，还不如啥也不说，保持神秘，世人也只能猜测，谁也不能把她怎么样。

　　冉无恙已经做好了李德勇继续追问的准备了，谁知道他不但没问，还见怪不怪般感慨道："圣贤果然与世无争，品行高洁！"

　　冉无恙一怔，完全不知道自己这套说辞，误打误撞地正好符合隐士圣贤们的处事原则，蔺不归等人对她的身份反倒更相信了几分。

　　李德勇对冉无恙的态度更加温和，说话也更郑重了，又是一揖之后，他才强压下胸中的激荡情绪，问道："不知贤士这次出山入我大瑜军中，所为何事？"

　　李德勇的年纪和她爹差不多大，一名长者对她作揖，她很不自在。

　　她侧过身避开了对方的礼，讪讪地说道："您还是叫我冉无恙吧，'贤士'二字我可不敢当，听起来太别扭了，我不习惯。"

　　清脆的嗓音嘀咕着，听起来像抱怨又像撒娇，少年竟然还未开始变声。

　　这时候李德勇才想起来，冉无恙比他家儿子还要小上几岁呢。他只想着这孩子背后站着的圣贤，倒是忽略了孩子。

　　李德勇看着冉无恙的眼神越发温和，温和得冉无恙起了一身鸡皮疙瘩。

　　她怕李德勇又叫出什么奇奇怪怪的称呼，连忙回道："我都到这军营里来了，自然是为了战事，我师父说，这场仗已经打得够久了，是时候结束了。"

　　提到战事，所有人神色都是一沉，目光灼灼地盯着冉无恙。

　　这场仗确实打得太久了，蔺不归早已收了嘴角的笑意，一双虎目隐隐带着煞气盯着冉无恙，沉声问道："此话怎讲？"

　　"圣贤可是卜算到了什么天机？"李德勇更是激动得差点儿冲上去抓住冉无恙问个究竟。

　　天机？冉无恙一怔，隐士圣贤还会卜卦？她心里没底，下意识地想去看云亭，头转过去之前，脑子忽然清醒，又停了下来。

　　不行，现在所有人都盯着她，她要是这么做了，岂不是显得很心虚？这样还会连累云亭哥。

　　冉无恙怕与蔺不归对视会泄了底气，转而看向李德勇，强作镇定地回道："是不是天机师父没有明示，我可不敢乱说。离开前，师父只告诉我，战乱频发，民不聊生，有违天和，必在两年内止战。师父说两年，那便是两年。"

　　老方一行人恍然大悟，难怪之前冉无恙与那小子约定两年内结束战争，原来是圣贤之言哪！

　　但是隐士圣贤真有这么厉害吗？僵持多年的战争会因为他的一句话就结束？甚至连结束的时间都算出来了？这也太神了吧！

凭什么？

难不成就靠这么一个半大的少年郎？

贺弘出身于草莽，爬到今天这个位置上，靠的都是实打实的军功，他自始至终对世家贵族，以及被他们追捧的圣贤们没有什么好感。

如今一个毛头小子，打着什么隐士圣贤的名头，就敢在大将军帐中大放厥词，实在荒唐！

贺弘原本对这个小小年纪就有几分本事的少年印象还不错，现在却很是看不上他。

贺弘冷哼一声，说道："据本将军所知，你到军中已经半年多了，之前一直待在镇北营里，战绩平平，还时常拖后腿，你既然有这么大本事，之前为何不来大将军面前效力？"

不屑的眼神、讥讽的口吻、话里话外的意思，他明摆着说冉无恙是个骗子，就算不是骗子，故意隐藏实力也有可能是图谋不轨。

冉无恙这一个月来变化太大，她早猜到会有人质疑，这不仅是贺弘的疑惑，也是所有人的疑惑，今天只不过是借着贺弘的嘴说出来而已。

好在她早有准备，面对来找碴儿的人，绝不会露出半点儿心虚之态。

冉无恙双手背在身后，踱到贺弘的面前，微微歪着头看他，轻轻地笑一声，不紧不慢地回道："良禽择木而栖，明主才配得上贤才。我当然要先看看蔺大将军如何治军、如何御敌、如何为将、如何为人，再来决定要不要为其效力，总不能什么阿猫阿狗我都去辅佐吧？"

"哐——"

众人倒吸一口凉气，这话说得可真是嚣张至极了。

贺弘脸色一沉，"砰"的一声，一掌打在了身旁的矮桌上，结实的实木矮桌被震得"咿咿呀呀"地摇晃了起来，眼看着就要散架。

贺弘气急败坏，双目如电，恶狠狠地瞪着冉无恙，大声地呵斥道："年纪不大，口气倒不小！大帐之内岂容你撒野！"

众人都被这一变故惊到了，萧箜倏地站了起来，生怕贺弘一气之下，对冉无恙动手。

虽然他也觉得冉无恙说话做事狂妄鲁莽了，但冉无恙毕竟还是个孩子，也是他手下的兵，总不能让这孩子被贺弘打一顿吧。

好在贺弘虽恼火，却还没有失去理智，并没有真的对冉无恙动手。

就算他动手，现在的冉无恙也是不惧的。

如今她的反应速度、五感、力量都大大地提升，真要动起手来，被揍的还不知道是谁呢。

众人不知内情，只看到少年不怕死地又往前走了一步，来到盛怒的贺将军面前，

· 308 ·

不卑不亢地说道："贺将军何故如此生气？我确实年纪小，说话直，若是惹将军生气了，还望见谅。"

萧筜暗暗松了一口气，还好，还好，虽然这小子态度不算诚恳，好歹也道歉了，他再来说几句话圆个场，这事应该也就过去了。

萧筜刚要开口，冉无恙却抢在他的前面，对着贺弘微笑着说道："您生这么大的气，肯定是嫌这张桌子碍眼吧。劈桌子这种小事小子可以代劳，伤了将军的手就不好了。"

话音刚落，在众人震惊的目光中，冉无恙猛地一抬手，拍在了那张摇摇欲坠的实木矮桌上。

与刚才贺弘声势浩大的一掌不同，冉无恙这一掌看起来随意很多，也没有"砰砰"声。

然而就是这看似随意，仿佛都没怎么蓄力就拍出去的一掌，将那张实木矮桌拍成了木屑。

没错，就是木屑，矮桌不是碎成几块，而是碎成了渣。

所有人都惊呆了。云亭目光一黯，心跳骤然加快。他昨晚就见过小恙徒手捏石块，自以为已经对她的能力有了认识，今日看来，他还是低估了小恙的实力。

贺弘瞪大了眼睛，张着嘴惊恐地看着冉无恙，原本打算斥责她的那一句"放肆"都忘了说。

木块和木渣，这中间的区别大着呢！

一掌就将一张实木桌子拍碎，在场众人，无一人能做到，蔺不归也不行。

冉无恙真的有她表现出来的这么轻松吗？

当然不是，她深知先声夺人的重要性，她现在除了有个虚无缥缈的隐士圣贤弟子头衔，其他什么都没有，必须一鸣惊人才能震慑所有人，所以她在拍下那一掌的时候就用尽了全力，没有一丝保留。

即使是经过中级基因修复液优化过的骨骼也承受不住这样暴力对待，恶果就是，她骨裂了……

冉无恙的表情有一瞬间的扭曲，好在有系统，她有足够的魅力值，一息之间她的伤就痊愈了。

众人都在对着木渣惊叹，没有人注意到她微小的表情变化。

余子抖着手，在众人震惊的目光中，抓了一把地上的木渣，咽了口口水，盯着冉无恙不可思议地说道："真的碎成渣啦！"

此时冉无恙的手已经好了，她耸了耸肩膀，一派轻松地回道："碎就碎了呗。"

冉无恙年纪这么小就有这样的本事，又是某位神秘的隐士圣贤门下的弟子，蔺不归现在对她十分好奇，别说她只是拍碎一张矮桌，就算她把帐篷拆了，蔺不归也不会真的生气。

目光在木渣和冉无恙年轻的脸庞上转了一圈，蔺不归忽然想到了什么，笑道："你之前比试的时候，隐藏了实力？"

冉无恙与蔺奚比试的时候，他亲眼所见，冉无恙的眼力、箭术、力量等各方面皆属上乘，却并没有达到顶级的程度。

后来他又听萧箜说冉无恙骑术了得，赢了谷城，那时他也只是想要培养她，希望她有一天能独当一面而已。

今天她这看似轻飘飘的一掌，着实让人惊艳。这样的功力不是一朝一夕能够练成的，唯一的解释只能是她之前隐藏实力了。

冉无恙转了转手腕，十分欠揍地回道："现在我也未尽全力啊。"

众人：太嚣张了，好想打他！

离冉无恙最近的萧箜没忍住，抬起手，宽厚的大掌一边朝着冉无恙的肩膀拍了下去，一边笑着骂道："好小子，真有你的！其他功夫我不知道，这气死人的功夫你是已经练到登峰造极了！"

冉无恙身体一歪，躲开了萧箜想要拍上她的肩膀的手，往旁边退了两步，双手环在胸前，下巴微抬，继续大言不惭地说道："师父说了，不遭人妒是庸才，而我，是百年不遇的天才，自是与旁人不同。"

冉无恙将一个不谙世事、恃才傲物的少年演绎得惟妙惟肖，这也是之前云亭哥给她的提示。

不管是蔺不归还是任何一个上位者，容得下一个武力超群但心思单纯的小天才，却容不下有勇有谋无懈可击的全才。

太难掌控的东西或者人，首先会引来的，是忌惮。

果然她这话一说出口，帐篷里的人全都"哈哈哈"地笑了起来，就连老方、余子他们也都忍不住笑出了声。

云亭也勾了勾唇角，他家的小姑娘是真的长大了，看来今天是用不上他了。

帐内的气氛一下子变得轻松起来，萧箜也放松了下来，再次抬手，拍了拍冉无恙的肩膀，说道："你小子有什么克敌制胜的好办法就赶紧说出来，别掖着藏着了。"

其他人纷纷称"是"，刚才还怒不可遏的贺弘看她的目光都带上了几分期待。

冉无恙却没急着回答，在脑海中问道："小神，我有没有实力和凉国名将正面打？"

系统经过一番计算考量之后，回道："可以。"

冉无恙心下一喜，追问道："以一敌二也可以？"

冉无恙这么问，是有原因的。

木晏是凉国的名将，但他本人其实没有什么可怕的，一直让瑜国诸位将军头痛的，其实是他手下的两名大将——木锐、木勤。

这两个人是双胞胎，几乎长得一模一样，与凉国将士大多身如铁塔、高大健壮不同，两个人身材颀长，异常灵活。

凉国骑兵素来勇猛，骑术高超，这两个人便是骑兵前锋，或许是因为他们是双胞胎，心意相通，两个人配合起来，就像是一个人有了分身术，长了三头六臂一般，简直所向披靡。

有木锐、木勤两个人在，凉国的大军就仿佛是利箭有了箭头，势如破竹。

军中讲究的是士气，若是我军没人能挡住这两个人，挡不住骑兵的攻势，敌军长驱直入，我军必定士气大减，这也是蔺不归不敢与木晏硬碰硬的原因。

如果冉无恙能截杀木锐、木勤二人，断了这箭头，蔺不归起码有七成把握能够战胜木晏的大军。

没有让冉无恙失望，系统肯定地回道："可以，系统会给你安排有针对性的训练。"

听到训练，冉无恙不但没有害怕，还感觉到很兴奋，她的目标可是成为战神，若是连木晏手下的两名前锋都打不赢，她还有什么脸面对云亭哥？

在众人期待的目光中，冉无恙也不绕圈子，傲然地回道："办法自然有，一力降十会。"

军营里实力为王，当兵的人谁不知道这五个字？问题是一般人想要达到，却是千难万难。

蔺不归沉吟道："你是说……？"

冉无恙点了点头，回道："大将军来边关也有半年了，虽然夺回了临山关，却始终没能拿下塔木城。这半年来，你们互相试探，小打小闹，没有一次真真正正正面对决，以我军的实力，我们完全可以一试。一直这么耗着，多影响士气啊！"

冉无恙说的这些众将军都知道，实际上这样虚耗下去不仅影响士气，最严重的是粮草告急，这也是他们这群人大晚上还聚在大将军帐中商议的原因。

李德勇看了一眼不远处的沙盘，摇了摇头，叹道："并非我们不想正面决战，而是……不能。"

冉无恙微微挑眉，笑着问道："是因为木锐、木勤？"

李德勇眼睛一亮，问道："你有办法？"

冉无恙一副"你们是不是傻"的表情，回道："他们有木锐、木勤，你们有我啊！"

众人：又来了。

这些人的表情实在太直白了，冉无恙想装作看不懂都很难，轻嗤一声，说道："你们这是什么表情？"

余子比冉无恙略长几岁，自认为和她关系不错，眼看着她在诸位将军的面前大放厥词，越说越离谱，为她狠狠地捏了一把汗。

余子哭丧着一张脸，拼命地对冉无恙使眼色、小声地劝道："我说小祖宗哟，你能不能别闹了啊？"

无人注意的角落里，云亭黑眸微眯：小祖宗？呵……

余子还不知道自己无意中得罪了谁，仍想再劝，冉无恙直接白了他一眼，丝毫不惧众人复杂怪异的目光，薄唇轻抿，说道："你们是不相信我能以一敌二吗？"

少年双手环在胸前，一双黑沉沉的凤眸冷冷地扫视众人，满脸愠色，像一只被惹恼的幼兽，大有一言不合，便要扑上去撕咬人的架势。

糟糕的是，这只幼兽还不是普通的兽类，是一只凶兽，即使还年幼，也散发着让人不容忽视的戾气。

身为骑兵营的主帅，苏则郁和木家那两位前锋交手最多，算是最了解他们的人，蔺不归朝他使了个眼色，苏则郁没办法，只能上前安抚冉无恙。

他调动脸上的每一块肌肉，力图让自己看起来和蔼可亲，跟哄孩子似的说道："无恙，我们不是不相信你，你赢了谷城，是当之无愧的骑兵之王。"

苏则郁为了强调自己是真心实意地夸奖冉无恙，还特意竖起了拇指，在她的面前晃了晃，才继续说道："你真的非常厉害了，只不过这个兵王呢，只能算是咱们军中的兵王。我与木锐、木勤二人数次交锋，对他们的战斗方式也算有些了解，二人惯用枪，骑术高超、枪法精湛自不必说，最重要的是，木锐使短枪，木勤使长枪，二人配合默契，让人找不出一丝破绽，根本无从下手，更谈不上攻破他们的防线了。"

冉无恙听得非常认真。她之前都是道听途说，现在有机会听苏则郁分析二人的战斗方式，对她来说，是不可多得的好事，毕竟知己知彼才能百战百胜。

她一直没有真的生气，表现得怒火中烧，不过是为了假装桀骜不驯、年少轻狂而已。

如果因为她拍碎一张桌子，夸口说了几句话，这一屋子的将军就对她全心信任委以重任，那这场仗也不用打了，这么傻的将领，瑜国军队迟早玩完。

冉无恙沉默片刻，问道："能不能找个机会，让我会会他们？"

几位将军对视一眼，看向蔺不归，蔺不归哈哈一笑，回道："总有机会，不必急于一时。"

好吧，这句话的意思她也听出来了，就是敷衍她呗。

冉无恙自嘲地笑了笑，在脑海中对系统说道："小神哪小神，嘴上没毛办事不牢，人家不信我，就算我说得天花乱坠也没用，你说怎么办呢？"

冉无恙憋着一口气，和系统抱怨，没想到系统非常淡漠地回道："不急，过几天让你狠狠地打他们的脸。"

打脸？冉无恙被勾起了好奇心，追问道："怎么打？"

"宿主只需要在练武场上好好练习，完成系统安排的训练项目就好，其他的事系统自会安排。"

"哦。"没有得到答案，冉无恙有些失望，却也没继续追问。

被拒绝了，少年没有继续闹脾气，几位将军都在心底长舒了一口气。

冉无悲自身有本事，还有个神秘的师父，可惜她年纪太小，心性不定，几位将军对她是又爱又恨，面对她的时候，心里总有些打鼓，不知道这个分寸如何拿捏。

最后还是身为冉无悲的直属上峰的萧筌出来打了圆场，岔开话题道："老方刚才拿你绘制的地图给我们看过了，绘得太好了！听说第二天你又去凉国军营里查探了一番，那你现在能将塔木城城北营地的整体地图画出来吗？"

冉无悲心里不痛快，懒得理他们，萧筌的询问只换来她不冷不热的一声"能"。

地图是最为重要的军用物资之一，对战局起到决定性作用。冉无悲画的那张局部地图实在惊艳，蔺不归按捺不住心中的急切情绪，追问道："何时能画出整体地图？"

冉无悲想了想，回道："两日吧。"

蔺不归大手一挥，说道："好！有什么需要准备的东西，你尽管提出来。"

冉无悲摇了摇头，懒懒地回道："不用，就给我些羊皮卷、笔、刻刀、剪刀之类的东西就可以了。"

系统里有地图，她早就记在脑海里了，随时都可以画出来，说要两日，是不想表现得太过于突出，同时也要斟酌一下，哪些地方需要画得详细一些，哪些地方可以简略。

蔺不归大喜，恨不得现在就叫冉无悲立刻给他画地图，好在他的理智提醒着他，对面的少年才十多岁，而且刚刚执行完任务回来。

蔺不归轻咳一声，压下心底的急切之意，稳重地说道："好，明日一早就让人给你把东西送过去。时候不早了，你们这两日也辛苦了，都回去休息吧。"

将他们打发走，将军们怕是还有事相商，陪着站了一晚上的将士们都识趣地拱手行礼，退了出去。

云亭走在最后，还未走到帐外，忽然听到蔺大将军浑厚的声音在身后响起："云亭。"

云亭目光一沉，缓缓转身，规规矩矩地行了礼："将军。"

青年身若青竹，温润端方，对比起来，他反倒更像圣贤的弟子。

"你也是圣贤的弟子？"蔺不归的目光锐利如刀，笼罩在云亭的身上，宛如一口大钟压在头顶上，让人呼吸困难。

云亭仿佛毫无察觉，拱手回道："我不是。"

冉无悲就站在帐门口，目光灼灼地盯着蔺不归，生怕他欺负云亭一般，蔺不归哭笑不得，摆摆手，没有继续为难云亭，说道："行了，回去休息吧。"

"是。"云亭仍是一副君子做派，不紧不慢地行了礼才退了出去。

云亭一走到帐外，就被冉无悲一把抓住了胳膊，她雀跃的声音在云亭的耳边响起："云亭哥，我今天表现得怎么样？"

冉无悲这副忙于撒娇求表扬的模样，和在帐中时的锋芒毕露大相径庭，云亭又被她逗笑了，拍了拍她的脑袋，如她所愿地夸道："你今天很棒！"

冉无悲眉眼一弯，得意地说道："我也这么觉得。走喽，回去睡觉！"冉无悲低呼一声，拉着云亭的手，蹦蹦跳跳地往前锋营走去。

兄妹二人回到帐内，受到了热烈欢迎，一夜好眠。

只是有很多人，却睡不着了。

夏天的夜空，星辰似乎总是更为明亮一些，不大的小院里，朦胧的月色中，一道美丽的倩影正坐在石桌旁。

乌力站在回廊下，探头看去，只见万俟灵身姿优雅，神色温柔，手里抓着一把谷物，好像是在……喂鸟？

昨天被三皇子和那名少年耍了一回，在回来的路上，公主殿下的脸色比锅底还黑，双手紧握成拳，骨头"咔咔"地响。他还以为公主殿下被气成这样，肯定要干点儿什么事泄愤。

这两天乌力一直提心吊胆，生怕公主捅出什么娄子来，没想到公主竟然乖乖地待在院中没有出去，现在还有闲情逸致喂鸟。如此看来，公主应该也不是很生气吧。

公主殿下不作妖，可喜可贺。

乌力刚要松一口气，目光瞟到那只小鸟，心又提了起来，惊道："这是……嗅鸟？"

嗅鸟是塔尔部落特有的一种鸟类，看起来和麻雀很像，甚至比麻雀的体形还要小，仔细看才能看出它和麻雀的区别，它的喙尖而细，带弯钩，色艳红。

嗅鸟之所以叫嗅鸟，是因为它的嗅觉非常灵敏，比狗的嗅觉还要灵敏十倍，经过特别训练的嗅鸟就更厉害了，即便人躲到百里之外，它也能寻着味找过去。

嗅鸟之所以珍贵，除了因为它本身稀少，还因为它出色的寻人寻物的能力。

尤其在寻人上，嗅鸟更具优势，它体形小，又和麻雀形似，一点儿也不引人注意，比狗隐蔽许多。

看到嗅鸟，乌力忽然想到前天夜里，公主把那名少年俘虏弄晕之后，割了人家的一缕头发。

当时他还不知道公主为什么要这么做，如今看来，公主真是……高瞻远瞩、未雨绸缪！

目光在石桌上转了一圈，乌力果然看到一小缕黑发。

嗅鸟凑上去认真地闻一闻，万俟灵就赏它一颗朱豆，不闻就不给吃。

乌力暗暗感叹：公主不愧是公主！如果这两天她都是这样强化训练嗅鸟的话，这味道估计化成灰，它都记得！

乌力忽然有些同情那个少年了。

"他们以为逃出塔木城就能逃出我的手掌心吗？三哥以为不见我，我就找不到人了吗？呵呵。"公主清清冷冷的嗓音配上不轻不重的嗤笑声，在寂静的小院里响起，怎么听怎么瘆人。

万俟灵喂完最后一颗朱豆，小心翼翼又带着两分泄愤的情绪，将那缕黑发收进荷包，揣进怀里。

这只嗅鸟被训练得很好，没有朱豆吃了，也没有将它关在笼子里，它也不乱飞，围在万俟灵的身边打转。

万俟灵收拾好东西，对着嗅鸟说了一声："走了。"万俟灵便起身朝着院外走去。

乌力看她这架势，公主竟想连夜出发追人？！

"公主殿下，等等，您等一等！"乌力太阳穴"突突"地跳，他连忙追上去，着急地说道，"您这是打算现在就追过去？"

万俟灵扫了一眼拦着她不让她走的小老头，漂亮的眼眸微微眯了起来，像一只被冒犯的猫科动物，细眸中闪着不耐烦的光："有何不可？我有自己的护卫，不需要劳烦乌大人。"

宫外的人盛传七公主优雅又温柔，优雅不假，温柔那可就见仁见智了。

乌力头痛不已，万俟灵可不是宫里那几位不受宠、手里无权无势又安分守己的小公主，真要说起来，她的性情和太子的性情有一拼，执拗又霸道，有时候就连太子都要退避三舍。

乌力在心里深深地叹了口气，不得不耐着性子哄道："公主说的哪里话？为公主效力，是老臣的本分和荣幸。老臣的意思是，三皇子此时可能在临山关，也有可能在瑜国军营里，公主前去实在太过冒险，蔺不归可不是原来的驻军将领，他的军营没那么好进。"

乌力是舅舅的心腹，也算看着万俟灵长大的老人了，如今对她这般好言相劝，她也不好对他发火，语气缓和了许多，回道："蔺不归的威名我自然听过，我此去不为挑衅，只为寻人，不会冲动地闯进去自投罗网的。"

乌力仍是拦在万俟灵的面前，不肯退让，眼见着万俟灵的神色开始阴沉下来，他心念一动，着急地说道："公主殿下三思，首领到底是怎么逃出瑜国军营的，我们尚未可知；首领中的迷药到底是不是三皇子下的，我们也未能查证。况且，三皇子这么疼您，不见谁都不可能不见您啊。这其中定有缘由，万一您贸然行动，打乱了三皇子和首领的计划怎么办？"

万俟灵心口猛然一颤，这句话正巧戳中了她心中最在意的点。

那是她的三哥啊！从小到大把她捧在手心里的三哥！他消失了这么多年，怎么能忍心不见她呢？！

她委屈、愤怒、理智尽失，不想去思考，一心只想找到她的哥哥。

可是……若她的三哥真的有苦衷呢？

当年到底发生了什么事？三哥又为什么会在瑜国？他为什么不回来？他想干什么？

我现在找过去，是不是真的会坏了三哥的大事？万俟灵茫然了。

乌力看她神色有所松动，立刻接着劝道："依老臣看，不如等首领醒了，咱们再做打算，如何？"

万俟灵咬了咬下唇,沉着脸问道:"要等多久?"

万俟灵这么问几乎就是已经放弃今晚出门的意思了,乌力松了一口气,回道:"公主殿下不是说,快则五日,慢则七日吗?明日就是第五日了,说不定首领明日就能醒过来了。"

万俟灵并非莽撞、愚蠢之人,相反,她很聪明。

她只要能静下心来,理智回笼,就知道什么才是正确的选择。

虽不情愿,万俟灵还是咬牙说道:"再等一日!"

说到做到,她又退回石桌旁坐下,从锦袋里拿出发丝,顺便抓了一大把朱豆撒在桌上。

嗅鸟一看到朱豆,欢快地叫了一声,小脑袋跟啄木鸟似的,快准狠地将一颗颗朱豆吞进肚子里。嗅鸟一边吃,一边闻头发,可以说是非常乖巧了。

嗅鸟吃完了朱豆还歪着脑袋看着万俟灵,小小的身体在石桌上来回跳,"啾啾"叫唤,仿佛在说:还要。

万俟灵财大气粗地又撒了一把朱豆。

乌力扫了一眼嗅鸟滚圆的肚皮,不禁怀疑,这只鸟还飞得动吗?不会明早起来一看,它已经被公主殿下撑死了吧……

今夜无法入眠的,还不止公主殿下一人。

夜晚的军营格外安静,不时传来的巡逻士兵的脚步声,让人安心的同时,也多了几分紧张肃穆的压抑感。

除了巡逻士兵和各位将领,所有士兵到了亥时就必须熄灯休息。在一片黑漆漆的营帐中,有一顶营帐内还亮着昏黄的烛光。

巡逻的士兵见怪不怪,那是太子的营帐,不到子时,是不会熄灯的。

虽说是太子的营帐,帐内的装饰和摆设却一点儿也不奢华,简单雅致,与太子温雅清贵的气质格外吻合。

实木长桌上摆着一盏清茶、一方棋盘,白子与黑子相互厮杀,难分高下,坐于桌前的却只有一人。

瞿向卿左右手边各放置着黑白棋罐,他摩挲着手里的棋子,呢喃道:"隐士圣贤的弟子?"

"是。"一个低沉的男声从暗处传来,角落里不知何时竟跪着一名黑衣男子。

男子隐于暗处,无声无息,不出声,根本无人察觉他的存在,隐匿的功夫已臻化境。

良久,瞿向卿才将手里捏着的白子缓缓地落下,仿佛并不怎么在意一般问道:"你觉得有几成可能是真的?"

"八成。"男子的声音压得非常低,却奇异地让人听得很清楚。

不知从何处来的风，烛影摇晃了一下，映照出了处在黑暗中的人的半边脸庞，此人长相极为普通，脖子上的疤非常刺眼，正是与冉无恙一行人一起前去执行任务的胡扬。

"八成？"瞿向卿端着茶杯的手一顿，目光诧异地看向胡扬。

胡扬心思缜密，为人谨慎，他说八成，基本上就是十成的意思了。

瞿向卿饶有兴味地问道："何以见得？"不过三四天，胡扬对冉无恙的评价似乎很高。

胡扬不用抬眼去看，从那略微上扬的尾音就能感受到太子对这件事的浓厚兴趣。

胡扬依旧微垂着头，神色淡漠，声音四平八稳地回道："原因有三。今日冉无恙震碎了一张矮桌，用的是内家功夫，他这样小的年纪，若是没有名师教导，即使天生神力，也不可能有那么利落漂亮的身手，此其一。

"地图乃重要的军用物资，军营部署图更是机密，很多人连图都看不明白，更别说画出来。他只在敌营北苑待了一个时辰，就能将敌营北面的区域绘制成地图，图案详细，堪称精品，就算出动一队斥候精英，也未必能做到，此其二。"

胡扬说到这里，不知怎的忽然停了下来。瞿向卿听得正起劲，眉头微蹙，冷声问道："三呢？怎么不说？"

胡扬原本是他母后苏家养的死士，五年前被他送进了蔺家军。身为一名被安插在军中的暗子，胡扬一直做得很好，不过一年，就入了伏虎营主将齐瑾的眼。

他打探到的消息基本不会出错，他也是瞿向卿为数不多、用得最顺手的属下之一。

胡扬脸依旧隐没在黑暗中，让人看不出神色，声音倒是如常地继续说道："这两天，属下从余子和老方那里打听到一些消息，是关于冉无恙那些战友的。当时他们一起参加前锋营考核的一共有十七个人，这些人一半以上身形干瘦，战斗力低下，按理说，他们不可能通过考核，但是冉无恙不仅拿出了一套精妙绝伦、自成一体的刀法教给他们，还拿出了很多书，包括制作武器的书、医书，甚至连兵书都有。因为这些特殊的能力，十七个人最后全都通过考核进入了前锋营。

"据说那些书，都是他默写出来的，一个人的脑子再聪明，记忆力再好，也不可能凭空想象出那些内容。除非他经常能看到那些珍贵的书籍，且被要求默写背诵，才能让他在需要时，毫不费力地将它们默写出来，所以属下认为，他背后应该有一位或者几位名师指导。"

前两条瞿向卿还能安然地听胡扬分析，听到第三条的时候，他的呼吸明显乱了几拍。

"一位或者几位……"瞿向卿重复着这句话，眼中瞬间迸发的光，就像是饿了许久的狼看到了带血的猎物。

这样的人若是能为他所用，他何愁不能将帝位收入囊中？

"想不到这一趟出来，能有这般意外收获。"杯中的茶水早已经凉了，瞿向卿却丝毫不在意，将冷茶一口饮尽，好像冉无恙和她背后的师门，已经是他的囊中之物。

胡扬不再说话，后退一步，高大的身影完全隐没于黑暗中，悄无声息，仿佛不存在一般。

他忽然想起了冉无恙飞扬的凤眸以及云亭那张似笑非笑的脸，心底涌起一股强烈的不安感。

这两个人，并没有那么容易招揽，一着不慎，恐怕主子还会被他们咬下一块肉来。

不过这些都是主子的事，并不需要他关心和担忧。

第二十四章　　陌刀出世

翌日。

前锋营的校场上，结束操练的士兵们三三两两地聚在一起，坐在地上休息。

有一群人坐在最角落的位置，却仍吸引着众人的目光。

能进前锋营的全都是精兵，这群人显然与大多数身体强悍的精兵不同，他们中有老兵，有文弱书生，有猴子似的少年，怎么看都不像前锋营的人。

然而他们还真的是在众目睽睽之下考进前锋营的，让人想找他们的麻烦都找不到理由，只剩下满满的好奇和疑惑。

石玉完全顾不上别人怎么看他，训练完就直接躺在地上了。他半个月前受的箭伤还没有完全好，完成前锋营的常规训练就已经快要了他的小命。

石玉看着悠闲地坐在一旁看他们训练的云亭，羡慕得想流泪。您执行任务受伤了就在帐内休息不好吗？在这里看着他们苦哈哈地训练是来拉仇恨的吗？

不，石玉磨了磨牙，扭头看向云亭目光所及的方向。

云大哥不是最可恨的，最可恨的是冉无恙！

石玉瞪着比他更出色、更快地完成训练，还脸不红气不喘，连一滴汗都没有流的冉无恙，忌妒得眼睛都红了。

"不对啊！"看着看着，石玉倏地瞪大眼睛，忽然从地上蹿了起来，冲到冉无恙的身边，肩膀贴着肩膀地和她站在一起。

"干什么？"冉无恙警觉地往后退了一步。

冉无恙的动作已经很快了，但是这明显的身高差还是让石玉一眼就看出了两个人的差距，他指着冉无恙，大叫道："冉无恙！你说！你是不是长高了？！"

她当然长高了，高了两寸。

长高只是身体优化的一个方面，说到这里冉无恙忍不住在脑海中从上到下、从内到外好好地夸了一轮系统。这次服用中级基因修复液之后，她除了长高了一些，系统没给她整什么肤白貌美的幺蛾子，真是谢天谢地！

系统冷哼了一声，说道："愚蠢的人类，美貌与智慧并存才是真女神！"

冉无恙连连点头，极其敷衍地附和道："是，你说得对！等我打到没人敢直视我的脸的时候，你再来给我美貌，我一定欣然接受。"

系统："……"

把系统说到无言以对，冉无恙暗暗偷笑，揉了揉鼻子，对石玉和颜悦色地说道："我本来就是长身体的时候，长高有什么稀奇的。"

石玉围着她转了一圈，用手隔空比画了一下两个人头顶之间的差距，又气又恼地叫道："之前我们俩还差不多一样高，现在你居然比我高了小半个头！你这长得太夸张了吧！"

冉无恙也知道自己一夜之间长高这么多，是有点儿夸张，但是不能认啊。

冉无恙双手环在胸前，下巴微抬，端着睥睨天下的架势，嫌弃地说道："我原本就比你高一些，只是瘦看起来不显高而已，你自己不长个子又不长肉，怪我喽？"

石玉怪叫一声，扑上去就要抓住冉无恙的脖子，怒吼道："你抛下我偷偷长高还有理了，还是不是朋友啊？！"

冉无恙笑着躲开，石玉再次扑了上去，两个半大少年在校场上追打嬉闹，惹得众人也不自觉地跟着笑了起来。

石锋就坐在云亭的身边，不动声色地瞄了一眼云亭的脸色，看他没有黑脸，松了口气。他这个傻弟弟，每次都往无恙的身上扑，一点儿都不会看脸色。

好在现在小石头没有无恙敏捷，想扑也扑不到了，不然石锋真的要愁死。

石锋看向不远处嬉笑的二人，用手肘轻轻地撞了一下云亭的胳膊，感慨道："无恙的气色确实比以前好了许多！现在看起来，真有点儿十五岁的模样了，少年长大了啊！"

这次被选进前锋营的人，都是和冉无恙相处了大半年，感情还不错的战友。听了石锋的话，众人都不自觉地把目光汇聚在了冉无恙的身上。

少年确实长高了许多，身材虽然依旧清瘦，却再也不是以前的豆芽菜了，现在的她，就像是一棵小白杨，昂扬挺拔。

云亭的目光一直没从冉无恙的身上离开过，他看着她笑，看着她闹，轻叹一声，意有所指地说道:"嗯,是长大了。"

冉无恙的听力极好,听到石锋和云亭的对话,她回头对着二人笑得异常灿烂,大声地叫道:"我以后还会继续长高的!"

她还有高级基因修复液没有用过呢,按照之前的经验,她最少还能再长两寸!

冉无恙在心里暗暗盘算:她要是再长两寸,就能到云亭哥的耳朵那个位置了,这样一来,他们二人站在一起就更般配啦!

光是想象那个画面,她就控制不住嘴角上扬的弧度。

长高是挺让人高兴的,但是这人需要笑成这样吗?石玉搓了搓胳膊上的鸡皮疙瘩,往后退了两步。他还是离冉无恙远一点儿吧,这笑容太瘆人了。

冉无恙正沉浸在美好的幻想之中,一盆冷水当头泼了下来。

系统:"升级到高级系统,需要10万点信仰值,宿主目前信仰值不足1000。"

冉无恙瞬间蔫了,撇了撇嘴,回道:"又不是我不想挣信仰值,你昨天说要给我制订训练计划,教我打败木家兄弟的办法,到现在也没有动静,能怪我吗?"

系统差点儿没忍住吐她一脸。昨晚是谁一回帐篷里就嚷嚷着要睡觉,什么她还小,正在长身体,这么多天没能好好休息影响她发育?!

现在倒成它的错了?什么破宿主啊!好在它只是一堆数据而已,如果是人,真的要被气吐血。

系统努力平复体内乱窜的电流,没有感情地说道:"午饭后,宿主到后山去,系统有东西给你。"

"好呀!"冉无恙丝毫不知道自己对系统进行了一番精神打击,满心满眼都在期待着系统给她的是啥好东西。

战事持久,粮草吃紧,士兵们的伙食都不怎么好,好在前锋营的伙食比起镇北营的伙食来说,还是要好一些的。

记挂着系统手里的好东西,冉无恙吃饭的速度极快,三两口啃完了两个粗粮馒头,再灌了一大口稀粥,把碗往桌上一扔,她就冲出了食堂。

云亭抬眼看去,那道劲瘦的小身影已经跑得只剩下一道残影了。

云亭低下头,继续慢条斯理地吃着馒头,没有追过去。以小恙现在的功力,她存心要跑,别说他,就是蔺不归也未必追得上。

小恙去的那个方向,是后山吧。

小恙都如此努力了,他总不好落后太多。他轻轻地叹了口气,他等的人,也应该快来了吧。

冉无恙一口气跑到了后山一处人迹罕至的山坳中,气都没喘匀,便迫不及待地问道:"小神,你有什么东西要给我?快拿出来看看。"

系统也没和冉无恙说废话，一道白光闪过，一把兵器悬于半空中，赫然出现在她的面前。

冉无恙整个人都愣住了。她从没见过这种类型的兵器，它的样子有点儿像偃月刀，都是由上刀下棍组成的，但它比普通的偃月刀要长一些，刀身较窄，弯曲弧度较小，刀形制式更像唐刀，全长七尺，刃长三尺，刀柄长四尺。

整把刀在阳光下泛着耀眼的银光。

冉无恙看不出它是用什么材料打造而成的，刀刃呈现一种她从没在兵器上见过的诡异的乳白色，刀锋仿佛被一层轻薄的白雾笼罩，看不见锋芒，却让人莫名其妙地感到胆怯。

冉无恙眯眼细看，在那乳白的刀刃上，看到了许多漂亮的暗纹，似水波又似年轮，也不知道是铸刀的材料本身自带的，还是多次锻造留下的痕迹。

刀柄是由某种她不认识的金属制作而成的，通体银白，上面雕刻着精美的云纹，密密麻麻地布满了整个刀柄。

冉无恙不知道应该用什么词来形容这把兵器，它精致华美得不像一件武器，但若说它只是一件艺术品，又仿佛侮辱了它。

它身上有一股魔力，只要它出现在人前，就能让看到它的人，在热血沸腾的同时心悸、颤抖、心生畏惧之意。

冉无恙把呼吸都放轻了，喃喃自语般问道："这……这是刀吧？"

检测到宿主的血压、心跳都在飙升，显然她是对这把刀满意至极，系统暗暗得意，故作冷静地介绍道："这是陌刀，长兵器主战刀，由高硬度复合金属打造而成，密度是这个位面的玄铁的十倍，刀重一百六十斤。"

刀重一百六十斤？冉无恙咽了一口口水，这也太重了吧，比两个她还重！

传说蔺大将军的双锏，乃世间少有的重兵器，一百斤的重量已经让人敬畏，无法驾驭了。

她现在的力气虽然大了不少，但这把陌刀重达一百六十斤，她真的挥舞得动吗？

冉无恙的心里直打鼓，系统不管她，继续说道："'陌刀出，人马俱碎'，它是专门针对骑兵的武器，可劈砍，可枪刺。此款陌刀，刀刃、刀柄可拆卸，无论是步兵、骑兵皆可使用。"

随着系统的解说，陌刀忽然分成两部分：前半部分成了一把宽版的斩马剑，后半部分可作为短棍使用。

斩马剑和短棍原地转了一圈之后，又严丝合缝地融为了一体，构造之精妙让人叹为观止。

冉无恙看得热血沸腾心痒难耐，忍不住伸手去摸，指尖却穿过刀身，什么也没摸到，这把刀目前还只是虚影而已。

冉无恙克制着心底疯狂叫嚣着拥有它的欲望，沉声问道："这是给我的吗？"

"100万点魅力值。"

冉无恙仿佛从这冷冰冰的话语里，听到了幸灾乐祸的笑声。

她就知道，系统不会这么好心，白送她兵器！

冉无恙咬牙切齿地说道："我没有100万点魅力值！"

系统笑嘻嘻地说道："宿主有三次打白条的机会。"

冉无恙直勾勾地盯着陌刀，脸色阴沉却不说话。系统轻哼了一声，打算给宿主好好上一课，说道："宿主不要觉得这是浪费了一次机会，你要明白……"

冉无恙："兑换吧。"

"什么？"系统自认为早已经看透宿主一毛不拔的本性，准备了百八十条理由，用来说服宿主赊账买兵器，哪里想到一条还没说完，宿主居然就答应了。

幸福来得太突然，系统有些蒙，数据反应都慢了半拍。

"换！"冉无恙目光清亮，心如明镜。

磨刀不误砍柴工的道理，她自然是懂的。这把刀，她志在必得。

她公开宣称自己是隐士圣贤弟子的那一刻，就已经走上了一条不进则退的道路。

一柄神兵利器，胜过千言万语。她相信，只要她拿出这把兵器，就能说服蔺不归让她去会一会木家兄弟。

只要赢了木家兄弟，她就不愁赚不到魅力值和信仰值！

宿主好不容易开了一回窍，系统万分欣慰，立刻说道："宿主目前拥有魅力值816000点，扣除100万点魅力值兑换武器'陌刀'，赊欠魅力值184000点，应偿还魅力值368000点，当前拥有魅力值0点。宿主请注意，如果三个月内不能偿还魅力值，宿主身体的各项数值将会减少三成，还要遭受一次电击刑罚。"

系统话音一落，原本悬在冉无恙面前的半透明陌刀瞬间化为实体，"咚"的一声闷响，陌刀从半空中落到了地上，冉无恙顺势握紧了刀柄。

冰凉的触感、沉重的分量，从冉无恙的手心传递到心底，冉无恙摩挲着刀柄上繁复的云纹，咧嘴一笑："它，现在是我的了！"

就在冉无恙志得意满之时，轻快的系统提示音响起。

"亲爱的宿主大人，是否需要将兵器陌刀绑定为本命武器？绑定之后，您就可以和您的兵器心意相通了，不仅随叫随到，还不会丢失，不会被盗，让您放心更安心！只需要10万点魅力值就能轻松绑定，值得拥有哟！"

冉无恙被气到嘴角抽搐，双眼发黑，毫无形象地大声咆哮道，"系统，你这个奸商！"

系统也不反驳，任由她骂了足足一刻钟，骂到口干舌燥她才勉强停了下来，最后的结果，还是冉无恙没能成功地绑定武器。

对一个兜比脸干净，还欠了系统一屁股债的人来说，10万点魅力值简直就是天价，她死也不可能拿出来，更不会浪费第二次赊账的机会，绑定的事，只能推后再议了。

陌刀的重量对现在的她来说，还是有一点儿重，回去的路程没有来的时候走得那么轻松，冉无恙走了小半炷香的时间，才走出山坳。

冉无恙走在杂草丛生的小路上，一道黑影飞快地朝她冲了过来，她眉心一蹙，下意识地挥动了手中的陌刀。

她觉得自己似乎砍到了什么东西，定睛一看，竟是一只成年野猪，而且这只野猪还被她拦腰砍成了两半。

冉无恙咽了一口口水，看向手中的刀，刀刃洁白无瑕，没有一丝血污，地上却已经是血肉横飞了。

这刀……也太厉害了吧！她都没怎么用力，真的只是随手一挥，这只野猪就成两半了。

冉无恙在惊叹的同时，内心也十分惊喜。她一直知道，系统拿出来的都是好东西，但这把刀的威力还是出乎了她的意料，真是一把宝刀！

她刚感慨两句，就听到一串马蹄声响起，眯眼看去，一支三四十人的马队朝着她所在的方向跑了过来，他们身穿黑色软甲，一看就是私兵护卫，并非军中之人。

周围都是杂草和矮树丛，没什么能藏身的地方，冉无恙也来不及躲了，随手将陌刀置于身后，等着他们的到来。

为首之人面如冠玉，气宇轩昂，玄色劲装配上高大油亮的黑马，看起来英明神武，正是当朝太子瞿向卿。

太子看到她也是一脸惊讶的样子，语气倒是一如既往地温文有礼，"你是冉无恙吧，你怎会在此？"

太子殿下似乎很喜欢玄色，之前穿的是玄色长袍，现在穿的是玄色劲装。这颜色很挑人，普通人穿上瞬间就变得暗淡无光，但这世上总有一些人，即使身穿粗布麻衣也难掩光彩，依旧一身尊贵，贵不可言。

太子显然就是这类人。

太子将忘忧赐给她这个人情她是记下了的，后来太子还给她送过药，她不好太失礼。

她微微点头，行礼道："见过太子殿下！"

此处血气弥漫，瞿向卿目光一扫，就在草丛里看到了断成两截的野猪尸体。

他心脏猛地一缩，故作淡然地别开视线，对冉无恙抬手示意她免礼，一派自然地问道："这个时辰，你不去用午饭，在这里做什么？"

冉无恙抿了抿唇，笑了两声，回道："吃饱了撑着，出来走走。"

瞿向卿还是第一次遇到有人这样回他的话，一时间竟不知道应该如何应对了。

身旁一个嗤笑声打破了这场尴尬的对话："你就是那个号称是无名隐士圣贤座下

弟子的山野小子？"这人将"无名"两个字说得格外大声，还带着一股嘲讽的意味，听着非常刺耳。

冉无恙抬眼看去，才发现瞿向卿的身旁还跟着一名华服男子。

男子身形微胖，穿着一身耀眼的紫色骑装，白玉腰带一勒，不但没能使他看起来精神一些，反而让他肥硕的腰部更显眼了。

他装模作样地背着一把缀满宝石的长弓，看着不像打猎，倒像是来郊游的。整个人趾高气扬，飞扬跋扈，架子摆得比太子的架子还大。

冉无恙将这位肉嘟嘟的大人上上下下地打量了一番，目光一闪，漂亮的凤眸眯成一条弧线。她微微勾起唇角，笑得异常好看。

若是云亭在，一眼就能看出这妮子要使坏，可惜在场的人对她都不熟悉，华服男子看她忽然笑起来，还以为她要讨好自己，满脸鄙视地别开了眼。

谁知下一刻，华服男子不仅没听到奉承话，反而听到不屑的嗤笑声："我师父的名讳，的确不是什么人都有资格知道的。"

华服男子一愣，好半天才回过神来，自己居然被一个山野小子嘲讽了。他怒不可遏地指着冉无恙，大吼道："哪里来的野小子，敢在本官的面前放肆？！"

他可是姚家嫡出的小公子，他父亲是内阁大学士，大哥是左都御史，皇后娘娘是他的亲姑母，皇城上下，谁敢不给他姚颂面子？！

这次他和太子一起来边关督军，皇上还钦封他为正三品按察使！他没资格谁有资格？！不过是一个连名字都不敢说，终日藏头露尾的隐士，真当自己是什么了不得的人物了？！

姚颂身边的护卫看主子的脸色不对，立刻拔剑，从马上一跃而下，看样子是想要擒住冉无恙给主子出气。

冉无恙眉尾一挑，藏于身后的手忽然伸了出来，一道银光随着她的动作袭来。

能跟在姚颂身边的近身护卫都是真正的练家子，突如其来的煞气异常强烈，惊得他们纷纷后退了几步，他们心跳如擂鼓，一时间愣在原地，忘了动作。

他们不敢靠近，冉无恙手中举着的刀，就这样暴露在众人的眼前。

这刀造型奇异，通体银白，在阳光下着实耀眼，姚颂和瞿向卿的目光都不自觉地被它吸引了。

瞿向卿目光微闪，却什么也没说，沉默地看着姚颂耀武扬威。

姚颂则是满眼惊奇地盯着陌刀，问道："小子，你手里拿的是什么？"

冉无恙嘴角的笑更甜了几分，她也不掖着藏着，甚至将刀往前伸了伸，笑道："是刀啊。"

这把刀的样子有点儿怪，姚颂从没见过这样的兵器，尤其是乳白色的刀刃，他更是闻所未闻。

姚颂对陌刀起了好奇之心，指了指冉无恙手里的陌刀，扬声说道："这刀看着虽然怪，倒也还算有点儿意思，呈上来给本官看看。"

冉无恙往后退了两步，将刀收回来抱在胸前，生怕被人抢了似的，惊讶地问道："大人是想要我的刀吗？"

看她这副小家子气的模样，姚颂心情大好。他对兵器一向没什么偏好，今日就偏要抢过这把刀，挫一挫这小子的锐气！

姚颂说道："想要又如何？本官看得上你的刀那是你的福气。"

这鱼真乖，这样就上钩了！

冉无恙假装害怕地将手中的刀抱得更紧了，委屈又不甘心地看着姚颂，着急地说道："俗话说得好，宝剑配英雄，大人想要它也不是不行，若是您自己拿得动它，这刀就送给大人了，若是拿不动……"

冉无恙还没说完，姚颂已经不屑地打断了她的话，冷笑一声，回道："真是笑话，不就是一把刀吗？本官这就拿给你看！"

一把长刀而已，他又不是没拿过偃月刀、长戟之类的兵器，一个瘦巴巴的小子都拿得动，他怎么可能拿不动？

姚颂连马都没有下，对冉无恙伸出手，信心百倍、十拿九稳的样子。

这把刀一看就不是凡品，冉无恙怎么可能这么轻易就将它送出，绝对有古怪。瞿向卿饶有兴味地看着，继续不动声色地作壁上观。

只见冉无恙上前一步，将手中的长刀举起，送到姚颂的面前。

姚颂一把抓住刀柄，对着冉无恙得意地扬了扬眉。

冉无恙眼眉弯弯，粲然一笑，说道："大人拿好了。"说完，她倏地放开了手，陌刀脱手而出。

"啊！"一声惨叫声响起，众人都没看清楚发生了什么事，姚颂就已经像一颗球一样从马上滚了下来。

冉无恙走到姚颂的身边，屈膝半蹲，单手托着腮帮，故作关切地说道："我都说了让您拿好了，大人怎么这么不小心呢？"

姚颂娇生惯养，这一摔都把他摔蒙了，直到屁股和脊柱传来不可忽视的疼痛，他才大叫起来。

太疼了，姚颂长这么大还没这么疼过。他甚至都不知道自己是怎么摔的，就感觉到手上的东西忽然变得极重，来不及放手这股力量已经将他拽下了马。

他想起来，下半身却动不了，挣扎了一会儿，才发现那把长刀正压在他的两条大腿上。

明明外形看起来和普通的刀没什么太大区别，这刀甚至更长、更轻薄，然而眼睛看到的和真实的感受完全不同，姚颂觉得自己的腿仿佛被一块大石头压住一般，以他的力道，他竟然挣脱不开。这太惊悚了！

姚颂满头冷汗，又惊又怕，吼道："来人！快……快给我把这玩意儿搬走！"

搬走！！"

"是！"其中一名护卫回过神来，连忙冲上前去拿刀。

当他握住刀柄，想要把刀拿起来的时候，才发现他一只手竟然拿不动。

这怎么可能？护卫傻眼了，之前他还觉得主子太娇弱了，被一把刀压着腿就动不了了。

现在他自己上手去拿才知道这把长刀究竟有多重，这也太匪夷所思了，一把长刀而已，他平日随便就可以拿起两三把，真是见鬼了！

护卫不信邪地用双手握住刀柄，深吸一口气，用力一提，陌刀被他拿了起来，只是他没能把刀整个举起，陌刀七尺多长，刀锋还拖在地上。

众护卫莫名其妙地看着他，不明白他在做什么，不就是拿起一把长刀吗？他的脸都憋红了，身体也太虚了吧。

护卫哭笑不得有苦难言，冉无恙跨步上前，使了一个巧劲，就将陌刀从护卫的手里抢了过来。

护卫看看自己的手，又看看对面轻轻松松地就将长刀握在手里的少年，整个人都傻了。

冉无恙可不管他傻不傻，握着刀柄反手一挥，刀尖直指姚颂，轻轻地笑道："真可惜啊！大人，看来它不属于你。"

陌刀的刀刃是乳白色的，几乎看不到刀光，按理来说应该没什么威慑力，可是不知道为什么，被它这样指着，姚颂却感觉到一股巨大的杀气笼罩着他，仿佛他动一下它就会要了他的命一般。

这种感觉太过玄妙，他不知道怎么形容，恐惧就像是一只巨大的手，掐住了他的喉咙，让他连话都说不出来。

姚颂脸色苍白、满头冷汗，一动不动地坐在地上，护卫们不知道如何是好，悄悄看向太子，却见太子的目光一直粘在少年的身上，连看都没看姚颂一眼。

瞿向卿的目光不是粘在冉无恙的身上，准确地说，是粘在冉无恙手中的陌刀身上。

一般的刀剑，最多也就七八斤重，就算是偃月刀这样的长兵器，三四十斤已经是极限。蔺不归的双锏是瑜国上下人人皆知的重兵器，对外宣称重达百斤，多年前父皇出于好奇，曾派人亲自称过，真实的重量也不过九十二斤而已。

冉无恙的这把陌刀，一个壮年男子单手都拿不动它，重量绝对超过百斤。

陌刀只比一般的偃月刀长了半尺，重量却重了数倍。这是不是说明，一种高于精铁，甚至远高于玄铁的新的兵器材料出现了，并且有人已经找到了冶炼、锻造，并将其制作成兵器的技术？

冉无恙的背后，会不会不仅仅有一名隐士圣贤，而是一个宗门？这个宗门如冉无恙这样的人，或者比冉无恙更厉害的人，还有多少？

瞿向卿内心掀起惊涛骇浪，脸上的神色都变得极为严肃。

冉无恙并不知道，只是一把刀而已，瞿向卿就联想出了这么多内容，如果她知道的话，一定给他鼓掌，并欣然接受。

姚颂已经被两个护卫一左一右地搀扶了起来，不被长刀指着脑袋，姚颂终于从恐惧中脱离出来，原本忽略的疼痛也席卷全身。

屁股痛、背痛、腿痛……姚颂被气得眼睛都红了，指着冉无恙，大吼道："你竟然敢谋害朝廷命官！来人！给我把他抓起来！"

"哎，大人别冤枉我啊！"冉无恙慢慢悠悠地收回陌刀，笑眯眯地说道，"我什么时候谋害过你？是你自己说要拿我的刀的，我还好心提醒过你呢。"

冉无恙扭头看向一旁看了半天戏、一言不发的太子，笑道："太子殿下，这是不是就叫欲加之罪，何患无辞？"

姚颂被气疯了，都顾不上看太子的脸色，继续吼叫道："还愣着干什么？抓起来！"

就在护卫一拥而上的时候，低沉的男声不紧不慢地响起："不得无礼，退下。"

这些护卫虽然有一半是姚家的私兵，姚颂才是他们的主子，但他们也不敢公然违背太子的命令，只能为难地站在原地，偷偷地看自家主子的脸色。

姚颂的脸都被气黑了，他瞪着稳稳坐于马上的太子，急忙说道："太子，他……"

"姚大人，本王还没瞎。"脸上没了笑容的瞿向卿，褪去了那层温和的外壳，属于皇族太子的威势展露了出来。

瞿向卿乃当今皇上的嫡长子，在六岁那年就已经被册封为太子，虽然近些年来因皇上越来越昏庸，继任皇后和姚家渐渐把持朝政，瞿向卿受到打压，处境堪忧，但他到底当了十多年的太子，积威甚重，与瞿向卿对视，姚颂不自觉地打了个哆嗦。

姚颂垂下眼眸，握紧双拳，暗暗告诫自己，小不忍则乱大谋。

等到姑母事成，表哥当了皇帝，瞿向卿这个前太子就只有死路一条，现在还不是撕破脸的时候。

太子已经发话，姚颂不能以下犯上，只能忍下来。他不能对太子发作，对冉无恙却无须顾忌。

姚颂阴恻恻地盯着冉无恙，就像是一条毒蛇，普通的小兵看到估计要被吓得瑟瑟发抖，冉无恙非但不怕，还对他笑了笑，笑容还颇甜。

这是挑衅！赤裸裸的挑衅！

姚颂被气得眼前一阵阵发黑，咬牙切齿地说道："隐士圣贤的弟子，好！本官倒要看看，你能有多厉害！回营！"

姚颂满身狼狈地回营了，冉无恙倒是心情大好。今天收获着实不小，她得了陌刀，还正好遇上了这位姚大人，上天真是给她送来一块上好的磨刀石。

冉无恙脸上的笑容实在太明显了，让人想要假装看不到都很难，瞿向卿饶有兴味地看着她，问道："你可知他是什么人？招惹他，你不怕吗？"

冉无恙眨了眨眼睛，仿佛受到惊吓一般拍拍自己的胸脯，一脸委屈表情地回道："那位大人一看就是国之栋梁贵不可言，我这么个边陲小兵，哪里敢招惹从皇城来的大官哪？太子殿下说笑了。"

瞿向卿嘴角微抽，心道：如果你能把嘴角那丝恶劣的笑容收一收再来说这些话，或许更有说服力一些。

少年话说得漂亮，做出来的事却是嚣张得很，这哪里是不敢招惹，根本就是可劲地招惹。

身为太子，瞿向卿见过许多圣贤名士，不管是隐世圣贤，还是盛名在外的名士，他都见过。

所谓圣贤弟子他更是见过很多，有些还与他颇有交情。然而眼前这样的圣贤弟子，他是真的没怎么见过。

清高孤傲、端方文雅、超凡脱俗这类隐士气质她是一样都没有，她的身上甚至带着一种世故感，玩世不恭又顽皮狡猾，让人看不懂、摸不透。

瞿向卿对冉无恙多了几分忌惮，她这般挑衅姚颂，不知是艺高人胆大，还是不将世俗之人放在眼里，抑或是有更深的图谋？

瞿向卿的感觉其实也不算错，冉无恙就是主动招惹姚颂，但不是因为什么艺高人胆大，更不是不将世俗之人放在眼里，而是她不得不这么做。

冉无恙从昨天蔺不归和一众将军的态度不难看出，他们对她的身份和本事其实是半信半疑的，不想得罪她也不完全信任她。

接下来的日子里，等待她的，估计就是各种试探，各种暗访，各种观察了。

可是这样试探来试探去，观察来观察去，什么时候她才能真正上场杀敌？

不上场杀敌，她怎么赚魅力值？怎么升级系统？怎么在系统商城里买买买？

但是她也不能上赶着扑上去，花孔雀似的展示自己吧。那多掉价！

这个时候，姚颂的出现，就解了冉无恙的燃眉之急。

自觉受到侮辱的姚颂一定会不遗余力地挑事，不断地针对她，想尽办法置她于死地，她自然也就可以顺理成章、名正言顺地展现自己的强悍实力了。

姚颂有权有势，却又不能完全左右大局，这样的人，可不就是一块上好的磨刀石嘛。

两个人心思各异，相视一笑，谁也没有继续这个话题。

瞿向卿假装不经意地扫了一眼冉无恙手里的陌刀，问道："这刀看上去很不一般，可是令师所赠？"

冉无恙微微一笑，十分大方地将陌刀往前伸了伸，回道："对啊，陌刀是师父传给我的兵器，好看吧？"

瞿向卿瞳孔微缩，压下胸中躁动的情绪，假装好奇地问道："圣贤在此吗？"

冉无恙摇了摇头，一点儿都不留颜面地回道："师父不在，就算在也不会见你的。"

冉无恙一边说，一边暗暗观察这位太子殿下的脸色，只见他嘴角含笑，神色淡然，甚至眉头都没有皱一下，丝毫没有被冒犯后的不悦之色。

这人不愧是太子啊！好定力！

冉无恙话锋一转，笑眯眯地说道："太子殿下别生气啊！别说是你，就算是皇上来了，师父也不会见的，不是针对你一个人。师父说了，避世就要有避世的样子，遇到点儿事，或者来个什么人就跑出来见一面，那能叫避世吗？还不如一开始就不避，丢人！"

系统忍了又忍实在忍不住，说道："宿主需要什么名言警句、禅言慧语，甚至是心灵鸡汤都可以和系统说，系统会为宿主免费提供。"

系统把"免费"两个字咬得很重，可惜冉无恙不为所动。她虽然抠，却也不是什么便宜都占的。

冉无恙脖子一仰，义正词严地拒绝道："不用，太拗口我记不住。"

"……"系统没有血，不然它真的很想喷宿主一脸血。没文化她很骄傲吗？啊？

瞿向卿沉默了片刻，才缓缓地回道："本王没有生气，只是觉得……圣贤之言，果然精辟令人深省。"

令人深省？冉无恙捂着肚子大笑道："你想说的是圣贤果然多怪癖吧？"

"……"瞿向卿一脸麻木地看着冉无恙，不知道应该怎么回答。他真没见过这样的人，连自己的师父都敢调侃！

"哈哈哈。"

瞿向卿的表情太逗了，冉无恙没忍住，笑得眼泪都流出来了。

太子身后的亲兵们面面相觑，心中既惊讶又佩服。这小兵厉害了，他们已经很多年没见过有人在太子面前笑得如此肆无忌惮了。

瞿向卿也被这豪爽的笑声震得微微失神，阳光下的少年，笑声清朗，咧着一口白牙，眼角还坠着两滴眼泪，看得出冉无恙是真的觉得很好笑。

瞿向卿微微勾唇，笑容矜贵又温和，恰到好处。面具戴久了，他都不知道真正的笑是什么样子的了。

今日他有幸见到，挺好。

冉无恙笑够了，抬头看看天色，又往前走了两步，站在瞿向卿的骏马前面。陌刀寒光凛凛，自带杀伐之气，马匹受到了惊吓，不安地后退了两步。

冉无恙将陌刀置于身后，笑了两声，厚着脸皮说道："太子殿下，未时已到，再不回去我可要挨罚了。您行行好，借匹马骑骑呗。"

亲兵们觉得今日主子似乎特别好说话，少年话音刚落，他就微笑着点头同意了，神色中竟带着几分纵容。

成功借到马，冉无恙很高兴，利落地翻身上马，朝着瞿向卿拱了拱手，说道："多谢殿下，我先走一步了！"

马跑出去百丈远，忽然从远处飘来一声嘶吼："马我就拴在前锋营校场旁边的树上，您让人去取。"

瞿向卿看着那消失在眼前的小黑点儿，沉吟片刻，笑道："这人，有趣。"

前锋营未时二刻开始训练，无故迟到要被严惩，一般没什么事，将士们都会提前半刻钟到校场集合。

眼看着集训的时间就要到了，石玉找了一会儿，没看到冉无恙，低声吆喝道："喂，你们谁看到冉无恙了？"

相熟的几个人对视一眼，纷纷摇头，一起看向端坐在一旁的云亭。

云亭摇了摇头，淡定地回道："我也没见着她，想必她快回来了吧。"

石锋指着远处，说道："那个人是不是无恙？"

众人顺着他手指的方向看去，一道清瘦的身影正在往这边狂奔。

石玉踮起脚，眯眼看了一会儿，点头叫道："是她！是她！她手里拿的是什么啊？白花花的，怪好看！"

云亭目光微敛，心莫名其妙地一紧，那是……刀？

冉无恙跑得很快，没一会儿就冲进了人群里，一边抹汗，一边对着云亭笑道："云亭哥，我回来了。"

冉无恙话都没说完，石玉就迫不及待地攀上了她的肩膀，说道："无恙，这是刀吗？"

石玉和冉无恙关系最为要好，看到这么个新鲜玩意儿，早就耐不住性子想玩了，不等冉无恙回答，手已经伸过去抓住了刀柄，急切地说道："快，给我玩会儿！"

冉无恙没有松手，反而将刀柄握得更紧了些，回道："算了吧，这把刀能把你压趴下。"

不就一把长刀吗，哪里有这么夸张？石玉怒了，瞪着冉无恙，撸起袖子一副要大干一场的架势，吼道："瞧不起人是不是？小爷我拿给你看！"

冉无恙将刀从一只手换到另一只手上，侧身躲过了石玉，无奈地回道："我说的是真的，没开玩笑。"

石玉哪里肯相信她的话，嚷嚷着又要上前抢，还是石锋看出了冉无恙的神色不像说笑，一把抓住弟弟的肩膀，将他拉了回来，喝止道："石头，别闹！"

石玉被大哥拎着动弹不得，嘴上却是不饶人地叫道："冉无恙，你这个小气鬼，亏我还当你是好朋友，连把刀都舍不得给我看看！小气鬼！"

冉无恙被石玉闹得耳朵疼，若是不向他证明一下这把刀的重量，这小子能在她的耳边嚷上一整天，只是石玉这副小身板是真的拿不动陌刀啊！

目光在高大魁梧的石锋身上扫了一圈，冉无恙心中有了主意，将刀递过去，说道："要不石大哥先来试试吧？"

这把刀造型奇特，通体雪白，刀身精致，自带着一股神秘的感觉，冉无恙还说它非常重，石锋好奇不已，如今刀都被递到自己的面前了，他当然不会错过，点头应道："好，我试试。"

石锋松开石玉，两只手合在一起搓了搓，才伸出手抓住了陌刀的刀柄。

冉无恙却没有松开手，想了想，又说道："石大哥，两只手拿。"

石锋的脸色有些不太好看了，这是什么意思？

这是说他一只手还拿不住一把长刀吗？石锋心中不悦，但面前这人是和弟弟年纪相仿、同吃同住大半年的孩子，还叫自己一声"石大哥"，他总不能真的和一个孩子计较。

石锋叹了口气，伸出了另一只手，抓住刀柄。

冉无恙看他两只手都紧紧地抓住刀柄了，才松开了手。

就在冉无恙松手的瞬间，石锋立刻感觉到手中的重量骤然增加。他已经做足了准备，还是因为这突如其来的变故变了脸色。

好在他抓得紧，刀还好好地握在手里，没有掉到地上。

石玉眼睁睁地看着哥哥的脸色由白转红，仿佛正憋着一股劲不能松懈，不然手中的刀就握不住一般。

石玉围着他转了一圈，嘀咕道："哥，你这是逗我玩的吧？"

石锋狠狠地瞪了自己弟弟一眼，这刀是真的重，好在他身强力壮，倒也不至于拿不稳。

石锋双手握刀，甚至还扎起了马步，这姿势实在古怪，大家都一脸疑惑地看着他。石锋不想丢人，憋着一口气，想把刀举起来。

几次发力，石锋终于把陌刀举过头顶，只是他的脸已经憋得通红，汗如雨下。

如果他举的是一块巨石或者一个铜鼎的话，还正常一些，可是他举的只是一把刀而已，这画面看起来就很滑稽了。

石锋手和额角的青筋凸起，牙关紧咬，怎么看也不似作假。

"真的这么重？"众人小声地议论着。

江陵自觉与石锋体形相当，平日里两个人切磋武艺也是不相上下，走上前去，说道："我也来试试。"

石锋二话不说，将陌刀放在了地上，一边喘着气，一边往后退。众人问他什么，他也不回答，一个劲地说："想知道自己试去。"

江陵跨步上去，先是单手握住刀柄，余光瞟到冉无恙似笑非笑的脸，心"咯噔"一下，最后还是伸出另一只手，握紧刀柄，向上一提。

真正发力之后，江陵庆幸自己刚才没有坚持单手握刀，不然这脸可就丢大了。谁能想到这把看起来最多三四十斤的长刀居然这么重？！

江陵暗暗嘀咕：石锋将它举过头顶，怕是使出了吃奶的力气吧。

不甘心被比下去，江陵也憋红了脸，硬是将陌刀举过了头顶，坚持了片刻，实在顶不住了，才把刀放下。

面对众人的询问，他的反应竟也和石锋的一样，什么也不肯说，只是让大家自己试。

这下子众人的好奇心彻底被挑起来了，原本就围坐在一起的十几个人一拥而上，嚷嚷着要试。

冉无恙也不阻止，走到云亭的身边坐下，笑眯眯地看着他们折腾。

石玉对陌刀眼馋得很，很想上去摸摸，但看大家的样子也猜到这刀是真的很重。

他挪到阿陌的身边，轻轻地撞了撞阿陌的胳膊，低声说道："阿陌哥，我们也去试试好不好？一个人拿不动，咱们两个人一起总可以吧。"

阿陌这些日子以来，一直在钻研冉无恙给他的医书，完成平日的训练都很吃力，单靠自己一个人，肯定也是拿不起陌刀的。

他挺好奇这刀到底有多重，听了石玉的建议后，也没推辞，回道："好。"

陌刀正好被传到王战的手上，石玉拉着阿陌跑了过去，说道："战哥，给我们俩也试试。"

这把刀是真的很重，石玉和阿陌的身板实在单薄，他们估计拿不动。

阿陌看出王战的犹豫，指了指石玉又指了指自己，说道："放心吧，我们一起拿。"

两个人一起的话，应该可以，王战同意了。他指挥着两个人一起握住刀柄，确定他们都抓稳了，才缓缓地松手。

一开始石玉还想说王战太磨叽了，可当王战真的完全松手之后，石玉才真正感受到这把刀的重量，大叫起来："真的好重！冉……无……恙，你刚才怎么拿得那么轻松？！老天爷不公平！不公平！"

冉无恙大笑，很是嚣张地回道："那你对着老天爷哭呗，说不定他老人家一开心，让你长高两寸。"

被石玉这么一喊，众人这才反应过来，是啊，刚才冉无恙拿着这把刀的时候，确实很轻松的样子，还连跑带跳地一路冲回来，脸不红气不喘的。

怎么到了他们手里，刀就变得这么重了呢？

大家看冉无恙的目光都变了，这可真是只小怪物了。

· 332 ·

第二十五章　宝刀有主

校场说大不大说小不小，他们这一群人拿着一把长刀又叫又闹的，很快吸引了校场上大多数士兵的注意力，尤其是和石锋他们一起归云亭管辖的那批精兵，已经不由自主地围了上来。

刚才发生的事情，精兵们全都看在眼里，现在脑子里只有一个疑问：那刀真的有那么重吗？

当兵的人没有不爱兵器的，他们对这把刀有着极大的兴趣，也想上手试试，可是他们和这些从镇北营过来的兵并不熟悉。

这些人虽然都经过了考核，大家也认同他们，只是相处的时日短，相互之间没有交流，自然不熟。

一群人围在一起商量了一会儿，一个高高大大的年轻人走了出来，有些忐忑却也很坦然地问道："我们能不能也试试？"

石锋等人一怔，一起看向云亭和冉无恙的方向。

冉无恙也扭头看向云亭，态度很明显，云亭说什么就是什么。

云亭是大将军委派的百夫长，算起来，也是这群精兵的头儿，这个年轻人虽然不明白大将军为什么要让一名白面书生做百夫长，却也不会去反驳大将军的意思。

他看向云亭，再次问道："百夫长，我们可以试试吗？"

这个被精兵们推出来的青年，身姿挺拔目光清朗，倒是棵好苗子，云亭问道："你叫什么名字？"

青年："聂青。"

云亭点了点头，回道："试吧，大家都可以试，但要小心一点儿，别受伤了。"

下午的阳光格外炙热，照在人的身上，总会带来一股暑气和莫名其妙的燥热气息，但眼前的人，和他们穿着一样的衣服，却浑身上下透着一股子仙气。

他说话的声音清朗悦耳，态度温和淡然，聂青不知道如何去形容，反正这人就是与大伙儿不同。

聂青在他的注视下，莫名其妙地紧张起来，双腿倏地并拢，腰背也挺得直直的，朗声回道："是，百夫长！"

得到云亭的首肯后，近百名精兵一拥而上，瞬间将陌刀围上了。

冉无恙在外围都看不到陌刀的影子，只能听到人堆里不时传出惊呼和赞叹的叫声。

冉无恙考虑着要不要喊一声,让他们给她让出一条缝来,方便她看清这群仿佛打了鸡血的青年卖力地举刀的傻样。

她刚要张嘴,耳边传来云亭刻意压低的嗓音:"刀,是他给你的。"

这笃定的语气,根本就不是疑问是肯定了吧。

冉无恙挪了挪屁股,靠云亭更近些,除了实在不能说的事,她从来都不会对云亭说谎。

冉无恙老老实实地点头,言语中还带着几分兴奋之意:"嗯,这把刀可厉害了,有一百六十斤重呢!他们最多也就是能拿起来而已,想用它是不可能的,只有我可以!"

这刀竟有一百六十斤?从大家拿刀的反应来看,云亭已经猜到这把刀重量不轻,但是没有想到,这把刀居然重达一百六十斤!

这是云亭已知兵器中最重的一件,让他惊奇的不是陌刀的重量,而是它的重量与外形完全不相匹配。这意味着什么,瞿向卿能想到的,云亭自然也能想到。

云亭轻轻地笑了一声,说道:"我很期待,你的那位师父还能给我带来怎样的惊吓。"

冉无恙:"嗯?不是惊喜吗?"

云亭想到那把刀的造型,唇边的笑容真实了几分,说道:"是惊喜,你有了这把斩马刀,对付骑兵就容易多了。"

冉无恙倏地瞪圆眼睛,歪着头盯着云亭,一只手拽着云亭的衣袖,崇拜地说道:"云亭哥,你真厉害,竟然一眼就看出来这把刀是专门针对骑兵的武器。"

系统也挺惊讶的,这个位面并没有这种专门针对骑兵的兵器出现,云亭能够一眼看出陌刀的攻击方向和武器属性,可见其见识广博,心思机敏。

冉无恙想问问云亭是怎么看出陌刀是一把斩马刀的,可惜话还没问出口,就被一声呵斥打断了。

"列队!"

精兵不愧是精兵,前一刻还乱糟糟的校场瞬间安静了下来,片刻之后,将士们已经完成了列队集合。

冉无恙也随大溜地归队了,途中还顺手拿回了自己的刀。

她单手轻松地将长刀拿走的那一刻,收获了无数怀疑人生的目光。

冉无恙稍稍踮起脚,从人头的缝隙中看过去,发现前锋营负责训练的副将身边还站着一个人,看装束应该也是个小将领,不过她之前并没见过这人。

那名小将领没有一句废话,朗声问道:"冉无恙在不在?"

哦,这人是找她的!

姚颂这么迫不及待吗?

冉无恙更加迫不及待,高举右手,大声地喊道:"在!"

少年的嗓音与军中的糙汉子的嗓音不同,清越灵动,似乎还没有变声,十分好听。

小将领在一片黑压压的脑袋中看到一只纤瘦的手，五根手指头还非常活泼地前后晃动着。

小将领看了一会儿那只手，面无表情地喊道："出列。"

冉无恙往前跨出一步，小跑到队伍的侧前方站定，小将领终于看清了她的样子。

这名少年身材不高也算不上特别矮，只是在前锋营一群壮汉的衬托下，显得很是瘦弱，她手里握着的七尺长刀也因此显得格外突兀，有点儿像小孩儿穿着大人的衣服，并不合身，但她握刀的姿势和轻松的神态，又让人觉得这把刀就该是她的。

少年与刀，初看很不协调，看久了竟也觉得相配。

小将领眉峰微不可察地动了动，脸上仍保持着严肃的表情，说道："大将军传你到中心校场去一趟。"顿了一下，他又加了一句，"带上你的刀。"

"是！"冉无恙能感觉到小将领暗暗打量的目光，一点儿都不介意，甚至还有点儿小激动。

小将领特意嘱咐她带上刀，也就说明这次叫她过去的主要目的就在刀上，她刚刚回到营中，大将军就知道了陌刀的事，不用说，一定是姚大人的功劳。

姚大人真是行动派，她就喜欢这样雷厉风行的人！

刚才不到一刻钟的时间，她什么都没干，只是把陌刀拿出来给战友们举一下而已，就收获了好几千魅力值，接下来有姚大人鼎力相助，收获肯定也不小。

冉无恙想想就兴奋，扛着刀，小跑前进，恨不得立刻就能到达中心校场。

小将领轻哼一声，这人还真是初生牛犊不怕虎！

"司徒将军请留步。"

冉无恙听到声音后愣了一下，回过神来才发现是云亭哥在叫这位小将领。

司徒京停下脚步，回头看去，对上了一双墨色的眼眸，目光深沉直入人心。

"敢问司徒将军，大将军是否指明，只能冉无恙一个人前去？"

青年的声音如清泉击石，不急不缓，若非那双眼睛深沉犀利，司徒京都要以为眼前的人是位温润公子了。

青年很瘦，白皙俊美，盘腿坐在地上，必须仰头才能与司徒京对视，这样的姿势，多少会给人一种弱势的感觉，但是在青年的身上没有出现这种情况。

司徒京盯着青年良久，低声问道："你……是云亭？"

青年领首轻轻地笑，回道："我是。"

原来，他就是云亭。

司徒京出去执行任务，这一个月来都不在军中，昨夜刚刚回营。想起大将军对此人的评价，司徒京暗暗点头，确实是个让人一眼看不透的人物。

司徒京是斥候营的主将，因为斥候营的特殊性，他们人数不多，行事低调。军中的将士们，知道前锋营、伏虎营、骑兵营，却极少有人注意斥候营的存在，有些人就算知道他的名字，也不知道他长什么样。

这个进入军营不过半年的青年，却一眼就认出了他。

两个人的目光在空中交会，司徒京目光微沉，眼中闪过一丝极淡的情绪，冷声说道："你可以和她一起去。"

"多谢。"云亭单手撑地，慢慢地站了起来。

冉无恙忽然想到云亭目前应该还受着"重伤"未愈，快步跑过去，扶着云亭的胳膊，对着司徒京说道："走吧，别让大将军久等了。"

司徒京扫了羸弱的云亭一眼，转身朝着中心校场的方向走去。

冉无恙挽着云亭的手，看起来像是扶着云亭，实际上是拽着他往前走，脚步飞快，一副迫不及待要去干大事的样子。

云亭拍了她的手背一下，无奈地问道："你又干了什么？"

冉无恙抿着唇憋住笑，左右看了看，发现没人注意他们，往云亭的身边靠了靠，压低声音说道："知我者，哥哥也！我刚才打了一只大老鼠。"

云亭轻轻地瞟了冉无恙一眼，她憋不住，笑了起来，一边笑一边将之前做的事都讲了一遍，还把自己的小计谋也一一道来，说完一脸期待地看着云亭，脸上明晃晃地写着"快夸我"三个大字。

冉无恙会用计谋了，确实是长进了。云亭勾唇一笑，揉小狗似的揉了揉她的脑袋，在她那双亮晶晶的眼睛的注视下，说道："嗯，不错，最近脑瓜子转得挺快。"

冉无恙挺直腰背，暗地里高兴得想尖叫，嘴上倒是卖乖道："那当然，都是哥哥教得好。"

这话说得真好听，可惜系统是怎么听怎么刺耳。

冉无恙的意思是，好的东西都是云亭教的，没系统什么事，是吧？系统冷笑一声，说道："呵呵，教得真好，教出来一个文盲。"

冉无恙一点儿也不生气，学着系统的语调回了一声"呵呵"，然后一脸无辜地问道："文盲你不也绑定了？当初可是你自己选上我的，这还不能说明问题吗？"

什么破宿主！它好想解绑！！

冉无恙对系统，系统惨败。

前锋营的训练场地离中心校场并不远，半盏茶的时间，三个人就到了。

远远地，冉无恙就看到一顶褐色大伞立在校场中央，伞下的人也很好认，正是白白胖胖的姚颂姚大人。

不是冉无恙看不见威武霸气的大将军，实在是姚颂新换上的这身衣衫太过扎眼，华丽丽的亮紫色锦袍上绣满了金色的云纹，阳光下闪闪发光，冉无恙都不敢多看，怕瞎。

"妈呀，我的眼睛要瞎！哥，快捂上！"冉无恙一边吆喝着，一边伸出手去捂云亭的眼睛。

云亭早就习惯她时不时地作妖，纵容她的手在自己的脸上胡乱折腾，无奈地回道："别闹，看路。"

冉无恙笑得开心，嘴巴越发不饶人了："你说这位大人是不是特别喜欢吃茄子，不然怎么把自己打扮得跟茄子似的？"

本来目不斜视的司徒京，听了身后两个人的话，目光不自觉地扫了过去，嘴角抽了抽。

行吧，姚颂外紫内白，确实挺像茄子。

三个人走近后，冉无恙才发现，偌大的校场中央，除了姚颂和他的几个护卫，只有大将军蔺不归和伏虎营主将齐瑾。

冉无恙有些失望，毕竟人多，获得的魅力值才能更多。不过她转念一想，中心校场本来就是伏虎营训练的地方，他们这个时间过来，校场上只有齐瑾和大将军也算正常。

估计不是姚颂闹了一场，大将军都不会出现在这里。

好在不远处还有伏虎营的士兵在训练，一会儿若是她有机会一展身手，应该也能有点儿收获。

冉无恙心里有了底，悄悄地和云亭交换了一个"一会儿看我表演"的眼神，率先走到蔺不归的面前，行礼道："见过大将军、齐将军。"

不等两个人回应，她又扭头看向一脸傲慢地坐在伞下的白胖子，对着他摆了摆手，笑道："真巧啊！姚大人，咱们又见面了！"

冉无恙笑出一口白牙，不知道的人，还以为他们二人是关系多好的老朋友呢。

姚颂怎么想的冉无恙不知道，反正此刻她是真心实意地觉得白白胖胖、不余遗力地为她"排忧解难"的姚颂无比亲切可爱。

冉无恙彻底无视了姚颂乌云盖顶般的脸色，笑眯眯地关心道："您没摔坏吧？军营里的军医个顶个地厉害，治疗跌打损伤最拿手了，您要是真的摔着了可千万不能讳疾忌医，一定要让军医给您好好看看。"

这浑小子就是存心挑衅吧。要风得风要雨得雨的姚家小少爷哪里受过这种气，恨不得一刀砍了冉无恙的脖子。

可惜这里不是皇城，姚颂不能一手遮天，太子力保冉无恙，蔺不归这块硬骨头也不会听姚颂指挥，一时半会儿还真杀不了这小子。

姚颂暗暗咬牙，不过是一名不知真假的圣贤弟子罢了，还真当自己是个人物了！

姚颂看向冉无恙手中那柄让他颜面尽失的莹白长刀，目光阴鸷。这刀委实邪性，他就不信蔺不归这个武痴会对它无动于衷。

姚颂掸了掸衣袖，轻哼一声，不仅没对冉无恙疾言厉色，反而牵起嘴角，笑道："不过就是从马上跳下来而已，我怎么可能会受伤？倒是你，得了这么一件神兵利器，也不知道呈上来给大将军过目,实在太不懂事了。"

这话听起来怎么怪怪的?冉无恙眨了眨眼睛,疑惑地看向云亭。她原本以为姚颂会在蔺不归的面前告状,以势压人、以多欺少狠狠地教训她一顿,但是现在看来好像不是这么回事。

他说这话是什么意思?

冉无恙心思单纯,没听出话中深意,云亭却已了然于心,不禁失笑。姚颂这是在皇城里抢东西习惯了,以为所有人都和他一样,看到什么好东西就想据为己有。

且不说蔺家家风严谨,做不出强取豪夺之事,就算真要夺,冉无恙这把兵器,也不是谁都用得了的。

姚家的人如此上不得台面,云亭总算知道,这么多年过去了,早就失了圣心的瞿向卿,怎么还活得好好的,稳坐太子之位。

冉无恙没有云亭看得透彻,却也隐约感觉到姚颂不怀好意、用心险恶,但她受系统影响,痴迷力量,深信"一力降十会"。

既然她猜不透对方的阴谋那就别猜了,兵来将挡,水来土掩就是。

姚颂真要算计她,她也不怕,云亭哥不会看着她吃亏的。

冉无恙将姚颂暂时抛到脑后,双手握刀,将陌刀横握于胸前,说道:"我本来就打算下午训练结束以后,带陌刀过来给大将军看一看,破凉国骑兵的关键,就在陌刀身上。"

一直不为所动的蔺不归忽然动了,走到冉无恙的面前,食指和中指伸向仿佛没开过锋一般的乳白色刀刃,却在即将触到的时候停了下来。

片刻后,蔺不归收回手,沉声问道:"它……叫陌刀?"

冉无恙不知道蔺不归为什么伸出了手又收了回去,大将军不上手试试,感受一番,怎么显示出她的厉害之处呢?

冉无恙颇为苦恼,主动将陌刀往前伸了伸,回道:"对,它就叫陌刀。师父说过,'陌刀出,人马俱碎',它是专门针对骑兵的兵器。大将军可要一试?"

"陌刀出,人马俱碎……"蔺不归低声重复着这七个字,看向陌刀的眼神更为热切。

所有人的目光都随着这七个字落到了陌刀身上,唯有站在蔺不归身后的司徒京盯着蔺不归的手,心中惊骇不已。

蔺将军的食指和中指上,不知何时多出了一条细细的血线,可是刚刚,大将军根本没有真正摸到刀刃!

齐瑾的兵器是一杆红缨银枪,他对长兵器比较了解,也善用长兵器。陌刀一被亮出来,齐瑾立刻就挪不开视线了。

陌刀的刀形制式和目前所知的所有长兵器都不同,它的刀刃窄且长,对敌时,刀刃的杀伤力会增大，但如此长的刀刃对使用者的要求也更高。

最让齐瑾惊讶的，还是它的材质，像金属又没有金属的光泽，通体莹白。

齐瑾盯着陌刀，目光灼灼，低声叹道："我之前从未见过此刀，如此特别的兵器，只需一眼，绝对让人难以忘怀！"

别说你了，我也是今天才见。冉无恙在心里嘀咕了一通，笑道："这是师父赠予我的出师礼物，我下山的时候就带出来了，只是之前没打算暴露身份，才把它藏了起来。昨天已经和诸位将军开诚布公了，自然要把它取回来。"

冉无恙解释完又将陌刀往蔺不归的面前送，急切地说道："大将军可要一试？"

她没想到姚颂这般无用，说要教训她，到现在还没动手，这样一来，她还怎么"打脸"？怎么秀她的陌刀？

为今之计，只能忽悠蔺不归来试试陌刀的威力，然后她再顺势演示一番，应该也能赚几万魅力值吧。

"既然是针对骑兵的兵器，不如让我来试试！"

众人循声望去，只见一道威武挺拔的身影由远及近地踏马而来。

苏则郁一身戎装，身骑战马，看样子是从旁边的骑马场匆匆赶来的。他乃骑兵营主将，确实是使用陌刀的最佳人选。

多一个人，多一份魅力值，冉无恙还挺高兴的，看向蔺不归。蔺不归不知道想到了什么，又回身坐了下来，对她点了点头。

蔺不归都同意了，冉无恙自然没有意见，谁来尝试对她来说，没什么区别，都是为了赚魅力值嘛。

冉无恙走到苏则郁的身旁，将手里的陌刀举起送到他的面前，笑道："苏将军请。"

这个动作十分眼熟，与之前冉无恙戏弄姚颂时的动作一模一样。

姚颂揉着还在隐隐作痛的尾椎，磨了磨后槽牙。

姚颂像一条毒蛇，盯着小恙，阴狠毒辣伺机而动，一有机会，便会扑上去咬一口，想要小恙的命！

云亭目光微沉，眼底闪过一丝杀机，这个人，不能留。

苏则郁还没伸出手，一阵不怀好意的笑声在众人的身后响起。姚颂把双手放在嘴边，做成喇叭的形状，大声地嚷道："苏将军要小心了！他这把刀可不轻，若是拿不动那就丢脸了！"

姚颂的嗓门很大，不远处一边训练一边偷看的将士们都听到了。虽然这不至于引起什么骚动，但大家的心思显然都已经不在训练上了，眼睛拼命地往这边看。

"哦？是吗？"苏则郁冷冷地瞟了姚颂一眼。

姚颂双手环在胸前，嗤笑一声，一副等着看好戏的样子。

冉无恙对苏则郁的印象挺好，不想苏则郁丢脸，他握住刀柄时，她没有立刻松开手，郑重地说道："我的陌刀确实很重，苏将军要当心。"

苏则郁低头看去，对上冉无恙清澈的眼神，里面担忧的情绪一览无余。

苏则郁一怔，这孩子不会也担心他拿不动这刀吧？苏则郁爽朗大笑，回道："好，我一定当心。"

话音刚落，苏则郁左手勒紧缰绳，双腿发力，夹紧马腹，稳住马匹，将力量集中于右手上，紧紧地抓住刀柄。

冉无恙看到他的手背青筋暴起，说明他已经做足了准备。

"我松手了。"冉无恙低低地说了一句，便不再废话，松开手往后退了一步。

苏则郁神色一肃，身子微晃，很快稳住了身体。

在众人好奇又期待的目光中，他单手握刀，稳稳地坐在了马上。但是很快，他身下的马不知道为什么，开始不安地前后踏着马蹄，鼻喷粗气，显得很是焦躁。

苏则郁脸色微变，眉头紧锁，一边更紧地握住缰绳，一边对着旁边的冉无恙说道："接着。"

冉无恙意会，立刻上前一步，将陌刀接了过来。

说起来时间好似挺长，实际上很短，从冉无恙将刀递出去到她把刀拿回来，不过片刻而已。

不是说要试一试刀的威力吗？苏将军这是干吗？刀在两个人的手里来回递一圈就算完了？众人看得一头雾水。

蔺不归隐隐猜到了什么，却又不敢肯定，或者说不敢相信，他放在膝盖上的手不自觉地紧握成拳，皱眉问道："如何？"

苏则郁背后已经被汗水打湿了，不是累的，是被吓的。

陌刀的重量远远超出了他的预料，若非冉无恙一再提醒，他今天怕是真的要出丑。

出丑还是小事，他惊出一身冷汗的原因在于，陌刀的刀形与它的重量完全不成比例，这把刀的材质成谜，这才是最要命的。

苏则郁翻身下马，神色凝重地走到蔺不归的面前，抱拳行礼。他心潮澎湃，却也没有掩饰，如实回道："回大将军，这刀……末将拿得动，但是……用不了。"

此言一出，全场哗然。

善用兵器的人都知道，兵器并非越重越好，若是使用者不能游刃有余地驾驭兵器，兵器不但不是助力，反而会让使用者行动迟缓，更容易被人攻击。

不可否认，战场上重型兵器确实比轻型兵器杀伤力大，这也是蔺不归能威名远播的原因——他的双锏一出，论单打独斗的话，基本没有对手。

可惜重型兵器虽好，却少有人驾驭得了。

苏将军一句"用不了"，不正说明他驾驭不了这把奇怪的陌刀吗？

苏则郁身为骑兵营的主将，能力毋庸置疑，他都驾驭不了的刀，此刻正被少年稳稳地握在手里。

少年脸不红气不喘，说明此人不仅能驾驭，还游刃有余。众人觉得不可思议的同时，也暗暗佩服。

难怪大将军如此看重此人，不仅将其调入前锋营，还让此人和各营的精英一起前往塔木城执行任务，果然英雄出少年。

"叮叮当当"的提示音在耳边响起，冉无恙快乐地眯起了眼睛，真好，就像天上下钱币一样美妙。

她的策略是对的，她不可能让每个人都来拿一拿她的陌刀，必须通过这些名声在外的将军来打响她的名头，凸显她的能力。

说得直白点儿，就是让人做她的踏脚石。就像现在，她什么都没干，就有一大波魅力值袭来。

冉无恙笑着将目光投向了蔺不归，三步并作两步跑到他的身边，怂恿道："大将军要不要也试试看？"

"好！我来试试。"这次蔺不归没有拒绝，高大健壮的身体站起来比冉无恙高出了一个头。

有了苏则郁的前车之鉴，蔺不归不敢掉以轻心，双腿跨立，气沉丹田，大手一伸，接过了冉无恙手里的陌刀。

陌刀一入手，蔺不归就感受到了它与外形极不相配的重量，眉头微蹙，面不改色，大步走到校场中央。

冉无恙只知道蔺不归的兵器是双锏，没想到他的长刀也舞得非常精彩。

冉无恙暗暗赞叹，大将军不愧是大将军，陌刀在他的手里，仿佛也变得不再沉重，招式大开大合，舞得虎虎生威，远处围观的将士已经忍不住拍手欢呼叫好了。

蔺不归只要了一套刀法便停了下来，别看他好似毫不费力的样子，实际上他的呼吸已经有些乱了。他猜到这刀的重量不轻，却没想到竟比双锏重那么多。

蔺不归没有把陌刀还给冉无恙，摩挲着刀柄上雕刻的精美繁复的花纹，眼神复杂地看向面前清秀的少年，低声问道："这刀有一百多斤吧？"

冉无恙点头，回道："一百六十斤。"

众人倒吸了一口凉气，一百六十斤是什么概念？齐瑾惯用的银枪，也不过三十多斤，这把刀的重量，是银枪的五倍！

司徒京和齐瑾对视一眼，都在对方的眼中看到了惊惧之色。和普通将士单纯地惊叹陌刀分量重不同，他们深知这重量背后代表的意义，也就能理解为什么苏则郁的表情如此凝重了。

蔺不归握紧刀柄，感受着从刀锋上传来的隐隐煞气，感慨道："确实是宝刀！"

"可不就是宝刀嘛！"阴阳怪气的吆喝声从后方传来，姚颂站起身，双手背在身后，炫紫的华服与军营格格不入，他装模作样地拍了拍手，大声地说道，"俗话说，宝刀配英雄,依本官看,这陌刀配蔺将军正好,得此宝刀,将军在战场上就更加攻无不克战无不胜了,想来小家伙也不会吝啬……"

蔺不归抬眼,冷冷地看过去,被那双虎目一扫,姚颂咽了一口口水,接下来的话一个字也说不出来了。

冉无恙愣住了,后知后觉地明白过来,原来姚颂还是想抢她的刀啊!只是这次,他是挑拨怂恿蔺不归来抢。

冉无恙恼了,这人手段怎这般龌龊阴损?!

系统冰冷的嗓音适时地在冉无恙的脑海中响起:"看到没有,好东西很多人想抢的,就算自己得不到,用不了,也会怂恿别人来抢。有些人更恶毒,自己得不到的好东西,将其毁掉也不能让别人得到。由此可见,将陌刀绑定为本命武器是多么重要,宿主真的不考虑绑定吗?"

"你闭嘴!"是她不想绑定吗? 10万点魅力值的价格谁受得了?!系统不就是想骗她赊账吗?无耻!

冉无恙嘴上骂着系统,心里却很明白,系统说得没有错,绑定陌刀,越早越好。

就在冉无恙纠结着要不要浪费第二次赊账机会的时候,蔺不归已经不再理会姚颂,转回头看向她,抬手掂了掂手中的陌刀,问道:"刀是好刀,只是它如此沉重,你的马承受得了它的重量吗?"

蔺不归自己的兵器就极重,当年他也是费尽心思才找到一匹合适的战马,陌刀比他的双锏还要重上许多,想要找到匹配的马匹就更难了。

冉无恙其实也挺担心这个问题的,苏将军的战马也是一匹名驹,但是当苏将军拿起陌刀之后,它明显不安躁动了起来。

冉无恙悄声问道:"小神,忘忧承受得住陌刀的重量吗?"

系统轻嗤一声,回道:"系统早就说过,宿主走了狗屎运才遇到忘忧这匹万里挑一的好马。再说,若是忘忧不能承受陌刀的重量,系统又怎么会让宿主和它绑定?"

"是,是,是,小神最好、最棒、最厉害!"

系统略显骄傲地哼道:"献媚,还献得一点儿也不走心。"

冉无恙暗暗地翻了个白眼,真难伺候!

得了肯定的答案后,冉无恙心里也安定了下来,她大方地点头,笃定地回道:"忘忧是我精挑细选的战马,自然承受得了陌刀的重量。"

蔺不归并不相信冉无恙说的话。他听萧鋆提过,冉无恙选了一匹运货的瘦马做她的战马,虽然好好养了两日后,瘦马看起来还算精神,却绝对比不上被精心饲养的战马。

一会儿他还是要给冉无恙重新选一匹好马才行,只是目前马厩里的战马,好像也没有什么特别优良的品种了……

蔺不归脑子里还在想着战马的事,一个清朗的男声忽然在校场上响起:"大将军。"

蔺不归抬头看去,清瘦颀长温润的青年站在不远处,炎炎烈日下,所有人都额头见汗,心烦燥热,唯独他,仿佛自成一个世界,照在他身上的阳光都是温柔的。

青年迎上蔺不归的目光,微微颔首,轻轻地笑道:"说再多也是纸上谈兵,不如让无恙为您演示一番吧。"

冉无恙眼睛倏地一亮,对啊,对啊,她早就想说了,别磨叽,赶紧让她演示一番啊!

还是云亭哥好,不愧是她亲哥,懂她!

云亭淡然的笑容在冉无恙眼巴巴、傻兮兮的目光的注视下,差点儿维持不住,他之前竟觉得这丫头长大了,真是……错觉!

云亭嘴角微抽,轻咳一声,别开眼,不再看向冉无恙,不然他怕自己会忍不住想要揉乱她毛茸茸的小脑袋。

只要没瞎的人,都能看出冉无恙迫不及待地想要展示自己的本事,像一只只知道往前冲的小狼崽子。

因为陌刀横空出世而一直面色微沉的蔺不归,看到冉无恙这副跃跃欲试的小模样,都忍不住勾了勾唇角。少年意气,果然还是个孩子呢!

蔺不归朝冉无恙招招手,等她小跑着来到面前之后,也没为难她,就将陌刀还给她了。

认真说起来,陌刀除了制式奇特,重一点儿,好像也没什么特别的。蔺不归依旧绷着一张脸,语气倒是温和了几分,说道:"本将军也很想看看,陌刀是如何应对骑兵的!去吧,好好展示!"

"是。"真正得到了展示的机会,冉无恙又有些犹豫了。

她今天刚刚得到陌刀,还没来得及好好练习,也没能将陌刀的特性研究透彻,之前能够获得魅力值,靠的都是陌刀新奇的外形以及自身的重量。

很多事情都讲究一鸣惊人,如果今天陌刀不能让所有人惊艳甚至震撼,就算日后再出彩,也都不会有第一次亮相时令人印象深刻。

她今日贸然展示,就怕效果不会太好。冉无恙微微垂下头,低声说道:"小神,我……"

"别担心,有我,不会有事。"系统话音未落,一道巨大的透明光屏出现在她的眼前。

屏幕左侧显示着演示需要用到的各类物品,右侧则站着一道身高、体形都与她相仿的黑影,黑影的手里也拿着一把陌刀。

这道黑影与训练场上教导她使用各种兵器的"老师"一模一样,她的心彻底安定了下来,同时心底也涌起一股淡淡的暖流。

"有我"这句话,自父母去世之后,只有云亭哥会对她说,现在又多了一个。

冉无恙再次看向蔺不归的时候，眼中再也没有了纠结犹豫的情绪，越发神采飞扬："大将军，想要真正展现陌刀的用处，还需要做些准备才行，您总得给我找个帮手吧。"

这人真是一点儿也不知道客气啊！蔺不归再次被冉无恙逗笑了，大手一挥，说道："苏将军，你帮着安排一下。"

"是。"苏则郁短暂地感受过陌刀的魅力，对冉无恙即将进行的兵器展示非常感兴趣。

他看起来比冉无恙还要着急，问道："你需要准备什么东西？快说，我立刻派人去取来。"

冉无恙直接将光屏左边的各种物件一一念给苏则郁听，苏则郁虽然疑惑，倒也没细问，点了点头，吩咐身后的精兵立刻去准备。

把需要用到的东西都交代清楚之后，冉无恙就不管了，因为她的"黑影"老师已经开始教学了。

冉无恙静心凝神，眼睛紧紧地盯着光屏，准备将老师教授的招式分毫不差地全部刻入脑海里，以保证她一会儿能顺利地展示出来。

在众人看来，少年似乎很紧张，身体站得笔直，眼睛直勾勾地盯着前方，像是在发呆，又像是屏住呼吸在给自己加油鼓劲。

唯有云亭目光微闪，黑眸眯成一条线，静静地看着他的小姑娘，面色阴沉。

又是这种神情，小恙到底在看什么？

冉无恙全副心神都在光屏上，对外界的目光一无所知。

她看了一会儿，终于知道系统为何如此笃定，没有练习过陌刀的她能够很好地展示陌刀了。因为陌刀的招式其实并不复杂，甚至可以说非常简单粗暴。

冉无恙都能想象，一会儿她要是如此展示陌刀，怕是要惊掉一群人的下巴。

苏则郁办事的效率非常高，不过一炷香的时间，冉无恙需要用到的东西就全部被运到了校场上。

跟这些物资一起到来的，还有一队人马，为首的那位还是老熟人——骑兵营兵王谷城。

谷城一如既往地直白，没有什么虚礼也不说废话，直接说道："苏将军说，你要展示一种专门针对骑兵的兵器，我们来与你对阵。"

冉无恙摸了摸鼻子，毫不犹豫地拒绝道："不用。"

冉无恙能看出谷城眼中的战意和对新武器的兴趣，她其实也挺想再和谷城战一场的，但是今天不行，她要一鸣惊人，却又不想伤人，只能拒绝了。

谷城皱着眉头看向冉无恙，固执地等待着她的解释。

苏则郁也很是不解，问道："你不是说这刀是专门针对骑兵的吗？不与骑兵对战，你如何展示这刀的优势？"

冉无恙摇头，解释道："苏将军，您忘了吗？我说过，'陌刀出，人马俱碎'。让他们和我对阵，要不就是我不敢完全放开手脚，要不就是他们没命。"

这话说得实在太过狂妄了。

别说是苏则郁，就连蔺不归的脸色都沉了下来。

一直还算安静的校场上也传来一阵嘘声，冉无恙的话，显然是犯了众怒。

年少轻狂什么话都敢说！蠢货！姚颂冷笑一声，趁机煽风点火道："好个'人马俱碎'，若是一会儿你做不到，该当如何？蔺将军治军严明，想必不会纵容此等狂言妄语之辈吧。"

蔺不归虽然不喜冉无恙太过狂傲，却也不会允许姚颂在他的军中指手画脚。

只是他还没有开口，少年已经朗声说道："蔺将军一向赏罚分明，若是我口出狂言，定是要军法处置的，但若是我说到做到，为将军找到了破敌之法，是不是就该赏了？"

姚颂瞪大了眼睛，完全没想到这种时候这小子居然还敢讨赏？！

这脸皮、这胆识、这顺杆爬的本事，姚颂也是服了。

蔺不归轻咳一声，掩下了嘴边的笑意，故作威严地问道："你想要什么赏？"

冉无恙笑出了一口白牙，大声地回道："我要做前锋营的前锋！"

此话一出，校场上又是一静。

之前还有些看不惯冉无恙小小年纪就如此狂妄的将士们，都忍不住要喝彩了，这小子真的好敢哪！

前锋营、伏虎营、骑兵营是蔺将军旗下最为骁勇的三大营，它们各有所长相辅相成，对战局起着决定性的作用。

前锋营中聚集了无数精兵强将，但一个大营，人数过万，总要有个先锋带领前锋营的将士们冲锋陷阵。

萧将军身为主将，负责统领整个前锋营，一向喜欢身先士卒，所以一般这个先锋的位置，都是他来担当的。

这个少年是明目张胆地在大将军的面前抢萧将军的位置啊！

牛！

难怪老人们常说，初生牛犊不怕虎。

众人在暗暗佩服的同时，忍不住偷偷地看了看大将军的脸色，又为冉无恙捏了一把汗。

事实上，蔺不归也被少年的豪言壮语惊了一下，但也没有真的生气，人不轻狂枉少年，冉无恙这样的年纪，又有真本事在手，身后还有个神秘莫测的师父，狂傲一些实属正常。

不知道想到了什么，蔺不归看向站在不远处、眉目温润、气质过人、却让人看不透的青年，莫名其妙地感到心塞。

他真心觉得，和不显山露水、脑子里不知道装着什么东西的云亭相比，这个说话耿直、性格刚烈的少年郎实在可爱许多。

有了对比之后，蔺不归再看冉无恙就觉得顺眼多了，不但没斥责冉无恙，反而应允道："好，若你的陌刀当真如此厉害，本将军就封你为前锋营的先锋。"

冉无恙拍拍自己的胸口，比了个没问题的手势，心满意足地回道："那就多谢将军了！"

这人还没开始演示呢，就先谢上了。

司徒京嘴角抽搐，表情管理有一瞬间失控。他不是没见过狂的兵，但真没见过这么狂的！

这同时也是在场将士们的心声。

冉无恙不知道自己在"战疯子"的"疯"字之后，又加了一个标签，"狂"！

冉无恙和忘忧已经绑定，她随时可以用"心有灵犀"技能把忘忧召过来，但担心这么做会吓着大家，也就没使用技能，请苏则郁在准备物资的时候顺便把忘忧一起带过来。

忘忧被牵出来的时候，还有些不开心，非常不配合，牵着它的将士拽了好几下，它才肯挪几步，根本不像一匹马，跟牛差不多，懒洋洋的，和走在前面的战马形成强烈的对比。

刚踏进校场，忘忧倏地抬起头，也不知道看见了啥，打了鸡血似的往前冲，牵着缰绳的将士差点儿被它带倒，目瞪口呆地看着银灰色的身影如离弦之箭一般冲向校场中央。

冉无恙感应到了忘忧的到来，回头往前，正好看到那道狂奔而来的身影。

她说不出这是一种什么样的感觉，如果让系统来形容，大概就是养狗的人看到自家的大型犬摇着尾巴咧着嘴朝自己冲过来时的那种喜悦心情吧。

冉无恙笑眯眯地张开双臂，准备给她的爱马一个拥抱，然后，就被糊了一脸口水。

冉无恙和谷城斗将的时候，骑的就是忘忧，那时围观的大多数是前锋营和骑兵营的将士，伏虎营的精兵听过这场精彩的对决，但大多数人没亲眼见过。

第一次见到忘忧，伏虎营的将士们都挺惊讶的，他们从没见过这么瘦的战马，一条条肋骨清晰可见，一副营养不良的模样，和苏将军高大健硕、肌肉鼓胀的战马一比……

算了，双方根本没的比。

苏将军的马都不能适应陌刀的重量，这匹马怕是要被压坏吧。

冉无恙推开忘忧的脑袋，嫌弃地抹了把脸，正准备好好教育一下忘忧，以后不许舔她的脸，一抬头就看到远处将士们盯着忘忧窃窃私语。虽然她听不到他们说什么，但从神态和口型上看，应该是在讨论忘忧的体形和能力。

冉无恙眼前一亮，有点儿小开心。以她的经验，现在大家有多嫌弃，一会儿被"打脸"的时候就有多响亮，同时魅力值也会更多一些。

冉无恙胸中生出万丈豪情，也不教育忘忧了，亲昵地拍拍它的鬃毛，凑到它的耳边低声说道："忘忧，走了，咱们收割魅力值去。"

也不知道忘忧听懂了没，反正它也显得异常兴奋，长嘶一声，仰着脑袋，神气活现地贴着冉无恙站好，乖乖地等着她上马。

冉无恙抬头看了一眼，一个个草席卷成的七尺高的圆柱体被错落凌乱地摆放在校场中央，基本上达到了她的要求。

冉无恙点了点头，右手握紧陌刀，左手再一次抚了抚忘忧的脑袋，利落地翻身上马。

被众人担心会被压死的瘦马纹丝不动，甚至还兴奋地颠了颠身上的主人，被冉无恙拍了一下脖子才安分了下来。

众人："……"

看来他们的担心都是多余的，那把陌刀有一百六十斤其实是虚报的吧……

耳边再次传来一阵悦耳的提示音，冉无恙更加迫不及待了，大声地喊道："大将军，我准备好了，可以开始了吗？"

烈日下，身材瘦弱的少年，搭配着骨瘦如柴的战马，手里却拿着一把一百六十斤的重器，生机勃勃战意凛然。

蔺不归也被这份生机和战意感染，站起身，朗声回道："开始！"

蔺不归话音一落，一人一马立刻冲了出去，战士被忘忧的速度吓了一跳。快！太快了！一般的战马达不到这样的速度，更别说它身上还驮着冉无恙和陌刀。

战士们都来不及感叹，就被接下来的一幕惊呆了。

眨眼间，一人一马已经冲进了草席卷所在的区域里，他们的速度太快，众将士只能看到白色的刀刃在空中翻飞，完全看不清冉无恙的招式，他们所过之处，草席卷全部被拦腰砍断。

可能是冉无恙的力道太大，草席卷断裂之后，还飞出去很远，摔在地上，草屑、木屑横飞。

木屑？

将士们定睛一看，确实是木屑，这些草席卷成的圆柱体，直径超过了一尺，但并不是全部都是草席，中间还包裹着一根比碗口还粗的木棍。

草席卷比马脖子粗得多，韧性也比马脖子、比人要强，它们都经受不住冉无恙的一刀，如果被砍断的不是草席，不是木头，而是人，是马，是血肉……

"人马俱碎"四个字，再一次出现在众人的脑海中，如此鲜活深刻，冉无恙没有说谎。

陌刀出，人马俱碎。

现在众人再来回想刚才冉无恙说过的话——"要不就是我不敢完全放开手脚，要不就是他们没命"。

好吧，人家根本不是口出狂言，只是陈述事实而已。

忘忧的速度太快，只不过片刻时间，冉无恙就跑过了那块草席卷所在的区域，虽然已经砍了三十多个草席卷，耳边的提示音也密集到她听不清的程度，冉无恙仍然觉得……不够！

"小神，到目前为止，我有多少魅力值了？"

"恭喜宿主，目前拥有98300点魅力值，还在持续增加。"

冉无恙思索片刻，回道："达到10万点时，立刻绑定陌刀。"

"好！"很快，冉无恙听到了系统的提示音，"叮，扣除10万点魅力值，绑定陌刀。"

10万点魅力值没白花，冉无恙感觉到她跟陌刀之间的联系加强了，最直观的感受就是，陌刀的重量在她手中减轻了百分之五十，她使用起来更加得心应手。

冉无恙舔了舔干裂的嘴唇，想着：既然这样，再玩一票大的吧。

第二十六章　狂傲不羁

冉无恙余光瞟到校场边，一道道健壮挺拔的身影吸引了冉无恙的目光，她漂亮的凤眸眯成一条线，嘴角控制不住地扬了起来，小虎牙在阳光下格外亮白。

冉无恙轻轻一拽缰绳，忘忧立刻掉转身体，朝着谷城一行人走去。

"喂，你们还想和我对阵吗？"

谷城整个人还沉浸在陌刀带来的震惊之中，一时间没能反应过来。

直到冉无恙又说了一遍，谷城才如梦初醒，呆呆地看着马背上的少年，脑子还一片空白，嘴巴已经自作主张地回道："来！"

"够胆！"冉无恙朝谷城竖起了大拇指，又歪了歪头，越过他看向他身后的一群壮汉，眼睛亮晶晶地问道："你们来不来？"

什么来不来？哦，对阵！

后知后觉的精英们精神一振，目光全都齐刷刷地盯着冉无恙……手里的陌刀，一股热血涌上心头，齐声大喊道："来！！"

围观的将士们都蒙了，冉无恙刚才不是说要么不能放开手脚，要么就要出人命吗？怎么又要开始对阵了？

难道是少年兴致上来，杀红眼了？

陌刀的威力无须质疑，若是真的不小心砍到人，不死也残。

将士们热血上头，只想和神兵利器一较高下，苏则郁作为骑兵营的主将，却不能放任不管。他走到冉无恙的面前，神色严肃地问道："你想怎么做？"

被当作危险分子对待，冉无恙又心酸又无奈，眨了眨眼睛，一脸无辜地回道："苏将军，我保证不伤着他们！真的，你信我！"

"说清楚。"苏则郁可不吃冉无恙这套，地上的草屑和木屑还没被收拾呢，他可不想他的兵缺胳膊断腿。

冉无恙暗暗吐了吐舌头，看来刚才演示的效果有点儿好过头了，这回她不说清楚，苏将军肯定不会放人。

为了魅力值，冉无恙不得不好声好气地解释道："我说陌刀是对付骑兵的利器，可没说只有骑兵可以，步兵自然也可以。我一会儿要演示的，就是以步兵的方式迎战骑兵，危险性和之前骑马的时候的危险性相比要小很多，真的不会伤人，我保证！"

冉无恙努力让自己看起来可靠一些，恨不得举手发个誓。

听了冉无恙的话后，苏则郁直接变了脸色，情急之下，竟一把抓住忘忧的缰绳，急切地问道："步兵也可迎战骑兵？此言当真？！"

冉无恙没想到只是普通的一句话，竟让苏将军如此失态。不，不只是苏则郁，蔺不归、齐瑾还有司徒京全都惊讶地看着她，眼中难掩激动情绪，仿佛她刚才说了什么了不得的大事。

冉无恙回忆了一下，她刚才好像说的是步兵迎战骑兵，这个……很厉害？

"当然厉害。"系统冷冰冰的声音里，透着淡淡的骄傲之意，"冷兵器时代的战场，骑兵优于步兵，但是因为马匹昂贵，养护也很费钱，导致骑兵数量有限，想要培养出优质的骑兵，也更为困难。因此，很多时候，骑兵的多寡直接决定了一支军队的战斗力。步兵也能迎战骑兵，在当前位面具有划时代的意义。"

原来如此，冉无恙暗暗点头，难怪蔺家军在瑜国一直被誉为常胜之军，到了临山关，对上凉国骑兵，却是久攻不下，拖了半年，连塔木城都拿不下来。

蔺不归双手紧握成拳，双目炯炯一眨不眨地盯着阳光下意气风发的少年，强压着胸中翻涌的情绪，才让他没有如苏则郁那般冲上前去，拽住冉无恙的缰绳，追问她此言当真！

之前冉无恙演示陌刀时，蔺不归还能保持冷静，是因为他清楚，冉无恙再厉害，也只有一个人，她不可能解决掉凉国所有的骑兵，骑兵难练，想要把骑兵全都练成冉无恙这样，太难了！

但若是她能让步兵迎战骑兵，意义就完全不同了。

步兵比骑兵容易操练，且蔺家军的步兵素来精良，步兵迎战骑兵哪怕能有一半的胜率，这场仗他就有了必胜的把握。

如此重要的战术突破，不仅将军们，稍有见识的将士都知道这意味着什么。

整个中心校场都沸腾了，冉无恙还没有开始演示，魅力值到账的提示音就已经多到系统不得不屏蔽一大部分音效，以便于保护她的大脑。

冉无恙原本只是想干一票大的，狠赚一笔魅力值，但此时此刻，在众人期待又狂热的目光中，她胸中也不免生出一股难以言喻的豪情。

冉无恙也不啰唆，昂首回道："多说无益，是不是真的，咱们眼见为实吧。"

兵器越大、越重，就越难控制。之前她不敢让谷城他们配合演示陌刀，是因为那时她对陌刀的控制力很低，一个不小心，就会伤到人。

现在不一样了，她和陌刀已经绑定，对陌刀的控制力大大提升，毫不夸张地说，就算让她用刀尖削苹果她都能保证果皮不断。只要谷城他们听指挥，她就能保证不伤到人。

原本谷城一个小队只有二十个人，蔺不归一声令下，又从骑兵营调来了一支小队，组成五十个人的队伍。

人多也好，魅力值也能更多些。冉无恙没有拒绝蔺不归的安排，从马上下来，拍了拍忘忧的屁股，让它到旁边休息。

在忘忧哀怨的目光中，冉无恙朝着谷城一队人招了招手，说道："你们过来。"

五十名精兵在冉无恙的示意下，围成一个圈，将她围在中间，既保证了所有人都能清楚地看到她的人，听到她的声音，也隔绝了外界的目光。

冉无恙将自己的部署详细地和他们说了两遍，确保他们能够完全理解她的意思，最后还忍不住再问一次："你们听明白了吗？"

"明白……"精兵们对视了一眼，面露犹豫之色，最后还是谷城代表众人说道："这样真的可以吗？你……"

冉无恙轻嗤一声，打断了谷城要说的话，将陌刀"咚"的一声立在他们面前，哼笑道："你们还是担心自己吧，一会儿机灵点儿，别被我砍中啊。"

众将看了一眼自带煞气的陌刀，咽了一口口水，老实地闭上嘴。

此刻的中心校场上，伏虎营的训练已经彻底停下来了，原本还偷偷摸摸围观的战士们全都围了上来，空出中间的位置，等着看冉无恙怎么以步兵的方式，用陌刀对抗骑兵。

没让他们久等，围成一个圈的五十名骑兵营精兵很快四散开来。

众人的目光在冉无恙和精兵的身上来回转悠，然后众人就看到了让人无语的一幕。

五十名精兵跑到一旁，穿上了全套的护甲、护膝、面罩，总之所有能防护的用具都戴上了。当然，不只人穿上护甲，马匹也没有被漏掉。

这也没什么，刀剑无眼，真正上了战场，大家都这么穿，可以理解。

然后众人又看到精兵们拿出了军营里最为坚固的精铁盾牌，是的，就是整个军营里也只有五千多面、刀枪不入的全精铁打造的盾牌。

这还不算完，他们还看到这五十名精兵被分成两队：一队拿着大砍刀，另一队拿着长枪，完全做到了长、短兵器搭配攻击的效果。

拿好了装备，精兵们开始上马了。

威风凛凛、武装到牙齿的五十个人被分成两列，站在校场的一头，整装待发。

众人再看对面，身高还没有陌刀高的清瘦少年，一个人孤零零地站在另一头，什么防护也没有，正在伸伸胳膊抬抬腿，做着准备活动。

这对比太惨烈了。

围观的将士们纷纷捂住脸，太丢脸了！！

冉无恙看到对面的人已经准备好了，原地跳了跳，清了清喉咙，大喊道："大将军，我们准备好了，可以开始了吗？"

蔺不归的脸色不太好看，他之前是说让谷城他们听从冉无恙的安排，全力配合冉无恙，但是没想到，这人居然是这么安排的。

蔺不归强忍下抹一把脸的冲动，深吸一口气，镇定地回道："开始吧。"

"好！"冉无恙中气十足地吼了一声，然后双手握刀，双腿微微张开，目光如电，盯着对面的马队。

精兵们得到了命令，大喝一声："冲。"

五十个人组成的精英马队如一把黑色的利刃，朝着冉无恙劈砍而来。

冉无恙一动不动，甚至连眼珠子都没有动，在众人看来速度快如闪电的马队，此刻在她的眼中就像是慢动作一般。

很快，冲在最前面的精兵已经来到了冉无恙的面前，她目光一沉，招式一如既往地粗暴，横刀一砍。

"哐"的一声巨响，精兵手里的刀还未来得及挥出去，他都没反应过来，只感觉到一股巨力朝他冲撞而来，他就连人带马，还有他的盾牌一起飞了出去。

他并不是个例，围观的将士们眼睁睁地看着精兵们锲而不舍、毫不畏惧地朝着少年冲过去，然后就像撞上了定海神针一样，人家就在原地挥刀，他们却一个个倒飞了出去。

之前冉无恙骑着马，速度太快了，让人难以看清她的动作。这一次，蔺不归一直盯着她，不放过她的任何一个动作。

不知道是不是错觉，他发现冉无恙用刀非常流畅，就仿佛这把刀长在这少年的手上似的，有时候刀明明都已经飞出去了，却不知道被什么东西牵引似的，又回到了冉无恙的手里，简直达到了人刀合一的状态。

当然，他看到的还不仅仅是这些，看完冉无恙的演示后，他终于相信，陌刀确实是专门针对骑兵的兵器了。

陌刀的刀刃非常长，攻击范围很广，敌军的大刀、长枪都来不及挥出，就已经被陌刀击中了，而且陌刀的刀刃窄且厚，斜着劈砍而下，马脖子很容易就被砍断，一旦马受伤，骑兵就不足为惧了。

若是骑兵的前锋就遇上手持陌刀的步兵，人马都被陌刀砍杀，后面的骑兵就会受阻，甚至还会发生踩踏情况。

妙！极妙！

蔺不归拊掌赞叹，他的五十名精兵却已经"全军覆没"。

冉无恙的力气大，陌刀的重量也重，再加上它的材质特殊，虽然有精铁和护甲作为防护，精兵们还是一败涂地。

很快，人和马已经倒了一地，五十名精兵，在这场对决中，居然没有一个人、一匹马能幸免。

校场中央，只剩下满头大汗、气喘吁吁的少年还屹立不倒。

欢呼声震天，蔺不归却仿佛听不见一般，只听见自己心跳如擂鼓，浑身的气血都在翻涌。

他目光灼灼地盯着少年，喃喃自语道："若是蔺家军能培养出一支这样的'斩马'队，即使只有冉无恙一半的威力，以后就再也不惧骑兵了！！"

冉无恙也听不到满场的欢呼声。她刚才瞬间爆发了全部力量，现在耳鸣得厉害，握刀的手还在抖，不过这些都不重要，她现在最关心的只有一件事："小神，我现在有多少魅力值？"

"当前收获 342600 点魅力值、14790 点信仰值。"

居然……这么多？！冉无恙脑子飞快地运转起来，为了换到陌刀，她赊欠了 184000 点魅力值，翻倍之后，应偿还 368000 点魅力值。

她原本以为，最快也要十天半个月才能还上，想不到，她竟然当天就有机会还上啦！！

磨刀不误砍柴工，这话说得一点儿也没错！

三十多万点魅力值啊！之前她绑定陌刀才清空过一次魅力值，短短的两刻钟时间，居然就又有这么多魅力值，这实在是……实在是……有点儿不正常！

激动过后，冉无恙慢慢地恢复了一些理智，眉心微蹙，谨慎地说道："小神，今天的魅力值和信仰值增长的速度好像有点儿过快！"

她这时候还能注意到这些细节，没有被喜悦和成绩冲昏头脑，不错！系统很满意，好心地解释道："人在身处绝境和狂热的情况下，宿主收获的魅力值和信仰值会比平时增加百分之三十。"

原来如此。冉无恙抬头扫视了一圈，发现校场外围又增加了数千人，应该是被欢呼声吸引过来的。

战士们的情绪确实很高涨，她还听到有人在呼喊她的名字。百分之三十呢！这样好的机会，不知道她什么时候才能遇上第二次！

冉无恙轻咬着唇，握着陌刀的手紧了紧，如果她没有记错的话，陌刀是可以两用的吧。

正在热烈讨论刚刚那场精彩对决的将士们忽然看到冉无恙一只手将手中的陌刀举了起来，另一只手抵在唇上，做了一个嘘声的手势。

众人不明所以，但是还是闭上嘴，盯着冉无恙，看看这人要说些什么。

冉无恙转过身，朝着不远处的蔺不归挥挥手，再次亮出了一口白牙："大将军，其实，陌刀还可以有别的用法哟！"

"什么？！"

不仅蔺不归有点儿蒙，在场的将士们也蒙了，还……还有别的用法？！

"比如，贴身近战。"冉无恙在众人疑惑又震惊的目光中，双手握住刀柄，轻轻一转，原本修长的长刀一下子一分为二，变成斩马剑与短棍的组合。

这刀竟然还能这样？

校场上的人为之一静，随后再次沸腾起来。

不错，不错，就是这样，保持这样的激情！冉无恙决定趁热打铁，目光在诸位将军身上一一扫过，右手挽了一个漂亮又不失潇洒的刀花，笑容灿烂地问道："哪位将军愿意一试啊？"

这是……还要打一场的意思吗？

军中生活本就枯燥，没什么娱乐，将士们早就憋坏了。如此精彩的对决，不是一场、两场，居然还有第三场，而且每场的内容都不一样，围观的将士们乐疯了，欢呼声不断。

冉无恙耳边的提示音也越发密集。

士兵和冉无恙都很开心，将军们的心情就复杂许多了。

首先是陌刀，谁都没想到它不仅是骑兵的克星，竟然还能一分为二。如此精巧的设计，加上它特殊的材质，更加说明了冉无恙师门的不凡。

其次就是贴身近战，这还真的是为难一众将军。齐瑾他们都是需要上场杀敌的将领，兵器大多是长兵器，习惯了大开大合的打法，贴身近战是他们的弱项。

齐瑾和苏则郁对视一眼，摇头苦笑，一齐看向蔺不归……身后那人。

就连蔺不归都扫了那人一眼，司徒京耸了耸肩膀，上前一步，说道："那就让我来领教一二吧。"

司徒京年纪不大却能当上斥候营的主将，除了因为他机敏善察，还因为他那一身让人望尘莫及的功夫。毫不夸张地说，若是比贴身近战，齐瑾和苏则郁加起来，都不是司徒京的对手。

司徒京阔步走向校场中央,在冉无恙身前五步远的地方停下脚步,没有废话,利落地从身后抽出了兵器。

那是一把两尺长的短剑,刃比匕首长一些,看起来很不起眼,冉无恙很少在军营里看到有人配剑。

她暗暗观察面前的年轻将军,司徒京的身材在将军中间不算高,不是特别壮硕,但也不单薄,浑身上下给人一种内敛低调,却隐含暗劲的感觉。

虽然她不知道此人实力如何,但从他抽出短剑的那一刻开始,整个人的气质都变了。冉无恙从他的身上感受到了一股危险的气息。

她的直觉没错,很快脑海中就响起了系统的提醒:"这个人体力虽然只有6,但是他的敏捷度达到了9,智力也达到了8,综合实力很强,请宿主小心。"

敏捷度居然达到9,冉无恙心猛地一沉,紧了紧握刀的手,郑重地回道:"我会小心。"

冉无恙暗暗深吸一口气,规规矩矩地朝司徒京行了个礼,说道:"司徒将军,请赐教。"

少年右手持刀,左手握棍,两手一前一后地护住自己的躯干部位,浑身肌肉紧绷,目光沉静专注,看得出这少年很谨慎。

冉无恙戒备着他,同时也在积极地寻找突破口。

司徒京微微挑眉,少年的反应超出了他的预料。

刚刚的两场演示,冉无恙的表现都非常出彩,现在他耳边还能听到将士们为其欢呼的呐喊声,但是冉无恙仿佛没听到一般,年轻的脸上没有一丝松懈大意。

冉无恙好像才十五六岁吧,比蔺奚的年纪还小,之前他还觉得少年太狂,心性浮躁,日后必要跌几个跟斗,狠狠地吃几次亏才会成长,如今看来,倒是他眼拙,狭隘了。

司徒京忽然有点儿期待接下来的比试。他已经好多年没有这样跃跃欲试的感觉了,希望少年不会让他失望。

"来了!"司徒京低喝一声,率先出手。

冉无恙呼吸一滞,迅速向左一偏,险险躲过一剑。

敏捷度9果然不是闹着玩的,才过了一招,冉无恙就出了一身冷汗,若非她一直全神贯注,刚才又充分热身,这一剑就能把她刺个对穿。

一击不中,司徒京一个回身,又贴了上来。

和别的将军路数不同,司徒京的打法很贴合这次比试的主题,说是贴身近战,还真的贴身。

若不是冉无恙在训练空间里和"黑影"老师学过近战,被司徒京这样贴上,怕是走不出十招,兵器就得被缴掉。

陌刀刀刃很长，即使一分为二，刀刃的长度也达到了四尺，和长兵器比它已经足够精巧玲珑，但仍是比不上司徒京的短剑灵活善藏。

司徒京这样贴身打斗，冉无恙根本施展不开，好在她除了刀，还有短棍。

陌刀的刀刃材质特殊，看起来像是没开刃似的，实则非常锋利，冉无恙干脆将它横在身前防护，用左手的短棍来攻击司徒京。

然后司徒京就发现，这少年十分难缠了。

冉无恙之前力气还不够大，身体又单薄，和军中这些糙老爷们儿打架，智取比硬碰硬来得划算。

她好好研究过系统给她提供的人体解剖图和穴位图，将人体的各关节、肌肉、穴道摸得很透。

现在和司徒京对打，她就拿短棍，专门往人家的关节和穴位上戳。

好在司徒京身手敏捷，大多数攻势能躲过去，但这样打下去也不是办法，时不时被戳一下，他也撑不了多久，毕竟这小子戳人是真的很痛。

双方你来我往，僵持了小半盏茶的工夫，司徒京实在受不了了，顶着背后又被戳了两下的疼痛，举起短剑刺向冉无恙的右手，趁她躲避之际，一个用力，将她手中的陌刀打飞了出去。

冉无恙心念一动，已经脱手而出的陌刀受到牵引，再次回到了冉无恙的手上，她反手一挥，刀刃直取司徒京的命门。

司徒京万万没想到，明明已经被打飞出去的刀会忽然回转，他来不及躲，只能举起短剑格挡。

只听"当"的一声，短剑直接被斩断了，眼看着刀刃就要砍向司徒京的脖子，冉无恙大惊，连忙抓住刀柄，控制住刀的去势，刀刃贴着司徒京的脖子险险停住。

陌刀明明没有割到司徒京的脖子，司徒京的脖子还是流血了。

冉无恙懊恼地吐出一口浊气，连忙收回陌刀："司徒将军，对不起啊……"

司徒京不在意地摆了摆手，刚才他是真的被吓了一跳，现在回想起来又有些意犹未尽，冉无恙这刀真是邪门了。

可惜冉无恙已经收手不打算再战，不然司徒京还真想和其再过两招。

司徒京看了眼陪伴他多年，如今却断作两截的短剑，虽然心痛，却没生气，还对着冉无恙伸出了大拇指，夸道："英雄出少年，你很不错！"

"不敢当，承让。"冉无恙抹了把额头上的冷汗，尴尬地笑了两声。还好她绑定了陌刀，不然这一局肯定要输。

"好！太好了！"蔺不归抚掌大笑，对统帅来说，没有什么比精兵强将更让人高兴的事了。

冉无恙也跟着笑，心里的小人却在一个劲地拍胸口压惊，今天就到这里吧，再玩下去怕是要出意外了。

耳边的提示音还在持续不断地响着，冉无恙迫不及待地问道："小神，我现在有多少魅力值？"

"当前收获562100点魅力值、32290点信仰值。"

冉无恙眼前一亮，笑得更开心了，56万点魅力值啊，还了赊欠的账之后，还剩十几万点魅力值呢！发了！发了！

这次过后，蔺不归应该会同意她代表前锋营迎战凉国骑兵，战场上人更多，敌我双方厮杀肯定也比今日激烈，100万点魅力值唾手可得！

冉无恙仿佛已经看到初级基因修复液向她招手了，一想到云亭哥的身体很快就能恢复健康，还会越来越好，她就止不住地想笑。

她终于可以帮到云亭哥了，再也不是只能躲在哥哥羽翼下等着被保护的小孩子了。

鼻子发酸，眼睛发胀，嘴角完全不受控制，那种心花怒放的感觉，冉无恙不知道应该如何形容。

小恙在……哭？目光从未离开过冉无恙的云亭心头一颤，这是怎么了？小恙明明在笑，笑得无比灿烂，却莫名其妙地让人看得心里发酸。

这个笑容太戳心了，戳得云亭心慌。

仿佛心有灵犀般，冉无恙忽然扭头，朝云亭的方向看了过来。

此时已经是傍晚了，红霞笼罩着中心校场，洒下一片金光。将士们热切依旧，"冉无恙"三个字一遍又一遍地在校场上回荡。

从今天开始，蔺家军中应该没有人会不知道"冉无恙"这个名字了。

他的小姑娘手持陌刀，身姿挺拔，在热烈的欢呼声与漫天霞光中，对着他笑。

怦，怦怦，怦怦……

感受着胸中突然加快的心跳，云亭也忍不住笑了起来。

为你心动，这感觉很不赖。

"主子，"侍卫上前一步，小心翼翼地说道，"时辰不早了，您要不要回帐中休息一会儿？"

侍卫说完，把头垂得更低了，生怕惹怒了主子，可又不能不说，今日的太阳格外烈，主子已经一动不动地在这里站了一个多时辰了。

比试固然精彩，可现在都已经结束了，就连一直找碴儿的姚大人都离开了，为何主子还一直站在原地不肯回营？

他皮糙肉厚都快受不了了，主子身子金贵，可别被晒出个好歹来。

侍卫心里担心，又不敢再喊第二声，只能暗暗心焦。

良久，瞿向卿用低沉的声音说道："把胡扬找过来。"

"是。"护卫松了一口气，领命而去。

瞿向卿松开一直紧握的拳头，缓缓闭上眼睛，呼出了一口浊气，脑海中不断地闪过一道清瘦却仿佛充满着无尽力量的身影。

这个人总能给他惊喜，总能超出他的预想，如果之前他只是打算暗中观察，试探着接触对方的话，现在他心中只有四个字，志在必得。

此时大将军营中也是热闹非凡，听到消息赶过来的萧悆正抱着陌刀，一边感叹陌刀的重量，一边好奇地摸着刀刃，惊讶于陌刀的锋利程度。

其实不只是萧悆，其他几位将军对陌刀也是爱不释手，争着抢着研究，于是帐内就形成一个很有趣的画面：几大营的主将围着一把刀，你争我夺，乱作一团，一点儿威严都没有。

如此喧闹了小半炷香的时间，蔺不归发话了，他们才消停下来，不甘不愿地把陌刀还给冉无恙。

待诸位将军坐下后，云亭才走到帐中央，一一行礼之后，神色温和地笑道："将军们已经见识过陌刀的威力，接下来不如让我给诸位讲讲如何物尽其用？"

蔺不归一怔，笑容僵在脸上，不知道为什么背脊一凉，总觉得一会儿的谈话，可能不会那么顺利。

蔺不归定了定心神，沉稳地说道："说吧。"

云亭将蔺不归的防备神色看在眼里，不禁莞尔，他好像没有坑过蔺不归吧？该说不愧是大将军吗？直觉很是敏锐啊！

云亭轻咳一声，继续回道："小恙的陌刀虽好，却不是人人都可以用，好在陌刀对付骑兵的妙处，并不在于它的重量，而在于它的制式和用法。大将军可以按照陌刀的制式打造一批兵器，用以应敌。"

冉无恙的陌刀一看就不是凡品，谁也没奢望过能大批量生产这样的宝刀，现在的问题在于，想要大量仿制也是不易。

蔺不归叹了口气，无奈地说道："目前军中只有不到一百名铁匠，而且也没有那么多生铁，不可能大量打造兵器。"

云亭点了点头，并不是很发愁地回道："确实不可能大量打造兵器，但若是只打造两千把的话，想必十日内，必能锻造完成。"

"两千把？"苏则郁眉头紧皱，摇了摇头，说道，"太少了，凉国少说也有三万骑兵，两千对三万，毫无胜算。"

作为老对手，苏则郁和凉国的骑兵交过太多次手，每次都被压着打，心里憋足了气，今天看到陌刀横空出世他才会如此激动。可是激动归激动，他也没有失去理智。

苏则郁轻叹道："兵器再好，也逃不过寡不敌众。"

"确实如此，可是我们没的选。"云亭没有反驳苏则郁的话，只是话锋一转，说道，"想必老方已经将这几日打探到的消息如实禀报大将军了，凉国太子万俟翱的名号不用我多说，诸位将军应该也有耳闻。既然他亲自来了塔木城，这场仗就不可能再这样不痛不痒地打下去,我们已经没有时间了。"

说到万俟翱,几位将军脸色皆是一沉。

昨夜他们讨论了半宿,也没能讨论出更好的应敌之策,他们压根没有想到,万俟翱会来塔木城。

这位凉国太子与他们瑜国太子不同,瞿向卿这些年来虽然没有被废,却一直不得圣心,苦苦挣扎艰难求存,完全没有什么好名声传出去。

万俟翱却是在年幼的时候就因为力可举鼎声名远播。他的生母去世之后,他立刻被皇后计入名下,登上了太子之位之后,一直很得凉国帝、后的宠爱,这样的天之骄子,怎么会到危险的边疆战场上来?

更让人郁闷的是,如果之前夜袭军营、烧粮草等计划都是万俟翱设计的,那说明这位凉国太子不仅武力强悍,还智谋过人,这就非常棘手了!

云亭特意留足了时间给他们发愁,看将军们各个面色凝重,他才满意地继续说道:"两千把陌刀对付不了所有骑兵,但是对付木家兄弟带领的骑兵足矣。诸位将军不会以为,小恙的师父将陌刀传给她,只传用法,而不传阵法吧?"

"阵法?"众将皆是一惊,排兵布阵他们都不陌生,但隐士圣贤传授的陌刀阵法,他们从未见识过,心中无比好奇。

别说蔺不归等人惊奇,就连冉无恙都有些蒙。什么阵法?她今天早上才拿到陌刀,对陌刀的认识少得可怜,比试的时候都是现学现卖的,根本没听说过什么阵法。她都不知道,云亭哥又是怎么知道的?!

不等她问系统,就听到云亭清朗的声音不紧不慢地解释道:"对,就是阵法,还是能令骑兵闻风丧胆的阵法。"

闻风丧胆!这是极具诱惑力的四个字。

将军们眼睛都亮了,一个个眼巴巴地看着云亭,充满着求知欲。冉无恙也愣愣地看着他,想听听是怎么个闻风丧胆法。

被这么多双眼睛盯着,云亭神色如常,依旧保持着他不紧不慢的节奏,说道:"时间紧迫,我建议从前锋营、骑兵营、伏虎营抽调两千精兵,交由冉无恙亲自训练,组成骑兵先锋队和步兵斩马队两支小队,每队一千人。"

嗯,毕竟时间紧迫,精兵能更快地掌握阵法的精髓,战斗力也更加强。将军们想了想,觉得这方法可行,纷纷点头。

将军们继续眼巴巴地看着他,接下来可以快点儿说阵法了吗?

云亭完美地无视了将军们期盼的目光,笑容不变,继续说道:"既然小恙要统领这两千人,校尉一职应该很适合她,大将军以为如何?"

本朝官员都是由朝廷委派的,但是行军打仗途中,可有特例。大将军可直接任命五品及以下的武将官员。

大帐内为之一静,所有人心中都闪过一个念头……

云亭在给冉无恙谋权。

冉无恙也回过神来，张口想要说什么，却被云亭一个眼神制止了。冉无恙皱着眉，紧抿双唇，站在云亭的身后，脸色难看却也听话地一言不发。

司徒京今日是第一次接触两个人，将他们的神色反应看在眼里，不由得为大将军捏一把汗。

如果说冉无恙是一把所向披靡的绝世宝剑，那云亭就是握剑之人，他们二人，一个有勇一个有谋，更棘手的是，这两个人还非常信任彼此，大将军想要将他们收为己用，怕是要费一番大功夫。

蔺不归确实也很头痛，以冉无恙的本事，校尉之职那都是委屈少年了，就算云亭不说，他肯定也是要给冉无恙一个军职的。

但云亭偏偏说了，他除了答应似乎没有第二个选择，不然就要寒了冉无恙的心。

他若是能给冉无恙更高的军职倒是能扳回一城，可惜五品以上的军职必须上报朝廷，冉无恙没有一点儿军功，朝廷是不可能答应的，所以目前能给冉无恙的，也就只有校尉而已。

他主动给，和云亭要了之后他答应给，完全是两回事。

云亭这是不给他对冉无恙施恩的机会啊！这招阳谋使得很妙，让人没办法生厌，却也不怎么舒服。

蔺不归胸闷得厉害，若是只有冉无恙一个人投身军营那该多好！然而一对上云亭清朗温润、似笑非笑的眼眸，蔺不归又有些庆幸，这样的人在自己的军营里总比在敌营里好。

蔺不归对云亭简直是又爱又恨，系统就没这么纠结了，它对云亭十分满意。

系统认为，谋权是其次，云亭谋的其实是人，是实打实的两千名精锐！

兵权重不重要？虎符重不重要？重要！

但有些东西比虎符更重要，比如人心。

为什么明明是皇帝的军队，却偏偏叫作蔺家军？不就是因为蔺家掌管这支军队近百年嘛，若不是蔺家始终是纯臣，对江山社稷没有觊觎之心，这瑜国的天下姓什么还不一定呢。

越是强者，就越是慕强，精神领袖远比一块死物来得重要。

冉无恙现在不缺武力，也不缺能力，缺的是磨砺机会，这两千人，是云亭为冉无恙准备的磨刀石。

虽然云亭并不知道系统的存在，也不知道他们的目标是魅力值和信仰值，但云亭做的事，与他们不谋而合。

系统再怎么厉害也模拟不出人心，神是要有神格的，说得通俗一点儿，就是领袖需要有领袖的魅力，冉无恙没有，起码目前还没有。若是她一直站在云亭的身后，永远都不可能拥有这样的魅力。

系统不得不感慨，这脑子好的人就是不一样，转得够快，利弊得失，前途退路，全都算得清清楚楚的。不像自家的宿主，到现在还在为新鲜到手的几十万点魅力值沾沾自喜呢。

云亭这次算是帮大忙了，下次宿主再想给云亭换基因修复液的时候，它就不要阻止了。它也挺好奇，智力为9的天才，用了基因修复液以后智力能不能提升到10？如果能的话，那会是什么样？

系统长叹一声，说道："为什么云亭不是女人呢？为什么绑定的不是云亭？"

冉无恙瞬间就脸黑了，冷冷地笑道："呵呵，你别多想，什么锅配什么盖，你配我正合适。"

系统愣了一会儿，回过味来，宿主的意思是，想绑定云亭，它不配？！

好久没过招，系统差点儿忘了，这个女人有多会骂人！

好气哟，它想打人！看来还是训练项目太少，它得加训！

蔺不归这口闷气来得快去得也快，他也就不再纠结了，当机立断地说道："校尉一职，冉无恙确实足以胜任。自即日起，蔺家军单独组建一支两千人的斩马队，由冉无恙统领，本将军亲自监管。"

"至于人选……"两千人也不多，本可以让冉无恙和云亭自行挑选，但不知怎的，蔺不归心底忽然冒出一丝不安感，沉思片刻，说道，"既然是从各营抽调，那就由各营将军举荐吧。"

云亭倒是没有拒绝，一副乖顺好说话的模样，笑道："那是自然，想必将军们挑选出来的必定是精英中的精英，不过，我身为前锋营的百夫长，手底下还管着一百人呢，将军让我走个后门，将人一并纳入斩马队如何？"

"可以。"蔺不归想了想，爽快地答应了。目前云亭手下的人，除了他从镇北营带过来的二十多人，其他的都是前锋营的精英，加入斩马队也无妨。

云亭抱拳行了个礼，笑道："那就多谢大将军了。"

众人就斩马队的问题又讨论了小半个时辰，直到天色彻底暗了下来，才放云亭和冉无恙两个人离去。

两个人走出将军大帐没多远，冉无恙一把抓住云亭的衣袖，有些生气地说道："云亭哥，我觉得校尉应该由你……"

"小恙，"云亭冷声打断了她的话，手一抬，拽回了自己的衣袖，用清亮的声音平静地说道，"你说过，你想做战神。"

被云亭那双黑眸直视着，冉无恙心猛地一跳，无措地回道："我……我是想做战神，可是……"

"小恙，"云亭再一次打断了她的话，不给她辩解的机会，冷声说道，"想要成为战神，你就要学会站在高处，站到所有人可望而不可即的地方，让他们仰望你，追随你，只要这样，你才是神！现在，先从这两千人开始吧，给你半个月的时间，你收服他们。"

冉无恙呆呆地看着云亭，不知道为什么，竟然觉得此刻的云亭哥，和系统有些像？！

脑门上忽然一痛，冉无恙捂着额头，一脸委屈地瞪着云亭。

云亭这次一点儿没留情，又在她的手背上狠狠地拍了一下，笑道："怎么傻乎乎的，听到没有？"

冉无恙撇了撇嘴，哼了一声，信誓旦旦地回道："听到了！我会做到的。"

冉无恙揉了揉被拍疼的脑门，心里也不痛快。她是真心觉得云亭哥比她聪明，比她厉害，职位就应该比她高才对，所以这个校尉也应该是云亭哥的。

不过显然，云亭哥并不是这么想的。

系统很是看不上她这副垂头丧气的样子，骂道："你怎么这么没出息？一个校尉算什么？你以后会越来越强，难道打算一辈子躲在哥哥身后，让他为你劳心劳力？他是如此柔弱，你怎么忍心？！难道你就不想将他护在自己的羽翼之下？"

冉无恙的眼睛一点点地亮了起来，是啊，以前都是云亭哥将她护在身后，今后换她站在前面，为云亭哥遮风挡雨披荆斩棘，让他站在自己身后，安全无忧，平安喜乐，这样不是更好吗？

对！这样才对！这一刻，冉无恙忽然觉得自己的目标变得更加明朗起来。

系统有些无语，也行吧，这虽然不是什么伟大的目标，但好歹有根胡萝卜吊在前面，宿主肯努力向前就行。

云亭怎么也没想到，自己只是日常鼓励一下而已，后果竟然这般严重，就算日后服用了基因修复液变得健康强壮，在他的小姑娘心里，他依旧柔弱得不能自理，需要被妥善照顾，悉心保护……

第二十七章　有朋自远方来

组建斩马队的事情大将军还没有宣布，冉无恙和云亭回去之后也没有多说，和小石头他们笑闹了几句后，冉无恙就进入了紧张的学习中。

关于陌刀她现在还处于一知半解的状态，好在有系统在，她也不用担心不能发挥出陌刀真正的威力。

有了明确的目标，冉无恙变得格外积极。为了以后能保护云亭，她铆足劲，一边忙着绘制凉国军营的地图，一边还要在脑海中学习陌刀的使用方法和阵法，一心二用，忙得不亦乐乎。

到了熄灯的时间，她才将地图绘制完成，仔细地检查了一遍，确定没有什么纰漏后，将羊皮卷折好，贴身放在胸口的位置。

这份地图是冉无恙考虑良久，简化过的版本，即使这样，它也比蔺不归手里的地图详细了好几倍，地图作为重要的战略物资，自然要好生保管。

冉无恙老老实实地躺在床上，闭上眼睛，呼吸渐渐绵长，看起来就像睡着了一般，实际上她并没有睡觉，正在脑海中的训练场上补课。

一个时辰后，冉无恙被兵法、阵法折磨得脑袋发晕，正想来一场模拟战检验一下学习成果，身边的人忽然动了。

他动作十分缓慢，仿佛担心吵醒冉无恙一般，下床就用了小半盏茶的时间，然而这样小心翼翼，反倒让人起疑。

冉无恙假装沉睡，暗暗观察着云亭的一举一动。云亭下床之后，动作利落了很多，穿好衣服一个闪身，就离开了营帐。

冉无恙皱着眉头，看着云亭离去的背影，喃喃自语道："云亭哥要去哪儿？"

系统轻"啧"一声，回道："你在这里想破头也想不出来，跟上去看看不就知道了？"

"嗯，有道理。"本来就打算跟上去的冉无恙立刻掀开被子，披上外衣偷偷摸摸地追了出去。

军营里没什么危险，冉无恙不打算跟得太近，只远远地跟在后面，想到自己还了赊欠的魅力值之后，还有四十多万点魅力值，有资本奢侈一下，低声说道："小神，定位云亭，打开实时大地图。"

"叮，扣除5000点魅力值定位云亭，打开大地图。"

清脆的提示音响起之后，冉无恙的面前出现一道光屏，整个军营的实时大地图出现在光屏上面。

巡逻的士兵和在营房里休息的将士都被系统认定为友军，冉无恙一眼看去，地图上都是密密麻麻的绿点，在这么密集的绿点之后，冉无恙看到了一个极其特别的标记。

不知道系统是怎么想的，它竟然给云亭哥做了一个粉红的心形标记。

"小神……"冉无恙呆呆地看着地图上那颗异常璀璨的粉红的心，总觉得这个标记方式有点儿怪怪的，却又说不出哪里怪。

"宿主难道不觉得这个标记很适合吗？云亭对宿主来说，是独一无二的心肝宝贝一样的存在，必须有一个专属的标记才配得上他的地位，你说对不对？"

系统一开始是不怎么喜欢云亭的，这个人很警觉，总是在防备它，智多近妖，太危险。但是经过这段时间的观察，系统彻底改观了，不得不说，云亭简直就是宿主成神之路上的良师益友！

如果有好感度标记的话，系统对云亭的好感度绝对超过七十了，一个专属标记而已，小意思啦！

还真是奇了，冉无恙竟从系统一贯冷漠的嗓音里，听出了几分邀功的意味。她皱眉思索片刻，豁然开朗，用力地点头，回道："你说得很对！这个粉红的心非常适合云亭哥，以后就用它了！"

冉无恙越看越觉得粉色的小心心顺眼，忍不住盯了好一会儿，等回过神来才发现，云亭已经走到大营的西边，再过去就是军医和病号所在的营房了，难道是云亭哥身体不舒服？

冉无恙有些担心，刚想追上去问问，又看到云亭穿过了军医的营房，继续往西走，那边是……

冉无恙又是一惊，地图显示，在云亭前方五里远的地方，有一片红点正在向着云亭的方向走来，如果双方行走的方向没有发生偏移，半炷香之后，他们就会正面撞上。

"怎么会有这么多红点？难道有敌袭？"说完她又觉得不太对劲，红点在一大片绿点的映衬下非常突兀，乍一看好似很多，细细数来，也就二三十个而已，这么点儿人想来夜袭军营，也太不自量力了。

不是夜袭，难道那是来夜探军营打探消息的人？

冉无恙认真地看了一会儿后，否定了这个猜测，若是来打探消息的不可能一群人聚在一起，应该分头行动才对。

这些人莫不是……？

冉无恙的脑海中，闪过一张艳丽绝美的脸庞——万俟灵。

她曾经问过云亭哥要不要见万俟灵，云亭哥那时候怎么说的来着？好像是……还不是时候。

那么现在是时候了吗？

可是在塔木城的那几日，云亭哥根本没有跟他们接触过，又是什么时候、用什么方法联系上的呢？她居然一点儿也没有察觉。

冉无恙手脚发凉，心慌意乱，见就见了，为什么云亭哥还要背着她见？这是防着她，还是把她当外人？

是了，上次云亭哥半夜跑出去，就是为了去见他的舅舅狄勒图，这次肯定是要去见亲妹妹了！

冉无恙心里汩汩地冒着酸水，腐蚀着她的五脏六腑，直到嘴里尝到了血腥味，她才松了口，放过了被咬破的下唇。

随便他好了，爱见谁见谁，关她什么事？！冉无恙哼了一声，转身就走，走了几步，就在光屏上看到那个粉色的小心心正与她背道而驰，朝着反方向走去。

冉无恙倏地停下脚步，委屈得眼睛都红了。她如果不追过去，她的小心心是不是就这么跑了？

只是一个念头而已，她就已经难过得无法呼吸了。

不行，云亭哥是她的，她说什么也不能让人跑了！

云亭哥若是真的去见万俟灵，大不了她躲起来装作不存在；若不是去见万俟灵，云亭哥遇上敌军，她也能保护他的安全。

如果最后，云亭哥要跟万俟灵走，那她……她也跟着一起走好了，反正她是绝对不会和云亭哥分开的！

打定主意后，冉无恙不再纠结，快步追了上去。

今晚的月亮被云层遮住了，浓重的夜色是最好的保护色，冉无恙也不担心跟得太近被云亭发现，两个人之间隔着十多丈的距离，若是发生突发情况，冉无恙也能迅速出手，护住云亭。

越是靠近西面越是荒芜，草木横生，云亭的速度也渐渐地慢了下来，这里已经出了将士巡逻的范围，再往前，就是山野密林了。

有树木野草掩护，冉无恙准备跟得再紧一些，却看到云亭忽然停下脚步。冉无恙也顺势停了下来，闪身躲在一棵大树后面观察。

她现在视力和听力都非常好，即使是在夜晚的树林里也能视物。不过今夜没有月光，树林里黑漆漆的，云亭又穿着一身暗色的军服，几乎与周围的环境融为一体。

冉无恙只能隐约看到他同样找了一棵大树，隐身在树后，便没了动静。

他这是干什么？等人？冉无恙心下疑惑，倒也不急躁，背靠着大树静静地等待着。

不一会儿，冉无恙听到了鸟类翅膀扇动的声音。那是鸟？她看到一只小麻雀一般的鸟儿从头顶上飞了过去，一会儿又飞了回来，这只鸟飞得很低，一直在这附近徘徊，似乎在等什么东西跟上来似的。

冉无恙若有所思，这时远处又传来"窸窸窣窣"的响声，很轻，应该是草木被踩踏后发出的声音。

有人来了！

冉无恙倏地站直身子，扫了一眼光屏，果然看到那一串红点已经快要和云亭所在的地方重合了。

她侧身贴着树干，将头偷偷地探出去观察，正好看到一行人从远处走来。

他们身穿黑衣，训练有素，行动很快，冉无恙一眼就看到了被他们护在中间的人。那人肤色白皙，容貌倾城，即使是在夜色浓重的山林中，也非常耀眼。

今日万俟灵一改之前飘逸唯美的穿着，换上了一袭黑色劲装，头发也高高地束了起来，露出了光洁的额头和精致的五官。这样的她少了几分高贵柔美，多了些飒爽洒脱。

云亭哥果然是来见她的！

冉无恙抿了抿唇，心里窝着火，眼不见为净地缩回大树后面，逼着自己实现刚才暗暗说过的话，假装自己不存在！

奇怪的是，这些人都快走过云亭哥藏身的位置了，云亭哥却没有现身相见，若不是冉无恙知道他躲在那里，还以为那处真的空无一人呢。

难道云亭哥还是不打算见他们？那他出来干什么？

冉无恙忍不住又探出头去，刚好看到走在队伍最前方的狄勒图抬起手，示意众人停下。

冉无恙暗叹：几天不见，这人休养得不错啊，与上次见面时的凄惨狼狈样不同，此刻的狄勒图气势强盛，目光犀利如豹，明明应该已经年过四十岁了，却依旧健硕勇猛，身后的壮年精兵与之相比，竟都略逊一筹。

万俟灵警惕地看着周围，低声问道："怎么了舅舅？"

这片林子很大，为了不引起瑜国士兵注意，他们半个时辰以前就将火把灭了。万俟灵虽然自认为聪明，但是甚少夜间突袭，看得懂最复杂的地图，却无法在夜色浓重、到处都是树木荒草的树林里分清方向。

狄勒图微微眯眼，看着前方回道："再往前，就进入瑜国军营腹地了。"

万俟灵眼睛一亮，抹了一把额头上的汗，笑道："三哥果然在瑜国的军营里，接下来要分头探察吗？"

"不必。"在万俟灵疑惑的眼神中，狄勒图稳稳地说出一个字，"等。"

"等？您是说，三哥会主动出来找我们？"万俟灵垂眸思索片刻，很快想通了，说道，"三哥给您下的药，您什么时候醒来他比谁都清楚，他知道我性子急，您一醒我绝对会立刻拉着您过来找人，所以，三哥肯定知道我们今晚会来找他！"

"但是……"万俟灵脸上的笑容很快消失，眼中浮现淡淡的忧虑之色，她摇了摇头，着急地说道，"就算三哥知道我们今晚会来，军营这么大，他又怎么确定我们从哪个方向来呢？"

狄勒图显然很喜欢这个外甥女，安慰地拍了拍她的肩膀，故作神秘地笑笑，说道："你是不是忘了，你那只嗅鸟是怎么来的？"

万俟灵一怔，她的嗅鸟……是三哥送的。

那时候她还小，听到神秘稀罕的玩意儿都想要，母妃对她不差，却也不是有求必应。嗅鸟难得，更难养，她缠了母妃三个月，母妃也没让她养。

最后还是三哥疼她，托人找到了嗅鸟蛋送她，还陪她一起孵蛋。可是就在这只嗅鸟孵出来的第三天，三哥就……

万俟灵闭上眼睛，不愿再去想那些折磨了她整整八年的往事。

万俟灵勉强扯出一丝笑容，轻声说道："也是，三哥那么聪明，我那点儿小手段怎么可能骗得了他。"

她还记得，嗅鸟孵出来那天，三哥还打趣她说，有了嗅鸟，以后她看上谁，就留下谁的气息，那个人就跑不了了。

每次回想起这些事，万俟灵都十分痛苦，责怪自己为什么不早点儿养嗅鸟，为什么没有留下三哥的气息，才会把三哥弄丢，因此她还病了两个月，一直不见好。

后来还是万俟翱冲进她的房间里，把三哥用过的东西一股脑儿地扔在她的床上，告诉她，人死了，就算有一百只嗅鸟也找不回来了……

想到这里，万俟灵的心又慌了起来，她怕那天晚上看到的那个手势、那个人，是自己臆想的；怕离得这么近，她还是见不到人，还是会把三哥弄丢！

"我们要不要再往前走走，万一三哥以为我们还没到怎么办？万一他找不到我们怎么办？"万俟灵一把抓住狄勒图的手，力道大得狄勒图都皱起了眉头。

带着焦急与哭腔的女声在寂静的山林里回响，如泣如诉，听得人心头一紧，像钝器砸在心口上，闷闷地疼。

云亭背靠着树干，双眼静静地注视着那张熟悉又陌生的俏脸，黑眸微闪，一直波澜不惊的眼中渐渐地染上了暖色。他轻叹了口气，最终还是走出了那一步。

"不必，我已经到了。"

这声音很轻，出现得也不突兀，就像是身边的某个同伴忽然开口说话一般。

然而正是因为这样，才更让狄勒图一行人紧张，他们竟没有发现有人潜伏在他们的周围。

刀剑出鞘的声音划破了树林的寂静气氛，气氛瞬间紧张了起来，冉无恙脸色微变，手中的匕首也同样出鞘，身体紧绷如弦。一旦这些人敢对云亭动手，她便立刻冲出去。

好在她担心的事情没有发生，一行人提着刀气势汹汹地看向说话的人，然后就全都愣住了。

一名青年就站在离狄勒图不到两丈远的地方，身材颀长，肤色极白，目如朗星，美如冠玉，一双黑眸仿佛蕴含着漫天星光，深沉迷人，他的身边还围绕着两三只萤火虫，衬得他仿佛山间精灵，不染凡尘。

最先反应过来的是万俟灵，她双眼微眯，直勾勾地盯着云亭，呢喃道："三哥……"

乌力也已经八年没见过这位三皇子了，记忆中的三皇子，清瘦羸弱，明明是双生子，却比胞弟矮了一个头。好在这位皇子天资聪颖，智慧过人，即使体弱多病，也没有被万俟翱的锋芒彻底掩盖。

当时勋贵中流传着一句话，三皇子与四皇子的脸虽如同一个模子刻出来的一样，性情却像是阴、阳两极，一个天生神力却性情暴躁，另一个弱不禁风却能谋善断。

八年过去了,四皇子成了太子,武艺超群,性情没那么暴躁了,不过却变得更加喜怒无常难以捉摸。

眼前这位如何……大家就不得而知了。

万俟灵没有那么多旁的心思,满心满眼都是失而复得的三哥,已经不管不顾地扑了上去,死死地抱住云亭的脖子,把脸埋在他的怀里,哭了起来:"三哥,真的是你!我好想你,三哥……"

冉无恙眼睁睁地看着万俟灵扑进云亭的怀里,云亭不躲不闪就算了,还伸手抱住她,还温柔地拍她的背!!

冉无恙气鼓鼓地瞪着抱在一起的两个人,手无意识地抓了一把旁边的树叶,捏在手心里蹂躏。

"友情提示:以宿主现在的武力值,距目标十四丈的距离,宿主还无法做到摘花飞叶皆可杀人,如果换成小石子,或者服用过高级基因修复液之后,应该能够达成。"

冉无恙快被自己酿的醋给淹了,被系统这么一打岔,倒是找回了几分理智,飞快地丢掉手中被揉烂的树叶,哼道:"谁要杀她了?!我……我只是觉得她这样一点儿都不矜持,女孩儿就该有女孩儿的样子!"

系统回了两声"呵呵",便也没戳穿她,已经算是很宠了。

"呜呜呜"的哭声听起来真的有点儿惨,完全没有一点儿金枝玉叶天潢贵胄的风度和气质,万俟灵哭得不管不顾,仿佛要将这些年的恐惧、委屈、愤懑、慌乱、害怕全都一股脑儿地哭出来。

冉无恙听了都有些动容,试想一下,若是让她和云亭哥一别八年,不,她摇了摇头,这种事不可能发生,想都不要想!

有了同理心,冉无恙对万俟灵的敌意稍微少了一些,她撇了撇嘴,继续缩回大树后面,彻底贯彻假装自己不存在的初衷。

万俟灵还挺能哭,哭了快半盏茶的时间还没停,哭得都开始打嗝了。云亭无奈地拍了拍她的后背,笑道:"好了吧,别哭了,你的鼻涕都抹到我的衣服上了。"

万俟灵身子一僵,恼羞成怒地低声叫道:"就抹你身上!"话虽这么说,女孩子终究还是脸皮薄,不想让人看到自己狼狈的样子,迅速地低下头,衣袖在脸上胡乱地擦了一通。

好一会儿万俟灵才缓过来,有些不好意思地揉了揉鼻子,软软地叫了一声"三哥",叫完也不说话,就冲着云亭笑,眼里全是满到溢出来的喜气。

已经出落得亭亭玉立的姑娘与记忆中软乎乎的小团子妹妹大不相同,却又因为脸颊上两个甜甜的酒窝有了重叠的地方。

云亭捏了捏她软软的脸颊,似乎熟稔了几分,嘴角也跟着不自觉地上扬。

狄勒图适时地上前一步,难掩激动地说道:"阿行,回来吧。"

云亭抬眸看向狄勒图,微微挑眉,笑道:"回哪儿?"

狄勒图理所当然地回道："当然是回凉国，回皇都。"

云亭勾了勾唇角，仿佛听到了一个有趣的笑话，长叹一声，感慨道："回去干吗？那里早已经不是我的国了。"

"哥！"万俟灵急了，立刻握紧云亭的手，仿佛下一刻他就会凭空消失一般。

狄勒图的眉头也皱了起来，看云亭的目光就像在看一个赌气的孩子，他苦口婆心地劝道："凉国当然是你的国，你出生在那里，你的血脉至亲都在那里，你是皇室血脉，是天之骄子，难道就不想拿回本来就属于你的人生和荣耀吗？"

云亭好修养地听他说完后，嘴角的弧度没有什么变化，淡淡地回道："没兴趣。"他神色温和，眼中的冷漠之色却已将他的意思表达得清楚明白。

狄勒图说了半天就换来这么一句不痛不痒、敷衍至极的回答，脸色渐渐地沉了下来，刚毅的脸上透着凶相。他目光沉沉地看着云亭，似试探又似胁迫般说道："即使你的母亲可能是被人所害，无辜枉死，你也能置之不理吗？"

万俟灵呼吸一滞，转过头，难以置信地盯着狄勒图。

母妃五年前病逝，她那时年纪也不大，只记得一向身体很好的母妃，因为一场风寒就一病不起，半个月后撒手人寰。

她那时候只知道悲伤，根本没去细想，年纪渐长后，虽心有疑惑，但事情过去了好几年，再去查已经找不到什么线索了。

现在她竟从舅舅的口中听到了母亲死亡的真相，只觉得脑袋"嗡嗡"作响，差点儿听不清周围的声音，直到耳边响起一阵轻轻的笑声，她木木地转回头，正好撞见那张如玉的脸上勾起一丝冰凉的笑意。

"母亲？"云亭意味深长地回道，"我都已经把命还给她了，她的事，应该不归我管了吧。"

什么叫……把命还给她？万俟灵看看云亭，又看看狄勒图，脑子在这一刻仿佛被填满了糨糊，混混沌沌。她像溺水的人一般抓着云亭的手，茫然地问道："哥，你们到底在说什么？"

云亭拍拍她的手以示安慰，却没有回答她的问题。

脑中仿佛有一道光一闪而过，万俟灵忽然想起来，三哥刚死时，确实有一段时间不知从哪里传出流言，说三哥并不是因为宫殿意外失火被烧死的，而是母妃为了讨好国师和父皇，亲自动手杀死了自己的儿子，但这些流言在很短的时间内就消失了，难道……难道这竟是真的？！

母妃……母妃杀了三哥？！

不！这不可能！

万俟灵脸色越来越白，呼吸也变得急促起来，一颗心剧烈地狂跳着，她紧紧地捂住嘴巴，仿佛只有这样心才不会从嘴里跳出来。

云亭察觉到万俟灵的情况不对，立刻将她的手拉开，一边拍着她的后背帮她顺气,一边低声哄道:"好了,没事,不要乱想!乖,别捂着嘴,呼吸,慢慢呼吸……"

万俟灵在云亭的面前倒是听话,乖乖地慢慢调息,好一会儿,她的脸色才缓过来。

狄勒图将云亭和万俟灵的神色看在眼里,与乌力对视一眼后,竟又继续说道:"阿行,当年的事情,你母亲她也是……"

"够了。"当青年敛去温和的表情之后,那双洞察一切的黑眸锐利得让人不敢直视,仿佛只需一眼,他就能将一切阴谋算计看得一清二楚。

云亭微微眯眼,目光扫过对面一行几十人,最后将目光落在狄勒图的身上,嗤笑一声,说道:"狄历一族已经落魄到这般境地了吗?需要族长如此不要脸面地来算计晚辈?才不过八年而已,我的好舅舅,你竟已经这般不中用了?"

众人倒吸了一口凉气。

青年从出现在众人的眼前开始,唇角总是带着淡淡的笑意,他对待万俟灵温和包容,说话不多,嗓音清亮,给人造成一种错觉,以为这是一位温润如玉的君子。

他们哪里想到这人不说则已,真要说起来,言语瞬间化作寒冰利刃,刺得人遍体生寒。

乌力算是看着云亭长大的,倒是没犯以貌取人的错误,听他说出这一番话,也是暗暗心惊。

多年不见,三皇子依旧与儿时一般聪颖明慧,或许还比那时候更加敏锐通透,不过短短几句话而已,就已经看透了狄历一族的窘境与危机。

冉无恙也很惊讶。她很少见云亭哥说话如此刻薄,丝毫不给狄勒图面子。

不过她转念一想,狄勒图作为舅舅,在云亭哥年幼时对云亭哥做的那些事可以说是恶心至极,云亭哥只是说两句难听的话而已,已经是非常好脾气了,若换成她,最起码要冲上去砍几刀才能解气。

狄勒图脸色阴沉如墨,胸中憋着一股气,倒不单是怒气,更多的是一股难以宣泄的郁气。

这是再见面之后,阿行第一次叫他舅舅,可惜的是在这两个字里已经没了以往的亲近和信任感,只剩下戏谑与挑衅之意。

当年妹妹决定牺牲阿行保全万俟翱和狄历一族的时候,他是知道的,权衡之下甚至觉得这不失为一个好办法,所以并没有阻止妹妹,只是给了阿行一瓶解药。

他想看看,被誉为多智近妖的小皇子能否在那样的情况下摆脱困局,若小皇子真的能做到,狄历一族也不是不能保下他。

只是他万万没想到,那时候不过十二岁的少年,就已经懂得隐藏实力,将计就计安排好了退路,一招死遁,彻底将他们这些人抛诸脑后。

说不后悔是假的,那时若是他没有去试探阿行,而是在阿行最需要亲情的时候将阿行护在羽翼之下,现在定然是另一番光景。

好在天无绝人之路，在狄历陷入绝境的时候，他竟然在瑜国边城遇上了万俟行，这一定是狄历一族的真神保佑，让他们又有了一搏之力。

万俟行越优秀，对他和狄历来说，才越是好事。

万俟翱能有今日的实力和成就，是整个皇族倾力培养的结果，但万俟行这个小外甥，少年时独自离开，舍弃了属于皇子的一切，竟也能成长到如此地步，实在令人惊叹。

想到这里，狄勒图的心情又好了起来，被人这样奚落，他非但不生气，甚至还有点儿骄傲。

狄勒图自嘲地笑笑。他也是糊涂了，第一次见面就被狠狠地坑了一把，一睡数日，竟然还不长记性，和万俟行打亲情牌也是自作自受了。

狄勒图想明白了，终于不再绕圈子，正色道："行，既然你不喜欢提往事，那便不提了，我今晚来是想和你谈一笔交易。"

云亭微微垂眸，遮住了眼底的神色，再抬眼看向狄勒图的时候，脸色竟然缓和了几分。他微微偏头，看向前方，说道："走吧。"

他这是要单独谈的意思，狄勒图很高兴，立刻应了。

一看云亭要走，万俟灵不安起来，她的情绪变得很激动，拽着云亭的手腕不放，着急地说道："哥，你别走！"

云亭没有挣开她的手，笑着点了点她哭到通红的鼻尖，低声说道："我保证，不会再不告而别，你坐下休息一会儿，不要胡思乱想。"

三哥声音很柔和，也很有耐心，但是万俟灵还是从那双好看的眼睛里看到了不容置疑的神色。万俟灵深吸了一口气，眨眨眼睛，逼退了涌上来的泪意，缓缓地松开了手。

她早已经不再是七八岁的小孩子，任性撒娇并没有什么用。

云亭将手背到了身后，紧紧地握成拳头，克制地别开眼，不再看向情绪低落的小公主。

云亭扫了一眼站在万俟灵身后的一众精兵，目光精准地落在一个人的身上，笑道："还要麻烦乌大人替我照看一下小灵。"

原本还在思考着以什么借口跟着狄勒图一同前去的乌力身体一颤，非常识趣地回道："是，老臣一定照看好公主殿下。"

云亭微微颔首以示感谢，风度、修养俱佳。

不知道是不是巧合，云亭竟然带着狄勒图朝着冉无恙所在的方向走了过来。她立刻屏住呼吸，安静地躲在黑暗中，直到两个人越过她，朝前方继续走去，她才万分小心地跟过去。

虽然按照目前的情况分析，狄勒图应该不会对云亭哥不利，但她还是不放心。除了自己，她谁都不信。

还是那句话,重要的人,必须自己亲自守护着才安心!

没走多远,两个人就停了下来,为了离近点儿又不被发现,这一次冉无恙直接蹲在了一处灌木丛里。虽然蜷着身体有点儿难受,但是这个距离,她能将两个人的表情都看得一清二楚,再难受都值得。

"魏氏年初时产下一名健康的男婴。"狄勒图已经决定不再绕圈子了,两个人刚站定,不等云亭说话,他就自顾自地说了起来,"近年来,皇上沉迷于丹药之术,脾气越发暴躁,国师趁机揽权,权势越来越大,原本实力最弱的塔尔部已经归顺国师,赫哲部还在犹豫,若是赫哲部也倒戈,那凉国山河最后怕是要改姓魏了。"

狄勒图一直暗暗观察云亭的神色,即使说到山河易主,云亭也没什么反应,波澜不惊、不为所动。

云亭久久不语,一开口问的却是旁的事情:"周老先生还在皇都吗?"

周老先生为云亭调理身体,还教他药理配药,他至今仍感激在心。他记得周老先生一直反对丹药之道,若还留在皇都,必定会与国师魏衡发生冲突。

狄勒图叹了口气,回道:"四年前就走了,皇上大怒,还张榜悬赏寻找周老先生,可惜一直没找到,我怀疑是魏衡在背后捣鬼。"

云亭听完直接笑了,张榜悬赏,这是找人吗?是抓人吧。如果这是魏衡出的主意,不得不说,真是一步绝杀的好棋。

从今往后,应该没有什么圣贤愿意为凉国国君效力了吧,毕竟一个不小心就要被软禁,更惨点儿还可能被诛杀。

国君身边再也没有能人异士效劳,国师的地位也就更稳了。

云亭叹道:"国师势大,权倾朝野,皇后把持后宫,如今又有了小皇子,万事俱备啊,难怪你这么急,你们的时间确实不多了。"

这种事不关己的态度,让狄勒图深深地皱起了眉头,他忍不住说道:"小灵先不说,拼尽全力我也能护上一护,但是阿翱身为太子,魏衡绝对不会让他活下去,他的结局已定,必死无疑!他再怎么说也是你的弟弟,一胎所出的亲弟弟!他没有做过什么对不起你的事,你真的能眼睁睁地看着他死?"

云亭眼皮微抬,似笑非笑地看着他,也不反驳。

对上那双比夜色还要黑沉的眼睛,狄勒图心头一跳,只觉得这盛夏的夜晚好像更加闷热了,连呼吸都变得困难起来。

他烦躁地抹了一把脑门上的汗,低声吼道:"行了,行了,我不说这个行了吧!"

见狄勒图识趣,云亭也不想继续这个话题,薄唇微启,淡淡地说道:"魏氏二十年都生不出儿子,四十多岁了老蚌生珠,真是……"顿了一下,云亭似乎想到了一个合适的词语,轻轻地笑道,"可喜可贺。"

身为舅舅却被外甥一个眼神逼得不敢说话,狄勒图心里很不痛快,语气不怎么好地回道:"你是说这孩子不是皇上的种?不可能,我安排人偷偷地取了那孩子的血验过亲，确实是皇上的血脉。"

见云亭以一种看傻子的眼神看着自己，狄勒图不自在地轻咳了一声，绞尽脑汁地想了又想，也没猜出云亭说这句话的意思，干脆直接问道："你到底是什么意思？直说吧。"

多年不见，狄勒图果然没什么长进，云亭在心底轻叹了一声，说道："你有没有验过，孩子是不是皇后的血脉？"

"啊？！"狄勒图被问蒙了，自古以来验亲验的都是父亲的血脉，他从没想过，这孩子有可能不是魏氏所出！

是啊，魏氏二十多年都没生出儿子，偏偏在这两年国师掌权，前朝、后宫都被魏家兄妹把持的情况下生下了孩子，还是个皇子！

狄勒图恍然大悟，这个皇子定是魏家选出来的其他女孩儿所生，魏氏假装怀孕，在生产之日偷梁换柱，将孩子冒充正宫嫡子！

狄勒图整个人都兴奋了，仿佛戳破了一个天大的阴谋，急切地问道："那我们现在怎么做？要不要密报皇上，揭穿皇后的阴谋？"

云亭瞥了他一眼，冷冷地说道："对皇上来说，那个孩子只要是他的血脉，谁生的有什么区别？魏氏只要在他的面前哭诉，说自己多年无所出，心有不甘，想要一个有着自家血脉与皇上血脉的孩子养在身边，才出此下策，皇上最多恼她几日，难道还能废了她不成？"

前一刻还沸腾的血液被一盆冰水当头淋下，狄勒图的表情都狰狞了，他恼怒地瞪着云亭，既然谁生的孩子没什么区别，忽然提这件事干什么？

此刻，云亭后悔了。他应该让乌力跟着一起来的，狄勒图这个狄历第一勇士，或许能做个善于纳谏的好首领，但狄勒图的脑子，绝对不适合用来思考。

他和狄勒图说事，太累了。

这些年来乌力应该很辛苦吧，年纪相仿，狄勒图还壮硕勇猛，乌力都长白头发了。

云亭叹了今晚不知道第几声气，说道："你不是说要和我谈交易吗？说吧。"

狄勒图立刻收敛心神，八年的时间，万俟行从少年长成青年，他不知道这些年里万俟行经历了什么事，但几次交锋下来，已经足够他认清现实，这个人不好糊弄。

到底如何才能说动万俟行，狄勒图心里根本没底。

斟酌许久，狄勒图谨慎地说道："你在皇都长大，应该知道，以前狄历与北羌的实力不相上下，后来北羌出了魏衡这个鬼才，一步步当上了国师，排除异己，北羌在朝中的地位才越来越高。原本狄历还能勉强应对，可是你母亲死后，不知道为什么，皇上格外厌弃狄历，万俟翱也受了蛊惑，竟然听信魏氏的话，根本不把我，不把狄历一族放在眼里。"

半夜的山林里十分安静，仿佛连虫蚁都陷入了沉睡中。黑暗中，只有狄勒图的声音在林间回响，就像在唱独角戏，云亭脸上看不出喜怒，既没有不耐烦，也不热络，他只是默默地听。

狄勒图担心说得太惨，云亭不愿蹚这浑水干脆撒手不管，赶紧转了话锋，连忙说道："狄历现在的处境虽然艰难，但也还保有实力，自从那个孩子出生之后，朝中一直暗潮汹涌，我们也不是完全没有机会。阿行，只要你肯回来，狄历必定鼎力相助，我们还是有可能翻身的。"

狄勒图说得口干舌燥，云亭不紧不慢地回道："双方都得利才叫交易，这件事对我有什么好处？"

"当然有啊，若是胜了，你就是凉国的皇帝！"狄勒图觉得自己这个外甥肯定是在外漂泊久了，吃苦吃傻了，已经忘了权势的滋味，登基为皇帝还不是好处吗？那可是天大的好处！

可惜，云亭还是一副兴致不高的模样，这回狄勒图是真的急了，这小子怎么油盐不进呢？

若不是怕惹恼了云亭，他真的想抓住云亭的肩膀把云亭摇醒，那可是至高无上的皇位啊！

狄勒图深吸了好几口气，努力地克制自己，尽量好声好气地继续劝说道："阿行，你好好想想，这些年你漂泊在外吃了多少苦，受了多少罪，你甘心从此跌落云端满身淤泥，成为卑贱的庶民吗？千里江山，苍生社稷，万俟行，你真的一点儿都不在乎？全都不想要？！"

云亭揉了揉隐隐作痛的额角，满脸疲惫地说道："你先回去吧，三日后再来此地，我给你一个答案。"

"阿行……"狄勒图还想再说，却被云亭冷漠的声音堵住了接下来的话。

"回吧。不然的话，也不需要三天了，我现在就给你我的答案。"

生怕他真的直接拒绝，狄勒图赶紧喊道："好，三天就三天！"

好不容易达成共识，两个人都暗暗松了一口气，显然和对方交流，对彼此来说都是很为难的事情。

狄勒图飞快地转身，朝着万俟灵所在的方向走去。云亭想了想，也跟了过去。

冉无恙看了看距离，不是很远，也就懒得挪窝了，继续蹲在灌木丛里暗中保护她哥，只是明显有些心不在焉，她的脑海里一直回转着八个字。

千里江山，苍生社稷……

第二十八章　你的战神

　　云亭和狄勒图一前一后地走回来，万俟灵抬头看了他们一眼，又低下头，拿出一颗朱豆继续喂嗅鸟，情绪看上去平稳了许多，没有哭，也没有再黏着云亭不放。

　　万俟灵不黏人了，反倒是云亭越过众人，走到她的身边，清越的嗓音里透出几分怒意，说道："拿出来。"

　　万俟灵满头雾水地问道："什么？"

　　云亭点了点嗅鸟的头，刻意压低了声音，说道："你一个姑娘家，留着男子的头发像什么样子？"

　　那日蔺奚被救出来的时候，一身狼狈样子，头发凌乱不堪，不认真看倒还好，细看就能看出他右边鬓角往上的位置，被割下了一小撮头发。

　　当时云亭就猜到这事和小灵有关，现在不用猜了，事实摆在眼前。

　　嗅鸟吃一口朱豆就往小灵腰间的方向看一下，这是被训练过的嗅鸟对目标气味做出的条件反射。那小撮头发在谁的手里，还用得着说吗？

　　三哥怎么知道她割了男子的头发？

　　万俟灵心虚地捂住腰间的锦袋，想了想，又觉得自己也没做什么过分的事，不仅不拿出来，还把锦袋捂得更紧了，摇头说道："不给。"

　　八年的时间，不只云亭变了，万俟灵也早就不是当年那个只会黏着哥哥撒娇的软萌妹妹了。

　　皇都中谁都知道七公主万俟灵与太子万俟翱不和，见面必定要吵架，不见面也要在背后数落对方，太子对七公主，骂是真骂，护那也是真护啊！

　　毫不夸张地说，七公主拿下"皇都鬼见愁"的诨名，九成都是太子的功劳。

　　这位脾气上来了，谁的面子也不给。

　　就像现在，即使万俟灵心里也害怕云亭生气，却还是忍不住挑衅道："我挺喜欢那个小子的，你不是说过吗？喜欢谁就留下谁的味道，我喜欢他，就要留下他的头发。"

　　云亭被她气笑了："你知道他是谁吗，你就说喜欢？"

　　万俟灵不以为意，问道："他是谁？"

　　"他是蔺家嫡出的小公子。"

　　那个被他们抓回去两天两夜，十分安分却也铁骨铮铮的少年郎，竟然是蔺家的小公子！

别说万俟灵没想到,就是乌力也完全没料到。

近百年来,蔺家出过无数名将,是真正的名门望族,声名显赫。蔺家嫡出的小公子,身份甚至比一般的皇亲国戚还要尊贵。

小公子跑来边关便罢了,竟然还潜入敌营内部探察军情,他这样的身份的人,一旦落入敌军手中,后果不堪设想,所以万俟灵和乌力从来没想过,他们随便捡回来一个人,竟是蔺家嫡出的小公子……

万俟灵回忆了一下那天的情况,若她在暗道里没发现小公子,顺便把人带出来,他极有可能因为失血过多而死。

就算后来知道自己被抓了,那人也一直临危不惧、不卑不亢。十七八岁的年纪,钟鸣鼎食的世家贵族里养出来的小公子,能做到这般程度,实在太难得了,万俟灵都有些佩服他了。

脑海中闪过一张俊俏中还透着点儿婴儿肥的娃娃脸,万俟灵嘴角不自觉地勾了勾。

她一只手抓着嗅鸟的翅膀,另一只手掐着腰,下巴微抬,盈盈笑道:"正好,他是蔺家小少爷,我是凉国小公主,门当户对!"

"呵。"云亭轻轻地笑了一声,行吧,这丫头是要和他杠上了,他也不再多说,懒懒地回道,"行,随你。"

万俟灵心里直打鼓,低着头不敢看云亭的脸色,紧咬着下唇,硬撑着没有示弱。

云亭说不管万俟灵,就真的不管了,再也没提头发的事,摆了摆手,示意狄勒图离开。

万俟灵一开始还不肯走,在云亭和狄勒图双双保证三日后云亭还会再来见他们之后,才依依不舍地走了。

狄勒图带来的都是精兵,即使带着万俟灵和乌力两个累赘,一行人的速度也非常快,不过片刻,就消失在夜色中。

云亭在原地站了一会儿,确定他们走远之后才转身往回走,走到之前和狄勒图说话的地方时,忽然停下脚步,低声说道:"还不出来吗?"

周围一片寂静,云亭挑了挑眉,耐心地又等了一会儿。这时,不远处传来了一声虚弱的回应:"腿麻了……"

云亭:"……"

云亭无奈地走向声音传来的方向,扒开草丛一看,冉无恙一屁股坐在地上,仰着头,眼巴巴地看着他,脑门上全是汗。

云亭简直不知道说她什么好,骂也不是,打也不是,最后只能伸出手将她从地上捞了起来。

冉无恙原地跳了两下,缓解腿部的不适感,迈着小碎步挪到云亭的身边,用食指和中指夹住人家的衣袖晃了晃,讨好地笑道:"哥……你知道我跟着你啊?"

"你说呢？"云亭忍不住弹了一下她汗津津的脑门，笑道，"上次你还没有现在厉害，就知道我半夜出去，还一路跟踪到了监室，如今长能耐了，又怎么可能察觉不到我离开了军营？"

原来云亭哥从头到尾都没有撇开她的意思啊，冉无恙心里憋了一晚上的闷气一下子散得干干净净，头也不痛了，腿也不麻了，一双眼睛笑成两弯新月。

她咧着嘴，哼哼唧唧地撒娇道："那你之前怎么不叫我？害我在那里蹲了一晚上。"

云亭瞥了她一眼，从她脑袋上摘下一片树叶，回道："我看你玩得挺开心的，就没打扰你。"

冉无恙："……"

她折腾了一晚上，又是担心又是纠结的，在她哥眼里是在玩？

冉无恙撇撇嘴，懒得反驳，急切地问出了困扰她一个晚上的问题："哥，你会和他们一起回凉国吗？你……"

冉无恙咬着唇，小心翼翼地偷瞄云亭的脸色，有些话在嘴里滚了几遍，最终还是问出口："你想做凉国的皇帝吗？"

云亭没有回答她的问题，反问道："你想让我做凉国的皇帝吗？"

"我？"冉无恙瞪大了眼睛，呆呆地回道，"为什么问我？"

冉无恙完全不在状态，一头雾水，云亭好气又好笑，说道："你以为我为什么要等三天后给他们答复？"

冉无恙眨了眨眼睛，不确定地回道："因为……我？"

云亭不说话，一双黑眸直直地盯着她，答案不言而喻。冉无恙更加疑惑了，问道："为什么啊？"

看来不说清楚，这傻姑娘是不会自己想明白了，云亭叹了口气，说道："因为有人和我说过，要和我相依为命，永远都不分开。我去哪儿，当然要和她商量。"

在冉无恙的认知里，不管云亭去哪儿，她都会跟着一起去，就算云亭赶她走，她都不会走，所以她根本没想过云亭会因为她推迟回复狄勒图的时间。

这些年来，云亭一直照顾她、保护她，对她极好，她也总说两个人要不离不弃永远在一起，其实她内心深处一直都在害怕，怕有一天云亭会离开她。

现在好了，连江山帝王这么重要的事情，云亭都想着和她商量，这说明云亭真的把她放在心上了！

被人放在心上，尤其是被最重视的人放在心上，这种快乐实在难以描述，冉无恙整个人都有些飘飘然起来。

她抓住云亭的手，赶紧表态道："说不分开就不分开，不管你去哪儿、是不是凉国的皇帝，我都跟定你了！哥，你别去考虑那么多有的没的事情，我只问你一句，你心里到底想不想做凉国的皇帝？"

他想不想做凉国的皇帝？云亭抬眸，久久地凝视着前方漆黑如墨的山林，沉默不语。

冉无恙一直抓着云亭的手没有松开，感觉到他的指尖冰凉，不是盛夏时节应该有的温度，冉无恙心中有些不安，懊恼自己不应该问这样的问题。

就在她以为云亭可能不会回答这个问题的时候，他忽然开口，缓缓地说出一个字："想。"

这声"想"说得极轻，若不是冉无恙一直竖着耳朵听，恐怕会以为是错觉。

生在皇家，又是不祥的双生子，云亭很小就知道，皇权有着怎么样的魅力和力量。它能使他们兄弟相争，也能让国师卜出天煞孤星的卦象，更能让他的母亲毫不犹豫地舍弃他。

他小时候憎恨皇权，甚至藐视它，对它不屑一顾，后来现实给了他致命一击。

他出了宫，离开了凉国，仿佛对那个地方毫不留恋。他告诫自己，放下它，忘记它，舍弃它，再也不要回头。

可是，八年了，他终究骗不过自己。

他放不下，所以才会蜗居在边城小镇里，却依旧关心瑜国、凉国的朝堂之事。

他不甘心，所以才会在蔺不归来到边城之后，带着小恙进军营。

他做这些事，都是因为心底的野心。

只不过，他现在想要的东西，比从前又多了一样。

他要江山，眼前这个人，他也想要！

冉无恙完全不知道云亭的顾虑和图谋，只是听到他说"想"，立刻拍拍胸脯，说道："你想要皇位，我可以帮你，我现在很厉害！"

她说得毫不犹豫，义无反顾，仿佛只要他想要，她就会给他去争。今晚的小恙不像温泉，像喷涌的岩浆，追着他烧，烧得他心头沸腾，烧得他说不出话来。

浓重的夜色都无法掩盖云亭灼热的目光，冉无恙看得心尖一跳，可是她一时间也看不懂云亭眼里翻涌的情绪。

冉无恙想了想，猜道："云亭哥，你是怕我为难吗？"

她要帮云亭哥登上帝王之位，站在云亭哥这边，势必要与瑜国为敌。即使边城已经被瑜国放弃了，可说到底，她仍是瑜国人，云亭哥肯定是怕她为难吧。

冉无恙抿了抿唇，垂下头，沉思片刻后，低声说道："我以前以为，即使我生活在边城，离皇城十万八千里，也是瑜国的子民。直到战乱发生，父母双亡，直到我们吃尽千辛万苦，好不容易逃到运城，面对的却是一扇永远不会为我打开的城门，那一刻我才知道，我以为的国已经不要我了。

"瑜国像我一样家破人亡的人不计其数，像荣娘一样尸骨无存的人也多如繁星。它不要我，我也不想要它！"

冉无恙吸了吸鼻子，飞快地抹掉眼角的泪，再抬起头来的时候，那双仿佛被水洗过的眼眸明亮清澈，又坚定无比。

"哥，我想荣娘，更想爹娘。我以前听村里的教书先生说过一个词——太平盛世，可是，我从来没见过。我想见一见书上说的四海升平、河清海晏究竟是什么样的。我不信别人，只信你，若是你成了天下之主，我一定能如愿以偿！"

小姑娘声音哽咽，眼睛还有些红，但里面的神采亮得惊人。她全心全意地信任着他，就像她自己说的那样，只信他。

没有人比云亭明白，信任是多么珍贵的东西。他曾经不肯相信任何人，如今却有一个人，将所有的信任都给了他。

云亭摸了摸狂跳了一个晚上的心脏，轻轻地笑了一声，说道："对我这么有信心吗？"

"当然！"冉无恙指了指云亭，又指了指自己，豪情万丈、信心满满地回道，"且不说你的聪明才智、雄才伟略无人能及，就说我好了，有我做你的战神，为你开疆拓土，为你镇守山河，你只管安心做你的帝王就好了。"

说完她踮起脚，一把揽住云亭的肩膀，在他的胳膊上用力地拍了几下，笑道："你放心，不管是太平盛世还是烽火乱世，我永远都站在你的身边陪着你。"

小姑娘红着眼睛，笑容却异常灿烂，一口白牙在黑漆漆的夜晚闪闪发光，看着有点儿滑稽，云亭却看得喉咙发干，心跳加速。

"可是，能永远站在帝王身边的人，可不是战神。"云亭伸出手，不着痕迹地轻轻扶住冉无恙的腰，让她踮着脚也不至于失去平衡。

冉无恙毫无察觉，大咧咧地趴在云亭的肩膀上，完全没有听出云亭的嗓音比以往沙哑，还被他说的话惊得呆住了。

不是吗？帝王将相，不都是连在一起的吗？战神都不能站在帝王的身边，谁能？

冉无恙急了，追问道："那谁才可以站在帝王的身边？"

对上冉无恙焦急却异常清澈的眼神，云亭黑眸微眯，手臂微微收紧，将人彻底地揽入怀中，低下头，在她耳边轻声地说道："自然是皇后。"

皇……皇后？！冉无恙脑子一下蒙了。恰好这时，安静了一晚上的系统忽然在冉无恙的脑海中蹦出了一句话："恭喜宿主，也算被求婚了。"

皇后！求婚！四个字就像是四把大锤，"哐哐"地砸在冉无恙的脑门上，砸得她眼冒金星。

这还不算什么，最要命的是环在她腰上的那只手，她第一次知道，云亭哥的手臂这么有力，手心的温度这么烫人。

冉无恙不是没被云亭抱过，小时候、生病的时候、摔倒的时候、危险的时候，云亭都抱过她，但是以前那些拥抱和现在的拥抱感觉完全不一样！

炙热、暧昧还有莫名其妙的危险气息，让她浑身的汗毛都竖起来了，她却又舍不得推开他，甚至还有点儿想抱回去！

从前都是她黏着、缠着云亭哥，这是云亭第一次明明白白地回应她的心意，可是她没想到，人家不回应则已，一回应就是求婚！

这谁受得了？！

反正冉无恙是受不了了，整个人都处在死机状态，说通俗点儿，就是被吓傻了。

宿主的心跳声太吵，系统也受不了了，说道："宿主，现在不是发呆的时候，人家等着你回答呢。"

云亭确实等得很心焦。他也是才知道，自己竟然如此没有耐心，不过是很短的时间内没有得到回应，就心烦意乱到无法冷静思考，脑子里层出不穷的念头甚至让他渐渐地失控。

小恙为什么不答应？她是在犹豫吗？

难道小恙口口声声说的永远在一起，不是他以为的互许终身？只是单纯地依赖哥哥？是他会错意了？

若她不是那个意思，那他……

不，他不允许小恙在他动心之后反悔，就算现在不是这个意思，往后也只能是这个意思。

情绪极度不稳定让云亭的眼尾染上了淡淡的红色，他黑眸微眯，薄唇缓缓地贴近眼前白皙纤细的脖子，仿佛下一刻就要咬上去。

云亭的情绪明显已经不对劲了，可惜冉无恙被抱在云亭的怀里，还在胡思乱想，丝毫没有感受到危险临近。系统只能好心地提醒道："友情提示，从微表情以及身体数据监控分析，宿主如果再不回应，云亭有黑化的可能。"

黑化？什么叫黑化？冉无恙好不容易回了点儿神，就听到一个无法理解的词，想问清楚，系统却懒得理她。系统自顾自地调侃道："宿主之前疯狂地撩拨人家，现在人家求婚了，你又晾着人家，不拒绝也不承诺，是不打算负责了吗？"

"我没有！"

她才不是不想负责，她恨不得天天负责，和云亭哥绑在一起才好呢！

身随心动，冉无恙直接伸出双手，狠狠地抱住云亭的腰，用了她能用的全部力气来表达自己的决心。

云亭猝不及防，被她勒得差点儿窒息，心中那点儿黑暗的想法还未来得及彻底形成，就被这一勒直接勒散了。

云亭哭笑不得，她这是想勒死他吗？他是给自己找了个克星吧！

"我想！"冉无恙还不知道自己差点儿把心上人勒死，只顾着表白心意，生怕晚一刻就错过了，"我想做你的皇后！不仅皇后，什么妃子、贵人、美人我都做了，你的后宫我都包了！"

说完这些，她还觉得不够，抬起头，盯着云亭的眼睛，一字一顿地说道："我还要做你的战神！"

在冉无恙的内心深处，皇后、美人什么的，都是遥远而虚无的东西，反倒是能与云亭并肩作战，守着他、护着他才是最重要的事情。

夜色深沉，即使近在咫尺，云亭也看不出冉无恙的小脸有多红，但是能看到那双灿若星辰的眼睛里明晃晃地写着"你是我的，我要一直护着你"这行大字。

那些因为没能立刻得到回应产生的不安和阴郁情绪，像是遇到烈火的冰，瞬间化成水，泡软了云亭的心。

云亭拍拍冉无恙的手，一边把自己的腰从两只细胳膊中间解救出来，一边笑道："那我真是赚了。"

"嗯？"冉无恙没听懂云亭的意思，却也知道自己刚才劲太大，估计把人家勒疼了。

冉无恙尴尬地揉了揉鼻子，低着头，悄悄地把手背到身后，假装自己什么都没干。

云亭被她的小动作逗笑了，捏着她的下巴，把她的小脸抬起来，笑道："别人家的皇后都只能陪着皇上风花雪月，最多也就是统御后宫而已，你这个战神皇后，不仅把皇后的活儿包了，连将军的活儿也一并干了，我可不就是赚了吗？"

可不是嘛！被人捏着下巴冉无恙也不恼，反而把脑袋的重量都压在云亭的手上，笑道："对，是赚了，赚大发了！"

云亭怕她摔着，不得不改捏为捧，托着她的脸，无奈地跟着笑。

冉无恙自觉经过刚才的一番告白后，两个人的关系彻底稳了，和云亭笑闹了一会儿之后，终于开始思考接下来的事情。

她掰着手指头，数道："我们三天后就走的话，我要想办法把忘忧先带出来才行。还有小石头他们，前锋营可不是那么好混的，我还得在这三天的时间里，多默写几本医书、刀法、兵法什么的东西留给他们。还有药也要想办法准备一些！"

数到后面，她忽然想起什么，急切地问道："哥，塔木军营的地图我都画好了，还要不要给蔺将军啊？"

云亭揉了揉冉无恙的小苦瓜脸，笑道："画好了自然要呈给蔺将军，还有，谁说我们要走？"

冉无恙皱着眉头，不解地问道："不走？"

云亭点头，回道："当然不走，你好不容易当上校尉，手下很快就有两千精锐，怎么能说走就走呢？我们不但不走，还要靠你和他们一起打下塔木城。"

"打⋯⋯打下塔木城？"冉无恙倒吸了一口凉气，惊疑不定地盯着云亭。他们不是要回凉国夺权吗？还是她理解错误？云亭哥不是要回去夺权，是要灭国？

冉无恙皱着眉头，内心十分纠结，云亭哥想要灭掉凉国，也不是不行，但是灭了凉国之后怎么办呢？难道他也要把瑜国一起灭了？

云亭哥对她的期望是不是有点儿高了？她一直挂在嘴上的，也只是战神而已，又不是杀神，一下灭两国，难度也太大了吧！她怕自己承受不住！

冉无恙咬着下唇，思考着怎么委婉又不失体面地跟云亭哥说这件事，纠结得整张脸都皱了起来。

冉无恙的心思都写在脸上，云亭一眼就看出她心里在想些什么。这姑娘傻得可爱，以为他想灭国就算了，竟还真的考虑实现的可能性。

云亭紧抿双唇，才压住唇角的笑意，继续逗她道："不只塔木城，按照我的计划，你最好帮我把辛库城一起打下来。"

辛库城？这应该是凉国的地名，可是是什么地方呢？又在哪儿？冉无恙不想自己看起来像个傻子，什么都需要云亭解释，什么都不懂，想了想，在脑海中对系统说道："小神，显示凉国地图。"

"叮，扣除2000点魅力值，显示凉国全境地图。"宿主能主动求助系统，善用系统资源，系统很欣慰，当然，欣慰归欣慰，魅力值是一个点都不能少扣的，不过显示的内容倒是可以更全面一些。

系统不仅显示了凉国地图，还把塔木城、辛库城，以及凉国皇都的位置标红，对彼此之间的距离以及地形、地貌都做了简要的阐述。

冉无恙这段时间除了接受武力训练，还接受了军事文化课培训，扫了一眼地图就看出了辛库城的重要性。

辛库城距离凉国皇都只有八百里，过了辛库城，就是广阔的平原，地势平坦，难守易攻，辛库城一旦失守，凉国就已经被破了大半，岌岌可危。

看来云亭哥这是铁了心要灭掉凉国了，冉无恙叹了口气，说道："倒也不是不能打下来，但若真的打下辛库城，你不怕瑜国趁机吞并凉国吗？到时候瑜国实力大增，再想灭掉瑜国就更不容易了，还是你想让两国两败俱伤？"

系统升级，她的各方面能力都得到了很大提升，这才沾沾自喜几天哪，就被现实狠狠地鞭打了，究其根本，还是她太弱。

冉无恙想了想，觉得应该提前和系统打声招呼，苦大仇深地说道："小神哪，你准备准备，待会儿回去之后，我们来好好商量一下灭国大计！"

系统："……"

冉无恙不忍心让云亭失望，只觉得自己重担在肩，眉头皱得都能夹死苍蝇了。

云亭看她愁眉苦脸的样子也心疼了，舍不得再逗她，轻轻地揉了揉她的眉心，笑道："行了，别皱眉，皱纹都出来了。放心吧，不用搞得这么复杂，凉国没有这么不堪一击，就算凉国大军真的不敌，瑜国也不可能吞并凉国。"

"为什么？"冉无恙又瞄了一眼右上角的地图，摇了摇头，坚持说道，"辛库城失守，凉国危矣。"

云亭不着痕迹地朝冉无恙看的方向看去，除了几只萤火虫，便是黑沉沉的夜色。

云亭自然地收回探究的目光，继续轻揉着冉无恙的眉心，耐心地解释道："若瑜国的皇帝是位盛世明君，我自然不敢走这一步险棋，可惜他非但不是明君，还是位昏君，而且是快死的昏君。"

冉无恙仔细地听着，若有所思。

云亭轻轻地笑了一声，用食指点了点她的鼻尖，提示道："你是不是忘了，现在两国的太子可都在边关，虽然都不是被期待的太子，但他们终究是太子。"

冉无恙这一两个月以来填鸭式地学了很多兵法谋略，可以倒背如流，可惜终究没能吃透，像云亭哥说的这些话，她就似懂非懂。

她能感觉到，云亭哥在下很大的一盘棋，可她现在还难以一窥全貌。

冉无恙有点儿沮丧，但也并不气馁。她相信只要自己好好地和系统学习，紧跟着云亭哥，总能看到她想看的太平盛世。

冉无恙不再多问，抓起云亭的手，掌心向上，把自己的手压上去，十指紧紧地扣在一起，歪头看向云亭，笑道："我听你的！你没当上皇帝之前，就给本战神当军师出谋划策吧。"

冉无恙的手手指修长，十分有力，和一般的女孩子的手不一样，不够柔软，也不算纤细，因为握刀，掌心和指腹甚至带着些薄茧，云亭却觉得这双手异常温暖美好，即使两只手紧紧地扣在一起，有些疼，他也不愿意松开。

云亭抬起两个人交握的手，在冉无恙的手背上蜻蜓点水般轻吻了一下，低声笑道："好啊，我的战神。"

冉无恙浑身一抖，除了被亲的手背越来越烫，她还觉得耳朵有点儿痒，忍不住用另外一只没有被握住的手使劲地揉了揉。

她不知怎么形容这种感觉，如果让系统来说，它肯定会告诉冉无恙，这种感觉大概就是男神的声音太酥，耳朵怀孕了呗。

云亭说话时，温热的气息轻轻地喷在冉无恙的手背上，她不仅耳朵痒，手背也痒，今晚的云亭哥，她是真的有些招架不住。

两个人站得极近，又十指相扣，冉无恙的反应自然逃不过云亭的眼睛。

罢了，他也不能撩拨得太过，吓着她就不好了，来日方长，小恙总会慢慢地习惯他的亲近。

"天快亮了，我们回去吧。"云亭牵着冉无恙慢慢地往前走去。

"嗯！"冉无恙松了口气，两个人手牵着手，往营地走去，在天亮之前，顺利地回到了帐内。

"好！好啊！这地图画得实在太好了！精美翔实，一目了然！好，好，好！"

将军帐内，中军都尉李德勇目光灼灼地盯着案桌上的地图，一边拍着大腿，一边大声地叫好，脸上尽是喜色。

冉无恙赶制出来的地图和系统提供的地图相比，只能算是简化版，一目了然倒是真的，精美翔实那绝对是夸张了。

即使她自认为自己脸皮挺厚的，在李德勇连喊了好几个"好"字之后，脸皮也有些烧得慌。

若只是李老将军夸夸也就算了,其他几位将军也跟着夸起来,斥候营主将司徒京看她的眼神,比昨天比试的时候的眼神还要火热犀利,恨不得将她拐到斥候营似的。

冉无恙浑身一抖,悄悄地往帐门的方向挪了两步,干笑两声,谦虚地回道:"敌军营地太大了,有些地方我未能细细探察,这张地图还有许多未尽之处,只能说是尽力而为罢了,当不得将军们的夸赞。"

冉无恙画的这张图是近年来最为翔实的塔木军营地图,对攻占塔木城至关重要,蔺不归非常高兴,不吝啬夸奖道:"已经很好了!冉无恙,你立了大功!"

几位将军也跟着多夸了冉无恙几句,好在很快他们的注意力,就全部集中在了地图上,讨论得热火朝天,短时间内应该是没空理会她了。

冉无恙又往帐门的方向挪了挪,小声地说道:"大将军,我能不能去看看我的战马?接下来就要开始训练骑兵了,我想和战马多交流交流,培养些默契。"

"去吧。"蔺不归此刻的心思都在地图上,听了冉无恙的话后,他直接挥手放行了。

冉无恙赶紧从将军帐里跑了出来,长长地舒了口气,摇了摇头,嘀咕道:"要承受这么多的夸奖和崇拜,还挺不容易的,以后这种情况肯定会越来越多,我要早点儿习惯才行。唉,烦哪……"

将军帐前的守卫:"……"

冉无恙感慨了一番后,在守卫们一言难尽的目光中,欢快地朝着马厩的方向跑去。

经过昨天那几场比试,冉无恙在军营里的名气可不小,就算有人没见过她的人,她名字已是如雷贯耳了。

冉无恙没费什么力气,就把忘忧从马厩里牵了出来。

忘忧一出马厩立刻凑过来撒娇,熟练地拿脑袋蹭冉无恙的脖子。冉无恙原本想带着它出去跑几圈,看清它身上的尘土和泥点子后就立刻改变了主意。

算一算,除了带忘忧回来那天给它洗了澡,这么多天下来,她都没给她的小忧忧洗过澡。

今天天气好,是个洗澡的好日子,冉无恙揉着忘忧毛茸茸的耳朵,亲昵地说道:"走,小忧忧,咱们洗澡去。"

忘忧高兴地长嘶一声,也不用冉无恙牵缰绳,跟着冉无恙往上次洗澡的水潭走去。

走了两刻钟,耳边传来"哗哗"的水声,忘忧很兴奋,丢下冉无恙往前跑去。反正有系统在,冉无恙也不担心马会丢,也就由着它撒欢。

进入夏季,小瀑布的水流似乎更大了一些,水潭周围都是水雾,太阳一照,还能看到彩虹。

清新的草木气息扑面而来,冉无恙深吸了一口气,整个人都神清气爽。

忘忧在浅水滩上踩水,自个儿玩得开心,冉无恙看着波光粼粼的水面,忍不住想和忘忧一起洗个澡了，可惜带着忘忧，她也不好潜入溶洞里去洗澡，只能作罢。

忘忧玩了一会儿就腻了，屁颠屁颠地跑回冉无恙的身边，嘴里还咬着一把水生蒲草，显然它还记得，上次冉无恙就是用这玩意儿给它搓澡的。

冉无恙接过蒲草，心里感叹道：这马是快成精了吧！

冉无恙眼前忽然一亮，丢开蒲草，捧着忘忧的马脸，不许它乱动，一人一马，额头抵着额头，大眼瞪着小眼。

冉无恙异想天开地说道："我的小忧忧啊，如果你能学会自己解缰绳就太棒了，以后我一召唤你，你就解开缰绳，冲出马厩过来找我，怎么样？"

忘忧和冉无恙绑定之后，大概能理解和执行她的命令，但是"解缰绳"这种高难度动作，它还是没办法答应的。

忘忧委屈巴巴地看着冉无恙，眼泪汪汪地诉说着它的无助和冉无恙的无理取闹。

冉无恙也就是随便说说，想不到还把她的小乖乖给说哭了，在心疼的同时，又觉得好笑，忍不住大笑起来。

"谁？"冉无恙猛地回头，凤眸裹着寒意看向不远处的山林。她依旧保持着原来的姿势没动，但手已经搭在了腰间的匕首上。

不一会儿，一名男子牵着一匹黑马出现在冉无恙的眼前。

冉无恙微微皱眉，说道："太子殿下怎么到这里来了？"

今日太子殿下穿着一身湛蓝色的劲装，一头长发用同色发带束在脑后，除去了华服和头冠，整个人看起来更显年轻俊秀。

"是你，好巧！"瞿向卿一脸惊讶地看着冉无恙，仿佛也没有想到冉无恙会在这里，"今天天气挺好，带玄一出来洗个澡，这地方可是本王昨天才找到的风水宝地，没想到你竟也在这里，今日不用操练吗？"

军中的事，冉无恙没打算和瞿向卿多解释，她耸了耸肩，回道："将军准了我的假。"

冉无恙不愿多说，将目光转向了瞿向卿身边那匹膘肥体壮的骏马。这马被养得极好，体形完美，每一块肌肉都结实漂亮，一看就知道是顶级的好马。

冉无恙看着都眼馋，笑道："好漂亮的马！它叫玄一？难道还有玄二、玄三吗？"

"有，本王养了九匹好马，名字从一到九。"

冉无恙原本只是开个玩笑而已，没想到居然真的有二，还有三，太子取名字也这么随意吗？从一到九，还真是方便又好记，和她的风格很像啊！

冉无恙大笑，举起大拇指，赞道："太子殿下高才！"

少年笑得前仰后合，一口白牙在阳光下格外亮白。宫里规矩多，很少有人在瞿向卿的面前如此放松肆意，这种体验还挺有趣的，他也不在意冉无恙失仪，跟着勾起了唇角。

冉无恙笑够了才注意到，瞿向卿身后还跟着一名护卫，护卫手里提着一个木桶。

冉无恙随便扫了一眼，发现木桶里面光是毛刷就有好几把，大大小小、硬毛的、软毛的应有尽有，还有两块皂膏和几块细棉布。

棉布下面被挡住的部分冉无恙就看不到了，可是光这些看得见、数得清的，就已经很多了。

木桶里应该是刷马的全套工具吧。啧啧啧，这马可真金贵！

冉无恙低头瞅了一眼刚才随手丢到一边，准备给忘忧洗澡用的蒲草，忽然觉得自己有点儿对不起它。

同样都是马，差距也太大了！

冉无恙还在感慨同马不同命时，瞿向卿已经将马牵到浅水区，从护卫手里接过木桶，拿出一把硬毛刷和一块细棉布，准备刷马了。

冉无恙倏地瞪大眼睛，太子说的带马来洗澡，竟是亲自刷马啊！她还以为是护卫刷，太子在旁边看着，快刷好的时候太子再动手意思意思地刷两下，也算和马增进感情了。

她看这架势，太子还真是要亲力亲为！

冉无恙觉得有趣，也不急着给忘忧洗澡了，双手环在胸前，看着瞿向卿有条不紊地刷马，笑道："太子殿下，您还真的会刷马呢！"

瞿向卿莞尔一笑，回道："本王可是专门学过的，其实马和小孩子差不多，你对它好，多和它相处，它就会亲近你，听你的话，对你好。"

瞿向卿说完抬头看了一眼一直黏在冉无恙身边的银色骏马，感叹道："像这般只和你相处短短数日，就信任、依赖你的马匹，少之又少，只能说你和它是真的有缘！"

想起系统说冉无恙走"狗屎运"才能找到忘忧这匹好马，她就觉得挺好笑的。她摸摸忘忧的长马脸，笑道："我也觉得我和忘忧很有缘呢。"

忘忧像是附和冉无恙的话一般，低下头，十分热情地舔了舔她的手腕。

冉无恙甩了甩满是口水的手，怒道："都说过多少次不许舔我了，你还舔！找打是不是？"冉无恙故作生气地揪了揪忘忧的耳朵。

忘忧能感应到冉无恙的心意，知道冉无恙没有真的生气，毫无顾忌地继续舔她的手，气得她抓起一把蒲草轻轻地抽了两下马屁股。

冉无恙和忘忧闹，它更加兴奋了，后腿一蹬，水花四溅，冉无恙连忙往后躲，顺手又抽了两下马屁股。

一人一马玩得不亦乐乎，瞿向卿眼底闪过一丝笑意，说道："忘忧这个名字取得不错！"

"好听吧。"冉无恙一边将手上的口水无情地抹到忘忧的身上，一边骄傲地回道，"我哥取的，我原本想取个霸气点儿的名字，可我哥说将军们的马，名字都很霸气，我再怎么取也不可能超越，还不如反其道而行之，取个温柔、清新的名字，胜在特别。"

冉无恙提到云亭时，总是会不自觉地露出得意、骄傲又依赖的神态，瞿向卿看在眼里，暗暗记下了云亭这号人物，不过这种军师类的谋臣他身边并不少，所以对云亭倒不是很在意，他志在必得的，只有眼前的少年。

瞿向卿微微一笑，顺着冉无恙的话说道："有道理。"

冉无恙也跟着点头，仿佛很无奈，实则炫耀般回道："没办法，我哥就是聪明。"

瞿向卿："……"

他真的只是客气一下而已，少年不用这么当真。

瞿向卿并不是很想听冉无恙声情并茂地吹嘘云亭有多聪明、多厉害，连忙岔开话题道："要不要本王教教你怎么刷马？这里面可有不少讲究。"

"好啊！"冉无恙找了块干净的大石头，盘腿坐了下来，兴致勃勃地说道，"太子殿下先洗，我在一旁看，有什么需要注意的地方，太子殿下也给我说说，一会儿我再给忘忧洗。"

瞿向卿拿出皂膏，用浸湿的棉布将皂膏包在中间，轻轻地揉搓出细小的泡沫，再涂抹到马背上，笑道："那你可要看好了。"

刷马看起来简单，其实真要做好，步骤可不少，瞿向卿不相信冉无恙看一遍就能全都学会，不过他今日来本就是为了和冉无恙多多接触，增进情谊，刷马只是手段而已，少年一次学不会才更好。

冉无恙过目不忘，就算瞿向卿的动作再快十倍，她也记得下来，但是瞿向卿真的很有耐心，每一个步骤都很慢，注意事项也说得很详细。

这人做了多年太子，脾气还这么好，挺难得的。

云亭哥昨晚提到过两国的太子，瞿向卿应该也是云亭哥的计划中的一环，这人挺有意思的，看着不坏，接触一下也不错。

冉无恙认真地看了一会儿后就发现，瞿向卿是真的会刷马。

她以为能把看得见的脏污洗掉就行了，事实上竟有这么多讲究，刷马除了要洗掉脏污，还要顺便检查一下马蹄、马口、马耳什么的。

瞿向卿折腾了半个多时辰，总算是洗好了。

冉无恙轻舒了口气，笑道："刷马还真是门学问，好在我已经全都学会了，不是很难。"

"哦？"这人这么自信吗？瞿向卿做了一个请的姿势，笑道，"那换你试试。"

"行啊。"冉无恙从大石头上跳下来，毫不客气地从木桶里拿起毛刷和棉布，朝着忘忧走去。

她没本事准备这么一整套刷马工具，现在有机会，当然也要让她的小忧忧享受一下皇家待遇。

冉无恙手脚麻利，又不需要讲解，速度比瞿向卿的速度快上许多，只花了两刻钟就把忘忧洗得干干净净。

冉无恙抹了一把头上的汗，将工具全都放回木桶里，拍了一下忘忧的屁股，对着瞿向卿笑道："太子殿下，我刷得怎么样？"

"很好，一点儿不差。"瞿向卿脸上依旧挂着温和的笑意，心底却并不平静。

他一开始看到冉无恙能够非常准确地掌握刷马的步骤和技巧，以为这人之前就学过刷马，只是不说而已。

但是看到后面他就发现事实并非如此，步骤和技巧有可能相同，但是每个人都有自己的小习惯，不可能一模一样。

例如玄一的耳朵受过伤，容易发炎，他给玄一洗耳朵的时候就格外小心，要把耳朵盖起来才会给它清洗。

这些细节冉无恙全都分毫不差地复制了下来，由此可见，冉无恙不仅武艺高强，观察力、记忆力都极好。

这个人倒还真是个宝贝。

冉无恙可不知道瞿向卿看她刷马也能看出那么多东西，她现在满心满眼都是她的爱马。

享受了一轮皇家规格的全套刷马服务之后，忘忧确实大变样了，皮毛光滑，银色的皮毛在阳光下闪闪发光。忘忧虽然没有健硕的肌肉，但是骨相极佳，四肢修长有力。

身披银光的忘忧站在蒙蒙水雾中，竟有一种仙气飘飘的感觉。

冉无恙一边揉着忘忧擦干之后毛茸茸的小耳朵，一边夸张地叫道："哎呀，我的小忧忧，你变得更漂亮了！我跟你说，你现在走出去，绝对是整个军营里最美的马！"

忘忧得了主人的夸奖后，得意忘形地长嘶了一声，一个立马，高高地举起前蹄，展示自己的英姿，又重重地落下，溅起一大片水花。

冉无恙偏了下身，仍然没能躲过，被溅了一身水。

她用力地抹了一把脸，哭笑不得地说道："怎么这么不禁夸！我给你洗澡你居然踢我水。"

忘忧知道自己闯祸了，赶紧用冉无恙最喜欢的一对毛茸茸的耳朵去拱冉无恙的脖子，一个劲地撒娇，她拿它一点儿办法都没有，除了宠着还能怎么办？

好在现在是夏天，衣服湿了也不冷，只是冉无恙身上穿的是普通士兵穿的军服，布质一般，平日里穿着宽宽松松的挺舒服，现在衣服湿了大半，全都贴在她的身上，将她消瘦却又姣好的身形显露无遗。

削肩、细腰、长腿，从背后看，这个身形⋯⋯

瞿向卿目光一黯，心中忽然冒出了一个疯狂的念头。

他不动声色地往后退了几步，转到了冉无恙的侧面。

忘忧一直在蹭冉无恙的脖子，瞿向卿看不到他的喉结，目光往下移，他的胸部⋯⋯一马平川。

瞿向卿盯着冉无恙平坦的胸部，眉头微皱，心里的感觉有些复杂，不知道是失望还是本该如此的释然。

冉无恙五感敏锐，身侧窥视的目光让人很不舒服，她转过身，凤眸直直地看向瞿向卿。

忽然对上两道冰冷的视线，瞿向卿心头一跳，神色倒是没有一丝变化，若无其事地对着冉无恙微笑，丝毫没有盯着人家被当场抓包的窘迫感。

瞿向卿不着痕迹地扫了一眼冉无恙的脖子，平滑纤细的脖子上没有明显凸起的喉结，不知道是因为年纪还小，还是因为……别的？

"太子殿下在看什么？"冉无恙面无表情地盯着瞿向卿，目光冰冷犀利，就像是一只苍鹰盘旋在半空中暗暗观察，一旦发现不对劲，就会俯冲而下，一口咬断猎物的脖子。

想不到冉无恙小小年纪，竟有这样的压迫感，瞿向卿非但没觉得被冒犯，反而对这人更为欣赏了，甚至可以称得上喜欢。

瞿向卿笑道："没什么，你之前得罪了姚颂，本王还有些替你担心，现在看来，是本王多虑了。"

瞿向卿神色太过自然，好像刚才盯着她，真的只是担心她一般。

冉无恙压下心中的不快情绪，轻哼一声，回道："这里是边城，又不是皇城，他那些阴损又上不得台面的手段，在军营里怕是施展不开。再说，战场上刀剑无眼哪……"

冉无恙说得漫不经心，仿佛是在开玩笑，又仿佛只是一句感慨，瞿向卿却从中听出了杀气。

只是他不知道这杀气是针对姚颂，还是针对自己，或是二者皆有？瞿向卿暗笑，看来这是一头狼崽子啊，一不小心就要见血。

"太子殿下，时间不早了，我就先回去了。"冉无恙已经没了和瞿向卿继续聊天的兴致，敷衍地行了个礼后，牵起忘忧的缰绳，头也不回地走了。

瞿向卿仿佛没看到她的无礼态度一般，十分好脾气地回道："好，路上小心。"

目送那道清瘦的身影消失在山林中，瞿向卿嘴角的笑意渐渐地淡去，过了一会儿，不知道想到什么，他又忽然笑了起来。

护卫偷偷地瞄了他一眼后立刻低下头，猜不透主子的心思，也不敢上前打扰，只能默默地守在一旁，大气不敢喘。

一炷香时间之后，一道高大的身影出现在水潭旁边。

胡扬半跪在地上，行礼道："殿下。"

"入选了吗？"低沉的声音几乎被瀑布的流水声淹没，瞿向卿没有看地上的人，伸出手揉了揉玄一的耳朵，软软的触感还挺舒服，难怪冉无恙喜欢。

昨晚就有消息传出，蔺不归要从前锋营、伏虎营、骑兵营三大营中挑选两千人组建斩马队，命冉无恙担任校尉一职，负责训练这两千人。

三大营加起来四五万人，只有两千个名额，这斩马队可不好进，好在胡扬没有让他失望，回道："幸不辱命，已经入选，明日开始操练。"

"好，从明日起，你别的事都不用做，只需要盯紧他。"

胡扬迟疑片刻，问道："您的意思是……？"

"他身上发生的每一件事，你都要事无巨细地向本王汇报。还有……"脑海中闪过一道姣好的背影和平坦的胸部，瞿向卿莫名其妙地觉得烦躁，眼前好似蒙上了一层纱，不把这层纱撕碎，他心里就不舒服。

良久瞿向卿才继续说道："找机会看看他身上有没有什么特殊的印记。"

想要看一个人身上的印记，除非……胡扬心里"咯噔"一下，主子这是让他找机会偷看冉无恙换衣服或者洗澡？

胡扬虽有疑惑，却没有多问一个字。他从来不是话多的人，死士只需要听命行事就够了。胡扬垂下眼睛，低声回道："是。"

第二十九章　欠教训

冉无恙还不知道自己已经被瞿向卿盯上了，匆匆赶回营地，远远听到了喧闹声。冉无恙眯着眼睛看去，只见一群人围在一起，不知道在吵什么。

"那你们想如何呢？"从人群中央传来一个熟悉的男子的声音。

这是……云亭哥的声音？！

这些人想干什么？趁她不在，他们就欺负她的哥哥吗？！

冉无恙倏地沉下脸，呵斥道："你们围在这里干什么？"

众人为之一惊，纷纷回头看去，映入眼帘的是一匹闪闪发亮的骏马，瘦是瘦了点儿，但骨架极佳，配上那一身油光发亮的皮毛，极为惊艳。

众人还没来得及发出赞叹声，就被骏马旁边那道清瘦的身影吓得噤若寒蝉。

"冉无恙！"

昨天之前，可能还有人没听说过冉无恙的名字，但经过昨天的三场比试后，少年的名声被彻底地打响了。

由于冉无恙的目光实在太过严厉，众人莫名其妙地倍感心虚，自觉地往两边散开，如摩西分海一般空出了一条路。

冉无恙一眼便看到被围在中间的云亭。他长身玉立，神色淡然，身上没有伤痕，连头发都没有乱。冉无恙看到云亭哥没事，暗暗地松了一口气，脸色终于好看了几分。

云亭也看到了冉无恙。他微眯着眼眸，眉头也跟着皱了起来——小恙不仅头发湿了，一身军服也像是被打湿了又晾干的样子，好在军服颜色深，倒也看不出异样。

石玉看到冉无恙回来，气冲冲地跑过去告状："无恙，你来得正好，这些人听说云大哥手下的人全部入选了斩马队，就围过来找麻烦，说什么不公平，非要和我们比试！"

原来如此，看来蔺大将军已经把组建斩马队的事情向全军公布了。冉无恙扫了一眼将云亭他们围在中间的一众精兵，冷着脸说道："比试什么？既然名单已经确定下来了，还需要比试什么？！"

刚才还在和云亭据理力争的几名男子有点儿发怵，但一想到加入斩马队就能得到一把威风凛凛的陌刀，心底又有了无限的勇气。

为首的男子顶着冉无恙严厉的目光，坚持说道："前锋营入选斩马队的名额只有六百人，云百夫长一人就拿下了一百个名额，这不公平，应该能者居之，谁赢了，谁就加入斩马队！"

冉无恙看都没看他一眼，冷声回道："如果我没有记错的话，斩马队是由前锋营、伏虎营、骑兵营三大军营的将军推选出的精兵组建而成，并不需要比试。斩马队归我管，跟我同属一个百夫长旗下的士兵，自然也是精锐中的精锐，全部入选有什么问题？"

精兵们面面相觑。

云亭一行人来自镇北营，虽然他们通过了考核进入前锋营，但说实话，大多数精兵并不是很认可他们的实力。

面对一副文弱书生模样的云亭，大多数精兵不服从他的管束。当时被分到云亭手底下的士兵，能力只能算得上中等水平。

要说他们这一百人是整个前锋营的精英，那就是个笑话，可这话他们还不能明说。众人面色尴尬，欲言又止。

冉无恙一想到这群人为了一点儿小事把云亭团团围住，对他大呼小叫，心底的火又开始往上冒，脸色再次黑了下来。她冷冷地哼道："你们与其在这里逞凶斗狠撒赖，还不如去争取萧将军手底下的五百个名额。"

冉无恙现在可是校尉，又是斩马队的队长。他们再闹下去，就算最后真的进了斩马队，也不会有什么好果子吃。

众人不敢再多言，讪讪地离去。

"其实……"一个清朗的男子的声音忽然在冉无恙的身后响起，"大家比试一番也没什么不好，我们并不惧怕比试，通过比试选拔人才公平公正。这样一来，云百夫长也不必为难，赢的人加入斩马队也名正言顺。"

冉无恙回头看去，说话的人身材高大、身姿挺拔、目光清澈，一看就是刚毅耿直的好青年，只是……脑子似乎不太活络。

冉无恙在脑海中搜索了一番，问道："你叫聂青？"

聂青没想到冉无恙会知道他的名字，愣了一下，很快回过神来，回道："是。"

在青年的身后，还站着数十名精兵。他们似乎以聂青为首，与聂青的神情十分相似，似乎也想通过比试的方式来证明自己的实力。

冉无恙扬了扬眉，原本懒得和他们解释这么多，但是看着眼前一张张青春张扬、不肯服输的脸庞，又莫名其妙地有了多说几句话的想法。

"作为一名士兵，你们要时刻牢记着服从命令是第一要务。云亭是你们的百夫长，让你们这一百人全部加入斩马队，说明你们是最适合的人选，你们只需要服从安排，认真训练，然后出色地完成将来交给你们的任务就够了。至于如何选拔人员，这是将领的事，和你们没有关系。听明白了吗？"

聂青加入蔺家军后就被选进前锋营当了四年的兵，当然知道要听从将领的安排，但还是第一次听到有人斩钉截铁、郑重其事地说，服从命令是士兵的第一要务。

聂青的脑子里似乎有什么念头一闪而过，可他说不清那是什么，思索着低下头，回道："听明白了。"

冉无恙皱着眉头，冷声喝道："大声一点儿，没吃饭吗？"

聂青浑身一抖，背倏地挺直，大声地回道："听明白了！"

冉无恙勉强满意，摆了摆手，说道："散了吧。"

"是！"聂青带着身后的精兵立刻散去，生怕走慢了又被拖回来训斥一顿。

冉无恙突然爆发的气势，不仅镇住了一众精兵，就连石锋等人一时间都没缓过神来，不由自主地站得笔直。

唯有年纪不大的石玉，和冉无恙最熟，这时候还敢往前凑。他竖起两个大拇指，笑道："无恙，你真厉害，好威风！"

冉无恙轻咳一声，不好意思地摸了摸鼻子，觉得刚才嗓门好像确实大了些。

石锋和江陵等人对视一眼，跟着笑了起来，抱拳行礼，朗声喊道："校尉大人威武！"

其他人也回过神来，一起笑眯眯地行礼，喊道："校尉大人威武！"

冉无恙瞪了他们一眼，推了石玉一把，低声笑骂道："行了啊，你们也快去吃午饭吧，当心一会儿去晚了没饭吃！"

"是，校尉大人说得是，我们这就走。"石玉嘻嘻哈哈地拉着一伙人往食堂走去。

上一秒还威风凛凛的校尉大人，下一秒立刻变成小奶狗，凑到云亭的面前，有些得意又有些忐忑地问道："云亭哥，我刚才表现得怎么样？有没有大将之风？"

云亭没有接话，面无表情地摸了一下她的后背，问道："衣服怎么湿了？"

冉无恙心里"咯噔"一下。她偷偷地摸了摸自己的衣角，发现衣服还透着淡淡的湿意，完蛋了！

云亭哥不止一次地提醒过她，军营里都是男子，平日她和他们往来时要注意分寸，尤其是沐浴、如厕的时候，要格外小心。

今天她还穿着半干的衣服乱跑,被云亭哥抓个正着!冉无恙心虚地缩了缩脖子,小声地回道:"我错了,刚才给忘忧洗澡时有点儿得意忘形,不小心弄湿了衣服……"

云亭不骂她,却用一双深沉的眸子冷冷地盯着她。冉无恙立马用两只手捏着耳朵,可怜兮兮地保证道:"我真的知道错了,以后一定等衣服和头发全干透了再回来!你别生气了,好不好?"

云亭不吃她这套,轻哼道:"你的保证还能信吗?"

"能,必须能,一言九鼎!"冉无恙一边说,还一边拍拍自己的胳膊,"我现在力气可大了,不够的话,十几鼎、二十鼎也可以!"

什么乱七八糟的?!云亭被她气笑了。冉无恙立刻抓住机会,岔开话题,问道:"哥,我刚才表现得怎么样?没给你丢脸吧?"

小丫头从小到大转移话题的方式都是如此拙劣。云亭摇了摇头,瞥了她一眼,双手抱拳置于胸前,躬身朗声回道:"校尉大人威武!"

冉无恙连忙扶住云亭的胳膊,不让他弯腰,恼羞成怒道:"连你也笑话我!"

昨天云亭哥说的话,她都记在了心里。虽然冉无恙已经下定决心要将云亭哥护在身后,完成云亭哥交给她的任务,即收服两千精兵,可是实际上,她心里慌得很。

这一个多月以来,她虽然时刻都在努力让自己变得强大,但还是只会跟着系统的安排进行训练。

她就是个边城小民,是个小村姑,不知道应该怎样练兵、怎样让士兵信服她、怎样成为他们的领袖,她……什么都不懂!

她不敢和云亭哥说,怕他失望,就只能求助系统了。

好在系统立刻就答应帮忙了,虽然收取了她1万点魅力值,但给了她无数的练兵资料。资料里不仅包含纸质内容,还有她从未见过的视频。

冉无恙看完几个视频之后,发现了一件事。蔺不归手下的精兵,虽然体格健壮、骁勇善战,但是不能做到像视频中的军人那般整齐划一、令行禁止,光是精神头儿就比系统提供的视频中的军人的精神头儿差很多。

她第一次看到视频中的军人走路时,简直惊呆了。上千人同时走出的每一步、摆出的每一个动作都高度统一,仿佛是一个人在走路,震撼得她都忘记了呼吸。

若是她来练兵,一定要把他们训练成视频里的军人那样,一个个声如洪钟、形如标枪,他们只是站在那里什么都不用做,就已经气势惊人。

此刻冉无恙对未来一个月的训练信心满满,双手握拳,笃定地说道:"你等着看吧,我一定能训练出比其他营的士兵都厉害的士兵。"

这两千人本来就是用来给冉无恙练手的,她想怎样训练都行。云亭顺着她的话,鼓励道:"我没有笑话你,你很好,我相信你一定能训练出一队奇兵。我的战神,就该这样威武霸气!"

不知道怎么回事,昨晚之后,冉无恙自认为厚过城墙的脸忽然变得像纸片一般薄，动不动就泛红，尤其当她听到"我的战神"这四个字时，红得更厉害了。

冉无恙尴尬地咳了两声，喊道："走，吃饭去，我饿死了。"

她拽着云亭往食堂跑，却不知道自己身后的瞿向卿正盯着他们两个人的背影若有所思。

蔺大将军的效率还是很高的，第二天一早，冉无恙就收到了两千名精兵。

这两千人里还有几个熟人，除了斥候营的老方等人和脚受伤还下不来床的蔺奚，之前同她一起到塔木城执行任务的几个人全到齐了。

被精挑细选出来的一千九百人，各个目光如炬、体格健壮。对比之下，小石头、阿陌和几个老兵就显得格外突兀，像一群野狼里混进的几只土狗，浑身都觉得不自在。

冉无恙对小石头和阿陌以及几个老兵另有安排，丝毫没觉得他们站在一群壮汉中间有什么问题，此刻冉无恙正在脑海中组织语言。

冉无恙作为斩马队的队长，在训练开始之前，肯定是要训话的。

她昨晚花了整整一个时辰来研究资料，总结出来一套发言技巧，简单来说，就是发言要简洁明了、言之有物、掷地有声。

冉无恙暗暗地深吸一口气，朗声说道："我叫冉无恙，是蔺将军任命的校尉，也是斩马队的队长。我身边的这位——云亭，是斩马队的副队长。"

云亭就站在冉无恙的身边，比冉无恙高了一个头，虽然云亭身形颀长消瘦，但那谦谦君子的气质还是很显眼的。

精兵们看了云亭两眼，倒也没有反对——像云亭这种军师类的人物，军中也有几位。

很好，目前还没有出现刺儿头。冉无恙松了口气，又有点儿失望——没有刺儿头她就不能杀鸡儆猴了。

冉无恙继续说道："新的陌刀十日后才能全部打造完成。斩马队分为骑兵队和步兵队两部分，拿到陌刀之后，两队的训练项目会有不同，陌刀没有打造好之前，你们要进行十天的集中训练。在此我声明一点，我手底下的兵，必须无条件地服从命令，做不到的人，现在就可以离开，留下来却不服从命令的人，我会亲自将他踢出去。"

"无条件服从命令？"他们还是第一次听到这种说法，以前都是听从上峰安排执行任务的，如今应该也差不多吧。精兵们在心里嘀咕了一下，脸上倒是没有表露分毫。

这些人这么听话？冉无恙在脑海里抱怨道："早知道他们这么乖顺，昨晚我就不用学习那么多应对的技巧了。"

系统嗤笑道："他们好歹也是万中选一的精兵，这点儿定力还是有的。再说这才刚开始呢，你怎么知道等布置完训练项目之后，没有人质疑你？"

冉无恙想了想，觉得系统说得对，再次问道："现在，我再问最后一次，你们能不能做到无条件地服从命令？"反正她已经一而再，再而三地问过了，之后谁不听话，她就让谁好看！

他们好不容易被选入斩马队，谁也不想第一天就退出。冉无恙的话音刚落，众人就立刻回道："能。"

冉无恙微微挑眉，嫌弃地说道："两千人就这么点儿声音？你们是小姑娘吗？还是有人浑水摸鱼、滥竽充数？"

精兵们倏地黑了脸，大声地吼道："能！"

两千人同时怒吼，声音可想而知，好在斩马队的训练项目暂时被列为军事机密，蔺不归特意划出一片区域给他们训练，精兵们即使声嘶力竭地大吼，也不会惊扰到旁人。

冉无恙耳朵"嗡嗡"作响，心情却极好。她满意地点了点头，说道："能就好，接下来的日子里，你们会过得很辛苦，但我希望大家都能坚持下来，开始吧。"

能入选斩马队的士兵都是精锐中的精锐，听到"辛苦"两个字，没有一个人露出退缩的神色，反而有些跃跃欲试。

然而，接下来的训练项目，还是超出了精兵们的预料。

平时练兵的时候，他们也是需要练习列队和阵形的，但是从未经历过如此苛刻的训练要求，站立、行、跑都有严格的标准，做起来必须分毫不差。

他们一整天都在太阳底下练习站姿、走正步、跑步，以及向左、向右、向前、向后转。

一天下来，精兵们又累又蒙。各营将军听说了冉无恙的练兵方式，目睹了精兵们被支使得团团转的场面之后，都怀疑自己做出将蔺家军的两千精锐交到冉无恙的手上的决定是不是太草率了？！

蔺不归将两千名精锐交给冉无恙时，答应不插手训练事宜，一个月后再来验收成果，此时也不好出尔反尔，只能眼不见为净。他拉着一众将军待在主帐内，研究塔木城的地图，并商讨一个月后发起突袭，一举夺下塔木城。

没有人对冉无恙指手画脚之后，她全身心地投入练兵大业之中，一有时间就缠着系统给她补课，忙得不亦乐乎。

冉无恙沉迷于练兵，就连三日之期到了，云亭去见狄勒图和万俟灵，她都没有跟去，也不知道他们具体谈了什么，反正云亭哥回来的时候，只让她专注练兵，其他的事情不必管。

冉无恙不是运筹帷幄、面面俱到的人，就算云亭和她细说全部计划，她也未必懂，倒不如一步步地来，先把自己手里的事办好才是最重要的。

冉无恙像一块海绵，疯狂地吸收知识，将其整合之后又一股脑儿地用在了这群精兵的身上，这就导致在战场上被砍几刀都不会皱一下眉头的铁汉们，竟然被一个少年训得苦不堪言、欲哭无泪。

令系统和冉无恙出乎预料的是，他们一直暗暗期盼的刺儿头居然没有出现。

精兵们好像知道冉无恙就等着出头鸟，因此憋着一口气，谁也不愿意做被杀鸡儆猴的那只"鸡"，这让冉无恙既失望又骄傲——这两千人真是实实在在的好苗子，她现在就开始期待一个月后的成果了。

事实上，精兵们的想法也很简单，反正训练的内容都是保密的，别人不知道他们在训练什么，要是自己真的丢脸也就当着这两千人的面丢脸而已，可若是这时候被踢出斩马队，那才是真正丢脸。因此这两千人都愿意对训练内容保密，无论旁人怎么打听，都闭紧嘴巴，不肯透露一星半点儿"机密"。

保密工作做得实在太好，于是全军上下得出一个结论：这次神秘训练必定非同凡响！

斩马队的精兵们每次听到身边的战友用无比羡慕的语气感慨斩马队的精兵们能够得到圣贤弟子的亲自教导、接受秘密的训练是多么幸运的时候，都默默地低下头。

他们实在没办法说出口，其实每天的训练内容不过是齐步走、站军姿、解散集合、报数……

这样有苦难言的日子，在斩马队训练了七八天之后，渐渐地发生了变化。

斩马队的精兵们是从三大营里一个个被挑选出来的，白天集中训练，晚上回到原来的帐篷里休息，吃饭的时候，也是在食堂和大家一起吃。

一开始，大家只是羡慕这些人能加入斩马队进行秘密训练，因为不知道训练内容，感慨一下也就罢了，但是最近大家惊奇地发现，不过短短几日，这些和他们同吃同住的战友，身上似乎发生了一些微妙的变化。

最明显的变化是斩马队的士兵只要一起走，两个人必定成列、三个人以上必定成行，和训练结束后就三三两两地往营房跑的士兵截然不同。

他们的后背像是绑了一根木桩子。他们走路的时候，昂首挺胸；他们说话的时候，声音洪亮；他们看人的时候，眼睛直勾勾地盯着你，目光异常锐利。大家议论纷纷，对斩马队的训练内容更加好奇了。

直到这时候，精兵们才后知后觉地体会到了不同之处。他们在战场上拼杀久了，身上的煞气和血气非常重，有时候出去都会把小孩子吓哭，百姓看他们的眼神中总透着惊恐之意，因为分不出他们是军还是匪。不知什么原因，经过这几日训练，他们竟然觉得虽然自己身上的煞气犹在，但是似乎多了些什么东西，说不清楚，反正他们就是有信心，现在走出去即使不穿军服，也不会被人误以为是山匪流寇。

今日是训练的第十天，兵器房那边一早就传来消息，明日两千把陌刀能全部被打造完成。然而，一群对陌刀垂涎已久的精兵围在一起，说得最多的竟不是陌刀。

还没到训练时间，一群人围在一起闲聊，其中一名年纪稍大的精兵感叹道："你们说怪不怪？我居然觉得这种邪门的练兵法还真有用！我现在觉得自己的身高比伏虎营的兄弟们的身高高了一寸！"

和他有同感的人还不少，其中一个人笑着附和道："对！对！我也这么觉得！"

冉无恙练兵时极其严格，盯他们盯得很紧，随时检查。若是被她发现哪个士兵站军姿的时候没有绷紧身体，训练结束之后那人就得被罚站一个时辰，那滋味别提了，比跑十里地还累。

他们无时无刻不把身体绷得笔直，像棵小白杨，整个人看起来挺拔许多，自然也就显高了。

身高接近九尺、满身肌肉的壮汉刘龙扭了扭腰，龇牙咧嘴道："我不知道自己高了没有，反正后背是硬了。"

余子忍不住大笑起来。他和刘龙住在一个帐篷里，两个人也算过命之交，刘龙上阵杀敌是个好手，就是平日里太过懒散，站没站相坐没坐相，一点儿也不像个兵，乍一看还以为是街头的痞子。

要说这几日谁最辛苦，谁变化最大，那还真是非刘龙莫属了。

余子用力地拍了几下刘龙的宽厚背，大笑道："这不挺好的吗？你看现在谁还敢说你是痞子？昨天萧将军不是还夸你了吗？"

刘龙踢了余子一脚，不耐烦地说道："滚！滚！滚！"

两个人笑闹着，人群中传来一声低呼："快！快！快！列队！列队！队长来了！"

众人抬眼看去，果然看到冉无恙和云亭两个人朝这边走过来。

不过片刻，两千人的队伍已经列队完成。他们自己都没发现，如今集合的速度比以前快了近十倍。

两千人说多不多，说少不少，站在一起也是黑压压的一大片。经过十天的训练，他们虽然比不上系统提供的视频里的军人，但和蔺家军的其他士兵相比，已是天差地别了。

就像冉无恙一开始期望的那样，精兵们宛如一杆杆标枪，锐利挺拔。冉无恙没有强迫症，只觉得看到这样整齐划一的队伍，心里就舒服！

她既欣慰又骄傲，但让她最高兴的，还是疯涨的魅力值。刚开始练兵那几天，看到魅力值几乎没涨过，冉无恙难免志忑失望，好在从三天前开始，魅力值涨幅有所回升，一天能涨数万点，尤其是今天，还没开始训练她已经收获了10多万点魅力值了。

冉无恙努力地紧抿双唇，才能让自己看起来严肃一点儿，心里却早已乐开了花，颇为得意地笑道："小神，我的训练是不是小有成效了？"

系统敷衍地"嗯"了一声，淡定地回道："现在只是刚开始，等到宿主训练出的精兵在战场上大放异彩的时候，魅力值的收获才会到达高峰。"

她还要等那么久吗？冉无恙心中的喜悦之情淡了几分。等她真正上了战场，刀剑无眼，她就算有三头六臂也未必能让云亭哥毫发无损。

这些天还只是进行基础训练，她就已经感觉到云亭哥的体力和耐力都跟不上了，前锋营的士兵完全不同于镇北营的士兵，一旦上了战场，根本没有滥竽充数的可能。

她认为还是要提高云亭哥的自保能力，最好能赶在上战场之前，改善云亭哥的体质。

冉无恙叹了口气，轻轻地问道："我现在有多少点魅力值？"

"850890点。"

还差不到15万点！冉无恙深吸了一口气，平复完激动的情绪，说道："暂时关闭提示音，达到100万点的时候立刻通知我。"

"好的。"

"立正！"冉无恙一声令下，本来已经站得十分笔直的精兵们赶紧又把小腹收了收，把背挺了挺，让自己看起来高大挺拔。

云亭微微挑眉——小恙这次练兵的成果着实不错。

不，不能说不错，应该说效果非常好。

军中的士气有时候就体现在军容、军貌上。他们将这样的士兵带出去，在气势上就赢得了一筹。

小恙安排的这些训练项目，看起来简单枯燥，却能在短时间内提高士兵的纪律性和服从性。想来这套训练方法应该也是出自那位神秘的"师父"之手吧。

"今天是集中训练的第十天，从明天开始，你们将被分成骑兵和步兵两个组，进行有针对性的训练。"作为队长，冉无恙军姿站得非常标准，声音一如既往地清楚洪亮。

精兵们听到不需要再进行重复又枯燥的列队训练时，都暗暗地松了一口气，心里竟又有几分淡淡的不舍感。

这时候他们还不知道，冉无恙并没有取消这项训练，只不过是将集中的有针对性的训练，改成每日一个时辰的常规性训练而已。

冉无恙继续说道："今天要进行两项考核，按照考核成绩来确定你们明天是进入骑兵队还是步兵队。考核的内容很简单，包括骑术和负重耐力跑两项，给你们一炷香的时间做准备。"

她暗暗地咽了一下口水，好在自己的魅力值多，每天都用魅力值修复喉咙，不然现在肯定已经变成破锣嗓子了。

"是！"这群精兵最不怕的就是比试和考核，此刻没有一丝紧张的神色，都很放松。

冉无恙一边指挥负责后勤的士兵把负重沙袋堆在校场旁边，一边暗暗地观察自己手底下的精兵。

平日里没有人给他们做过专门的热身训练，所以大多数人只是三三两两地围在一起，讨论接下来的考核以及明天的分组的事。

冉无恙又看了一会儿，发现角落里有一群人好像在商量什么。她眯着眼看去，认出那群人都是云亭哥手下的士兵，石大哥和简少君等人都在其中。令冉无悲感到奇怪的是，在谈话中占主导地位的竟是耿直青年聂青。

石大哥和聂青等一百人能够进入斩马队，是因为云亭哥。他们为了证明自己不比别人差，全都憋足了劲，在每一项训练中都非常拼命，从纪律性和服从性来说，甚至比伏虎营的那些精兵表现得还要出色。

被排挤的一群人会选择抱团，这一点儿也不奇怪，奇怪的是，才短短十天，聂青就成为这个小团体的主导者，这就挺厉害了。

石锋和江陵颇有傲气，不好拉拢；简少君心思机敏，也是难以被掌控之人。由此可见，聂青的作战能力可能比不上其他精兵，但其组织能力和领导魅力倒是不差。

冉无悲悄悄地将此人的名字记在心里，决定如果聂青一会儿表现不错的话，倒是可以任命他为小队长。

冉无悲将手里的纸和之前做的炭笔交到云亭的手里，小声地说道："云亭哥，一会儿我带着他们考核，你来挑人分组。"

冉无悲作为队长，其实不需要参加分组考核的，但想要获得更多的魅力值，这无疑是最快的途径。

在云亭似笑非笑的目光下，冉无悲咧嘴一笑，大言不惭地说道："我这是为了他们好，让他们看清楚差距，他们才能更有进取心。"

云亭点了点头，笑道："这也是你的师父要求你完成的任务？"

冉无悲心里"咯噔"一下，眼睛倏地睁大——云亭哥……怎么会知道任务？她不会是暴露了吧？

系统感受到冉无悲的心跳突然加速，连忙说道："宿主冷静，您之前拿出补血剂的时候，就说是因为救了人，师父给您的奖励。现在云亭只是在试探您而已，宿主稳住。"

对，对，对，稳住！冉无悲想到之后还要拿出基因修复液，干脆顺势回道："是啊，师父让我好好练兵，训练得好的话有奖励。"

云亭轻轻地"哦"了一声，接过纸笔，又让人搬了一把凳子过来，坐在一旁，没有继续追问她是什么奖励，就好像刚才只是随口一问。

冉无悲抹了一把冷汗，心脏还在"怦怦"地乱跳——云亭的话让她有些心不在焉。

一炷香已过，考核正式开始。

她对着重新列队站好的精兵们说道："马还没有被牵过来，一会儿我们先进行负重耐力跑的考核，沙袋数量有限，你们自行分组，五百人一组。看到那边的沙袋了吗？一人领四袋。"

"是！"负重耐力跑是精兵们日常训练的内容之一，尤其是步兵，毕竟连跑都跑不动还打什么仗？

众人很快分好组，第一批五百名精兵熟练地将四个沙袋绑在身上，昂首挺胸地等待着斩马队的第一次考核。

他们是从三大营被抽调过来的精兵，平日里就经常暗自较劲，如今被编在同一个队里，谁都想通过这次考核证明自己的实力，每个人的身上都透着一股躁动的气息。

冉无恙将双手背在身后，看着一群跃跃欲试的青年，嘴角微扬，笑道："你们看起来很兴奋！很好，希望你们一直保持下去！看到那边的几辆板车了吗？排好队，每人过去领一根铁棍。我的要求也不高，不限时间，你们跑完二十圈就算完成考核。"

精兵们顺着冉无恙的目光看去，果然在校场边上看到了几辆板车，车上堆满了像小孩子手腕粗细的铁棍。

领到铁棍的精兵将其拿在手里掂量了一番，棍长约五尺，重二三十斤，和一把偃月刀的重量相当。

陌刀也是长兵器，可能比这根铁棍还要重一些，精兵们想到以后都要使用陌刀作为武器，因此对带着一根铁棍进行负重考核并不抵触。

只不过四个沙袋加上一根铁棍，负重约六十斤，这个重量对他们来说，也是非常重的了。

好在不限时间，他们咬牙坚持总能跑完。精兵们自我安慰一番，刚调整好心态，就听到冉无恙清朗带笑的声音在耳边响起："负重物都已经被你们背在身上了，接下来我来说一下考核方式。"

不就是负重跑步吗，还能怎么考核？精兵们不明所以地看向冉无恙，只见冉无恙抬手一指，说道："来，看那边。"

众人抬头看去，这才注意到校场的四角分别立着一个用木头搭建的架子，架子的顶端伸出一根长竹竿，每隔几个竹节上，吊着一个小沙袋。

什么意思？精兵们面面相觑。

这可是她想了两天才确定下来的考核办法，昨晚和云亭哥说的时候，还得到了云亭哥的高度赞扬。

冉无恙心里美滋滋的，脸上的笑容比阳光还要灿烂几分。她轻哼一声，骄傲地大声说道："你们每经过一个高架时，都要用手里的铁棍打中竹竿上吊着的沙袋才算通过，打不中的人就停下来继续打，直到打中了才能继续往前跑。"

众人暗暗地咽了一下口水，原本以为负重约六十斤跑二十圈已经够困难了，想不到还有更严苛的挑战等着他们。

架子的高度接近两丈，他们举起铁棍肯定是打不到的，必须跳起来才能打中，更夸张的是，那个沙袋只比拳头大一点儿，他们想要瞄准它都不容易。

"来吧，我陪着你们一起跑，我相信你们可以的。"冉无恙招了招手，走到队伍的最前面，绑上沙袋拿上铁棍，率先跑了起来。

精兵们咬了咬牙，跟了上去——不就是负重跑吗，有什么难的？他们跑就是了！

事实证明，这真的很难！

刚开始的时候，他们虽然速度慢了点儿，但还能跟上。跑了十圈之后，他们手里的铁棍仿佛有千斤重，一个个精兵开始头晕眼花、满头是汗，一抬头，汗水就会流进眼睛里，跳了几次也打不到沙袋。

十五圈之后，大多数人别说跳起来了，就连举起铁棍都没办法完成。

这一刻，他们恨不得丢掉铁棍，原地躺下，但是不敢，因为冉无恙还在和他们一起跑。一个少年都能做到的事，他们一群身强力壮的男人能说自己不行吗？

那必须不能！精兵们抹了一把脸，含着热泪继续跑。

等第一组的人全部跑完，已经是半个多时辰之后了。

后面三个组的人，看着他们这副狼狈模样，还没开始跑就已经一头冷汗了。当他们接过气喘吁吁的战友们递过来的湿漉漉的铁棍和沙袋时，心脏都颤抖了一下。

午时过后，两千名精兵终于完成了负重耐力跑的考核。他们除了身体累，心灵也受到了极大的冲击。

之前他们就听说过冉无恙很强，有些人还看过冉无恙和别人的比试，但是没有想到这少年居然这么强，简直超出了他们的想象。

冉无恙不仅陪着第一组的人跑了一遍，还陪着第三组的人跑了一遍，虽然现在也是满头大汗、脸色涨红，但双眼明亮、身姿挺拔，明显还有余力。

这是哪里来的小怪物啊？那纤细的小身板到底是怎么爆发出这么强悍的力量的？！

精兵们还在心里感慨，就听到远处传来马蹄声，同时冉无恙的声音也在耳边响起："马已经被牵过来了，给你们一刻钟的时间来整顿休息，然后进行骑术考核，依旧按照原来的分组进行考核，第一组准备一下。"

精兵们动作一致地抬头看天，现在应该已经超过午时了吧，难道不是应该让他们回去吃午饭，休息一个时辰后，下午再进行骑术考核吗？

冉无恙被他们一个个怀疑人生的模样逗笑了，轻轻地笑道："作为一名士兵，你们必须承受和克服疲惫、饥饿、伤痛等负面状态带给你们的困难，在战场上，打仗打到一半，敌人会给你时间吃饭、休息、疗伤吗？不会！他们只会趁机要你们的命。今日完成两项考核，你们才能解散吃饭！"

这人说得好有道理，让他们没办法反驳。

冉无恙年纪比他们小，身材比他们瘦，跑的圈数比他们的多，都没喊饿，没说休息，他们有什么资格说？！

精兵们眼含热泪，腿软得像面条，胳膊和大腿的肌肉一直在颤抖……一会儿真的还能爬上马背吗？

还好接下来的骑术考核冉无恙没有采用变态的考核方式，同样是拿着铁棍、击打沙袋，不过这次沙袋不是放在高处，他们也不需要用两条腿跑步，只要操控好马匹就行，对体力的要求相对少了许多。

精兵们的骑术都不差，这项考核进行得还算顺利，不到酉时，骑术考核就结束了。

将一个个精壮挺拔的精兵"折磨"成了晒干的"黄花菜"，冉无恙心情愉悦，大发慈悲地让他们回去休息，说道："从明天开始，骑兵队由我负责训练，步兵队由云亭负责，分组成员的名单明天一早宣布，解散吧。"

"是。"若是在之前，他们听到步兵队由云亭负责训练，就算嘴上不说，心里也会有些抵触，可是经过今天这场"魔鬼"考核，他们已经累到一句话也说不出来了，连抗议的心气都被磨灭了大半。

他们现在只想赶紧回去吃饭，然后好好睡一觉，其他什么事都不想。

精兵们拖着疲惫的身体排好队，以最快的速度离开了校场——今天他们被冉无恙"折磨"得只想离这人远一些。

看着火烧屁股一般快速逃跑的精兵们，冉无恙忽然想起了什么，叫道："石玉、阿陌、艾小川、严四留下。"

四个人停下脚步，对视一眼，心中忐忑不安。

他们心里很清楚，前几天的训练对精兵们而言，只是有些疲惫，对他们来说，却要拼尽全力才能勉强跟上大家的进度，今天的考核更是残酷又直观地展示出他们和精兵们之间的巨大差距。

他们以前没有机会学习骑术，第二项考核还没参加就已经输了，又因为体能太差，第一项考核的成绩肯定也是垫底。

两项考核都不合格，冉无恙把他们留下来，是通知他们离开斩马队吧？四个人情绪十分低落，身体却还是站得笔直——就算要走，他们也不能太过狼狈！

冉无恙揉了揉鼻子，掩着嘴角的笑意。她还没说什么呢，这四个人一脸悲壮是要干什么？

冉无恙轻咳一声，说道："从明天开始，你们四个人上午参加训练，下午就不需要参加了。"

四个人已经做好了被踢出斩马队的心理准备，没想到会听到这样一番话，早上还能来参加训练，应该不算被踢出去吧？那下午呢？不参加训练他们要干什么？

四个人满肚子疑问，却没有人贸然开口，就连最活跃的石玉也只是瞪大了眼睛看着冉无恙，没有像以前那样大呼小叫。

冉无恙也没有卖关子，微笑着说道："石玉、严四每天下午到兵器房找老肖报到，阿陌、艾小川到军医营，跟着刘军医学习。"

四个人愣了一下，反应过来后心中一阵狂喜，大声叫道："是！"

他们身体不够强壮，肯定跟不上大家的进度，就算冉无恙不踢他们出去，他们也没脸面留下拖后腿。如今冉无恙为他们做了别的安排，只要他们努力在其他方面表现出色，就有资格继续留在斩马队里了！

四个人笑得合不拢嘴，平日里最斯文的阿陌也露出了一口白牙。冉无恙弯了弯嘴角，笑着骂道："傻乐什么啊？！去了兵器房和军医营都给我好好学，回来考核不过关，照样会把你们踢出去。解散！"

"是！"四个人高兴地跑了，跑了两步又停了下来，龇牙咧嘴地揉了揉腿，排着队朝着食堂的方向慢慢地挪过去。

等人都走完了，云亭感慨道："你这一套练兵法很不错，短短几日，他们都成长了许多。"

冉无恙刚想点头，脑海中忽然传来系统的提示音。

"叮，您有一个提醒，您的魅力值已达到100万点。"

100万点！她终于存够100万点魅力值，能够在商城里兑换初级基因修复液来修复云亭哥的身体了！

冉无恙的表情太奇怪了，嘴角疯狂地上扬，眼睛却憋得通红，她像是快要哭出来了。

云亭心一沉，着急地问道："你怎么了？"

冉无恙激动得声音都颤抖了："哥，快……快跟我来。"这里不是服药的地方，冉无恙一把抓住云亭的手，朝后山的树林里跑去。

云亭不明所以，只能跟着她跑。

一想到云亭的身体马上就能恢复健康，冉无恙心脏"怦怦"地乱跳，脚步也飞奔起来。云亭踉跄了几次，好不容易跑进了树林里，还被她拉着往密林深处跑去。

第三十章　　帝星再现

"云亭哥，你快坐下。"冉无恙扒开一处灌木丛，拉着气喘吁吁的云亭，接着按住他的肩膀，让他坐在草丛上。

不知道是因为一整天高强度运动，还是因为情绪太过亢奋，冉无恙呼吸急促，脸上呈现出不自然的红晕，眼睛却明亮得惊人，眼中仿佛蕴藏着一把火，热烈灼人，让云亭觉得连自己都快要被这把火点燃一般。

云亭紧皱眉头，拉着冉无恙一起坐下，轻拍着她的后背，低声说道："别着急，慢慢说，发生什么事了吗？"

冉无恙深吸了一口气，极力地控制自己的情绪，可声音不受控制地微微颤抖着："哥，我……我有办法能让你好起来！"

云亭紧锁的眉头没有松开。相比冉无恙的激动失态，他则显得很冷静，问道："是你之前说过的能强身健体的药？"

"对，对，对，"冉无恙用力地点头，解释道，"我就是喝了这种修复身体的药水才变得像现在这样厉害的，以前也是手无缚鸡之力。我现在能变得强大，你肯定也可以！"

之前小恙趁他不备，喂他喝过一次那位神秘人提供的药水，效果堪称神奇，第二天他的肩膀上的伤口就愈合了，只留下一个浅浅的小疤痕，可以看出来那确实是很神奇的药水。

小恙曾说过，那只是最普通的补血药水。这次拿出的药水能让小恙如此激动，想必效果让人更为惊叹。

云亭垂下眼眸，低声问道："药在哪儿？"

冉无恙想把药拿出来，又有些迟疑——上次她强行将药灌到云亭哥的嘴里时，能感觉到他真的生气了。虽然云亭没有责怪她，她也不想再用那种手段逼他喝药。

但是如果她将药水拿出来，云亭哥不立刻喝下去怎么办？系统会不会生气地收回初级基因修复液？

冉无恙小心翼翼地问道："小神，如果这个初级基因修复液兑换出来了，云亭哥不立刻喝下去，你会不会把它收回去，或者初级基因修复液放久了会过期吗？"

系统很想说"会"，但是在初始设置中，系统是不能欺骗宿主的，只能冷冷地回道："不会。不过若是宿主自己弄丢或者瓶子碎了，药剂洒了，系统一概不赔。温馨提示：拿到药剂最好立刻服用，免得夜长梦多。"

冉无恙也是这么想的。只有云亭哥喝了药，真正提升了实力，她的最终目的才算达成，若是费那么大功夫换来的初级基因修复液最后没能用在云亭哥的身上，恐怕她要吐血。

冉无恙用两只手紧紧地握着云亭的手腕，着急地强调道："哥，那个药真的有用，我不会害你。我若不是亲自饮用过，也不可能拿来给你喝，你要相信我！"

小姑娘委屈得要命，眼睛都红了，之前那股大杀四方，将精兵们"折磨"到想哭的气势早就没了，这会儿正可怜巴巴地看着他。

云亭叹了口气，说道："我没有不相信你。罢了，你拿出来吧，我喝。"

那药应该是透明的液体，小姑娘若是真想让他喝，只要把药放到他喝的水里，他就会不知不觉地喝下去，此刻小恙愿意开诚布公地和他说明，这是好事。

他从来没有不相信小恙，相反，在这个世界上，与他相依为命的小姑娘是他最信任的人了，他只是……不相信那位师父而已。

算了，云亭心想：若喝下去那药水后真有后遗症，将来也能和小恙一起想办法解决，免得日后什么都不懂，干着急。"

当然，他也是真心想要试试看，这世间是否有如此神奇的药物，能让人瞬间脱胎换骨？

冉无恙的眼睛倏地一亮，随后她又担心被云亭哥哄骗，十分忐忑地偷偷看了云亭一眼，纠结着要不要把药拿出来。

云亭哭笑不得，揉了一把她软乎乎的头发，笑着骂道："哥什么时候骗过你？"

冉无恙也跟着傻笑，同时在脑海中欢快地说道："小神，帮我兑换初级基因修复液。"

"叮，扣除100万点魅力值兑换初级基因修复液。"

冉无恙装模作样地把手伸进衣兜里掏了一会儿，拿出了一个小瓶子。既然已经决定拿出来了，冉无恙也不再犹豫，直接将药瓶塞到了云亭的手里。

那天夜里云亭也看到过小恙手里的小药瓶，当时只觉得它晶莹剔透，价值不菲，今日细看才发现，这瓶子不仅纯净剔透，瓶壁还非常薄，看着十分易碎，被握在手里时他却能感受到它的冰凉坚硬触感。

瓶子里面的液体澄澈干净，与一般苦涩混浊的药水完全不同，若他一定要形容它，只能说这东西不像世间应有之物。

云亭轻轻地晃了晃里面为数不多的药水，笑道："这是你练兵获得的奖励？"

"没错，师父说我最近表现好，特别奖励给我的，我之前求了很久的。"看到云亭哥一直看却不喝，冉无恙急忙说道，"哥，别看了，快喝啊！"

云亭点了点头，没再继续追问。他知道就算问，从小恙的嘴里也问不出什么，徒增她的烦恼而已。

云亭打开瓶盖，准备将药水倒进嘴里，这时他的手腕忽然被小恙抓住。

冉无恙叫道："等等！"

没等云亭问她怎么了，冉无恙已经站了起来，绕到云亭的身后，伸出两只手扶住他的肩膀，想了想又觉得不妥，干脆环上了他的腰，再三确定将人稳稳地抱在怀里之后，才严肃地说道："可以了。"

一双纤细但有力的手臂将云亭的腰紧紧地环住，努力让他依靠，他应该很有安全感才对，但此刻他只想笑——他虽然瘦，却比小恙高大许多，小恙从身后将他揽入怀里实在是高难度动作。

刚才小姑娘在他的身后，一会儿坐下，一会儿蹲着，一会儿半跪，折腾了好久，才算找到了一个令她满意的姿势，自以为将人抱在怀里，实际上这个姿势不尴不尬，无比别扭，她像一只小猴子趴在他的背上。

云亭回头看了一眼，眼睛里全是憋不住的笑意。冉无恙凶巴巴地瞪着云亭，以过来人的身份告诫道："你别不当回事，真的很疼很疼，抽筋拔骨的那种痛！不过忍过去就好了，你别担心，我在后面保护着你呢！"

冉无恙环在云亭腰间的双手又紧了几分，她的脸绷得紧紧的，一副如临大敌的样子。

云亭忍俊不禁，点头笑道："好，那小恙一定要好好护着我。"

冉无恙郑重地点头："嗯！"

云亭利落地将药水倒入口中，药水微凉，好像没什么特别的味道，清淡如水，他还未细细地体味，就感受到了小恙口中所谓抽筋拔骨的痛楚。

疼痛袭来的那一刻，他只觉得庆幸，若不是小恙强硬地将他搂在怀里，他估计已经直接瘫倒在地上了。

耳边似乎有个声音说着什么，他努力地去听，可惜根本听不到，疼痛蒙蔽了他的眼睛和耳朵，他甚至感觉不到小恙环在他腰间的手带给他的温度。

若说服用补血剂的时候，他是被温暖舒适的温泉水包围着，那此刻他就是被丢进岩浆里炼，从皮到骨、从血到肉，全部被拆开重组了一次。

他从小体弱多病，在遇到周老先生之前，几乎时刻都在承受从骨缝里透出来的丝丝缕缕、连绵不绝的疼痛，他以为那已是痛苦的极限了，现在才知道自己真是太天真了。

云亭在痛苦中挣扎，冉无恙也不好过。

云亭脸色如此可怕，面如金纸，嘴唇也泛着吓人的乌青色，身体已经不能用颤抖来形容了，他一直在剧烈地抽搐，冉无恙差点儿抱不住他。

她以前总听人说，打在孩子的身上，痛在父母的心上，自己现在总算深刻地体会到了，云亭哥痛，她也痛啊！

冉无恙说不清楚，到底是自己服用基因修复液的时候痛，还是看着云亭哥难受的时候更痛。

冉无恙越看越心惊，一颗心被吊在半空中，不上不下。她害怕地问道："小神，云亭哥怎么样了？不会有事吧？"

系统冷哼了一声，回道："宿主服用过基因修复液，应该很清楚，疼是正常的。您刚才也说了，挺过去就好了。"

冉无恙都快要哭了，吼道："可是，这修复身体的时间也太久了吧！"

才过去一分钟而已！系统无语了，懒得回复她一句话。

她又追问了几次还要多久才能结束，系统丢给她一句"体质不同，修复的时间不同"，就真的不理她了。

不知道是否因为云亭哥的体质特别差，所以修复身体的时间才特别长，煎熬了半刻钟后，云亭的身体终于不再抽搐，渐渐地平静了下来。

修复完成了！

冉无恙大喜，立刻扶云亭坐起来，云亭也顺着她的力道坐直了身体，可是他一直低垂着头，紧闭双眼，身体还在微微颤抖。

冉无恙疑惑地问道："哥，你感觉怎么样？"

她记得自己第一次使用初级基因修复液的时候，一开始虽然疼，但是疼痛过后，整个人仿佛焕发了新的生机，身体轻盈又充满力量，简直可以一拳打死一只老虎。

怎么轮到云亭哥的时候，就不一样了呢？疼痛结束后，他不但没有变得神清气爽、生机勃勃，反而……萎靡不振？！

难道这药水用在云亭哥的身上，出了什么差错？

冉无恙快急疯了，又怕自己动作太大反而伤了他，小心翼翼地叫道："哥？"

云亭不是不想回应冉无恙，而是现在处于一种很玄妙的感觉当中。

疼痛退去的那一瞬间，他的身体内忽然涌入了一股生机，滋养、呵护着他，他感觉无比温暖舒适，但是他的脑子里仍然一片灼热，这种热度和之前的岩浆相比，已经不算什么，却仍让他觉得不适。

他处于这种不适状态中，不用睁眼，仿佛也能感知周围的一切，朦胧又真实。

他看不到小恙的脸，但是能准确地感知她的动作甚至她的表情和心情。

他右手边的大树上有一个鸟窝，里面是空的，没有小鸟也没有鸟蛋。

他脚下的石块圆润光滑，上面还有奇妙的花纹。

林林种种，半真半假，云亭从来没有经历过这种奇妙的体验。

良久，云亭终于从玄妙的状态中脱离出来，睁开眼睛果然看到一张焦急万分的脸，他的心瞬间变得又软又暖。

云亭揉了揉小姑娘发红的眼角，笑道："别担心，我感觉很好。谢谢小恙。"

冉无恙瞪了他一眼，推开他的手，追问道："你我之间还用道谢吗？你真的感觉好了吗？有什么不舒服的地方可不能瞒着我！"

"嗯。"云亭不经意间低下头，发现一块鸡蛋大小、带着花纹的石头正安静地躺在他的脚边。

云亭别开眼，将双手伸到冉无恙的眼前，慢慢地紧握成拳，手指发出几声脆响，小臂上的肌肉也呈现出漂亮的形状。他笑道："我的身体已经好了很多，充满力量和生机，还真是脱胎换骨了。"

至于刚才那种很玄妙的感觉，他就不打算和冉无恙说了，也说不清楚。

真的吗？冉无恙总觉得不对劲，在脑海中对系统说道："小神，我想查看云亭哥的身体状况。"

"叮，扣除10点魅力值查看云亭的人物面板。"

姓名：云亭

年龄：20岁

智力：10+级

体力：6级

敏捷度：5级

冉无恙一眼看去，眉头立刻皱了起来。他的敏捷度没有变化就算了，体力仅仅提升了1级，如今只到6级，怎么会这样？

她记得自己第一次服用基因修复液的时候，敏捷度提升了1级，体力可是连升3级，最终达到了7级啊。

系统再次扫描了云亭的身体状况，良久后，才回道："体力6级是一个成年男性体力的平均水平，在胎儿时期，他的各器官就发育不良，先天不足，而且他小时候还中过毒，修复过后，他的体力虽然只有普通男性的平均水准，但是各器官都得到了修复滋养，且残留的毒素也被彻底地清除，初级基因修复液能修复到这种程度，宿主应该知足。"

冉无恙惊呆了："你说他小时候中过毒？！"

"是的，他若不是碰到好的大夫帮他祛毒续命，根本活不过10岁。"

云亭哥怎么那么可怜？体质先天不足，父母都不喜欢他，幼时还身中剧毒。此刻，冉无恙无比心疼他。

初级基因修复液只能修复到这种程度，那中级基因修复液呢？她可以帮云亭哥兑换中级基因修复液啊！冉无恙急切地问道："小神，中级基因修复液需要多少魅力值？"

系统冷冷地回道："1000万点。"

冉无恙："对不起，打扰了。"

她在短期内不可能为云亭哥兑换到中级基因修复液了。冉无恙把目光转向其他的数值，忽然发现了奇怪的地方。

"等等，'智力：10+级'是什么意思？"云亭哥本来就很聪明，因此冉无恙对他的智力等级并不太在意，原先一直盯着他的体力和敏捷度，现在细看才发现，智力的数值很奇怪。

"智力等级划分是有一定数据标准的，一般人类达到10级已经是顶峰，但是云亭服用初级基因修复液之后，智力升级，数据已经超过了10级的峰值，开发出了精神力。但是你们这个位面并没有精神力的异能者，而且云亭的精神力也没有达到真正的精神力异能者的初始等级，所以只能用'+'号表示他高于此位面的智力水平。"

冉无恙想到了自己曾两次修复身体之后的智力水平，愤愤不平地问道："为什么我都服用了中级基因修复液，智力才是8级？这个数值还是第一次修复身体的时候涨的，第二次智力都没有涨，你是不是出错了？"

系统不屑地说道："个体不同，进化方向不同，你的体力不就连升了好几级吗？"

冉无恙恶狠狠地说道："我听出来了，你是想说我只长肌肉，不长脑子！"

"呵呵，看破不说破。"

冉无恙还想再说几句，忽然余光看到云亭半侧着身，弯屈着一条腿，单手撑在膝盖上，微笑地看着她。

云亭眼神柔和，笑容清浅，仿佛知道她在与什么人沟通，所以不去打扰她。

冉无恙心脏猛地一抽，浑身的汗毛都竖了起来。她干笑道："哥……"

冉无恙的脑海中的小人正在瑟瑟发抖，她欲哭无泪："小神，我忽然觉得，智力太高，可能不是什么好事……"

"附议！"一人一系统第一次达成共识。

系统只能感应到宿主的内心想法，若想了解旁人的心理活动，只能通过对方的心跳、肾上腺素、微表情等数据进行分析。

以前它偶尔还能分析出云亭心中大概的想法，可是现在，这些数据没有任何变化，缺少数据支撑，它没办法分析这个人的心理活动，也无法评估他的心理状态。

这就很可怕了。

好在它的报警系统没有被触动，这说明云亭还没有真正发现它的存在。

冉无恙定了定神，使用了自己惯用的招式——转移话题，说道："明天就要分组训练了，我想从每队人中选出一名小队长，方便管理，你今天也看了他们的表现，有没有心仪的人选？"

云亭勾了勾嘴角，非常配合地回道："有，聂青和胡扬。"

冉无恙笑眯眯地点头，说道："咱们真是心有灵犀！我也觉得聂青不错，他虽然考核成绩只是中等偏上，并不突出，但是正直又坦率，容易让身边的士兵产生信服感，最重要的是，他懂管理，能更好地管理士兵。"

"不过……"冉无恙迟疑了一下，皱着眉摇了摇头，说道，"我感觉胡扬怪怪的，总觉得他的心思没那么单纯，让人捉摸不透，很危险。"

云亭用食指轻点冉无恙的眉心，以温润的嗓音淡淡地说道："考虑一个人是否可用，他是好是坏并不重要，重要的是如何用。有些人就算是你的敌人，用得好，也能有意想不到的收获。"

也是，尽管胡扬聪明、心思不单纯，但是比得过云亭哥吗？冉无恙想通之后，紧皱的眉头终于舒展了，她眉眼弯弯地回道："你说得对，我听你的！"

系统看不惯她这副傻兮兮的样子，冷笑道："宿主能不能认真一点儿？哪天被别人卖掉，说不定还要帮对方数钱。"

"呵呵。"冉无恙也学着它冷笑了两声，回道，"我这个只长肌肉不长脑子的人有什么办法呢？我是那种看起来只要好好努力，就能胜过云亭哥的人吗？"

系统被冉无恙说得差点儿主脑过热，过了好久才幽幽地吐出一句"你赢了"，之后就彻底地死机了。

又赢了一局，冉无恙开心地抱着云亭的胳膊，有说有笑地走出了树林。

这支临时组建的斩马队，经过十天的基础训练和残酷的分组考核后，不仅增加了精兵们彼此间的了解，也让他们对自己的上峰有了更深刻的认识。

因此，第二天冉无恙宣布分组名单，分别委任聂青、胡扬为骑兵队和步兵队的小队长时，整个过程异常顺利。

就连冉无恙将编有一千精兵的步兵队交给云亭操练时，他们即使心里颇有微词，嘴上也是绝对不敢说的。

不过这种情况也仅仅持续了两天而已，两天过后，他们就彻底地服气了。

这位文质彬彬、气质清雅的青年，并没有他们想象中的那么病弱。云亭全程和他们一起训练，虽然他的成绩算不上优秀，但绝对不会拖大家的后腿。

云亭还会花时间给他们讲解阵法，最让精兵们佩服的是，他说的内容他们都听得懂。

以前他们也练习过阵法，可以听懂一些简单的方阵、圆阵，可其他的如天阵十六、地阵十二等阵法，他们根本听不明白，上峰让他们站哪儿他们就站哪儿，让他们跑他们就跑，让他们停他们就停。

有时候，阵法太多了，他们记不住，就只能看高处的旗手挥舞的旗语，若是旗手被射死了，敌人冲进阵中破坏了阵形，他们就会陷入混乱状态中。

但是云亭不一样，讲授的阵法大家都能听懂，大家也不知道是什么原因，只觉得很神奇。

他们虽然佩服聪明的人，但是内心深处还是更崇拜武力。

战场拼杀之时，双方武力对决的场面是最热血、最激昂的，也是最残酷、最直观的。

冉无恙表现出来的所向披靡、横扫千军的强悍实力，更令他们折服。

短短几天，冉无恙为了换取初级基因修复液而被清空的魅力值，就得到了极大的补充，目前魅力值达到了23万点，最难获得的信仰值也突破了5万点。

距升级到高级系统，冉无恙又近了很多。

六月十五，正值满月，凉国的皇都正东方的群山之中若隐若现地透出炎光，若是被不知情的人看到，定会大吃一惊，皇都的百姓却已经习以为常。

那处神奇的地方，正是观星台。

观星台乃凉国的开国皇帝，掏空了半个国库，募集八千劳力，耗时十年才修建完成的。

如此劳民伤财，倒不是想把这观星台建设得恢宏大气，奢侈浪费，完全是因为开国皇帝听信了当时的国师之言。

一百零八级台阶全部要用南山墨玉搭建而成，观星平台则是用上好的昆山白玉细细打磨成砖块铺设而成，整个平台必须做到光滑如镜，无论是在阳光下还是在月华之中，都要光彩夺目。

奇怪的是，观星台建成之后，开国皇帝一次也没去过，不仅是他，他之后的历代皇帝，都没有登上去过。

这仿佛默认了唯有国师和钦天监的人可以登上观星台，观察天象，推算节气，窥天机，测吉凶。

今夜无云，月光格外明亮，一道修长的身影映在白玉平台上，有一人面朝东方，将双手背在身后，昂首看着夜空。

从背影看不出此人的年纪，但那白衣墨发、衣袂翻飞的样子，倒真有几分仙风道骨的感觉。

半夜的观星台，寂静又空旷，一切声音仿佛都被无限地放大，拖沓的脚步声、沉重的呼吸声，由下至上由远及近，过了许久，两团黑色的人影跟跟跄跄地登上了观星台。

在白玉砖的反射下，黑影的身形、样貌也渐渐地清晰起来。

那是两名妇人，其中一个人四十多岁，低着头弯着腰，压抑着喘息声，两只手恭敬地搀扶着另外一个人。

被小心护着的人三十多岁，中等姿色，但从她那通身的气派来看，即使本人气喘吁吁，浑身也散发着雍容华贵气质。

魏岚为后二十多年，未能事事顺心，却也养尊处优了半辈子，谁能想到，贵为皇后的她，因为魏衡的一句话，在半夜三更爬了一百多级台阶来到这个鬼地方？

魏岚的脸色极差，她还是强忍着心底的怒意，说道："什么事这么急，一定要我现在过来，还非要来这里？！"

白衣男子并未转身，用低沉的嗓音冷漠地说道："那颗星星越来越亮了。"

"什么？"魏岚愣了一下，愕然抬首，只见在漆黑如墨的天幕里，漫天繁星之中，正东方有一颗星星格外明亮，周围的星星在它的映衬下，则显得无比暗淡。

魏岚盯着那颗星星一会儿，缓缓地睁大眼睛，脸色煞白。她大惊失色地说道："那是……帝星？万俟行不是死了吗？为何那颗星星还不灭？"

男子轻轻地笑了一声，不知道是觉得好笑还是在嘲笑，笑声很轻，几乎被夜风吹散，魏岚的脸色更苍白了几分。

"我早就和你说过他没死。"男子转过身，那张脸与魏岚的脸有六七分相像，不过看起来比魏岚更加年轻。若是只看长相，会以为他不过而立之年，像是魏岚的弟弟，实际上他比魏岚还要年长十岁。

魏岚的眼神与魏衡冷漠到阴鸷的眼神对视了一下，她感觉心脏倏地一紧，低下头喃喃自语道："就算没死，他十多岁就离开了皇宫，流落民间，拖着半死不活的身体……星星怎么会越来越亮？不可能，帝星肯定不是他！"

魏岚紧紧地抓住了身边的嬷嬷的手，才勉强站稳，却压不住心底的慌乱与恐惧情绪。二十年前的事就像走马灯，不停地在她的脑海中闪现。

凉国建国不过百年，虽然统一了五大部落，但各部族间的势力纠葛和权力纷争，也不可能在百余年间完全平息。

实际上，各族的族长如同藩王，虽受君王统治，手中也握着不少兵权，并各自为政。

为了能够互相牵制，也为了稳固各个部落的利益，每一任凉国君王登基之后，四大部落的族长都会从嫡系中选出一名女子送入皇宫中，魏岚和狄勒静就是其中的佼佼者。

魏岚才情出众，狄勒静美貌动人，两个人年纪相仿，各具特色，没入宫之前就暗暗地较劲，入宫之后，为了得到皇后的位置，更是手段尽出。

最后登上皇后宝座的是魏岚，倒不是因为她有多优秀，而是因为她的嫡亲哥哥——魏衡。

北羌本来就有巫族传承，最善占星卜卦之道，魏衡儿时就显现出极强的巫族能力，及冠之年便成了凉国的国师，也是当时最年轻、最厉害的国师。

魏岚原本以为从那以后，她就能超过狄勒静，成为皇宫里最尊贵的女人，可惜现实并未如她所愿。

狄勒静早早地怀上了皇嗣，而她的肚子始终没有动静，好在老天最后还是站在她的这边，狄勒静生下了预示着不祥的双生子。

就在她大肆嘲讽狄勒静的时候，哥哥却告知她一个可怕的消息：帝星现世！

万俟燕出生时，北羌长老观星卜算，得出八个字：帝星现世，五族归一。后来，万俟燕果然统一五大部落，建立了凉国。

一百多年之后，第二颗帝星现世，不知又会给凉国带来怎样的变化。这对北羌来说，绝对是一个极坏的消息。

一开始，魏衡还不能确定万俟行和万俟翱兄弟二人谁才是帝星。

直到万俟行十二岁那年，神医周老先生给万俟行治病祛毒，随着万俟行的身体状况渐渐好转，帝星也越来越明亮，魏衡才确定，万俟行就是帝星！

北羌部落蛰伏百年，加上几代人的努力，绝对不能因为这颗帝星毁于一旦。

正好那年凉国地震频繁，还发生了严重的旱灾，魏衡借天机测算之名，断定万俟行命犯天煞孤星，六亲无缘，危及社稷。

狄勒静那个蠢女人为了自保，也为了保住万俟翱，竟然亲手除掉了自己的孩子。

魏岚记得很清楚，万俟行焦黑的尸体从烧毁的行宫中被拖出来的时候，帝星明明已经暗淡无光，消失在群星之中了。

为何帝星现在又忽然出现，甚至还璀璨异常？！死人还能复活，这让魏岚如何不惊恐？！

"万俟翱和万俟灵离开皇都多久了？"

暗夜中，冰冷、淡漠的声音就像一瓢冰水当头泼下，吓得魏岚浑身一抖，同时也让她从纷乱的情绪中清醒过来。

魏岚深吸一口气，定了定神，回道："二月初，万俟灵离开皇都。她走后半个月，万俟翱也追了过去。"

魏岚心神不宁，明显是心不在焉。魏衡暗暗地摇了摇头——他这个妹妹，从小自诩聪明伶俐、才情过人，实际上都是些小聪明罢了，一把年纪了，遇到这种小事竟慌张成这样，着实无法成事。

魏衡叹了口气，低声说道："算一算，他们到塔木城也快两个月了吧。"

魏岚的心猛地一跳，她大惊失色地问道："难道他们和万俟行又联系上了？"

她停顿了一下，又摇了摇头，笃定地说道："他们的身边都有我安插的人，这么大的事我不可能一点儿消息都没有收到。不可能！绝对不可能！"

魏岚连说了几个"不可能"，不知道是为了说服魏衡还是为了说服自己。

魏衡面无表情地看着她，声音一如既往地冰冷、淡漠："不管他们和万俟行有没有联系上，按照原计划，万俟翱差不多该被除掉了。"

魏岚本就苍白的脸色更差了，她一脸烦躁地说道："为什么一定要急着除掉万俟翱？"

魏岚微低下头，不敢看魏衡的眼睛，嘴上却继续说道："皇上沉迷于丹药，他的生死已经完全掌控在我们的手中，根本不足为患。狄历部落野心勃勃、虎视眈眈，赫哲部落两面三刀、犹豫不决，昊儿的年纪还这么小，若是没有万俟翱牵制，恐怕事情有变。"

魏岚在心中打着小算盘，万俟昊又不是她亲生的，现在还不满周岁，就算皇上与万俟翱父子都死了，万俟昊登基，一个小娃娃什么都不懂，魏衡把持朝政，她也捞不到什么好处。

如果她能拖几年，等到万俟昊八九岁时再登基，对她更有利。

魏衡轻轻地笑了一声，始终没有表情的脸上终于勾起一丝淡淡的笑意，说出来的话却是讽刺意味十足："你是不是以为万俟翱已经完全被你掌控在手中了？别忘了，他在你的眼皮子底下，从皇上的手里要到了三千银甲军。他的近卫之中，你却连一个人都安插不进去。你当他是只狗，殊不知人家是匹狼，说不定哪天就撕咬了你。"

魏岚的手用力一抓，指甲深深地掐进了嬷嬷的皮肉里。嬷嬷的身体轻微地颤抖了一下，她咬紧牙关，就算已经疼出了一身冷汗，也不敢吭一声。

魏岚恼羞成怒地说道："你既然都已经有了自己的决定，还叫我来干什么，直接让木宴找机会杀了他不就好了？"

世人都以为木宴是皇上手里的刀，实际上这把刀早在五年前，就已经落在了魏衡的手里。

魏岚气急败坏，魏衡丝毫没有被她影响，仍是一副仙风道骨、孤傲清冷的模样。他说道："帝星重现，变故已生，木宴不能现在暴露，万俟翱或许之后还有点儿用，但是万俟灵不能留下。"

魏岚有自己的想法，却也知道自己根本不是魏衡的对手，因此不敢真的违背魏衡的意思。她轻哼了一声，还是回道："我知道了，一定办好。"

魏衡转过身，将目光再次落在那颗异常闪耀的星星上。

帝星。

万俟行，你总算回来了……

同一片夜空下，被魏家兄妹忌惮的某个帝星，此刻正在……给果子拔刺。

这种果子名叫刺针果，拇指大小，果如其名，表面长着细针一样的小刺。果子成熟之后不会变红，但刺会变得十分坚硬锋利。

刺针果的味道很一般，汁水丰富却不甜，口感偏酸，小动物基本不吃，只有穷苦人家的孩子买不起水果，才会摘一些解馋。

刺针果是边城附近最常见的野果，一到夏天，漫山遍野，肆意生长。

冉无恙小时候特别喜欢吃刺针果，就是吃之前要拔刺，非常麻烦，小姑娘的手娇小细嫩，每次都会被扎出血，可她就是爱吃，一边拔刺，一边哭。

云亭看过几次之后，就不许她再动手，每到夏天，给刺针果拔刺的工作就被云亭包揽了。

即使是云亭，偶尔也会被扎中，不过那是以前，现在不会了。

云亭原本的视力就不错，服用过初级基因修复液之后，身体各方面的机能都得到了提升。那种说不清道不明的特殊感应能力，更是让他在漆黑的夜晚也能将手里的刺针果看得一清二楚。

如今正值盛夏，是刺针果成熟的季节，果子在树林里随处可见，今年小恙还没吃到过呢，云亭准备一会儿带些回去，她一定喜欢。

云亭想到小丫头笑得眉眼弯弯的模样，唇角不自觉地勾了起来。

狄勒图赶到这里时，看到这样一幅场景，竟然觉得格外好看。

玉树临风的青年席地而坐，外袍的下摆里兜着十几颗带刺的小果子，脚边素白的手绢上放着几颗果子，明显是已经被拔过刺的。

青年十分专注，嘴角的笑容很温柔，看果子的眼神仿佛在看什么宝贝，整个人都泛着柔光。

狄勒图暗自感叹：万俟行和万俟翱这两兄弟，虽然长相极为相似，但是气质南辕北辙，一个温润如玉，另一个沉冷霸气。

万俟行表面上看起来更容易相处，实则不然。若是让狄勒图选择，他其实更愿意和万俟翱打交道，万俟行的心思深沉如海，他猜不透也摸不准，这种人更可怕。

说到这个，狄勒图终于想起今晚来此的目的，急忙问道："阿行，你怎么忽然改变主意了？"

之前他们明明已经对接下来的行动做好了计划，可是几天前，他忽然收到阿行传来的消息，说要改变原计划，且改动很大。

狄勒图和乌力讨论了一天，也没明白万俟行的想法，今晚刚好是约定见面的日子，狄勒图忍不住亲自过来问个清楚。

"阿翱当了那么多年太子，扶持他可比扶持我这个早就应该死去的天煞孤星更加名正言顺。"云亭说得漫不经心，都没有抬头，专注地看着手里的刺针果，仿佛给小果子拔刺比狄勒图说的事情更为重要。

狄勒图来的时候已经做好了心理准备，但是真的听到云亭亲口说出来，还是惊得瞪大了眼睛，不可思议地说道："你甘心把皇位拱手让人？"

那可是皇位啊！

狄勒图越想越觉得还是不能让万俟翱登基，急忙劝道："就算你甘心，万俟翱登基了也不一定会感谢你，甚至可能容不下你。再说他现在和魏皇后沆瀣一气，若他登上皇位，我们狄历一族就算能得到好处，也不能彻底地将北羌打压下去！"

云亭微微挑眉，笑道："我说过要让他登基吗？"

狄勒图愣了一下，有些蒙——阿行刚才的意思，不是要辅助万俟翱登基吗？

狄勒图目光呆滞地盯着云亭，想从云亭的脸上看出些什么，可惜云亭根本没理会狄勒图，还在认真地给小果子拔刺。

狄勒图用力地抹了一把脸，烦躁地回道："我没你那么聪明，这些弯弯绕绕的东西我不懂，你想干什么，能不能明说？！"

他最讨厌这种有话不说清楚，说一半留一半让人去猜的人，莫名其妙地觉得自己像傻子，真的很烦！

云亭轻轻地笑了一声，仿佛听到了有趣的事，回道："不懂也没关系，你只需要按照我说的去做就可以了，放轻松，很简单的。"

简单？！狄勒图有些气恼了，黑着脸说道："阿行，你不能这样，你……"

一直专心拔刺的云亭缓缓地抬起头，微微一笑，温和地说道："我怎么了，舅舅？"

这时，狄勒图的目光对上那双漆黑如墨的眼睛，他瞬间说不出话来，仿佛有人掐住了他的喉咙，勒得他喘不过气来。

阿行肯叫他舅舅了，态度也挺好的，和之前对他的冷漠无视态度相比，现在的阿行简直是和颜悦色，但不知道为什么，他觉得阿行不一样了。

不过十几日不见，阿行好像更为内敛了，曾经不经意外露的各种小情绪现在也都看不到了，然而这种内敛的气势，像一块巨石压在他的胸口上，让他倍感呼吸困难。

直到云亭再次低下头，那种泰山压顶的感觉才渐渐地散去，狄勒图长长地舒了一口气。

即使是皇上，也没有给他这么强烈的压迫感，这个外甥真是了不得！

算了，不管了，反正自己绝对猜不透阿行的想法，还是让乌力他们因此烦恼吧。就算自己一时搞不懂也没关系，前路漫长，总要一步一步地走下去，以后他肯定能看透阿行的意图。

狄勒图想通之后,脸色好了许多。他点头回道:"行了,舅舅听你的,按照你说的做。不过你信里说得太简略了,不清不楚的,下一步你具体想怎么做?"

狄勒图的反应早在云亭的意料之中,云亭将拔了刺的刺针果包好,小心翼翼地放入衣襟内,确保不会被压坏,才低声说道:"你回去之后……"

狄勒图刚刚被云亭的高智商碾压过,生怕自己漏掉了什么重要的内容,因此听得很仔细,越听,他的心跳得越快,脑子里只有一个念头:万俟行的脑子到底是怎么长的?!

他的心上不只有七窍,还得有十七八个洞吧!

精兵们做完一个时辰的基础训练,可以休息一刻钟。天气越来越热,校场上没有阴凉的地方,他们只能原地坐下,背对着太阳,稍做休息。

两名精兵靠坐在一起,挤眉弄眼,用眼神交换着只有他们才懂的情报。

石玉年纪最小,性格活泼。他虽然只在早上和大家一起训练,大半个月后,也和其他精兵混熟了,尤其与那几个年纪相仿的精兵,更是混成了朋友。

石玉看他们围在一起眉来眼去,不知道在打什么哑谜,好奇之下,便挪了过去,小声地问道:"你们干什么呢?"

两名精兵对石玉招招手,把他拉到两个人的中间,神秘兮兮地说道:"你有没有发现这两天咱们校尉大人的心情格外好?"

精兵们操练了二十多天,都已经习惯了冉无恙层出不穷的训练手段和严厉冷酷的处事态度。

正因为了解冉无恙,他们才十分敏锐地发现,这两天冉无恙的心情好像特别好,眼角眉梢都带着笑意。

开始的时候他们都悬着一颗心,生怕她又出什么幺蛾子,结果昨天整个训练过程简直可以用如沐春风来形容,就算有人出错被罚,冉无恙也是和风细雨,轻轻放过。

他们最终确定,校尉大人的心情极好。

石玉回想了一下,点头回道:"是挺好的。"

两名精兵将石玉夹在中间,压低声音问道:"你和校尉大人住在一个帐篷里,知不知道他为什么心情这么好?"

他们的想法很简单,如果他们能知道冉无恙为什么心情好,并让他一直保持这种状态,就不用被训诫得那么惨!

石玉挠了挠脑袋,不太确定地回道:"可能是这两天云大哥每天早晚都给无恙送果子吃,所以无恙的心情就好了吧。"

两个人的眼睛一亮,他们赶紧问道:"什么宝贝果子这么有效?"

石玉笑道:"就是刺针果啊。"

"刺针果有什么稀罕的？冉校尉因为早晚能吃到刺针果，心情就这样好？骗谁呢？！"两名精兵白了石玉一眼。如果石玉说的是真的，他们立刻就去摘一大筐刺针果送给冉校尉，保管校尉吃到呕吐为止。

石玉原本也只是随口一说，结果却被两个人嫌弃，顿时不乐意了，撇了撇嘴，哼道："你们懂什么？！人家冉校尉吃的刺针果，那是一颗颗精挑细选，去了刺，洗得干干净净后，端到眼前的，和你们随手摘的能一样吗？"

"去了刺？"两个人惊呆了，感叹道，"真没想到云百夫长这么细心。"要知道，刺针果个头不大，上面的刺却不少，密密麻麻，又细又硬，一不小心就能把手指头扎几个窟窿。

这种果子酸酸甜甜，水分又足，在野果之中算是味道不错的，可惜吃起来太麻烦，以至乏人问津。若是有人帮忙去了刺，那可就太好了。

其中一个精兵咂咂嘴，感叹道："要是我也有一个这样的哥哥就好了！"

石玉还记着刚才被他们嘲笑的事，贱兮兮地说道："你想得美，就你这长相，你们家可生不出云大哥那样温润如玉的儿子。"

"小石头，我看你是皮痒痒了，找打！"这个精兵扑上去，两个人滚到地上打闹起来。

几个人就在身旁嬉笑打闹，胡扬微微皱眉，低垂着眼眸，看上去像是在闭目养神，实际上，他的心情非常糟，不，一个"糟"字还不足以形容他现在的心情。

胡扬进入斩马队已经二十三天了，别说找机会偷看冉无恙洗澡换衣服，查看冉无恙身上的印记了，除了训练的时间，平时连冉无恙的人都找不到。

胡扬不敢冒进。冉无恙的警觉性非常高，有时候他的目光在她的身上停留得稍微久一些，她立刻就会察觉，就算他躲在人群中，她也能精准地对上他的视线。

胡扬好不容易等到一次机会，看到冉无恙偷偷摸摸地走进后山里，立刻追了上去，可是明明就在前方的冉无恙，转眼间就没了踪影，就像凭空消失了，行踪十分诡秘。

二十多天下来，他竟然毫无进展，这是他在将近三十年的人生中从未遇到过的事。

他一定要从冉无恙的身上查出些什么线索，对他来说，这已经不仅仅是太子的命令，几乎成了他的魔障。

冉无恙不知道自己给别人带来了怎样的打击，此时正一边回味着刺针果的美味，一边计算着时间。

一刻钟刚过，冉无恙立刻起身，准备让大家列队，继续训练。

她还未开口，就看到一个小将从远处飞奔过来。

小将冲到她的面前，还没站稳就火急火燎地说道："冉校尉，大将军唤您和云百夫长速速前往将军主帐内，有要事相商！"

这小将跑得脸色都白了，想来应该是发生了什么要紧的事。冉无恙点头回道：

"我知道了,你先回去吧,我们一会儿就到。"

小将用力地摇头,急忙说道:"不行,大将军让你们立刻过去!"若不是不合规矩,小将都想一把抓住两个人的手,将他们拽走了。

冉无恙挑了挑眉,也不为难他,对着远处扬声说道:"胡扬、聂青,你们俩带着他们继续训练。"

胡扬和聂青起身,将身体站得笔直,朗声回道:"是!"

冉无恙交代好训练的事宜,和云亭一起跟着小将往将军主帐走去。

路上冉无恙还想问问云亭知不知道发生了什么事,结果领路的小将老是回头,用一种又急又怒的眼神盯着他们。

冉无恙毫不怀疑,他们要是敢一边走路一边聊天,这位急脾气的小将就敢直接上手拽他们。冉无恙叹了口气,乖乖地闭上嘴巴。

云亭轻轻地笑了一声,捏了捏她的手心,轻声说道:"放心,只是小事。"

简单的几个字,轻而易举地抚平了冉无恙心中不安的小情绪,她的心思也瞬间转移到了其他方面去。

云亭哥的手好暖哪!以前就算在夏天,他的手都是凉凉的,现在手是热乎的,真好!

若不是将军主帐就在眼前,冉无恙都想伸出手,也揉一下云亭的手心。

或许是因为情况十万火急,小将在门外通报了一声,就带着两个人走进了将军大帐内。

两个人一跨进帐内,立刻感觉到帐中的气氛严肃又低沉。

他们是最后到的,各营的将军都已经围在沙盘前。两个人不知道发生了什么事,只看到几位将军的脸色都不太好。

两个人正要见礼,大将军蔺不归大手一挥,示意他们免礼,有几分急切地问道:"斩马队训练得如何?"

冉无恙一怔,悄悄抬眸,和云亭对视一眼,云亭不露声色地点了点头。冉无恙回道:"已经训练了二十三天,将士们可以随时上战场。"

"好!"蔺不归的脸上总算有了一丝笑意,几位将军也像是松了一口气的样子。

冉无恙扫了一眼插满小旗子的沙盘,问道:"大将军原本不是说一个月后进攻塔木城吗?您如今想提前发动进攻?"

蔺不归摇了摇头,似叹息,又似期待地说道:"不是我想提前发动进攻,而是木宴已经等不及了。"

第三十一章　谋定后动

　　木宴等不及？不会吧？她进军营也有大半年了，粗略算一下，两军交战也就七八个回合。
　　她在镇北军时，虽然不需要正面迎战敌军的主力部队，却也知道每次的战斗都不算激烈，更多的是在互相试探。
　　今日大将军把诸位将军召来商量，神情还这么严肃，可见木宴这次的动作肯定不小，绝对不是之前那种小打小闹的试探。
　　冉无恙看向司徒京——作为斥候营的主将，应该没有谁比司徒京更清楚敌军的动向了。
　　冉无恙没来之前，司徒京就已经把塔木城的情况向诸位将军说过了，原本也不需要再给一个小小的校尉说一次，但鉴于冉无恙的斩马队是对付凉国骑兵的撒手锏，司徒京对她的印象也很不错，也就不吝啬再给她说一遍。
　　"据探子来报，从昨夜开始，塔木城中兵马调动频繁，除了守城的士兵，其余的兵马全部被召回到城北军营里。今日清晨，木宴麾下的几名猛将也开始清点兵马，看起来像是要准备出兵了。探子粗略估计，木宴这次出动的兵力至少有七万。凉国对外一直宣称有十万大军，虽然不一定有十万，但八九万士兵肯定是有的，一次性出动至少七万士兵，几乎是倾巢而出了。"
　　正是因为凉国一下子出动这么多兵力，蔺不归和几个将军才会如此紧张。
　　冉无恙听着听着却开始走神了，想起前两天夜晚，云亭哥好像去见狄勒图了，还在后山树林里待到很晚才回来。
　　木宴这次忽然大规模地调兵遣将，会不会是云亭哥做了什么？
　　冉无恙虽然手里没有证据，但心里莫名其妙地就认定这件事和云亭有关。
　　冉无恙的脑子里有一大堆的疑问和猜测，她却不敢在脸上表现分毫，也不敢看云亭，生怕自己控制不好面部表情，被某位敏锐的将军看出什么来。
　　好在大家的注意力都在司徒京的身上，没有人发现她的异样。
　　萧箜将双手环在胸前，摇摇头，说道："我倒觉得不一定是木宴等不及，很可能是那位凉国太子等不及了。"
　　他们和木宴打交道的时间不短，对木宴的作战方式和处事风格也算有所了解，这步棋一看就不像是木宴的风格，倒有可能是那位年轻气盛的太子的手笔。
　　苏则郁叹了口气，回道："不管是谁等不及，接下来我们都有一场硬仗要打。"

按照常理分析，大战在即，前锋营的压力应该是最大的，可是敌军换成擅长骑术的凉国，压力最大的就变成骑兵营了。

作为骑兵营主将的苏则郁，一想到凉国兵强马壮的数万骑兵，就头皮发麻。

萧筌看不得苏则郁那副愁眉苦脸的样子，轻"啧"了一声，用力地拍了拍苏则郁的肩膀，大声地说道："不就是打仗吗，咱们还怕他们不成？以前咱们不敢贸然地进攻塔木城，是因为对塔木城的情况不了解，更加不知道他们城北军营的军备部署，也忌惮木家那对双胞胎大将。可是现在不一样了，我们有了城北军营的详细地图，又有了冉无恙和斩马队，未必不能一战！"

都是身经百战的将军，即使一开始被木宴倾巢而出的大动作打得措手不及，也没人真的怕打仗。

苏则郁轻轻地笑了一声，脸上的担忧之色散了几分。他笑道："你说得对，咱们也有应对之法，他们想要来送死，就让他们来吧！"

帐中的气氛随之轻松起来，诸位将军的神色也不再像一开始时那般凝重。

"按照木宴的速度，早则今晚，迟则明早，他们必定出兵逼近临山关，我军虽然不惧应战，却也要早些做好准备才是。"司徒京说完，暗暗地朝蔺不归使了个眼色。

蔺不归回想起今日一早司徒京对他说的话，心中也有几分期待。他看向一直站在冉无恙的身边，没有什么存在感的云亭，说道："云亭，你可有什么建议？"

云亭忽然被大将军点名，脸上闪过一丝茫然之色。他随即将目光转向沙盘，思量片刻后，回道："大将军本来就打算攻打塔木城，如今不过是提前了几天而已，我认为没有什么区别。"

蔺不归紧蹙剑眉，说道："你的意思是，我们依旧主动出击？"

他原本也有这个想法，但之前只打算出动三万兵力攻打塔木城，一来是给斩马队练练手，二来是借机试探木宴的底细。

蔺不归总觉得木宴作为凉国的名将，这半年来实在太不称职，简直不像是来打仗的。

可是他还没行动，木宴居然一改之前温吞的作风，倾巢而出，打得他措手不及。

若是他还想主动出击，三万人远远不够，调度数万兵马并非易事，木宴留给他的时间还不到一天。他没有万全的准备，不敢贸然出击，以守为攻或许才是良策。

"没错，我就是这个意思。"云亭仿佛没看到蔺不归黑沉的脸色，走到沙盘的附近，随手拿起一面鲜红的小旗，插在了塔木城的城门上，说道，"把战场定在塔木城，对我军才更有利。"

蔺不归的视线跟随着那只白皙的手指落到了沙盘上。他沉思片刻，紧锁的眉头竟缓缓地舒展了。蔺不归走到沙盘前，对着云亭招了招手，说道："你细细说来。"

云亭并没有急着说话，而是慢条斯理地将沙盘上插得密密麻麻、乱七八糟的各色小旗子拔了下来，按照颜色分门别类地放好，只留下他一开始插上的那面小红旗。

说来也奇怪，在军情如此紧急的时刻，居然没有人催他，连脾气最急躁的贺弘将军都没有打断他的动作。看着他有条不紊的动作，每个人的心奇迹般随之平静下来。

"宿主，你看看人家！"

冉无恙的脑海里忽然响起一个嫌弃的声音，她立刻欢快地回道："我看着呢！云亭哥长得真好看！手指也好看！哪里都好看！"

我是让你看脸吗？！自从绑定了这个宿主之后，系统觉得自己的脾气真的是越来越好了。

系统决定从此做个没有感情的工具人，不想再和宿主废话，冷冰冰地说道："云亭服用初级基因修复液之后，智力升级，数据超过10级的峰值，开发出了精神力。不过他的精神力没有达到真正的异能者的初始等级，所以在系统判定中，并不算真的拥有精神力。"

"但是！"系统又着重地说道，"仅仅过去十多天，他通过不断研究和尝试，在短时间内不仅提升了自己的精神力，还自学成才，找到了精神力的使用方法。例如：现在他就在用自己的精神力影响和安抚在场的所有人。在没有人教导的情况下，他通过自己的努力，成了这个位面第一个拥有精神力的人。现在宿主知道系统想让你学什么了吗？"

冉无恙自动忽略了最后一句，所有的心思都被"第一个拥有精神力的人"这句话占据了。她立刻说道："系统，快给我看看我哥的人物面板。"

"叮，扣除10点魅力值查看云亭的人物面板。"

姓名：云亭

年龄：20岁

智力：10+级

体力：6级

敏捷度：5级

精神力：初级开发1级

这个精神力就是所有人都没有，云亭哥独有的东西吗？！

冉无恙的眼睛里冒出了一串串小星星，她陶醉地说道："我哥真厉害！别人都做不到的事情，他十几天就能做到！他果然是最厉害的人，没人比得上他，不对，没人配和他比较！"

"系统是让宿主学习，不是让宿主来吹捧的！"系统的心好累，它想做没有感情的工具人也好难。

再一次把系统搞到声嘶力竭，冉无恙终于良心发现，轻咳了两声，态度端正地回道："好了，我也在很努力地思考和学习啊，经过我的观察，我对接下来的发展已经有了基本的预测。"

"说。"

冉无恙一本正经地回道："我觉得，我哥接下来要开始'哄骗'了。"

系统不知该说什么好。在智商这方面，它可能真的不该对宿主有太大的期待，尤其在事关云亭的时候！

云亭并不知道冉无恙和系统正为了他，在脑海里你来我往地互相"伤害"。

他感觉到几位将军尤其是大将军的心绪逐渐平稳之后，便不再拖延，说道："我之所以说把战场定在塔木城对我军有利，主要还是地形的原因，尤其是在敌军一次性出动至少七万兵力的情况下。"

边城经历了多年战争，虽然是一座城，实际上已经失去了城的作用。

城墙破败不堪，有些地方甚至已经倒塌了，他们想要重新修建城墙并不容易。

现在还留在边城的百姓，大多数是老弱妇孺，没有健壮的男丁，就算蔺不归调动一部分士兵来修建城墙，也只是解决了人力的问题。

石砖、石块、沙土、石灰这些材料还能勉强凑齐，但是修城墙必不可少的灰泥中的主料糯米，是无法找到的，因此修建城墙的事就被耽搁了。

边城内没有足够的地方让士兵们集中扎营，士兵们分开住蔺不归又不方便管理，所以蔺不归在夺回边城之后，并没有让士兵入驻边城，而是选择了边城外一处背靠临山的地方作为营地。

这处营地是风水宝地，不仅能作为边城的屏障保护边城的百姓，而且营地的附近水源充足，易守难攻。

然而这个易守难攻也是相对的，像这次敌军倾巢而出，全面袭扰，就显露出了军营没有城墙的弊端。

关于边城和自家军营的情况，将军们也都十分清楚，可是如果他们将战场选在塔木城也不见得对他们多有利啊。

萧箜主管前锋营，这时候倒是很有发言权。他指着插着唯一一面小红旗的城南门，咬牙切齿地说道："以前我们也不是没有试过攻打塔木城，但是塔木城的城墙被建造得极高极厚，强行攻城十分艰难，最后也还是要把他们引出来才行。"

众将军深有体会，再一次皱起眉头来。

云亭又拿出一面红色的小旗子，不紧不慢地说道："我们都知道塔木城有两个城门，一个是南门，另一个是北门。南门就是萧将军说的，我军攻打过无数次的城门，但其实除了这两个门，还有一个门，我们不仅能攻城，还能直接攻入木宴的城北军营。"

众将军皆惊，追问道："何处？"

云亭俯身，将这面小红旗插在了城北军营的西面外围的一处地方，因为蔺不归对这片区域不了解，沙盘上此处空荡荡的，看不出地貌。

"城北军营建在塔木城中，但军营很大，并不是所有的地方都被城墙包围着，军营的西门外面就是荒地。"

司徒京盯着那一片光秃秃的沙盘，冷声问道："说说西门的具体情况。"

云亭微挑眉峰，心下暗笑——这位斥候营的主将，对自己手下的斥候没能发现这么重要的信息很是不满啊！

云亭非常给司徒将军面子，假装什么都没看出来，继续回道："上次我和冉无恙夜探军营的时候误打误撞，从西门跑了出来。西门外是一片荒地，再出去两三里便是荒林，斥候之前没发现这个门，应该就是被这片荒林给遮挡了。"

司徒京的眉心一跳，他抬眼看去，云亭把玩着手中的小红旗，神色淡然，好像刚才说的关于斥候的话只是随口一提罢了。

苏则郁盯着西门上那面鲜艳的小红旗，说道："你想从西门直接攻入军营？"

"不。"云亭一口否定，继续说道，"西门的城墙虽然没有南门的城墙那么高，却也没有那么容易攻进，我的意思是，由萧将军带领前锋营的将士攻打南门，再由苏将军带领骑兵营在军营的西门前叫阵。"

贺弘一拍大腿，笑道："我知道了，你是打算两面夹击，打木宴个措手不及，再一举攻下塔木城！"

云亭摇头："不。"

又不是？在战术上习惯直来直往的几位将军差点儿跟不上云亭的节奏。

云亭笑了笑，说道："木宴的手里握着十万大军，我们别说两面夹击，就是四面围攻，三五天内也不可能攻下塔木城。实际上，不管是萧将军攻打南门，还是苏将军在西门前叫阵，都不是我军此战的目的。"

萧筌都被他绕晕了，之前他说了这么多，居然不是他们此战的目的。萧筌不解地问道："那我们的目的是什么？"

"是这里。"云亭又拿出一面小红旗，不偏不倚地插在了城北军营的一处石楼上。

将军主帐里的这个沙盘，是根据冉无恙提供的城北军营的地图重新布置的，除了冉无恙在绘制地图的时候刻意模糊了一些地方，这个沙盘几乎还原了城北军营的全貌。

因此，被云亭插上了小红旗的这座石楼，就显得格外普通了。

萧筌问出了众人的疑惑："这里是……？"

"军粮库。"云亭的话就像是一滴水落入了滚烫的油锅中，一瞬间油花四溅。

"军粮库？！真的假的？你确定？！"

"你怎么知道这里是军粮库？"

"就这么一座小小的石楼，放得下多少粮草？！就算堆满，也只是十天的储备量吧，怎么可能是整个军营的军粮库？"

军粮库的位置十分重要，一向稳重的将军们都按捺不住地追问起来。

云亭的修养极好，面对诸多质疑，他仍能保持良好的风度，等将军们问完了，才轻声地解释道："这座石楼位于军营的后方，靠近北门，既不是议事楼也并非藏书楼，但是这里戒备森严。"

"这里和这里，"云亭俯下身，点了点两处高台，说道，"这两座瞭望台之间的距离，比其他几处之间的距离都要近，在那位置的人刚好能将石楼的前后方看得清清楚楚。石楼的顶楼八个方向都有窗户，在楼里的人就能无死角地监控石楼的四周。"

众人仔细一看，发现确实如云亭所言。这两处瞭望台的间距很近，石楼的造型也有些独特，旁人乍一眼看过去，并不突兀，但细想之下，就会发现端倪。

"城北军营里建造了很多营房和院落，都是木质结构，唯独这一栋是石楼，也是整个军营里唯一的石楼，不仅如此，石楼的周围五十丈内的地面上都没有其他的建筑，这么做的原因我猜有二：一是防火，二是……"

云亭说到这里，停了一下，才又低声说道："石楼的底下有大地窖。"

地窖？！

众将军恍然大悟，北方很多人的家中都建有地窖，大家对地窖都不陌生，但真正的大地窖，不是平民百姓家能够自建的，既要挖得深，又要做好支撑，整个地窖的上方最好不要建房子，以免造成坍塌现象。

这座石楼及其周围的环境，确实很符合修建大地窖的特征。

"这么说，这里真的是敌军的军粮库！哈哈，好！太好了！"贺弘抚掌大笑。

帐中的将军们都很高兴，但最激动的莫过于贺弘。

两个多月前，敌军夜袭粮草营，好在他们发现及时，损失不算太大，但这口气一直堵在贺弘的心里。

他早就想报复了，可惜凉国的军营建在塔木城内，他们多次探察都没有找到敌军的军粮库的具体位置，如今终于有所发现，那还不有冤报冤，有仇报仇？！

"他们居然把粮草藏在地底下，难怪咱们一直找不到。这次咱们也要把他们的军粮库烧得一干二净！"贺弘跃跃欲试，恨不得立刻带兵冲过去放火。

萧箜大笑，也跟着附和道："要是能烧那可就太好了！"

齐瑾身为伏虎营的主将，单论战力，比萧箜和苏则郁都要强，只是他不喜说话，显得没什么存在感。

此时，众将军都在讨论如何火烧粮草，他却紧盯着石楼，冷声说道："既然我军的目的是军粮库，为什么我们不等敌军倾巢而出，大本营空虚之时再动手？"

云亭没有反驳齐瑾的说法，点了点头，笑道："也不是不行，就是会有风险。"

齐瑾："愿闻其详。"

将军们自己都没发现，不知不觉中，他们对云亭的态度发生了改变，变得郑重许多。

云亭对这样的结果很满意，保持着一贯的耐心，一一解释道："风险有三：其一，木宴最少会留下两万兵马守大本营，大部队离营，留守的人必定十分警觉，守备只会更加森严。有城墙阻隔，我军能够成功潜入的人数难以过千，这些兵力在敌营没有混乱的情况下，能否完成烧粮草的任务还是未知数。

其二，到现在为止，我们猜不透木宴此次出兵的目的，若他们的目标刚好也是我军的粮草营，至少七万大军压境，混乱之下，我军能够保证粮草绝对安全吗？如果两边的粮草都被烧的情况下，木宴可以退到虎客城，我军可以退到哪里？遥城吗？那里也没比边城好多少吧。"

众将军的心一沉——何止是没比边城好多少，遥城早在一年前就已经是一座空城了。

边境混战数年，百姓死伤无数，活下来的人也全部逃难去了，根本无人耕种，别说遥城，就是附近三座城池，都拿不出粮草来。

如今国库空虚，皇帝无能，他们的粮草要是真的被烧了，朝廷不仅不会再给他们筹粮，还会对蔺家问责。

蔺不归沉着脸，问道："其三又是什么？"

云亭抬眸，看向主位上的大将军，不紧不慢地回道："其三，若是木宴图谋的不是粮草，而是我们不知道的东西，那可就防不胜防了。"

众将军面面相觑——军营里还有什么比粮草更重要的东西，值得木宴图谋？！

别人没有想到，蔺不归和司徒京的脑子里都已经飞快地闪过了一个人。

太子瞿向卿！

和万俟翱秘密前往塔木城不同，他们的太子殿下可是作为监军，大张旗鼓地来到了边城鼓舞士气，木宴不可能没有收到消息，若是他们这次的目标是趁乱击杀太子……

蔺不归心猛地一跳，眉头紧紧地皱在一起——若是太子真的死在边塞，就算皇帝早有废太子之心，也还是会降罪于他，姚皇后一派必定趁此机会打压、构陷蔺家，父亲和兄长还在皇城里，他不得不更加小心谨慎。

蔺不归想到的事，司徒京自然也想到了，司徒京现在的心情十分复杂。

司徒京一开始是被冉无恙的身手惊艳，后来才注意到这个总是站在冉无恙的身旁的青年。

他去看冉无恙练过几回兵，发现步兵队的阵法竟都是云亭教授的。更神奇的是，有几个战力很强却被戏称为榆木疙瘩的精兵，居然听懂了如此复杂的阵法，这让他感到不可思议。

那时候他就觉得青年才智过人，今日让蔺将军询问云亭的意见，其实也是存了考校之心。

司徒京没想到，青年的优秀程度远远超出了他的预料，不过二十岁的云亭，胸中早已有丘壑，起码他在这个岁数的时候，是比不过对方的。

司徒京摇头失笑,难得有一种自己输了的感觉。

时间紧迫,容不得蔺不归慢慢考量,不管怎么说,堵住敌军,不让他们离开塔木城,己方才能化被动为主动。

蔺不归当机立断,下了命令。

萧箜,点一万骑兵、一万步兵,攻打南门。

苏则郁,点一万骑兵、五千步兵,在西门前叫阵。

齐瑾,点三千精锐,趁乱潜入敌营,火烧粮草。

斩马队暂时并入骑兵营,与苏则郁一同前往西门。

剩下的几位将军,留守大本营。

两军交战,作为大将军,蔺不归本该前往压阵,但是因为瞿向卿还留在营中,粮草又是极其重要的物资,最后他还是决定留下,安定军心。

蔺不归定下的出发时间,是两个时辰之后。

看起来好像时间挺多,实际上将军们光是清点数万人马,准备人和战马五天的口粮就是一个大工程,因此两个时辰十分紧迫。

几位将军出了主帐就立刻不见踪影,唯有云亭和冉无恙两个人,继续慢悠悠地往前走。

终于走到人少的地方,冉无恙一把抓住云亭的衣袖,欲言又止道:"哥……"

云亭停下脚步,说道:"想问什么就问吧。"

冉无恙往左右两边看了看,确定周围没人才低声问道:"木宴忽然出兵,是你动的手吧?"

云亭轻轻地"嗯"了一声,坦然地回答道:"是我。"

冉无恙咧嘴一笑,摆出一副"我就知道是你"的得意模样,轻哼道:"你的目的肯定不是烧他们的军粮库。"

云亭挑了挑眉,没承认也没否认,问道:"为什么这么说?"

冉无恙用手遮住嘴巴,压低声音,神秘兮兮地回道:"女子的直觉!"

云亭的唇边的笑容有一瞬间的僵硬,他用力地揉了两下冉无恙的脑袋,温柔地说道:"好好说话。"

冉无恙吐了吐舌头,笑道:"我是这么想的,如果你只是想烧军粮库的话,完全可以等到蔺将军攻打塔木城的时候再提出建议,没必要大费周章地诱导木宴出兵,所以你的目的肯定不是军粮库。"

"嗯,有进步了。"云亭用盖在冉无恙的脑袋上的大手奖励似的轻拍了两下,继续问道,"那你觉得我的目的是什么?"

"制造混乱,然后……"冉无恙抿了抿唇,不确定地回道,"浑水摸鱼?"

冉无恙偷瞄了云亭一眼,想看她哥的脸色行事,结果盖在她脑袋上的手指只是轻轻地敲了两下,她便立马认输了:"我瞎猜的!'鱼'是什么我想不出来。"

425

冉无恙苦着脸，可怜巴巴地说道："哥，能不能别让我猜了？可以向我透露一点儿你的计划吗？"

云亭叹了口气，用食指点了点她的额头，笑道："我早就说过，你想知道什么，我都会告诉你。而且在我接下来的计划里，你可是很重要的，没有你的帮忙，我的事肯定就办不成了。"

冉无恙的眼睛倏地一亮，她拍了拍自己的胸膛，豪气万千地回道："我一定能帮上忙！你说，今天需要我干什么？"

云亭的目光不自觉地扫过冉无恙平坦的胸部，眼神有些飘忽，他尴尬地轻咳了两声，回道："也不难，首先是要打赢木氏兄弟。"

"没问题！"冉无恙十分自信。她可不是盲目自信，这二十多天她一点儿也没闲着，白天练兵，晚上还要接受系统的魔鬼训练。

她在系统设定的模拟训练场上，不仅进行过一对二的训练，还尝试过一对三、一对四地拼杀。就算木氏兄弟骑术精湛，又是双胞胎默契惊人，她也肯定能将他们打趴下。

"接下来呢？攻打完木氏兄弟之后，还要打谁？"冉无恙用亮晶晶的眼睛看着云亭，昂着下巴，神采飞扬的模样异常耀眼。

云亭忽然觉得今天的太阳过于灿烂了，小姑娘浑身上下仿佛在发光，让他不自觉地眯了眯眼睛。

"哥？"云亭哥看她的眼神怎么有点儿怪怪的？

第二次恍神的云亭眨了眨眼睛，一脸淡定地继续回道："你之前说得没错，我确实是要浑水摸鱼，咱们要摸走的鱼，就是小灵。"

"万俟灵？"冉无恙一头雾水，"为什么要趁乱偷偷地带走她？"

即将出兵，整个军营的人都在紧急准备，两个人在路边站了太久，已经吸引了一些士兵的目光。

云亭往前走了两步，示意冉无恙跟上。两个人一边走，云亭一边小声地解释道："我的存在早晚会暴露，小灵是我和万俟翱共同的软肋，不管是为了打击我还是为了打击他，小灵都是最好的利器。如果小灵出事，我和万俟翱将永远没有和解的可能，她继续留在塔木城里很危险。"

"当然，我们趁乱把小灵'偷'出来，不仅是为了她的安全，也是为了激怒万俟翱。据说万俟翱这次来塔木城，只是为了保护小灵，将人带回皇城，所以应该不会插手两国的战争，但小灵失踪，他绝对不会袖手旁观。如果他认定是瑜军劫走了小灵，就一定会出战。"

原来如此。冉无恙点了点头，了然道："我懂了。哥，放心，我一定也能打赢万俟翱！"

"不，"云亭摇了摇头，"你不能赢他。"

他们不为了赢他，为什么要激怒他出战？难道是云亭哥担心她打不过万俟翱？

"哥，你是不是怕我受伤啊？"冉无恙一脸感动，立刻表决心道，"你别担心，上次交手我确实输他一筹，可是现在不一样了，我觉得以自己目前的实力，拼一拼应该能赢。"

云亭勾唇一笑，在她的耳边低声说道："我相信你可以赢，但是你不能赢他，因为我今天搞这么大阵仗，最终目的就是给万俟翱立威。"

"什么？"冉无恙呆住了，揉了揉发痒的耳朵，觉得自己有点儿跟不上她哥的思路。

云亭被冉无恙呆滞的模样逗笑了，抬手捂住被冉无恙揉得红通通的耳朵，笑道："你没听错，我要给万俟翱立威。"

冉无恙想到了一个可能性，低声问道："你是不是和他也结盟了？这才二十来天吧，哥就搞定那位太子啦？哇，你真的是太厉害了！"

窝在宿主的脑海深处的系统再次生出一种想要立刻关机休眠的冲动，这时时刻刻的过分吹捧真是厉害了，如果宿主把这份热情放在事业上，高级系统应该唾手可得吧。

系统恨铁不成钢，十分郁闷。云亭在冉无恙的"糖衣炮弹"的攻击下，心情甚好。他捏了捏冉无恙软软的耳垂，回道："还没有。"

没有？那凭什么帮他？！

冉无恙立刻变脸，一把抓住云亭的手腕，将他的手拉下来，不许他继续捏自己的耳朵，气鼓鼓地瞪了他一眼，哼道："没结盟你为什么要给他立威？"

看到小姑娘生气了，云亭也没敢继续逗她，解释道："现在没结盟，不代表以后不会结盟，就算不能结盟，木宴的兵权如果能被万俟翱瓜分一二，对我们接下来的计划很有利。"

冉无恙还想继续问，就听到远处传来一声不耐烦的吼叫："这是怎么回事？乱糟糟的，要打仗了吗？"

两个人抬眼看去，人来人往的军营里，一道亮紫色的身影格外显眼。

此刻已经接近午时，盛夏的阳光本就刺眼，再加上那道绚丽的颜色，对眼睛的伤害实在有些严重。

冉无恙眨了眨眼睛，连忙避开，顺便捂住云亭的眼睛，低声说道："别看，又是那位能闪瞎人眼的姚大人！"

云亭轻轻地笑了一声，拉下冉无恙的手，说道："走吧，一会儿还要集合，快来不及了。"

现在确实不是刨根儿问底儿的好时机。冉无恙点了点头，说道："行吧，其他的事我们以后再说，反正今天要做的就是两件事：第一，打败木氏兄弟；第二，调卜万俟翱的话就输给他。对不对？"

"不对。"

怎么又不对了？冉无悉夸张地叹了口气。这也不对那也不对，她这次是真的不知道要怎么做才对了。

对上冉无悉幽怨的目光，云亭终于感觉到自己似乎是有些过分了，轻咳了一声，笑道："遇上万俟翱，你不要赢过他就可以，我的战神这么厉害，怎么能输给别人呢？"

冉无悉一怔，心脏莫名其妙地跳得有些快。

这些日子她也看过不少兵书，知道什么是谋略，什么是战术，更知道在战场上，胜败乃兵家常事，所以她其实没有把输赢看得太重，更没有把输给万俟翱当作一件耻辱的事。

但是她自己不介意是一回事，有人因为不愿她受委屈而不让她输，又是另外一回事，尤其这还是自己放在心尖上的人，这怎能不叫人欢喜？

冉无悉捂着"怦怦"乱跳的心脏，信誓旦旦地说道："我懂了！我会让除万俟翱以外的人，输得很惨！"只要别人输得足够惨，万俟翱没有输，对比之下就能凸显他的厉害了。

大战在即，士兵们行色匆匆，冉无悉和云亭两个站在路边说话的闲人，立刻落入了姚颂的眼里。

姚颂眯着眼看了一会儿，终于看清了其中一个人，正是曾经与他作对的冉无悉。

最近冉无悉忙于练兵，姚颂根本见不到她，如今好不容易看到了，新仇旧恨涌上心头。姚颂冲着两个人大声地叫道："姓冉的，给本官滚过来。"

姚颂早就想教训这个不知天高地厚的小子了，即使现在冉无悉已经被蔺不归任命为校尉，姚颂也丝毫没有把这人放在眼里——冉无悉不过是小官，若是在皇城里，这种小吏能被他用手指头捏死。

他不把冉无悉放在眼里，冉无悉更加不想理会他。冉无悉连头都没回，拉着云亭就往斩马队训练的校场跑去——他们一会儿还要打仗，哪里有空理这种闲人？

姚颂正得意扬扬地等着冉无悉过来，谁想到他一喊完，人家一溜烟跑了。

"你跑什么？"姚颂第一次被人这样无视，尤其还是这种无名小卒，一张白胖的脸瞬间被气得通红。他指着两个人跑远的方向，怒吼道，"岂有此理！来人，给本官把冉无悉抓回来！"

跟在姚颂身边的护卫面有难色，追也不是，不追也不是。

且不说人早就跑没影了，军营那么多，他们上哪儿去抓？再说，在军营里无缘无故地捉拿一位小将，也不是件容易的事，这里可不是皇城。

姚颂喊了半天，看见几名护卫居然还站着不动，火气更大了，骂声也更响亮了。

"姚大人，军中将有战事，你不在帐中待着，在这里做什么？何事让姚大人如此大动肝火？"

清朗的男声在姚颂的身后响起,听起来像是在关心他,实际上来人就是在嘲讽他吧。

姚颂冷笑一声,没忘记瞿向卿和冉无恙那小子是一伙的。

姚颂转身朝着瞿向卿行了个礼,皮笑肉不笑地回道:"见过太子殿下!您怎么也在这里?哦,下官差点儿忘了,太子殿下可是来军中鼓舞士气的。大战在即,您这是准备随军出战吗?"

瞿向卿轻叹一声,一脸遗憾地回道:"本王肩不能扛手不能提的,去了也是添乱。姚大人若有兴趣,倒是可以向大将军自荐。"

姚颂:"……"这人身为太子,这么干脆地承认自己不行真的可以吗?!

姚颂和瞿向卿之间的交锋,冉无恙一无所知。她和云亭一路小跑到校场的时候,精兵们还在卖力地训练。

冉无恙走到校场的中央,喊了一声"集合",精兵们迅速地向着中心的位置靠拢。片刻之后,一千骑兵一千步兵,全部集结完成。

其他将军若是看到此速度,肯定会吓一跳,但这对精兵们来说,已经习以为常了。

冉无恙暗暗地点头,对他们的表现非常满意,对接下来的战斗更有信心了。

冉无恙朗声说道:"今天的训练结束!大将军刚刚下了军令,斩马队暂时归骑兵营苏将军统管,两个时辰后,攻打塔木城!"

队伍很安静,没有因为这个突如其来的消息而骚动,但精兵们的眼睛明显亮了起来。

精兵们进行了大半个月的陌刀训练,总算有机会在战场上与敌人一较高下,一张张年轻刚毅的脸庞上满是克制不住的激动表情。

别说他们,冉无恙的心中也激荡不已。这一战,不仅是斩马队的首战,也是她第一次以将领的身份,带领精兵们与敌军正面拼杀,无论如何,首战必须告捷!

云亭轻轻地拍了拍她的肩膀。冉无恙深吸一口气,压下激动的情绪,抓紧时间和手底下的精兵们说一说下午攻打敌营,对战凉国骑兵时的注意事项。

两个时辰很快过去,萧筌、齐瑾、苏则郁三位将军已经带领麾下的将士等在军营的大门前,大将军一声令下他们便可出战。

冉无恙的斩马队迟迟未到。眼看着未时三刻马上就要到了,苏则郁正想着要不要派人去看看,就听到远处传来整齐的脚步声。

众人回头看去,有人忍不住低声叫道:"快看,那是不是斩马队?!"

将士们都瞪大眼睛,有些还踮起了脚,想要看一看这支秘密训练了将近一个月的队伍究竟有何厉害之处。

冉无恙没有让他们失望,斩马队的出场足够让人惊艳。

将士们远远地就看到一道长方形的人墙走了过来,怎么形容呢?

十人如一人容易，百人呢？千人呢？

两千人马行走起来，竟然整齐得如同一个人。不仅步兵整整齐齐，就连骑兵队伍也是一样横平竖直，这实在让人匪夷所思！

那些精兵都背着一把一人高的陌刀，各个形如松柏，挺拔昂扬。因为太过整齐，精兵们每一步的起落都只有一个声音，也就显得脚步声特别响亮。虽然他们只有两千人，却走出了两万人的气势。

在场的众人都被这一幕惊呆了，虽然还没有真正见识过这支队伍在战场上的作战能力，但仅是看到他们这样迎面走来，就已经十分震惊了。

这支服从性、纪律性都极高的队伍让在场的将军们眼热——谁不想拥有这样一支令行禁止、指哪儿打哪儿的军队？！

蔺不归同样很高兴。冉无恙果然厉害，不愧是圣贤的弟子，还不到一个月，竟能把士兵训练成这样，若是再给这少年一点儿时间，多给其一些士兵去操练，蔺家军的战斗力绝可能大大地提升！

"叮，收到来自蔺不归的 100 点魅力值。"

听到耳边的魅力值提示音响个不停，冉无恙都有些麻木了，忽然听到蔺不归的名字，扭头看去，看到了大将军慈爱的笑容。

冉无恙的嘴角抽了抽，她连忙避开目光——说实话，大将军还是一脸严肃、满身威严的样子顺眼一些。

好在蔺不归也只是对她笑了笑，没有多说什么。

兵贵神速，大将军说了几句激励的话，简单地做了战前动员，就让他们出发了。

上次冉无恙一行人带着几车货物假扮商队，脚程慢了很多，还在塔木城的郊外睡了一晚，次日才进的城。实际上从边城到塔木城并不算远，一般人快马加鞭两个时辰就能到了。

萧筽、苏则郁、齐瑾兵分三路。苏则郁带领的骑兵必须绕过荒林攻击敌军的西门，所以早早地就和另外两队人分开了。

荒林比官道难走，好在骑兵穿过荒林就到了西门，路程近了许多，未到酉时，大队人马已经走到了荒林的外围。

骑兵再往前走，就到了空旷的荒地上，一旦失去了荒林的掩护，他们就会进入敌军的视野中。

苏则郁抬头看去，太阳虽已偏西，阳光却依旧充足，盛夏时节，夜晚在戌时才真正降临。

按照计划，他必须在酉时三刻之前，将木氏兄弟逼出军营，留给他的时间并不多。苏则郁正准备传令全速前进时，冉无恙忽然举起手，做了一个停止的手势，跟在她的身后的两千精兵全数停了下来。

冉无恙伸手到衣襟里搜寻了一下，拿出一条黑色的面巾，抖了抖，往脸上一蒙，清俊的小脸被遮住一大半。

她身后的精兵有样学样，也从怀里摸出了一条黑色的面巾，动作整齐划一地将黑色的面巾系好。

两千名精兵背着陌刀，面戴黑色的面巾，只露出一双犀利如鹰的眼睛，一个个身姿挺拔、气势如虹，硬生生地把苏则郁率领的一万骑兵比了下去。

苏则郁的眉头不自觉地皱了起来。他疑惑地问道："你们为什么要戴面巾？这样做有什么特殊作用吗？还是说统一的面巾能够让斩马队的人员一眼认出彼此的身份？"

他还记得，斩马队成立之初，云亭说过会让他们演练阵法，这面巾莫不是与排兵布阵有关？

苏则郁的脑海中已经浮现了无数高深莫测的兵法、阵形，结果却听到一阵笑声在耳边响起。

"不是啊，我觉得骑兵的人数这么多，一会儿混战起来，尘土飞扬，他们吸一口气都能吃进一嘴沙子。再说我们斩马队的武器是陌刀，一刀砍下去，人马俱裂，血肉横飞，一不小心就会弄得满头满脸的血，所以我就让他们都戴上面巾，可以防尘防血溅。"

苏则郁："……"

一旁竖起耳朵偷听的骑兵："……"

虽然很有道理，但是这和他们想象的不一样啊！

冉无恙无视众人一言难尽的目光，一本正经地整了整自己的面巾，对着苏则郁扬了扬眉，笑道："怎么样？苏将军，你要不要也戴一条？"

"呵呵。"苏则郁将头扭向另外一边，并不是很想和冉无恙说话。

冉无恙暗暗地松了一口气，顺便朝她哥眨了眨眼睛。

云亭哥和万俟翱长得几乎一模一样，万一开打之后，被敌军或者万俟翱的银甲军看到云亭哥的脸，岂不坏事？

云亭哥的这张脸，必须不能暴露！

但若是云亭哥一个人戴面具或者面巾实在太突兀了，不如斩马队的全体成员都戴上面巾，这样一来就不会有人把注意力放在云亭哥的身上了。

冉无恙暗暗得意，她可真是个小机灵鬼。

这本是一场抱有私心的小安排，冉无恙也没想到，戴黑色的面巾莫名其妙地就成了斩马队的标志。更让她想不到的是，数月之后，这支被人戏称为"黑面军"的斩马队，会以势不可当的气势，横扫凉国境内，成为各国将领闻之色变的奇兵。

第三十二章　斩马队的锋芒

"主子，南门和军营的西门都被瑜国的大军围困，南门还没有动静，西门外，敌军的将领已经开始叫阵了。"

西门与北苑离得不算远，他们即使在屋内，也能隐约听到远处传来的马蹄声、喊杀声。

将士尹宵身穿银色的盔甲，双手抱拳半跪在地上，微垂着头，低声禀报了外面的情况。

主位上坐着的便是太子万俟翱，身穿黑衣，身材颀长，手里握着一条黑色的铁鞭子，似在把玩又似在抚摸。他的脸上戴着青面獠牙的青铜面具，所有的神情全部被掩盖在面具之下。

一声嗤笑从面具的后面传来。从昨夜开始，木宴忽然大张旗鼓地调兵遣将，他还以为木宴有什么大计划，结果木宴还未发兵，就被别人包抄了，真有意思！

万俟翱一边轻轻地摩挲着手里的铁鞭，一边冷声问道："领兵的是谁？"

"萧筌和苏则郁。"

万俟翱微微皱眉，问道："蔺不归没来？"

尹宵回道："没有，不过萧筌、苏则郁二人是蔺不归的左膀右臂，也算是瑜国的名将了。"

传闻蔺不归骁勇善战，被瑜国的百姓誉为"战神"，原本万俟翱还以为今日能有机会见上一见，却不想人家连主将都未出马，万俟翱瞬间没了兴致。

尹宵偷偷地抬眼看去，虽然看不到主子的神情，却能从他随意的姿态上感觉到他的意兴阑珊。

身为太子殿下的银甲军统领，尹宵在殿下的面前还是能说上几句话的。长久安静之后，尹宵试探着轻声问道："主子，您……不去议事楼吗？"

问完尹宵就后悔了，主子对属下不算严苛，可是他的脾气十分暴躁，若是有人惹得主子不快，主子的铁鞭一抽下来，人就得在床上躺五天。

尹宵全身的肌肉紧绷，他大气都不敢喘。耳边传来"啪"的一声响，却不是鞭子抽在身上的声音，而是万俟翱将铁鞭随手扔在了一旁的茶几上发出的声音。万俟翱冷声说道："边疆战事，由木大将军统领指挥，何须旁人多事？"

主子的声音虽然冷硬，人却没有动怒的迹象。尹宵松了一口气，连忙回道："是。"

尹宵抱拳行礼，正要转身退到门外，万俟翱又叫住了他，问道："小灵在做什么？她是不是又跑到议事楼去了？"

尹宵停下脚步，立刻回道："没有，自从狄勒图大人回来之后，公主殿下就一直跟在他的身边。半个时辰之前，公主殿下想跟着狄勒图大人一同前去议事楼，被狄勒图大人拦住了，两个人大吵了一架，公主殿下就一直待在屋里，没有出门。"

以万俟翱对那丫头的了解，她就不是安分的人。万俟翱叹了口气，说道："你派人守在她的房门口，不许她离开北苑一步。"

尹宵："是。"

这世上，怕是只有公主殿下才能让主子这般头痛了吧。

城北军营的议事楼是一座两层的木楼，比起蔺不归的将军主帐，这座议事楼明显更为宽敞，也更加华丽。

一楼的正厅中，一名被五花大绑的男子跪在地上，不知道是因为害怕还是因为身上有伤，身体一个劲地颤抖着。

木宴麾下的四名大将到齐了，一个个身材魁梧，满身煞气。

他们神情各异，但是看向男子的眼神很一致，带着浓重的杀气，若非木宴在场镇着，男子就算不被当场打死，也要丢掉半条命。

狄勒图背靠着椅背，将双手环在胸前，朝着主位上的木宴瞟了一眼，笑道："怎么样？我就说军中有奸细，你还不信。"

跪在地上的男子一脸惶恐，立刻大声地叫道："大将军，末将冤枉！末将冤枉啊！"

男子刚喊了两句，一名满脸络腮胡的壮汉就冲了上去，狠狠地在男子的肚子上踹了一脚，吼道："你还敢喊冤？若不是奸细，昨天半夜你偷偷地跑出营地干什么？"

这一脚太狠了，男子直接被他踹出了两丈远，蜷着身子猛烈地咳嗽，仿佛要把肺都咳出来，面如死灰。

一时间，整个正厅里只能听到男子的咳嗽声和痛苦的喘息声。良久，男子猛地咳出了一口血，脸色反倒好看了一些。

他慢慢地爬起来，艰难地跪在地上，嘴里的血还在不停地往外涌，他却连擦一下都不敢，断断续续地说道："我……收到一封信，说我那婆娘难产了，我担心一尸两命，才想偷偷……偷偷地跑出去看一眼，真的不是去通风报信啊！"

"放屁，你的婆娘明明在老家，怎么可能在塔木城？！"壮汉的脸色阴沉得吓人，他抬腿又是一脚踢了出去，只是这一脚明显比之前那一脚轻了许多。

男子捂着肚子，一边往后躲，一边支支吾吾地回道："那……那是我相好的……"

壮汉闵安也就是男子的上峰，用余光偷偷瞄了一眼坐在主位上的木宴，却见木宴面无表情，微闭双眸，仿佛对正厅中发生的一切事毫不在意。

闵安的眼中闪过一丝厉色，他用力地踢了男子一脚，粗声粗气地吼道："什么相好的？给老子说清楚！"

　　这一脚踢下去，男子直接趴在地上一动不动，生死不知。

　　闵安一把抓住男子的衣领，将人提了起来，不耐烦地喝道："起来，装什么死？！"

　　男子嘴里的血往下流，眼睛半睁半闭，人虽然还醒着，却已经命在旦夕了。

　　"你说的信呢？"沙哑的声音如同一把生锈的琴，音色极差，难以入耳，在座的众人却不敢显露出分毫的嫌弃之意。

　　原本已经奄奄一息的男子听到这声音后，身体更是不受控制地颤抖起来。

　　闵安用手提着男子的衣领，倏地往上一拽。男子仰着脑袋，涨红了脸，艰难地回道："不……不见了，我……也不知道怎么回事，回来就找不着信了……"

　　木宴年过四十岁，与年轻壮实的汉子相比，体形丝毫不差，高大健硕，肌肉结实，仅看背影旁人绝对会误以为他只有二十多岁。

　　木宴年轻时脖子受过重伤，治好之后嗓子也坏了，导致他平日极少开口，整个人显得十分阴沉。

　　他缓缓地睁开眼，哑声问道："难产的婆娘呢？"

　　对上木宴阴沉的目光，男子浑身哆嗦，呆呆地回道："我不知道……我去了之后才发现屋里没人。"

　　说到这里，男子意识到自己好像怎么说也说不清楚，猛地睁大眼睛，不顾在身后拽着他的衣领的大手，一个劲地往上扑，回光返照般吼叫道："将军，我是被陷害的，您相信我，相信我，我真的不是奸细啊！"

　　男子一边咳嗽一边喊，血和泪混合在一起，狼狈不堪。他想爬过去求饶，可惜因为身体软得像一摊烂泥，只能在地上留下一道道狰狞的血迹。

　　木宴看着他就像在看地上的蝼蚁，声音冷厉如刀："拖下去，严刑拷问。"

　　"是。"两名士兵从外面跑了进来，一左一右拖着男子往外走去。

　　"将军……"男子刚喊了一声，就被士兵堵住了嘴。

　　男子很快被拖了出去，正厅的中央只留下一摊血迹，空气中弥漫着淡淡的血腥味。

　　在座的几个人都是征战沙场的老将，自然不会在意这点儿血腥味，只是奸细这个话题实在太过沉重，一时间竟没人敢插话。

　　闵安擦拭着手上的血迹，在脑子里飞快地盘算。刘武是他的属下，若是真的被打为奸细，他肯定也会被将军怀疑。再说刘武帮他办过不少腌臜事，若是那小子抖搂出来，他绝对讨不到好处。

　　"将军，刘武这小子入伍也有十来年了，胆子不大，官职又低，接触不到什么军中的机密，而且他来塔木城有两三年了，在这里好像真的有一个相好的女人，我看他应该不是奸细。"闵安思来想去还是决定帮刘武开脱两句。

话音才落，他就听到一声响亮的嗤笑声在正厅中响起。

闵安扭头看去，正好对上狄勒图满是嘲讽之意的目光。

狄勒图生怕别人听不见似的，大声地嚷嚷道："他什么都说不清，形迹又可疑，你说他不是奸细，是要为他作保吗？"

闵安有些慌乱，立刻吼道："放屁，老子凭什么给他作保？！"

吼完之后，闵安又觉得自己的反应好像太过激烈了，恶狠狠地瞪着狄勒图，冷笑道："要说可疑，你明明被蔺不归抓了，还能自己逃出来，岂不是更可疑？"

狄勒图脸色也沉了下来，眼中戾气横生："没人来救我我可不就得自救吗？你的意思是，我自己逃了回来，所以我是奸细？"

狄勒图被俘，他们确实没打算去救他，毕竟他一死，本来就日渐衰落的狄历一族就更加不足为惧了。

木宴自己不能动手，却巴不得狄勒图早点儿死，但这种话是肯定不能说的。闵安也不敢把人往死里得罪，冷哼一声，说道："这是你自己说的，我可没说。"

闵安服软了，狄勒图可没打算就此作罢，冷笑道："你这么护着刘武，你和他是一伙的吧。"

"胡说八道！"闵安不知道是心虚还是故作姿态，倏地站了起来，捏着拳头就要朝狄勒图冲过去。

狄勒图目光犀利，坐着不动如山，但那浑身紧绷的肌肉已经做好了打一架的准备。

"够了。"木宴的声音又低又哑，每次响起都让人听得头皮发麻。

闵安黑着脸又坐了下来，到底没冲过去。

从木宴开口开始，整个正厅呈现出一种诡异的安静状态，除了狄勒图还能安然地坐在椅子上，木宴手下的几名将军全部肌肉紧绷，大气不敢喘，可见木宴积威甚重。

尤其是闵安，一开始还阴沉着脸，用饿狼一般的眼神阴鸷地瞪着狄勒图，浑身上下充斥着恨不得咬死对方的狠劲。他余光瞟到木宴的脸色后，立刻慌了神，连忙低下头，额头上渗出了一层薄汗。

狄勒图倒是很享受闵安想干掉他却又干不掉的样子，甚至还无声地笑了起来。

木锐是木家的子弟，又因为能力突出，一直很得木宴看重。眼见着气氛越来越凝重，他硬着头皮，小心翼翼地岔开话题，说道："奸细的事情可以慢慢查，现在蔺家军已经如我们所愿地自己送上门了，这次咱们一定能让他们有来无回！"

木锐说得慷慨激昂，实际上心里直打鼓。他朝一名坐在木宴的身边一直没有说话的男子使了个眼色。

男子尤钧也是木宴手下的得力干将。他身材矮小，体形偏瘦，武力值不高，但冷静善谋，是军师一般的存在。每当木宴动怒的时候，几个人都会看向尤钧，只有他能安抚住大将军的怒火。

尤钧站起身，在众人看勇士的目光中，走到右侧的沙盘附近，垂眸低语道："蔺不归这次没有亲自出战，只派了萧筌、苏则郁二人领兵前来，来的大多是骑兵，投石车和弩车这些大型武器都没有被派上场，看样子他们是想速战速决。"

尤钧的声音和他的人一样，细声细气、柔柔弱弱的。他轻声说话的时候，显得很温柔；若是声音大了，反而显得尖锐刺耳。

若是其他人这么说话，必定会被这群糙汉鄙视，可是尤钧不一样，嘲笑他的人，都在他的手上吃过大亏，现在基本上已经没人敢小看他了。

木宴也确实因为他的话，将目光转向了旁边的沙盘上，笼罩在整个正厅上的低气压总算是散了几分。

众人暗暗地舒了口气，木锐也放松下来，低声骂道："蔺不归太自大了，派些虾兵蟹将过来，就想攻下塔木城，简直做梦！"

"南门这边，萧筌还未有所行动，我们暂时看不出他的打算；苏则郁那边却与以往不同，不仅发现了我军军营的西门，还率骑兵在西门外叫阵，平日里可不会如此。末将认为，此事蹊跷。"尤钧一向冷静自持，就算不认同木锐的话，也从不反驳，只是把自己的观点一一说出来，也不管他们听与不听。

木锐暗暗地翻了个白眼——他又不是没和苏则郁交过手，苏则郁不过是他的手下败将罢了，有什么蹊跷的？他们在故弄玄虚而已。

木锐对自己的骑术十分自信，昂着头，意气风发地说道："将军，苏则郁敢来西门叫阵，那是主动找死，把他交给我们兄弟俩吧，我们保证杀他个片甲不留！"

说完他还不忘给自己找同盟，用肩膀撞了一下身边的人，说道："对吧，哥？"

木勤冷冷地"嗯"了一声，看都没看他一眼。

木锐、木勤是一对双胞胎，长得很像，性格却截然不同。木锐性格活泼，是个话痨；木勤则像个哑巴，能不说话就不说话。

但要说狂傲，还是木勤更胜一筹。他不出声，大多数时候是不屑于说话。

狄勒图摸了摸下巴，今日自己来正厅的目的，除了看热闹，还要趁机搅浑水。这个时候，他必须掀起风浪才行。

他一边摇头，一边"啧啧"叹道："我听说蔺不归组建了一支斩马队，十分厉害，专门用来对付两位木小将军，你俩可不要掉以轻心，别到时候没把人家杀得片甲不留，自己一败涂地。"

木锐一听这话就皱起眉头来，怒道："什么狗屁斩马队？你把话说清楚。"

狄勒图嗤笑道："我又不是蔺不归，哪里知道得那么清楚？听说蔺大将军吃了几次骑兵的亏后，就组建了斩马队。他们总是躲避起来，神神秘秘地训练，说是专门针对咱们凉国的骑兵的，十分凶猛，两位还是小心为上吧。"

狄勒图说是让他们小心，但是从表情到语气，无一不显露出他在幸灾乐祸。

有闵安的前车之鉴，木锐倒不敢冲上去和狄勒图动手。他瞪着狄勒图，哼道：

"我们凉国的骑兵战无不胜，所向披靡，从来就没怕过谁，什么斩马队？我看是找死队！"

木宴睨了他一眼，说道："不可轻敌。"

前一刻还一脸嚣张的木锐，下一刻立刻收敛起满身的刺，乖巧地点头称是，说道："将军，他们都进攻到家门口了，我们若是一直不应战，只怕影响我军的士气，不如您让我们兄弟二人先去会会他。"

从昨日开始，木宴就大张旗鼓地点兵，很多士兵一头雾水，今日敌军来犯，若是他们龟缩在城中，确实会影响士气，但如果能大胜敌军，便更能凸显他运筹帷幄和用兵如神了。

木宴沉思片刻，低声说道："你们二人点五千骑兵出去探探虚实。"

木锐、木勤齐声回道："是！"

木宴微微抬眼，用黑沉沉的目光看向狄勒图，说道："狄勒图大人既然听说过斩马队，不如和木锐、木勤二人一起前往西门共同抗敌。"

狄勒图微挑剑眉，右手握成拳在自己的左胸口上轻轻地捶了两下，冷笑一声，回道："我上次被俘，遭受严刑拷打，受了大罪，一身的伤到现在还没完全好，怎么上得了战场？再说，木大将军的手下能人辈出，您怎么会用得上我这种伤员？"

狄勒图甚至做作地咳嗽了两声，挑衅意味十足。木锐等人的脸色都变了，木宴却仿佛什么都没看到一般，老僧入定，沙哑的声音缓缓地响起："狄勒图大人身强体壮，那点儿小伤岂能难得了你？"

装模作样的老东西，迟早有一天老子拧断你的脖子。狄勒图在心里把木宴从头到脚凌迟了一遍，才慢悠悠地双手抱拳，勾了勾嘴角，皮笑肉不笑地说道："既然是木大将军的命令，那我只能领命了。"

看到狄勒图这么快便服软，木宴心里反倒"咯噔"了一下。

若非近几年狄历一族日渐衰败，狄勒图作为一族的首领，以他的身份，木宴对他都要礼让三分。

狄勒图的脾气出了名地又臭又硬，上次夜袭他吃了大亏，就算他今日打定主意不听调令，木宴也不能把他怎么样，但他居然这么容易就答应了，反倒让木宴怀疑。

狄勒图最近行事的风格与以往大相径庭，木宴暂时还看不透他到底在搞什么鬼。现在蔺家军已经攻上门来，木宴不可能让他置身事外。

木宴压下心底的不安感，朝尤钧使了个眼色。尤钧微微颔首，跟在狄勒图和木家兄弟的身后，走出了议事楼。

酉时已过，夏日的傍晚阳光依旧明媚，被晒了一天的大地不断地向上升腾着热气，空气又闷又燥。

高耸的西城门始终紧闭着，城墙上的凉国士兵一个个手握弓箭，目露凶光，用箭尖对准前方不断叫骂的身影，恨不得将对方射成刺猬。

可惜人家也不傻。叫阵时，瑜军在中间最少留了数十丈的距离，让声音能够毫无阻碍地传过去，但是普通弓弩的射程没有那么远，凉国士兵根本射不到人。

苏则郁派了四个嗓门超级大的悍将前去轮番叫阵，但他们喊了半个时辰了，还没有人出来应战。

苏则郁正想着要不要亲自上场，就看到远处紧闭的城门终于被打开了。

城门一开，两匹纯黑色的骏马率先奔驰而出，像两道黑色的闪电，速度极快，杀气腾腾。

他们的身后，成百上千名骑兵也仿佛出笼的猛兽，扑杀而来。

冉无恙暗暗地赞叹：凉国的骑兵确实名不虚传，兵强马壮，气势惊人，几千名骑兵从不算宽敞的城门中一拥而出，队伍却丝毫不乱，行进间一直保持着最为合适的距离，这说明他们对马匹和自身的控制能力非常强。

苏则郁手下的骑兵，在这一点上就远远不及他们。

西门被打开的那一刻，叫阵的将士就已经退了回来。凉国的骑兵倒也没有直接追过来，在西门外呈一字形排开。

两名身披重甲的将领威风凛凛地立在队伍的最前方。其中一个人举着手中的偃月刀，直指苏则郁，吆喝道："姓苏的，小爷来了，想来送死就赶紧上，小爷成全你！"

这个距离，一般人只能看到两个人影，看不清对方具体长什么样，但是冉无恙不一样，她的视力被基因修复液优化过，即使相隔百丈，她也能将对方的样貌看得一清二楚。

她分不清具体是谁，但这两个人长相有八分相似，想必就是苏将军口中的木氏兄弟了。

他们虽然长得相似却也不难辨认：一个面无表情，冷漠孤傲；另一个张扬肆意，满脸不屑的表情。

双胞胎的性格是不是都有很大的反差啊？云亭哥和万俟翱长得更像，性格好像也是相差了十万八千里。

冉无恙有些好奇，想问问云亭哥，双胞胎是不是真的有心灵感应？还没等她回头，脑海里忽然传来系统隐隐有些兴奋的声音："终于到放狠话的环节了。宿主，加油！"

"啊？"冉无恙一脸茫然，什么放狠话？

系统轻"啧"了一声，说道："系统之前不是给宿主看过一些关于叫阵的书籍吗？双方开打之前，将领都要来一场言语上的交锋。对方已经开始挑衅了，接下来就该轮到宿主了，宿主不仅要学会在肉体上打击敌人，在精神上也要给敌人猛烈的一击。"

"我真的要这样吗？"冉无恙皱了皱鼻子，内心是拒绝的。

系统给她的那些书上记载，将领叫阵，能把对手气吐血。说实话，她不怎么相信，朝着胸口打一拳对手都不一定吐血，说几句话就能吐血，那不是胡说吗？

刚才苏则郁手下的那几名将士叫骂得还不够嚣张恶毒吗？她也没看到谁吐血啊！

双方都要动手了，我还说这么多废话干什么？纯属浪费时间！

冉无恙在心里疯狂地吐槽，拒绝的意思十分明显。可惜系统一意孤行，说道："必须放狠话，宿主不要小看这个环节，狠话放得好，不仅可以鼓舞士气，还能调动士兵的情绪。说不定宿主还没开打，魅力值就已经源源不断地来了，难道宿主不想要更多的魅力值和信仰值吗？"

系统这招可真是正中红心，冉无恙现在为了魅力值和信仰值，啥都肯干，不就是放狠话吗，也没什么难的！

冉无恙一咬牙，喊道："行！冲！"

这声内心的呼喊身边的人虽然听不见，但她扭曲挣扎的表情实在太显眼了，还是引来了不少关注的目光。

云亭轻踢马肚，上前一步，微微俯身，在她的耳边低声问道："你怎么了？"

冉无恙上一刻还豪情万丈，下一刻就小嘴一撇，委屈巴巴地回道："我忽然想起师父说过，身为他的弟子绝对不能给他丢脸，不仅要打胜仗，叫阵的时候气势也一定要碾压对方，最起码要气到对方吐血才行。"

气到吐血？！云亭微挑眉毛，一时间竟不知道该说些什么。良久，他才轻声地说道："很有……想法。"

冉无恙摇了摇头，重重地叹了口气，说道："这个实在太难了！我都不知道说什么才能把对方气到吐血。"

小丫头一脸沮丧，又隐含希望地看着他，让他第一次感觉到了压力。他还真没见过谁在叫阵的时候骂几句，就能把对手气到吐血的，毕竟能上战场的人身体都十分强壮。

这就有些棘手了。云亭轻咳一声，微笑着提供了另一个思路，说道："小恙实在想不出来的话就随便说两句，打到他吐血也是一样的，对不对？"

"对！"冉无恙的眼睛倏地亮了起来，她真是被系统忽悠了，只要能把对方的将领狠狠地虐打一番，魅力值和信仰值一样会稳稳地提升啊！

冉无恙豁然开朗，感叹道："还是我哥聪明！"

系统："……"

一想到马上就能收获大量的魅力值，冉无恙热血沸腾，扭头朝身后的苏则郁喊道："苏将军，接下来交给我吧！"

听了全程的苏则郁抽了抽嘴角，回道："好。"

难道这就是隐士圣贤的境界？这还真不是一般人能达到的。

得到苏则郁的首肯后，一心想着多挣些魅力值的冉无恙立刻轻踢马肚，提着陌刀冲了出去。

"天都快黑了，要打就打，哪儿那么多废话？"少年的声音清脆悦耳，十分动听，只是与战场上肃杀的气氛格格不入。

木锐愣了一下，眯眼看去，只见敌军的阵形忽然变了，骑兵从中间裂开了一道口子，一匹银光闪闪、体形消瘦的骏马驮着一个身形单薄的少年冲了出来。

少年的手里拿着一柄奇怪的长刀，刀身通体雪白，刀形也很是奇特，但最古怪的是，少年的脸上蒙着一条黑色的面巾。

木锐纳闷，蔺家军中什么时候有这样一个人物了？

苏则郁麾下的几名得力战将，木锐都与之交过手，其中唯一能让木锐提起几分兴趣的，就是一个名叫谷城的男人。谷城虎背熊腰，骑术不凡，是个不可多得的骑射人才，尤其他的兵器乃一把巨斧，力道十足，木锐与之对战非常过瘾。

谷城那样的对手，才算勉强入得了木锐的眼。

对面的小子是怎么回事？不管是听声音还是看身形，木锐都觉得他是一名孱弱的少年。

瑜国派个乳臭未干的小子出来应战，是没人了吗？

木锐嗤笑一声，嚷道："哪里来的臭小子？藏头露尾，见不得人吗？有胆子你就报上名来，阎王殿前也算有个姓名。"

他身后的骑兵相当配合地大笑，最后连城墙上的士兵也跟着大笑不止，仿佛笑声足够大，对手就能被羞辱死。

冉无恙不知道别人怎么想，只觉得对面笑得前仰后合、露出后槽牙的一群人像傻子。

冉无恙再一次肯定，放狠话这个环节实在没什么必要，纯粹浪费时间。

等对方笑够了，她才清了清嗓子，大声地回道："我叫冉无恙，斗阵还是斗将？你选！"

冉无恙太淡定了，以至木锐差点儿怀疑对面的小子是不是年纪太小，根本没听懂他的嘲讽话。

木锐更生气了，怒道："凭你也配跟爷爷斗将？！好，等爷爷宰了你，再来收拾姓苏的家伙！"

这人真的很喜欢放狠话。冉无恙无奈地回道："行吧，节约时间，你俩一块上。"

"口出狂言，拿命来！"已经很多年没有人敢在木锐的面前如此放肆了，他终于如冉无恙所愿，不再废话，策马杀了过来。

来得好！

在冉无恙的眼里，对面杀气腾腾的男人就是一个移动的魅力值收集工具，她也迫不及待地提起陌刀迎了上去。

两个人之间的距离本就不算太远，他们同时策马，几乎是眨眼间，两匹战马就近到快要撞在一起了。

木锐虽然狂傲，但有一点说得没错，不是谁都能和他斗将的，先不论人怎么样，单论马匹，瑜国的马就没有几匹能和他的战马相提并论。

战马之间的小差距，在日常的战斗中不太明显，斗将时却能体现得淋漓尽致。狭路相逢勇者胜，不管对人还是对马，都一样。

斗将时若有一方的战马胆怯了，哪怕只是一丝一毫的迟疑和慌乱，都会影响战局，最好的结果是输，最坏的结果便是死。

出人意料的是，冉无恙这匹看起来体形修长的银色战马，不仅速度极快，胆子也相当大。它无所畏惧地朝着黑马撞过去，那副狠劲看得两边的将士热血沸腾，同时也暗暗地捏了一把冷汗。

对面的愣头青该不会真的是想用战马来撞木锐的战马达到重伤木锐的目的吧？

木锐冷哼一声，愚蠢！

就在两匹马要撞上的瞬间，黑马朝右边微微一偏，木锐握紧手里的偃月刀，动作利落地一刀劈砍而下。

"叮！"

血溅当场的画面并没有出现，一声兵器相击的声音传来，众人都没看清二人是怎么出招的，他们就已交过一回手，错开了。

这场交锋很短，仅一个回合，木锐的表情却完全变了，脸上的傲慢和不屑之色消失得无影无踪，现在只剩下震惊。

刚才是怎么回事？！他似乎看到一道白光闪过，手中的偃月刀忽然和什么东西撞击了一下，差点儿脱手而出。

木锐盯着对面的蒙面少年，额头开始冒汗。他没有低头去看，却也知道自己的虎口位置被震得裂开而且出血了。

木锐的心跳得非常快——这少年拥有敏捷的身手、绝佳的应变能力和刚猛的力道，不可能寂寂无名。

他叫什么来着？对，冉无恙！这人是什么来头？自己从未听过啊！

"再来！"少年的声音里带着明显的亢奋和激情。

不等木锐细想，对方再次挑战，木锐不能不应战，他的骄傲也不允许他不战而退，然而他握刀的那只手已经伤了，正不受控制地发抖。

此时，冉无恙的手也因激动而颤抖。此起彼伏、接连不断的魅力值和信仰值的提示音，让人感到热血沸腾。

冉无恙不等木锐回应，就提着刀又冲杀了过来。

木锐瞪大了眼睛，紧咬牙关，用力地踢了一脚马肚子，硬着头皮迎了上去。

就在两个人即将再次交锋的时候，冉无恙率先出手，横握刀柄、气沉丹田，将锋利的刀锋对准木锐的脑袋，挥手砍去。

凌厉的杀气扑面而来，木锐的后颈倏地一凉，天生敏锐的直觉没有让他挥出手上的偃月刀，而是让他飞快地后仰，迅速地避开危险。此刻，一道银光带着劲风朝他的脸上劈来，霎时间，天旋地转，万籁俱寂，他只听见自己的心脏猛烈地跳动的声音。

木锐缓过神之后迅速地直起身子，看到一缕头发慢慢地飘落下来，不自觉地咽了一下口水，发现他的脖子好像更凉了……

木锐在为脖子担忧，冉无恙却紧皱着眉头，暗自反省——这一刀竟然砍空，啧，出刀速度还是慢了。

冉无恙看了看天色，没有继续追击，一边轻抚忘忧的脑袋安抚它，一边抬头将目光转向远处的木勤，朗声说道："我听说你们是双胞胎，彼此心意相通，两个人一同作战时，要比普通的双人作战的威力更大。你们一起上吧，让我见识一下！"

冉无恙的话音刚落，不知道什么原因，瑜国的将士忽然整齐地吼了起来："一起上！一起上！一起上！"

震天的吼声把冉无恙都吓了一跳，他们这是受什么刺激了吗？也不用吼这么大声吧？

凉国的士兵的情绪好像也被挑动起来了，他们也大声地喊道："一起上！宰了他！"

木锐、木勤两兄弟骑虎难下，一个人出战，木锐显然很难独自取胜，他俩一起出战，就算赢了也不见得多光荣，最怕的是，万一输了……

木勤冷着脸，策马走到木锐的身边，抽出了挂在马鞍上的双刀，回道："如你所愿！"

木勤的声音和他的秉性一样，冰冷孤傲，目无下尘，仿佛什么事都难不倒他。

木锐偷偷地瞄了一眼身旁的同胞哥哥，暗暗地长舒了一口气。虽然他经常在背后抱怨木勤的功夫比不上他的功夫，木勤只因为比他早出生半刻，就占了哥哥的位置，但是关键时刻，木勤的存在着实令他那颗"怦怦"乱跳的心安定了不少。

木勤看都没看愚蠢的弟弟一眼，始终盯着不远处的少年。

别人或许看得不真切，离木锐最近又是一母同胞的木勤却将刚刚那极其短暂也极其危险的两个回合看得一清二楚。

木锐完全不是少年的对手，对面这个人是个十分棘手的敌人。

木勤眼中闪过一丝厉色，握着双刀的双手缓缓地收紧。他低声说道："一会儿你什么都别想，只管对着那小子的脑袋砍去就行。"

兄弟二人确实默契十足，木勤只说了一句话，木锐立刻明白他的意图，点头道："好！"

两个人暗暗交流的时候，冉无恙没闲着，也在评估着对手的水平。

木锐的兵器是一把长六尺的偃月刀，以力量为主，重防御，主厮杀。

木勤的兵器却让人有些意外，是一套双刀。他这套刀的刀刃比一般的双刀的刀刃要长许多，两寸有余，乍一看有点儿像加宽加厚的长剑。

战场上以双刀作为武器的情况并不多见，尤其是骑兵，几乎没人会选择短兵器。

木勤这套双刀，应该是以灵活为主，重辅助，善暗杀。

一个长兵器一个短兵器，各有所长又互为补充，若是两个人配合得默契，确实比一般的一对二要棘手。

冉无恙在系统提供的练武场里训练过无数次，但那些对手毕竟都是系统幻化出来的黑影，如今能真刀真枪地与传说中的骑兵双煞打上一场，她还真有点儿激动！

冉无恙活动了一下脖子，用左手抓着缰绳，用右手提着陌刀，轻踢了一下忘忧的肚子，忘忧立刻跑了起来。

感受到了主人的战意，忘忧也显得有些激动，奔跑的速度很快，木氏兄弟反应也不慢，几乎是冉无恙一动，他们也就立刻行动了起来。

这次三个人似乎早有默契，没有选择策马冲杀的方式，三匹马交会时都停了下来。

冉无恙原本还打算先缓一缓，看看对方的战术，再决定如何反击，知己知彼才能百战不殆。

结果谁能想到，对方的战术十分简单粗暴？

木锐一上来就疯了一般，举起偃月刀不管不顾地往她的脑袋上砍。

木锐的力量在冉无恙看来并不算大，她完全扛得住，糟糕的是木勤趁着她忙于抵御头顶上的偃月刀之时目标明确地将双刀直逼她的腰腹。

啧，这两个人行啊！一个想砍她的脑袋，另一个想将她腰斩，下手都够狠的！

冉无恙算是见识了一回什么叫作配合战。

木锐一改之前的颓势，只攻不守，且攻势猛烈，一把偃月刀被他使出了菜刀的感觉，每一刀都朝着冉无恙的天灵盖上砍去。

木勤则充分地利用了双刀的灵活性，贴身近战，刀法凌厉。

两个人配合得十分默契，冉无恙既要护住头部，还要保护腰部，完全没有回击的机会，甚是狼狈。

好在她和陌刀已经绑定，陌刀就如同她的身体的一部分，指哪儿打哪儿，相当于多了个助手，不然她还真招架不住。

虽然每一下冉无恙都勉强挡住了，但过程无比惊险，若是一个疏忽，有一下没挡住，她不是被砍了脑袋，就是被切了腹。

出战前冉无恙答应过云亭不能受伤，可不能食言，再拖下去甚是不利，不能再让他们继续配合攻打了！

冉无恙分神扫了一眼木勤的战马，趁着他再次驭马逼近的时候，抬起右脚猛地踹向他的战马的脑袋。

这一脚，冉无恙可谓是用尽了全力，木勤的战马瞬间就被踢晕了，踉跄着往后倒去。

众人惊得倒吸一口凉气——她还可以用这样的"战术"吗？

不仅众人被冉无恙的这操作惊呆了，对战中的木家兄弟也蒙了一瞬。

战马直接跪了，木勤差点儿从马背上摔下来，不得不迅速地跳下来。

冉无恙在踢出那一脚的同时，手脚并用，以其人之道还治其人之身，举起陌刀便向木锐的天灵盖上砍去。

冉无恙的陌刀看起来和偃月刀的大小差不多，重量却是偃月刀的四五倍，仅仅一百多斤的重量就已经足够让人招架不住，加上她的臂力，这一刀的威力可想而知。

木锐全身的鸡皮疙瘩都起来了，他只觉得头顶上阴风阵阵，劈下来的刀刃带着恐怖的威压。依靠着身体的本能，他飞快地举起了偃月刀。

可惜木锐明明挡住了陌刀的攻势，却扛不住千钧之力，偃月刀直接砸在了他的右肩上，未开刃的刀背深深地嵌入了他的血肉之中。

剧痛自右肩袭来，木锐眼前一黑，耳边不断地传来"咯吱咯吱"的响声，一时间他竟然分不清是偃月刀碎裂的声音，还是他的骨头断裂的声音。

冉无恙微微挑眉，木锐竟然抗住了她的全力一击，不错，不错！

她微微转了转被震得发麻的手腕，正准备砍第二刀的时候，余光扫到一道人影朝她冲了过来。

来人速度极快，眨眼间已到了冉无恙的身后，她不必回头，就已经感受到了双刀劈砍带起的劲风。

木勤的目标依旧是她的腰腹，真是执着。

冉无恙的眼神一黯，她有些怒了。你以为就你会腰斩吗？她冷笑一声，反手就是一刀。

木勤看到一道白色的光芒夹带着煞气袭来，心头一颤。他在急速地向后退的同时，握紧双刀格挡，当那柄奇怪的长刀真正朝他劈砍过来的时候，他终于知道，之前木锐为何满脸惊恐地瞪着少年了。

这一刀的力量之大，超乎了木勤的想象，双刀瞬间就被砍断了，木勤被陌刀霸道的力量震得倒飞出数丈。

好在木勤退得快，没被腰斩，但腹部依然受了重创，刀锋划开了盔甲，大量的鲜血从腰腹上渗了出来。

解决了一个，冉无恙毫不松懈，举起陌刀，再次朝木锐的脑袋劈砍下去。

木锐目眦欲裂，他的右肩已经失去知觉，不可能接得住第二刀，在陌刀落下之前，他果断地翻身滚下了马。

木锐险之又险地躲过了这一刀，他的战马就没这么好的运气了。陌刀落下，战马的背脊直接被斩断，温热的鲜血喷涌而出，溅了木锐一身。

不到半盏茶的时间，两名主将前后落败，生死不知。

冉无恙就这样赢了？！整个战场为之一静。

忽然，西门的城楼上传来一个浑厚的男声："骑兵听令，杀！"

等候在城墙根下的五千骑兵看到自家的将领负伤，早就想冲出去了，只是将军们没有下令，他们不敢贸然行动。如今终于听到城楼上传来的声音，骑兵们立刻冲了出去。

千军万马如汹涌的潮水，奔涌而来，冉无恙不慌不忙地抬眸扫了一眼城楼，看到了一道模糊的身影。

狄勒图？冉无恙撇了撇嘴，熟人哪……

冉无恙收回目光，既没有趁机冲上去继续砍杀木氏兄弟，也没有留在原地等待冲锋而来的骑兵，利落地掉转马头，朝着瑜国的军队的方向奔去。

凉国的骑兵以为她要逃，一个个疯狂地拼命追。

骑兵们没有注意，站在城楼上的狄勒图和尤钧等人都看到了一道清瘦的身影骑着黝黑的骏马，缓缓地走到瑜国的军队的最前方。

那人的脸上也蒙着一条黑色的面巾，让人看不清长相。只见他举起右手，握成拳头。

这个动作仿佛是个信号，在他身后的瑜国的骑兵如潮水般后退，原本藏在后面的骑兵迅速地走到了最前列。

他们穿着瑜国的军服，手里拿着与少年手里拿的刀一般无二的长刀兵器，脸上也蒙着一条与少年蒙的一模一样的黑色的面巾。

这是怎么回事？瑜国的骑兵为什么要戴面巾？

狄勒图一脸诧异地问道："这些蒙面人是干什么的？骑兵？"

没有人能回答他的疑问，他们都是第一次在敌军的骑兵中看到这种武器和装扮。

尤钧想起在议事楼中，狄勒图曾经提到过蔺不归训练了一支专门对付凉国的骑兵的队伍的事情，难道他们眼前这支怪异的蒙面骑兵队伍便是斩马队？

尤钧不动声色地观察着狄勒图的神情，只见狄勒图和他的心腹乌力都是满脸惊愕地瞪着前方，似乎真的对此毫不知情。

不容尤钧细想，战场上的形势瞬息万变，仅仅一会儿的工夫，蒙面骑兵已经全部集结完成。身处战场之中的人或许还看不真切，站在城楼上的几个人，却将这支奇异的队伍看得一清二楚。

列队横平竖直，整齐划一，这支骑兵队伍的人数并不算多，但他们展现出来的纪律性让人莫名其妙地胆寒。

此时冉无恙已经回到了云亭的身边，站在了队伍的最前端。

一名副将策马来到苏则郁的身边，焦急地说道："将军，这斩马队总共就两千人，还有一千是步兵，咱们就这么看着他们冲？"

冉校尉确实非常厉害，但她终究只是一个人，如何能抵挡住千军万马？对面少说也有四五千名骑兵，两边的人数相差很大，况且斩马队才训练了二十多天，怕是难以抵挡敌人。

苏则郁想了想，说道："你和谷城各带三千骑兵，在左右策应，若是情况不对，立刻上去增援。"

"是。"副将和谷城领命而去，斩马队的前锋部队已经与凉国的骑兵交上手了。

天色渐渐暗了下来，西门外两国骑兵的对战如火如荼，城墙内也并不平静，一道道黑影趁着夜色潜入了军营里。

北苑厢房内，万俟灵将双手背在身后，缓慢地走来走去，虽然步伐悠闲，神色却显得有些凝重。

在屋内伺候的侍女们全部低垂着头，盯着自己的脚面，大气也不敢喘。

近身伺候公主殿下的人都知道，公主殿下高贵优雅，平日里很少动怒，但这并不代表她的脾气好。谁要是不长眼敢来招惹她，那就要做好掉一层皮的准备。

万俟灵抬眸，扫了一眼窗外的天色，走到门边打开了房门。

她还没跨出一步，守在门外的护卫立刻上前拦住了她，低声说道："公主殿下，首领有令，您不能出去。"

护卫态度毕恭毕敬，但是身体依旧堵在门口寸步不让。

万俟灵轻哼一声，深吸一口气，用力地关上门，转身回到屋内坐了下来，冷着脸说道："天都黑了，膳房怎么还不传膳？"

一名嬷嬷般穿着打扮、看上去三十多岁的女子，规规矩矩地行了一个礼，回道："公主殿下，瑜军忽然出兵围攻塔木城，士兵们都在抵御外敌，现在膳房恐怕没有准备什么吃食，不如让奴婢在小厨房里给您做些吃的东西垫垫肚子？"

"嗯。"万俟灵懒懒地点了点头，一副无所谓的样子。

嬷嬷还未走到门边，院外忽然传来了打打杀杀的喧哗声。

万俟灵目光微闪，皱着眉头问道："外面怎么这么吵？出什么事了？"

万俟灵的话音未落，厢房的门被人从外面一脚踢开，五六名蒙面黑衣人提着刀冲了进来。

嬷嬷大惊，喊道："你们是什么人？！来人……"

不等嬷嬷喊完，黑衣人一掌劈在她的后颈上，她身子一软，便晕了过去。

嬷嬷晕了，万俟灵身边的两名侍女对视一眼，一个利落地卸了自己的一条胳膊，另一个转身就撞上了桌角，额头上立刻红肿一片。

两个人做完这些，把眼睛一闭，"昏厥"了过去。

第三十三章　**点火劫人**

几名黑衣人走到万俟灵的面前，单膝跪下行礼道："公主殿下。"

万俟灵低头看了一眼躺在地上的侍女，微微扬起嘴角，语气轻松地问道："外面的人都解决了吗？"

为首的黑衣人微微点头，回道："解决了。"

万俟灵站起身，捋了捋微皱的裙摆，说道："行，走吧。"

黑衣人低垂着头，为难地说道："公主，咱们是要将您掳走，您这样大摇大摆地走出去不好吧。要不……要不属下背您出去？"

万俟灵被他气笑了，说道："谁家掳人的时候是用背的？"

万俟灵吐出一口气，别扭地说道："算了，扛吧。"

几名黑衣人面面相觑，一时间也不敢真的动手。

万俟灵想到一会儿要被扛着走，就觉得自己的胃和肚子抽动了几下，莫名其妙地痛了起来。她轻咳了一声，把声音压得很低，说道："我想了想，你们还是……先把我打晕再扛吧，这样看起来比较真实一些。"

黑衣人紧抿着双唇，压下唇边的笑意，连连点头，夸赞道："公主果然聪明伶俐，这样一来确实更像被绑架了！"

万俟灵不好意思地揉了揉鼻子，闭上眼睛，催促道："行了，行了，别啰唆了，赶紧的！"

为首的黑衣人举起手，紧张地咽了咽口水，犹豫了好久，然后深吸一口气，在万俟灵后颈的位置敲了一下，万俟灵的身体一软，黑衣人连忙将人小心翼翼地扛了起来，一行人飞快地往外跑去。

尹宵听完属下的汇报，又看了看不远处冒出的浓烟，思量片刻，还是走到了紧闭的房门前，轻轻地敲了敲房门，说道："主子，军营内火光四起，怕是敌军潜进了军营里。"

天色已经暗了下来，屋里却还没点上油灯。隔着窗户纸，尹宵看不清楚屋内的情况，他的话音刚落，屋内就传出了一道低沉的男子的声音："去把公主接过来。"

"是。"尹宵正要转身离开，房门忽然从里面被打开了，高大的身影出现在门后。

尹宵俯身行礼，黑影已经从他的面前大步走了过去。

尹宵连忙跟上，心中感慨：主子果然还是最在乎公主殿下。连派人去邀请公主前来的时间都等不了。

这样也好，主子若是不去，尹宵可没把握请得动公主殿下，他偷瞄了一眼步履匆匆的主子，暗暗地摇了摇头——按照公主殿下的脾气，就算主子亲自前往，怕也要费一番功夫。

万俟灵和万俟翱同住在北苑，只是一个住在东院，另一个住在西院，中间隔着长长的回廊和庭院，平日里互不打扰，也能相安无事。

万俟翱人高腿长，加上会轻功，不过小半盏茶的工夫就来到了万俟灵居住的院落。

虚掩的院门透着让人不安的气息，整个庭院安静得诡异，与外面的喧哗相比，犹如两个世界。

万俟翱的心猛地一颤，他整个人仿佛化作一道黑刃，一刻不停地冲进了院内。

尹宵看清院中的情况后，脸色大变——他们派来保护公主的四名银甲军倒在院中，公主身边的两名贴身护卫也倒在房门前，生死不知。

尹宵连忙派人查看四个人的情况，万俟翱阴沉着脸，已经先一步冲进了屋内。

屋里躺着三名女子，两名侍女、一名嬷嬷，万俟灵不知所终。

两名侍女伤得不轻，任凭他们怎么摇晃都醒不过来，倒是那位三十多岁、身上没有什么伤的嬷嬷最先醒了过来。

"公主呢？！"

嬷嬷的脑袋还晕乎乎的，她听到耳边响起一声怒喝，勉强睁开眼睛，就看到一副狰狞恐怖的青面獠牙面具出现在眼前，面具后面的眼睛嗜血狂暴，仿佛下一刻对方就要吞了她。

嬷嬷被吓坏了，抱着脑袋尖叫道："不知道，奴婢什么都不知道！"

此时嬷嬷的脖子酸痛，整个人被戴面具的那人提了起来，她耳边再次响起狂怒的低吼声："公主呢？！"

疼痛使嬷嬷的神志有了片刻的清明，她总算看清了提着她的衣领的人是谁。

太子殿下的面具，宫里的人都认识，她刚醒时太过慌张没认出来，现在总算彻底地冷静了下来。

她想跪下来行礼，却因为衣领被提着无法下跪，只能微低着头，回道："回太子的话，天黑之前，奴婢正要去小厨房为公主殿下准备晚膳，一伙黑衣人忽然冲进屋内，一下就把奴婢打晕了，他们全部用黑巾遮面，奴婢看不到他们的脸，也不知道公主的去向，想来……想来公主就是被那伙黑衣人掳走了。"

"有几个人？"

提着嬷嬷的衣领的手劲更大了，她用颤抖的声音回道："四个。"

她其实也没看清究竟有几个人，但不敢说不知道。太子的性情暴躁，她怕自己答不上来，太子一怒之下要了她的命。

嬷嬷瑟瑟发抖，大气不敢喘，正好尹宵进来回禀情况，万俟翱不耐烦地将手里的人一扔，嬷嬷被狠狠地摔在地上，再次晕了过去。

尹宵看都没看晕死过去的嬷嬷一眼，神色凝重地回道："主子，一刻钟之前，军营的各处同时受到黑衣人的突袭，他们似乎对营中的各种建筑以及我军的布控、守备十分了解，四处点火，军中已经慌乱起来了，公主殿下可能就是那时候被瑜国人趁乱掳走的。"

"瑜国人！"万俟翱咬牙切齿，把手中的铁鞭一挥，屋子正中的实木桌被抽得四分五裂，木屑横飞，若是这一鞭子打在人的身上，后果可想而知。

"点兵，追！"

尹宵倒吸了一口凉气，连忙应道："是。"他再抬头时，屋里已经没人了。

他很多年没见过主子发这么大火了，就连年前公主殿下趁主子不在京都，私自请旨随军到边疆参战，主子都没这么生气。

这次主子怕是被气疯了……

有人被气疯了，有人却被眼前的一幕整蒙了。

夜幕降临，天地间暮色沉沉，但也没到看不清人的地步，战场上杀声震天，然而局势有些一边倒。

凉国的骑兵在之前的斗将中，已经见识过少年手里握着的那把奇怪的兵器的威力，但是他们没想到，这种兵器并不是少年专属，而是迎战的瑜国的骑兵统一使用的兵器。

真正交锋之后，凉国的骑兵们总算感受到自家的将军被陌刀打败的恐惧了。

陌刀刀柄、刀刃很长，且十分沉重，冲锋时凉国的骑兵们还没靠近，就已经被一刀砍倒了，场面无比凶残。但最让人惊讶的还不是骑兵，而是步兵。

凉国的骑兵们不知道瑜国人是怎么训练的，这些蒙着黑色面巾的步兵，动作整齐划一，同时挥动手中的陌刀时，凉国骑兵们远远地看去，刀光竟汇成了一条巨大又纤长的白刃。

白刃凌厉又凶残，目标十分明确，不是人，是战马的腿和脖子，白刃所过之处，人仰马翻，血溅黄沙。

瑜国的骑兵们几乎是以扫荡的方式收割着凉国的骑兵的战马，凉国的骑兵没有了战马，战斗力大减，前面倒下的战马，给后面的骑兵造成了极大的阻碍，素来无往不利的凉国骑兵，第一次尝到了栽跟头的滋味。

不仅凉国人，就连苏则郁他们也是第一次知道，步兵竟真的可以制服骑兵，简直匪夷所思。

苏则郁激动得眼睛都红了，两千人就有这样的效果，如果人数再多一些，他们哪里还需要惧怕凉国的骑兵？！

西门的城楼上已经点起了火把，狄勒图一行人站在城楼上，比苏则郁的视野更加开阔，对战场上的情况一目了然。

因此他们也就更加直观地见识了陌刀的威力，然而尤钧忌惮的不仅仅是陌刀，瑜国这支区区两千人组成的斩马队展现出的战斗力更让他心惊。

他们令行禁止，纪律严明，数千人行动起来，竟如一人一般，这怎么可能？！

尤钧紧紧地盯着领头的少年，锐利的目光仿佛要将少年盯出一个洞来。他有一种预感，这一切的变化都是因为这个奇异的少年。

乌力和狄勒图的注意力却被另一个人吸引。

瑜国的斩马队分成骑兵和步兵两部分。少年一马当先，领着骑兵在前面冲锋，无比勇猛，步兵紧跟其后。

之前站在队伍的前方等待少年的顾长身影默默地退到了骑兵与步兵的中间地带，手中同样握着陌刀，一边在战场上搏杀，一边暗暗地关注着身后的战局。

旁人仔细看就能看出来，他始终站在一个进可攻退可守的位置，指挥着后面的步兵列阵御敌。

看那人的身材和体态，难道是……？

乌力倒吸了一口凉气，瞪大眼睛看了良久，极力地控制着面部表情才没有露出破绽。他上前一步，在狄勒图的耳边低声说道："首领，那位竟也上战场了？！"这可是正面冲锋，就算是精兵强将都难免死伤，更何况是三皇子？！

这也不能怪乌力大惊小怪，实在是万俟行小时候的病秧子形象太过深入人心。

狄勒图藏在袖子里的手已经紧紧地握成拳头，手臂上青筋暴起。良久狄勒图才回道："他有分寸。"

尤钧就站在他们身后的不远处，乌力也不好细问，暗暗地深吸一口气，一双眼睛死死地盯着不远处的那道顾长的身影，一眨不眨，生怕错过那人的一举一动。

狄勒图表面上看着镇定，其实心中早已经惊涛骇浪，无法平复了。

以前万俟行就是因为身体太差而被妹妹、狄历一族放弃，他这次会选中万俟行也是无奈之举，万俟翱早就和狄历一族离心，就算万俟翱登基，对狄历一族也没什么好处。

凉国虽然重武轻文，但是对文官谋臣也同样重视，身为储君，文武兼备自然是最好不过了。

万俟行还不到十岁时，机敏聪慧、颖悟绝伦的名声早已响彻皇都，若是他的身体能够完全恢复健康，甚至可以上战场杀敌，这不就是文武双全了吗？！

面对如今的万俟行，不仅狄历一族愿意鼎力相助，就连摇摆不定总想着明哲保身的赫哲部落，都有可能争取过来。

从龙之功，光辉的未来就在眼前，狄勒图怎能不激动？！

若不是尤钧就在身后虎视眈眈，狄勒图都想冲下去确认一下，他的好外甥的身体是不是真的完全好了？！

战事胶着，所有人的注意力都在前方的战场上，一名士兵火急火燎地冲上城楼，单膝跪下，大声地吼道："首领，军营遇袭！"

三个人皆是一惊。狄勒图急忙问道："怎么回事？"

士兵立刻回道："一刻钟之前，数百名黑衣人不知道从哪里冒出来的，突袭军营，四处点火，暂时不知道他们的目的是什么，但是军中已经慌乱起来了。"

几个人回头看去，果然看到军营内好几处浓烟滚滚，甚至还看到了火光。

乌力沉吟片刻，说道："瑜国主动进攻两处城门，莫不是想调虎离山，最终目的是军营？"

狄勒图的眼中极快地闪过一丝异色，他大怒道："这些瑜国人实在太可恶了！不行，我要回去看看！"

尤钧脸色微沉，抬了抬右手，拦住了狄勒图的去路，客气却也强硬地说道："狄勒图大人，军营中的事，大将军自会处理，如今两位木小将军身受重伤，御敌之事，还要靠您主持大局，西门可不能失守。"

狄勒图将拦在身前的胳膊推开，退后两步，将双手环在胸前，冷笑了一声，回道："行啊！既然尤军师都这么说了，那我就留下坚守城门，哪里也不去了。"

乌力一直盯着前方的战场，凉国的骑兵虽然人数众多，但瑜国的斩马队就像是专门针对凉国的骑兵似的，没过多久，凉国的骑兵已经死伤过半。

乌力的神色凝重，他沉声说道："首领，敌军的斩马队实在厉害，如此下去恐怕要战败。"

狄勒图大手一挥，命人拿来铠甲，朗声说道："再调五千骑兵过来，我亲自去会会他们。"

"不可！"尤钧再次挡住了狄勒图，冷声说道，"如今西门只剩下您一位主将，若是您再出事，西门危矣，还望狄勒图大人以大局为重。"

狄勒图不耐烦地回道："那依你说该怎么办？我们就站在这儿干看着？敌军手握新式武器，我军的士气受挫，没有一位厉害的将领带领着将士们杀出一条血路，重振士气，我们再派多少士兵出去也是继续挨打的份儿。"

尤钧岂会不知这个道理，但今日的种种情况太过巧合，甚至透着蹊跷。他总觉得狄勒图有些古怪，因此并不想让狄勒图有机会接触敌军。

两个人僵持不下时，城墙内忽然传来整齐的马蹄声，速度极快，声势浩大，仿佛有一大队人马从军营里冲了出来。

狄勒图紧皱眉头，怒道："又出什么事了？"

话音未落，城楼上的人都看到了一支由两三千人组成的骑兵队伍，一个个身披银甲，手握长刀，如一柄出鞘的利刃，朝着西门的方向疾冲而来，杀气腾腾。

那是……太子的银甲军？！

为首之人一身黑甲，手中的幺色铁鞭在火把的映照下泛着暗红的幽光，再配上脸上的青面獠牙面具，万俟翱仿佛一头暴躁嗜血的凶兽，周身透着浓重的煞气。

尤钧紧锁眉头，惊诧万分，沉吟道："太子这是要……亲自上战场杀敌？"

太子来塔木城也有一个多月了，从未去过议事楼，对边关的战事漠不关心，一心只想把公主带回皇都。若不是公主死活不肯离开塔木城，又有狄勒图护着，太子怕是早就将人拎回去了。

木将军也不愿太子的手伸到军中，太子不理军务，正中下怀。

这些日子以来，两方一直相安无事。如今太子出手，是木将军改主意了，还是有什么别的原因？今日的种种情况都超出了尤钧的预料，似乎有什么东西脱离了他们的掌控。

尤钧心神不宁，狄勒图和乌力二人倒是心如明镜。万俟翱火急火燎地冲出军营，说明万俟灵已经成功"被掳"了，云亭的谋划完成了大半。

今日的计划环环相扣，难的不是如何布置那些暗棋，而是谋算人心。

两军的主将都不是云亭能掌控的人，但他算好了每一颗棋子应该放在什么位置上，算好了每个人的反应，徒手织了一张网，等着人一点儿一点儿地往里钻。

两个人对视一眼，在松了一口气的同时，对云亭的敬畏更加深了一分。

须臾之间，银甲军已经逼近城门。

"开城门。"面具后传来低沉的男子的声音，声音不大，像是极力克制着情绪。

守城门的一小队士兵一个个心头一颤，大气都不敢喘。

"开城门！开城门！"三千银甲军一起高呼，震得人耳膜生疼。

守城的小将领双腿微抖，后颈发凉。他欲哭无泪，觉得自己要是敢啰唆，太子殿下一鞭子下来，自己就会断成两截，身首异处。

即便心里怕得要命，小将领也不敢真的开门，外面两军交战，这城门他可不能随便开，万一让敌军钻了空子，冲入营地，他万死难辞其咎。

就在小将领不知该如何是好的时候，城楼上传来狄勒图大人的一声大喝："开！"

小将领大喜，招呼几名士兵飞快地冲上前去，将粗壮的门闩卸了下来。

厚重的城门刚被开了五尺多宽的缝，一道黑影已经冲了出去。

开门的将士被吓了一跳，铆足了劲，拼命地想将城门打开得更大一些。

太子殿下也太拼命了吧，不愧是皇储，这气势比起木大将军也是丝毫不弱了！

何止是不弱，昏暗的暮色中，身披银甲的人马实在是太显眼了。带领着银甲军从门后冲出来的万俟翱，在苦苦支撑、心理防线逐渐崩溃的凉国骑兵的眼中，简直就像是天神降临。

冉无恙的眼前一亮，万俟翱终于来了！

出发时，苏则郁、萧鍪和齐瑾三位将军就约定好了，点火成功后，从看到浓烟时开始计时，无论战局如何，半个时辰一到就要撤离。

他们烧了塔木城的粮草，木宴必定大怒，大凉的士兵可是早就集结完成了，若是木宴下令倾巢而出，他们这区区两三万人可顶不住。

烧粮草的目的达成，他们自然是要开溜的。

冉无恙早就看到火光了，却迟迟不见万俟翱，急得都想冲进军营里找他去了。

好在最后时刻，万俟翱还是出来了！

万俟翱的银甲军不愧是皇族的御用护卫，不管是战马还是兵器、盔甲，都比普通的士兵高出不止一个等级，一入战场，就把斩马队的阵形给冲散了。

万俟翱脸上的面具太有辨识度，冉无恙一看到它，就立刻丢下被她追着打了一刻钟的凉国的骑兵，麻利地朝着万俟翱奔驰而去。

银甲军是护卫军，其最大的职责是保护太子，杀入战场并不是为了杀敌。在银甲军的护卫和万俟翱的猛攻之下，他们很快杀出了一条血路。

冉无恙好不容易冲到万俟翱的跟前，人家看都没看她一眼，一鞭子就甩了过来。

黑色的铁鞭破空而来，快如闪电，冉无恙还是第一次接触铁鞭这种兵器，多亏自己这段时间在训练场上不懈训练，她的身体有了肌肉记忆，脑子还没反应过来，她的手臂已经举起陌刀迎了上去。

"哐当！"兵刃相接，激起几点火花。

这一鞭子是被挡住了，她的虎口却被震得又痛又麻，冉无恙倒吸了一口凉气，好大的力气！

之前她在北苑和万俟翱交过手，那时候她就被打到骨裂，好在上次万俟翱没用铁鞭子，不然她就不是骨裂这么简单了，被这鞭子抽中，她的腰估计要报废。

原本以为服用了中级基因修复液之后，她在体力方面应该不会输了，没想到还是比不过，好在战场上也不是全靠蛮力。

冉无恙就在心里吐槽了几句，万俟翱已经越过她跑出去好远了。

看来万俟灵的失踪对万俟翱的影响真的很大，人家急着找妹妹，根本不想理她。

他们两个人若是不能声势浩大地打一架，岂不是破坏了云亭哥的计划？

这可不行！

冉无恙抓紧缰绳，踢了踢马腹，忘忧默契十足地飞奔起来，很快追上了万俟翱。冉无恙二话不说，充分发挥陌刀的优势，提刀就砍。

万俟翱再次被阻，烦躁万分，却又脱不了身，只能阴沉着脸回击。

趁着他被陌刀拦下的时机，冉无恙大声地说道："你这么急赶着去找人吗？先过了我这关再说吧。"

万俟翱听到"找人"二字，拽着缰绳的手猛地一拉，战马长嘶一声，停了下来。

万俟翱终于正眼看向两次阻拦他的小兵，这人黑色的面巾蒙面，双目有神，身形却矮小消瘦。他的脑海中忽然闪过一道身影与眼前的小兵重合，不同的是，那人的兵器是一柄匕首，而眼前的小兵使用的是一把比她自身还高的古怪长刀。

万俟翱盯着冉无恙的眼睛，肯定地说道："是你。"

冉无恙微挑眉毛，笑道："你还记得我啊？还行，记性不算太差。"

夜色下，这人的一双眼睛灿若星辰，神采飞扬，万俟翱一想到有可能就是这人让人掳走了小灵，胸中涌起一股暴戾之气。他怒道："你找死。"

冉无恙笑得更开心了，弯了弯眉眼，不怕死地继续挑衅道："说什么死不死的，诅咒自己多不吉利？大不了一会儿我下手轻一些……"

冉无恙终于感受到了斗嘴的乐趣，可惜万俟翱人狠话不多，没等她说出更气人的话来，万俟翱手中的铁鞭已经再度被挥了出去。

软鞭被誉为最难练的兵器之一，也被认为是猛烈的暗器，不易抵御。万俟翱手里的这条铁鞭也不知道是谁打造的，既有软鞭的柔韧性，又有硬鞭的刚猛劲儿，实在难缠。

冉无恙嘴上没停，注意力可是一直放在万俟翱的手上。她看到他的手一动，立刻举起陌刀迎了上去，"哐当"一声脆响，鞭子是成功被挡住了，可是软兵器的险恶之处也显露了出来。

她挡住了鞭子的中端，尾巴的部分还是朝着她的脸扫了过来，好在她反应快，迅速地趴在马背上才躲过一劫。

冉无恙惊出了一身冷汗，同时脑海中响起系统的警告声："宿主的体力升级后虽然达到了9级，与万俟翱同级，但是刚才的战斗消耗了宿主不少体能，以宿主目前的身体情况，与万俟翱硬碰硬，宿主有百分之六十的概率会输。"

冉无恙撇了撇嘴，不甘心地说道："本来我不就是要输给他的吗？"

系统正要严厉地批评她，女神系统绝对不允许宿主有这种消极怠工的想法，话还没说出口，就听到宿主笑了两声。冉无恙阴恻恻地说道："不过他想要赢我，也得付出代价才行。小神，帮我把身体调整到最好的状态，我要和他痛痛快快地打一场。"

这个态度才对，系统满意地"嗯"了一声，刚想夸她两句鼓励一下，又听到宿主嘀咕道："好在他戴了面具，不然看到他这张和云亭哥有九分相似的脸，我可下不了手。"

系统听到这里把想要说的话咽了回去，冷漠地扣掉了1000点魅力值用于调整她的身体的数据。

冉无恙在脑海中和系统交流的工夫，万俟翱已经又朝她甩了两鞭子。

冉无恙再一次险之又险地避过铁鞭的攻击，不过这次她一点儿都不慌，流失的力量逐渐回归，她躲避的动作明显轻松许多，还有余力仔细地观察万俟翱的招式。

斩马队在云亭的指挥下，成功地将银甲军拦截住了，冉无恙和万俟翱的周围形成了一个真空地带。

接下来，就是两个人单独对决的最好时机。

交了几次手后，冉无恙渐渐地摸清了铁鞭的招式和走向，现在她的体能又达到了巅峰，她对自己充满了信心。

"我要动手了。"冉无恙很有风度地喊了一声，同时高高举起手中的陌刀，用了十成的力道，毫不留情地朝着万俟翱的天灵盖劈了下去。

刀锋来势汹汹，躲避已经来不及，万俟翱当机立断，双手握紧铁鞭高举过头，兵器相撞产生的火花在夜色中无比耀眼。

陌刀被挡下了，这是冉无恙意料之中的事。尽管没劈中，冉无恙觉得有些可惜，倒也没太失望。

万俟翱难以置信地盯着对面瘦弱的少年的胳膊，完全不能理解，这么纤细的手臂，怎么能拥有如此巨大的力量？！

虽然万俟翱挡下了陌刀，但那股泰山压顶般的巨力还是让他心有余悸。还好他从不轻敌，不然自己的脑袋估计已经被劈成两半了。

万俟翱忽然记起来了，上次两个人交手的时候他就发现了，这小子有些邪门，普通人打斗都是越来越疲惫，这小子却不同，不仅不会累反而越战越猛。

这样的人，他还是第一次遇到。

见识过陌刀的霸道后，万俟翱立刻意识到绝对不能让少年近身。

万俟翱充分发挥了铁鞭灵活的优势，挥舞得越发密集，冉无恙一时间还真拿他没办法，只能被动接招。

两个人的武器都是大杀器，不管是铁鞭还是陌刀，人碰上了绝对皮开肉绽，不死也要丢半条命。

两个人的周围十丈之内，没人敢靠近。

天色已经彻底暗下来了，不仅西门的城楼上点起了火把，瑜国这边没有参战的士兵也点了火把。

一开始敌我双方还打得轰轰烈烈、你死我活的，但这边的动静实在太大了。

摇曳的火光中，针锋相对的两个人立刻成为众人的目光的焦点，双方士兵的眼睛全都不受控制地往那边瞄，十分消极怠工。

云亭一边指挥变换着阵形，一边关注着冉无恙的情况，看到她应对得游刃有余，悬着的心总算放下了一些。

云亭骑马掉头来到苏则郁的身边，却见他用灼热甚至带着几分疯狂的眼神紧紧地盯着远处的两道黑影。

云亭微眯黑眸，掩下眼底的冷意，低声说道："苏将军，时间差不多了，趁着天色暗，开始撤离吧。"

苏则郁仿佛没听到他的话，又惊又喜地说道："那个人是凉国太子吧？！"

苏则郁从未见过万俟翱本人，传闻此人喜戴面具，惯用铁鞭，再加上他身后紧跟着的银甲军，足以说明他的身份。

都说万俟翱天生神力，十五六岁时就能赢过凉国的数位名将，少年成名不可小觑，此刻他与冉无恙对战却不相上下。

苏则郁呼吸沉重，目光灼灼，喃喃自语道："若是能将此人拿下……"

"他是凉国太子。"冷淡的男子声音在耳边响起,只是简单的一句话,却仿佛一大桶冰水从头上浇了下来,瞬间浇息了苏则郁心中的火焰,也让他从无边的妄想中醒了过来。

是啊,那人可是万俟翱!

在凉国的军营前,当着数万名凉国骑兵的面,活捉人家的太子,他还真敢想!

苏则郁自嘲地摇了摇头——在战场上搏杀多年他还如此心浮气躁,真是越活越回去了。

苏则郁叹了口气,恋恋不舍地又看了一眼前方的战局,才低声说道:"撤吧。谷城,你领一千骑兵留下接应斩马队,其他人撤离。"

"是!"谷城握紧手中的巨斧,跃跃欲试。一会儿斩马队撤退的时候,敌军肯定要追的,那时候他总有机会打上一场吧。

身后的大部队在夜色的掩护下陆陆续续地撤离了,冉无恙这边打得不可开交,吸引了所有人的目光,敌军并没有发现瑜国一万多的骑兵只剩下不到三千人了。

陌刀和铁鞭不断地相撞,砸出了一串串火花,青铜面具后的脸越发黑沉,万俟翱已经感觉到自己的体力在逐渐流失,少年却仍然不见疲态,体力仿佛用之不竭。

若是平时与人决战,对手越强,万俟翱只会越感到兴奋,即使输了也无所谓,但今天不行,此人可能劫持了小灵,无论如何,他定要将人拿下。

万俟翱目露杀机,挥出的铁鞭迅速地换了方向,这次的目标是少年的坐骑。

铁鞭长七尺,重达数十斤,每一下都力达千钧,鞭子挥动的时候,都能带起一阵罡风。

夜色中,忘忧的视力并不算好,但霎时间,忘忧脖颈上的毛忽然就炸了,凭着对危险的直觉,忘忧迅速地往旁边一跃,几乎在跳起的瞬间,它原本站立的地方就出现了一条五寸深的鞭痕。

好在忘忧机灵,冉无恙的体重也轻,一人一马侥幸躲过一劫,若真被铁鞭抽中,忘忧这条不算粗壮的马腿必断无疑。

冉无恙一边安抚地拍拍忘忧的脑袋,一边瞪着对面的人,怒道:"你也太阴险了吧!"

万俟翱扶了扶因打斗而歪掉的面具,冷声回道:"以彼之道还施彼身,有什么问题?"

砍马腿确实是斩马队先用的招式,冉无恙还因为这个战术得意了很久,但是现在万俟翱将这一招式用在她身上,她心里的火还是"噌噌"地往上冒!

没错,她就是这么双标。

冉无恙磨了磨后槽牙,怒道:"小神,我能把他的铁鞭砍断吗?!"

"目前不行,万俟翱的这条铁鞭,是由此位面最为坚固的玄铁锻造千万次而成,宿主只有服用高级基因修复液后,将体力提升到10级,或者再花费100万点魅力值为陌刀升级，才可以一刀砍断他的铁鞭。"

系统说这么多，还不是为了魅力值！

她花了整整100万点魅力值才兑换到陌刀，又花了10万点魅力值绑定，当初系统把陌刀吹得天上有地上无，现在居然还想让她再花100万点魅力值升级。

冉无恙算是看出来了，这系统就是个烧魅力值的"骗子"！

冉无恙皮笑肉不笑地勾了勾嘴角，哼道："打到一半忽然升级武器，这不是欺负人吗？算了，我是靠实力说话的，不做这种投机取巧的事。"

"呵呵。"系统非常不给面子地回以两声冷笑，那波浪般的小尾音充分且形象地表达出了嘲讽之意。

冉无恙轻"啧"一声，哼道："不就是一根铁鞭吗？我……"

话音未落，她的肩膀上传来一阵剧烈的痛感，这就是不专心迎战的后果，她的肩膀被铁鞭的尾巴扫过，皮开肉绽。

"咝！"冉无恙倒吸一口凉气，疼得龇牙咧嘴。

冉无恙心中本来就有气，这一鞭子更是激发了她心中的暴怒情绪，她的眼睛都被气红了。

冉无恙瞪着那副狰狞的青铜面具，暗暗磨牙，万俟翱抽她的忘忧小宝贝，还抽她，这个仇必须当场就报了！

当玄色的铁鞭裹着煞气再一次朝冉无恙抽过来的时候，她不躲也不闪，迎了上去，举起陌刀就砍，刀刃和铁鞭狠狠地撞在一起，火星四射。

一刀砍不断，她就砍十刀、百刀、千刀，她倒要看看，万俟翱的破鞭子挨得住几刀？！

陌刀一下又一下地砍，铁鞭如黑蛇蜿蜒，变换着角度回击。

两个人的这次对决相当简单粗暴，没有招式，不讲策略，就是单纯进行暴力输出。这样的方式对体力、武器和坐骑都有极高的要求，他们硬是抵抗住了彼此的攻击。

凉国的大多数边疆士兵都没有见过太子，有些消息灵通的人听说过太子的威名，有些人压根不关心谁是太子，可是今天他们亲眼见识了这位殿下的强悍样子。

两位木小将军，在军中也是响当当的猛将，和那少年斗将，不过几个回合就被人打趴下了。

而这两个人都已经对战一刻钟了，难分胜负，他们的太子殿下竟如此厉害吗？！

凉国这边的将士为自家太子感到骄傲，瑜国这边的骑兵则是又骄傲又惊讶。

万俟翱好歹还名声在外，冉无恙就是个彻头彻尾的无名之辈，就算在几次比试中出了些风头，也只是崭露头角罢了，今日她可算是真正一战成名了。

两个人打得浑然忘我，一群人也看得热血沸腾，唯有一个人，黑眸幽深，脸色阴沉。

夜色下，小姑娘的身形单薄得让人心疼，相隔太远，云亭看不清小恙是否受伤，两个人战斗激烈，体力消耗必定很大，万俟翱不会顾及小恙，小恙却有可能因为万俟翱和他的兄弟关系束手束脚。

云亭从怀里拿出一只哨子，吹了一声长哨，哨声直冲云霄，即使隔得再远，冉无恙也能听到。

长哨响亮，冉无恙蓦地回过神来，才发现天已经完全黑下来了，敌军军营内的火光越燃越烈，黑压压的浓烟与夜幕融为一体。

忽然松懈下来，冉无恙才感觉到手臂又酸又疼，都快没知觉了。

不行，再打下去她要完了，就算有魅力值可以恢复体力，她也不想打了。

说到魅力值，冉无恙立刻来了精神，问道："小神，到目前为止，我有多少魅力值和信仰值了？"

"到目前为止，宿主共有魅力值：693210点，信仰值：81900点，点数还在持续增加！"收获颇丰，一向冷静的系统也忍不住有些激动。

"哇！"冉无恙怪叫了一声，之前她给云亭哥换初级基因修复液，魅力值都被掏空了，这一战就又将近70万点魅力值入账，信仰值还差不到2万点就能升级为高级系统了。

这实在太容易获取了！

冉无恙蠢蠢欲动，感觉自己还能再战一个时辰！

"请宿主量力而为。"系统适时地泼了一大桶冷水。

冉无恙轻咳一声，笑道："人不能太贪心，赚得差不多了就该收手了，我懂我懂，云亭哥还在等我，我怎么可能恋战？溜了，溜了。"

冉无恙揉了一把忘忧的耳朵，在心里默念道：走啦，忘忧！

因为拥有心有灵犀的技能，冉无恙在脑海中的命令甚至比嘴上说出来的更有效，她的话音还未落，忘忧就已经掉转马头，准备开溜了。

冉无恙友善地挥了挥手，叫道："今天不打了，我要回去啦，下次再和你打！"

她就这样走了？！前一刻还打得你死我活的，下一刻人就跑了，她怎么敢？！

万俟翱怒目圆睁，吼道："休想走！"

冉无恙不仅敢跑，跑之前还趁机反手挥了一刀，只是这刀的目标不是万俟翱，而是他的战马，用的也不是刀刃，而是刀背。

战马被一百多斤的陌刀敲了一下，虽然只是刀背，也足够被敲晕了。

战马忽然倒下，万俟翱只得狼狈地跳下马背，等他再抬头看去时，少年早已溜之大吉了。

血从掌心顺着铁鞭一路滴到地上，隐在面具后的双眼布满血丝，万俟翱周身的煞气浓郁得几乎化为实体。

好不容易杀出重围赶过来的尹宵被主子暴怒的样子吓得心脏狂跳，眼看着主子竟然还想追上去，急忙劝道："殿下，穷寇莫追！"

小灵还在他们的手里，他怎么可能不追？就算是龙潭虎穴，他也要去闯一闯。

还有那个臭小子，有本事别让他抓住，不然他绝对要抽死那个臭小子！

"滚开！"万俟翱一把抓住尹宵的衣襟，将他从马背上拽了下来，翻身上马，朝着少年离开的方向奔去。

尹宵大惊，连忙从一名属下的手里夺了一匹马，带着大队人马追了上去。

燃烧的火把的余烬中，银甲军追着一道飞驰的身影朝着远处的荒林奔去。

看到这一幕，城楼上的几个人都坐不住了。乌力低声叫道："糟了，太子殿下追上去了。"

"真是莽撞！"狄勒图的脸色铁青，他一边皱眉一边抓起马鞭，急冲冲地朝着城楼下跑去。

"等等！"尤钧还想拦，狄勒图看都没看尤钧一眼，脚步不停，直接将试图阻止的尤钧撞了一个趔趄。

尤钧没拦住人，还被狠狠地撞了一下，踉跄几步差点儿摔倒，好在被身旁的人扶了一把，才保住了脸面。

他在军中摸爬滚打近十年，终于走到了军师的位置，成为木宴的左膀右臂，有多少年没人敢这般羞辱他了？！尤钧胸中的怒火狂烧，他被气得手都抖了。

乌力看着尤钧的神色变换，目光阴鸷，便知此人定是已经恨上首领了，首领到底是在军营里摸爬滚打的武将，比起朝廷里那些口蜜腹剑、笑里藏刀的文官终究是略逊一筹。

乌力叹息一声，面露忧色，轻声解释道："尤军师，首领去追也是为了大家好，若是太子出了什么差错，谁都不好交代。再怎么说那也是太子殿下、国之储君，护卫不力这个责任，您恐怕也担不起吧？"

尤钧呼吸一滞，胸中的怒火退去，脑子也渐渐清明。朝中各方利益纠葛，局势复杂不明，太子陨灭或许是某些人乐见的结果，但是这个结果绝对不能在他的眼皮子底下发生。

若万俟翱真的死在边境的战场上，别说他负不起这个责任，就连木宴将军也不行，到时候总要推个人出来当替死鬼……

尤钧的心倏地一紧，他厉声喝道："来人，再点五千名骑兵前去接应，务必保护好太子殿下！"

"是！"

一刻钟后，城门再一次被打开，数千名骑兵一同拥入荒林里。

第三十四章　他还活着

话分两头说，尖锐的哨声在战场上空响起，斩马队的精兵们如同听到什么号令一般迅速地撤离。

冉无恙和云亭花了大量的时间和力气来训练精兵们行、走、列队，在此刻那些训练发挥了极大的作用。短短片刻，一片狼藉的战场上，只留下了被敌军打得措手不及的凉国骑兵。

凉国骑兵们握着满是鲜血的兵器，面面相觑，一片茫然，刚刚经历一场恶战，敌军怎么还能如此迅速有序地撤离？

顶替木家的两位将军上阵的小将领进退两难：追吧，怕有埋伏；不追，人就跑了。

只是迟疑了片刻，小将领再次抬头看去，敌军早已消失在茫茫的荒林之中了。

冉无恙赶到约定的集合地点时，斩马队第一批撤离的队员已经等在那里了。

夜色下，人影幢幢，很多人脸上蒙着的黑色面巾还没有被取下来，根本分不清楚谁是谁，但冉无恙还是一眼就看到了那道熟悉的清瘦身影。

"哥，我回来啦！"冉无恙挥舞着一百多斤的陌刀，兴奋得像只刚刚狩猎归来的小狼狗。

忘忧感受到主人喜悦又急迫的心情，迈开长腿，飞快地朝着云亭的方向奔去。

冉无恙对忘忧有信心，知道它有分寸，云亭的小黑马却不知道这些，看到一匹银白色的战马朝着自己狂奔而来，小黑马不安地来回踏着前蹄，不知道是想迎上去还是想逃跑。

好在云亭的骑术不错，他稳住了坐骑，忘忧一个急刹，稳稳地停在了云亭的面前。

冉无恙仰起下巴，笑眯眯地问道："哥，刚才你看到我了吗？我是不是很威风、很厉害？！"

夜幕黑沉，月色朦胧，云亭只能勉强看清人，按理说是看不到冉无恙受伤的。可惜冉无恙得意忘形，没处理好伤口就急忙凑过去，血腥味直接暴露了她的伤势。

云亭微微扬起的唇角沉了下来，他微眯黑眸，冷声说道："你受伤了。"

原本还神采飞扬、耀武扬威的表情瞬间变了，冉无恙想到出门前保证绝对不会受伤的豪言壮语，心虚地缩了缩肩膀，小声地回道："被鞭子的尾巴扫到而已，不算受伤。"

冉无恙一边说着，一边在脑海中疯狂地喊道："小神，快帮我修复身体！快！"

系统："2000点魅力值。"

一点儿小伤要2000点魅力值！你这是坐地起价啊！

冉无恙在心里把能用的词汇全都骂了个遍，在云亭冰冷的目光下，含泪喊道："给，给，给，你说多少就多少，快帮我修复！"

只要魅力值给够，系统的效率高得可怕。

一眨眼的工夫，肩膀上的疼痛感已经消失了，冉无恙暗暗地松了一口气。冉无恙轻踢马腹，走到云亭的身边，压低声音说道："真的只是小伤，而且我的身上还有师父给的药，你也知道药效很好，伤口早就已经好了，不信你看。"

冉无恙拉了拉衣襟，自己先偷偷地瞄了一眼，看到伤口确实已经愈合，只留下一道浅浅的疤痕，不仔细看完全看不出来。

冉无恙彻底地放心了，侧过身把受伤的肩膀往云亭的方向靠，笑道："看吧，我没骗你，真的好了。"

云亭亲自试过小恙的那位师父提供的药，深知药效惊人，不用看也知道现在伤口肯定是愈合了，可还是忍不住心痛。

玄铁难寻，更难的是锻造，一旦成功铸成兵器，必定无坚不摧，万俟翱本就力大无穷，他的铁鞭威力可想而知。

小恙说是被鞭子的尾巴扫了一下，实际上她的盔甲都被抽散了，肩膀上的布料破破烂烂的，还浸染了不少鲜血。

伤口愈合，血迹犹存，这说明冉无恙之前受的伤并不轻，该流的血还是流了，该受的痛楚也受了。

为了显示自己真的没事，冉无恙还作死地上下挥动胳膊。云亭的眉头皱得更紧了，他将她的衣领拉好，低声吼道："别乱动！"

明明伤已经好了，云亭哥身上的低沉气息却一点儿也没消散。冉无恙连忙把手放下，垂着脑袋，乖乖地"哦"了一声，不敢造次，哪里还有战场上的半点儿威风？

在一旁休整的士兵们惊奇地看着凶兽瞬间变身小绵羊的奇景，觉得十分有趣，一个个看得津津有味。

杂乱的马蹄声由远及近，众人抬头看去，只见远处烟尘滚滚，一大队人马正朝着他们所在的方向冲过来，来人实在太好认了，银白色的盔甲即使是在夜色中依旧显眼。

"准备迎战！"谷城大喝一声，吩咐属下列队准备，扭头对着云亭喊道："追兵追上来了，我来挡着他们，你们先走！"

之前一直都是斩马队在战斗，他手下的骑兵没有参战，体力最好，苏将军让他留下来接应，这时候自然是由他来迎战，拖住敌军。

冉无恙的眼力比他们的眼力好多了，她一眼就看到了跑在最前面的万俟翱，凑到云亭的耳边轻声问道："云亭哥，他追来了，怎么办？"

"你和他们先走，我殿后。"云亭扫了一眼远处的银甲军，神情冷淡平静，似乎这一切都在他的预料之中。

"不行！我和你一起。"冉无恙一把拽住小黑马的缰绳，死活不肯松手，害怕云亭拒绝，急忙嚷道，"我绝对不走，就算你生气，回去打我、骂我、罚我，我都不会走的，我绝对不会留下你一个人！"

谷城和周围的数千名士兵：哦，原来我们都不是人。

冉无恙已经做好撒泼打滚的准备了，云亭却只是瞥了她一眼，淡淡地回道："那你就留下吧。"

冉无恙听完这句话后，感觉像是一拳打在了棉花上，特别难受！

云亭微挑剑眉，轻声说道："还不松手？"

"哦。"冉无恙讪讪地松开缰绳，自觉地后退两步，可一看到云亭骑马离开，又立刻屁颠屁颠地跟了上去。

"谷城！"云亭拦下准备冲出去的谷城，说道，"追过来的是凉国的银甲军，小恙和他们交过手，更有经验，我和小恙领三百名骑兵留下和他们周旋足矣。斩马队中的伤兵不少，还是要麻烦你和胡扬护送伤兵先撤。"

云亭音色清越，神色平和，即便后有追兵，依旧给人一种从容不迫的感觉。

谷城很想会一会万俟翱的铁鞭，但心里明白，自己不是万俟翱的对手，硬是冲上去也拦不住人家。

谷城的胸中热血沸腾，但他并非好大喜功之人，不能痛快地打一场有些遗憾，但还是爽快地回道："也行，我先护送伤兵与苏将军会合再回来接应你们。"

云亭微笑着点头道："好。"

胡扬眯眼看去，目光在冉无恙和云亭的身上停留了片刻。这两个人，总给他一种古怪的感觉，但他又说不清是什么。

"撤！"谷城低喝一声，胡扬回过头，沉默地和谷城一起护送着伤兵离开。

银甲军的速度很快，被怒火灼烧的万俟翱更是一马当先，短短片刻就已经冲到了斩马队的面前。

冉无恙身形娇小，在一群壮汉的中间反倒更加显眼，再加上她手里的陌刀材质特殊，仿佛自带荧光，即使在沉沉的夜色中，也很容易被一眼认出来。

万俟翱刚刚被冉无恙耍了一道，怒火正旺，一看到她的身影，不由分说，扬起鞭子就抽了过去。

黑色的长鞭裹着无尽的杀气，强劲的力道带来破空之声，鞭影如夺命巨蟒般扑向冉无恙所在的方向。

冉无恙站在云亭的侧后方，这一鞭子下去，最先抽到的不是她，而是云亭！

冉无恙倏地瞪大眼睛，被吓得心脏差点儿停跳，好在她身体的反应速度快过脑子的反应速度，在万俟翱挥出长鞭的瞬间，她手中的陌刀已经迎了上去。

"当！"长鞭和陌刀再次撞在一起，擦出一串火光。

在场的人都见识过两个人作战的场面，隔着数十丈观战都觉得惊心动魄，更别说两个人就在眼前对打，陌刀与铁鞭相击产生的噪声，震得人耳鸣。

冉无恙黑着脸，挡在云亭的前面，气急败坏地说道："你疯了，招呼都不打就乱甩鞭子，伤了我哥，我要你的命！"

万俟翱双目赤红，盯着冉无恙，沉声问道："她在哪儿？"

"谁啊？"冉无恙装傻道，"我怎么知道你要找谁？"

万俟翱缓缓地抬起右手指着冉无恙，血沿着冰冷的铁鞭往下滴落。他用沙哑的声音一字一顿地问道："她在哪儿？！"

万俟翱的样子不太对劲，他不会是被她气疯了吧？冉无恙紧皱眉头，有种不太好的预感，万一他不管不顾地冲上来以命相搏，她总不可能真的与之拼命。

冉无恙想说些什么安抚一下万俟翱的情绪，可是两边的几千名将士都在场，她也不能乱说话，不然她说的话回头传到蔺不归的耳朵里，又是麻烦。

冉无恙张了张嘴，又闭上，就在她左右为难的时候，身后响起了熟悉的声音："你找的人，自然是在她想在的地方。"

云亭的声音平和，像一阵清风，素来最能安抚人心，只是在兵戎相见的场合下响起，实在突兀。

万俟翱抬眼看去，隔着重重的夜色，看到了一道清瘦颀长的身影。

那人的脸上和其他人一样，蒙着一条黑色的面巾，唯有一双眼睛暴露在外面，平静无波，眼中似乎什么都没有，又好像藏着无尽的深意。

这双眼睛……这种眼神……

万俟翱怔怔地盯着云亭，脑子瞬间空白，心猛地一紧，像是被一只无形的手紧紧地拽着，不痛但让人窒息。

完了，完了，万俟翱看到云亭哥了！

冉无恙的心提到了嗓子眼里，手里的陌刀被她捏得紧紧的。

听老人们说，双生子彼此间的牵绊比一般的兄弟姐妹要深得多，他们经常会在不经意间做出一样的动作，有些感情好的双生子，对方的心里想什么都能感知一二。

他们俩长得那么像，万俟翱会不会通过一双眼睛就认出云亭哥？如果真的认出来了，他会不会当场点破云亭哥的身份？

又或者，兄弟相残，杀人灭口？

应该不会吧？

冉无恙憋着一口气，都忘了呼吸，生怕喘口气的动静惊扰到万俟翱，从而发生什么可怕的事情。

然而万俟翱什么也没做，只是目不转睛地盯着云亭。

两边的将士面面相觑，主将不动，他们也不敢动，几千人马就这样站在黑漆漆的荒林之中，大眼瞪小眼，耳边只能听到"呼呼"的风声。

长久沉默让原本剑拔弩张的气氛变得越来越诡异。冉无恙咽了一下口水，在脑海中小声地问道："小神，他们俩这是在干什么呢？没事吧？"

系统冷笑一声，回道："脑子不用可以捐给需要的人。"

冉无恙心想：这是人身攻击！

冉无恙还想和系统争辩两句，肩上一重，云亭拍了拍她的肩膀，低声说道："走吧。"

"啊？"冉无恙搞不懂现在是什么情况，但能将这两个危险人物隔开是最好的，连忙点头，"哦！好的，走，走，走。"

"撤！"冉无恙高呼一声，掉转马头，和云亭一起扬长而去，骑兵们如梦初醒，连忙跟上。

留下来御敌的人原本就不多，在冉无恙一声令下后，三百名骑兵很快撤完了。

银甲军中隐隐有些骚动，尹宵的脸色也不太好，他虽然一开始是不希望殿下冒险追击敌军，但是看着敌人当着他们的面，就这么大摇大摆、毫发无损地离开，心中多少有些不快。

然而殿下没有下命令，他们无论如何也不能动。

三百名骑兵都是怀着必死的决心留下来与敌军周旋的，结果就这么不痛不痒地结束了？别说见血了，他们刀都没亮！

将士们一边撤一边回头看，敌军果然没有追上来，夜色下一道道银甲身影就像是木头桩子，戳在那里一动不动。

一名年纪颇小的士兵实在忍不住，扭头问旁边的士兵："敌军真的不追了？刚才发生了什么吗？"

和他有同样疑惑的人可不少，纷纷低语道："不知道啊！你听清了吗？云亭说了什么把人吓成这样？敌军都被吓傻了！"

"他好像只说了一句话，然后对面的人就不动了。"

"对，对面的人就像被点了穴一样！太奇怪了！"

聂青听着身边的人窃窃私语，眉头紧紧地皱了起来。他举起陌刀，用刀柄敲了敲身边两匹战马的屁股，低声喝道："都闭上嘴，云亭说了什么和我们没关系，只要能退敌就行，快走。"

几个人对视一眼，心中的疑惑犹在，但也没再多话，策马追上前面的队伍。

"嗒嗒嗒"的马蹄声逐渐远去，明明是盛夏，银甲军却无端生出一种身处晚秋的萧瑟感，憋屈又茫然。

他们完全想不明白，前一刻还气势汹汹、杀气腾腾的主子，转眼间怎么就跟丢了魂似的？说一句失魂落魄都不为过。

离万俟翱最近的尹宵连大气都不敢喘。他跟在太子身边多年，几乎见识过太子各种各样的情绪，但从没见过这副模样的太子。

太子仿佛被一股无形的气息笼罩着，不是怒气也不是郁气，他不知道怎么形容，总之就是觉得让人很不安，像是某种情绪一直在堆积，不知道什么时候会爆发。

尹宵不敢出声打扰太子，原本还有些躁动的银甲军也感受到了这种压抑的氛围，纷纷屏住呼吸，尽量降低自身的存在感。

黑漆漆的荒林中，数千名银甲军就这样胆战心惊地静立在万俟翱的身后，一动不动，看着异常瘆人。

处在中心位置的万俟翱没有心力去感受周围的环境，脑子里乱糟糟的，无数的画面从眼前闪过。

黑衣人第一次出现的时候，小灵为了不让银甲军射杀他们，竟然不顾自身安危冲出来阻止。

当时，确实有一个身形颀长的黑衣人朝着小灵的方向做了一个动作，万俟翱看到了却没在意，想来那便是他们之间的小秘密吧。

万俟翱冷笑一声，从小到大，小灵与那人最亲近，两个人之间的秘密怕是不少吧，以至他们一眼就能认出对方。

狄勒图从敌营逃回来之后，小灵和这个舅舅越发亲近起来，日日往他的身边跑，以前二人的感情顶多算是尚可，绝对没有好到这种程度。

狄勒图和小灵的身上一定发生了什么事，只是以前他忽略了而已。

"你找的人，自然是在她想在的地方。"

小灵想在的地方是哪里？

一直以来，她心心念念，崇拜又依赖的人，可不就是那个人吗？

那个人若是出现了，小灵肯定会迫不及待地赶到他的身边！

万俟翱的眼前一阵发黑，一个封存多年的名字呼之欲出。

万！俟！行！

是你吗？

万俟翱的身体晃了一下，他几乎要摔下马来，尹宵被吓得浑身哆嗦了一下，不得不冒着被甩一鞭子的风险，低声上前叫道："主子？"

良久，万俟翱才像是活过来了，低声说道："回去。"

还好，还好，主子还能回应他。尹宵暗暗地松了一口气，连忙回道："是！"

银甲军掉转马头准备返回，前方传来密集的马蹄声，他们远远地看去，一片烟尘滚滚，骑兵少说也在数千名之上。

万俟翱抬眸扫了一眼，神色漠然，眼底闪过一丝厉色。身后的银甲军已经握紧了兵器，戒备地盯着越来越近的大队人马。

片刻后，他们看清来人身穿凉国的盆甲，为首之人正是狄历一族的首领，他们紧皱的眉头才松开了几分，手却依旧停留在兵器上。

狄勒图火急火燎地赶过来，看到荒林里只剩下万俟翱和银甲军，没有瑜国的骑兵和云亭的影子，也不像是大战过一场的样子，一路上悬着的心总算放了下来。

他假模假样地怒吼道："万俟翱，身为太子，你的一举一动都关乎社稷，你怎么能如此胡闹，任性妄为，将自己置身于危险之中？！快跟我回去！"

狄勒图的身份特殊，他不仅是狄历一族的首领，还是万俟翱的亲舅舅，如此训斥太子，倒也算不得犯上。

狄勒图脾气急躁，往日也不是没这么训斥过万俟翱，万俟翱从不理会他，万俟翱年纪渐长后，更是完全不将他放在眼里。可是今天，万俟翱没有无视他，反而驭马朝着他一步一步地走近。

两个人的坐骑几乎要撞在一起时，万俟翱才停了下来，微微倾身，似乎要将狄勒图的表情一丝不漏地看进眼里。

高大的身影带来沉重的压迫感，狄勒图不自觉地呼吸停滞。

狰狞的青铜面具遮住了万俟翱的脸，狄勒图看不清他的表情，也看不到他的眼睛，唯独他的声音，准确又清晰地传入狄勒图的耳朵里。

"他……还活着。"

狄勒图心猛地一颤，眼里短暂地闪过一丝慌乱之色，难道刚才两兄弟碰面了？不会吧？云亭没和他提过啊？

狄勒图定了定神，故作镇定地回道："什么活着？谁活着？没头没尾的，我哪里听得懂你说的是什么意思？你别说这么多了，快和我回去。"

万俟翱轻嗤一声，喑哑的嗓音中透着笃定之意。他说道："他果然还活着。"

这小子诈他？狄勒图倏地瞪大眼睛，盯着万俟翱一时不知道说什么，生怕多说多错。

万俟翱得到了想要的答案，一刻也不愿多留，绝尘而去，银甲军紧随其后，留下滚滚烟尘。

狄勒图揉了揉胀痛的太阳穴，长叹一口气——这两兄弟，一个比一个能折腾人，不让人省心。

今夜的议事楼，灯火通明，偌大的正厅里，木宴坐在上位，面无表情，脸色阴沉，几名身材壮硕的将领站在下首，一个个低着头噤若寒蝉。

一名四十多岁的将领手里拿着一本册子，身体站得笔直，眼睛死死地盯着册子不敢抬头，低声说道："军营中一共有二十三处被烧毁，其中士兵的营帐八处、马厩七处、岗哨四处、兵器房两处、草料库房三处、粮食地窖两处，初步统计粮草被烧毁了将近……"

负责后勤的都尉焦离偷偷地扫了一眼坐在上位者的脸色，立刻垂下头，战战兢兢地说出了最后的数字："将近二分之一。"

"二分之一？！"闵安目露凶光，本就凶狠的面相更增添了几分戾气，他骂骂咧咧地说道，"娘的！蔺不归这个狗贼，竟敢给咱们来阴的！"

木宴朝闵安的方向扫了一眼，闵安立刻闭嘴，后退一步，和身后的几名副将一样，垂头站在一旁，不敢再打断焦离的话。

"继续说。"

沙哑的声音压得很低，在寂静的正厅中响起，像一把锉刀，一点点地折磨着在场的人的耳朵。

焦离紧张地咽了咽口水，继续说道："这次偷袭，敌军显然很清楚我们军营的情况，虽然看起来整个营地都着火了，但是大多数不重要的地方，敌军都是敷衍地丢了一两个火把，目的只是引起混乱，唯有草料和粮食存放的地点，火势很猛。四处被烧毁的正好都是能看到粮草存放点的岗哨，粮草附近的存水点，也全部被破坏，这才导致我军粮草损失过半。"

焦离每说一句，木宴的脸色就更黑一分，焦离背后的衣衫都被汗水打湿了。他握紧手中的册子，暗暗地深吸了一口气，谨慎地说出了心中的猜测："末将怀疑军中确实出了奸细，而且这名奸细可能身居要职，不然不可能将军营的情况了解得这么清楚。"

闵安的心里"咯噔"一下，刘武之前被指为奸细时，军营里还没有出现什么损失，他帮刘武说过几句好话，如今粮草被烧了一半，这事肯定没那么容易过去。

焦离说奸细身居要职，难道是在暗示他是奸细？刘武毕竟是他的下属，就算他极力撇清关系也有可能被怀疑。

闵安越想越不安，额头上出了一层薄汗。

不行，他一定不能让这个奸细的罪名和自己扯上一丝一毫的关系！

闵安悄悄地扫了一眼正厅中的众人，狄勒图不在场，智囊乌力也不在，正好留给他一个嫁祸于人的好时机。

闵安轻咳一声，仿佛不经意般说道："你们说，奸细会不会是……狄勒图？"

众人脸色微变，一个个将头垂得更低了，没人敢接他的话。

闵安看向尤钧，想对尤钧使眼色，可惜尤钧低垂着眼眸，看向地面，一个眼神都没有给闵安。

闵安在心底暗骂了一声，没人接话，他只能硬着头皮自顾自地说下去："狄勒图被蔺不归抓了那么多天还能自己逃出来，这实在太可疑了！瑜军的大本营外人岂是那么容易进出的？说不定就是他出卖了咱们，蔺不归才肯放他回来。"

好不容易把想说的话一口气说完，闵安屏住呼吸等待着木宴的反应。

木宴没有理会闵安，甚至都没有仔细听闵安说了什么，此刻一直在回想昨日狄勒图来找他时说过的话。

狄勒图说夜袭瑜军的粮草营失败，他被俘虏，都是因为军中出了奸细，还说他们的一举一动都被监视着，若是不把这个奸细找出来，迟早要吃败仗。

狄勒图还给他出了个主意，说是既能揪出奸细，又能算计蔺不归。他只需要清点兵马，做出倾巢而出的姿态，蔺不归就会派出精兵攻打塔木城。

攻城比守城难十倍不止，不然蔺不归也不会大半年都过去了，还是没能打下塔木城。

若是蔺不归真的来攻城，可以借此机会灭掉瑜军的一部分精兵，这对木宴来说倒是一件好事，顺便还能看看狄勒图到底打什么主意。

经过一番考量，他同意了狄勒图的建议，昨日声势浩大地清点兵马，夜里还真的揪出了一名私自跑出军营的无名小卒。

今日蔺家军也如狄勒图所言，来攻打塔木城了。可惜攻城只是幌子，瑜军最终的目的是毁粮草，并且还成功了。

现在细细想来，似乎从昨日开始，他就步入了一个被精心设计好的圈套里。

狄勒图十分可疑，但是木宴倒不觉得他会卖国通敌。

身为狄历一族首领的狄勒图，一直是主战派，与瑜国勾结对他没什么实质性的好处。再则，狄勒图来军营也不过几个月的时间，又被刻意架空，对军中的情况并不十分了解，估计都不清楚最大的粮食地窖在哪里。

在这个局中，狄勒图不是执棋者，最多只是棋子而已。那么背后的执棋者是谁？是蔺不归，还是那位四面楚歌却始终屹立不倒的瑜国太子瞿向卿？

木宴摩挲着手下的红木扶手，沉声问道："狄勒图呢？"

一直站在木宴身旁的尤钧轻声地说道："太子殿下追击瑜国的骑兵，狄勒图大人不放心，也追出去了。"

木宴倏地睁开眼睛，冷声说道："太子怎么会去追击瑜国的骑兵？"

尤钧知道木宴想听什么，主动将晚上西门外发生的事情一一道来。

木宴本就阴沉的脸色更加难看了。军营失火，他的全部心力都放在粮草上，他只知道木家的两兄弟在西门吃了大亏，却不知太子竟然去了西门，还披挂上阵了。

木宴的眉头紧紧地皱在一起，他冷声问道："太子今日真的主动迎战了？"

尤钧的目光在被捏变形的红木扶手上轻轻地掠过，他微微颔首，回道："是，木锐、木勤身受重伤后，西门没了主将，士气大减，狄勒图大人原想亲自带兵迎战，没想到太子忽然带着银甲军冲了出来，和瑜国骑兵打了起来。"

"啪"的一声轻响，红木扶手最后还是没能躲过碎裂的命运。

众人心尖一抖，大气都不敢喘。

闵安知道木宴一直对太子来塔木城监军这件事心存不满，自以为找到了讨好大将军的方法，添油加醋地说道："将军，我刚才回来的时候，就听到不少士兵在说，太子镇守西门，如何骁勇、如何英武不凡，您说太子这一出是什么意思？他不会是想趁机争夺兵权吧？"

木宴目光凶狠，瞪向闵安，厉声喝道："闭上你的嘴！"

争夺兵权这种话是能当众说出来的吗？成事不足，败事有余！若不是看在他在战场上确实是一名猛将，木宴都想叫人将他拖出去了。

对上木宴吃人般的眼神，闵安脸色煞白，彻底不敢说话了。

木宴深吸了一口气，压下胸中翻腾的怒意。

军中暗藏奸细，粮草被烧，瑜军中莫名地突现一支奇军，几个照面就将木氏兄弟打成重伤，这一切都让身为主帅的木宴忧心，但是最让他头痛的，还是太子。

他正想着，门外传来一阵喧闹声，厚重的木门被从外面推开，一道高大的身影出现在门外，狰狞的青铜面具、还在滴血的玄铁鞭都彰显着来人的身份。

万俟翱的身材即使在凉国人中也算得上高大，随着他的身影一步步地逼近，屋内的光线仿佛跟着暗了几分，众人皆是征战沙场多年的将军，此时竟也被这逼人的气势镇得呼吸停滞。

谁也没想到，太子殿下竟是在这样的情境之下第一次踏进议事楼里。

木宴最先回过神来，站起身微微低头，行礼道："太子殿下。"

其他人反应过来，也连忙低头见礼。

万俟翱一言不发，众人不敢起身，整个正厅都被一股压抑的气氛笼罩着。

这时，一道健壮的身影冲了进来，打破了压抑的气氛，狄勒图气急败坏地吼道："公主失踪了，你们知不知道？偌大的军营，竟然护不住公主殿下！"

"公主殿下失踪了？！"木宴脸色大变，紧锁眉头，追问道，"公主何时失踪的？"

狄勒图暴躁地骂道："军营起火的时候，一群黑衣人趁乱将公主掳走了，我怀疑是蔺不归搞的鬼！他们的最终目的根本不是粮草，而是公主！"

公主在军营中被掳走，木宴始料未及，不过看狄勒图现在这副焦头烂额、气急败坏的样子，更肯定了自己心中的猜测：狄勒图能从蔺不归的军营里逃出来就是被算计好的，他不过是一颗彻头彻尾的棋子罢了。

木宴不再理会狄勒图，不着痕迹地看向万俟翱，没想到万俟翱也正盯着他。

木宴对上一双布满血丝的凶狠黑眸，心倏地一紧，同时也暗暗地松了一口气。

七公主是被太子当眼珠子一般疼爱的胞妹，这次太子离开皇城来到边疆，也是因为公主。

发现公主被掳走，太子盛怒之下带兵出战倒是正常反应，只要太子不是对兵权动了心思，其他的都好说。

木宴心下安定，脸上依旧露出焦急之色。他郑重其事地说道："太子殿下放心，臣一定竭尽全力，营救公主殿下。"

狄勒图嗤笑一声，一点儿都不给木宴留面子，讽刺道："什么竭尽全力？都是废话！老子被抓走的时候，你也是这么和公主殿下说的吧？"

木宴的脸色微僵，当时他确实是这么敷衍万俟灵的。但是这次不同，他绝对是真

· 469 ·

心想要尽快找回万俟灵。

狄勒图死，狄历一族就散了，于他有好处；万俟灵死，太子疯起来谁扛得住？

木宴阴狠地盯着狄勒图，用沙哑的声音一字一顿地说道："狄勒图大人身陷敌营时，我也是积极营救的，不能因为大人能力出众，自己逃了出来，就否定我的救援。公主殿下尊贵无比，身为臣子，吾等自当不惜一切代价救回公主，狄勒图大人无须担忧。"

不知道是今晚受刺激太大，还是借题发挥，狄勒图分毫不让，不惜撕破脸地说道："你以为我会信你吗？十万大军，你只允许我带五千精兵，战场上五千人能干什么？如今整个军营都是你说了算，谁知道你木宴安的什么心？"

木宴脸色阴沉，厉声喝道："狄勒图大人慎言，兵力调配、任命主帅，全部是皇上的旨意。"

狄勒图破罐子破摔，说话越发大胆，步步进逼道："你少拿皇上来压我，公主乃皇上的掌上明珠，出了事你能负全责吗？你敢立军令状吗？"

木宴额间的青筋都暴了出来，他仿佛被气得不轻，话都说不出来了。

闵安见此情景，逮到机会上前怒骂道："狄勒图，你这分明就是在胡搅蛮缠！公主一直和你在一起，也是你的人在保护公主，现在公主出了事，最应该负责的人难道不是你吗？！"

狄勒图冷笑了一声，看都没看闵安一眼，眼睛死死地盯着木宴，说道："让我负责可以啊，我还可以立军令状，木大将军肯拨几万兵马给我去救公主吗？"

提到数万兵马，众人皆是脸色一变，闵安连忙看向木宴。木宴此时的脸色已经可以用恐怖来形容了，闵安的心头猛地一跳，他色厉内荏地说道："凭什么给你兵马？你……"

"三日。"在闵安的吼叫声中，一个低沉的男子的声音在正厅中响起。

闵安像被掐住了脖子的鸭子，脸色涨红，所有的话都被堵在了嗓子眼里。

"三日之内，你若不能找回公主，自行交出三万精兵，孤亲自去救。"万俟翱的声音和他的秉性一样，冷硬又无情。不等木宴回应，万俟翱便要转身离开。

木宴立刻追上去，急忙说道："殿下，此事不可！"

这时，一道带着浓烈杀气的疾风扫过，"啪"的一声巨响，正厅中央的石砖全部被震裂，暗黑色的铁鞭深入地下五寸有余。

"孤不是在与你们商量，公主若是有什么闪失，诸位脖子上的脑袋也不会稳当。"万俟翱的声音一如既往地冷酷又平稳，这次他转身离开的时候，没有人再敢拦着他的去路。

因为他们知道，万俟翱并不是在说笑。

太子时常戴着面具，满朝文武中有些人或许不一定记得太子的长相，却一定认识太子手上的玄铁鞭。

一鞭子把人的脑袋抽飞这种事，太子殿下真的干过，而且干过不止一次。

今晚的目的已经达到，狄勒图没有继续留下来刺激木宴，扫了一眼众人，冷哼一声，跟在万俟翱的身后离开了。

万俟翱这尊杀神离开了，正厅里的人却没能松一口气，刚才这一鞭子，可是贴在木大将军的耳边挥下来的，一点儿也没给这位大将军留面子。

几位将军的后背早已经被冷汗浸湿了，他们苦不堪言，比上战场杀敌还累。

尤钧倒是没有像其他人那样慌乱，低垂着头，思索着这两天发生的事情，总觉得有什么东西被他忽略了，却又极其重要。

这时，耳边忽然传来一声极轻极低的笑声，是熟悉的沙哑声音，尤钧缓缓地抬起头，看向独自站在正厅中央的木宴。

只见木宴垂眸，看着地上碎成蜘蛛网状的石砖，眼中浓重的戾气几乎化为实体，嘴角却勾起了一丝诡异的弧度，似愉悦又似兴奋。

尤钧暗暗地咽了一下口水，浑身的汗毛都竖了起来。

第三十五章　他们竟然是一对

按照原定的安排，万俟灵离开塔木城之后，应该到边城的一处民宅中藏匿起来，等过几日云亭再找机会去看她。

万俟灵是那种乖乖地待在原地、被动等待的人吗？当然不是，沿小路走出塔木城后，万俟灵不仅没去边城，反而朝着瑜军大本营的方向来了。

她倒不是莽撞的人，没有进入军营范围内，只在后山上的树林里等着。这里离军营不近不远，三哥他们回来时动静一定不小，她能第一时间知道，也能想办法尽快和三哥见上一面。

三更已过，正是人犯困的时候，树林里静悄悄的，耳边只能听到轻浅的蝉鸣虫吟之声，万俟灵担心云亭，一点儿睡意也没有。

在她的记忆里，三哥的身体就像纸糊的似的，他多走几步都要喘上半天，就算现在养好了，肯定也禁不起折腾，更别说上战场了。

这也是她非要来后山等待的原因，没亲眼看到三哥安然无恙的样子，她就无法安心。

就在万俟灵烦躁得想站起来走几圈的时候，远处一道黑影走进了树林里。

万俟灵并不是一个人来的，身边带着六名死士，有人走进树林里死士第一时间便发现了，手中的刀已进入了备战状态。

万俟灵眯眼看去，来人的步伐有些缓慢，手里好像还拿着一根棍子支撑着身体，莫非是个瘸子？多一事不如少一事，此人若只是从旁边经过便罢了，若他非要往这边走，那只能算他倒霉，她直接将其就地解决。

显然这人是个倒霉蛋，非但没有离开，反而直直地朝着万俟灵所在的方向走了过来。

蔺奚不知道树林深处有人准备要了他的命，他大腿上的刀伤已经好了，可是断掉的骨头没这么容易长好，现在勉强能下地行走，想上战场上杀敌，最少还要再养一个月。

今日攻打塔木城就没他，他心里憋着气，又无处发泄，不想在军营里晃荡，只能到后山上透透气，走着走着，便走到了树林深处。

他虽然脚受伤了，但是警惕性和身为武者的敏锐性都没有丢，很快便发现了草丛里似乎藏着什么东西，不知道是人还是动物。

蔺奚察觉到异样后，握紧了手中的木棍，做出防御的姿态，大声地喝道："谁在那里？滚出来！"

是他？朦胧的夜色中，一张俊俏的娃娃脸映入了万俟灵的眼帘。

数日不见，他气色好多了，明明长着一张娃娃脸，却总是紧紧地绷着，他不知道自己故作冷峻的模样，更让人想要逗逗他吗？

万俟灵的嘴角不自觉地勾了勾，三哥好像说过，他是蔺家嫡出的小公子吧，之前她一直没见过还不觉得他有趣，现在见着真人了，才感觉有点儿想念呢。

毕竟，这是这么好看又有意思的小公子啊！

万俟灵眼中闪过狡黠的光，对身后的几名死士摇了摇头，示意他们不要轻举妄动，然后慢慢地站起来，笑道："好凶啊！你这样可是会吓到我的！"

蔺奚浑身一僵，这声音怎么有些熟悉？

一道纤细的身影从矮树丛后面走了出来，来人一身黑衣，装扮得像个刺客，身材却十分纤弱，眉目如画，白皙的皮肤在夜色的衬托下越发莹润漂亮，青丝高高地束在脑后，整个人看起来英姿飒爽，煞是好看。

这样的绝色女子半夜三更出现在荒山野岭中，实在是一件诡异的事情。看清女子的脸后，蔺奚背后的汗毛都竖了起来。

"你……你怎么会在这里？"不知道是不是留下的心理阴影太深，蔺奚被吓得声音都有些不稳了。

万俟灵扬起一丝温柔的笑容，朝着他走过来，说道："当然是来看你啊！"

看他？蔺奚飞快地回忆了一下两个人之间的交集，实在没什么交情可言，这女子行事诡异身份不明，他决不能掉以轻心。

蔺奚一边暗暗观察对方，一边警惕地问道："你是谁？怎么会出现在军营附近？来这里做什么？"

万俟灵一身黑衣，手上却没有任何武器，从她的气息和动作来看，并不像是习武之人，所以她靠近的时候，蔺奚虽然戒备着却没有直接动手。

"我是你的救命恩人哪！你忘了吗？"万俟灵看向蔺奚曾经受伤的那条腿，轻叹道，"如果不是我，你早就死在塔木城里了！"

蔺奚当时失血过多，神志都已经不清了，硬要算起来，女子帮他止血，确实是救了他一命，但是他也没忘记，女子是从塔木城的军营中将他带走的。

能随意进出凉国军营的人，身份必定不简单，穿一身黑衣的她还大半夜地躲在我军的后山之中，形迹实在可疑，蔺奚不得不防。

蔺奚握紧手中的木棍，目光灼灼地盯着万俟灵，冷声质问道："你到底是什么人？来军营有何目的？"

万俟灵仿佛没看到他紧绷的身体和冰冷的态度，嘴角微扬，笑道："我来这里，当然是因为……想你了呗。"

万俟灵说得随意，蔺奚却听得面红耳赤，恼羞成怒。他瞪着万俟灵，怒斥道："胡说八道！"

万俟灵眨了眨眼睛，一脸无辜地说道："你不信啊？我有证据的。"

这种事情，会有什么证据？蔺奚完全不信，看万俟灵的眼神越发冷了。

万俟灵一点儿也不急，慢条斯理地在腰间摸了摸，从腰带的夹缝里抽出一个深紫色的荷包，放在手心里，递给蔺奚。

这女子狡猾如狐，蔺奚时刻警惕着，不仅没伸手接，反而后退了两步，紧张地问道："这是什么？"

万俟灵被他谨慎的样子逗笑了，当着他的面打开荷包，从里面拿出了一束黑亮的发丝，笑盈盈地说道："你的头发啊！我知道即使我救了你，也不可能强留你，所以就趁你熟睡的时候，留下了一缕你的头发，以慰相思。"

他的头发！！

她还……还以慰相思！！

"你！我……我……"蔺奚感觉自己的脑子里被人倒入一盆滚水，烫得他神志不清，一时之间竟然不知如何反驳。

万俟灵还在蔺奚面前晃了晃手里的头发，黑亮柔软的发丝在夜色下晃动，在他的眼睛里，简直像是一条毒蛇在肆意地扭动，随时会扑上来咬他一口。

蔺奚想要否认，心底却有一个声音一直在说，那就是他的头发。

其实他刚回来的时候，就发现自己的鬓角附近少了一缕头发。他还以为是在打斗的过程中被敌人削掉的，并没有放在心上，直到今天，看到女子手上的这缕头发……

一名女子私藏男人的头发，她知不知道这到底代表着什么意思？！

不管在哪国，男女之间收藏对方的头发都是定情之意。她不仅藏，还敢带着头发追上门来？！

长这么大，蔺奚从没见过这样的姑娘，对方不仅言语轻佻，行事更是乖张，这般出格的事情竟也做得出来。

不知道是气的还是羞的，蔺奚整张脸连同脖子和耳朵，全部红通通的，夜色都掩盖不住那通红的颜色。

这人还真是不禁逗，这才哪儿到哪儿？万俟灵心底的小人都快笑翻了，脸上却还保持着恰到好处的笑容，她轻轻地"哦"了一声，故作娇羞地说道："我知道了，你也想要我的头发，对吗？"

蔺奚倏地瞪大眼睛，连忙摆手，可惜万俟灵没让他把拒绝的话说出来，大方地笑道："好了，好了，我知道你很喜欢我，也想要我的头发，我也没说不给你，你的脸怎么红成这样？是害羞还是紧张？"

"胡说八道！！"可怜的蔺小公子憋了半天，也只吼出了这四个字，手中的木棍也被他一气之下折断了。

万俟灵柳眉微挑，轻哼道："怎么？要打我？"

蔺奚一张俊脸已经被气到发黑，双手紧握成拳头，瞪着眼前的绝色女子，模样看起来还真有几分吓人。

万俟灵不闪不避，甚至还向前走了一步，就在两个人对峙的时候，从军营的方向传来一连串震天的马蹄声。

出战的军队回来了！

蔺奚心中一喜，回头看向军营的方向，只见军中已经燃起了无数火把，隐约能看到数队骑兵陆陆续续地涌入了军营里。

蔺奚关注着军营的动静，分了心，等他感觉到背后似乎有什么东西袭来的时候，已经来不及躲避了。

蔺奚后颈处传来一阵剧痛，倒了下去，闭上眼睛之前，看到了一身黑衣的女子唇边淡淡的笑意。

蔺奚万分懊恼，竟又着了她的道。

死士低声问道："公主，此人如何处置？"

若不是这人捣乱，她现在就可以派人趁乱潜入军营里给三哥传信，顺利的话今晚就能见到三哥，但现在此处已暴露，为了安全起见，她肯定不能在这里和三哥见面了。

万俟灵暗暗磨牙，都怪他！

可惜这人是蔺家的小公子，和三哥又有几分交情，不能杀了他，万俟灵心里有气，忍不住踢了他两脚出气，轻哼道："就让他在这里睡一晚上吧。这里已经不安全了，我们先离开。"

"是。"死士们将万俟灵护在中间，准备离开。

万俟灵刚走了两步，又回头看了一眼，目光停留在蔺奚俊秀的脸上，眯了眯眼，伸出手，说道："刀给我。"

死士毫不犹豫地奉上了手中的刀，万俟灵一只手接过刀，一刀掠过死士的脑袋，手起刀落，一缕发丝落在了万俟灵的手中。

死士从头到尾一动不动，即使刀锋直接掠过他的头皮都没有一丝一毫的闪避动作。

万俟灵将刀抛回给死士，低下头认真地梳理了一下手中的发丝，编成一条小辫子，然后用浅紫色的细绳打了个结，再妥帖地装进一个深紫色绣着一朵睡莲的荷包里，最后将荷包塞进了蔺奚的衣襟中。

看清公主殿下这一系列操作后，被割了头发的死士脸色怪异，其他人紧抿着嘴低下头，假装什么都没看到。

万俟灵轻轻地拍了拍蔺奚的衣襟，笑道："好好珍惜啊，小公子！"

做完这一切后，万俟灵因为蔺奚的突然到来，导致她不能在今晚见到云亭的坏心情总算是好了几分，她拍了拍手上并不存在的尘土，心满意足地说道："走。"

一行人快速地离开了这片树林，只留下少年独自躺在树丛中喂蚊虫。

此时已是四更天了，大将军帐内依旧灯火通明，气氛热烈。

今日这场突袭战，瑜军可以说是大获全胜，不仅顺利地烧了敌军的粮草，只操练了不到一个月的斩马队，竟真的能克制住凉国的骑兵，仅仅两千余人，就将人数是己方数倍的凉国骑兵打得落花流水。

在军营里留守没能上战场的贺弘，听着苏则郁的战报，"啧啧"称奇，大笑道："斩马队才不过训练了二十来日竟有如此成效，若咱们将两千人扩充至两万人，岂不是完全不必再担忧凉国的骑兵了？"

萧箜连连点头，心情大好，笑道："说得好！没了骑兵，凉国的军队就没什么可怕的了，不如就从明日开始，在各军中抽调精兵组建新的斩马队吧。"

"不行。"少年的声音冰冷又坚决，诸位将军扭头看去，才发现他们讨论的中心人物，竟然站在靠角落的位置，眼眸低垂，脸色十分阴沉。

蔺不归微微皱眉，他见冉无恙的次数虽然不多，但每一次见到少年，少年都是神采飞扬、生机勃勃的样子，今日怎么如此颓唐？

蔺不归耐心地问道："为何不行？"

冉无恙抬起头，神色烦躁，一双眼睛里布满戾气。她没说为什么，只坚持地回道："不行就是不！行！"

帐内的气氛瞬间冷了下来,几位将军面面相觑。

不是说今日冉无恙大败敌军,一个人就伤了木氏兄弟两员猛将,还和敌国太子打了个不相上下吗?怎么这人看起来没有一点儿打胜仗的欢欣鼓舞样子,反倒满身戾气?

"诸位将军莫急,小恙说不行,自然是有原因的。"云亭安抚地拍了拍冉无恙的后脑勺,冉无恙缓缓地低下头,虽然依旧没说话,身上的戾气却消散了不少。

冉无恙年少,诸位将军倒是不会因为她的态度不好而为难她,他们更关心斩马队的问题,纷纷将目光转到风度翩翩、一看就十分靠谱的云亭身上。

云亭没有吊他们的胃口,细细地说道:"今夜敌军粮草被烧,两员大将又身受重伤,凉国太子与小恙对战的时候也受了伤,凉国这次吃了大亏,木宴绝不可能善罢甘休,想必几日内,我军就将迎来一场恶战。然而军中能用来改造陌刀的铁器已经不多了,短时间内根本赶制不出大量的陌刀。

"再则,斩马队今夜之所以大获全胜,主要还是因为敌军对陌刀一无所知,毫无防备,若是下次再遇上,想要赢就没这般容易了。两千精兵都是精锐中的精锐,并且花了一个月才学会了部分作战阵法,掌握了陌刀的使用方法,若是一下子扩充到两万人,人数激增,必定需要更多的时间来操练,我军目前最缺的,也正是时间。"

云亭笑了笑,温和地说道:"所以,我和小恙的建议是,斩马队虽精良却不宜盲目扩充,贵精不贵多。"

司徒京听着云亭不紧不慢、有条不紊地阐述斩马队不可盲目扩充的原因,目光一直落在角落里那道清瘦的身影上。

冉无恙的状态明显不对,云亭话说得很漂亮,实际上也是表达了不扩充斩马队的意思,斩马队的核心本就在冉无恙和云亭的身上,两个人不愿意,斩马队就组建不起来。

司徒京轻咳了一声,打断了其他人想要继续游说的话,说道:"云亭所言有理,此事还需要从长计议。"

蔺不归和司徒京对视一眼,司徒京对蔺不归轻轻地摇了摇头,蔺不归大手一挥,笑道:"你们也累了一整天了,都回去休息吧。好好休整,有什么事明日再议。"

云亭颔首,回道:"是。"

冉无恙一言不发地掀开帐帘快步地走了出去,云亭朝众人拱了拱手,也转身离去。

人不大脾气倒是不小,萧箜不解地问道:"这小子怎么回事?"

苏则郁叹了一口气,轻声回道:"斩马队那边死伤了几个人。"

斩马队两千余人,一场大战,只死伤几个人已经算是很少了。萧箜摇了摇头,低声说道:"还是年纪太小了,没有经历过大事,打仗哪里有不死人的?"

说完他也不再说话,帐中几个人心里一样也是憋得慌,如今战事频繁激烈,每日都有人因此死去,不知道什么时候能够结束!

丑时已过，冉无恙离开将军大帐的时候，整个营地已经渐渐地安静下来，除了巡防的士兵，大多数人已回营帐里休息了。

冉无恙烦得很，心中窝着一把火，无处发泄。

她没回营房，也没去后山，快步穿过一个个帐篷，往西面不算茂密的小树林里走去。她需要找一个无人打扰的地方，冷静一下。

白天林子里藏不了人，此时夜色正浓，她往里面一钻，整个人融入黑暗中，倒是很好地被遮掩住了，不仔细看很难发现树林里有人。

云亭站在她身后一丈远的地方，没有上前打扰她，一刻钟后，才轻声地问道："好些了吗？"

冉无恙低着头，闷闷地回道："不好，难受。"

她回到军营里才知道，斩马队在这次战斗中，死了两个人，重伤五个人，轻伤数十个人。其中，和她一起从镇北营过来的艾小川失去了一条左臂。

冉无恙紧紧地闭上眼睛，甚至不敢回想艾小川训练时，无论多苦多累依旧满是笑容的脸。

小川还那么年轻啊！

以冉无恙现在的身体状况，她就算一天一夜不睡觉，也不会觉得累，但是此刻她从身到心都感到无比疲惫。

冉无恙往日小白杨一般挺拔的身体，如今颓丧得像一株被狂风暴雨侵袭后的芭蕉，蔫头耷脑的。

云亭心疼她，却也没办法改变什么，只能轻声劝道："别难过了，若不是你，他不仅会丢掉一只手，可能连性命都保不住。"

冉无恙揉了揉酸胀的眉心，喃喃道："我知道。"

她从小神那里兑换了十支补血剂、十支止血剂，为了不引起恐慌和猜疑，将药剂兑了五倍的水之后，才交给军医拿去治病。

军医们知道她是隐士圣贤的弟子，手里有些奇异的药水也很正常，除了感叹药水效果好，倒也没有太过惊讶。

可以说，如果没有她提供的药剂，不只是艾小川，那几个身受重伤的人也都熬不过今晚。

以前躲在云亭哥身后混日子，她也上过战场，也见过士兵死伤的场面，但是这次不一样。

当她知道自己根本没有能力改变什么，只能随波逐流、艰难求生的时候，她或许无可奈何但也能内心平静地接受各种惨烈的伤亡数字。

但是当她有能力去主导这支队伍，甚至成为别人的榜样和追逐的目标的时候，哪怕只是小伤亡，自己都会感到压抑和痛苦，因为保全这些人的性命是她的责任。

所以，当她听到萧笤及其他人兴致勃勃，甚至盲目地想要扩大斩马队时，她才会那么生气和暴躁。冉无恙不想把没有训练好的士兵带上战场，让他们冲在队伍的最前面。

她不想把人带去战场，却又不能把人全都带回来。

明明已是盛夏，冉无恙却觉得夜风冰冷，从头到脚都透着一股凉气。从未有过的疲惫感与倦意席卷全身，冉无恙低着头，说道："哥，我想快一点儿，再快一点儿结束这场战争。"

云亭剑眉微蹙，轻声地哄劝道："会很快的，你已经做得很好了。"

冉无恙转过身，隔着重重夜色看向云亭，摇了摇头，回道："不，还不够，两年太久了。"

一开始，和那名叫作小松的少年约定两年内结束这场战争的时候，她也觉得挺快了，毕竟两国交战五六年，谁也无法给对方致命的打击，只能这样耗着，她说两年内结束战争，在众人看来，已是口出狂言。

但是今天，她由衷地觉得，两年太久了。

两年间，她不知道还要进行多少次战斗，也不知道这样的死伤还要重复多少次。

冉无恙深吸了一口气，说道："哥，我等不了这么久。"

这一刻，冉无恙迫切地希望能够升级系统，拿到高级基因修复液，如果能帮云亭哥再兑换一支中级基因修复液就更好了！

冉无恙在脑海中问道："小神，我现在有多少魅力值和信仰值？"

宿主斗志昂扬，系统十分欣慰，难得温柔地回道："宿主今天很卖力，收获不错，到目前为止，魅力值：1330800点，信仰值：85090点，数值还在缓慢地递增。"

冉无恙听着系统报出的数值，心中已经没有了之前的得意和喜悦，反而皱起了眉头。

一百多万点魅力值看上去不少，然而兑换中级基因修复液需要1000万点魅力值，对比之后，就发现差距实在太大了，倒是信仰值还不错，还差不到15000点就能升级了。

脑海里还有断断续续的提示音响起，冉无恙不耐烦地说道："魅力值达到1000万点，或者信仰值达到10万点的时候提示我，其他时间关闭提示音。"

系统不太理解，宿主的情绪为什么忽然急躁起来？

宿主仅仅用了几个月的时间，从一个什么都不懂的边城少女，到现在能独当一面的前锋校尉，这一任宿主的升级速度已经挺快了，系统对她很满意，她怎么反倒不满意了？

系统虽然不能完全理解宿主的心情，仍然配合地回道："好的，宿主，系统会时刻留意数值的变化。"

小姑娘眉头紧锁，一副苦大仇深的样子。她今年才及笄，却要担起如此沉重的责任，云亭心疼坏了。

他在心里重新调整了一下计划，觉得提前结束战事也不是不行，于是轻声细语地哄道："确实久了些。明年春天，哥一定让它结束，好不好？别难过了！"

这哄小孩儿般的语气实在太过温柔，冉无恙一怔，这时候才意识到，云亭哥今天晚上好像一直在哄她，将她视为贵重又易碎的珍宝，捧在手里怕摔了，含在嘴里怕化了。

冉无恙想笑又有些想哭。她其实没有那么脆弱，小神不仅教她武艺兵法，还给她做了很多心理辅导及疏解。

她看到士兵受伤，看到鲜血和死亡画面，确实会难过，但她的初衷和目标都没有改变，战争越是残酷，死伤越是惨重，她的信念越是坚定，征战杀伐是为了止战，她没有做错！

她什么都明白，但是被人这样哄着、宠着、珍重着，感觉真的很好啊！

冉无恙吸了吸鼻子，不想让云亭一直为她担心，勾起嘴角，反过来安慰道："哥，放心吧！我只是心里憋闷，明天就好了。我知道自己在做什么，我们一起努力，一定可以让这场战争早日结束。"

小丫头脸上的笑容实在牵强，云亭看着不舒服，朝着他的小姑娘张开手臂，轻声说道："过来。"

夜色模糊了云亭的五官，宠溺的低语如同一汪温度适宜的温泉水，让人想要沉溺其中。

冉无恙瞬间红了眼睛，像只调皮的小鹿一下子撞进了云亭的怀里。

云亭踉跄了两步才站稳脚步，轻轻地笑道："还好我现在身体好了，不然被你这么一撞，咱俩估计要一起摔进沟里。"

冉无恙撇了撇嘴，双手紧紧地抱住云亭的腰，踮起脚，把下巴搁在云亭的肩膀上，嘀咕道："瞎说，我哪里有那么重？"

冉无恙还知道撒娇，心情还不算太糟糕。云亭安抚地揉着她的后颈，薄唇贴着她的耳朵柔声哄道："别怕，哥会一直陪着你，你想要的，哥都会帮你实现。"

环在云亭腰间的手越抱越紧，云亭叹了口气，缓缓低头，一个轻轻的吻落在了冉无恙的眉心上。

站在远处暗暗注视着两个人的男人，看到这一幕后，倒吸了一口凉气。

瞿向卿瞳孔猛地一缩，眼睛不自觉地眯了眯，这个距离他虽然听不到他们在说些什么，但还是能清楚地看到二人正紧紧地拥抱在一起。

他甚至还看到，云亭……亲了冉无恙？！

瞿向卿觉得有些荒谬，这两个人不是兄弟吗？就目前的情况而言，他们怎么看都不像是兄弟情。

若不是定力好，瞿向卿都想揉一揉眼睛，以便确定自己没有眼花。

他紧盯着远处的两个人，脑海中灵光一闪，某个不可思议的念头再次浮现。

上次和冉无恙一起刷马的时候,他就发现冉无恙的脖子上看不到明显的喉结,削肩细腰的身材和男子的身材也有些不符,但因为冉无恙年纪尚小,有可能还未完全发育,他也不好下定论。

瞿向卿让胡扬找机会看看冉无恙身上有没有特殊的"印记",其实也不过是想从胡扬的口中判定冉无恙真实的性别而已。

没想到胡扬没能传来有用的消息,他自己却意外地得到了答案。

冉无恙靠在云亭的怀里,摸了摸刚刚被亲吻过的额头,一颗心又软又暖,气氛十分温馨唯美。奈何某人的目光太过火热,沉溺在温柔乡中的冉无恙都感觉到了一丝不对劲,微微皱眉,在脑海中问道:"小神,附近是不是有人?"

系统淡定地回道:"是的,宿主。"

冉无恙心尖一跳,急忙问道:"谁?"

"瞿向卿和他的两个暗卫。"

竟然是他!冉无恙有些恼火,怒道:"你为什么不早点儿说?!"

系统不为所动,气定神闲地回道:"宿主不必这么激动,云亭选择在瞿向卿的面前亲你,自然有他的用意。"

冉无恙有些蒙,良久才弱弱地问道:"你是说,云亭哥知道附近有人,还故意当着别人的面……亲我?"

系统冷哼一声,对第二个问题充耳不闻,只回答了第一个问题,"系统早就和宿主说过,云亭服用过初级基因修复液之后,脑力开发超过了10级,经过这段时间的自我练习和总结,他已经觉醒了精神力,虽然还只是初级,但他对周围环境的感知能力已经高于宿主了。"

说完,系统忍不住数落道:"宿主,你好好检讨一下自己吧,为什么你有名师指导,却还不如人家自学?!"

冉无恙不以为耻反以为荣,异常亢奋地叫道:"谁能跟我哥比啊?!他是天底下最聪明的人,什么都难不倒他,他自学也能超过无数名家!"

又来了!只要关乎云亭,宿主立马陷入痴迷的状态中,系统竟然一点儿也不觉得奇怪,甚至已经渐渐地习惯了,呵呵。

冉无恙不满地抱怨道:"以后再有这种情况,你一定要早点儿告诉我,刚才我光顾着发呆了,没好好配合,不知道有没有达到云亭哥的目的,啧!"冉无恙咂咂嘴,看起来颇为遗憾。

冉无恙忙着和系统斗嘴,表情显得有些呆滞,再配上她咂小嘴的模样,看起来更傻了。

云亭微微挑眉,捏着她的耳垂,低声说道:"想什么呢?"

冉无恙"嘿嘿"笑了两声,眼睛一眨不眨地盯着云亭,用手捂住他的嘴巴,小声地说道:"我刚才有些走神,要不……哥你再亲我一下,我这次一定好好品味。"

品……品味?!云亭被这夸张的用词惊得瞪大了眼睛,难以置信地看着冉无恙,

480

小家伙脸蛋儿红得夜色都遮挡不住，但她说出来的话，是一点儿也不知道害臊啊！

云亭好气又好笑，揉捏着冉无恙好不容易长了点儿肉的脸颊，轻哼一声，说道："再亲一口？行呀，你想我亲哪儿？"

"这儿……"冉无恙点了点自己的额头，想了想，手指又在脸上一通乱指，因为脸被捏得变形，声音含含糊糊地说道，"还有……还有这儿……这儿、这儿，都要。"

系统心想：宿主这是有多迫不及待啊！不是说这时候的女人都比较矜持吗？这届宿主是怎么回事？系统好好地反思了一下自己，最后得出结论：这种事，不是它教的，和它没关系！

云亭被冉无恙的执着和坦率逗笑了。她可真是个宝贝！她怎么能这么可爱呢？

云亭把她红透的脸蛋儿捧在手心里，额头抵着她的额头，压低声音笑道："好，我一向公平，不会厚此薄彼。"

话音刚落，云亭清浅温软的吻，落在了她的额头上、脸上、鼻尖上，还有……唇上。

云亭身材高大，又刻意地转了个方向，站在树林外的瞿向卿其实看不清两个人的动作，但这样明显的举动，即使只是背影，瞿向卿也能猜到两个人正抱在一起热烈地亲吻。

瞿向卿目光微闪，心中有了判断：他们果然是一对。

瞿向卿内心狂喜，心情无比舒爽。

蔺家军威武强盛，蔺家乃武将之首，可惜蔺不归油盐不进，瞿向卿一直苦于无法拉拢对方，也无从插手军中事务，冉无恙或许是一个很好的突破口。

冉无恙不是蔺家，更不是皇家培养起来的人才，只要他能拿下冉无恙，拿下斩马队，军中必有他的一席之地。

他对斩马队寄予厚望，听闻斩马队首次出战便大获全胜，冉无恙以一敌二，大败木氏兄弟，他激动得一夜未能入睡。

瞿向卿原本只是睡不着出来走走，没想到那么巧，正好看到二人从大将军帐中出来。瞿向卿跟在二人的身后，只是想要寻找机会拉拢他们，哪承想还有这般意想不到的收获。

谁能想到，瑜军中实力碾压一众将军的斩马队前锋将领，竟是一位女子？

女子从军，轻则被杖三十，逐出军营，重则杖毙。

这可真是天大的把柄，老天爷都在帮他。

瞿向卿在心中大笑，女子好啊！女子真是太好了！

瞿向卿看着树林中还紧紧地抱在一起的黑影，嘴角的笑越发肆意。他朝身后打了个手势，带着暗卫悄声离开。

直到三个人走出了云亭的感知范围，云亭才缓缓地松开怀里没亲几口就一直傻笑个不停的小丫头。

云亭无奈地说道："还没笑够啊？"

冉无恙努力地压下飞扬的唇角，兴奋地回道："够了，够了，就是感觉很刺激。接下来，我们是不是就要对那位下手了？"冉无恙一边说着，还一边做着抹脖子的动作。

云亭一点儿也不意外冉无恙察觉到了瞿向卿的存在，只是看她这副磨刀霍霍向猪羊的架势，觉得有些好笑。

云亭眼中浮现出淡淡的笑意，在冉无恙期待的目光中点了点头，既然答应了小恙明年春天结束这场战争，那么动作确实要加快一些了。

匆匆离去的瞿向卿这时候还不知道，自己以为的猎物，正是等着他自投罗网的猎手。

第三十六章　蔺奚你完了

每次大战之后，医用帐篷里都会挤满伤员，各种呻吟声、哭号声不绝于耳，没有七八日都无法消停。

这次突袭战时间短，正面交锋少，伤员不算多，再加上冉无恙还拿出了珍贵的救命药剂，重伤的几个人已经全部脱离危险期。

休息了一天，他们都醒了，可以正常交谈、进食，再休养一两个月，就能重新回到战场上，只是艾小川断掉的左臂，无论如何也无法恢复如初了。

治疗重伤伤员的帐篷里挤满了人，伤员没几个，大多数人是斩马队中和艾小川关系好的队员，他们围在艾小川的床前，盯着他却又不说话，一个个神色凝重，满脸哀伤。

艾小川既感动又无措，抿了抿唇角，强忍难过，扬起灿烂的笑容，大大咧咧地说道："你们干什么呀？别哭丧着脸！我没事，虽然我断了条胳膊，好歹命保住了呀！"

石玉半蹲在艾小川的床边，小心翼翼地问道："你会离开军营吗？"

按照军营的规矩，轻微残疾者，有其他技能的可以申请留在军中；严重残疾者，则要被遣返回乡。毕竟军粮一直紧缺，失去战斗力又没有其他技能的军人，是没有资格留在军中的。

艾小川的爹娘死得早，两个姐姐都已经嫁人了，家里没人等他回去，现在外面兵荒马乱的，他还少了条胳膊，说不定还没到家就死在路上了。

艾小川低下头，皱着眉低声回道："我……不想回去。"

石玉看他皱眉，心立刻揪了起来，连忙说道："不想回就别回去了！你和阿陌哥还有老军医学过医术，他们都说你极有天分，军中军医紧缺，你完全可以留下来帮忙啊！等我们打了胜仗赢了凉国人，再一起衣锦还乡！"

艾小川眼睛一亮，心中也涌起了一丝希望，急切地附和道："我虽然只剩下一条胳膊，帮不上什么大忙，但是我会配药，还会处理药材，多少还是有点儿用的。"

艾小川用完好的右手拉了拉阿陌的衣袖，忐忑地问道："阿陌哥，我可以帮上忙的，对不对？"

阿陌暗暗地叹了一口气，揉了揉少年毛糙的头发，回道："嗯，你很厉害，配药又快又好！"

艾小川悄悄地往一个方向看了一眼，众人也循着他的视线望去，只见一道清瘦的身影站在人群外围，双手抱在胸前，身体半依靠在一张破烂的木桌旁，微垂着头，有些走神。

冉无恙在众人火热的目光中抬起头，眉毛微挑，说道："想留就留下呗。"

"嗯！"艾小川用力地点了点头，紧皱的眉头总算是松开了，看着大家傻笑。

大家悬着的心也跟着放了下来，不知不觉中，年纪最小的冉无恙已经成了斩马队的主心骨，冉无恙说留下，艾小川肯定能留下。

屋内压抑的气氛总算是缓和下来了，简少君推开石玉，坐到艾小川的床上，轻声说道："小川，你别担心，我有空就来陪你一起干活儿。"

简少君这两天一直守在艾小川的身边，没有合过眼。

那天傍晚若不是小川扑过来护着他，他已经被敌人削掉了脑袋，若不是为了救他，小川也不会失去一条胳膊。小川才十八岁啊！

简少君深吸了一口气，用力地敲了敲胸口，郑重地说道："小川，以后你就是我弟弟，亲弟弟！哥永远罩着你！"

艾小川一愣，眼睛倏地就红了，伤口的疼痛不是最折磨人的，最让人恐惧的是失去胳膊之后需要面对的未来，他一直不敢去想，也不愿去想，怕被无边的惶恐和绝望情绪淹没。

但是现在，他感受到了大家对他的照顾和关爱，眼泪再也止不住地涌了出来。

少年哭得不能自已，阿陌心一软，捏了捏他没什么肉的脸颊，笑道："别哭了，你也是我弟弟啊！"

石锋年长，自认为是大家的老大哥，这时候也叫道："对，小川也是我弟弟。"

石玉举起右手，跟风喊道："我……算我一份，也是我弟……"

石玉话还没说完，后脑勺就被人用小石子砸了一下，冉无恙冷笑道："滚，滚，滚，瞎占什么便宜，你还是个弟弟呢！"

石玉揉着后脑勺"嗷嗷"乱叫，石锋一点儿也不心疼弟弟，轻拍着艾小川的肩膀，安慰道："战场上留下的伤都是勋章，只要能活下来，就是好样的，以后我们都会照顾你的。"

"就是！我们都是一个队的，都可以互相照应，咱们斩马队以后一定会越来越强！"

"对，昨天我遇到以前一个营的哥们儿，哭着喊着想要加入我们斩马队呢。"

一群大男人七嘴八舌地嚷嚷着，悲伤的气氛被冲淡了不少，艾小川吸了吸鼻子，终于不哭了，和大家一起说笑聊天。

不知道什么时候，胡扬走到冉无恙的身旁，低声问道："斩马队还会继续扩充吗？"

冉无恙抬眸看了他一眼，轻轻地"嗯"了一声，回道："要等大将军的命令，可能会增加一些人进来，但是不会太多，到时候还需要你们多带带新人。"

"好啊，我一定好好带新人。"胡扬脸上没有太多表情，态度显得有些散漫，不过说出来的话还算动听。

冉无恙眉头微皱，说实话，她对胡扬这个人没什么好感，不过云亭哥说他还有别的用处，冉无恙也就懒得为难他。

一群人聊着聊着，又聊到了两天前的突袭战，一名精兵扭头看向身后的冉无恙，大声地问道："队长，咱们这次把凉国的军粮烧了大半，他们在塔木城里应该待不了多久了吧？"

冉无恙点了点头，提前给他们提个醒，说道，"确实待不了多久，木宴吃了这么大的亏，很可能会反扑，你们都要做好准备。"

石玉不屑地嗤笑了一声，嚷嚷道："来啊！我们有冉校尉，有云大哥，还有无往不利的陌刀，怕他们不成？下次我们还把他们打得屁滚尿流。"

说完石玉下意识地看了一眼周围，却没有看到云亭的身影，一般云大哥都和冉无恙待在一起，今天怎么没看到人？石玉不解地问道："云大哥呢？"

冉无恙撇了撇嘴，不太高兴地哼道："他啊，有事忙去了。"

说起这个她就来气，今天一早，云亭哥说不和她一块来看艾小川了，他要去"下套捕猎"。

一开始冉无恙还有点儿蒙，后来反应过来，应该是云亭哥要对瞿向卿下手了。

她很想跟去看看云亭哥是怎么忽悠一国太子的，但不管她怎么请求，云亭哥就是不让她去，还说她去了会拖后腿。

最可气的是，小神也不让她去，理由是他们之间是高手过招，招招致命，宿主要有自知之明。

冉无恙：呵呵。

瞿向卿和姚颂周旋了一个上午，好不容易才脱身，脸色十分难看，明明是晴空万里的夏季，他的周身却仿佛笼罩着层层阴云。

侍卫们远远地跟着不敢靠近，生怕触怒了主子。

瞿向卿知道姚颂此行的任务就是来监视他、拖他后腿的，或许任务还不止这些，若是能要了他的命就更好了。

他身为太子，不但不能处置姚颂，还得处处受制于那人，实在憋屈。

想到舅舅捎来的密函，瞿向卿胸中的怒火更盛，父皇的身体越来越差，留给他的时间不多了，他必须尽快取得蔺不归的支持，赶回京城。若是他不能尽快回去，太子之位怕是保不住。

他六岁获封太子，艰难求生熬到今日，绝不能输在最后一步。兵权，他无论如何都要拿到！

瞿向卿走到空旷的校场上，深吸了一口气，告诫自己不要急躁，他这些天并非一无所获，毕竟手里还握着一张好牌。

刚想到好牌，他就看到云亭和一名青年站在校场边上，摆弄着一匹战马，那人不是冉无恙，好像是斩马队的队员。

脑海中闪过两道黑影紧紧地拥抱在一起的画面，瞿向卿双眸微敛，对兵权的渴望让他不想再耽误一点儿时间，他朝着云亭的方向大步走去。

云亭和聂青说着话，一道高大的身影出现在二人的面前。

两个人抬头看去，连忙躬身行礼道："见过太子殿下！"

瞿向卿见过云亭几次，印象中他是位又高又瘦的俊朗男子，今日细细打量后才发现，青年身姿挺拔，剑眉星目，看着不像武将，满身文气，但又比书生多了几分潇洒，颇有出尘脱俗的气质，冉无恙这种小丫头会喜欢上他倒也正常。

至于云亭身边的聂青，直接被太子殿下忽略了。

瞿向卿笑道："免礼，你们在聊什么？"

云亭和聂青对视一眼，两个人聊的也不是什么不可说的话题，云亭坦然地回道："这次斩马队中的几名精兵受了重伤，都是战斗时不慎从战马上摔下来所致。我们正在讨论，看看能否将马鞍再改良一下，增加稳固性和安全性，以确保精兵们的安全。"

瞿向卿听了他的话后，似乎很高兴，朗声笑道："想法不错，若是真能成功，倒是件利国利军的好事。你和冉无恙现在是军中的红人了，你们的斩马队昨夜可是立下大功了。"

得了太子殿下的夸赞，云亭只是笑了笑，态度不卑不亢，平淡地回道："太子殿下谬赞了，都是精兵们一起拼杀的结果。"

瞿向卿轻轻地颔首，赞扬道："取得如此战绩却能不骄不躁，很好！"

聂青隐隐觉得太子殿下是冲着云亭来的，他在这里或许有些碍事了。聂青思量片刻，低声说道："太子殿下，马匹早上还未喂食，有些不安分，我可否先把它牵去喂些草料？"

瞿向卿看了聂青一眼，眼中的笑意终于真实了几分，回道："去吧，军中的每一匹战马都很珍贵，可不能让它饿着了。"

"是。"自己果然是碍事了，聂青牵着马匹快步离开。

聂青离开了，瞿向卿也懒得再兜圈子，似笑非笑地问道："听说你是冉校尉的哥哥，你们长得不像啊！是亲兄弟吗？"

云亭微微垂眸，掩下眼底的光，摇了摇头，回道："不是，我年少时到处流浪，多亏了冉伯父收留，才让我有了一个家。"

"原来如此，难怪你们的感情这么好！"瞿向卿又问道，"冉校尉今年多大了？"

云亭迟疑了片刻，最后还是低声回道："十五岁。"

瞿向卿轻轻地笑了一声，看似不经意地调笑道："十五岁也不小了，若是女子都可以议亲了。"

云亭呼吸一滞，嘴角扬起一丝笑意，仿佛听到了什么笑话，回道："殿下真会说笑。"

瞿向卿轻轻地拍了拍他紧绷的肩膀，大笑道："本王自然是说笑的，女子从军，轻则被杖三十，逐出军营，重则杖毙，咱们瑜军年少有为的冉校尉怎么可能是女子呢？"

瞿向卿表面上不动声色，心中对云亭却高看了几分，温润如玉的青年的脸上，丝毫看不出任何异样，若不是自己一直紧盯着云亭的眼睛，估计就要错过云亭眼中一晃而过的慌乱之色了。

这样更好，他一次收获两名人才，对他而言更为有利。

瞿向卿还想再试探一番，远处却传来一阵喧哗声。

两个人抬头看去，只见一群年轻的小将士从校场后面走过来，边走边嚷嚷着什么。

"那边怎么回事？"

"好像是抓到了凉国的探子！"

"什么？探子？大白天探子就敢闯进咱们的地方，找死呢？！"

"可不就是找死嘛，人已经被抓住了，萧将军抓住的，现在探子估计已经被押送到大将军的主帐里去了。"

将士们很是兴奋，声音很大，云亭和瞿向卿都听见了，云亭神色凝重，说道："太子殿下，军中似乎出了变故，云亭先行告退了。"

连个小小的百夫长都能去将军的主帐里看个究竟，他堂堂太子却去不得，他心中暗恨，表面上却不能显露出来，轻轻地挥了挥手，说道："去吧。"

瞿向卿自认为已经拿捏住二人的把柄，没再为难云亭。如果云亭真的是聪明人，他刚才说的那些话足以达到目的了；若是云亭根本听不出来话中的深意，如此愚钝之人，他也看不上。

瞿向卿看着匆匆离去的青年，心里很满意，只要能将云亭、冉无恙二人收为己用，军中必有他的一席之地。

云亭走出瞿向卿的视线范围后，放缓了脚步，慢悠悠地往将军营帐的方向走去，还在路上遇到了得知消息后匆匆赶来的冉无恙。

冉无恙看到他时眼睛一亮，立刻冲过来，忍不住好奇地问道："怎么样？捕到猎物了吗？"

云亭拍了拍她衣服上不知道从哪里沾染上的尘土，不紧不慢地回道："耐心点儿，优秀的猎手都是以猎物的姿态出现的。"

哼，不说就不说呗，云亭哥绕什么圈子啊？！冉无恙冷哼一声，傲娇地扭过头，决定今天都不要理他了。

两个人最近经常进出将军营帐，守卫都认识他们了，通报过后就将他们放了进去。

两个人刚走进营帐里，还没来得及行礼，就听到蔺不归隐含怒意的一声低吼："昨日为何不报？"

冉无恙和云亭脚步一顿，对视一眼，尽量降低自己的存在感，悄悄地走到了一旁。

帐内人不多，除了怒吼的蔺不归和正在挨训的蔺奚，只有萧箜和司徒京两个人了，其他几位将军都不在，也没见到传说中的探子。

冉无恙扫了一眼帐中几个人的脸色，悄悄地挪到和她关系最好的萧箜身边，小声地问道："怎么了？"

萧箜低下头，用手半遮着嘴巴，神秘兮兮地回道："前天夜里，蔺奚在军营后山上发现了一名女子，那女子就是上次将他从凉国军营的地道里带出去，还把他关在小院子里的人。"

万俟灵前天晚上竟然来了军营，她怎么不知道？冉无恙假装惊讶地问道："人被抓着了？"

萧箜摇了摇头，恨铁不成钢地小声骂道："抓到个屁，最气人的就是蔺奚不但没抓住人，还被那女娃给打晕了，在后山上睡了一个晚上，昨天早上才醒来。啧，丢人！"

是挺丢人的！冉无恙紧抿着唇，尽量不要笑出声，无论怎样蔺奚也是自己的小伙伴。

蔺奚被训斥了一顿，脸色也不太好，冷着脸解释道："我就是想自己在附近找一找，等把人抓住再汇报也不迟……"

蔺不归怒道："万一那个女人就是探子呢？你这是在延误军情！"

蔺奚嘀咕道："她不像是探子……"

蔺不归深吸了一口气，拳头握得"咯咯"作响，好在没有真的动手打人。

冉无恙还是第一次看到这样暴躁的蔺将军，有几分好奇，一个劲地盯着叔侄二人看。

司徒京轻轻地笑，似乎对这样的场面见怪不怪，自顾自地分析道："从昨天到今天，一共抓住三批探子，前两批被擒后服毒自尽了，好不容易抓住最后一批的其中一人，审了半天也只从探子口中挖出一条消息，他们潜入我军军营里，是来找人的。来找何人、那人是什么身份，完全审不出来。我猜测，他们找的人可能就是蔺奚前天晚上遇见的那个女子。"

为了一个女人还派来三批探子，这人身份不一般哪！萧箜笑道："难不成是木宴的家眷？那女子多大年纪？"

蔺奚想起那张美艳无双的脸，心脏莫名其妙地猛跳一下，轻咳一声，回道："和我差不多，十七八岁吧。"

萧箜胡乱猜测道："这个年纪不可能是木宴的妻子，难道是他的女儿？"

说完萧箜自己忍不住笑了起来，没有哪个将领会带女眷来战场的，木宴这样的老将更不可能犯这种错误。

萧箜撞了撞冉无恙的胳膊，问道："你救蔺奚的时候，不是见过那名女子吗？你觉得她是什么身份？"

冉无恙假装思考了一会儿，才有些茫然地说道："我看不出来，不过她这么年轻就能发号施令，身份应该挺尊贵的。"

看他们讨论来讨论去也没讨论出什么结果，蔺奚有些急了，说道："不管她是什么身份，既然她有可能是木宴要找的人，那我们就先将她找出来再说。"

萧箜白了他一眼："说得容易，都过去两天了，又不知道她是什么人、要干什么，上哪儿去找人？"

室内为之一静，没人说话，因为大家确实不知道上哪儿去找。

司徒京并不着急，看向安静地站在角落里一言不发的青年，问道："云亭怎么看？"

云亭似乎没想到自己会被点到名字，抬起头，眼神有些迷茫，但也不慌张，想了想，回道："她在军营附近出现，凉国的探子直接跑到咱们军营里找她，可见咱们军中应该有她想要的东西，她不会走远。为了躲避追兵，也为了方便藏身，她很可能躲进了边城里。依我之见，可以兵分两路，派一队人在军营附近搜索，我和无恙带几个人到边城里寻找。"

萧箜拍了拍大腿，豪气地说道："几个人够干什么？！这里又不是塔木城，边城是咱们的地盘，带五百人去找岂不是更快？"

"用不着！"冉无恙双手环在胸前，十分自信地说道，"我有特殊的寻人技巧，那名女子要是真的在边城里，我肯定能找到，人太多打草惊蛇，她跑了怎么办？你们若是相信我就将此事交给我来办，不信的话就找其他人去吧。"

冉无恙曾在偌大的塔木城中找到蔺奚，又能提供凉国军营的详细地图，身为圣贤弟子的她肯定有自己的特殊手段，蔺不归还是愿意相信她的。

木宴派了这么多探子来找人，这个人绝对非同寻常，蔺不归当机立断，说道："你们今日就出发，去边城里找人，三日内若找不到人便先回来复命。"

"是。"目的达到了，冉无恙领了命令，和云亭离开了营帐。

"冉无恙，等一下。"

冉无恙和云亭没走出多远，就听到身后传来一声呼喊。

冉无恙回头看去，蔺奚脚伤还没好，正拄着拐杖朝着她走过来。

蔺奚看起来很着急的样子，但走到跟前又不说话，冉无恙不解地问道："找我有事？"

蔺奚支支吾吾半天，才低声问道："你说你有特殊的寻人技巧，那你找人需不需要……被找之人身上的物件？"

冉无恙一愣，什么意思？蔺奚不会以为她是用狗来找人吧，还要闻味道？

冉无恙觉得好笑，随口回道："有的话，自然最好啊！你手里有人家姑娘身上的物件？"

蔺奚的脸肉眼可见地红了起来，他手捂着胸口，一脸纠结。

难不成他还真的有？不会吧，冉无恙收起玩笑之心，追问道："你真有她的东西？是什么？拿出来看看。"

蔺奚在冉无恙迫切的目光中，慢慢地将手探入衣襟中，从怀里掏出一个深紫色的荷包，荷包上还绣着一朵精致的睡莲，淡淡的香气从荷包上飘散开来，一看就是姑娘用的东西。

冉无恙伸手去接，还没碰到荷包，就被一只大手抢了过去。

云亭动作粗暴地打开荷包，从里面掏出了一条用发丝编成的小发辫。

竟然是头发？！冉无恙倒吸了一口凉气，偷瞄了一眼云亭的脸色，心中对蔺奚报以深切的同情。

蔺奚，你这是要完哪……

云亭一只手抓着荷包，另一只手拎着那根细细的小发辫，眼皮微抬，问道："这东西你是从哪儿弄来的？"

冉无恙紧张地咽了下口水，不着痕迹地往后挪了两步，免得被殃及。

蔺奚不明白云亭的语气和眼神为什么这么奇怪，只是被他这么盯着，背后就莫名其妙地起了一身鸡皮疙瘩。

他轻咳一声，有些不自在地回道："不是我弄的，她把我打晕了，我醒来后，发现这东西已经在我的衣襟里了。"

云亭把小辫子塞回荷包内，将荷包攥在手里，冷声问道："她为什么要把头发送给你？"

"我也不知道，可能是因为她上次拿了我的头发，所以这次才会留下一缕头发……给……给我？"蔺奚声音越来越小，想起前天晚上女子大胆热烈的言辞，耳朵渐渐地红了起来。

云亭抓着荷包的手微微收紧，声音更冷了："你们有私情？"

私情？！怎么会说到私情上？这时候蔺奚才想起互赠发丝就是私订终身的意思。

蔺奚慌了，连忙解释道："没有！我并非自愿赠她头发，是她偷偷割的，这个荷包也是她趁我昏迷后硬塞给我的。"

这话说得有点儿美化自己的嫌疑，可是事实确实如此。蔺奚都快急哭了，吼道："你们一定要相信我，真的不是我招惹她，我和她也没有私情！"

关于万俟灵割蔺奚的头发这件事，冉无恙还是略有耳闻的，心里对蔺奚的同情又深了几分。

冉无恙拍拍蔺奚的肩膀，安抚道："好，信你，信你，这荷包我们先留下，说不定真的能派上用场。你的腿伤还没好呢，早点儿回去休息吧！快走！快走！"

冉无恙忙着打圆场，想把他支走，免得云亭哥真的生起气来弄死他，可是这小子的脑子实在不好使，气氛都已经如此紧张了，有人给台阶下，他居然还不走。

冉无恙叹了口气，无奈地说道："怎么不走啊？你还有事？"

"我……"蔺奚低着头，一个"我"字折腾半天也没个下文。

"有什么事你快说，不说我们就走了，你自己在这里磨叽吧。"冉无恙耐心耗尽了，丢下一句话，懒得再看他一眼，拉着云亭就走。

"等等！"蔺奚拄着拐杖又追了过来，直接拦住了两个人的去路，深吸一口气，压低声音在冉无恙的耳边说道，"你用完之后，能不能还给我？"

还什么？冉无恙顺着蔺奚的目光看过去，发现他看的是云亭哥手里那个漂亮的绣着睡莲的荷包。

哇！蔺奚竟然想把万俟灵的头发要回去？！冉无恙看他的眼神都不一样了，他真的好勇敢哪！

云亭看蔺奚的眼神也不一样了，之前还只是冰冷地审视，现在眼神都快变成刀子了，准备剥皮了。

云亭直接被气笑了，问道："你要回去干什么？打算珍藏起来吗？还是说你喜欢人家姑娘，想对人家负责？"

蔺奚倏地瞪大眼睛，急忙解释道："我没这个意思，我只是……只是……"

云亭黑眸微眯，冷笑道："只是什么？只是珍藏人家姑娘的头发，但不想负责？"

"不是，我真的不是这个意思！"蔺奚脸涨得通红，根本来不及思考，一向温润如玉的云亭为何这般咄咄逼人，语气还如此阴阳怪气？

他急于解释，都有些语无伦次了："我只是觉得发丝对一个女子来说，是很重要也很私密的东西，荷包虽然是她硬塞给我的，但是我也不能放任她的发丝在别人的手里流转。不管她是什么身份，是敌是友，下次再见到她时，我也应该亲手把荷包还给她才对，我没有想要私藏！"

蔺奚真的是第一次碰上这样的情况，脑子里一团乱麻，觉得自己怎么解释都不对，说什么都是错的。

"算了，算了，我先走了！"蔺奚一边摆手一边跑，瘸了一条腿还能跑得飞快，仿佛背后有一百只恶犬追他似的。

蔺奚跑着跑着还差点儿摔一跤，蔺小公子怕是一辈子没这么慌张、狼狈过。

实在太好玩了！冉无恙憋不住笑了起来，云亭将荷包收好，她还在笑个不停。

云亭无奈地说道："有这么好笑吗？"

冉无恙擦了擦眼角笑出来的眼泪，回道："好笑！心疼咱们的蔺小公子！"

冉无恙伸出食指，在云亭的面前左右晃了晃，"啧啧"叹道："蔺奚明显就是被你们家公主殿下戏弄，现在还要被当成登徒子。惨，太惨了！"

云亭握住在眼前晃个不停的食指，用力地捏了捏，似笑非笑道："你心疼他了？"

蔺奚跑了，她可不能成为那条被殃及的鱼！

冉无恙立刻站直身体，一本正经、义正词严地说道："没有，绝对没有！蔺奚就是个登徒子，等他腿好了，我再套麻袋揍他一顿，给咱们公主殿下出出气！"

云亭被她搞笑的模样逗笑，周身的气息都回暖了。

云亭松开冉无恙的手指，说道："走吧，去边城，我倒要看看这个臭丫头是不是想要闹翻天？"

这声臭丫头说的肯定不是冉无恙，她在脑海中对系统说道："哎呀！小神，你说尊贵的公主殿下这次是不是要倒霉了？真让人担心呢！"

系统："宿主，如果您能把幸灾乐祸的表情一收再说这些话，可能效果会更好些。"

冉无恙"嘿嘿"笑了一声，回道："好的呀！"

最后云亭只带了四个人前往边城，分别是胡扬、余子、简少君、石锋。

边城比一般的府城面积还要大，他们想要从中找一个女人，并不容易。好在现在城里人口只剩下四分之一，大多数房子也已经破败不堪，能住人的地方并不算多。

冉无恙指了几个方位让他们去探，四个人很快就被支开。

云亭和冉无恙随便找了一个人少的方向，一边走一边闲聊。

简少君和石锋算是自己人，余子是萧箜的左膀右臂，能力出众，但脑子并不精明，他们带着他也不用担心会被他看出什么端倪。

冉无恙不明白的是为什么要把胡扬带出来？

想不明白也不打算自作聪明，不懂就问，冉无恙歪着脑袋看向云亭，问道："哥，你为什么要带胡扬一起来？他这个人身份不明，目的不明，万一被他发现什么会不会给我们带来麻烦？"

"我猜他是瞿向卿的人，想借这个机会试探一下。"云亭点了点她的额头，让她看路。

"真的吗？"冉无恙兴奋得两眼冒光，不但没听话，还走到云亭的前面，一边倒着走路，一边说道，"我之前调查过，胡扬是五年前加入蔺家军的，因为他武功好，在战场上敢闯敢拼，处事谨慎细致，不过一年的时间，他就入了伏虎营主将齐瑾的眼。在加入斩马队之前，他在伏虎营已经是校尉级别了，官职和我的官职一样。"

"如果胡扬真的是瞿向卿的手下，那这位太子殿下也没有传闻中那么糟糕。"冉无恙摩挲着下巴，笑道，"胡扬也是你捕猎中的一环，对不对？"

云亭挑了挑眉，笑道："你这么聪明，不如猜猜看，他到底有什么用？"

冉无恙把下巴一仰，理直气壮地说道："费脑子，我不猜！"

云亭好笑地弹了一下她的脑门，两个人不再继续这个话题。

在街上走了小半个时辰后，天色渐渐地暗了下来，云亭说道："时间差不多了，走吧。"

"嗯。"

两个人穿过一条狭窄的小巷，来到一个小院前，这个院子并不大，木门斑驳，围墙破旧，毫无特色，和周围的院落融为一体。

云亭轻轻地叩门，没有什么规律，看起来十分随意。

门被缓缓地打开，一位六十多岁的老者出现在门口，老人家满脸风霜，一双眼睛苍老混浊，身体佝偻，声音沙哑，问道："你们找谁？"

云亭温和地说道："老人家，我们是来边城寻亲的，一时间找不着人，实在是口渴了，想讨碗水喝，不知您能不能行个方便？"

老人家上下打量了他们二人一会儿，才慢慢地打开门，说道："进来吧。"

房门一被关上，这位"老人家"佝偻的身体立刻站得笔直，声音也不哑了，他恭敬地说道："您里边请！"

冉无恙好奇地看着他布满皱纹的脸，在云亭的耳边小声地问道："这就是传说中的易容术吗？"

云亭但笑不语。

这座宅院真的很小，总共只有五间小瓦房，位于中央的房间的门虚掩着。

云亭刚推开门，一道浅紫色的身影便迎了上来："三哥！"

万俟灵抓着云亭的衣袖，将他拉进屋内，上下左右看了个遍，关心地问道："你没受伤吧？有没有哪里不舒服？"

冉无恙翻了一个白眼，跟在后面一起进了屋里。

这间屋子真的很破，外面破，里面更破，整个房间只有一张简陋的木桌和几张小板凳，狄勒图和乌力十分憋屈地坐在小板凳上。

看到云亭走进来，两个人站起身，狄勒图活动了一下肩背，乌力则是恭敬地朝着云亭行礼。

云亭微微地点了点头，转而看向身边的万俟灵，笑道："我没事，不过，你可能有事。"

看着万俟灵疑惑的表情，云亭从袖口中抽出一个荷包扔在了桌子上。

狄勒图看了看兄妹二人，又看了看桌子上的荷包，不明白他们在打什么哑谜，决定袖手旁观。

冉无恙找来一张小凳子，在桌子旁坐了下来，一副等着看好戏的样子。

万俟灵不明所以，捡起荷包看了看，屋内的光线很暗，荷包的颜色她都看不清楚，好在那朵精致的睡莲还是很好辨认的。

这不是……她给蔺小公子的荷包吗？万俟灵皱着眉头，问道："这个荷包怎么会在三哥的手里？"

云亭笑道："那它应该在谁的手里？"

这不会是蔺奚那小子给三哥的吧？他怎么能这样？

万俟灵有点儿生气，但因为头发根本不是她的，也就没将这事放在心上，把荷包随手丢回桌上，满不在乎地说道："我就是和那小子开个玩笑，又没对他怎么样。"

云亭被她轻描淡写、不以为意的样子气笑了："你还想对他怎么样？拿自己的头发和一个男子开玩笑，万俟灵，你真的是长本事了！"

万俟灵低着头不敢看云亭。她亲近三哥，也有点儿怕他。再说这么久不见了，万俟灵也不想三哥因为这种事对她失望。

万俟灵老老实实地解释道："三哥，那不是我的头发，我也没和他说是我的头发，是他自己误会了。"

云亭眉心微蹙："不是你的是谁的？"

万俟灵毫不犹豫地抬手指向站在角落里的死士。

死士："……"

云亭："……"

"哈哈哈……"冉无恙笑得前仰后合，"蔺奚真是太可怜了！我们出来的时候，他千叮咛万嘱咐，让我回去之后把荷包还给他，说什么这是一位姑娘的头发，无论如何也不能在别人的手里流转，下次见到你时，一定要亲手还给你。多么好的正人君子啊！你竟然这样捉弄他！"

万俟灵的心尖一跳，她怔怔地问道："他……真的这么说？"

万俟灵伸出手，想把荷包捡回来。冉无恙赶在她前面将荷包抢了过去，说道："当然是真的！你别想把荷包拿走啊！我可不能失信于人！"

万俟灵瞪着她，怒道："荷包本来就是我的，凭什么给你？还给我！"

冉无恙用食指和中指夹着荷包，在万俟灵的面前晃了晃，挑衅道："你抢得到就还你。"

公主殿下什么时候受过这种气？什么仪态、身份全被她丢到了一边，她朝着冉无恙扑了过去。

万俟灵哪里是冉无恙的对手？冉无恙身轻如燕，随便转个身就避开了万俟灵的手，还能游刃有余地朝人家做鬼脸。

两个人在房间里你追我跑，云亭也不说她们，由着两个人瞎胡闹。

狄勒图可不想惯着她们，对着二人嚷道："你们两个小孩子到一边折腾去。"

可惜两个人都不搭理狄勒图，狄勒图直接拎着一张凳子在云亭的身边坐下，说道："阿行，我跟你说，因为小灵失踪，木宴已经和太子正面起冲突了。太子说，三日之内若不能找回公主，就让木宴交出三万精兵，我觉得木宴不可能交出这部分兵权。明日就是最后时限，我们接下来该怎么做？"

云亭看着两个妹妹在房间里你追我赶，嘴角勾起一丝温暖的笑容。狄勒图说了一大堆话，他只淡淡地回了一句："再等等。"

狄勒图一头雾水："等什么？"

云亭笑道："等人。"

狄勒图茫然地问道："等谁？还有人要来吗？"任凭狄勒图怎么问，云亭也没理狄勒图，狄勒图看向乌力，身为智囊的乌力也猜不透云亭的心思，只能微微摇头，给了狄勒图一个少安毋躁的眼神。

小半炷香之后，云亭看向紧闭的大门，说道："来了。"

第三十七章　往事真相

早在云亭说话之前，冉无恙就停下了与万俟灵追打的脚步，也听到了从庭院中传来的细微声响。

云亭话音刚落，还算结实的木门便被人一脚踢开了。

狄勒图倏地站起身，朝门外看去。屋外一片漆黑，朦胧的夜色中，隐约有三四个人倒在院子里。

两道黑影站在门外，为首之人一袭黑衣，手握铁鞭，戴在脸上的青铜面具更是直接显示了来人的身份。

"你……你怎么在这里？"

狄勒图万万没想到万俟翱竟会出现在边城，又想到几天前这兄弟俩碰过面，便看向云亭，疑惑地问道："阿行，你早就知道他会来？你们之前说好的？"

云亭摇了摇头，笑道："他若是这样都找不过来，实在妄为太子了。"

万俟灵看到万俟翱，第一反应就是低下头看向自己的绣鞋，心虚地避开万俟翱的视线。

尹宵站在门外，没有跟进去，看到笑容温和的青年缓缓地起身，朝着主子的方向走来，昏黄的光映照在青年的脸上。

尹宵看清青年的面容时，整个人都傻了——这人竟和主子长得一模一样！

作为万俟翱的心腹，尹宵自然知道自家主子长什么样。这一刻，尹宵差点儿以为身边这个戴着面具的主子是假的，但仔细看过后就能发现，对面的人并非他的主子——青年身材颀长，却并不健硕，眉目温和、神情淡然，翩翩君子仿佛周身自带柔光，与主子冷酷凌厉的气质完全不同。

尹宵对此人的身份有了猜测，却又有些不敢相信，胡思乱想间，就看到云亭已经走到了万俟翱的面前。

两个人相对而立，云亭忽然抬起手，骨节分明的十指缓缓地伸向了狰狞的青铜面具。

尹宵倒吸了一口凉气——这个人竟然想摘下太子殿下的面具！

认识万俟翱的人都知道面具是他的禁忌，即使万俟灵去摘，他都会大怒，更何况是其他人。

让人没想到的是，万俟翱竟一动不动，任由云亭将他脸上的青铜面具摘了下来。

两张几乎一模一样的脸出现在了众人的面前，然而谁也不会将二人认错。

他们二人就像是白天和夜晚、天空与深海，是截然不同的两种存在，但之间又有一种奇妙的和谐感，或许这就是双生子吧。

这次见面，万俟翱比上一次冷静了许多。

万俟翱紧紧地盯着云亭，脸上没有多余的表情。若是目光能化为利剑，云亭的身上一定已经被戳出几个窟窿。

两个人的目光相接时，云亭坦然一笑，说道："阿翱，好久不见。"

这声"好久不见"说得极轻且慢，带着些怀念，仿佛还透出几分喜悦之意。

短短的一句话就让万俟翱的脸色变得阴沉。他说道："你果然没死！"说出来的每一个字就像是从他的牙缝里挤出来的。

云亭闻言轻轻地笑了一声，回道："你不是早就知道吗？"

听到两个人的话，万俟灵既生气又委屈。这些年来，她虽然和万俟翱针锋相对，争吵不断，可是在她的心里，两个人也是相依为命的兄妹。因为三哥的死，她伤心了那么多年，万俟翱明明知道，却不告诉她，实在是太可恶了！万俟灵瞪着万俟翱，怒道："万俟翱，你为什么不告诉我？"

万俟翱目光微闪，动了动紧抿的嘴唇，最终也没有回答妹妹的质问。

云亭将他的神色看在眼里，对屋内的几个人说道："你们先出去，我有话要和阿翱说。"

"我不走！"万俟灵倔起来丝毫不比两位哥哥差，一屁股坐在凳子上，打定主意就是不走。

狄勒图也不想被排除在外，拍拍胸膛，大大咧咧地笑道："阿行，你们两兄弟好不容易见面，有话好好说，都是一家人，有什么事咱们都可以一起商量。"

云亭转过头，轻飘飘地看了狄勒图一眼。狄勒图的心脏猛地哆嗦了一下——不知道怎么回事，每次与云亭的那双眼睛对视时，他都觉得自己被看穿了，不自觉地心颤，怪瘆人的。

"走，我们出去等。"狄勒图朝乌力使了个眼色，两个人一左一右地拉着万俟灵的胳膊，强行将人拽了出去。

尹宵在万俟翱的示意下，迅速地走到院中等候。

唯有冉无恙，慢悠悠地挪到门口，既不想走，又不愿意违背云亭的意思，显得有些拖沓。

云亭好笑地看着她慢慢地挪，也不催她。冉无恙撇了撇嘴，最后还是走了出去，十分贴心地帮他们把门关上了。

虽然这个院落不算大，但是站在院子里的人还是无法听到屋里的人说了些什么。

冉无恙的耳力在几个人之中已经算是最好的了，她也只能隐约地听到两个人说话的声音。

万俟灵竖起耳朵听了一会儿，什么也没听见，眼珠子一转，决定铤而走险，蹑手蹑脚地往前走去。

冉无恙抬臂一挡，拦在了万俟灵的面前，冷声说道："不许偷听！"

万俟灵看到自己的意图被毫不留情地揭穿，有些尴尬，没好气地说道："里面的两个人是我的亲哥哥，我想听就听，关你什么事？"

"我说不许就不许。"冉无恙看起来清瘦，却很有力量，不管万俟灵是推还是撞，她的身体如铜墙铁壁般一动不动。

万俟灵仍不甘心，朝狄勒图使了个眼色。

狄勒图想了想，他对两兄弟的谈话也很好奇，反正是万俟灵去偷听，就算她被发现了，也和他没关系。

冉无恙察觉到在右后方有一道凌厉的掌风袭来，头也没回，抬手就是一拳。

掌心与拳头相撞，冉无恙纹丝不动，狄勒图却被她捶得后退了两步。

狄勒图揉了揉发麻的手心，心下大惊，终于知道木家的两兄弟是怎么被打成重伤的了，眼下这人的力量是如此猛烈。

阿行从哪里找来的小怪物？！

冉无恙活动了一下手腕关节，在面前随手画了一条线，十分嚣张地说道："谁都不许超过这条线，不然就别怪我动手了。"

尹宵本来就没想过偷听主子的谈话，非常识趣地后退了一步。狄勒图和万俟灵打不过冉无恙，也不想惊动里面的两个人，只能无奈地向后退。

冉无恙确定他们不会越线之后，立刻在脑海中对系统说道："小神，我想偷听。"

系统嗤笑道："宿主不是说不许偷听吗？"

冉无恙不乐意了，嚷嚷道："我和他们不一样，我是为了云亭哥的安全着想，万一万俟翱一言不合伤害我哥怎么办？"

系统："你对云亭怕不是有误解，谁伤害谁还不一定呢。"

冉无恙忽然大喊一声："1000点魅力值！"

系统倏地安静下来，一声不吭，显然是嫌弃魅力值少了，等着她加价。

冉无恙深吸一口气，说道："2000点魅力值！"

系统依旧没有回应。

"一口价3000点魅力值！"冉无恙咬牙切齿地说道，"别得寸进尺啊！差不多得了！"

系统："成交！立刻为您开启监听模式！"

只要冉无恙把魅力值给到位，系统提供的服务还是十分周到的。

之前冉无恙只能隐约听到的声音，现在清晰得就像在耳朵边响起似的，两个人的呼吸声都能被听得一清二楚。

冉无恙有些不适地揉了揉耳朵，即使听得很清楚，还是忍不住全神贯注地偷听。

"你既然活着，之前为什么不出现？躲了这么多年，现在跑出来又想干什么？"万俟翱的嗓音很有辨识度，低沉且浑厚，本应该是十分好听的男子的声音，此刻不知道是因为愤怒还是压抑，显得有些沙哑。

"你觉得我想干什么？"相比之下，云亭的声音就温和许多，冉无恙甚至能想象出他微笑着说话的样子。

"万俟行！"

冉无恙小小地翻了个白眼，万俟翱的脾气确实不太好，云亭哥还没说什么，他就开始咬牙切齿地警告了。

"我要皇位。"

轻飘飘的四个字犹如一把重锤狠狠地砸在万俟翱的胸口上，砸得他呼吸停止，脑子空白，一时间他竟觉得自己的耳朵出了问题，不然怎么会听到万俟行用这样随意的语气，说出"我要皇位"四个字的?

不止万俟翱的内心遭到重击，就连冉无恙都觉得，他哥这也太直接了吧。那好歹也是皇位，他能不能不要说得这么随意？

冉无恙屏住呼吸，竖起耳朵继续听。

屋内传出两个呼吸声：一个急促，另一个平和。两个人不知道怎么回事，都没有说话。

如果不是还能听到呼吸声，冉无恙都要以为是系统出故障了。就在她急得额头都出汗了的时候，她终于听到万俟翱的声音响起："就凭现在的你也想争夺皇位，实在是不自量力！你是离开皇都太久了，不知道现在的狄历一族在凉国早已沦为末位了吧。就算狄勒图倾尽全族之力助你，也不过是蚍蜉撼树、螳臂当车。"

不知道是在嘲讽还是在提醒，万俟翱说话的语气及态度显得很不客气。

云亭认真地听他把话说完，莞尔一笑，说道："不是还有你吗？"

万俟翱一口气堵在嗓子眼里，脸色倏地一沉。他怒道："你凭什么以为我会帮你？"

云亭微挑剑眉，无辜地回道："你不是来了吗？"

"我也有可能是来杀你的！"万俟翱低沉的嗓音中明显透出几分气急败坏之意。

云亭轻轻地"哦"了一声，笑道："就带一个人来杀我啊？"

冉无恙能清晰地听到万俟翱的牙齿摩擦的声音，不难猜测出他已经在崩溃的边缘。

冉无恙一边做好冲进去救人的准备，一边对系统说道："小神，我觉得我哥不仅会忽悠人，还能气死人。真厉害！"

系统："别谦虚，你也不遑多让。"

显然冉无恙是多虑了，在万俟翱的脑子里被叫作"理智"的那根弦即将断裂的前一刻，云亭见好就收，不再挑战他的忍耐力，转身走到唯一的木桌旁，指了指身边的矮凳，说道："坐下说吧，站着怪累的。"

云亭坐到矮凳上，整了整衣摆，抬头看到万俟翱依旧站在门旁，高大的身影像一座铁塔，沉重又压抑。

云亭抬着头看他，用食指点了点身边的凳子，示意他坐下。

也不知道万俟翱是怎么想的，最后他竟然真的走了过去，在云亭的身边坐了下来。

屋内的情况比冉无恙想象中的要好一些，两个人之间的气氛虽然紧张，却也没到你死我活的地步。

两个高大的男人坐在小矮凳上说话，气氛莫名其妙地显得诡异又和谐。

被云亭这般折腾后，万俟翱的心里被堵着的那口气似乎消散了一些。他低首敛眉，沉声说道："狄勒图应该告诉过你，我现在是魏皇后捧上来的太子。"

"说过。"云亭点头，轻轻地拨了拨灯芯，说道，"狄勒图说你受了魏岚的蛊惑，对狄历一族没有一丝情谊，还说你这几年的脾气越来越坏，冷酷暴戾，阴晴不定。"

油灯在云亭的挑拨下，火苗蹿动，屋里的光线亮了许多。在暖黄色灯火的映照下，青年英俊倜傥，眉目温和，举手投足间尽显风流，而他只配"冷酷暴戾、阴晴不定"八个字。万俟翱眼中的暗色渐深，胸口的那股郁气压得他倍感窒息。

万俟翱深吸一口气，说道："狄勒图说得没错，我现在与魏氏才是利益相融，她保我的太子之位，我做她手里的刀，互惠互利。我连看着自己长大的亲舅舅都能置之不理，你现在还觉得我会帮你？"

不知道从哪里吹来了一阵风，火苗摇晃得几近熄灭，云亭见状抬手护住火苗。在油灯的旁边，被云亭随手放在木桌上的青铜面具在忽明忽暗的灯光下越发狰狞。

云亭回头，看着那双与自己极为相似，如今却戾气横生的眼睛，轻轻地叹了一口气，说道："八年的时间，你成长得比我想象中的快，可见那天晚上发生的事，不仅改变了我，对你的影响也不小。"

万俟翱的瞳孔倏地紧缩，他迅速地转移目光，用手指用力地摩挲着玄铁鞭，冰凉坚硬的触感能让他烦躁的心绪平静下来。

云亭扫了一眼他手里的铁鞭，仿佛刚才只是随便感慨了一句，没再继续说下去，转而问道："你听说过帝星吗？"

万俟翱微微垂眸，低声回道："燕帝出生时，北羌长老观星卜算，卦文有云——帝星现世，五族归一。后来燕帝确实统一五大部落，建立了凉国。"

凉国建国不过百余年，这段旧史几乎所有的凉国人都知道，燕帝传奇的一生，就是从这副卦文开始的。

云亭轻轻地笑着点头，继续说道："那你知不知道，我们俩出生时帝星又一次出现了？"

万俟翱倏地抬头，满目惊疑地盯着云亭——因为燕帝，"帝星"对凉国来说是极为重要的吉兆，若是帝星真的现世，绝对是关乎千秋社稷的大事。

万俟翱有些恍惚，呢喃道："国师从未提过。"

云亭眼底闪过一丝幽暗的光芒，一向清朗的嗓音里带上了几分嘲讽之意："北羌从未真心臣服西凉，百年来一直想要谋朝篡位，帝星一旦出现，魏衡乃至整个北羌的图谋必将毁于一旦，他当然不会让帝星现世的消息透露出去。"

万俟翱皱眉："那他为什么不一开始就杀掉你？"

云亭微扬剑眉，歪头看着他，问道："你怎么知道帝星一定是我，说不定是你呢？"

万俟翱抬眸，瞥了云亭一眼，眼中露出满满的嫌弃之色。

万俟翱既不会妄自菲薄，也不会不自量力，他们二人之间若是有一个人是帝星的话，那个人一定是万俟行。

这白眼翻得还挺可爱，和小时候一模一样，云亭眼中的笑意更深了几分。他说道："你还记得我们六岁那年，我莫名其妙地突发心绞痛，差点儿病死吗？"

万俟翱点头。那次犯病之后，万俟行身体就一直没好过，后来干脆搬出皇宫，长居行宫。

云亭回想起了某些事，唇边的笑意渐渐地淡了。他说道："其实那并不是心绞痛，而是中毒。"

"是国师下的毒？"万俟翱只是微微地皱了皱眉头，倒是没有太过惊讶。

"是魏皇后，她以为我昏迷了，实际上我只是痛得动不了而已。她想以此来确定我是不是帝星。"云亭像是忽然想到了什么有趣的事，笑道，"可是偏偏就那么巧，那一年几乎是同一时间，你失足落马，被马踢成重伤，我们同时生命垂危，他们根本无法通过观测帝星的明暗来确定你我之间谁是帝星。"

499

万俟翱记得很清楚,那一日自己被父皇带到猎场去围猎,信心满满地要为母妃猎一张白狐皮来御寒。

万俟翱自小力大无穷,身手敏捷,六岁时就已经可以独自骑马。

那时他刚发现一只白狐,弓还未被拉开,胸口便忽然传来一阵剧痛,就像一只巨大的手在撕扯他的心脏,疼得他眼前一黑,直接从马上摔了下来。

好在他骑的是一匹未成年的小母马,不然自己可能已经死在马蹄之下了。

醒来之后他才知道,同一时间万俟行突发心绞痛,差点儿夭折。

万俟翱伤势明明不算很重,却休养了大半年,身体才渐渐地好转。万俟翱年纪虽小,却隐约地意识到自己似乎能够感知孪生哥哥的生死。

他们十二岁那年,行宫的大火整整烧了一夜,他的身体却没有一丝难受的感觉。正因如此,他即便亲眼看到了那具被烧焦的尸体,也一直认为万俟行没有死。

万俟翱忽然想到,万俟行一向孱弱,直到请来周老先生为其医治调理,万俟行病弱的身体才慢慢地有了起色。

如果万俟行是帝星,他的身体恢复健康,帝星肯定会越来越璀璨。魏衡不可能这么多年都无法确定万俟行的身份,就算抱持宁可错杀也不放过的原则,也不应该让万俟行活着。

万俟翱直接问道:"魏衡为什么不早点儿杀了你,免得夜长梦多?"

云亭自嘲地笑了笑,说道:"帝星也不是这么容易被杀的,诛杀帝星之人会背上无法磨灭的因果,身为国师的魏衡自然不会亲自动手,只能借着地震、旱灾的名义给我批命,说我命犯天煞孤星,刑亲克友,危及社稷。"

万俟翱的脸色倏地变得苍白,他一把抓住云亭的手腕,用颤抖的声音问道:"所以……才会有那碗药和那场大火,是吗?"

万俟翱冷了一晚上的脸,在这一刻彻底绷不住了,黑沉沉的眼睛里透着慌乱之色。他抓着云亭的手不自觉地握紧,自己也不知道想从云亭的口中听到什么答案。

云亭没有挣扎,任由万俟翱抓着,良久才轻声叹气道:"那天晚上,你果然看到了。"

行宫的大火是所有人都知道的事,但是那碗狄勒静亲自端到云亭面前的药,应该只有云亭和狄勒静两个人知道。万俟翱能问出这种问题,说明那天晚上他也在行宫里。

"那碗药确实是毒药,对不对?"不知道是不是常年戴面具的原因,万俟翱的脸呈现出一种病态的苍白色。

沙哑的声音像是从嗓子眼里一下一下挤出来的,云亭竟有些不忍心回答万俟翱的问题。

"回答我!"万俟翱死死地抓住云亭的手腕,疼得云亭皱紧了眉头。

云亭微眯起黑眸,冷淡地回道:"是,见血封喉。"

万俟翱脑子里绷紧的弦骤然断裂，抓着云亭的手一抖，缓缓地垂了下来，脑子不受控制地回忆起了那些陈年旧事。

他小时候好动，爱热闹，万俟行却体弱，喜静。他们俩虽说是双胞胎兄弟，却并未被养在一处，小时候他觉得万俟行可怜极了。

长大一些之后，他又有些忌妒万俟行，因为他经常能听到大臣们私底下夸赞万俟行博闻强识，多谋善虑，有治世之才。

就连软萌乖巧的小妹都特别喜欢万俟行，会软软地叫万俟行哥哥，像个小尾巴似的跟前跟后。

他们十二岁那年，国师为万俟行批命，说万俟行命犯天煞孤星，危害社稷。父皇震怒，虽说没有立刻斩杀万俟行，却也动了放逐之心。

那段时间，父皇甚至迁怒于他，好几天都没有召他去御前考校功课。

他和母妃抱怨了几句，见母妃连夜去了行宫，便鬼使神差地跟了过去。

他在窗外偷看到母妃亲手喂万俟行喝药，还温柔地安慰万俟行。

他心里憋闷，转身跑了，刚走到行宫门口，就看到万俟行居住的院落里燃起了熊熊烈火。

他被吓蒙了，想跑进去救人，却被母妃拦住了。

那天晚上，大火烧红了半边天空，灼热的气浪烫伤了万俟翱的眼睛。大火好不容易被扑灭，废墟中只剩下一具被烧焦的尸骨。

万俟行的院子忽然失火，火势还如此之大，实在太过蹊跷。

万俟翱暗中调查，发现那天晚上院里的仆从都被母妃支开了，所以最初起火的时候，根本无人救火，火势才会蔓延开来。

他甚至还查到，他的舅舅狄勒图竟也参与其中。

他一直以为，母妃为了挽回父皇的心，保住父皇的恩宠，无奈之下选择纵火，放弃了万俟行。

然而真相竟比他原本以为的还要不堪，她怎么能一边温柔地笑着，一边亲手将穿肠毒药一口一口地喂进自己的亲生儿子的嘴里？！

万俟翱遍体生寒，垂在身侧的手不住地颤抖着，整个人仿佛陷入茫然之中。

云亭轻轻地拍了拍万俟翱厚实的肩膀，说道："过去的事情就让它过去吧。你又何必如此执拗？有狄历一族相助，你应该能过得轻松一些。"

万俟翱打掉云亭搭在他的肩膀上的手，怒道："不过是为了利益罢了，这种虚伪的亲情我宁愿不要，还不如和魏氏做个交易，你情我愿，各取所需。"

万俟翱看不惯云亭那副无所谓的模样，胸中莫名其妙地生出一股戾气："当年母妃做的那些事，你以为狄勒图不知情吗？他什么都知道，只是那时候他选择了我，现在他从我的身上得不到利益，转而选择你而已。"

当年的事，云亭作为亲身经历者比万俟翱了解更多的内情，深刻地体会过狄勒家族的冷血绝情。他和狄勒图都很清楚，他们之间只剩下利益，无关亲情，只是两个人没有撕破那层脸皮罢了。

云亭没有想到的是，从小就桀骜冷酷的弟弟，内心对亲情的渴望竟是如此强烈！

云亭想到了八年前的自己，那时候的他也是如此，希望父皇看到他的优秀，希望母亲可以更疼爱他一些，还幻想过弟弟和小妹一样，跟在他的身边叫他哥哥，一家人平安顺遂，相亲相爱。

可惜，天不遂人愿，他们用最残忍的方式打破了他的奢望。

他离开凉国的时候就已经放下了执念，现在的他心性坚韧，再也不会被这些事牵动心神。

可是万俟翱似乎没有放下，甚至执念更深。

他听狄勒图说过，在狄勒静去世之前，万俟翱已经开始经常戴着青铜面具了；在狄勒静去世之后，万俟翱就极少在人前摘过面具，很多人甚至不知道太子殿下长什么样。这简直匪夷所思，没有一个国家的储君是这般行事的。

云亭之前一直在猜测万俟翱戴面具的原因，今天过后，他隐隐地觉得，万俟翱戴面具有可能是……因为他。

云亭拿起桌上的青铜面具端详，似乎是西凉部落古老传说中一尊专门镇压恶灵的凶神的面相。

这面具被铸造得十分传神，青面獠牙，眼若铜铃，看一眼就让人战栗胆寒。

因为狄勒图、狄勒静兄妹选择了万俟翱，放弃了他，所以万俟翱觉得自己有罪，便用面具来遮掩那张与他相似的脸？

怎么会有这么傻的人？

面具沉重，触感冰冷，云亭只是把它拿在手里，就已经觉得很重了，万俟翱却日日将它戴在脸上。

云亭轻轻地摩挲着冰凉的面具，心脏蓦地有些酸软。他轻叹道："这些年你撑得也挺累的吧。"

万俟翱不知道是不是自己戴久了面具从而产生了错觉，云亭轻轻地抚摩着面具就好像……好像摸的是他的脸，他心下气恼，脸颊也有些发热。

他将头扭向另一个方向，冷声低喝道："我的事还轮不到你来管！"

云亭将他色厉内荏的模样看在眼里，轻轻一笑，顺着他的话说道："好，你的事轮不到我管，小灵的事我总可以管吧。"

万俟翱猛地回过头来，目光凌厉地瞪着云亭，急忙问道："小灵怎么了？"

云亭指了指自己，又点了点万俟翱，说道："小灵是你和我最重要的亲人，也是我们之间最大的牵绊。若是她出了事，你觉得你我之间，还有合作的可能和必要吗？"

没有。

虽然万俟翱没有说出来，但是这个答案是两个人心知肚明的。

万俟翱想到魏衡，心脏不受控制地抽了一下——那位看起来仙风道骨的国师大人，手段可不一般，万俟翱在魏衡的手底下吃过不少亏。

魏衡是近百年来卜算巫术最厉害的国师。如果万俟行是帝星，他现在已经成功地打入了蔺不归的军队之中，又得到了狄勒图的支持，运势正好，帝星应该会更亮，魏衡不可能没发现，杀了小灵以绝后患确实是魏衡会干的事。

万俟翱喃喃道："所以你把她带走，是因为有人要杀她……"

云亭怕万俟翱钻牛角尖，耐心地解释道："我这么做也是为了保护小灵，她留在军营里很危险，瑜军并不在边城里驻扎，她暂时躲在这里反而能避开争端。"

万俟翱有一瞬间的茫然。这些年来，他殚精竭虑、步步为营就是为了护住唯一的妹妹。

他担心小灵有危险，不惜搁置在皇都的部署，跟到边陲来。他以为他已经将小灵保护得很好了，到了今天才知道，即使他守在小灵的身边，却仍然没能察觉到有人想要杀她。

如果小灵没有离开军营，现在是不是就已经……？

万俟翱垂下头，闭上眼睛，按了按隐隐作痛的太阳穴，只觉得浑身无力，身体仿佛深陷在冰冷的泥沼里，不管他怎么挣扎、怎么努力，都毫无作用。

万俟翱坐在小板凳上，身体几乎蜷缩在一起。屋内的油灯忽明忽灭，墙上的影子不停地晃动，看起来就像是他的身体在颤抖，竟有几分可怜。

云亭目光微黯，捏着面具的手指节有些泛白。

良久，万俟翱终于缓缓地坐直身体，扭头看向云亭，低声问道："你真的觉得自己能夺得皇位吗？"

两个人的五官中眼睛是最不像的：云亭的眼尾微微上挑，他笑着看人的时候，总给人一种如沐春风的感觉；万俟翱的眼形更加狭长，看起来傲慢又凌厉。

但是此刻万俟翱看云亭的眼神，一点儿也不凌厉，眼中反而充满了茫然之色，目光黯淡。

云亭微微眯眼，平静地与万俟翱对视，良久才低声回道："当然能。属于我的东西，自然要拿回来。"

万俟翱一怔，不知道是不是错觉，万俟行的眼睛似乎黑得有些怪异，仿佛黑色的旋涡，他只是盯着看了一会儿，就感到眩晕。

还有万俟行说的话，明明声音不大，却无比清晰地传进了他有些混沌的脑子里。

系统检测到云亭发动了精神控制，"啧啧"称赞道："果然如此，云亭将时机抓得很准！"

冉无恙眨了眨眼睛，不解地问道："什么？"

系统解说道："万俟翱身体强壮，心性坚定，在一般情况下，对他进行心理暗示是非常困难的事情。云亭通过之前的谈话，挑动了他的情绪，在他思维混沌、心绪不宁的时候，对他进行暗示，成功率会高出许多。万俟翱一旦接受了云亭的暗示，就会认同云亭的话，认为皇位就应该是云亭的，并且相信云亭能够夺回皇位。这样解释宿主能明白吗？"

难怪云亭哥会花这么长的时间和万俟翱回忆往昔。冉无恙了然地点了点头，回道："明白！"

系统有些诧异，宿主这时候不是应该痴迷地夸赞云亭能干、聪明、厉害之类的吗？她这么一本正经地回应，它还真有些不习惯。

不是冉无恙不想夸赞，只是她现在全部的注意力都在偷听上。她一直很想知道云亭哥小时候的事情，那些她没有机会参与的过往之事。

只是她知道那段时光对云亭哥来说并不美好，所以忍住没有多问，现在有机会了解，自然是一丝一毫都不能放过。

精神控制的时间非常短，万俟翱除了有一瞬间的眩晕，没有别的不适感。

他只是忽然有一种奇怪的感觉，好像云亭夺皇位这件事真的有可能成功。万俟翱不明白自己为什么会有这种想法，眉头差点儿拧成了麻花。

云亭仿佛没看出他纠结的心思一般，笑道："给我说说凉国当前的局势吧，知己知彼才能百战不殆。"

万俟翱瞪了云亭一眼，却还是将凉国的局势说给了云亭听。

"狄历部落日渐衰败，塔尔部落已经归顺国师，赫哲部落看起来还保持中立，实际上也不敢与国师起正面冲突。北羌部落成了除皇族外最为强盛的一族，父皇沉迷于丹药之术，国师独揽大权，魏皇后把持后宫，现在的朝堂，几乎成了魏衡的一言堂。这八年中，凉国发生了许多事……"

万俟翱说的这些事狄勒图早就已经说过了，甚至比万俟翱说得更加细致。

云亭没有打断他的话，认真地听完后，笑道："国师和魏皇后虽然同出于北羌魏氏，但魏皇后想要的是保住太后之位垂帘听政，握紧手中的部分权柄；国师筹划多年，可不是为了让万俟家的血脉继承皇位，自己做个名不正言不顺的摄政王。国师和魏皇后的关系，没有你想的那么牢固。"

万俟翱没有反驳——每个人都有自己的心思，魏氏兄妹自然也不例外。

云亭看他一脸无所谓的样子，微挑剑眉，笑道："让我猜猜你与魏皇后的交易是什么？你替她排除异己，暂时守住太子之位，她保你和小灵性命无忧？"

万俟翱呼吸一滞，一脸惊讶地看着云亭。

他与魏皇后的交易，源自五年前。那年母妃去世，父皇刚刚迷上丹药之术，不问朝堂政事，更别说关心万俟翱这个儿子了。

万俟翱被皇上宠爱多年，早已树敌无数，如今失去了庇护，立刻就成为其他皇子急于铲除的对象。

那时他刚查出万俟行的死因，极有可能是狄勒图和母妃故意纵火。万俟翱对亲情失望透顶，无论狄勒图如何亲近讨好，都不愿与之为伍。

父皇越发沉迷于丹药之术，整日待在丹房里，对外界的事情不闻不问。万俟翱与母族不睦，势单力薄，几次差点儿死在与其他皇子的争斗之中。

这时候魏皇后向他抛出了橄榄枝，起初魏皇后也打算和他打感情牌，可惜他最看不惯的便是虚情假意。

一直以来狄勒图和小灵都认为他是受了魏皇后的蛊惑，才和狄历一族渐行渐远，实际上他和魏皇后之间只不过是一场交易而已。

万俟翱没想到不过寥寥数语，万俟行便猜出了他和魏皇后交易的具体内容。

他听很多人夸赞过万俟行足智多谋，只是那时年纪小，不能体会这四个字的意思，今日倒是领教了一番。明明他们二人是双生子，为何差异如此之大？

云亭发现他这个弟弟总爱冷着脸，却不善伪装，心思几乎都写在脸上，一点儿都不难猜。这些年来，万俟翱若不是戴着面具，估计早已多次遭遇不测了。

云亭掂了掂手里的青铜面具，笑道："你知道巴坷为什么最先归顺魏衡吗？"

万俟翱想了想，回道："塔尔部落实力最弱，需要找一个靠山，国师有意招揽，他们归顺也很正常。"

云亭摇头，说道："这只是一部分原因，我离开凉国之前就听说巴坷钟爱小儿子巴木挞，想把族长之位传给他，八年过去了，好像还是没有成功吧。"

族长的位置和皇位不一样，不用等到族长死后才传位，很多部落的族长在年老体衰之后，都会将位置传给看好的继承者，巴坷今年六十七岁了还没有传位，实属少见。

万俟翱冷哼一声，说道："巴坷的长子巴木德今年都已经四十多岁了，母族强盛。他可不是省油的灯，巴坷想越过他将族长的位置传给小儿子，哪有这么容易？"

说完他忽然想到了什么，看向云亭。

云亭眼中含笑，带着几分鼓励和包容地看着万俟翱，这副神情跟太傅考校万俟翱的功课时的神情一模一样，看得万俟翱胸口发闷。

万俟翱紧抿双唇，脸色更黑了。他咬牙切齿地说道："巴坷这么快倒戈，难道是想借助国师的力量，将族长之位传给小儿子巴木挞？"

万俟翱这副样子是生气还是委屈？云亭轻咳一声，压下嘴角的笑意，继续说道："只要我们将这个消息透露给巴木德，他自然不会坐以待毙，塔尔一族内斗自顾不暇，也就没那个工夫当魏衡手里的刀了。"

这样就解决塔尔部落了吗？万俟翱只觉得胸口更闷了，不甘心地问道："赫哲部落呢？沙恕正值壮年，老奸巨猾，这些年来在朝堂上游刃有余，连魏衡都拿他没办法。"

云亭轻轻地"嗯"了一声，说道："我自有打算，你放心，沙恕不会成为我们的阻碍。"

赫哲是除北羌之外势力最为强盛的一族，其族人盘踞于凉国北部，彪悍善战，他身为太子见到沙恕也要礼让三分，万俟行却能这般轻描淡写地说出他们不会是阻碍的话。

万俟翱自嘲地笑了笑——自己终究是比不过万俟行的。

虽然自己不肯承认，但是实际上这些年来他一直在心里暗暗与万俟行比较，想着若是万俟行遇到这种情况会怎么做？自己做得是不是比万俟行好？如今他真的见到人了，才知道自己有多可笑。

万俟翱似乎下定了什么决心，神色一肃。他盯着云亭的眼睛，说道："我可以助你登上皇位，但是你要答应我一个条件。"

云亭并没有因为他的话而表现出惊喜或者戒备之色，淡淡地回道："你说。"

万俟翱没有卖关子，既然决定了，也就没什么顾虑了。他坦然地说道："你要保证，让小灵一生平安喜乐。"

冉无恙的心尖微微一震，她还记得第一次见到他们兄妹时的情景，两个人吵得不可开交，面红耳赤，她还以为两个人的关系并不算很好，没想到万俟翱提的唯一一个条件，居然是为了万俟灵。

万俟灵察觉到有一道目光落在她的身上，回头看去，正好对上冉无恙明亮的眼睛。

万俟灵冷着脸，哼道："你看什么？"

冉无恙轻轻地笑了笑，别开目光，轻声地回道："没什么，你很幸福。"

前一刻冉无恙还对万俟疾言厉色不让万俟灵偷听，下一刻就说这种莫名其妙的话，万俟灵一头雾水，不知道冉无恙是什么意思。

冉无恙没打算和她解释，竖起耳朵继续听屋内的动静，很快就听到云亭爽快地回道："我答应你。"

过了一会儿，她又听到她哥说："我还可以再答应你一个要求。"以她对云亭的了解，光听他的声音她就能感觉到他的心情很好。

万俟翱垂眸，眼底闪过一线苦涩之色。

万俟行是帝星，由万俟行登上皇位，凉国或许真的可以走上辉煌之路，小灵也能拥有安稳幸福的一生。他自己的结局如何，已经没那么重要了。

万俟翱刚要开口拒绝，忽然感觉到手上一重，低头看去，熟悉的青铜面具正稳稳地落在他的手中。

云亭说："这个要求没有期限，你想好了再和我说。"

万俟翱盯着面具，心口莫名其妙地发热，一时间竟说不出话来。

他终于意识到，这不仅仅是来自一位未来帝王的承诺，也是来自……哥哥的承诺。

屋内万俟翱的呼吸声有些重，甚至还能听出几分哽咽之意，冉无恙不清楚这兄弟二人心里在想些什么，只知道自己的心里很不舒服，很不开心，以至之后他们说了什么，她都没有注意听。

云亭哥对万俟灵好，她还可以理解，毕竟万俟灵从小就跟在他的屁股后面长大，这个妹妹或许是他那段痛苦的岁月中为数不多带给他温暖和快乐的人。

可是万俟翱凭什么得到云亭哥的特殊对待？就算云亭哥经受的苦难不能完全怪在同样年幼的万俟翱的身上，但是她的心里就是不舒服！

你不杀伯仁，伯仁却因你而死。云亭哥不仇视已经是大度了，对万俟翱还这么温柔包容，实在是太心软、太善良了！

系统检测到宿主的情绪波动很大，问道："心软善良不是你们人类的美好品质吗？宿主为什么不高兴？"

"心软善良是美好品质，但是这样的人也很容易被伤害啊！"冉无恙撇了撇嘴，嘀咕道，"云亭哥现在找回了自己的弟弟妹妹，我就再也不是他心中唯一的亲人了……"

冉无恙感觉一颗心被泡进了醋坛子里，瞬间酸溜溜的。

原来她是吃醋了。系统无奈地说道："宿主不是说既要做人家的战神，又要做人家的皇后，还要包揽后宫，那你就是嫂子，万俟翱和万俟灵在你的面前就是弟弟和妹妹，你吃什么醋？"

"对！"冉无恙的眼睛倏地一亮，"虽然他们比我大，但我的辈分高啊！"

冉无恙仿佛瞬间被打通了任督二脉，浑身舒适，满腔的笑意止都止不住。

安静的小院落里，"嘿嘿嘿"的笑声实在有些突兀，万俟灵扭头看向不停傻笑的冉无恙，问道："你笑什么？"

"没……没什么。"冉无恙揉了揉腮帮子，压下嘴角的笑容。

冉无恙是家中的独女，没有兄弟姐妹，后来有了云亭这个哥哥，便觉得很满足。现在她想想，如果有弟弟妹妹的话，应该会更热闹吧。

年纪比她的年纪还大的弟弟妹妹，冉无恙想想就很刺激！

冉无恙的心情甚好，她看着万俟灵就觉得万俟灵的身上仿佛带着光环，长得好看，身姿婀娜，最重要的是性格对自己的胃口，看着也顺眼，非常讨喜！

冉无恙从怀里掏出那个紫色的荷包，笑眯眯地递到万俟灵的面前，哄小孩儿似的说道："虽然不能让你偷听，但这个荷包可以给你。来，拿着！"

莫名其妙的示好行为看得万俟灵起了一身鸡皮疙瘩，事出反常必有妖。

她不但没伸手接荷包，反而后退了一步，满怀戒备地说道："你不是说要带回去还给蔺奚，不能失信于人吗？"

冉无恙轻轻地"啧"了一声，笑道："他怎么能和你比？咱们是一家人。"

万俟灵一下子被冉无恙搞蒙了："什么？什么一家人？"

万俟灵看向狄勒图，狄勒图看向乌力，几个人面面相觑，也没搞懂冉无恙的意思。

冉无恙将食指放在唇上，做了一个噤声的动作，又指了指房门，小声地说道："他们出来了。"

冉无恙的话还没说完，房门就被打开了。这时，一个清瘦，另一个健硕的两道身影从屋内走了出来。

万俟翱又将面具戴了回去。在朦胧的月色下，戴着面具的万俟翱犹如修罗恶鬼，万分狰狞。

云亭与他并肩而立，面容俊秀，温润如玉，在月华的笼罩下，恍若谪仙。

他们二人，一个残忍，另一个慈悲，站在一起时显得矛盾又和谐。在院子里守了一晚上的几个人盯着他们好一会儿，才回过神来。

万俟灵刚迎上去，就听到万俟翱冷声说道："你乖乖地待在边城里，别乱跑，我派两个人保护你。"

万俟灵习惯性地回嘴道："谁要你管？"

云亭说："小灵。"

不知道是觉得自己说的话确实有些过分，还是担心云亭生气，万俟灵抿了抿唇，低下头小声地说道："知道了。"

万俟翱就没见过万俟灵这么乖巧的样子，看得心头冒火，果然在她的心中还是她的三哥最重要。

冉无恙敏锐地感觉到，万俟翱的情绪似乎不太好。她上前一步，十分热情地对这位她单方面认下的"弟弟"挥了挥手，笑道："又见面啦！"

万俟翱记得这位武艺超群却仿佛永远不知疲惫的少年，对她的印象还不错，说道："有机会我们再好好打一场。"

冉无恙爽快地回道："好，以后都是一家人，机会多的是。"

万俟翱戴着面具，让人看不清神情，但是眼中的疑惑还是很好分辨的。

云亭微微挑眉，轻轻地笑了一声，点了点头，一本正经地介绍道："冉无恙，我的家里人。"

自认为脸皮不薄的冉无恙脸莫名其妙地有点儿红，还有点儿烧。

家里人……又是什么意思？几个人猜测或许是云亭和这个少年投缘结为了异姓兄弟，这么说起来确实也能算是一家人，便也不再多问。

万俟翱素来寡言少语，戴上面具后显得更加冷酷。要说的话已经说完了，他临行前也不打招呼，直接转身一跃，离开了这座小院。

一直在偷瞄云亭的那张脸的尹宵回过神来，立刻追了出去，消失在夜色中。

狄勒图眼睁睁地看着万俟翱、尹宵两个人就这样潇洒地走了，心里有些发慌。他忧心忡忡地看向云亭，说道："阿行，就这么让他们走了，你不怕放虎归山吗？"

云亭眼中的笑意不改，他笃定地回道："万俟翱不会。"

云亭怎么知道万俟翱不会？难道是两个人已经谈好条件了？狄勒图眼前一亮，笑道："你们俩谈了什么？你把他策反了？他现在是我们这边的人了？"

除了冉无恙，院子里所有人全都目光灼灼地盯着云亭，云亭却没有细说的打算，笑道："舅舅和乌大人也赶紧回塔木城吧。我已经将接下来的计划和阿翱说了，你们配合他就行了。"

"我配合他？怎么配合？"狄勒图哪里肯就这样离开，非常好奇，拼命地追问道，"你真的把他拉拢过来了？那小子脾气又冷又硬，软硬不吃。这些年来，我可没少在他的身上下功夫，他却没用正眼看过我，你花费不到半个时辰就做到了，你到底是如何说服他的？"

狄勒图一口气说了很多话，却没问到重点问题，云亭再一次确定了将乌力叫来是一个十分正确的决定。

云亭看狄勒图还有继续问下去的趋势，连忙对乌力说道："乌大人，阿翱和木宴之争，你们不用过多插手，随机应变就行。你们要做的是，在军中帮阿翱造势，连皇都也不要放过，务必让更多的凉国子民知道，阿翱是一位智勇双全的太子。"

乌力微微垂眸，虽然眼中闪过一丝不解之色，但也没有多问，恭敬地回道："是。"

狄勒图可没这么听话。他越听，眉头皱得越紧——为什么要给万俟翱造势？若是今后万俟翱的名声如日中天，民心所向，他还会把位置让出来吗？那可是皇位！

狄勒图的心中有着诸多疑惑，他一把抓住云亭的手腕，追问道："阿行，我搞不懂你为什么……？"

云亭翻转手腕，用了巧劲从狄勒图的手中挣脱出来，顺手将乌力的手搭了过去，说道："搞不懂没关系，你多问问乌大人，让乌大人慢慢地解释给你听。"

云亭说来说去，就是不想给他解释呗。狄勒图被气得脸都黑了，却没有办法，也怕云亭说完第二遍后，自己还听不明白……

云亭假装没看到狄勒图又气又恼的模样，转头对万俟灵说道："小灵，明日一早立刻离开这里，换个地方住，一定要易容，别暴露了身份。"

万俟灵十分乖巧地回道："好的，我会小心。三哥，你三日后还会来吗？"

之前每隔三到五天舅舅都会到后山上和三哥见上一面，现在后山不安全，见面的地点自然换到了边城里，如果每隔三天能见一次三哥就太好了。

对上妹妹仿佛小狗看肉骨头一般殷切的眼神，云亭失笑，说道："不会这么频繁，我以后每隔半个月来一次，若是有紧急的情况，会提前通知你。"

万俟灵有些失落，不过每隔半个月能见一次总比不知道什么时候能见面好。她从来都不是无理取闹、不识大体的人，轻轻地点了点头，回道："好的，我明白了。"

云亭看了看天色，应该已经过了戌时了。他对院中的几个人说道："我们先走了。"

两个人走到院门旁，万俟灵忽然想到了什么，连忙追了上去，急忙喊道："喂，等等！荷包！"

万俟灵喊完又觉得不太好，这个人和三哥关系亲密，她这样呼喊实在不礼貌。万俟灵抿了抿嘴，低声问道："冉无恙，你之前说可以把荷包给我，现在能给吗？"

冉无恙微微一笑，掏出荷包潇洒地往万俟灵的怀里一抛，笑道："接着。"

万俟灵连忙接住荷包，再抬头，只看到两个人快步离开的背影。

"阿行、阿翱两个人都是这样说走就走，把事情说清楚再走就这么难吗？"狄勒图嘀嘀咕咕地骂了好一会儿，才看向乌力，问道，"你听懂他的意思了吗？"

想到三皇子离开时，留给自己的那个"你受累了"的眼神，乌力就觉得有些好笑，轻咳一声，回道："三皇子运筹帷幄，足智多谋，对三皇子的心思与谋划，我也只能领会一两分罢了。"

乌力这么说，就是懂的意思了。狄勒图拍拍乌力的肩膀，放心地说道："行，你懂就行！"

几年前的边城虽算不上繁华，但也有数万人口，夜里会关闭城门，却没有宵禁，夏日的夜晚，街道两边经常能看到老人和小孩儿坐在自家的门口乘凉。

如今的边城，入夜之后，家家户户紧闭门扉，路上看不到一个人影，就连夏夜里时常能听到的蝉鸣蛙叫都消失了，就像一座死城，异常萧条。

冉无恙和云亭走出小院拐进了旁边的窄巷中，这种狭窄的巷道，月光照不进来，里面漆黑一片，不熟悉地形的人根本发现不了这里还有一条巷子。

两个人隐身在黑暗中没有急着离开。过了小半盏茶的时间，万俟灵居住的小院对面的角落里慢慢地闪出一道黑影。

仗着窄巷黑暗，冉无恙探出半个身子，眯着眼睛仔细地辨认，终于看清了那人的五官。她压低声音说道："是胡扬。"

以冉无恙的身手，这样探身的动作不会有什么危险，可是看她那般扭曲的姿势，云亭还是觉得不太合适，将人拉了回来，低声回道："嗯，鱼儿咬钩了。"

不枉费他将胡扬安排在离他们最近的方向，若是胡扬跟丢了，他还得费一番功夫才能将消息传到瞿向卿的耳朵里。

胡扬身形健硕，没想到轻功那么好，行走如风，身轻如燕，一点儿也不像在战场上拼杀的士兵，更像是一位刺客。

胡扬站在院墙旁侧着耳朵倾听，听了好一会儿之后，便顺着墙根悄悄地离开了。

冉无恙眨了眨眼睛，茫然地问道："他就这么走了？他身手这么好怎么不翻墙进去探察？"

"他很谨慎。"云亭拍拍冉无恙的肩膀，低声说道，"我们也走吧。"

"哦。"冉无恙调出系统小地图，确定代表胡扬的绿色光点儿已经离开了这片区域之后，才安心地跟着云亭走出了这条窄巷。

第三十八章　干一票大的

清晨，木宴刚醒来就听到守卫进来通报，说尤钧已经在外边等了一个时辰了。

尤钧等着却不让人通报，可见事情并不紧急；等了一个时辰都没有离开，说明这事还挺棘手。

木宴有些好奇，到底是什么事值得他的军师天没亮就着急地赶过来？

片刻后，尤钧大步地走了进来，匆忙行了礼，说道："太子将公主身边的嬷嬷杖毙了。"

木宴端着茶杯的手一顿："公主的奶嬷嬷？"

尤钧回道："是。"

这位嬷嬷可是从小就陪在公主身边的奶嬷嬷，虽是奴婢，地位却也不算低。

据他所知，奶嬷嬷是皇后暗中放在公主身边的人，太子和公主都不知晓。公主刚丢的时候太子没追究，三天后才把奶嬷嬷毫不留情地杖毙，是因为一直没有公主的消息导致太子太生气杀人泄愤，还是因为发现了什么？

木宴若有所思，轻轻地抿了一口热茶，问道："有公主的消息吗？"

尤钧偷瞄了一眼木宴的脸色，小心翼翼地回道："蔺不归军纪严明，潜入军营里的探子一个都没回来，在塔木城附近搜索的人也没有找到公主殿下的踪迹。"

木宴慢条斯理地喝着茶，脸上看不出喜怒。

尤钧咽了一下口水，继续说道："将军，今日就是三日之期了。太子毕竟是储君，向您要兵前去营救公主，若是将军坚持不给，公主真有什么不测，将军怕是也要被追责，不如……"

尤钧停顿了一下，面露纠结之色。

木宴微抬眼皮，睨了他一眼，说道："想说什么就说。"

尤钧略带讨好地干笑一声，回道："依属下之见，您不如点两万精兵交给太子殿下调遣，太子担心公主，必定第一时间找上蔺不归。太子打前锋，您正好可以借机探一探瑜军斩马队的实力，再则，上次瑜军偷袭，两位木小将军身受重伤，太子带领银甲军出城迎战，赢得不少将士的追捧，不少人赞其勇猛。太子从未真正带兵打过仗，上次不过是侥幸，这次正面对敌，必定败得狼狈，正好挫其锐气。"

木宴随手将茶杯往桌上一放，冷声说道："两万精兵可不是小数目。"

尤钧知道将军担心的是什么，微微一笑，回道："数量是两万，但要给殿下什么样的士兵，还不是由您决定。"

两万士兵，再怎么做手脚，也不可能全是老弱病残，他将兵给出去容易，想要收回来可就难了。木宴想拒绝，可是想到昨日刚收到的密信，又迟疑了，沉思片刻后才低声说道："就按你的意思做吧。"

"是，属下这就去办。"尤钧领命离去。

尤钧挑挑拣拣，花了三四个时辰，才凑足了两万人马。

将人交给万俟翱的时候，尤钧还担心太子会发怒，毕竟三日前太子说的可是三万人，如今直接缩减了一万人。

尤钧已经做好了承受太子怒火的准备，可出乎他意料的是太子只是冷冷地看了他一眼，一句话都没说，领了人就走。

太子似乎认定就是瑜国人掳走了公主，两万士兵刚到手，只让他们休整了一夜，次日一早便领兵朝着瑜国军营的方向冲了过去。

事情的发展比尤钧预想中的还要顺利，反倒让尤钧生出几分不安感来。

边城说大不大说小不小，冉无恙一行六个人，又花了一天的时间，终于将边城的百姓居住的地区寻找了一遍，可惜没有任何收获。

次日，六个人聚在一起，商量着是再找一遍，还是去周边的村落里寻找？还没商量出结果，几个人便感觉到地面微微地震动起来。

原本还在街上的几个百姓一听这动静，立刻像是火烧了眉毛，赶紧往家的方向冲去。有几户人家原本还开着院门，也在下一刻"啪"的一声把院门关上了。

几个人对视一眼，立刻朝着城门的方向跑去，出了破旧的城门，就看到军营的方向黄沙弥漫，隐隐能听到混乱的马蹄声。

余子和胡扬在军中待的时间最久，看到这种情况后，余子立刻说道："估计是敌军来袭了。"

石锋不自觉地握紧刀柄，紧皱着眉头，问道："敌军来袭，我们要不要回去？"

冉无恙双手环在胸前，一脸轻松地说道："大将军交给我们的任务是找人，人还没找到，自然不能回去。再说我们就这么几个人，回去也决定不了战局。"

冉无恙虽然这么说，但是一想到不远处两军对垒，心中不免记挂难安。

云亭将几个人的神色看在眼里，便对余子说道："余子，你回去看看是什么情况，其他人留下来继续找人。"

"是。"余子二话不说，翻身上马，朝着军营的方向疾行而去。

剩下的五个人按照原计划留在城中寻人。

在天色彻底地暗下来之前，余子终于回来了，和孤身而去时不同，如今他的身后跟着两三百人。

冉无恙轻"啧"一声，问道："你带这么多人回来干什么？"

余子激动得满脸通红，喊道："队长，大将军说这些人手随你调配，务必要把那名女子找到！"

余子把"务必"二字喊得异常大声，青筋都暴出来了。冉无恙后退一步，问道："发生了什么事？"

余子深吸一口气，压低声音，神神秘秘地回道："那女子……可能是凉国的公主！"

冉无恙的心猛地一跳，她意味深长地看了云亭一眼。云亭勾了勾唇角，给了她一个少安毋躁的眼神。

冉无恙心下了然，万俟灵暴露身份的事情，应该是云亭哥和万俟翱商量好的。

她皱起眉头，故作疑惑地问道："什么公主？"

"当然是凉国的公主啊！"喊完余子又觉得自己的声音太大了，往冉无恙的耳边凑了凑，说道，"你听我给你细说，今天冲过来找咱们开战的人，就是上次和你交过手的凉国太子，他带着两三万人，气势汹汹地杀了过来。太子出战可不是小事，比木宴亲自攻上门来还要刺激。

"一开始咱们都不知道是怎么回事，后来凉国的太子派人叫阵，说咱们掳走了他们的公主，让大将军立刻放人，我们才知道凉国的公主竟然丢了。大将军猜测，出现在后山上的那名女子应该就是凉国的公主，所以才派那么多人过来协助你。"

余子像是想起了什么有趣的东西，眼睛炯炯有神，激动不已地说道："我听聂青说，凉国的太子还挺厉害的，萧将军和他交手，你猜怎么着？萧将军的偃月刀被硬生生地抽断了。上次你和他对战的时候，我就觉得他那条铁鞭邪门得很，看着也不算粗，连你那一百多斤的陌刀竟然都砍不断它。"

系统说过，万俟翱的铁鞭是由玄铁锻造千万次才铸成的，自然厉害，再加上万俟翱的神力，别说一把偃月刀，就是把三把捆在一起，也不见得扛得住这一鞭的威力。

萧竺若是搞不清楚状况就冲上去和万俟翱硬碰硬，肯定要吃大亏。

冉无恙担心地问道："萧将军可有受伤？"

余子摆摆手，大咧咧地回道："伤了胳膊，并不严重，你别担心。"

万俟翱没有下死手，还好，还好。冉无恙松了一口气，继续问道："大将军让斩马队上场了吗？"

"你和云亭都不在，大将军没出动斩马队，说战场上的事情不用你们操心，现在最重要的是要找到那位公主。"余子想到临走时大将军郑重其事地交代他务必找到人，就觉得脑袋疼，挠了挠脖子，茫然地问道，"接下来咱们要怎么找啊？"

冉无恙想了想，说道："时间紧迫，分头行动吧。一百人在城内寻找，剩下的一百多人到周边的村落里寻找。"

余子带回来的基本都是斩马队的队员，冉无恙一声令下，所有人大声地应道："是。"

在众人出发之前，云亭忽然说道："凡是年纪在二十岁上下的年轻女子都要仔细核对，若是拿不准的，就先带回来。"

"是！"众人眼前一亮，云百夫长果然细心，这样大家就不用担心找错或者遗漏了。

冉无恙忽然想起那天晚上离开时云亭提醒万俟灵一定要易容，原来就是为了今天吗？

因为云亭的话，所有人的注意力全部集中在二十岁上下的年轻女子的身上，易容后的万俟灵自然就更容易蒙混过关了。

冉无恙喜滋滋地说道："不愧是我哥！就是厉害！"

系统：习惯就好。

多年战乱导致边城的人口急剧地减少，他们几百人同时出动，仅仅用了两天就把边城以及边城周围三百里范围内所有的村落都搜索了一遍，结果自然是一无所获。

一边是战场上传来的拼杀声不绝于耳，一边是找不到人的心急火燎，众人难免心绪不宁。

他们都已经掘地三尺了，仍然找不到人，甚至连一点儿线索都没有，继续找下去也没意义。云亭直接说道："别找了，先回去复命吧。"

一行数百人，浩浩荡荡地往军营的方向赶去。

两个人回到军营里，不敢耽搁，第一时间前往大将军的营帐，刚走进帐中，一道黑影就朝着他们冲了过来："怎么样？公主找到了吗？"

冉无恙拉着云亭后退一步，以免撞上来人。

她抬头看去，帐中的人还不少，除了苏则郁和齐瑾不在，其他几位将军都在，就连脚伤未愈的蔺奚都在。

刚才冲过来的黑影，正是伤了一只胳膊的萧笒，他的胳膊被包得严严实实的，用一条纱布吊在脖子上，但是整个人看起来气色不算差，伤得应该不重。

在诸位将军殷殷期盼的目光中，冉无恙一口咬定道："凉国公主不在边城里。"

蔺不归面露失望之色，神色凝重。云亭解释道："边城周围三百里内我们都仔细地找过，年纪在二十岁上下的女子总共才六十四人，没有一个是凉国的公主。"

贺弘不耐烦地嚷道："难道根本就没什么公主，他们只是找个借口开战？"

不用云亭开口，司徒京直接反驳道："目前两国本就是敌对关系，边疆混战数年，他们根本没必要找这种借口。凉国公主可能真的不见了，但不是被什么人掳走的，而是自己走的，毕竟蔺奚在后山上曾经见过一名疑似公主的女子。"

蔺奚从没想过那位女子竟然是公主，呢喃道："凉国公主为什么救我？为什么要来后山？她现在又藏在哪里呢？"

云亭看蔺奚那副失魂落魄的样子，眼中闪过一丝狡黠的光。他说道："公主藏在哪里我不知道，但我知道，太子和木宴的关系必然十分紧张，不然木宴也不会让太子一个人带兵前来叫阵。"

云亭抬眸，目光掠过一众将军，笑道："咱们怎么能让他如此惬意地坐山观虎斗呢？"

司徒京若有所思："你的意思是……？"

云亭点了点头，轻描淡写地回道："杀个回马枪，最好能再烧他一次粮草。"

诸位将军都瞪大了眼睛，看着云亭，一时间竟无人回应。

冉无恙摩拳擦掌，唯恐天下不乱般大笑道："我觉得挺好，乱拳打死老师傅，越是不按牌理出牌，越有机会赢！就算不能赢，我们也能打乱他们的步调，让他们看不懂我们接下来要出什么招！"

众人若有所思，有人双眼发亮，有人眉头紧皱。云亭微微一笑，仍是不紧不慢地说道："公主丢了，太子与木宴相争，军中各方势力暗潮汹涌，军心本就不稳，若是再被烧一次粮草，必定军心大乱，咱们可以借此机会攻下塔木城。"

萧笙满心激动、脸色通红，却也没有丧失理智，忧心忡忡地问道："不久前才被烧过一次粮草，他们会不会换地方？"

蔺不归拿到凉国军营的详细地图之后，特意做了一个沙盘，正放在营帐的右上方。

云亭走到沙盘前，点了点粮仓的位置，说道："他们军中能藏粮的地方很少，地下粮仓是最安全的，所以木宴只会加强防护，绝不会换地方。"

贺弘的性子本就火暴，他听了云亭的分析后，一拍大腿，吼道："那还等什么？！打啊！之前咱们就是太保守作战了，这次就该打个措手不及。"

众将跃跃欲试，一向沉稳的司徒京竟也跟着附和道："可以一试。"

冉无恙高举双手，自告奋勇地说道："大将军，让我们斩马队做前锋！木家兄弟身受重伤，这次若是能把木宴逼出来最好，若是不行，也能再折损他几名猛将！"

边境之战打了五六年，实在太久了，双方都很疲惫，这次难得众人情绪高涨，蔺不归并不想破坏这样高涨的士气，盯了沙盘一会儿，拊掌大笑，说道："好，那就再烧他们一次粮草！"

蔺不归确定了要再次突袭塔木城的作战计划后，立刻将齐瑾召了回来。

众人在沙盘前讨论了半个时辰，最终决定由贺弘带领两万人马前往南门叫阵，冉无恙和云亭带领斩马队以及一万骑兵直取西门，齐瑾率领五千精兵趁乱点火烧其粮草。一名校尉独自带领一万两千人马前去突袭敌营，这在之前的战役中，简直闻所未闻。

可见短短两个月，冉无恙就已经靠武力征服了包括蔺不归在内的所有将领。她有预感，这次大战之后，应该可以升级到高级系统。

出发前，已经两天没有动静的系统忽然在脑海中说道："宿主，你目前拥有魅力值：1536600点，信仰值：89090点，系统建议你购买女神光环。"

冉无恙一怔，问道："女神光环是什么东西？"

为了让宿主消费，系统十分详细地解释道："女神光环可以提升宿主的气质、气场、气势及运势，所有靠近宿主的人或者动物，都会为宿主所吸引和折服，在遇到危险时，也有很大概率化险为夷，光环越大，效果越强。女神光环的获取方式有两种：一种是系统升级时随机赠送，另一种是使用魅力值兑换。上次升级为中级系统的时候，系统赠送了1点女神光环。鉴于宿主马上要迎来一场大战，系统建议宿主兑换女神光环，以便收获更多的魅力值和信仰值。"

冉无恙认真地听完后，问道："要怎么兑换？"

"100万点魅力值兑换1点女神光环。"

冉无恙沉思片刻后，说道："兑换。"

她这么爽快？以它对宿主的了解，这时候宿主不是应该大喊系统抢钱，然后开始讨价还价吗？系统忍不住低声问道："宿主今天怎么这么好说话？"

冉无恙轻嗤一声，哼道："舍不得孩子套不着狼！"

系统提供的都是好东西，反正100万点魅力值对现在的她来说也没有什么用处，如果女神光环能帮她获得更多的魅力值，买了也不亏。有投入才有回报，这个道理她懂！

系统无比欣慰，笑道："宿主，你成长了！以后也不要讨价还价！"

冉无恙翻了个白眼："少废话，快换！"

系统飞快地扣除魅力值："叮，扣除100万点魅力值，换取1点女神光环。目前宿主拥有女神光环2点，魅力值：536600点，信仰值：89090点。宿主加油！"

冉无恙低头看了看自己，没发现什么变化，又抬起手看了一会儿，也没看见光环。她纳闷地问道："小神，光环在哪儿？你不是坑我吧？"

系统被气笑了，回道："这种东西你用肉眼怎么可能看得见？真的全身发光的话，你不成怪物了吗？"

"行吧！"冉无恙耸耸肩，不再纠结有没有光环这件事了。她握紧陌刀，信心十足地说道，"小神，等着我给你升级吧！"

刚刚进账100万点魅力值，系统的心情甚好。它捧场地回道："好咧！等你！"

冉无恙雄赳赳气昂昂地带着一万两千名骑兵前往塔木城。

有了上一次的经验，这次骑兵只用一个半时辰就抵达了西门外的荒林。

烈日当空，视野开阔，冉无恙盯着远处隐约可见的西门，心中燃起熊熊的战意。她要想早些结束两国的混战，就必须在每一场战役中都重拳出击。

这次突袭敌军，她给自己定了一个小目标，既要烧粮草，也要让木宴损兵折将、伤筋动骨！

冉无恙站在队伍的最前方，扬手举起了手中的陌刀。

她的陌刀与其他人的不一样，不仅特别重，还材质特殊。它通体银白，刀刃呈现出淡淡的乳白色，似玉非玉，几乎看不到刀锋，然而与冉无恙交过手的人都知道，它不仅锋利无比，还带着浓重的锐气与杀气，这让看到它的人都会不受控制地心跳加速。

就像此刻，少年身姿挺拔，自信张扬，陌刀在她的手中相得益彰，所有人的目光都集中在她的身上。

少年冷着脸，眼中藏着锋芒，扬声说道："整天小打小闹，我已经厌烦了，你们厌烦了吗？"

他们厌烦了吗？自然是厌烦了。

近百年来，凉国不断地骚扰瑜国的边境，尤其是在寒冬、大旱等极端气候下，更是将边城当作粮仓，犹如附骨之疽。

为此两国征战不断，先帝在位时，局势还好，先帝驾崩后，凉国数次占领边城，每次瑜国都付出了惨痛的代价才能勉强收复失地，没有一次能痛痛快快地回击，将凉国彻底地打败。

这是守卫边疆的将士们心中永远的痛和遗憾。

士兵们满心厌恶，纷纷喊道："我们早就厌烦了！"

冉无恙微勾唇角，很满意众人的回应。她翻转手腕，重达100多斤的陌刀在她的手上轻巧地转了个圈："既然厌烦了，咱们今天就玩一次大的！儿郎们，随我一起在天黑之前打破那扇城门，叫木宴好好领教领教斩马队的锋芒，如何？！"

少年目光清亮，脸上的笑容灿烂又热烈，纤细的身体里仿佛蕴含着无穷的力量，让看着她的人不自觉地被感染。士兵们齐声回道："好！"

冉无恙目光缓缓地扫过斗志激昂的士兵们，深吸一口气，朗声说道："记住我教给你们的东西，勇往直前，令行禁止！我不仅要带着你们打胜仗，也要带你们回家！"

行军打仗，战时动员很常见，打胜仗这样的口号，士兵们已经不记得喊过多少回了，但是"带你们回家"这几个字，他们却从未听到过。

士兵们的心突然一酸，保家卫国，"保家"在前。他们明白，正是为了保卫家园才会踏上战场。虽然有着必死的决心，但谁不想回家呢？"回家"二字，承载了太多的心酸和期待。

少年的声音清朗悦耳，冉无恙说出的每一个字都狠狠地砸在士兵们的心尖上，有点儿酸有点儿疼，让人眼眶发热。

石玉抹了一把脸，擦掉丢人的眼泪，扯着嗓子吼道："我们一定会胜！然后一起回家！"

其他人也受到了极大的鼓舞，红着眼睛，大声地喊道："一起回家！一起回家！"

洪亮的嘶吼声气势如虹，听得人热血沸腾，跟随而来的一万骑兵也忍不住举起了手中的刀，一起齐刷刷地吼道："一起回家！"

一声声呐喊响彻荒林，数里之外西门的守军也隐约听到动静，脸色微变，眯着眼睛看向荒林的方向。

冉无恙从衣襟里掏出一块黑色的面巾，往脸上一遮，潇洒不羁。

斩马队的士兵们有样学样，整齐划一地掏出了黑色的面巾蒙在脸上，整装待发。

临时被抽调而来的骑兵们面面相觑。他们打了这么多年仗，还从未戴过面巾，也不知这么做有何用处，只觉得斩马队的士兵们戴上黑色的面巾之后，莫名其妙地生出一种说不出的气势。

骑兵们在身上摸了摸，没能找到一块多余的布料，暗暗想着以后也要带一块黑色的面巾在身上，打仗的时候把脸遮一遮，看着就霸气！

冉无恙并不知道骑兵们的小心思，看到大家都准备好了，振臂一呼："走！叫阵去！"

经过两个月的休整和不断的系统修复，忘忧早已不再是那副骨瘦如柴的颓废模样。如今的它，身形流畅，肌肉健硕，银白色的皮毛在阳光下熠熠生辉。

骑兵们一抬头，就能看到一人一马奔跑在队伍的最前方，犹如一道流光，轻盈俊秀，引人追逐。

如果说冉无恙是这支队伍里最尖锐锋利的刃，云亭就是这支队伍里的智者，不需要冲在最前方，统筹全局才是他的责任。

云亭走到斩马队和骑兵衔接的位置，和所有人一样，他的目光也无法从冉无恙的身上移开。

他看着意气风发的少年，心中满是骄傲。不知道是不是错觉，他总觉得今天的冉无恙格外闪亮，似火的骄阳竟也比不上她耀眼、热烈。

冉无恙在策马狂奔时，脑海中忽然响起系统的声音："怎么样？体会到女神光环的用处了吗？"

冉无恙此刻情绪激昂，哪里顾得上什么光环？她随口敷衍道："或许有点儿用处吧，不过那也是因为我自身魅力无限，和你的女神光环应该没多大关系。"

系统轻"哼"一声，说道："刚才那一通吆喝，魅力值增长了12万点，以前魅力值增长得有这么快吗？"

什么？！冉无恙倏地瞪大眼睛，心脏乱跳。我的天哪！12万点？12万点！

冉无恙话锋一转，说道："女神光环十分有用，我太需要它了！我现在有多少魅力值？够100万点立刻再给我兑换1点女神光环！越多越好！"

"收到！"系统喜滋滋地说道，"目前宿主拥有656600点魅力值，达到100万点立刻兑换。请宿主继续加油！"

"冲啊！"冉无恙一马当先，像只饿狼看到了猎物，一个劲地冲锋陷阵。

士兵们眼看着主将跑出去一大截，也拼命地策马，狂吼道："冲！冲冲！"

什么样的将领带什么样的兵，古人诚不我欺，云亭看着一群仿佛打了鸡血一般往前冲的士兵，不禁有些头痛。

第三十九章　战疯子

议事楼中，木宴端坐于主位之上，缓缓地放下手中的兵书，微抬眼皮，问道："你说什么？"

闵安紧张地咽了咽口水，将之前说过的话又说了一遍："瑜军又来叫阵了，在南门外叫阵的是贺弘，只是个中郎将，不足为惧，我已经让章新带领两万士兵前去御敌；在西门外叫阵的是一个脸蒙黑色面巾的小子，名叫冉无恙，就是他打伤了木家兄弟。"

木宴握着兵书的手微微收紧，目光冷厉："太子那边如何？"

一直静立在一旁的尤钧心尖微颤，背后激起了一层鸡皮疙瘩。他低垂着眼眸，毕恭毕敬地回道："据探子回报，蔺不归坚称没有掳走公主，太子不相信，这两天双方交战了五次，太子胜三场，萧壑胜一场，苏则郁胜一场，目前还在僵持中。依属下之见，蔺不归应该是想声东击西，双管齐下。"

闵安嗤笑一声，说道："太子不过带走了两万老弱病残之人而已，我军的精锐仍然留守军营，瑜军主动送死，咱们定要狠狠地给他们一个教训，以报焚粮之仇。"

木宴此刻心里想的并不是如何教训瑜军，而是万俟翱。正如闵安所言，万俟翱带走的都不是精锐，居然还能三胜两败，若是将精兵强将送到他的手里，又会是怎样的结果？

闵安看木宴的脸色阴沉，以为木宴也是想起了焚粮之仇才心生不悦，立刻拍了拍胸口，大言不惭地说道："将军，让末将去会会那个冉无恙，给他个下马威！"

木宴合上兵书，随手放在一旁的案桌上，毫不客气地说道："你不是他的对手。"

木氏兄弟昏迷了几日，终于在昨天苏醒过来。据他们所说，那名姓冉的小将，不仅武器古怪，还力大如牛。冉无恙的战斗技巧不见得有多高，但其实力绝对不容小觑。

闵安想要否认，张了嘴却又不知道说什么，他虽然脾气暴躁，为人莽撞，但自己也知道自己的斤两，更不敢反驳木宴的话。

木宴起身说道："走，去看看。"

闵安与尤钧对视一眼，两个人皆是一惊。闵安急忙说道："您……您要亲自迎战？"

木将军名扬天下的时候，姓冉的小子怕是还没出生吧？就算木将军要战，那也是与蔺不归战，起码也得是萧壑、齐瑾这样的悍将。那小子凭什么？木将军和那小子打，简直坏了名声！

木宴征战沙场多年，并不在意这些虚名，十分有老将的风范。他理正了身上的铠甲，说道："我只是想看看所谓的斩马队到底如何厉害？"木宴沙哑的声音中还隐约带着几分兴味之意。

"再磨蹭下去天都黑了，你们不饿我可是会饿的，还是说，凉国除了木家兄弟就没有能打仗的将军了？

"我以前一直听说凉国的将士骁勇善战，悍不畏死，是来自荒原的巨狼。如今看来，都是骗人的吧？你们不是狼，是乌龟，还是缩头的那种！"

木宴一行人还未走到城门处，就已经听到从门外传来的叫骂声。

他们光听声音就知道，此人年纪不大但中气十足，而且深谙挑衅之道。

城门内早已聚集了数千将士，一片喧哗，都是血气方刚的汉子，哪里受得住这样的羞辱？若非军纪严明，他们早就打开城门冲出去打一场了。

站在城楼上的十几名小将领，直面冉无恙的唾骂，更是被气得脸红脖子粗。

"哪里来的臭小子？太气人了！"

"我忍不了了，一定要下去杀了他！开城门！让他见识见识什么是狼！"

一名老兵赶紧拉住要冲下去的小将领，用力地捶了一下他的肩膀，急忙说道："别冲动！快看，木大将军来了！"

要冲下去的小将领回头，果然看到木宴将军正大步地走上城楼，心头一震。他连忙压下胸中的怒意，立正站好。

城楼上发生的一切，冉无恙完全不关心。她已经足足叫骂了两刻钟，喉咙都冒烟了，若不是为了面子强撑着，她真想直接趴在忘忧的背上歇一会儿，太费神了。

冉无恙的苦没人知道，连她手底下的兵都满眼敬畏地看着她，暗叹：他们队长的口才也太利索了，以后千万记住不能和队长顶嘴，不然被她这样狂骂一刻钟，一定生不如死。

冉无恙完全不知道自己莫名其妙地又多了一分威慑力。

殊不知，旁人看着她有多威风，她的内心就有多崩溃。冉无恙在脑海中委屈地说："小神，还要骂多久？我真的不行了，敌军有没有被气死我不知道，我已经快累死了！"

宿主少见的狼狈样让系统心软又好笑。它笑道："差不多了，宿主等的人已经来了。"

"哪儿呢？"冉无恙眯着眼睛看去，只见城楼上确实来了几个健壮的男人，便猜测道，"站在城楼中间的那个人是不是木宴？"

系统："是，经扫描此人各方面的数据都很优秀，几乎可以媲美蔺不归，他就是凉国的大将军——木宴。"

"总算来了！"冉无恙长舒了一口气，再喊下去她是真的挺不住了，这一刻，她真心地感激木宴。

冉无恙看木宴的时候，木宴也在观察她。

少年身形单薄，脸上蒙着一块黑色的面巾，让人看不出样貌，一双眼却生得极好。她抬眸看人的时候，那双眼中没有狂傲，唯有纯粹与炙热，这是少年人才有的锋芒。

然而真正吸引木宴的心神的，并非这名清瘦的少年，而是在她的身后三十丈外静静地等待着的数千名骑兵。

他们脸上蒙着和少年脸上蒙的一样的黑色面巾，杀气扑面而来。木宴站在高处看去，这支骑兵队伍站队整齐划一，仿佛是用直尺丈量出来的。

他们像一群训练有素、静静蛰伏的猛兽，等待着主人的命令。

如果这支队伍就是传说中的斩马队，那少年的本事定然不只是木家兄弟所简单描述的孔武有力了。

木宴再次看向少年时，眼中的忌惮之色更深了几分。他细看之下才发现以少年为圆心，周围散落着密密麻麻的箭支，可见他没来之前，将士们已经做出了反击，可惜没什么成效，全部被少年挡下了。

冉无恙盯着城楼上的人，没再口出恶言，但已经被她激怒的将士们恨不得亲手杀了她。

之前就嚷嚷着"忍不了"的小将领推开拉着他的老兵，冲上前去，朝着木宴抱拳行礼，请战道："将军，让末将去探探这人的底。"

小将领身高九尺，身材魁梧，站在那里就像是一座山。

耳听为虚眼见为实，木宴也想亲眼看看这少年的实力如何，微微颔首，说道："好，你去会会此人。"

"是！"小将领狂喜，拿上自己的长刀，快步冲下了城楼。

紧闭的城门终于被打开，一人一马杀了出来。

小将领体形魁梧，实属罕见，身下的战马都比别人的强壮许多，单枪匹马，杀气腾腾。

冉无恙的眼前一亮，她朗声问道："来者何人？报上名来。"

小将领抬高头颅，用冰冷又厌恶的目光看着她，说道："木勤将军麾下，王伍！"

冉无恙在军营里时，经常听萧将军提到木宴手底下的将领，但从未听到过"王伍"这个名字，想来来人应该是个名不见经传的小将。

冉无恙并未觉得受到了轻视，朝着对手点了点头，一本正经地自报家门道："蔺不归将军麾下，冉无恙。来吧！"

王伍早就等不及了，拉紧缰绳，猛地踢了一脚马腹，黑马吃痛长嘶一声，朝着冉无恙的方向急冲而来。

冉无恙坐在马背上纹丝不动，冷漠的眼神盯着不断靠近的身影。

在众人的眼中，王伍的速度很快，短促的呼吸间他就已经逼近了冉无恙，但在冉无恙的眼里，他的动作如同慢动作。

冉无恙微微眯眼，准备在王伍进入她的攻击范围内时，果断出手。

她这次完全没有留情，用了十成的力道，可想而知，战斗结束得十分迅速，就在两个人交手的刹那，众人都没看清楚发生了什么，小山一样壮硕的小将领就从马背上倒飞了出去，摔在了十丈开外的空地上。

战场上寂静无声,双方的将士都被这"速杀"的局面给镇住了。

王伍趴在地上动弹不得,他的身上没有明显的伤口,嘴里却大口大口地呕血,应该是伤及五脏六腑了。

他的兵器断成两截,断口非常整齐,显然是被利器斩断,然而细看冉无恙握刀的姿势,众人才发现这人用的竟是刀背而非刀刃!

这人拥有什么样的力道,才能用刀背将一把大刀砍断?冉无恙只用一招就将一名200斤的壮汉打飞出去十丈远?

众人倒吸了一口凉气,后怕地看向王伍的腰腹,若冉无恙用的不是刀背,而是刀刃,王伍现在肯定已经被劈成两半了吧?

斩马队的士兵们在看得热血沸腾的同时,也想起了冉无恙曾说过的话,陌刀出,人马俱碎,果然不是妄言!

冉无恙扭了扭被震得微微发麻的手腕,朝着城楼上的木宴大声地喊道:"下一个!"

敌军一时间还未回过神来,竟然无人回应。

冉无恙抹了一把脑袋上的汗,无奈又失望地喊道:"又没人了吗?我说你们军中就没有一个能打的人吗?"

熟悉的挑衅语气、熟悉的欠揍话语,就像是一滴水滴入了油锅中,凉国的将士们瞬间就炸了。

"黄口小儿,口出狂言!将军,让末将去与此人决一死战!"

"将军,绝不能让此人如此嚣张下去,请您允许末将应战!"

"将军,末将也愿意前去应战!"

"将军……"

城楼之上,被气疯了的小将领们纷纷请战,若不是木宴镇得住,他们都想直接跳下城楼和冉无恙同归于尽了。

木宴对耳边的怒吼声充耳不闻,如鹰般犀利的眼睛紧盯着陌刀,冷声说道:"闵安,你去。"

之前将军才说过他不是冉无恙的对手,现在让他应战,难道是想让他去送死?闵安的心中一惊,但他立刻打消了这样的念头。

他深吸一口气,抱拳道:"是!末将领命!"

闵安在军中有些声望,将士们看到他出城应战,立刻沸腾起来,齐声吼道:"杀了他!杀了他!杀了他!"

敌军的喊声震天,气势恢宏,瑜国这边的将士们也想喊点儿什么为冉无恙助威,纷纷看向云亭。

云亭一言不发、不动如山,将士们便不敢擅自行动,只能担忧地看向冉无恙,默默为她助阵,却见少年脊背笔挺。她用一只手抓着陌刀,又用另一只手挠了挠耳朵,一个背影就已经充分地展现了少年的态度。

她漫不经心的样子，将敌军的严阵以待衬托得无比可笑，仿佛一个无形的耳光抽在敌军的脸上，实在大快人心！

闵安气势汹汹地冲出来，看到这样的冉无恙，怒火瞬间直冲脑门。他怒吼道："小子，受死吧！"

此人身高七尺，手拿一柄"十"字形长戟，没有王伍魁梧，气势却比王伍强盛。冉无恙撇了撇嘴，朗声问道："来者何人？报上名来！"

闵安嘲讽道："老子是你的爷爷！"

冉无恙轻轻地"哦"了一声，笑眯眯地回道："我的爷爷早死了，辛苦你从地下爬出来了。"

闵安被噎得一口气差点儿没喘上来——这到底是哪里来的浑小子？什么话都敢说！

冉无恙欣赏够了闵安被气到黑红的脸色，才摇了摇头，"啧啧"叹道："我竟然不知现在凉国的将领连名字都不敢报了！"

闵安的脸倏地一沉——这小子的嘴皮子倒是利索。他冷哼一声，嚷道："行不更名，坐不改姓，闵安！"

冉无恙长长地"哦"了一声，恍然大悟般说道："原来你就是闵安啊！传说中那位有勇无谋的闵将军吗？"

岂有此理！闵安意识到自己的"口才"绝对比不过冉无恙，再说下去只会自取其辱，直接举起长戟刺向冉无恙的颈部，喝道："拿命来！"

冉无恙轻松地往后一仰，躲过了长戟锋利的前刺，挑衅道："来啊，让我看看你中不中用！"

闵安不愧是木宴身边有头有脸的将领，嘴上喊得凶狠，出招却十分谨慎，不像王伍那般莽撞。

他知道冉无恙身负巨力，兵器又古怪，所以尽量不与她正面拼杀，于是仗着长戟的"十"字形尖刺比陌刀灵活，选择了远距离的进攻方式。

冉无恙逼近，他就退；冉无恙挥刀，他就躲。

几次之后，冉无恙都被气笑了——这人长得这般壮实，还有一张凶神恶煞的脸，怎么作战风格如此奇葩？他是"泥鳅"吗？

冉无恙冷笑一声，在脑海中说道："忘忧，截住他的马，别让它跑了。"

忘忧已经与冉无恙绑定，只需要冉无恙动一动意念，它便能接收到主人的指令。

闵安完全没看到冉无恙有任何动作，她身下的马却忽然跑了起来，快如闪电，瞬间就贴近了闵安的战马。

闵安想退却完全来不及，冉无恙已经挥着陌刀砍杀过来。他知道自己这次躲不过，连忙举起长戟来阻挡，却不想冉无恙并不是冲着他的胸腹而来。闵安惊恐地看着陌刀掉转方向，朝着他的双臂砍了下来，白光闪过，双臂齐断，长戟落地。

闵安仿佛感觉不到断臂的疼痛，直愣愣地看着地上的残肢，目眦欲裂。

"啊！"闵安狂吼一声，一大口鲜血喷溅出来，直接背过气的他从马背上摔了下来。

冉无恙偏过头，躲过几滴四溅的血珠，缓缓地抬眸看向城楼的方向，眉目冷峻，声如鬼魅："下一个。"

这次冉无恙没再说什么挑衅的话，直勾勾地盯着站在最中间身穿纯黑铠甲的中年男人，朗声说道："中间的那位将军，你要不要接受我的挑战？"

木宴微微眯眼，用沙哑的声音缓缓地说道："好，本将军来会会你。"木宴轻慢的语调里有几分逗小孩儿的意思。

尤钧大惊，连忙拦住木宴，说道："将军不可！"

如今军中正是多事之秋，木将军是定海神针一般的存在，若是他也出事，军心涣散，我军必败！

木将军威名远播，一生征战鲜有败绩，尤钧不知道自己为什么认为将军会出事，但就是莫名其妙地恐慌，总觉得少年透着一股子邪气。

木宴冷冷地瞥了尤钧一眼。尤钧的心尖微颤，他缓缓地放下手，却没有后退，依旧挡在木宴的身前。

少年力量大，手握利器，唯有战斗经验不足是其最大的弱点，若现在不杀死这个少年，等其以后作战经验丰富了，必定比蔺不归更为可怕，少年还那么年轻，未来有着无限可能。

木宴接受挑战，不仅是为了鼓舞士气，更重要的是绝对不能给少年成长的机会，今日必要将其斩于阵前！

木宴无须向任何人解释自己的想法，一把推开尤钧，阔步走下城楼。

"竟然能把木宴逼下来，真是意外之喜！"冉无恙十分兴奋。

系统却当头给她淋了一盆凉水："宿主不要高兴得太早！他刚才在城楼上观察了这么久，对宿主肯定有了一定的判断。他愿意应战，说明他觉得自己有把握打赢宿主，宿主对他的实力和作战风格一无所知，依据目前的情况分析，宿主的胜率不足五成。接下来的战斗，请您务必小心！"

冉无恙连胜两局，确实有些得意，但也没有忘形，轻轻地"嗯"了一声后，郑重地回道："小神放心，我一定会小心的！"

凉国的将士们听说木宴要亲自出去迎战，既震惊又振奋。

他们恨不得将少年千刀万剐，但是上次大喊"杀了他"，闵将军却输得那么惨，这次如果他们再喊这个口号，总觉得有些不吉利。

不知道谁大喊了一声"大将军必胜"，其他士兵眼睛一亮，也立刻疯狂地大声喊道："大将军必胜！大将军必胜！"一时间呐喊助威声响彻长空。

敌军又开始喊了！

这次的对手竟然是凉国的大将军木宴！瑜国的士兵们汗毛都竖起来了。话说回来，木宴上战场的时候，冉队长还没出生呢。这差距也太大了吧！

士兵们忧心忡忡地再次看向云亭，只见素来气定神闲的翩翩公子不知为何浑身笼罩着一股戾气。他微微抬高手臂，将食指和中指并拢指向前方，晃动了两下手腕，这个动作代表着"准备战斗"的意思。

士兵们心中的火焰随着这个动作被迅速地点燃，队长在前面冲锋陷阵，他们就是队长的坚固盾牌，只要云亭一个手势，他们立刻冲上去救人！

城门在一阵阵"大将军必胜"的嘶吼声中被缓缓地打开，木宴骑着一匹棕红色的汗血宝马冲了出来，战马的脖子上系着鲜红的璎珞，跑动的时候就像是脖颈间燃着的一团火，格外醒目。

冉无恙看了一眼忘忧光秃秃的脖子，总觉得输了……

冉无恙轻咳一声，把目光从战马的脖子上移开，看向木宴手中的兵器。那是一柄钺斧，全长四尺三寸，介于长兵器与短兵器之间，整个兵器都是用生铁打造，斧刃泛着森森的寒光。

很多长兵器，柄的部分都是用木头打造的，毕竟全部用铁的话，耗材巨大，一般人也驾驭不了这种重量的兵器。

通过武器不难看出，木宴不仅是一位作战经验丰富的将军，体力也非常出色，冉无恙心中的弦绷得更紧了，这是到目前为止，她遇到的最为强大的对手。

木宴驱马，缓步走到冉无恙的面前。

近看之下，少年显得更加清瘦，若不是亲眼所见，木宴真的不敢相信，这样纤细的身体里竟蕴含着如此可怕的力量。

冉无恙的眼尾沾染了几滴血珠，让她的眼睛染上了几丝血气，她就像一只初出山林的幼兽，警惕却毫不畏惧。

少年手中的刀似乎不是用铁器打造的，莹白洁净，滴血不沾，木宴自认为见多识广也未能看出它的材质。

木宴微微点头，说道："木宴。"

冉无恙暗暗地深吸一口气，也点了点头，回道："冉无恙。"

因为对手是木宴，冉无恙不打算被动等待，互通姓名之后，立刻主动出击，用她最熟练的招式，劈头盖脸地砍了下去。

木宴早有准备，用钺斧与陌刀正面相击，稳稳地接住了她的杀招。

一击不中，冉无恙翻转手腕，将陌刀横向劈砍，木宴同样手腕一翻，"当"的一声脆响，两把兵器再次撞在一起。

冉无恙一愣，怎么又被挡下了？

她还未来得及再出手，木宴忽然起身上前，钺斧斜劈而下，竟想砍下她的大腿，好在忘忧动作敏捷，往后急退几步，才险些保住了她的一条腿。

冉无悫终于发现了不对劲的地方，似乎不管她出什么招，是进攻还是后退，木宴都能准确地做出预判。

木宴的力量与她的差距不大，她想要像之前那样简单粗暴地依靠力量取胜显然不可能，出其不意、攻其不备却被人完全识破，这还怎么打？

冉无悫紧皱着眉头，急忙问道："小神，他怎么好像能知道我下一步的举动？"

系统解释道："木宴能与蔺不归齐名，自然不会是无能之辈。你学习和使用陌刀的时间都很短，攻击的手段单一，以他的经验和眼力，他要预判你的招式、动向并不困难。"

冉无悫慌了，急忙问道："那现在怎么办？"

系统静默片刻，叹了口气，回道："这是属于宿主的历练和挑战，系统没办法代替宿主战斗。不过系统可以帮宿主调整身体的状态，让宿主保持充沛的体能并及时修复您的身体的损伤，其他的……系统无能为力。"

"我明白了！"冉无悫强迫自己冷静下来，绝对不能自乱阵脚，就算赢不了木宴，多撑一刻是一刻，说不定能耗死他呢！

几次交锋下来，木宴也渐渐地发现了冉无悫的异常之处，心中掀起了惊涛骇浪，他以为花些时间就能将少年斩杀，事实却并非如此。

少年不仅力气大，体力似乎也用之不竭，被他追着打了一炷香的时间，身手依旧敏捷，丝毫不显疲态。

一只不知疲倦的怪物实在太可怕了！木宴更坚定了杀死少年的决心，对付这样的小怪物，必须速战速决。

冉无悫明显察觉到木宴下手更为狠辣，有几次斧子都是贴着她的脖子划过去的。

因为有系统陪伴，冉无悫这大半年来一直顺风顺水，这是唯一一次真正感受到了死亡的威胁。冉无悫眼睛通红，心里既惊慌又委屈，却唯独没有逃跑的想法。

除了硬扛，她暂时也想不出别的办法。就在这时，脑海中响起系统的提示音："您有一个提醒，您的信仰值已经达到10万点，可以升级为高级系统。"

升级系统？这个好消息对冉无悫来说，简直就像是身处深渊的小兽忽然看到了一丝曙光，照亮了前路。

冉无悫差点儿喜极而泣："升级之后，我是不是就能获得一支高级基因修复液？"

系统回道："是的，升级礼包中包含一支高级基因修复液。"

这可真是及时雨啊！冉无悫大叫道："升级！升级！快升级！"

"扣除10万点信仰值，系统升级中。"

系统升级得无声无息，冉无悫没有任何感觉，升级就已经完成了："系统升级完毕，宿主是否查看新面板？"

木宴的攻势越发凌厉，冉无悫疲于应付，哪里有工夫看新面板？她急忙说道："不看了，快给我服用高级基因修复液。"

系统没急着给她服用高级基因修复液，反而提醒道："宿主，高级基因修复液能将宿主的身体改造至最高级别，痛苦的程度也会加倍，你确定要在此时服用高级基因修复液吗？"

冉无恙想起服用基因修复液时生不如死的痛苦，手不受控制地抖了抖，差点儿握不住陌刀。

那可真是太疼了！她虽然没被抽筋剥皮过，但用基因修复液修复身体绝对比抽筋剥皮还痛苦，别说现在正在战斗，就算让她舒舒服服地躺在床上接受修复，她也一样扛不住。

可是如果她不服用高级基因修复液，以她现在的实力，绝对会输。冉无恙可怜巴巴地哀求道："小神，能不能先给我提升实力，我之后再承受痛苦啊？"

"抱歉，系统没有这个权限。"系统冷酷无情地拒绝了她，但下一秒又给出了建议，"经过刚才的战斗，宿主的魅力值已经累积到779700点，您可以消费20万点魅力值来购买痛觉延迟剂。该药剂的功效是在未来的一天（十二个时辰）内，宿主无论遭受如何顶级的痛楚，都不会有任何感觉，但是……"

系统把音量调高了一倍，在冉无恙的脑海中大声地说道："在十二个时辰之后，宿主将承受十倍的痛苦。"

冉无恙脑袋"嗡嗡"地疼，恍神间差点儿被钺斧砍了脑袋。她颤巍巍地问道："你刚才说多少倍？"

系统："十倍。"

"十倍！"冉无恙彻底地被气炸了，表情瞬间变得狰狞，"系统，你是想让我死吗？活生生地痛死！"

系统也很无奈，好心地安慰道："宿主别怕，那时您的身体已经是高级基因修复液改造过的，承受能力大大地提升，即使十倍的痛苦，也不会要了您的命，您只是会很痛而已。"

而已？！这说的是人话吗？！冉无恙一点儿也没有被安慰到！

若不是要分心应付木宴的杀招，冉无恙绝对痛骂系统一炷香的时间，可惜她现在骂不出来，只想哭。

其实系统也不想宿主立刻服用高级基因修复液，冉无恙今年才十五岁，在星际时代，这个年纪的孩子，上下学时都还有机器人保姆接送，她却已经在为自己的理想和黎民百姓而拼搏了。

维护宿主的心理健康也是系统的任务之一，它还是不要逼得太紧了。

系统轻声劝道："宿主若是实在忍受不了这种痛楚，那就先撤吧。云亭已经做好了接应您的准备，绝对可以保您性命无忧。宿主还年轻，回去好好升级，有的是机会赢过木宴。"

"不行！"系统真劝她放弃时，她又不肯了。

木宴是凉国的大将军，将他逼上战场进行一对一的战斗的机会太难得了。她这次错过了，下次不知道还要等到什么时候。

如果她今天能战胜木宴，结束这场战役指日可待。

如果她落荒而逃，敌军的士气必定大增，之前烧粮草以及击败对方数名将领带来的优势将荡然无存。此消彼长，这场仗还要无休止地打下去！

她和云亭哥约定过，要在明年春天来临之前结束这场战役，如今这场战斗是绝佳的机会，她绝对不能错过！

冉无恙咬了咬牙，说道："不就是痛吗，又不会死！我才不怕！我是要做战神的人，怎么可能承受不了这点儿痛苦？来吧！"

宿主的声音里带着哭腔，实在可怜，系统不忍心地再一次问道："最后一次确认，宿主是否兑换价值20万点魅力值的痛觉延迟剂？是否服用高级基因修复液？"

"是！是！是！快点儿！"晚一秒她都怕自己后悔。

"宿主已消费20万点魅力值，购买痛觉延迟剂，接下来将服用高级基因修复液及痛觉延迟剂，请宿主做好准备。"

虽然系统把痛觉延迟剂的功效说得神乎其神，但是冉无恙还是有点儿害怕。她对基因修复液已经有了心理阴影，那种全身上下从肌肉到骨头、从外到内深入骨髓的痛苦，实在太折磨人了！

"修复完成！"好在系统十分负责，直到修复完成的提示音响起，冉无恙也没有感受到一丁点儿痛苦，而她眼中的世界，也随着提示音响起完全变了模样。

她第一次如此清晰地意识到自己真的拥有了正常人类永远无法拥有的力量！

冉无恙低语道："小神，我好像有些明白你说的'神'，是什么意思了。"

每一次修复过后，她都会变强大，这次肯定也不会例外，但是她没想到高级基因修复液的效果是如此神奇。

没有经历疼痛的折磨和侵蚀，冉无恙更加清醒地看到了自己的变化。

她亲眼看见自己的血液是如何被净化，经脉是如何被拓宽，肌肉和骨骼又是如何被撕裂再重组，每一处的改变都被清晰地映入脑海中，那是一种微妙、神奇的感受。

她能感觉到自身的变化，绝不仅仅是单纯的"力量"二字可以形容的，说一句脱胎换骨也不为过。

更奇妙的是，她能够感应到以她为中心，方圆一里之内所有人身上的"气"。

冉无恙也是到了此刻才知道，原来心脏的搏动、气息的吐纳、血液的流淌、肌肉的张弛会形成一个气场，将人包裹在其中。

每个人都有"气"，有些人的"气"强盛，有些人的"气"虚弱，冉无恙通过观察和感应这些"气"，能将一个人的武力和心性看得一清二楚。

在她对面的木宴，周身也围绕着一股"气"。冉无恙沉浸在这种新奇的体验之中，看木宴都觉得有趣了许多。

但她不知道的是，系统提示修复完成的那一刻，同样有一股无形的威压从她的身上激荡开来，离她最近的木宴受到的冲击最大。

木宴只觉得脑海中忽然响起一声嗡鸣，眼前一黑，脖子像是被什么东西紧紧地掐住，几近窒息，心脏疯狂地跳动着，仿佛快要从胸腔里蹦出来，突如其来的变故，惊得木宴差点儿握不住手中的钺斧。

好在那道可怕的威压很快又消失了，木宴再想去寻却无任何感觉。若不是咽喉还在火辣辣地疼着，他也会认为刚才一瞬间的窒息感是错觉。

不知道怎么回事，木宴身上的"气"动荡得很厉害，好像遭受了什么重击，"气"忽强忽弱，很是奇怪。第一次见到如此神奇有趣的东西，冉无恙前所未有地兴奋和激动，饶有兴味地盯着木宴看。

系统无奈地提醒道："宿主不要分心，先赢了再说。"

冉无恙回过神来立刻点头，回道："你说得对！"

冉无恙不再犹豫，反手挥刀，还是原来的招式，不出意外，陌刀依旧被钺斧稳稳地挡住了，结果却和之前的几次都不一样。

兵器相击的瞬间，木宴直接从战马的背上倒飞了出去。

木宴惊骇，少年这一刀的力道比之前强了不止两倍，只是一招而已，便将他从战马的背上打下来，沙场征战数十载，他还是第一次遇到这种情况。

好在木宴对敌的经验丰富，他在空中一个转身，虽狼狈但也站稳了身体，没有被直接打倒在地。

木宴瞪着骑在马背上的少年，终于变了脸色，怒道："你竟然还保留了实力？"

冉无恙挑了挑眉，没有回答他的问题。

不仅木宴觉得冉无恙保留了实力，两方的将士也有同样的感受。

凉国人大骂冉无恙扮猪吃老虎，无耻至极；瑜国的士兵自然欢欣鼓舞，夸赞冉无恙先弱后强，有勇有谋。

唯独云亭紧锁眉头，一直把注意力放在小恙的身上。他可以肯定，之前小恙并没有保留实力，好几次险象环生，若不是小恙始终坚持不肯退，他早就派兵支援了。

但就在刚刚那一瞬间，小恙的身上发生了某种变化，即使隔了数十丈远，云亭仍感到一阵强烈的心悸。

云亭的第一反应就是小恙是不是服药了？

小恙若是服用了那种瞬间提升体力、智力的药水，确实能脱胎换骨。可是他转念一想，小恙根本没有时间去服药，而且服用药水之后，剧痛难忍，此刻小恙不可能这般坦然自若。

云亭暗暗咬牙，短时间内还猜不透其中的奥秘，但可以肯定小恙的变化一定与她那位神秘的师父有关。

云亭已经有了怀疑的对象，木宴却一无所知，认定冉无恙扮猪吃老虎，故意引他上钩。

若是一开始少年就展现出这般强悍的实力，他绝对不会与之一对一对战。

怪只怪他自己看走了眼，原本以为对方只是一只初出山林，虽勇猛却稚嫩的小兽，哪承想，此子竟这般狡猾，城府极深！

木宴无比后悔，可现在说什么都晚了。

木宴虽身处劣势，但不慌张，握紧钺斧，站稳马步，微微眯起双眼，紧盯着少年，以静制动，全神贯注地等待着冉无恙出招。

冉无恙轻轻地笑了一声，没有立刻出手，反倒是朝木宴竖起了拇指，态度诚恳地说道："木将军，你很厉害！我以前一直信奉一条准则——一力降十会，认为力量大于技巧，但是今日与你交手，我认识到战斗技巧和经验的重要性。谢谢你让我看清了自己的弱点！"

木宴微怔，心中五味杂陈，一口气哽在喉间，吞吐不能。

冉无恙看了一眼天色，一脸遗憾地说道："我原本还想和你再多过几招，磨炼一下自己的战斗技巧，可惜今天天色不早了，我们只能先到这里。若是将来有机会，我再与木将军好好地切磋一下吧。"

冉无恙纵身一跃，扛着陌刀从战马的背上跳了下来，说道："我也不占你的便宜，咱们就在平地上打一场，速战速决。木将军，要当心！"

冉无恙说了半天，意思就是她在拿木宴当陪练，当磨刀石，现在不想玩了，就可以取他的性命了是吗？！

岂有此理！木宴这回真的怒了，举起钺斧冲向冉无恙，数十斤重的钺斧朝着冉无恙纤细的脖颈劈砍而去。

冉无恙微微挑眉，一个闪身躲过了致命的一击。在众人的眼中，盛怒之下的木宴攻击的速度极快，力道刚猛，但在冉无恙看来，这些攻击并没有什么威慑力，她可以轻易地躲避、拦截。

冉无恙虽然说着速战速决，实际上还是稍稍放轻了力道，借着与木宴过招的机会，磨炼自己的应变能力，毕竟与木宴这种级别的名将一对一对战是非常难得的事情。

两个人过了几十招，冉无恙正打得兴起，脑海中响起提示音："叮，您的魅力值已达到100万点，是否兑换1点女神光环？"

冉无恙微怔，居然这么快就够100万点魅力值了？！她想了想，回道："兑换。"

"叮，扣除100万点魅力值，兑换1点女神光环，目前宿主拥有女神光环3点。"

光环加身，冉无恙没有任何感觉，木宴却敏锐地觉察到一股更为强大的气势从少年的身上激荡开来，少年整个人仿佛发光一般耀眼夺目，让人不敢直视。

恍惚间，陌刀已经逼近胸口，木宴悚然一惊，连忙后撤，可惜还是慢了一步，白芒划过胸前，木宴低头一看，他身上那件由精铁打造的铠甲竟然从中断裂开来，衣襟染上了点点血色。

木宴暗自庆幸，若是没有铠甲护身，这一刀下来，他不死也要丢掉半条命。

此刻，木宴的内心受到了极大的震撼，少年不仅越战越勇、不知疲倦，其学习能力竟如此让人惊奇！

他前一刻才使出来的招式，下一刻少年便以其人之道，还治其人之身。木宴对此苦不堪言。

少年的成长速度太快了，简直到了匪夷所思的地步！木宴不敢有丝毫分神，也根本没有余力示意城楼上的尤钧派兵救援。

若是他不要脸面地大喊呼救，那么他凉国名将的名声也将在今日毁于一旦。木宴不甘心，也丢不起这个人，只能苦苦地硬撑。

狄勒图和乌力听说木宴在西门的城楼上，特意赶过来看个热闹，没想到刚走上城楼，就听到尤钧用慌乱的声音大喊道："将军小心！"

两个人对视一眼，快步上前，只见城楼下木宴正在和一个少年对战，木宴身上的铠甲竟然碎了，整个人看起来颇为狼狈。

"哎呀！"狄勒图故作惊讶地低叫一声，脸上却带着几分幸灾乐祸的神情，"这是怎么回事？咱们的木大将军怎么纡尊降贵，亲自下场和一个小鬼对战？"

这明褒暗贬的调侃之言传进木宴的部将的耳朵里实在让人觉得刺耳，可惜此刻没人有工夫理他，所有人紧紧地盯着下面的战场。

狄勒图冷哼了一声倒也不生气，低头仔细地看了一会儿，脸色也随之变得凝重，越看越心惊。

狄勒图虽然没有和木宴正面交过手，但对木宴的实力还是非常认可的。五年前，在皇上的寿宴之上，木宴一人与二十名武将进行车轮战，结果把所有人都打倒了，风头一时无两，成为皇上的心腹大将。

当时狄勒图就暗暗对比过两个人的武力值，得出的结论是：如果和全胜状态下的木宴真刀真枪一对一地比一场，他完全没有胜算。

然而他现在看到了什么？十几岁的少年郎竟追着木宴打？！若不是怕失了威严，狄勒图真的想揉揉眼睛，确定自己是否眼花。

猛，少年真是太猛了！

狄勒图暗自感叹：自己还真是有眼不识泰山，竟没发现这少年如此骁勇！

上次少年对万俟翱是真的手下留情了。

狄勒图看得津津有味，尤钧却是心中大乱，眉头紧锁。

冉无恙的攻势越来越猛烈，木将军的铠甲已经全部碎裂，木将军满身鲜血，明显体力不支，再打下去，肯定会输，说不定还会把命丢在少年的手里。

尤钧顾不上脸面，对着城楼上的小将们大声地呼喊道："快！快开城门前去营救将军！"

狄勒图突然回过神来，按照云亭的计划，木宴这条命现在还不能丢，得留下才行。他踢了一脚站在身后的小将领，说道："磨蹭什么？！还不快点一万骑兵前去救援？！"

"是！"一众小将领回过神来，火急火燎地冲下了城楼。

城楼上一片混乱，乌力盯着下面正在缠斗的两个人，又惊又喜，在狄勒图的耳边小声地赞叹道："首领，三皇子从哪里找来这么个小怪物？他才多大啊！木宴竟然被他追着打，这实在是太不可思议了！"

狄勒图也激动得要命。若不是尤钧还站在不远处，他都要绷不住笑出声来，连忙轻咳一声掩住笑意，压低声音说道："不管是怪物还是宝贝，只要阿行将他掌控在手里，何愁大业不成？！"

阿行智谋无双，冉无恙武功盖世，两者相加，绝对所向披靡，战无不胜。说不定有生之年，他还能看到凉国踏平其他诸国，一统天下！

狄勒图越想越激动，心潮澎湃，眼睛都泛红了，不知道缘由的人还以为他与木宴的感情有多么深厚呢。

同样情绪激昂的，还有瑜国的士兵们。

斩马队军纪严明，队员们即使内心已经欢呼雀跃，恨不得手舞足蹈、摇旗呐喊了，表面上也要佯装镇定，挺直腰杆面无表情地盯着战场。

被抽调过来的骑兵们没有这么好的定力，按捺不住胸中的激情，迫不及待地与身旁的人交头接耳。

"我是不是眼花了？战场上被打得毫无还手之力的人真的是凉国的名将木宴？！"

"肯定是啊，刚才你没听到他自报家门吗？！"

"我的天哪！这冉无恙也太厉害了！难怪年纪轻轻就被大将军提拔为校尉，我是服气了！心服口服！"

"我也服！"

一群人盯着不远处大杀四方的清瘦少年，两眼发光。其中一个人幽幽地叹道："我要是能进斩马队就好了！"

众人轻嗤一声，笑骂道："这不是废话吗？谁不想进？"

原本大家都是一样的骑兵，不过一个多月而已，人家斩马队的人就像脱胎换骨了一样，变得出类拔萃、与众不同。

就像现在，站在他们前方的两千人马，一个个身姿挺拔，手握陌刀，一举一动都整齐划一，看起来就是和他们不一样！

骑兵们正羡慕着，一名骑兵指着前方，脸色大变。他急忙说道："不好，你们快看，敌军冲出来了！"

众人抬头看去，只见夕阳之下，厚重的城门再次被打开，一万名凉国的骑兵如潮水一般涌了出来。

第四十章　胜利来得太突然

云亭面无表情地看着前方杀气腾腾的凉国骑兵，举着的右手却迟迟没有动静。

石玉急得满头大汗，抓着缰绳的手青筋都暴了出来，这么多人马，不用打，踩都能踩死冉无恙。云大哥怎么还不下令出兵啊？

斩马队的队员们眼睛都红了，死死地盯着云亭的手，哪怕看到有一丝一毫向前的手势，都会不管不顾地冲出去，可是站在队伍最前方的云亭就像是一尊石像，纹丝不动。

云亭的内心并没有脸上表现出来的那么平静，他看着密密麻麻的凉国骑兵扑向冉无恙，心也悬在了嗓子眼里。

小恙刚才的突破肯定与那位神秘的师父有关，从小恙的师父给小恙的奖惩制度中不难看出，小恙的师父极其看重声望，小恙的声望越高，小恙的师父越满意。

小恙拿了师父的奖励，必然要付出代价。云亭目前还没办法看破小恙的师父的最终意图，只能先把小恙的声望推到极致，免得她被师父刁难。

这片黄沙地便是小恙的最佳舞台，没有什么比一人力战一万骑兵更为震撼的场面了。

这一战将会被载入史册，成为冉无恙的战神之路上的传奇一战。

他现在要做的，就是抓住最恰当的时间点再出兵增援，既能让小恙收获声望，又不会让小恙受伤。

冉无恙不知道她最爱的云亭哥正在为她筹谋、殚精竭虑，看到蜂拥而上的凉国骑兵时，脑子里闪过的只有无数的魅力值。

他们应该是来救木宴的吧？冉无恙低头看向倒在地上因失血过多已经神志不清的木宴，心中纠结，自己到底要不要在凉国的援兵到来之前补上一刀，直接要了他的性命？

冉无恙想了想，最终还是没有动手。

就在她收回陌刀的时候，脑海中再次响起了提示音："叮，您的魅力值已达到100万点，是否兑换1点女神光环？"

不到一刻钟的时间，又够100万点魅力值了？！战场果然是增加魅力值的最佳场所！

冉无恙欣喜，却没有听从系统的建议兑换女神光环。她兴冲冲地说道："暂时不兑换，帮我升级陌刀。"

工欲善其事，必先利其器。她的身体经过高级基因修复液修复，已经达到顶峰，陌刀作为她的绑定兵器，当然也要升级。

只要宿主愿意消费魅力值，无论兑换什么，系统都是十分欢迎的。系统爽快地同意了她的兑换请求。

"叮，扣除100万点魅力值，升级陌刀，目前兵器等级：神器。"

"神器？"冉无恙第一次听说兵器还有等级，好奇地问道，"那之前又是什么等级？"

系统："之前的等级是利器。"

冉无恙抽动了一下嘴角，嘀咕道："原来，一开始被你夸得天花乱坠、天下第一的陌刀，也不过是低等级属性的兵器而已，对吗？"

系统镇定自若地解释道："在这个位面里，利器等级的陌刀，已经是无敌般的存在，所以系统并未说谎。"

冉无恙嗤笑一声，倒也没追究系统有没有说谎的事，问道："行吧，那陌刀还能继续升级吗？"

今天冉无恙兑换了几百万点魅力值，系统很满意，脾气特别好，它耐心地回道："不能。'神器'是本系统能提供的最大属性。从利器到神器，是质的提升，两者完全没有可比性。宿主请放心，您绝对不会白白花费100万点魅力值的！"

冉无恙掂了掂手中仿佛变重了一些的陌刀，笑道："好，我倒要看看是不是真的物有所值？"

一人一系统在脑海中聊得正开心，冉无恙一抬眼，敌军就已经近在眼前了。

冉无恙微敛目光，将右腿跨出一步，运气于双臂之上，把手中的陌刀以雷霆之势劈砍了下去。

马匹奔跑的速度很快，看到冉无恙挥刀，凉国的骑兵们也没有勒马躲闪的意思，大多数人抱着打不过她，踩也要踩死她的想法向她冲杀过去。

然而接下来的一幕，惊呆了所有人。

刀光划过之处，一股无形的气浪席卷而来，冲在最前面的马匹瞬间被劈成两半。后方的骑兵根本不知道发生了什么事，只看到前方数十匹战马忽然栽倒在地，骑兵全部从马上滚了下来。

更恐怖的是，倒下的战马脖子全被一刀砍断了，战马身首异处，马血就像雨水一样淅淅沥沥地往下落。

冉无恙只挥了七八刀而已，就被马血淋了一身，整个人还有点儿蒙，握着陌刀的手不自觉地抖了一下。她颤巍巍地问道："小……小神，怎么会这样？"

为了检验升级后陌刀的实力，她用了全力，但怎么也没想到效果会如此神奇。

系统轻哼了一声，得意扬扬地回道："系统都说过从利器到神器是质的飞跃了，虽然表面看起来还是一样的陌刀，但实际上它的攻击力已经提升了十倍。宿主之前砍不断万俟翱的玄铁鞭，使用升级后的陌刀，不仅能砍断玄铁鞭，还能把它砍成九截鞭。"

九……九截鞭？！算了，算了，怎么说万俟翱也是自家弟弟，她还是给他留条活路吧。

冉无恙在愣神的时候，凉国的骑兵们心里也在发怵。之前冉无恙大杀四方，她的面前倒了一大片马匹和将士，后面的骑兵根本冲不上去，只能绕到后方偷袭。

然而根本没人能靠近少年，她手中握着的不知道是什么神兵利器，砍马脖子就如切菜一般容易。

若不是清楚地看到远处的敌军一动不动，他们都要以为眼前的这场杀戮是数百名敌军一起砍杀的结果，事实却是闹出那么大动静的只是一名少年郎！

他们第一次深刻地体会到什么叫作一夫当关万夫莫开，少年一个人，就抵得上一支军队，瞬间打倒数十人马！

凉国的骑兵们惊恐不已，斩马队的队员们也看得心惊肉跳。

冉无恙被一万凉国骑兵围困，按理说瑜国的士兵们是无法看到包围圈里的情况的。奈何冉无恙实在太勇猛了，她的陌刀每被挥动一次，就会倒下一大片人马。

众人远远地望去，她的四周似乎成了真空地带，方圆数十丈内的黄沙，全被染成了暗红色，空气中弥漫着浓重的血腥味。

战场上的冉无恙太疯魔了！看得人热血沸腾的同时，心脏也跟着颤抖。

凉国的骑兵素来彪悍，在战场上从不畏缩。然而，他们还是第一次见到这么恐怖的杀神，根本没办法控制心中的恐惧情绪。

动物对危险的感知更加敏锐，战马不顾骑兵的鞭挞，慌乱地四下逃窜。

凉国的骑兵们也被冉无恙的骁勇样子吓到了，一时间竟没人敢靠近她，只能用人海战术将她团团围住。

好在他们还记得此行的目的，一小队骑兵趁冉无恙分神打斗的时候，悄悄地把昏迷的木宴救了回来。

这场单方面的杀戮战，场面太过震撼，以至还留在城楼上观战的尤钧等人惊骇到无法言语。

曾有一位以剑术闻名于世的尊者说过，武功练到极致，刀光剑影间，飞花枯叶皆可杀人。世人都以为其言过其实，想不到竟是真的！

"军师大人，木将军被救回来了！"

纷乱的脚步声和惊慌的叫喊声拉回了尤钧的神志。他回过神来立刻迎上前去，大声地喊道："军医！军医呢？！快来给木将军疗伤！"

"来了！来了！"两名早就候在一旁的军医抱着医药箱冲了上去。

狄勒图也跟上去看了几眼，木宴满头满脸都是血，身上还有几处骨头折了，看不出来是否有内伤，但他身上的伤口极多，若是无法及时止血，怕是活不了。

就在军医拼命救治木宴的时候，一名小将冲上城楼，大声地喊道："报！军中忽然拥入数千名敌军，他们正在四处放火！"

尤钧猛地抬头，往军营的方向望去，才发现军中各处再次冒起了黑烟。

"无耻！"尤钧被气得脸都青了，原以为冉无恙强势攻城便是最终的攻击目的了，没想到瑜军如此阴险，居然还敢再来烧一次粮草！

尤钧深吸了一口气，让自己冷静下来，快速地命令道："立刻去找焦离，让他遣人灭火！再派一万精兵分成五队，从各个方向围剿纵火的敌军，一个也别让他们跑了。"

"是！"小将接下指令，飞快地冲下城楼往军营深处跑去。

城墙外忽然响起震天的喊杀声，一直按兵不动的斩马队行动了，蛰伏已久的凶兽终于露出了锋利的爪牙。

他们在急速行进中依然保持着整齐的阵形，骑兵和步兵相互配合，斩马队手中的陌刀就像是死神的镰刀，无情地收割着凉国的骑兵和战马的性命。

城楼下已经乱成一团，狄勒图突然开口说道："趁他们还没攻进来，我们点四万精兵，撤出塔木城吧。"

尤钧瞪圆双目，难以置信地问道："你说什么？"

狄勒图冷着脸，一字一顿地回道："我说撤离！"

尤钧想都没想，立刻吼道："不行！"

"不行？"狄勒图睨了一眼好不容易被将士们抢回来，却因为失血过多，面色苍白如鬼，不知道还能不能被救回来的木宴，冷笑道，"木宴身受重伤，闵安断了双臂，木家的两个小子连床都下不了，军中还有哪几位将军抵挡得住冉无恙？现在不撤难道要等木宴死了之后再撤？"

尤钧的心里"咯噔"了一下。狄勒图说话虽然难听，说的却也是事实，军中确实已经没有几个拿得出手的将领了。

没有将领领兵作战，士兵再多也是人心涣散，任人宰割。

乌力上前一步，重重地叹了口气，低声劝解道："尤军师莫急，我家首领也是好意，目前最重要的还是木将军的安危。即使今天丢了塔木城，只要木将军能缓过来，夺回失地也不是没有可能的事，留得青山在不怕没柴烧。"

尤钧低垂着眼眸，权衡着什么，倒是没有反驳乌力。

看到尤钧的神色有些松动，乌力话锋一转，又说道："当然，这只是我的一点儿拙见，尤军师有什么好建议也可以提出来，毕竟您是木将军最为器重的军师，木将军身受重伤，军中的大小事务自然是您说了算。"

这话说得就有些诛心了！军师只是智囊，一般情况下若是主将身受重伤，无法主持大局，当由副将顶上，军师辅助，然而现在主将、副将全都身受重伤，靠他一人之力绝对不可能力挽狂澜。

乌力这招以退为进，简直是把尤钧架到火上烤。

尤钧扭头又看了一眼城墙外的战场，斩马队的加入使得战局彻底地偏向了瑜军。

因为冉无恙，凉国的将士们对陌刀产生了强烈的恐惧心理，对着同样拿着陌刀的斩马队的士兵，一个个畏首畏尾，还未战就已经怯了，这还怎么可能赢？

明明敌军只有一万两千人马，却势如破竹，眼看着攻下城楼也不过是早晚的事。

木宴不死，他还有机会；若是木宴死了，他必然也活不成。

尤钧脸色一阵青一阵白，最后只能赤红着眼睛，咬牙说道："就依狄勒图大人所言，点四万精兵退至虎客城！"

这次突袭烧粮草是最重要的一环，齐瑾率领的都是从伏虎营中精挑细选出来的士兵，面对凉国士兵的围剿，一个个临危不惧，骁勇无比。

齐瑾原来以为这是一场硬仗，哪想到才过去半个时辰，塔木城内不仅没有新的敌军增援，整个军营还乱了起来。

宋奇是齐瑾手下的得力干将，发现情况有异，心中不安。他扭头问身旁的小将："怎么回事？军营里怎么忽然混乱起来了？"

小将茫然摇头道："不知道啊。"

宋奇爬上旁边的大树，想看看周围到底发生了什么事。

只见远处火光冲天，却无人救火，凉国的士兵像没头的苍蝇般到处乱冲，隐约间他似乎还看到了熟悉的军服。

宋奇连忙从树上跳下来，冲到齐瑾的身边，指着前方急忙说道："将军，您看，那是不是斩马队的人？！"

齐瑾眯眼看去，等了一会儿，果然看到从火光中冲出一队人马，还真是斩马队的人，那明晃晃的陌刀和黑色的面巾实在是太容易辨认了。

齐瑾惊讶地说道："他们攻破了凉国的军营？！"

如果他没有记错的话，冉无恙只领了一万两千名骑兵前去叫阵，这才过去两三个时辰而已，竟攻下了西门！她是怎么做到的？

齐瑾百思不得其解，完全没有想到，冉无恙不仅攻破了西门，还砍伤了木宴。

冉无恙破开城门后，立刻跑回去和斩马队的士兵们会合。

她担心像上次那样出现伤亡的情况，又兑换了十支药剂，全部倒进一个大水囊里。被稀释过后的药剂虽然效果差了些，但保命是绝对没问题的。

她找到阿陌，从怀里掏出水囊，一边递给他一边说道："阿陌哥，这里面装的是补气止血的药水，你拿着，有需要治疗的伤员你就给他喝一口，一口就够了，记住了吗？"

刚经历过一场厮杀，即使冉无恙已经收敛了，可周身的煞气和浓重的血腥味，依旧让阿陌紧张地咽了一下口水。

阿陌小心翼翼地接过水囊，拍拍胸口，保证道："放心，把伤兵交给我！"

阿陌现在的医术已经不输老军医了，加上有系统提供的药剂辅助，冉无恙还是挺放心的。

她抬眼四顾，正好看到熟悉的身影朝着她的方向疾奔而来。

"哥。"冉无恙喊了一声，却有些不好意思迎上去。

云亭身着戎装，身材颀长。夕阳下，他的身影仿佛被笼罩着一层金色的光环，黑色的面巾遮盖了他的面容却遮不住一身风华气质，他看起来依旧俊逸非凡。反观自己，满头满脸的血污，肯定狼狈得不可直视。

冉无恙迟疑着不敢上去，云亭已经跑到她的身边，宽大的手掌抚上她的肩背。

"有没有受伤？"清越的嗓音里听不出喜怒，但云亭眼里的担忧之色还是被冉无恙一眼看穿。

冉无恙心里暖暖的，她又有点儿怕云亭因为她把自己搞得如此狼狈而生气，连忙摆手，回道："没有，没有，一点儿伤都没有！"她怕云亭不相信，便活动腿脚，还在原地跳跃了好几下来证明自己没有说谎。

冉无恙对着云亭眨了眨眼睛，神秘兮兮地说道："我现在比之前更厉害了，等回去了再细细和你说。"

云亭仔细地检查了一遍，看她确实没受伤，才轻轻地"嗯"了一声，没再追问。

冉无恙偷偷地观察云亭的脸色，看他没有动怒，暗暗地松了一口气，立刻岔开话题，说道："哥，你有没有发现，这军营里的人好像很少？"

凉国的大军对外号称十万之众，就算万俟翱带走两万人，刚才在城外又被斩马队砍了一万骑兵，军营里最少也剩下五六万人才对，无论如何也不该只有这一小部分残兵。

冉无恙警惕地说道："难道有埋伏？"

她越想越觉得不对劲，便在脑海中对系统说道："小神，打开地图。"

"叮，扣除2000点魅力值，打开实时地图。"

系统话音刚落，冉无恙还没来得及看地图，就听到云亭冷静地说道："木宴和他手下的将领很多被你砍成重伤，身为太子的万俟翱又不在军中，为了保存实力，尤钩多半会选择撤离，退到虎客城。"

冉无恙扫了一眼地图，果然看到大批的红点离开了军营，朝着一个方向奔去。

"他们弃城跑了？"冉无恙一怔，觉得十分不可思议，十多年来从未被攻破的塔木城，就这样归他们了？！

冉无恙在战场上挺勇猛的，怎么现在这副痴呆模样？云亭暗暗地叹了口气，从怀里掏出一块干净的黑色面巾，递给冉无恙，说道："走吧，随我去南门那边看看。"

"好的。"冉无恙傻笑两声，将染血的黑色面巾揭下来，美滋滋地戴上了云亭递给她的新面巾。

冉无恙握紧陌刀，胸中战意凛凛。她刚才看了地图，贺将军好像还没有攻破南门，现在赶过去运气好的话她还能再赚到1点女神光环。

"冉无恙！"

冉无恙和云亭领着斩马队的士兵穿过军营前往南门，中途正好撞上过来查看情况的齐瑾一行人。

"齐将军。"冉无恙挥了挥手，和他们打了个招呼。

齐瑾不在意这些虚礼，冲到冉无恙的面前，第一件事就是问出心中的疑惑："你们是如何攻破西门的？军营怎么忽然乱起来了？"

冉无恙耸了耸肩，笑道："其实也没什么，我和木宴斗将把他打成了重伤……"

齐瑾以为自己听错了，不等冉无恙说完，立刻追问道："你说把谁打成了重伤？"

冉无恙看着齐瑾锐利的目光，一脸无辜地回道："就凉国那位大将军，木宴哪！"

"木宴！"跟在齐瑾身后的将士们倒吸了一口凉气，一个个把眼睛瞪得像铜铃。

"齐将军，冉校尉说的都是真的！"

"对，我们亲眼所见，我和你们说……"

"我来说，我来说……"

斩马队中有不少精兵是从伏虎营中被选出来的，以前是齐瑾的属下，和伏虎营的兄弟们也非常熟，说起刚才热血沸腾的一战，一个个全都铆足了劲，一拥而上，七嘴八舌，生怕漏掉了什么导致没能把精彩绝伦的战斗场面完全描述出来。

士兵们一人一句，每个人的眼睛里都闪着崇拜的光芒，他们对冉无恙是真真正正心悦诚服，一点儿不掺假。

他们翻来覆去地说着冉无恙是怎么一刀砍断闵安的双手，怎么全程追着木宴打，打得木宴毫无还手之力，又是怎么孤身一人对战千军万马，不仅不落下风，还杀得敌人溃不成军。

一桩桩一件件，被他们说得天花乱坠，齐瑾和一众伏虎营的将士听呆了，觉得委实太夸张了——这哪里是在形容人哪？说的是神吧！

难道凉国名将木宴，当真就这样……被冉无恙给砍伤了？！

等士兵们来来回回地将冉无恙的丰功伟绩说了好几遍之后，云亭才上前一步，对着还有些蒙的齐瑾微微一笑，轻描淡写地说道："既然遇到了齐将军，那咱们就一起到南门看看情况吧。"

齐瑾木木地点头，神情恍惚地跟着大部队往前走去。

贺弘只带了两万人马，此行的主要目的是牵制敌军，给齐瑾制造火烧凉国的粮草的机会。他虽然很想和敌军大干一场，但碍于军令，只能暂时放弃。

南门这边的战况并不激烈，一方面是贺弘没有尽全力攻城，另一方面则是敌军回击得也非常敷衍。

贺弘在城门外叫了半天阵，嗓子都冒烟了，也没人出来应战，对方将领似乎已经打定主意装聋作哑，对他的挑衅行为置之不理。

只有在瑜国的将士开始搬木梯攻城的时候，城楼上的凉国士兵才架起长弓强弩，用箭雨还击。

凉军如此消极抵抗，贺弘十分担心，万一他没能牵制住凉军，导致偷袭失败，那就是他的失职了。

就在贺弘准备发起更猛烈的进攻之际，凉国的军营内黑烟四起、火光冲天，他松了一口气，还好，还好，齐瑾偷袭成功了。

又过了半个多时辰，贺弘看了看天色，准备撤兵，还未来得及下达命令，就发现城楼上一直没有断过的箭雨忽然停了。

贺弘用力地眨了眨眼睛，指着墙头上的人影，问道："方天，你快看看，城楼上的那人是不是冉无恙？还是天太黑导致我眼花了？"

此时太阳已经下山了，天却没有完全黑下来，城楼上的情况还是能让人看得很清楚的，贺弘之所以这么说，只是因为眼前发生的一幕，实在有些超出了他的想象。

高高的城楼上早就已经乱作一团，一道清瘦的身影十分引人注目。她挥舞着手里白晃晃的陌刀，就仿佛一只饿狼冲进了羊群里，所有想要扑上前砍杀她的士兵，全都被她一一斩杀，没有人能抵挡住她的攻势。

城楼上的空间本就不大，很多凉国的士兵像下饺子一样从城楼上摔了下来。

方天瞪着城楼上正在大杀四方的少年，喃喃自语道："好像……是他。"

可是冉无恙怎么跑到城楼上去了？那人不是带兵去西门叫阵了吗？

两个人一头雾水，根本不知道发生了什么事，忽然听到前面的士兵大声地喊道："将军快看！城门开了！"

贺弘定睛一看，他们久攻不下的城门，果然正缓缓地从里面被打开。

沉沉的暮色中，透过大开的城门，贺弘看到了满地的尸体。

还能站立的人脸上全都蒙着黑色面巾，身上的软甲被血浸湿，血水正"滴滴答答"地沿着衣角往下落。他们的身影隐没在夜幕之下，唯有手中的陌刀依旧闪耀着银白的光芒。

很显然，这座军营，已经被这支奇兵接管了。

子时已过，夜色深沉，塔木城的军营中依旧人声鼎沸，小将领们正组织士兵打扫战场，处理俘虏，清点兵器、粮草，还要安排一部分人去检查是否还有未扑灭的明火，应接不暇。

议事楼内灯火通明，同样热闹。

"木宴和姓闵的家伙真的都被你砍成重伤了？！"

"你小子可以啊！怎么突然变得这么厉害了？还是以前你都是故意伪装的？"

"后来你们斩马队是怎么攻破城门的？敌军就这么轻易地缴械投降了？"

血衣干了之后又硬又腥臭，冉无恙身在敌营里没办法换衣服，用水草草地洗了脸，稍微舒服了一点儿，心里正烦着呢，贺弘和方天还围着她问东问西，若不是念及同袍之谊，她真想一人给一拳头，让他们消停一会儿。

眼看着冉无恙的拳头越握越紧，云亭微勾嘴角，朝身旁两名口齿最为伶俐的斩马队的队员使了个眼色，两个人心领神会，冲到两位将军的面前，声情并茂地将傍晚时发生的一切重述了一遍。

即使已经说过好几遍了，两个人依旧精神饱满，情绪亢奋，说到精彩处还要比画上几招，听得贺弘、方天两个人目瞪口呆。

齐瑾被迫又听了一遍冉无恙的英勇事迹，实在有些受不了了，低声说道："行了，都已经说了多少遍了？！打败木宴而已，用得着这么惊讶吗？"这时候的齐将军全然忘了自己第一次听到这事的时候也是一脸恍惚。

贺弘和方天当然对此倍感惊讶，那可是可以和蔺不归齐名的木宴！

贺弘大笑，说道："你说好好的一个大将军，为何自降身价与一个小孩儿斗将？斗就斗吧，他还斗输了！这事传出去，够天下人嘲笑好几年了，木宴就算侥幸不死，名声也毁了。"

方天点了点头，良久，才喃喃自语道："塔木城真的就这样……归咱们了？"这实在是太不可思议了！

贺弘一直是主战派，回过神来，立刻兴奋地说道："木宴身受重伤，敌军失了主将，正是群龙无首之际，咱们要不要乘胜追击，将敌军一举歼灭？！"

其他人听了这话之后眼睛也跟着亮了起来，目光火热地盯着冉无恙，若是真的能将敌军一举歼灭，那可就太好了！

冉无恙没说话，忽视那些热切的目光，转头看着云亭，意思很明显——云亭说战，她立刻就能披甲上阵；云亭说不战，那就不战。

冉无恙的眼睛从小到大都很漂亮，乌黑明亮，里面像藏着小星星，在云亭最为颓废麻木的那几年，这双眼睛给过他许多力量。

现在小姑娘长大了，眼形拉长，眼尾上挑，更漂亮了，但在云亭看来，最动人的还是这双眼睛里从未改变过的信任和依赖光芒。

被她这般注视着，云亭的心情总会不自觉地飞扬，他拍拍她的肩膀，给了她一个安心的眼神。

云亭看向贺弘等几个人，沉声说道："穷寇莫追。木宴虽然身受重伤，但他的军师尤钧还有狄厉部落的首领狄勒图都还得好好的。他们带走了四万人马，全是精锐，再加上虎客城中还有一万驻军，敌军的兵力是我们的两倍。虎客城的城墙虽然比不上塔木城的城墙高大坚固，却也不是那么容易被攻破的。

"最重要的是，凉国的太子还在边城附近，若我们去攻打虎客城时，万俟翱率两万骑兵杀个回马枪，我军可就损失惨重了，不仅没将敌人歼灭，反倒是把好不容易接管的塔木城给丢了。依我之见，与其贸然追击，不如先稳稳地拿下塔木城，下一步应该怎么做还是等大将军的命令吧。"

胜利来得太突然，也太轻易了，以至让他们产生了不切实际的想法。

云亭说话时似乎有一种魔力，低沉又温和的声音让人不自觉地沉下心来倾听。

"小神，我哥的精神控制能力好像越来越娴熟了。"经过高级基因修复液的改造，冉无恙各方面的能力都得到了更大提升，不需要系统提醒，云亭一旦动用精神力，她立刻就能察觉到。

冉无恙自从能看到一个人的"气"之后，总会不自觉地观察周围的人。她发现云亭身上的"气"并不比齐瑾这种身强体壮的将领的"气"弱，尤其当他动用精神力的时候，周身的"气"会疯狂地涌动，形成的气场甚至比木宴的还要强大许多。

系统轻轻地"嗯"了一声，肯定地说道："云亭没有人教导，仅靠自学就能达到这种程度，可见在精神力方面确实很有天赋。"

冉无恙在感到骄傲的同时，又有些心酸，她的云亭哥如此优秀，却因为各种先天的缺陷、后天的伤害无法绽放自身的光彩，若是能有更好的条件和资源加持，云亭哥的人生肯定光芒万丈，拥有无限可能。

她深吸一口气，暗暗地下定决心，一定要为云亭哥兑换一支中级基因修复液！

齐瑾听完云亭的话后，只是沉思了片刻，便点头说道："云亭所言有理，先回去禀报大将军吧。"

贺弘失望地长叹了口气，却也知道云亭说的是实情，讪讪地回道："行，那就先不追了。"

两位将军都同意，事情就这么定了。云亭朝贺弘拱了拱手，笑道："我们和齐将军先回去，塔木城就麻烦贺将军了。"

贺弘虽然脾气暴躁，但能管理好粮草营，可见是个粗中有细的人。他拍着胸口，豪爽地保证道："行了，塔木城就放心地交给我吧。"

留下贺弘处理塔木城的各项事宜后，冉无恙等三个人带着两千名斩马队的精兵，快马加鞭，连夜赶回了边城的大营。

一行人后半夜出发，回到军营时天色已经大亮。驻守军营大门的小将领看到一路狂奔而来的骑兵队伍，心里"咯噔"了一下——出去的时候浩浩荡荡三万多人，怎么只回来这些人马？

小将领爬上瞭望台朝远处看去，没有看到后面有大部队跟随。

难道他们是吃了败仗？小将领嘱咐属下打开大门迎接将士们进来后，飞快地跑去将军的主帐里报信。

攻下塔木城事关重大，冉无恙等三个人来不及休整，下了马就直接赶往主帐，刚走近就听到帐内传来吵吵嚷嚷的声音。

"找不到也要继续找，翻遍整个边城也要将人找出来。那可不是普通的公主，是凉国的太子万俟翱的亲妹妹，只要抓住她，就能挟制万俟翱，就算不能让他立刻退兵，赎人的时候也要让他们狠狠地付出代价。"

"实在不行，就将边城附近的女人全都抓回军营里一一辨认，若真的没有凉国公主，就找个年轻漂亮点儿的女人冒充一下，兵不厌诈。"

如此愚不可及的话，众人一听就知是出自那位嚣张跋扈的监军大人。

三个人对视一眼后，不知道是该现在进去还是等一会儿再进去。

不用他们纠结，帐外的守将看到他们立刻迎了上去，低声说道："大将军有令，几位到了就可以直接进去，不用另行通报了。"

既然大将军早有命令，他们自然不能耽搁，掀开帐帘便走了进去。

武将素来不爱与文官、贵族之类的人打交道，太麻烦了，所以屋内只有蔺不归和司徒京两个人应付姚颂，其他将军不知道去哪儿了。

姚颂扫视了他们一眼，看到冉无恙一身血污，姚颂的眼中满是鄙夷之色。

三个人直接掠过他，来到主位前，才发现太子殿下竟也在帐内。

太子坐在上座，三个人只能先向太子行礼："末将见过太子殿下！"

瞿向卿微微颔首，温和地笑道："几位辛苦了！昨日突袭，战况如何？"

三个人中，齐瑾的官职最高，太子问话，自然是他上前应答。齐瑾一板一眼地回道："回殿下，此战大获全胜，我军已经攻下了塔木城。"

瞿向卿端着茶杯的手颤抖了一下，一时间他竟怀疑自己听错了。他随口一问，只是想表现自己关心战事、体恤将士，没想到会听到这样的结果。

"你们攻下了塔木城？"司徒京若有所思地说道，"难怪天还没亮，凉国太子就忽然撤兵了。他应该是收到了塔木城失守的消息。"

蔺不归实在太好奇了，顾不上帐内还有姚颂等人，追问道："你们是如何攻下塔木城的？"

齐瑾看向云亭和冉无恙，两个人规规矩矩地站在一旁，一副事不关己的模样。

在蔺将军殷切的注视下，齐瑾没办法，只能上前一步，板着脸说道："冉校尉在西门前叫阵，木宴派了两名将领出来应战，两个人均败在冉校尉的刀下。木宴亲自上战场依旧不敌，被冉校尉砍成重伤。敌军痛失主将，阵脚大乱，我军趁势攻城，拿下塔木城……"

齐瑾言语克制，内容务实，没有斩马队那几个年轻的队员说得精彩，但只是平铺直叙的几句话，依旧让屋内的几个人惊呆了。

尤其是一直看冉无恙不顺眼，却找不着机会发难的姚颂心中极为不快，不等齐瑾把话说完，就迫不及待地嚷嚷起来："就凭那小子能打赢木宴？开什么玩笑？谎报军情可是死罪！齐将军，你可不要被小人蒙蔽了！"

姚颂不是武将也搞不懂战场上的事，但听说过凉国的大将军木宴。此人是连蔺不归都头痛的人物，一个乳臭未干的小子怎么可能打赢他？

姚颂认定冉无恙说谎，借题发挥，大声地喊道："来人！给本官把这个扰乱军心的大胆狂徒拿下！"

冉无恙瞥了姚颂一眼，既不解释也懒得动弹，以她现在的武力值，用一只手就能捏死姚颂，实在不想在这种人身上浪费精力。

姚颂这种酒囊饭袋，自然看不出现在的冉无恙和以前的无名小卒有什么区别，可身为顶级高手的蔺不归在少年走进帐篷里的那一刻，便察觉到其身上异常的气势，那是一种令人全身汗毛竖立的压迫感，让他本能地忌惮。

所以，他相信冉无恙能打败木宴，更相信齐瑾的为人。齐瑾绝对不会说谎，塔木城这一战，冉无恙定是立下了大功。

蔺不归也懒得和姚颂纠缠，直接说道："姚大人，军中事务不劳你费心。请回吧！"

姚颂在蔺不归的面前狠狠地丢了面子，心中又怒又恨。他瞪着蔺不归，怒道："我可是朝廷派来的监军，你凭什么赶我走？"

司徒京站起身，伸了伸腰，漫不经心地笑道："边城炎热，姚大人怕是中了暑气。来人，将姚大人送回帐中，请军医前来诊治。"

姚颂被气得脸色发青，一个小小的斥候营将军居然也敢对他无礼，然而他再生气也没用，这里是边城，是蔺不归的地盘，山高皇帝远，就算他是皇上钦封的正三品按察使，也拿蔺不归一点儿办法都没有。

两名士兵进入帐内，一左一右地站在姚颂的身边，大有他不走就把他拖出去的架势。

姚颂恼羞成怒，脸红脖子粗地吼道："好，好，好！本官这就回去写奏章，定要好好参你们一本！"

姚颂留下狠话，立刻拂袖而去——他可不想真的被人拖出去，丢不起这个人。

聒噪的人终于走了，主帐内突然安静下来，一直坐在首位默默喝茶的太子殿下就成了众人的焦点。

姚颂不过是靠着家族的庇护才混了个三品官职，蔺不归从来没把姚颂放在眼里，瞿向卿却不同，这位是太子，蔺不归可以直接把姚颂赶出去，却不能对太子不敬。

蔺不归有些头痛，思考着如何才能不失体面地将太子请出去？

没等蔺不归想出办法，云亭清朗的嗓音已经在帐内响起："大将军，贺将军虽然留在塔木城中处理善后事宜，但城中还有诸多事务需要您定夺，俘虏和塔木城中的百姓该如何处置？敌营内的兵器、粮草是否运回边城？是否乘胜追击对虎客城发起进攻？……"

云亭一下子抛出了一大堆问题，琐碎又繁杂，都是目前急需解决的事务，蔺不归不能不管。蔺不归被各种问题占据了心神，倒是顾不上太子了。

反正太子从不对军中的事务指手画脚，让他留下也没什么大碍，蔺不归便没再想着把人请出去了。

瞿向卿轻抿了一口茶水，不着痕迹地看了云亭一眼。青年神色淡然，说起话来条理分明，一开口就能抓住所有人的注意力，是个人才。

瞿向卿垂眸，微微一笑。他果然没看错，云亭是个聪明人，但有一个人，他倒是要重新评估她的实力了。

瞿向卿原本以为她只是一枚武力不错的棋子，如今看来倒是小瞧人家了。

冉无恙不仅打败了木宴，率领斩马队攻下了塔木城，手上还有新式武器，有能迅速止血疗伤的良药。单她个人的价值，就已经如此诱人，更别提她的背后还有一位师父。

能将一个小姑娘培养得这般出众，这位隐士圣贤的价值高到他无法估量。

这样的势力，他一定要牢牢地掌握在自己的手里。

威胁利诱始终落了下策，要一个女子心甘情愿、死心塌地地跟着他，为他所用，或许还有其他更好的方法……

第四十一章 蜕 变

营帐内，云亭和蔺不归等人商议着塔木城的后续事宜，冉无恙却像个闷葫芦，一句话也不说，旁人问她什么，她就说没意见，都听云亭的。

众人以为她是连战几场，累着了，便没再追问，让她坐在一旁休息。

随着时间流逝，冉无恙越来越烦躁——她其实一点儿也不累，心里惦记的是另外一件事。

冉无恙忧心忡忡地问道："小神，痛觉延迟剂还有多久失效？"

系统："两刻钟。"

冉无恙不知道十倍痛感是怎样的，仅是想一想，就忍不住打了一个哆嗦。

她决定再等一刻钟，如果到时候他们还没商量完，她就说自己不舒服，先离开好了——她不想让任何人看到自己狼狈的模样。

好在一刻钟之后，这场讨论总算是有了结果，她没仔细听后续的安排，反正云亭哥会告诉她的。

蔺不归一说可以离开，冉无恙立刻起身往外走去，出了营帐后，迈开长腿就想跑，这时手腕忽然一紧，冉无恙的心里"咯噔"一下，她回头看去，与云亭微微眯起的黑眸对视上。

她急着走，又不敢甩开云亭的手，只能可怜巴巴地看着他。

云亭轻抚她的额头试了试温度，问道："你一整天坐立不安，是不是不舒服？"

痛觉延迟剂失效的时间马上要到了，冉无恙没时间解释，只能扯了扯硬邦邦的衣领，皱着眉头，故作生气地抱怨道："何止是不舒服！这衣服又臭又硬，我都难受死了，现在只想赶紧洗澡。"

冉无恙身上的军服早就已经看不出原来的颜色，汗水、血污、尘土混合在一起，味道实在不怎么好闻，别说女孩子了，就是大男人也受不了，云亭没多想，笑道："去吧，小心一些。"

冉无恙应了一声，转身就跑，速度快得像一阵风，瞿向卿从主帐里走出来时，连她的背影都已看不到了。

冉无恙早就想好了，她经常去洗澡的后山水潭周围环境清幽，潭底的溶洞更加隐秘，只要躲进去绝对没人能发现她。

想象很美好，现实很残酷。她刚跑到水潭边，还来不及下水，就听到系统的提示音在脑海中响起："友情提醒，痛觉延迟剂即将失效，倒计时十、九、八……"

冉无恙一惊，立刻把即将跨入水潭里的脚收了回来，随便找了一处平坦的草地躺了下去。

"三、二、一，痛觉延迟剂失效，请宿主做好准备……"

系统后面说了什么，冉无恙已经听不见了，对之前两次修复身体时的疼痛她还能说出是怎么个疼法，现在她一个字也说不出来，甚至都感觉不到身体的存在。

十倍的痛感果然非同凡响。她的肌肉、筋骨、血液仿佛全部熔化在名为痛苦的深渊里，她这时候才知道，原来疼到极致时真的会麻木，不仅无法思考，甚至连自己是谁都忘了。

冉无恙在深渊中挣扎，感觉不到时间的流逝，更不知道自己此刻的模样有多可怕。

云亭拿着一套换洗的军服，走在前往后山的小路上。

云亭想象着小姑娘洗澡之后发现自己还要穿脏兮兮的衣服，一脸懊恼的模样，嘴角就不自觉地扬了扬，脚步也加快了几分。

水潭上方有一个小瀑布，"哗哗"的流水拍打着下方的大石块，四溅的水花在阳光下格外晶莹剔透，人的心情也随之舒爽起来。

当云亭看到水潭边一道熟悉的身影时，他嘴角的笑意倏地消失了。

云亭的眉头一紧，他眯眼看去，在浅草丛中，纤细的人影趴在地上，身体在微微抽搐。

"小恙？！"手中的衣服被云亭随手丢在一旁，他快步跑过去，将冉无恙扶起来抱在怀里，低头查看她的情况。

此时正值下午，阳光灿烂，云亭却看不清冉无恙的脸色，也看不出她哪里受了伤，因为她的每个毛孔都在流血，整个人就像是一个血人，若不是云亭对她极为熟悉，根本认不出这是谁。

更可怕的是冉无恙的身体异常滚烫，云亭抱着她就像是抱着一锅沸腾的滚水，甚至还有越来越烫的趋势。

一个人的身体怎么可以烫到这种程度？

云亭连忙将人抱起来，走入旁边的水潭中。

冉无恙昏迷不醒，云亭不敢往深处走，害怕万一小恙忽然挣扎起来，自己抱不住她反而让她溺水。

云亭坐在水里，托着冉无恙的头，让她枕在自己的腿上，把她的身体泡在浅水中。

两个人入水后，冉无恙身上的温度终于不再继续升高，但是她四周的潭水瞬间被染成血色，血珠还在不停地往外涌。

云亭抱着冉无恙的手不受控制地发着抖，他不敢抱太紧，怕弄伤她，也不敢抱得太松，怕一不小心怀里的人……就被他弄丢了。

清澈的潭水很快变得混浊，浓重的血腥味不断地刺激着云亭的神经。

云亭不知道自己能做什么，手忙脚乱地捂住冉无恙的脖颈，想要阻止鲜血继续流淌，可是毫无作用，血依旧从她的每一个毛孔里往外涌。

此刻，云亭呼吸紊乱，心脏像被一只巨大的手紧紧地拽着，脸色煞白，脑子一片空白，"嗡嗡"地疼。

这是唯一一个真正将他放在心尖上的人，她将他的一颗冰冷、麻木的心一点点地焐热，把他从寂寞、悲凉又无趣的人生中解救了出来，如果他失去她……

云亭不敢想象身边没了这个满心满眼都是他的女孩儿，他会变成什么样。就在他快要被无边的恐惧情绪淹没之时，怀里的人忽然动了一下。

系统给予的疼痛来得快去得也快，当无处不在的痛感消失之后，冉无恙的身体终于慢慢地恢复了知觉。

周围怎么凉凉的？她像是泡在清凉流动的水里，浑身舒爽。

水？冉无恙倏地睁开眼睛，首先映入眼帘的并非湛蓝的天空，而是云亭焦急、惊慌的脸庞。

"哥？"冉无恙眨了眨眼睛，看了一眼周围的环境，疑惑地问道，"我们怎么在水里？"

冉无恙等了一会儿，没等到回答，再次抬头看向云亭，心猛地一跳。

云亭脸色惨白，额头上的水珠不知是潭水还是汗水，眼中布满血丝，平日里总是澄明冷静的黑眸中染上了无尽的惶恐和冉无恙从未见过的疯狂之意。

冉无恙还是第一次看到云亭哥这般狼狈，有些慌了，手足无措起来。

"哥……"冉无恙小声地喊了一声。后面的话还未说出口，她就被一双微微颤抖的手用力地抱入了怀中。

两个人紧紧地贴在一起，冉无恙能清楚地感知到云亭的心跳，一下又一下，速度极快，仿佛刚才他经历了一场挑战极限的殊死搏斗。

冉无恙一怔，后知后觉地反应过来，云亭哥……是被她吓着了？

冉无恙想像以前那样安抚他，说自己没事，说自己很好，但是那如急雨一般密集的心跳声又让她无法轻描淡写地说出这些话。

她想从水里站起来，展示自己身体无碍，活蹦乱跳，可是她刚动一下，原本环住她的云亭像是受惊一般，忽然将手臂收紧，死死地抱着她，力道之大，足以让普通人窒息。

对现在的冉无恙来说，这点儿力道倒不至于伤着她，只是云亭的情绪明显不太对，她不知道之前发生了什么事，把那么稳重从容的人吓成了这样。

冉无恙的心里又急又慌，她却不敢乱动，只能在脑海中问道："小神，我刚才到底怎么了？为什么我哥会变成这样？"

系统轻轻地"哦"了一声，很欠揍地回道："其实也没什么，就是刚才宿主的身体滚烫，温度高得仿佛快要燃烧起来，全身上下每个毛孔都在流血，出血量快赶上一个普通人类身体内全部的血液量而已。"

冉无恙用余光瞄了一眼水面，即使水不停地流动，以她为中心的潭水依旧一片血色，水汽中的血腥味也格外浓。

冉无恙暗暗地咋舌，她这得流多少血才有这样骇人的效果？难怪把云亭哥吓成这样。

她忍不住抱怨道："服用高级基因修复液之后会出现这么可怕的症状，你怎么不早和我说？"

系统说："服用高级基因修复液并不会出现这些症状，但是宿主使用了痛觉延迟剂，加重了身体负荷，才会产生严重的副作用。不过宿主不用担心，经过这一遭，宿主相当于换了一身血，原本血液中的杂质和毒素全部被排到体外，身体被淬炼得更加完美，也算因祸得福了。"

云亭哥为了她的事，脸都被吓白了，她自责又心疼，只想赶紧安抚他，哪里有心思想什么因祸得福的事？

冉无恙乖乖地躺在云亭的怀里，任由他抱着，贴在他的耳边轻声地解释道："哥，你别担心！我服用的是最高等级的修复药水，能彻底地改造和修复身体，刚才你看到的那些血水并不是真的，只是身体里淤积的毒素而已，我现在比之前更健康了。"

冉无恙悄悄地将一只胳膊伸到水下，轻轻地来回晃动，而后抬起来看了一眼，确定皮肤表面的血水都被冲洗干净了，才将手伸到云亭的眼前，小声地说道："不信你摸摸看，我现在不烫了，也不流血了，真的！"

良久，云亭才松开怀里的人，低头看去，阳光下，那只胳膊皮肤光洁，不仅没有任何伤口，还细腻柔韧，一看就十分健康有力。

云亭抓住眼前纤细的手腕，手上的皮肤确实已经不烫了，甚至因为在水里泡了一段时间，还有些凉，像一块上好的冷玉。

云亭用略带薄茧的指腹在冉无恙的手腕的脉搏处摩挲，力道有些重，疼倒是不疼，就是她看到云亭的这种状态，心里一直思忖着。

她不敢动，也不敢说话，只能在脑海中问道："小神，我哥是不是生气了？"

系统幸灾乐祸地说道："恭喜宿主，答对了。"

冉无恙欲哭无泪，耳边传来云亭略显沙哑的声音。

"你是在和木宴对战的时候服的药。"云亭用的是肯定句，而不是疑问句。

冉无恙咽了下口水，不敢说谎，老老实实地交代道："我作战经验不足，无法战胜木宴，就偷偷地吃了师父给我准备的修复身体、提升资质的药，那药吃过之后身体会异常疼痛，为了不影响战斗，我……我就又吃了一种延迟疼痛的药，本该昨天遭受的痛楚，延迟到了今天。"

冉无恙没敢把十倍痛感的事情说出来，因为预感如果说了的话，会有很可怕的事情发生。再说现在疼痛已经结束了，她没必要说出来让云亭哥心疼。

"我不是故意……"好吧，她确实是故意隐瞒的。

在云亭黑沉沉的目光的逼视下，冉无恙颓然地低下头，小声地说道："对不起，我错了。"

冉无恙半躺在浅水里，身上的血污已经被潭水冲走大半，但脖颈、脸上依旧血淋淋的，她一低头，血水便沿着下巴一滴滴地往下落。

云亭太阳穴"突突"地疼，一股怒火在胸腔中燃烧，他生气冉无恙没有一点儿警惕心，什么药都敢吃，更生气自己居然到现在都没有把那个"师父"挖出来，甚至连那人的最终意图都看不破。

无力、愤怒、后怕……种种情绪一拥而上，他一把按住冉无恙的肩膀，低吼道："以后不许再吃他给你的药！"

"啊？"云亭从未对冉无恙这般疾言厉色，她愣住了，一时间忘了回应。

云亭瞪着她，冷声说道："我说，不许再吃那个人的药，听见没有？！"

她的哥哥连风度都不要了，这次是真的被气坏了啊！

冉无恙连忙点头，保证道："听见了，听见了，我以后再也不自作主张地胡乱吃药了，如果要吃的话，一定会先征询你的意见，你同意了我再吃，你不同意，我坚决不吃！"

云亭脸色稍霁："记住自己说过的话。"

冉无恙举起三根手指，信誓旦旦地说道："记住！我发誓我一定记得牢牢的！"

她小心翼翼地偷瞄云亭，看他的脸色终于缓和了一些，一颗悬着的心才慢慢地放了下来——这算哄好了吧？

冉无恙抓住云亭湿漉漉的衣袖轻轻地摇晃，讨好地说道："哥，咱们一会儿再说行吗？我想先去洗澡，身上黏糊糊的，太难受了。你在外面等我一会儿，好不好？"

云亭深吸了一口气，最终还是放开了手。冉无恙才站起来，他又立刻说道："我帮你守着，你到瀑布的后面洗，不许进溶洞里。"

云亭哥需要看得这么紧吗？若不是洗澡，估计他都不会允许她脱离他的视线范围。

她这是真把人吓坏了啊……

冉无恙不敢在这时候捋虎须，乖乖地回道："好，我保证不进。"

她把换洗的衣服放在离瀑布最近又不会被水溅湿的地方，便迫不及待地冲进了瀑布里。

瀑布的水流很急，冲刷的力度不小，一般人受不住，但她如今的身体强度异于常人，这种冲刷力道只会让她觉得舒爽。

冉无恙把自己从头到脚痛痛快快地冲洗了一回，长舒了一口气，总算舒服了。她正准备出去穿衣服，却发现自己的身体有些不对劲。

瀑布后面的光线不太好，但她还是能看出自己的肤色比以前白了许多，虽然没有白到发光的程度，却也是莹润白皙，肤质细腻。

冉无恙抓过濡湿的头发细看，头发果然乌黑油亮了许多。

冉无恙想到第一次服用基因修复液时系统干的好事，皱起眉头，不高兴地问道："小神，你不是答应过我，三年内会帮我隐藏女子的外貌特征吗？现在是怎么回事？"

"系统当时说的是最长时限为三年，并不是必须帮宿主隐藏三年。那时候系统之所以答应，是因为宿主太弱了，暴露身份会威胁到宿主的生命安全，现在情况已经改变，系统升至高级别，宿主的体质优化到了最高等级，宿主在军中也有了一定的声望，完全能够承受身份暴露带来的后果。"

冉无恙紧抿双唇，冷声说道："我现在确实变强了，比蔺不归还强，可是军有军规，一个人再厉害也不可能挑战整个军营的规矩，现在我暴露女子的身份会很麻烦。"

系统沉默片刻，回道："系统并没有要求宿主立刻恢复女子的身份，让宿主的皮肤变得白皙细腻，头发黑亮柔顺，只是为日后公开身份做一个铺垫。"

"可是……"冉无恙还想再说，一道冷冰冰的声音打断了她的话。

"冉无恙。"

系统已经很久没有用这种不带一丝感情和温度的声音和她说话了。

冉无恙默默地咽下原本想说的话，安静地听着系统的训诫。

"你要明白，系统选中你，最初的原因是你是女子。女子不能入军营，这是男人定的规矩。系统培养你，辅助你，是为了让你成为一名了不起的女性，不是让你披着男人的外衣在军中大放异彩。恢复女性的身份,是为了让世人看到女子的力量,听到女子的声音!"

冉无恙的呼吸一滞,她不知道为什么脑海中忽然闪过荣娘的脸。

冉无恙猛地闭上眼睛,身体不受控制地颤抖,空气中原本已经渐渐散去的血腥味突然变得刺鼻起来,令人作呕。

这世道太艰难了,男子尚且只能苟活,女子更是命如草芥。

不管是饥荒还是战乱,老人和小孩儿都是先被牺牲的那一部分人,而老妇人和女童,又是更早被舍弃的人。在世人的心中,男子比女子宝贵,男子比女子优秀,甚至大多数的女子也这样认为。

扪心自问,她之所以不敢公开女子的身份,是不是因为自己的内心深处也在畏惧男人定下来的规矩呢?

她得到系统这么多的帮助,练就了一身的本事,若还不敢站出来,以女子之身为女子争口气,证明女子一样可以上战场,一样可以建功立业,怎么配拥有这番奇遇?!

她不仅想看到河清海晏,山河无恙,还想要打破这些陈腐的规矩,让世人看到女子的力量。

一直笼罩在心头的阴霾似乎被一阵风吹散了,冉无恙豁然开朗,甚至觉得如今的自己比任何时候都要清醒、澄明。

她微微一笑,真心实意地说道:"小神,我明白了。谢谢你!"

系统敏锐地捕捉到宿主的脑域发生了细微的变化,没有精神力的宿主在刚刚那一刻,竟然激发出了几缕精神力丝线,这些丝线将她的脑域的核心位置缠绕了起来,让她的精神海变得更为稳固。

就算是云亭这样的精神力异能者对她发起精神诱导或者精神攻击,也很难攻破这层堡垒。

从精神层面上来说,她变得更强大了,基因修复液无法做到的事情,她靠自己做到了。

这才半年而已,它辅助的宿主就已经成长得如此之快,系统特别骄傲,美滋滋地回道:"不客气,宿主要相信自己。您非常优秀,未来的日子,也请您继续加油前进!"

冉无恙爽朗地笑道:"好!我会努力的。小神,给我看一下我的属性面板。"

"好的,宿主。"

巨大的透明光屏上,显示着宿主的当前状态。

姓名:冉无恙

年龄:15岁

智力：9级

体力：10级

敏捷度：10级

天赋技能：过目不忘

魅力值：814660

女神光环：5

绑定兵器：陌刀（神器）

绑定坐骑：忘忧

冉无恙看了一眼陌刀后面的"神器"二字，忽然觉得有点儿对不起忘忧，100万点魅力值兑换1点女神光环，她都兑换了5个，却没想过给忘忧升级，实在不是一个称职的主人。

冉无恙连忙问道："小神，忘忧还可以升级吗？"

系统说："可以，但只能升级一次，升级过后，忘忧各方面的性能都将得到提升，升级需要耗费50万点魅力值。"

最近消费的魅力值都是以百万作为计数单位，冉无恙有些飘飘然了，居然觉得50万点魅力值的价格十分良心。她豪气地说道："小神，立刻给忘忧升级！"

"叮，扣除50万点魅力值升级忘忧，宿主目前剩余魅力值：314660点。"

很快，冉无恙听到提示音再一次响起："叮，升级已完成。"

她不知道忘忧的体质具体增强了多少，但能清晰地感知到忘忧的存在，甚至连忘忧的心情和状态都能感知一二，这就足够了，她不贪心。

冉无恙看了一眼所剩不多的魅力值，说道："小神，帮我存好剩余的魅力值，暂时不需要继续兑换女神光环了。"

她有一个大胆的想法，能不能实现，就要看她的魅力值够不够用了。

系统说："好的，宿主。"

冉无恙怕云亭等太久着急，确定血污被冲洗干净之后，立刻从瀑布的后面走了出来，穿好衣服，抬眼看去，果然看到熟悉的身影守在水潭边。

冉无恙一直觉得云亭的身上有种独特的气质，淡定又从容，仿佛任何事、任何人都在他的掌控之中，现在他却在水潭边来回踱步，少见地焦躁。

此时，云亭哥的内心十分不平静，都是因为他在担心她吧。冉无恙的心中暖融融的，她轻声地叫道："哥！"

云亭回头，水雾之中，看到一道窈窕的身影缓步走来。

军营里最常见的旧军服，宽大又破旧，被她穿在身上竟有一种别样的风情。

是的，风情，这个以前和冉无恙毫无关系的词语，此刻居然十分贴切。

"你……"云亭怔怔地盯着她，一时间竟然不知道该说什么。

及腰的长发被冉无恙随意地披在身后，半干的发丝浸湿了衣衫，勾勒出曼妙的曲线，白皙的皮肤在阳光和水雾的映衬下莹润透亮，整个人仿佛被光环笼罩着。

冉无恙小跑着来到云亭的面前，像一只白鹿，优雅美丽、清傲夺目，又像一只狐，鲜活灵动、妩媚惑人。两种不一样的气质，矛盾又融合。

她好似哪里变了，又好似哪里都没变。

云亭的心跳忽然乱了节奏，他不知道自己是怎么了，竟不敢直视那双再熟悉不过的黑亮眼眸。他清楚自己是喜欢小恙的，喜欢她的率真、她的善良、她的热烈。

他能够与一个彼此信任、相互喜欢的人相守一世、恩爱一生，这是他想象中的最美好的生活。

云亭从没想过自己有一日竟也会迷失在旖旎的美色之中，对方还是自己从小看着长大的丫头……

冉无恙看出云亭神情恍惚，却不知道他为什么恍惚，以为他还在生自己的气。冉无恙暗暗地叹了口气，能怎么办？哄呗。

"哥，我真错了。"冉无恙拉着云亭的衣袖，故技重施，想靠着撒娇蒙混过关，完全没注意到云亭因为她的靠近指尖轻颤，耳尖微红。

云亭故作镇定地扯回衣袖，轻声训道："好好说话！"

冉无恙不死心，还想往上贴。云亭轻咳一声，别开视线，低声说道："把衣服弄好，你这样容易暴露身份。"

冉无恙撇了撇嘴，退后几步捡起地上的布条，背过身去，一边将布条一层一层地绕在胸口上，一边回道："我本来就是女子，总有一天要以女子的形象站在战场上，现在只是让他们慢慢习惯而已，如果我的改变能成为公开身份的契机就更好了。"

这次的修复药水效果似乎太好了，小恙不仅长高了许多，身形的变化也很大，即便只是一个背影，也能看出小恙窄背纤腰、臀翘腿长，现在的小恙，与一般的瘦弱男子完全不同。

云亭微眯黑眸，问道："这是你的师父的意思？"

冉无恙束好胸，转过身走向云亭，郑重地点了点头，片刻后又摇了摇头，回道："这是师父的意思，也是我的意思。女子不可入军营，不可当祭司，男强女弱，男贵女贱，都是谁定下的规矩？这不公平！哥，我想看河清海晏，更想看到一个公平的人世间。如果没有人去尝试，那我就去做第一人。"

这番话简直离经叛道，惊世骇俗，却又那么震撼人心。

冉无恙说得掷地有声，坚定果断，她的这种自信与张扬，对信念的坚持与狂热，是如此迷人，此刻的她比午后的阳光还要耀眼百倍。

云亭捂住胸口，发现自己的心跳似乎更快了。

这一刻，云亭甚至是感谢那个人的，虽然那个人的某些想法和目的让人捉弄不透，但他的出现，让懵懂天真、不谙世事的小姑娘成长成了今天这般无人可比的模样。

见云亭神色凝重，垂眸不语，冉无恙的心中不免有些忐忑。她微蹙眉头，低声问道："云亭哥，你会支持我吗？"

云亭抬眼，与那双难掩急切却依旧清澈坚定的眼睛对视。他轻轻地笑了笑，宠溺地揉了揉她的头发，回道："当然，就像你说过的那样，你会永远站在我的身边，我的答案也一样。"

冉无恙的心一下子安定了——只要云亭哥理解她，在她的身边支持她，她就没什么可畏惧的。

冉无恙弯了弯眉眼，意气风发地说道："哥，接下来的战事，我有新的想法。走，我们去找蔺将军。"

云亭听到小恙第一次表达自己对战事的看法，很高兴，鼓励道："说说你的计划，你想如何？"

冉无恙微微歪头，贴近他的耳边，小声地说道："我想这样……"

瑜军的军营里，在最大的练兵场上，一支由数千人组成的队伍正在操练，这对军营来说，是很常见的场面，但是在练兵场的外围，数千名将士争前恐后地围观，就不同寻常了。

这事还要从十天前说起。

当时冉无恙刚刚打败了木宴，又带领将士们攻下塔木城，在军中名声大噪。

蔺不归爱才心切，希望冉无恙多练些兵，增强蔺家军的实力，可是几天前人家刚拒绝过，他也不好强求，正绞尽脑汁地想着如何说服冉无恙，没想到这人自己冲进大将军帐内，不仅同意增加斩马队的人数，甚至立下了军令状。

冉无恙扬言给她半个月的时间来练兵，若八月中秋之前，拿不下虎客城，她就交出斩马队的队长一职，并自行领五十军棍。

这把蔺不归吓了一跳，且不说距离八月中秋只有不到一个月的时间，就单说行军打仗、攻打城池，也不是一朝一夕的事情，若是按照冉无恙说的没成功就必须挨军棍的话，蔺家军到边城大半年了，还没什么战绩，每位将军的骨头都得被打散架。

一开始蔺不归是不答应立军令状的，但冉无恙接二连三地提了很多要求。

第一，从前锋营和骑兵营中各抽调五百名精兵，加上斩马队原本的一千名骑兵，共计两千名骑兵组成骑兵小队；斩马队的一千名步兵维持不变，依旧是步兵小队；从斥候营和伏虎营中抽两千名精兵组成单兵小队。

也就是说，斩马队增至五千人。

一般情况下，冉无恙校尉的官职，最多能领兵两千人，五千人已经远远地超出了校尉的掌兵人数。

精兵越多，战斗力越强，对增加精兵人数的要求，蔺不归欣然答应。

第二，斩马队所用的兵器必须是全军最好的，新增三千人，半个月内要打造出一千把陌刀，另外两千名单兵的兵器，由她亲自挑选，兵器房务必积极配合。

练兵的半个月内，蔺不归必须保证斩马队的将士每顿都能吃饱，每天还要供应一餐肉食，实在没有，也要有肉汤。

蔺不归的脑袋发胀，太阳穴"突突"地跳，他都做不到每天吃肉，更何况士兵，这个要求简直无理取闹！

冉无恙半点儿不让，两个人差点儿吵起来，最后还是司徒京出来打圆场，劝说道："五千人半个月的肉汤，军营还是供应得起的。若冉无恙带领的这支奇兵真能在战场上发挥奇效，早日结束这场战争比什么都强！再说这肉又不是冉无恙一个人吃，这还不是为了底下的精兵？"

蔺不归想了想，勉为其难地答应了。

第三点要求倒是让蔺不归有些为难。冉无恙要求她的士兵只服从大将军和她的指令，其他比她的品级高的将领无权指挥她的斩马队。

这是在挑战其他将军的权威，也是在挑战军队的等级制度。

冉无恙的诸多要求，让她和她的斩马队在军中显得十分特殊。冉无恙获得这样的特殊待遇后，必然要拿出亮眼的成绩，若不立军令状，实在难以服众。

蔺不归和诸位将军商议了一整天，最后还是答应了她的条件，并且将那张军令状张贴在了校场上，公示众人。

军营里沸腾了，所有人的目光都集中在了这支特殊的斩马队上。十天过去了，练兵的效果那可真是太好了，好到离谱了！

这一次冉无恙没有选择秘密地训练，将场地定在了军营里最大的练兵场上，训练的内容也坦然地暴露在所有人的面前。

三个小队早上集中训练，下午分开进行有针对性的训练，晚上则由云亭教授他们基础的兵法、阵法知识。

这样密集且高强度的训练，不仅没让斩马队的老队员掉队，连新队员也成功地跟上了冉无恙的进度。

五千人，没有一个人喊苦喊累，因为他们比任何人都更加清晰地感受到自己的身体在变化，那种感觉实在太神奇了，简直一天一个模样。

各营的将士们都想看看这支只用半日就攻下塔木城的队伍到底有多厉害，只要有空就喜欢跑来围观凑热闹，一开始只是好奇，但这一天天地看下来，所有人都傻了。

有针对性的训练每天都不一样，不好比较，跑圈却是军营里最常见的训练项目，将士们一目了然。

将士们眼睁睁地看着他们从第一天跑十圈就面红耳赤，到现在身上绑着三十斤的沙袋跑二十圈，依旧脸不红心不跳，游刃有余。

最让人惊叹的是，这些转变都发生在短短的十天里。

围观的将士们一边看着练兵场上一天比一天健硕英武的战友，一边七嘴八舌地小声议论，羡慕之情溢于言表。

"这才几天哪？怎么感觉像变了个人？！"

"是啊，那身板看着都健硕了好多，站得如此笔直！"

"他们都不会累吗？这也太厉害了啊！"

一名三十多岁的兵痞子嗤笑一声，阴阳怪气地说道："他们吃得比咱们好多了，又有冉校尉亲自训练，自然和咱们不一样。我要是享有这些条件，肯定比他们还强！"

周围听到这话的人都翻了个白眼，一名心直口快的小士兵看不惯他这种只会嘴上乱说的人，直接嘲讽道："别人吃得好也就是比你多领两个馍外加一碗肉汤而已。再说这次人家也没藏着掖着，就在练兵场上公开练，谁都看得见，不服气你也跟着练啊！你要是真的这么厉害，当初怎么没被选上？！"

这话说得一针见血，围观的将士们心里那叫一个苦。是啊，能怪谁？要怪就怪自己没被选上呗！

兵痞子没脸没皮，嬉笑着回道："什么没被选上？是老子不想去而已。"

小士兵嗤笑一声，懒得理他，生怕漏看了什么，一双眼睛一眨不眨地盯着练武场上气势如虹的斩马队，手下意识地跟着做动作。

"全体有令，原地休息一刻钟。"

众人正看得津津有味，一个清亮的少年的声音响起，五千名精兵不管此时在做什么，全部结束，立正站好，齐声回道："是！"

精兵们真的是原地休息，或低头擦汗，或与同伴低声说话，或闭目养神，看起来很放松，但他们的队形丝毫不乱，和校场边上闹哄哄的围观的士兵形成鲜明的对比。

被围观了整整十天，斩马队的精兵们早就习以为常了，别人的目光追逐着他们，他们的目光总是不由自主地追逐着练兵场上站在中央的少年。

自从冉无恙单挑木宴，并带领斩马队攻下塔木城之后，她在军中的威信一下子达到了顶峰。

如今的冉无恙积威甚重，没人敢与她对视，但不妨碍大家偷偷地看她，不知道是不是错觉，冉校尉不仅长高了很多，好像也更好看了，还有那一身说不清道不明的气势。她只要站在那里，就能吸引所有人的目光。

如果系统听到他们的心声，一定很乐意给他们解惑，这都是女神光环的威力。

冉无恙的五感敏锐，士兵们若有若无的视线自然没能逃过她的感知。这些目光没有恶意，她便懒得管了。

"小神，我现在有多少魅力值？"冉无恙抬头看了一眼天色，马上就要到酉时了。

系统："422390万点。目前还在持续增长，按照这个速度，下午的体质增强剂有着落了。"

冉无恙的所谓计划，就是用魅力值从系统商城中兑换药剂，用以改善士兵的体质。

基因修复液很贵，并且需要服用一整支才能更好地发挥功效，冉无恙没有那么多魅力值可以挥霍，只能选择 5 万点一支的体质增强剂，早晚各兑换十支，全部添加到将士们休息时喝的水中。

冉无恙每天消耗 100 万点魅力值，这可不是一笔小数目，她之前存下来的魅力值早就已经被消耗殆尽，好在体质增强剂效果不错，随着士兵们的能力和状态稳步提升，他们对冉无恙越发崇拜，魅力值的增长速度非常快。

宿主没上战场每天就能收获 100 万点魅力值，非常厉害了。

一次性给五千人升级，系统还是第一次见到这种操作，反正宿主也没有违规，都是用自己的魅力值换取药剂，系统自然不会阻止。

反倒是云亭得知她要从"师父"那里换取提升体质的药水，给斩马队的将士们使用时极力反对。

极短的时间内大幅度提升士兵的体质，这种药水一旦为世人所知，必定会给冉无恙带来巨大的危险，更重要的是药水的配方并不掌握在冉无恙的手里，这让危险的等级更高了一级。

云亭原本就不信任冉无恙忽然冒出来的"师父"，自然不能让冉无恙冒险。

冉无恙欲哭无泪，磨破了嘴皮子，详细地解释了体质增强剂的作用只是让士兵的体质稍微有所提升，并没有基因修复液这么神奇的效果之后，云亭才勉强答应。

为了遮掩药剂的存在，冉无恙还在云亭的要求下，从"师父"那里换取了一套吐纳功法。

这套功法能提升心肺的功能，提高耐力，战斗中将士们更不容易感到疲劳，是一套非常实用的功法。

精兵们也都以为自身的变化源于吐纳功法和特殊的训练技巧，完全没有怀疑他们每日的饮用水才是体质提升的关键。

冉无恙不仅很强大，还能让他们变强大，精兵们对她彻底服气了。

系统被升级到最高级后便不再提示信仰值了，但它能从数据中分析出这些人对冉无恙十分崇拜，且忠诚度很高。

一刻钟之后，冉无恙喊了一声"集合"，精兵们倏地站起来，小跑着向中心点集合，五千人瞬间形成五个整齐的方阵，在冉无恙的面前一字排开，等待检阅。

军营右侧的小山丘正对着练兵场，人站在这里能将整个练兵场尽收眼底。

此处没有树木，低矮的灌木野草没法遮阳，烈日当空一般没人会到这里来，但今日有两道人影在这里站了许久。

"看出什么没有？"沙哑的声音不复往日清朗，瞿向卿微眯黑眸，紧盯着练兵场中央那道清瘦的身影，目光灼热。

身为太子的侍卫长，邱樟的眼力自然不差，他偷偷地抬眼，暗暗猜度太子的心思。

邱樟思量片刻后，轻声回道："令行禁止，如臂使指。这份统一性和服从性，莫说在瑜军中是独一份，就是放眼天下，也没有哪一国的军队能够做到。"

是啊，只要有眼睛的人，都能看出这支队伍的价值，他们若是能为他所用该多好！

瞿向卿深吸一口气，压下胸中的躁动，冷声问道："胡扬有消息了吗？"

邱樟知道太子想听什么，立刻回道："昨日他已经将斩马队这些日子以来每日的训练内容、吐纳功法以及餐食等全都秘密地传书回来了。"

"好！"瞿向卿抚掌大笑道，"挑选最优秀的五名死士，按照这个方法训练，不得有一丝一毫的差错！"

邱樟呼吸一滞，连忙回道："是！"

冉无恙带给了瞿向卿太多的惊喜，瞿向卿迫切地想要抓紧这个人，皇城的局势越来越紧张，父皇的身体撑不过今年，留给瞿向卿的时间不多了。

第四十二章　布　局

塔木城、虎客城、牧城隶属于涞州，虎客城居中，常驻士兵只有八千人，军营占地不大，自然比不上塔木城舒适宽敞。

木宴等一众将领伤势颇重，次日太子殿下也赶到虎客城会合，郡守范昀只能将他们安排在郡城府内休养。

半个月过去了，木宴总算捡回了一条命，原本以为他只是伤了筋骨，失血过多，谁料他竟还受了内伤，五脏六腑皆有损伤，如今只能勉强下床走动，若是没办法根治，恐怕无法再上战场。

木家兄弟伤情有所好转，但战斗力下降，短期内也无法上场杀敌。闵安更惨，断了双臂意志消沉，躺在床上半死不活。

木宴麾下将领死的死，伤的伤，竟无一人能独当一面领兵作战。

偌大的厅堂里，太子殿下高坐主位，木宴和狄勒图分坐左右，尤军师和乌大人坐在二人的下首，虎客城的郡守和驻军参将只能坐在末位。

"你说冉无恙是圣贤的弟子？"木宴手撑着木椅扶手，身体佝偻前倾，一双混浊的眼睛布满血丝，冷戾地盯着汇报的探子，苍白的脸色加上沙哑的嗓音仿佛从地狱中爬出来的恶鬼，丝毫没有一代名将的风度。

探子心头一颤，连忙低着头，回禀道："他自己是这么说的，这件事在瑜军之中并不算秘密。冉无恙和他的义兄云亭十个月前加入蔺家军，二人在镇北营时碌碌无为，直到四个月前，他们忽然加入前锋营，冉无恙开始大放异彩，蔺不归破例晋升他为校尉，并从各营挑选精英为其组建斩马队。据说，冉无恙还曾说出过两年内结束战事的豪言壮语。"

原来如此！木宴恍然大悟，这样就说得通了，若不是冉无恙背后还有高人指点，他又怎会输给一个少年？！

淤积于胸的郁气消散了几分，木宴眼神阴鸷，问道："他师父是谁？"

探子面有难色，回道："他从未说过，无人知晓。"

木宴回想一番，从未听说过哪位圣贤既精通练兵之术又善用长刀，百思不得其解又不甘心就此放弃。木宴强压下胸中的戾气，冷声问道："诸位可有头绪？"

尤钧悄悄地抬眼看去，在场的众人无一回应，眼见着木宴的脸色越发阴沉，他思量片刻，低声说道："两国征战数年，冉无恙选在蔺不归到边城后加入蔺家军，又蛰伏半年方显露才能，这段时间应该是在暗中观察蔺不归，认可他之后才出手相助。此等做派，很像隐士圣贤的风格。"

天下圣贤不多，称得上隐士圣贤的就更少了，他们神秘且强大，性子清高又古怪，看不惯两国乱战，派个弟子来拯救苍生倒是符合他们的处世之道。

狄勒图冷哼一声，说道："这种隐士圣贤最喜欢搞这些东西，依我看，冉无恙肯定是哪个老东西教导出来的关门弟子。"

狄勒图一句话，无形中给冉无恙的身份定了性。

木宴恨意更盛，心中怒火狂烧，这样的人才为什么选择的是蔺不归而不是他木宴？！

万俟翱淡淡地扫了一眼五官扭曲的木宴，暗暗地摇了摇头，木宴在凉国被捧得很高，大家总是将他与蔺不归相提并论，现在看来他也不过如此。

万俟翱收回视线，忽然问道："冉无恙最近都在做什么？"

探子不敢怠慢，立刻回道："蔺不归又给他选了三千人扩充斩马队，这半个月以来，他一直在练兵。"

听到冉无恙在练兵，木宴和尤钧二人脸色大变，瑜军的骑兵一直战斗力平平，每次都被他们追着打。冉无恙不过操练了一个月而已，瑜军的骑兵战斗力竟然大涨，如今他们得知她又在练兵，怎能不叫人心焦？！

万俟翱可不管他们心里在想什么，自顾自地说道："冉无恙的师父是谁孤懒得管，当下最重要的是尽快夺回塔木城，若是让冉无恙再训练出更多斩马队的精兵，想要夺回城池就难上加难了。"

范昀听到万俟翱说要夺回塔木城眼前一亮，连忙说道："太子殿下明鉴，虎客城只是小小郡城，存粮并不多，几万大军驻扎在城中，虎客城是真的撑不住！"

塔木城作为边防重城，军备粮草充足。虎客城完全不同，他们真的养不起几万名士兵，存粮最多还能再撑一个月，到时候粮草告罄，不用敌军打，他们几万人直接就被饿死了。

这半个月来，范昀每天吃不好睡不好，瘦了好几斤，两国交战数年，他还是第一次这般惊慌失措。

凉国气候恶劣、物产不丰，但民风彪悍、兵强马壮，瑜国在他们眼中就是临时粮仓，缺粮了就去抢，近百年来，若不是有蔺家军拼命抵抗，瑜国早就亡国了。

范昀万万没想到，瑜国竟然出了这样一位人物，能将木宴打成重伤，还占领了塔木城，此人如此神勇，若是打到虎客城来，他岂不危矣？！

不行，不行，塔木城是虎客城的屏障，绝对不能丢。

范昀朝驻军参将使了个眼色，驻军参将也连忙说道："太子殿下英明，塔木城于我大凉而言意义非凡，乃是无数将士世代守护的边防重城，若就这样丢了塔木城，那我军岂不成了大凉的罪人？……"

范昀顿时脸色煞白，猛地起身一把拽住驻军参将的衣袖，出声打断他的话，急忙说道："此等军机大事，还是得要太子和木将军定夺才是。"

范昀肠子都悔青了，他就不该让驻军参将说话，塔木城就是在木宴手里丢的，"大凉罪人"这种话，是能当着人家的面说出口的吗？！

他是想让太子殿下尽快夺回塔木城，可是不想得罪木宴啊！

范昀抬头偷偷地瞄了一眼，果然看到木宴双目通红，神色阴鸷，若不是他深受重伤，驻军参将的脑袋怕是要保不住了。

脸色难看的不仅是木宴，尤钧更是有苦难言。塔木城这么容易被瑜军攻陷，都是因为他同意了狄勒图的提议，带着精锐撤离。

当时瑜军气势如虹，凉军却已军心大乱，尤钧将精锐全部带走，也是考虑到塔木城周围还有诸多暗道，瑜军人生地不熟，只要木将军缓过来，想要夺回城池并不难，没必要死守。

谁能想到木宴伤得如此重，短时间内根本无力再战，丢了塔木城，木宴的兵权怕是保不住。

尤钧背后的衣衫早已被冷汗浸湿，他却不敢为自己辩解一二。

木宴的脸色十分可怕，可以算得上狰狞了，狄勒图却是不怕他的，大咧咧地说道："木将军也不要怪尤军师，当时那个情况，冉无恙眼看着就要攻破城门了，瑜军势如破竹，尤军师也是为了你，才想着保存实力，筹谋日后东山再起。不过现在看来……"

狄勒图假模假样地叹了口气，继续说道："怕是不行了，好在军中还有我，我虽然比不上木将军，却也带领狄历打赢过不少胜仗，夺回塔木城的任务就交给我吧。目前瑜军只有不到两万兵力驻扎在塔木城里，让我带四万兵马前去夺城，定然能成事。"

木宴被气得差点儿吐血。他此刻身受重伤，手底下的将领死的死、伤的伤，全都不顶用，就算恨得牙痒痒，他也拿狄勒图毫无办法。

就在木宴骑虎难下之时，一个桀骜的男子的声音冷漠地说道："狄勒图大人年老体衰，怕是难当重任。"

"年老体衰？！"狄勒图双目圆瞪，倏地站了起来，厚实的大手用力地拍打着自己的胸膛，拍得"啪啪"作响，高大的身材、健壮的肌肉处处彰显着狄勒图的力量，他像一头被激怒的雄狮，随时准备扑咬挑衅者，以证明自己的实力。

"首领！"乌力连忙拉住狄勒图，低声安抚道，"那是太子！就算您是他的亲舅舅也不能以下犯上！"

狄勒图深吸一口气，恶狠狠地瞪了万俟翱一眼，最终还是不情不愿地坐了回去。

不能动手，他也要在口头上出出气。狄勒图嗤笑道："我没记错的话，太子今年刚及冠吧？啧啧，乳臭未干哪……"

万俟翱黑眸微眯，不甘示弱地回敬道："孤起码还接得住冉无恙几刀，狄勒图大人上去，怕是撑不过一个回合就被砍成几段了吧。"

这个够狠，直接明说狄勒图上战场就是去送死了！

范昀倒吸了一口凉气，驻军参将偷偷地抹汗，两个人对视一眼，欲哭无泪。他们常年驻扎在虎客城里，远离皇都，哪里见过这阵仗啊？！

"好，好，好！"狄勒图怒极反笑，语气森然地说道，"太子如此勇猛，那不如由你亲自带兵，夺回塔木城，如何？"

相较于狄勒图的气急败坏，素来孤傲的太子殿下今日分外沉稳，只听他不紧不慢地回道："孤正有此意。"

两个人之间火药味十足，原本还算宽敞的厅堂因为二人针锋相对的气场显得格外逼仄，范昀和驻军参将二人低垂着头，眼观鼻鼻观心，尽量降低自己的存在感，唯独木宴的心情还算不错。

木宴伤势颇重，手下又无人驱使，兵权肯定是保不住的，太子与狄勒图水火不容互相牵制，对他来说反而有利。

看够了好戏，木宴才故作担忧地说道："冉无恙此人手段颇多，异常骁勇，十分危险，太子乃储君，事关国本，万不可涉险。"

狄勒图嗤笑一声，阴阳怪气地说道："木将军说得对！太子身娇肉贵，不容有失，就该乖乖地待在城里，夺回城池这件事，还是交给我吧。"

"孤乃太子，主帅无法领兵，自然应当由孤代为掌兵！"万俟翱已然动怒。狄勒图依旧不让分毫，回道："谁是主帅谁掌兵，这是规矩！就算你是太子也不能坏了规矩，太子若是无法冲锋陷阵，就不能掌兵！"

"何为规矩？"万俟翱冷笑一声，说道，"孤乃大凉储君，天潢贵胄，在这边陲之地孤就是规矩！"

狄勒图一拍桌子，又站了起来，怒道："大言不惭！你还没登基呢！"

狄勒图是太子的亲舅舅，在朝中也是出了名的暴脾气，除了他真没人敢这般与太子叫板。

乌力没办法，只能再次冲上前紧紧地拽住狄勒图的胳膊，劝道："首领慎言！"

木宴跟着敷衍地劝了两句，同时暗暗地观察二人，眼看着他们马上要动起手来了，他才大义凛然地劝说道："二位少安毋躁，主帅不可随意更改，就算真的要移交，也需要二位拿出成功战绩来才能服众。再则，敌军今非昔比，想要夺回塔木城也非易事，太子与狄勒图大人各有所长，不如二位摒弃前嫌，一同前去收复失地，到时再论功行赏。"

不等二人说话，木宴继续说道："为了公平起见，太子手中已有两万精兵，我再给狄勒图大人两万精锐，一共四万精兵供两位调遣，两位意下如何？"

木宴即使身受重伤手中无将，也绝对不会将兵权全部交出去，更不可能交给一个人，如今这般安排，二人分别掌管两万士兵，互相牵制，不至于一人势大，还剩下两万精兵握在他手里，也不算完全被架空。

尤钧在木宴身边多年，默契十足，立刻接话道："塔木城于我大凉而言实在是太过重要，决不能就这样落入瑜军之手。若是他们以塔木城为据点，只怕虎客城、牧城都将不保，当下最紧要的是尽快夺回塔木城，事不宜迟，还请太子和狄勒图大人以大局为重。"

不愧是尤钧，这话一说出来，若是狄勒图和万俟翱还为了争夺主帅的位置而不肯出兵，倒显得他们延误军情了。

狄勒图面色阴沉，狠狠地瞪了尤钧一眼，没有继续反驳。

面具遮住了万俟翱的脸，让人看不清他的神色，也猜不透他心中所想，但从他不断摩挲着玄铁鞭的动作也能看出，他的心情绝对算不上好。

好在二人皆没有当场反对木宴的安排，那便是答应了。

木宴暗暗地松了一口气，目前只能先稳住二人，待他将军中事宜禀明国师大人，调几名悍将过来相助，再想办法收回兵权。

次日清晨，万俟翱和狄勒图各自清点兵马，午时刚过，便带着四万将士前往塔木城。

虎客城外有一处天然山坳，地势险峻，平日人迹罕至，如今山坳内密密麻麻地藏着很多人。

冉无恙自己立下"八月中秋前拿下虎客城"的军令状，如今距离中秋还有不到十天。她从蔺不归那里借了一万精兵，再加上手里的五千斩马队精兵，一共一万五千人趁着夜色来到了这个山坳里。

司徒京很好奇云亭、冉无恙二人到底有什么奇招，能在短短几天之内攻下虎客城，便自告奋勇地跟了过来，哪承想一万多人在这山坳里一蹲就蹲了整整两天。

原本司徒京还不知道他们在等什么，今日一早，竟看到数万兵马从虎客城中离开，朝着塔木城的方向去了。

司徒京倒不担心塔木城被凉军夺回去，几天前苏则郁就已经带着两万兵马进入塔木城中驻守，目前城内有瑜军大概四万人，可没这么容易被攻破。

司徒京站在高地上，看着远处浩浩荡荡离去的数万兵马，问道："你们打算何时攻城？"

冉无恙和云亭站在他的身后，听到问话后，冉无恙想了想，回道："若是进展顺利的话，明日一早便可攻城。"

司徒京回头，对上冉无恙清亮的眼神，疑惑地问道："何谓进展顺利？"

冉无恙回道："今晚能成功地杀死木宴的话就算顺利。"

司徒京呼吸一滞，大吃一惊地问道："什么？你们打算刺杀木宴？"

冉无恙撇了撇嘴，刺杀敌军主将又不是什么稀奇的事，他犯得着一惊一乍的吗？

云亭十分淡定，耐心地和司徒京解释道："司徒将军想必听过'上兵伐谋，其次伐交，其次伐兵，其下攻城'，攻城池是最下乘的招数，不到无计可施之时，还是不用为好。万俟翾和狄勒图带走了四万士兵，如今城中只剩下两万兵力，又没有能独当一面的将领，主将一死，虎客城唾手可得。"

兵法司徒京都懂，问题是刺杀一军主帅，哪有这么容易？

先不说主将身边都有众人保护，没这么容易刺杀，就算冉无恙天赋异禀、所向披靡，也不一定找得到人。

这么多年来瑜军连塔木城都攻不破，对虎客城的情况一无所知，木宴在哪儿都不知道，怎么杀？

但如果……冉无恙真的能杀木宴呢？！主将死了，唾手可得的可不只是虎客城，整个涞州都有可能被他们收入囊中。

司徒京越想越心动，目光灼灼地盯着云亭，声音中带着几分自己也没有察觉的激动与忐忑之意："你们可有把握？"

云亭笑而不语，冉无恙轻轻地"啧"了一声，有些不耐烦地回道："当然有把握，不然我练这么久的兵干什么？"

司徒京语塞，确实无法用常理判断冉无恙，拭目以待便好。

冉无恙花了1万点魅力值，拿到了虎客城中敌军将领的分布图，从中选了五个担任重要位置的将领，以他们所在的位置为坐标，简单地绘制了五张地图。

冉无恙在斩马队里精挑细选了一百名精兵来执行这项刺杀任务，他们都经过云亭的专项"魔鬼"训练，冉无恙很放心地将五张地图分发给他们，之后便不再管了。

夜幕降临，冉无恙和云亭带着这一百人离开了山坳。

司徒京以为冉无恙就算不把斩马队五千兵马全都带上，也会带个两千人前去虎客城，没想到冉无恙只带走了这么点儿人。

区区一百人就想刺杀敌军主将，不知道木宴听到这个消息后会不会被气到吐血？

司徒京不知道的是，冉无恙挑选的这一百人是去暗杀敌军的其他将领，她只打算和云亭一起去杀木宴而已。

虎客城和塔木城不同，虽然有城墙，但并不高，巡逻和防守明显没有塔木城严密。一百人全部潜入后，冉无恙低声说道："按计划行事，不管刺杀成功与否，五更一到立刻撤离。散！"

冉无恙话音刚落，一百人立刻分为五组，朝着目标人物奔去，消失在茫茫的夜色里。

等人走光了后，冉无恙在脑海中说道："小神，显示木宴所在地。"

从敌军将领的分布图上，她就已经知道木宴在郡城府中休养，为了今晚能够顺利地完成任务，还是再确定一下他的位置比较好。

"叮，扣除5000点魅力值，为宿主精准定位敌军主帅木宴所在的位置。"

冉无恙暗暗地翻了一个白眼，倒也不用那么精准。

系统扣除魅力值很迅速，服务也十分到位，甚至还为她规划了最安全快捷的路线图，顺便为她导航。

行吧，这5000点魅力值花得值！

冉无恙对云亭招招手，说道："哥，我们走这边。"

"好。"云亭从容地跟在冉无恙的身后，没有追问她是如何拿到敌军将帅分布图的。

有时候冉无恙都怀疑云亭哥是不是已经猜到了什么，冉无恙想问又不敢问，系统曾经说过，如果云亭哥知道了系统的存在，系统就会清除他的记忆，她不敢赌。

郡城府位于虎客城东面，占地面积不小，里面有二十多座小院落。他们若要一间间地去找，没有一两个时辰，是绝对排查不完所有房间的。

冉无恙手握地图，还有导航金手指，带着云亭如入无人之境，避开了所有侍卫，直接来到一座独立小院前。

两个人翻墙进入院内，站在房门外，听到屋内传来了低低的交谈声。

"将军放心，属下定将此事办妥。"

"好，事关重大，这封密函必须尽快送到国师手中。"

"是，明日一早属下立刻去办。"

冉无恙屈起食指，在门上懒懒地敲了两声。

突如其来的敲门声响起，屋内的声音戛然而止。

尤钧眉头紧皱，朗声问道："谁？"

门外没有回应，敲门声还在继续。

尤钧和木宴对视了一眼，两个人的眼中皆是凝重之色，又过了一会儿，敲门声依旧没有停下。

木宴从抽屉中拿出一把匕首握在手里，朝尤钧点了点头。

尤钧走到门前，深吸了一口气，打开房门，只看到外面站着一道黑影，还未看清黑影的脸，胸口一股剧痛传来，整个人倒飞了出去，狠狠地摔在地上。

等尤钧好不容易缓过气来，抬眼就看到原本坐在书桌后面的木宴同样摔在地上，木宴一手捂着胸口，嘴里呕出一大口污血，面如死灰。匕首就掉在木宴的脚边，木宴却没有力气去捡。

尤钧呼吸一滞，木宴身上有伤，现在又遭重创，怕是命不久矣！

尤钧这时候才发现，闯进屋内的只有两个黑衣人，一高一矮，两个人都蒙着黑色面巾，只有一双眼睛露在外面。

木宴近距离见过冉无恙，看到那双眼睛立刻便认出了冉无恙的身份："你……你是……冉无恙。"

冉无恙"嘿嘿"一笑，说道："想不到木将军如此想念我，只一眼就认出来了，真让人感动。"

木宴急喘了好几口气，才忍住翻涌的血气，怒道："你是怎么找到这里的？"他所在的小院落，既不在郡城府的中心位置也不算偏僻，隐藏在诸多院落中间，冉无恙如何做到不动声色地找过来的？难道是有内贼？！

冉无恙没理木宴，自顾自地翻箱倒柜，木宴心中有了不好的预感，急忙问道："你在找什么？"

冉无恙一边翻找，一边好心地为他解答道："也没什么，就是想借你的私印用用。"

冉无恙说得若无其事、理所当然，木宴听得目眦欲裂，又呕出了一大口血。

这个房间并不大，能藏东西的地方就那么几处，冉无恙随便翻找了一下，就在书桌下层的柜子里翻出了一个木盒。

盒子里摆放着木宴的将军印、私印还有兵符。

冉无恙将私印交给身边的青年，乖乖地退到一边，将位置让给了他。

青年从袖中掏出几张信笺，平铺在书桌上，拿起私印蘸了蘸印泥，按在了每张信笺的右下方处。

尤钧离书桌很近，匆匆一眼，看不清信笺的内容，但是上面的字迹他无比熟悉，正是木宴的笔迹。

尤钧心脏猛地一颤，立刻扭头看向木宴，只见木宴死死地盯着青年，声音就像是被熔岩烫过一般，木宴嘶吼道："你是谁？！"

青年将盖好私印的信笺放在桌面上晾干，淡漠的声音从面巾后面传来："人之将死，这最后的愿望，还是我帮你实现吧，总要让你死得明白。"

青年随手一拉，面巾落下。

屋内烛火明亮，一张无比熟悉的脸暴露在几个人的面前。

木宴瞪着眼前的人，惊恐地叫道："太子？！"

太子？尤钧大惊，太子常年戴着面具，一般人根本不知道太子长什么样，尤钧有幸见过一次少年时期的太子殿下，眼前这张丰神俊朗的脸，似乎与记忆中的少年的脸庞重合了。

木将军乃朝廷重臣，更不可能认错太子的模样。但这怎么可能呢？太子早上已经出发去塔木城了，怎么会半夜回来把木将军打成重伤盗取私印，还和敌军将领冉无恙在一起？这……这到底是怎么回事？！

片刻后，木宴不知道想到了什么，眼睛越瞪越大，太阳穴青筋鼓胀，看起来比之前更加惊恐，仿佛面前站着的不是一个人，而是嗜血的凶兽。他指着青年，颤抖地叫道："你……你是万俟行……"

这人这么快就认出来了？真不错！

云亭轻挑眉毛，笑道："木将军，别来无恙。"

"噗！"木宴喷出一口鲜血，用手死死地捂住胸口，抽搐了两下，倒在地上一动不动了。

这人这是怎么了？

冉无恙走过去蹲下查看，木宴已经气绝身亡。他双目圆睁，死不瞑目，满眼惊恐之色，死相狰狞。

"死了？"冉无恙皱着眉头，喃喃自语道，"这样就死了，有这么吓人吗？"

冉无恙一边摇头，一边在心里叫道："小神，原来说话真的能气死人哪！我哥怎么这么优秀？！"

明明就是宿主刚才那一脚把人踢得半死不活，再加上惊惧过度，木宴才死的，她倒也不必牵强地夸赞云亭。

暗自吐槽了一番之后，系统"呵呵"地笑了两声，微笑着回道："宿主高兴就好。"

尤钧自诩聪明的脑子，这一刻就像是从高处摔落的豆腐，碎成豆腐渣，他无法思考，只有"万俟行"三个字，重重地印在了他的脑子里。

就在他茫然无措之时，一个清越的声音在耳边响起："这位想必是尤军师吧。"

尤钧木木地抬起头，对上了一双沉静的黑眸，此人身上无一丝煞气，温润如玉，尤钧却是冷汗涔涔。

他的脑子里飞快地闪过关于万俟行的记忆。

三皇子万俟行，与当今太子是双生兄弟，身体羸弱却足智多谋，被国师断定命犯天煞孤星，六亲无缘，危及社稷，八年前死于行宫大火之中。

一个已经死去多年的人，如今却活生生地站在他的面前，他一时间竟不知所措，心脏"怦怦"地狂跳。

云亭的一只手缓缓地伸到尤钧的面前，这只手骨节分明，修长白皙，十分好看，可惜在尤钧的眼中，这仿佛是一只夺命鬼手。

尤钧忍着胸口的疼痛，悄悄地往后挪了两步，身后的石墙堵住了他的退路。尤钧苦笑，躲什么呢？他这个样子还能逃到哪里去？

云亭倒是没有为难他，轻轻地笑了一声，指了指他的衣襟。

尤钧这才想起怀里还揣着一封木宴写给国师大人的密信，没有过多挣扎，配合地将密信双手奉上。

青年打开信封，一边看着信笺，一边仿佛闲聊般说道："我记得上一次见到尤军师时，还是十年前吧？琼林宴上，尤探花风采斐然，令人印象深刻。一别经年，物是人非，如今尤探花成了尤军师，我差点儿没认出来。"

"尤探花"这个久远的称谓让尤钧恍惚片刻。那一年他们尤家确实风光了一次，可惜好景不长，几年后北部旱灾，朝廷决定开仓放粮，父亲清点时发现粮仓中的粮食大部分被换成了谷壳，身为户部侍郎的父亲因玩忽职守、贪赃枉法，锒铛入狱。

案件还未被审理，父亲却惨死狱中，还被说成畏罪自杀。这起贪墨案就这样草草结案，父亲含冤莫白，他和大哥被革除功名，母亲一病不起郁郁而终。

大哥想为父亲鸣冤翻案，却莫名其妙地发生意外而殒命，他们一家一心效力朝廷，最后却落得这般下场。

"你应该还记得自己当初为何跟着木宴吧？"

尤钧回过神来，有一瞬间的茫然，一时间没明白云亭的意思，怔怔地盯着云亭，只见云亭慢条斯理地把木宴的亲笔书信塞入怀里，又将桌上刚刚盖上私印的信笺折叠好，塞入信封中重新封好。

做完这一切后，云亭才低头看向跌坐在地上的尤钧，说道："这么多年过去了，你想要的东西，木宴没办法给你，魏国师怕是也不屑给你吧？"

尤钧浑身僵硬，看向云亭的眼神中满是惊惧之意，三皇子"死"的时候，他还没有跟在木宴的身边，他们尤家也未曾落难，三皇子是如何知道他的事的？

就算三皇子这些年来一直暗中关注着凉国，他们尤家在满朝权贵眼中，也不过是一只随时可以踩死的蝼蚁，三皇子又怎么会注意到他呢？

云亭看着尤钧的眼睛，眸色黑沉，缓缓地说道："我倒是可以帮你实现愿望，就看你怎么选了，尤军师是聪明人，应该不需要我多说了。"

尤钧恍惚了片刻，脑子里似乎刮过了一道强势的风，他忽然回忆起了这些年的作所作为。

他蝇营狗苟、不择手段，就是想得到木宴的赏识，将他引荐给国师大人，求国师为尤家平反。他做的一切，都是为了替父亲洗冤，如今木宴已死，若是眼前人能让他达成所愿，他为何不能转投他人？

尤钧脑子里的各种念头互相撕扯，太阳穴"突突"地疼，他不怕死，反正现在的他已是孤家寡人，但是他们尤家的仇还未报，冤屈还未被洗清，他不能死！

观其神色，云亭已经猜到尤钧的选择了。他将手中的信封递出去，说道："这份密函，就有劳尤军师了。"

尤钧深吸一口气，双手接过密函，低声回道："尤钧愿为殿下效力。"

对这个结果，冉无恙一点儿也不奇怪，云亭哥本就有洞察人心的能力，现在有了精神力的加持，收服心有执念的尤钧并不是什么难事。

尤钧甚至到现在也没发现，云亭自始至终只是说了一些模棱两可的话诱导他。

第一次暗杀敌军主将，冉无恙还有些懵懂，如今人已经死了，接下来该怎么做呢？她小声地问道："哥，咱们回去怎么证明木宴死了？难道要把人头带回去？"

云亭看她那副嫌弃的模样觉得好笑，点了点放置于木盒中的兵符，说道："不必，木宴好歹也是一国名将，留个全尸吧。把兵符带回去就行了。"

"好咧。"冉无恙松了一口气，随手将兵符揣进怀里，问道，"好了，走吗？"

云亭轻轻地"嗯"了一声，两个人走到门边，云亭停下脚步，回头看了一眼尤钧，说道："尤军师，咱们后会有期。"

尤钧确实是聪明人，一旦做了选择，认清现实便能很好地摆正自己的位置。他匍匐在地上，恭恭敬敬地说道："恭送殿下。"

冉无恙对着云亭挤眉弄眼地调笑道："请吧，殿下。"冉无恙贱兮兮的颤音绕了十七八道弯，样子十分欠收拾。

云亭嘴角微勾，在她耳边说道："好啊，我的战神……"

冉无恙眨了眨眼睛，又听到云亭缓缓地吐出两个字："夫人。"

"轰"的一声，有什么东西在脑子里炸开了，冉无恙从脖子到脑门红了一片，傻乎乎地被云亭牵着离开了郡城府。

这一回合，冉无恙，败！

太子营帐内，瞿向卿坐在案桌前，手里的书已经许久没有翻页了。从早上到现在，外面一直喧哗不断，瞿向卿紧锁的眉头就没有舒展过。

帐帘被掀开，侍卫长邱樟走到瞿向卿的身侧，低声说道："殿下，中军都尉李将军刚才过来传话，大将军决定留两千人驻守营地，其余人全部前往虎客城扎营。李将军过来询问您的意思，您是留守此地，还是前往虎客城？"

瞿向卿翻书的手一顿。他惊讶地问道："冉无恙这么快就攻下虎客城了？"

邱樟的脸上也带着几分不可思议之色。他回道："是，据说冉校尉带领斩马队刺杀木宴和几名重要将领，不费吹灰之力攻下了虎客城，现在正带兵攻打牧城。为了方便指挥战斗和粮草供给，蔺将军决定暂时在虎客城扎营。"

冉无恙只带了一万多人,就这么两三天不仅攻下虎客城,现在又转去攻打牧城了?她今年才十五岁,蔺不归当年在辽城一战成名时都已经十六岁了,比此时的冉无恙还大一岁。

瞿向卿正暗暗地惊叹时,帐篷外传来通报声:"殿下,云百夫长求见。"

云亭?他来做什么?莫不是来投诚?一想到能力越来越出众的冉无恙将为自己所用,瞿向卿心情十分愉悦,皱了一早上的眉头缓缓地舒展,低声回道:"请他进来。"

"是。"

门帘再次被掀开,一道颀长的身影缓缓地走来,青年玉树临风,风度翩翩,微微躬身行礼道:"见过殿下。"

瞿向卿放下手中的书,故作好奇地问道:"你怎么在这儿?"

云亭回道:"小恙拿下虎客城又去攻打牧城了,我替她回来向蔺将军汇报军情。"

瞿向卿轻轻地"哦"了一声,笑道:"你来找本王,所为何事?"

"来与太子谈合作。"

"合作?"瞿向卿愣住了,眼前的青年眉清目秀,不卑不亢,并不像是在开玩笑,瞿向卿却被逗笑了,"与本王谈合作,你凭什么呢?"

云亭不过是一个小小的百夫长,冉无恙虽然厉害,可惜女子从军犯了大忌,两个人的把柄还握在他的手里,云亭凭什么和他谈合作?

或许是太过惊讶,也或许是确实没把云亭放在眼里,瞿向卿说话十分轻慢。云亭也不恼,声音一如既往地清越动听:"我听说,皇上龙体欠安,朝中事宜都仰仗姚大学士和苏太傅辅佐,如今太傅大人年事已高,很多事怕是有心无力了。"

瞿向卿脸色倏地一沉,冷声说道:"你知道的倒是不少!"

邱樟暗暗地倒吸了一口凉气,这人胆子也太大了,竟然敢在太子面前妄议朝政。

他没想到后面还有更加不可思议的事,只听到青年不紧不慢地继续说道:"太子过奖了!我这也是为太子殿下担心,若是皇上驾崩,留下遗诏另立新皇该如何是好?就算朝中有苏氏一族周旋掣肘,皇上没废太子,依然由您即位,可边城到皇城,山高水远,您要是在奔丧途中遇到什么山匪路霸丢了性命……"

瞿向卿已经维持不住温和的面孔了,邱樟猛扑过去,想要制住云亭,云亭早有准备,飞快地往旁边一闪,说道:"刚才忘了说,想和太子合作的人并不是我。"

瞿向卿制止了邱樟,强忍着怒气,问道:"是谁?"

"凉国太子万俟翱。"

凉国太子?!瞿向卿差点儿以为自己的耳朵出了问题,盯着云亭,语气瞬间变得森然:"你是凉国的奸细?!"

云亭如同听到笑话般摇了摇头,叹了口气,回道:"太子何出此言?两国停战,还百姓安宁是我与小恙入世的目的。我为两位太子牵线,不过是为了让两国获得长久的太平罢了。若不是怕圣贤失望,我们又何必费这心思?"

也是，这两个人一个足智多谋，另一个武力超群，若真是凉国人哪里还需要来做奸细，直接真刀真枪地打上门来，蔺不归也未必扛得住。

瞿向卿心里已经相信了云亭的说辞，但还有一口气堵在胸口，冷哼道："你胆子不小，敢为凉国太子传信，就不怕本王以通敌罪将你抓起来吗？"

云亭莞尔一笑："以小恙的能力，她想要带着我安全地离开并非难事，我们可以一走了之，太子殿下怕是没这么好的运气。自古以来，争储夺位之路皆是灌满鲜血，太子殿下从来都不是一个人。"

瞿向卿怎会不知这是一条血腥之路？若是他倒了，支持他这么多年的苏氏一族必定满门获罪。他就是因为太清楚，才如此急切。

原本以为对方是来投诚的，没想到自己竟被人拿捏，瞿向卿心中恼怒，脸上却再也没有显露出分毫怒意。他蛰伏多年，早就练就一副温和的面孔，示意云亭坐下，冷静地问道："万俟翱想怎么合作？"

云亭在对面的椅子上坐下，抚了抚衣服上的褶子，才低声说道："凉国太子和您处境相似，即位之路并不顺利，他希望太子殿下能说服蔺不归，带领大军逼近辛库城，只要做到这一点，就算达成合作。若他登上皇位，承诺二十年内不再进犯瑜国。"

这个承诺确实很重，但是令瞿向卿惊讶的并不是这一点。

瑜军逼近辛库城？瞿向卿内心极度震撼，他完全没想到万俟翱竟如此胆大妄为，既佩服万俟翱的魄力，又有些幸灾乐祸。瞿向卿笑道："既然都到了辛库城，到时候蔺不归要攻城本王可管不了，辛库城是凉国皇都的最后一道屏障，若是城破，凉国离覆灭可不远了。"

云亭回以一笑，淡定地回道："太子放心，辛库城破不了。"

又是一口气堵在胸口，让人几近窒息！瞿向卿真想一掌打碎青年脸上运筹帷幄的笑容，可惜不行！

瞿向卿深吸了一口气，说道："万俟翱一看就是兼具野心与实力的男人，我助他登基，只怕到时候养虎为患。"

云亭点了点头，倒是不否认这句话，就事论事地说道："太子殿下如今四面楚歌，以后的事还是以后再来发愁吧。辛库城乃凉国腹地，没有皇上的旨意，蔺不归也不敢贸然进攻。这些年来瑜国一直处于弱势，好不容易有这个机会，不管是将军还是士兵肯定都想打过去一雪前耻。太子殿下这时候站出来力挺武将，往后以蔺家为首的武将也会敬佩、支持太子殿下，站在太子殿下这边。您冒险来边城的目的不就在于此吗？"

又被青年一针见血地戳破心中所想，瞿向卿越发恼火了。他勾了勾嘴角，故作苦恼地回道："你也说，姚家把持朝政，他们不会给本王这个建功立业的机会，拿下涞州的消息传回去，朝廷立刻便会下旨让本王回朝。"

云亭早就猜到他有此一说，回道："朝廷的旨意未必能如期抵达蔺将军的手中。"

您现在还是太子，是储君，凉国进犯我大瑜多年，太子代替皇上亲征，扬我国威，相信蔺将军一定也会遵从您的意思。"

瞿向卿知道，这确实是自己名扬四海、收服军心的最好的机会，心中已有决断，却迟迟不说话。

云亭也不急，继续说道："为了彰显我的诚意，我先帮殿下把姚大人解决了吧，免得他碍了殿下的事。"

"你要杀了姚颂？"云亭今日带来的惊吓消息实在太多了些，瞿向卿都有些麻木了。

云亭剑眉微挑，笑道："当然不是，他若死在边关，朝廷肯定也会派其他人来，不如把他关在帐里，让他只能看到您想让他看到的画面，只能传递您想让他传递的信息，岂不是更好？"

次日，瞿向卿终于知道云亭所说的把姚颂关在帐篷里是什么意思了。

姚颂和他带来的一众护卫、侍从全都染上了怪病，全身长满了红疙瘩，在帐篷里一点儿事都没有，一旦出来见了风，红疹立刻长满全身，又痒又疼，外人看着都觉得恐怖。

几个军医轮番医治仍旧没有一丝好转，最后在姚颂的号叫声中军医得出结论：秋日干燥，姚大人水土不服，在帐内休养不要出来见风，等过了这个季节应该就好了。

偏偏姚颂还不肯留守营地，硬要跟着军队前进，接下来的日子里，姚颂不是缩在马车里就是躲在帐篷中，再也没有机会出来闹事，只能慢慢地跟在队伍的后面。

冉无恙拿下涞州三城，瑜军在虎客城驻扎，等待朝廷的下一步指令，可是等来等去，大半个月过去了，依旧没有等到朝廷的旨意。

一直原地待命不仅影响军中士气，还消耗粮草，就在蔺不归左右为难的时候，太子瞿向卿站了出来，以太子之尊，替皇上亲征，讨伐凉国。

此消息一出，全军沸腾，太子的声望也在这一刻达到了顶点。

次日，瑜军八万大军向辛库城方向进发。

讨伐的进程并不顺利，凉国太子万俟翱没能夺回塔木城，当机立断带着剩余的兵马退出了涞州，在沿途的小城驻守，给瑜军造成了不小的麻烦。

因为万俟翱极力抵抗，凉军才不至于全面溃败，一个月后，两军于辛库城对峙。

"竟然让瑜军打到家门口来了！一群废物！朕要你们何用？！"高高的皇座上，凉国皇帝勃然大怒。

皇帝今年还不到五十岁，但不知道是追求仙风道骨的气质，还是近年来身体出了问题，身材消瘦，脸色泛青，如今动了怒，连气都喘不上来了。

大太监连忙冲上前去给皇帝顺气，说道："皇上！皇上保重龙体啊！"

皇帝喘着粗气，一手拽着大太监的衣袖，一手捂着胸口，叫道："丹药……朕的丹药！"

大太监手忙脚乱地从怀里掏出一只精美的白瓷瓶，连声说道："皇上，丹药在这里！"

皇帝看到瓷瓶眼睛倏地一亮，抢过瓶子，从里面倒出几粒血红色的药丸，一股脑儿地全都塞进了嘴里，动作十分狼狈。

片刻之后，皇帝脸色肉眼可见地好了起来，面泛红光，目光炯炯，整个人异常亢奋，只是面色似乎好过头了，呈现出一种不正常的潮红，怎么看都像回光返照。

"宣太医，将皇上送回寝宫里休养。"

金銮殿中，皇位的左下方摆着一张白玉靠椅，魏衡端坐其上，一身玄色朝服尽显尊贵。他一出声，两名内侍立刻小跑上前，小心翼翼地扶起皇帝。

敌军都打到辛库城了，凉国皇帝竟然不理朝政，在内侍的搀扶之下站了起来，朝后宫的方向走去，嘴里不停地喊道："送朕去丹房，朕的仙丹马上要炼成了！"

殿内重回平静，近两年来皇帝几乎不上朝了，国师独揽朝政，群臣早已习惯，一个个低眉顺眼，等待着国师发号施令。

魏衡微微抬眸，扫了一眼群臣，沉声说道："木将军战死沙场，辛库城原本的守将不足以抵御瑜军，哪位将军愿意请战？"

凉国将领很多，能和木宴媲美的却不多，瑜军这次来势汹汹，武将们都在权衡利弊，一时间没有人说话。

"听说瑜军出了个了不得的小将，号称'小战神'，我去会会他。"一个浑厚的男子的声音响起，众人抬眼看去，皆是一惊，说话的竟是赫哲部落的首领沙恕。

当年万俟燕想要一统五部，赫哲部落是第一个归顺的部落。

赫哲部落所在的地理位置特殊，一年中有八个月是寒冬，生存环境极其恶劣，部落人口稀少，不过万余人，但是如此恶劣的环境也造就了赫哲部落的勇士天生神力，骁勇刚猛，悍不畏死。

万俟燕能一统五部，赫哲部落功不可没。凉国成立之后，万俟燕就将护卫皇都的责任和权力交给了赫哲部落。

百年来，赫哲部落从不外出征战，一心护卫皇都，所以听到沙恕请战时，众人才会如此惊奇。

沙恕好战，所有武将都被他挑战过，每年听说有什么后起之秀，他也会不顾身份上门约战，如今听说瑜军中有这么一号人物，肯定急不可耐了。

再则辛库城的位置特殊，一旦被攻破，立刻就会威胁到皇都的安危，沙恕请战似乎也说得过去。

不知道想到了什么，魏衡竟然没有反对。他微微颔首，笑道："沙大人亲自出马，此战必定大捷。辛库城有沙大人驻守足矣，太子殿下也该回朝了，毕竟朝中事宜也需要人主持大局。"

国师发了话，说明此事已成定局，群臣齐声高呼道："国师高明！"

魏衡刚下早朝，就被一名小太监拦住了去路，小太监毕恭毕敬地说道："国师大人，皇后请您到安阳宫里一叙。"

魏衡轻轻地笑了一声，皇后平日看着没什么本事，消息倒是灵通。魏衡摆了摆手，没有为难小太监，跟着他去了后宫。

安阳宫乃皇后寝宫，富丽堂皇，金碧辉煌。魏衡到的时候，一众宫婢跪在殿外，魏岚一个人在内殿里走来走去，看上去十分焦虑。

魏衡走进殿内，魏岚立刻迎了上去，急忙问道："沙恕马上就要离开皇都，你正好可以收拢皇都的兵权，为什么要把万俟翱召回来？"

他们一直不敢轻举妄动，就是因为皇都有沙恕驻守，沙恕此人软硬不吃又实力强悍，他们不便与沙恕正面冲突。

如今皇上对丹药越吃越猛，不知道哪天就会暴毙，太子不在朝中更方便他们行事。

她虽然有自己的小心思，但她的心里还是有北羌一族的，她不明白，明明是千载难逢的好机会，哥哥为什么要将万俟翱召回来？

魏岚心急火燎，魏衡倒是一副安然模样。他在主位上坐下，召来一名宫女，为他沏了一杯上好的新茶，不紧不慢地喝了小半杯后，才在魏岚恼怒的目光中缓缓地说道："木宴在被刺杀的前一天，给我寄来一封密函。"

"什么密函？"

魏衡没打算隐瞒她，将一封信笺递了过去。

魏岚看完密函后，心猛地一沉，喃喃自语道："万俟行真的回来了？"

按照密函所说，万俟行不仅没死，还混入了瑜军之中，瑜军屡次得胜，都是因为万俟行暗中支着儿。

魏岚脸色一阵红一阵白，满心不甘，当年已经被他们废掉的人，竟然还能起死回生！

魏衡瞧着她这副没出息的样子，冷哼道："万俟灵已经失踪，万俟翱必须被控制在我们的手里。万俟翱这几个月以来一直在最前线抵御瑜军，在百姓心中的声誉很高，朝中也有不少大臣暗地里支持着他，既然都想要皇位，那就让他们两兄弟好好地争一争。"

对啊，万俟翱现在是太子，万俟行想要皇位，两个人势必要有一战。狄勒静诸多算计，为了扶持万俟翱登上帝位，不惜亲手杀子，肯定没想到，她的两个儿子有一天也会拼个你死我活吧。

"妙啊！兄弟相残，再有趣不过了！"魏岚越想越兴奋，竟在寝宫内大笑起来。

守在宫外的宫女和嬷嬷们听到殿内传出的癫狂的笑声，不自觉地哆嗦了一下，将头埋得更低了。

第四十三章　辛库城之战

辛库城作为皇都的最后一道防线，不仅城墙修建得比塔木城更高，城外还有一条河环绕着城池，形成天然的护城河。

现下已经进入十一月，枯水期的河面并不宽阔，只有二十来丈，水面结了一层冰，再过几天冰面就会被冻结实了。

到那时护城河的作用已经不大，即便如此瑜军也讨不到什么好处，南方的战马适应不了冰面作战，这场仗不好打。

三天前，城墙上忽然挂出了数面黑底白字的军旗，旗上赫然写着"赫哲"二字。

赫哲的勇士在凉国很出名，但因为他们不对外征战，其他诸国的将领只是听说过这个名字而已，如今瑜军看着城楼上新换的一批守将，无不惊叹。

赫哲的勇士身高均在九尺以上，身形极其健硕，毫不夸张地说，两个文弱书生加起来，都没有他们一个人的肩背厚实。

他们往城楼上一站，本就高耸坚固的城墙显得更加难以被攻克了。

瞿向卿也是到了这一刻才明白，云亭为什么笃定辛库城不会被攻破，坚固的城池、骁勇的守将，再加上冉无恙本身就是云亭的人，因此，云亭占着天时、地利、人和之便，这一战瑜军肯定赢不了，他现在只想看万俟翱到底如何利用这场危机夺取帝王之位。

两军对垒，第一步就是互相试探，蔺不归从未与赫哲部交战过，这一次便和几位将军一起来到城楼前观战。

今日依旧是冉无恙带领斩马队作为前锋前来叫阵，她穿着一身轻甲，手握陌刀，一人一骑走到护城河前，还没说话，城楼上便传来一个浑厚的男子的声音："你就是冉无恙？"

她还挺有名。冉无恙心情不错，微笑着看向站在城楼上铁塔一般的身影，兴致勃勃地问道："我是，你是谁？"

少年的身材消瘦，看起来还没有本人手里的刀高，但从少年握刀的手势和放松的姿态可以看出来，此人完全能驾驭手中的兵器，甚至游刃有余。

沙恕也来了兴致，回道："赫哲部，沙恕。我想和你单打独斗一场，你应不应战？"

单打独斗好啊！单打独斗能使魅力值上涨得快！冉无恙兴高采烈地问道："好啊！你想怎么比？"

沙恕本身就是好战之人，看到少年也和他一样好战，顿时生出几分好感，笑道："我朝你射三支箭，若你能毫发无伤地躲过就算你赢。下次攻城时，我让你们走到距离城墙三十丈的范围内，我们再还击。若是你被我射中了，我准许你的人来给你收尸，怎么样？"

这不是单纯比试，是打赌啊！赌注还不小！

沙恕这人挺大方，是个性情中人，颇对冉无恙的胃口。她爽快地回道："好，来吧。我从那边骑马冲过来，到城楼大概有百丈的距离，够你射三支箭了吗？"

城楼上的将士们都笑了起来——这小子可以啊！有胆识！一般人都想着怎么躲过三支箭，这小子倒好，不但不躲还往前冲，是名勇士！

沙恕也觉得少年有趣，笑道："够了，够了。"

冉无恙策马跑到合适的位置，测算了一下距离，大喊道："我要开始了！"

城楼上的人应和道："好，开始吧。"

这画风好像不太对，怎么看都不像是敌对双方的将领在殊死搏斗，倒像是志同道合的朋友在互相切磋。

这样的念头在冉无恙策马冲锋之后就被彻底地打碎了，一人一马霎时间化身成了一支利箭，以破竹之势往前冲去，快如闪电，形若流光。

沙恕的眼前一亮，好战的血液瞬间沸腾，他立刻挽弓放箭，用的是纯铁打造的铁箭，速度快，杀伤力极大。

冉无恙刚跑出去十来丈，就感觉到一股劲风袭来，于是立刻俯身趴在马背上，轻松地躲过了第一支箭。

冉无恙刚起身，第二支箭已经破空而来，这次距离更近，冉无恙连忙侧身避开，箭身带起的劲风将她头上的发髻打歪了，她的头发散了一半。

百丈的距离说起来不算近，但是对宝马神驹而言，也不过片刻就能跑完，沙恕这三支箭几乎是连发的，完全不给人反应、调整的时间。

第三支箭来得更快更急，这次冉无恙没有躲，横刀挥了出去。

"哐"的一声脆响，纯铁打造的长箭直接被冉无恙从中间斩断了。

箭的速度太快，即使箭断了，箭头依旧刺破了轻甲，冉无恙的右肩被划出了一道口子。

冉无恙勒紧缰绳，忘忧停了下来。她扫了一眼破损的轻甲，对这次的战绩不太满意，皱着眉头问道："三支箭射完了，你没射中我，但我也见血了，不算毫发无伤，这局算谁赢呢？"

最后一支箭都被人家斩断了，沙恕倒不能不要脸面地说平手，大手一挥，说道："算你赢！"

沙恕没打过瘾，还想着要不要出城痛痛快快地打一场，就听到身边的副将摆出一副见鬼的模样，瞪着城楼下的少年，吼道："你……你是女娃娃？！"

什么？！这声大吼让所有人的目光都集中在了冉无恙的身上。

冉无恙也是一愣，连忙低头看去，发现胸口层层叠叠的裹胸布料露了出来，白皙的皮肤上箭矢划破皮肉带出的血滴，像是一朵朵红梅开在寒雪之上，极其艳丽。

冉无恙的眉心一跳，她瞬间有些心慌，不过很快又释怀了——她本也没有什么要遮掩的，在战场上暴露身份，或许才是最好的时机。

冉无恙朗声回道："我是女娃，那又如何？"

冉无恙清亮坦率的嗓音，随着初冬的寒风，席卷了整个战场，死一般寂静之后是一片哗然。

敌军还只是惊叹而已，瑜军上下是彻底地傻眼了，脑子就像是被冷风冻住了似的，"嗡嗡"地响。

冉无恙怎么会是女人？

她怎么可能是女人？！

哪有这样的女人？！

冉无恙不管自己给战友造成了怎样的打击，将散乱的衣衫整理好后，昂头看向城楼上的人，喊道："你的三支箭射完了，轮到我了！"

众人还没有回过神来，就看到她将陌刀随手插在地上，从马背上解下一把重弓，搭上长箭，瞄准城楼的方向射出一支箭。

赫哲的将士们根本没把这一支箭放在心上，毕竟他们之间隔着一条护城河，射箭的还是个女娃，就算箭真的被射到城楼上，也没什么威力。

出乎意料的是，这支普通长箭的速度丝毫不输沙恕的铁箭的速度，带着雷霆之势，朝着城楼的方向疾射而来。

城楼上都是能骑善射之人，一眼就能看出这一箭的威力。副将脸色大变，急忙说道："首领小心！"

话音刚落，一声闷响传来，长箭失去了踪迹。

众人心有余悸，四处查看，只见一支箭直直地钉在他们赫哲部的军旗上。

三尺长箭，只留下不到一尺的箭羽部分在外面，前面的箭身全部没入了青砖墙内。

围观的将士无不倒吸一口凉气。沙恕真心地佩服道："好猛的女子！"这么远的距离，她用的还是普通的箭，他自认为做不到箭入青砖。

一场惊心动魄的交锋就此结束了，然而所有人的心思根本没放在这场战役上。

斩杀凉国名将、以一己之力连破三城，被誉为"小战神"的斩马队的队长，居然是女人？！

这个冲击力太大了，以至一行人回到营地的时候，脑子都还是蒙的。

偌大的校场上，一众将军脸色铁青地看着眼前的少年，不对，是少女！他们的心情极度纠结。

蔺不归叹了口气，艰难地问道："你真的是女子？"

冉无恙仰起脖子，毫不遮掩地回道："货真价实。"

散乱的发丝已经被她绑了起来，脖子就这样被暴露在所有人的面前。

之前大家都以为她年纪小，所以喉结不明显，现在仔细看才发现她的颈部白皙光滑，根本没有喉结。在冬日的夕阳下，颈部上的绒毛都一清二楚，他们想自欺欺人都做不到。

蔺不归心情复杂，不知道是该生气还是该惋惜，就算冉无恙真的是女儿身，也不该在众人的面前承认，若是私下和他说明情况，自己也能帮着打打掩护！

蔺不归恨铁不成钢地怒道："女子从军，轻则被杖三十，逐出军营，重则杖毙！你可知错？"

蔺不归想帮她遮掩，殊不知这就是冉无恙要的效果。她就是要让世人皆知，她是女子，依然可以从军，征战沙场，战无不胜，战场并非男人的天下。

"虽然我女扮男装从军犯了军纪，但我也为大瑜立下了汗马功劳！事实证明，女子从军也可以保家卫国。我没错，你们要罚就罚吧。"

冉无恙神色平静，丝毫不为自己的行为感到羞怯——自己没错，也没什么可畏惧的。

瞿向卿想到自己还曾想过用她女子的身份来威胁她，实在太可笑了，人家根本不在乎，甚至以女子从军为荣。

冉无恙给诸位将军出了一个大难题，若是一般女子，他们打一顿，再把人逐出军营便罢了，偏偏她是冉无恙，是连破三城的少年"战神"。毫不夸张地说，这大半年来，她立下的军功比在场的所有将军立下的军功都多。

最重要的是，瑜军已经进入凉国的腹地，辛库城又是一块难啃的硬骨头，冉无恙不仅个人实力强悍，还是斩马队的核心人物，关键时刻，他们根本不可能把人赶走。

将军们头痛不已，其间姚颂还在自己的帐内不断地叫嚣，要求严惩冉无恙，好在他身患恶疾，无法走出帐篷，只能不断地派人过来传话，可惜根本没有人理会他。

诸位将军和太子一起讨论了一刻钟，最后才宣布了惩罚结果。

一名传令官大声地朗读道："冉无恙以女子之身从军，违反军纪，念其屡立奇功，仗五十以儆效尤。"

这个结果引起了一片哗然。

有人觉得罚轻了，女子从军不成体统，乱了法纪纲常，应该严惩。

更多的人却觉得不公平，战场是热血拼杀的地方，看重的还是实力。冉无恙虽是女子，却丝毫不输男儿，与他们同吃同睡同训练，上战场时还总是冲在最前面。

瑜军能长驱直入，进攻到辛库城，冉无恙当居首功。凭借这些军功，她被封个小将军都绰绰有余，就因为一个身份的问题，不仅无功，还要挨五十军棍，着实让人感到遗憾。

负责行刑的小士兵握着军棍，手心直冒汗，将士们盯着他的眼神，像要把他吃了。

这还怎么下得了手啊？行刑完他不会被揍死吧？小士兵欲哭无泪——他也很欣赏、崇拜冉校尉，也不想打她啊！

冉无恙比他爽快多了，往行刑的长凳上一趴，说道："没事，直接打吧。"

小士兵一咬牙，打了下去，一边打，还一边大声地报数："一、二……"

校场上站满了人，却没有一点儿声音，将士们的脸色都十分难看。

大将军们都在，小士兵可不敢徇私，将每一棍都打实了。军棍打在身上发出闷响声，将士们听着挨打的声音都觉得疼，可是趴着的人一动不动，哼都没哼一声。

"四十九、五十！"小士兵一打完，立刻后退了一步，抹了抹头上的汗，长舒了一口气，心想总算打完了。

"小恙。"云亭最先跑过去将人扶了起来，虽然一开始就知道小恙要恢复女子的身份，必定要挨这一顿打，但看到小士兵挥着军棍真的打下去的时候，他心中依然燃起几分怒火。

和冉无恙相熟的人也围了过来，石玉担心地问道："无恙，你没事吧？疼不疼？"他伸出手想去扶她一把，想了想又缩了回去，小伙伴一下子成了女子，他多少还是有些别扭。

冉无恙伸了伸腰，对他们眨了眨眼睛，小声地回道："没事，挠痒痒似的。"

她现在的体质早就已经被淬炼到了极致，五十军棍打在身上，她还真没什么感觉。

不过冉无恙也不能太嚣张，总要给将军们一点儿面子。她吆喝道："将军们，我受重伤了，得躺着休息几天。"

这中气十足的声音和"重伤"两个字实在挨不上边。

但打也打过了，罚也罚了，他们还能怎么着？蔺不归眼不见心不烦，吼道："滚，滚，滚！"

冉无恙就这样昂首挺胸、前呼后拥地朝着休息的帐篷走去。

围观的将士们面面相觑，行吧，您说重伤就重伤吧。

冉无恙女子的身份就这样完全展现了出来，好像有什么东西改变了，又好像什么都没改变。

冉无恙是女儿身，自然不能再和其他人挤在一起了，有了一个自己的小帐篷。

这一夜，子时刚过，一道黑影掀开门帘，悄悄地溜进了帐内。

云亭怕吓着她，进来之后便小声地叫道："小恙。"

云亭发现，床上根本没人，冉无恙正蹲在矮几旁边，点燃了一小截蜡烛。

烛光很弱，只能照亮一小块地方，冉无恙可怜兮兮地看着云亭，问道："你现在就要走了吗？"

"嗯。"云亭叹了一口气,走过去把人牵起来,两个人在床边上坐下。

冉无恙揪着云亭的衣角,极尽所能地装可怜,撇着小嘴求道:"我想和你一起去,你带我去吧。"

他这一去没有两个月怕是回不来,两个人还是第一次分开这么久,云亭也十分不舍。他捏了捏冉无恙气鼓鼓的腮帮子,轻声地哄道:"不行,我们说好了的,兵分两路,你在这里攻城,我回皇宫里夺皇位,各司其职,不能任性。"

这确实是他们早就计划好的一步,也是最关键的一步,她不能任性地一走了之,但她真的很担心,凉国皇宫里全是豺狼虎豹,他们已经谋杀过云亭哥一次了!

冉无恙微低着头,在脑海中问道:"小神,我现在有多少魅力值?"

系统:"10437990点。"

够了!冉无恙松了一口气,问道:"中级基因修复液是1000万点魅力值一支对吗?"

"是的。"

得到肯定的答案后,冉无恙立刻说道:"兑换。"

"叮,扣除1000万点魅力值兑换中级基因修复液。"看着几乎瞬间被清空的魅力值,系统都感动了。

这一个月以来,宿主在战场上十分积极,骁勇好战,将士们对她的评价从"战疯子"悄悄地变成了"小战神",但她每天晚上查看魅力值的数值时,总是神色凝重,原来她是为了存够1000万点魅力值换取中级基因修复液啊。

突然,一个小瓶子悄无声息地出现在了冉无恙的手中,她随意做了一个从怀里掏东西的动作,然后把小瓶子塞到了云亭的手里。

云亭垂眸看去,熟悉的透明小瓶里装着澄净的液体。

"这是更高一级修复身体的药水,你不让我跟去,我不放心,你把这个药水喝了,能提升实力。"冉无恙一边解释,一边把瓶口打开,将瓶子递到云亭的嘴边,耍赖道,"我不管,你不喝就哪里也别想去……"

冉无恙话还没说完,云亭已经利落地将药水倒入了口中。

"你怎么直接就喝了?很痛的!快躺下!"冉无恙被吓了一跳,连忙从床上跳了起来,扶着云亭的肩膀,把人放倒在床上。

云亭没有抗拒,顺从地躺下,因为他再一次体会到了那种抽筋拔骨的痛楚。

疼痛侵蚀了他的眼睛和耳朵,他眼前一片漆黑,耳朵也听不见任何声音,甚至感觉不到身边有人。

上一次他觉得自己的身体从皮到骨、从血到肉,全被拆开重组了一次。这次,不仅是身体上疼痛,而且他的头仿佛被什么东西活生生地剖开,灌入了岩浆,滚烫的温度灼烧着他的神志。

十一月的北方已经很冷了,云亭却还是被汗水浸湿,整个人如同泡在水里,脸色一阵红一阵白，体温也忽高忽低，身体不停地抽搐。

有了上一次的经验，冉无恙还算镇定，紧紧地抱住云亭，心中不断地祈求着快点儿修复完成。

就这样熬过了一盏茶的时间，云亭终于停止了颤抖，冉无恙低头查看，只见他眉目舒展，神色平静，脸上再也没有一丝痛苦的痕迹。

修复完成了！

冉无恙提着的心总算落下了，她轻声地唤道："哥？"

云亭忽然睁开眼睛，黑沉的眼眸比以往更黑了，冉无恙骤然与他对视，都有些不受控制地沉溺其中，心神恍惚。

云亭从一种玄妙的境界中回过神来，就看到冉无恙面无表情、眼神空茫地看着他。

云亭心下一怔，立刻闭上眼睛。良久，当他重新睁眼时，令人沉迷的目光已经尽数收敛。

冉无恙眨了眨眼睛，恍惚的感觉迅速地消失："小神，我刚才怎么了？"

"没事，云亭的精神力升级，他还没能适应和控制，所以对宿主造成了一些影响。"

冉无恙想追问精神力的事情，云亭已经翻身坐了起来，她的注意力又被吸引了过去。

与第一次修复过后的萎靡不振不同，这次云亭哥看起来精神焕发，生机勃勃。

冉无恙高兴地问道："哥，你感觉怎么样？"

云亭伸展了一下四肢，笑道："挺好的！我感觉有一股生机正源源不断地滋养着我的身体，身体应该比之前更壮实了。"

此外，他还有一些新的变化，似乎可以触及人的思想，虽然还很模糊，但确实感知到了，这是一种很玄妙的感觉。

虽然云亭哥看起来确实很不错，冉无恙还是不放心，在脑海中说道："小神，显示云亭哥的身体状况。"

"叮，扣除10点魅力值查看云亭的人物面板。"

姓名：云亭

年龄：20岁

智力：10+级

体力：7级

敏捷度：7级

精神系异能：2级

们一族自然要站在帝星的身后全力支持帝星。

云亭一直知道赫哲部落对帝星的执着，所以才会和万俟翱说，不用担心沙恕，只要云亭愿意回来，赫哲一族就是云亭的手中最锋利的刀。

他们效忠的不一定是云亭，赫哲部的忠诚是献给帝星的，云亭并不在乎这些，只要他们听话就好。

两个人一起走进了辛库城里，城门再次被关闭。云亭问道："皇城的事安排得如何？"

沙恕回道："已经按照您的吩咐安排好了，您到了皇都，沙浚会听凭差遣。"

云亭点了点头，准备离开，忽然想到小恙的肩膀上的伤，心里又有些不舒服，说道："你在辛库城与冉无恙交手时，要注意分寸。"

沙恕完全没领悟到云亭的意思，大大咧咧地笑道："您放心吧！那女娃十分勇猛，身手不凡，打不坏！"

云亭微眯黑眸，在沙恕的耳边低声说道："差点儿忘了说，她是你未来要效忠的皇后。"说完云亭拍了拍他的肩膀，走了。

"什么？皇后？！"沙恕如遭电击，从肩膀到整个人都麻木了——他好不容易遇上个能打的对手，结果人家居然是皇后！这还怎么打？

冉无恙挨了五十军棍，身受"重伤"后，所有人都默契地让她待在帐篷里养伤。

众人发现云亭不见了，冉无恙便说云亭去师父那里给她拿药了。他人都走了，蔺不归也没办法追究，只能不了了之。

就这样又过了半个月，其间，双方也发生过几场战斗。

沙恕挺守信用，瑜军第一次攻城的时候，虽然不是冉无恙带兵，他依旧让瑜军进入到三十丈的范围内才还击。

可惜城墙实在太高，赫哲的将士也十分勇猛，瑜军历时两天的第一次攻城宣告失败。

沙恕不是那种只会躲在城内守城的人，也经常带着赫哲部的勇士冲出城与瑜军对战，结果有输有赢，但瑜军始终无法攻破城门。

天寒地冻，粮草有限，再拖下去瑜国只能退兵。几位将军和太子商量后，最终还是把冉无恙请进了将军的帐内，共商战事。

冉无恙想了想，给他们出了个主意，攻城之所以失败，主要原因是城墙太高了，不好攀爬。

如果他们用大型弓弩将铁箭射入城墙中，作为登梯之用，是不是就能加快士兵攻城的速度呢？

事实证明这么做的确有用，有了可以登踏的地方，将士们冲上城墙的时间明显缩短了。可惜大型弓弩太少，铁箭的数量也有限，再加上城墙厚实，有些铁箭根本射不进去。

这个时候大家才更加深刻地认识到冉无恙的力量到底有多强大，她用普通的弓和箭，竟然能在城墙上戳出一个窟窿！

天气越来越冷，凉国的士兵开始往城墙上浇水，不到一天，城墙上就结了一层厚厚的冰，铁箭难以扎进城墙里，墙面也更加湿滑，瑜军的攻势再次受阻。

两国的战事又一次陷入了僵局。

第四十四章　河清海晏，天下太平

辛库城的战事胶着，皇上突然病重，太子迟迟未归。腊月初八这一日，几声沉闷的钟声从皇城的方向传来，响彻整个皇都。

一些年纪大的百姓听到钟声响起时脸色都白了，拉着身边的亲人就往家里跑。很多人还不知道发生了什么事，不过很快也发现了不对劲的地方。

文武百官身着缟素，急匆匆地往皇宫跑去，皇城里忽然有很多身穿盔甲的将士巡逻。

一个可怕的念头在百姓的脑海中闪过，莫不是皇上驾崩了？

百姓不敢在街上逗留，全都跑回家中，关紧了门窗。

皇上曾经居住的玉凌宫内已经挂满了白幡，宫殿正中央停放着帝王的灵柩，皇后和国师分别站在灵柩的左右，几名皇子跪在灵前，文武百官也跪在一旁。

就在这时，尖细的通传声从殿外传来："太子殿下驾到！"

数次急召都没有回来的太子殿下，竟在此刻回来了。

众人悄悄地抬头看去，只见一道颀长的身影逆光而来，身上并未穿孝服，一身玄色的长袍与灵堂格格不入。

他脸上依旧戴着青铜面具，狄勒图紧随他身侧，身后跟着数十名银甲军，颇有来者不善之意。

太子一步步地走到灵前，众人立刻挪开，为他让出了一条路。

大太监哭丧着脸，说道："太子殿下，您怎么现在才回来？皇上驾崩了！"

"可有遗诏？"万俟翱低沉的嗓音显得有些漫不经心，瞬间打破了灵堂悲痛的氛围。

大太监一怔，有些难以置信地看着太子，脸上悲痛的表情差点儿维持不住——太子也太没有仁义道德了，不哭丧就算了，上来就问遗诏，是多着急即位啊？！

大太监内心不满，脸上却不敢表现分毫，偷偷地看了国师一眼，见国师垂眸不语，才颤巍巍地回道："皇上突发急症，去得突然，未曾留下遗诏。"

"是吗？那看来是准备由本太子即位了。"太子十分突兀地笑了一声，不轻不重地说道，"还是再找一找吧，别过了几个月，又冒出先皇的遗诏，说皇位要传给……"

太子看向跪了一地的皇子，最后把目光落在被嬷嬷抱在怀里的十一皇子的身上，继续说道："十一皇子什么的，孤反倒成谋朝篡位的乱臣贼子了。"

魏岚的一颗心提到了嗓子眼里，她瞪着太子呵斥道："皇上刚刚仙逝，太子怎可胡言乱语？！"

她和哥哥确实有这样的打算：万俟翱若是能顺利地打败万俟行，他们就用遗诏把万俟翱拉下皇位；若是万俟翱输了，那便没用了，让万俟翱坐几天龙椅也无妨。她万万没想到万俟翱竟当众说破他们的想法。

太子走到嬷嬷的身边，嬷嬷被吓得一动也不敢动，他捏了捏还在熟睡中的小皇子，笑道："是孤胡言乱语还是皇后娘娘做贼心虚？您千方百计地折腾出一个十一皇子来，即便不是亲生的也视如己出，不就是为了皇位吗？"

百官纷纷倒吸一口凉气，恨不得立刻聋了——此等皇家秘辛，岂是他们能听的？！太子今天是怎么回事？以往他也没这么多话啊！

"你放肆！胡说八道！"魏岚有些心慌，总觉得今日的万俟翱有些怪异，面具后的双眼仿佛能刺探人心。

皇后明显已经慌了，太子依旧不动如山："您敢说十一皇子是您的亲生儿子？"

"当然……"

不等魏岚说完，太子淡淡地瞥了她一眼，说道："您想清楚再说。"

十一皇子确实不是她亲生的，一验便知，万俟翱有备而来，她没必要坚持这种一戳即破的谎言。

魏岚深吸一口气，冷静了一些才说道："十一皇子是皇上的血脉，这是御医院早就查验过的！"

太子听她说完后立刻又回道："御医院也只能证明十一皇子是皇室的血脉，若是皇后所出，那肯定是父皇的龙种，毕竟皇后一直待在后宫里，但若是外面什么人生的，那就不一定了，毕竟……孤的亲皇叔就有好几位呢。"

几位王爷被吓了一跳，心下不忿，但谁也不愿先跳出来反驳，怕火烧到自己的身上。

魏岚彻底慌了神，色厉内荏地吼道："你……你血口喷人！来人！给本宫把太子带下去！"

眼看大殿就要乱起来了，始终垂眸不语的国师终于开口了："皇上没有留下遗诏，您就是名正言顺的君王,十一皇子不会是您的对手,太子殿下不必如此。"

国师的一句话,就将太子的行为定义成"为登皇位恶意诋毁皇子",果然姜还是老的辣。

众人屏住呼吸,等着看太子如何反击,谁知太子不但没生气,还笑起来,缓步走到国师的面前,两个人对面而立。

太子微微倾身,问道:"那若是帝星现世又当如何呢?"

声音从面具后传来,听起来有些失真,"帝星"两个字如同一声晴天霹雳,划过寂静的夜空。

争论皇室血脉时一直安静如水的群臣都忍不住议论起来。

"什么帝星?我们凉国又有新的帝星现世了?"

"可是最近除了十一皇子,也没有新的皇子出生。"

"难道十一皇子是……帝星?"

"不可能吧。若十一皇子是帝星,国师大人怎么会不说呢?毕竟帝星现世,于咱们大凉而言,乃天大的喜事。"

魏衡也有些乱了阵脚,没想到万俟翱会在群臣的面前提到帝星。

帝星一旦现世,就默认了帝星将会登上皇位,万俟翱为什么要这么做?难道他不想要皇位吗?

"国师怎么不说话?你是不是以为整个大凉,只有你一个人会占星卜卦,测算天机?"青铜面具后,一双黑沉的眼眸静静地注视着魏衡,仿佛无悲无喜的神祇睥睨凡尘众生。

魏衡呼吸一滞,心底蓦然生出了不祥的预感。

果然下一刻一名老者拄着拐杖,在内侍的搀扶下一步步踏入殿内。

老者一身粗布麻衣,佝偻着身体行动缓慢,满脸的皱纹让人看不清他的长相,但他手里的黑玉权杖还是让人一眼认出了他的身份。

大殿上不少老臣纷纷起身相迎,恭敬地行礼道:"穆巫大人!"

北羌部落身负巫族的血脉,但不是什么人的名字后面都能冠以"巫"的后缀,唯有受到巫神的眷顾,巫力最强者,方可称为"巫"。

魏穆便是巫力极强的巫者,两代帝王都曾请他出任国师,均被他拒绝了,后来不知道什么原因魏穆双目失明,从此隐居不出,算起来他还是魏衡的师叔祖。

帝星之事非同小可,一位老臣忍不住追问道:"穆巫大人,我大凉真的又有帝星现世了?"

"按照占卜的结果显示,这颗帝星应该在二十年前就出现了。"魏穆已经年过九旬,声音沙哑干涩。

群臣面面相觑,议论纷纷道:"二十年前?难不成帝星就是太子?"

"不对!"老臣激动地叫道,"二十年前出生的孩子,除了太子,还有……三皇子。"

所有人的脑海中，迅速地闪过一个人的身影，那是个惊才绝艳的少年郎。

当年若没有国师断言他刑克六亲、危害社稷，他也不会被皇上彻底地厌弃，就算身体不好，凭才华也能在朝堂之上占据一席之地。

三皇子可惜了！

穆巫的话，没有人敢质疑，所有人都有意无意地看向国师。

魏衡并不理会众人，用凌厉的目光紧盯着太子，仿佛要把青铜面具盯出一个窟窿。

良久之后，他忽然轻嗤一声，说道："万俟行，你竟能请动师叔祖，是我小看你了！"

万俟行？什么万俟行？这不是太子吗？

众人被这一幕搞蒙了，呆呆地看着两个人。

"国师大人过誉了！"随着一个温润的男子的声音响起，面具也被青年随手揭了下来。

面具后的那张脸剑眉星目、清朗俊美，宛如翩翩公子，一双眼睛却异常冷漠，让人不敢直视。

他的长相或许和太子的长相一样，但是声音和气质完全不同。

这位……便是三皇子吗？

他不是八年前就死了吗？为什么现在会出现在宫里？他为何假扮太子？太子殿下又去哪里了？一连串的疑问接踵而来，大臣们都觉得自己思路混乱，宛若一团乱麻。

"果然是你。"魏衡看到他似乎并不惊讶，扫了一眼他身后的银甲军，说道，"双生子确实有优势，就是长得一样，一般人还真分不清。太子殿下呢？被你杀了吗？"

很多大臣今日出门的时候，以为只是前来吊唁先皇，哪承想后面还有这么多事，先是皇室血脉之谜，接着又是帝星，现在还有刺杀太子，他们今天真的还能活着离开玉凌宫吗？

就在他们恨不得找个地缝钻进去的时候，一个人从银甲军中走了出来，熟悉的声音在殿内响起："国师不必为孤担心，孤活得好好的，倒是你魏衡，身为国师，不但构陷帝星，混淆皇室血脉，还意图篡位，其罪当诛！"

这时候群臣才发现，太子殿下竟一直藏在银甲军中。

两张一模一样的脸出现在众人的面前，实在让人震撼，若非两个人衣着不同、气质各异，众人着实难以分辨。

魏衡拊掌大笑道："兄弟同心，甚好！你们俩都在也好，省得我费事。"

魏衡一开始确实没想到他们两兄弟竟然会联手，好在他早有准备，如今这样也好，这一次将人全部解决。

已经撕破脸，魏衡便也不打算藏着掖着了，大喝一声："来人！"

数千名身穿盔甲、手握长刀的侍卫一起冲了进来，将殿内的众人团团围住。

群臣可能是今天受到的刺激太多了，看到这阵仗，竟也没什么反应。

魏衡也知道迟则生变，并不与他们多言，大手一挥，说道："将二人拿下！"

他的话音落下，却无人动手。

魏衡的心脏倏地一紧，他立即回头，眼神阴鸷地瞪着身后的老者。

"巴坷，你敢背叛我！"魏衡面目狰狞，再也维持不住国师的风度。

"我……我没有。"巴坷满脸无辜，疑惑丛生，自己也不明白明明已经安排好的人怎么会临时倒戈？！

巴坷仔细一看才发现，冲进来的全是大儿子的心腹。他扭头看向大儿子，吼道："巴木德，是你！你这个逆子！"

巴木德冷笑一声，看都没看巴坷一眼，回道："帝星归位，身为臣子自当辅佐，逆子总好过逆贼吧。"

巴坷踉跄两步，跌坐在地上，却没有人理会他。

云亭居高临下，看着颓唐的魏衡，低声说道："你身居高位多年，早就已经被权势蒙蔽了双眼，自大傲慢。你不仅小看了我，还小看了人心。"

人心？魏衡忽然大笑起来，筹谋多年一朝落败。今日棋差一步，他也没什么好怨恨的，但若是能有帝星陪葬，这一辈子倒也值了。

魏衡的眼中闪过一丝戾色，他从袖中抽出一把匕首，猛地朝着云亭的脖子刺去。

云亭站在原地一动不动，接着用修长的五指一把抓住魏衡的手腕，反手一推，匕首直接刺入了魏衡的胸口，血花四溅。

这一切发生得太快了，就连一直站在云亭身后护卫的狄勒图都没有反应过来，魏衡就已经倒地。

魏岚尖叫一声，扑上前去，立刻被侍卫制住。

群臣都傻眼了。他们和魏衡一样，对三皇子的印象还停留在体弱多病上，根本想不到如今的三皇子夺刀反杀只需要一瞬。

狄勒图心有余悸，想要看看云亭有没有受伤，却听到他轻"啧"一声，低喃道："害我食言。"

他答应了小恙能动嘴就不动手的，好在没受伤，不然他可不好交代。

淡淡的血腥味弥漫在大殿上，魏衡连挣扎一下的力气都没有，一代权臣就这样落幕了。

所有人都意识到这位三皇子或许和他们想象中的不一样，一时间竟没有人敢说话。

万俟翱忽然走到云亭的面前，单膝跪地，俯首称臣："帝星归位，吾皇万岁万岁万万岁！"

狄勒图、巴木德等人也立刻跪下，呼喊道："吾皇万岁万岁万万岁！"

太子和各部首领都拥护帝星，谁还敢反对？群臣顺势跪下，大声地呼喊道："吾皇万岁万岁万万岁！"

文武百官匍匐在脚下，山呼万岁，云亭的心中没有丝毫起伏，他只有想到数月不见的人时，嘴角才微微地勾起一丝弧度。

总算结束了！小恙，等我！

天气越来越冷，瑜军适应不了这样的环境，根本没法作战。就在蔺不归和太子商量，是不是要退兵的时候，凉国传来消息，大凉的皇帝驾崩了，即位的是三皇子万俟行！

万俟行是谁？太子万俟翱呢？

蔺不归和瞿向卿一头雾水，然而接下来还有更离谱的事。

辛库城高耸的城墙上，挂出了一幅求婚书！

"兹闻大瑜之女，冉氏无恙，品貌出众，温良贤淑，巾帼不让须眉，朕心悦之。朕已逾弱冠，适婚嫁之时，当择贤女与配。冉氏与朕天造地设，佳偶天成，今诚意求娶，聘冉氏为后，修百年之好，令两国百姓安居乐业，百年内再无战事。"

这一纸求婚书，不仅送往了瑜国，凉国的新皇还将它昭告天下，如今四海皆知。

凉国的皇帝刚死，这位被誉为"帝星"的新皇就公开求亲？

民间确实是有"热孝成亲"这种说法，但皇族世家从来没人这么做过，凉国的新皇的这种操作，诸国皆大吃一惊。

更让人惊讶的还是求婚书上的内容。冉无恙到底是何方神圣，竟能把凉国的新皇迷成这样？只要瑜国答应联姻，凉国就能停止这场战争，更夸张的是停战百年！

瑜军看到贴在辛库城墙头上的那幅巨大的求婚书时，所有人都傻了。

你见过两家世仇激战之时，忽然就开始求婚的吗？城墙上甚至还挂起一长串红灯笼！这到底是什么情况啊？！

一众大老爷们儿都不知道如何是好，也没人敢去问冉无恙的意思。

求婚书被挂出来的第十日，冉无恙收到了来自瑜国的皇帝的圣旨。

圣旨的内容十分简单，封她为长宁公主，让她去和亲，保两国安宁。

礼官宣读圣旨的时候，将士们怕极了，这位可不是一般人，敢逼她和亲，万一她一怒之下把两国的国君都砍杀了怎么办哪？！

在众人心惊胆战的目光中，冉无恙接下了圣旨，平静地说道："既然朝廷已经下旨，凉国的新皇又真心求娶，那我就去和亲好了。"

她就这么答应了？众将士再次傻眼了。

瞿向卿不可思议地问道："你真的要去和亲？"

登基为皇的不是万俟翱，变成什么"帝星"万俟行就已经让他够郁闷的了，现在冉无恙竟然就这样答应前去和亲了，最近一个月发生的事情没有一件在他的预料之内。

冉无恙耸了耸肩，一脸轻松地回道："这有什么？我的心愿本来就是结束两国征战，让百姓安居乐业，如果和亲就能解决此事，那就答应吧。"

就这么简单吗？当然不是，和亲哪里是这么容易的事？不知多少公主宁死都不愿意去和亲。

若是一般的女子，不能反抗只能顺从便罢了，冉无恙明明有能力反抗，但为了瑜国，为了百姓，还是同意了，真是深明大义啊！

将士们的眼睛都红了，不管以后怎么样，此刻大家都发自内心地赞扬她，为她送上祝福。

"凉国的新皇也算有诚意了，求娶咱们的小战神为后，自古以来，和亲的公主不少，能登上后位的可是一个都没有，毕竟谁会让一个异国人成为国母呢？"

"咱们的小战神和一般的女人能一样吗？她可是咱们大瑜的战神，谁都比不上！"

"对，对，对，瑜国的皇帝走大运了，小战神一定会幸福的！"

相较于士兵们的心情，将军们的心情更为复杂，停战百年的诱惑实在太大了。

蔺不归叹了口气，很多话他没办法说，只能为她做点儿什么吧。

蔺不归轻轻地拍了拍冉无恙的肩膀，说道："你清点两千名斩马队的队员来送你入皇都，这些人就留在凉国护卫你吧。"

冉无恙的眼前一亮，她笑道："那就多谢蔺将军！"这可都是她悉心训练出来的兵哪！能带走最好！

冉无恙的效率惊人，她不到半个时辰就选出了两千名家中没有负累、心甘情愿地和她前往凉国的队员，一行人整装待发，气势如虹。

眼看着队伍就要前行了，瞿向卿实在忍不住，朗声叫道："等等，本王有一句话，想要问问长宁公主。"

冉无恙的心情好，她笑道："你问。"

瞿向卿走近一步，压低声音问道："公主就这么去和亲了，云亭怎么办？"

冉无恙的眼中笑意更浓，她以手遮唇，轻声回道："我冉无恙从始至终，要嫁的都只会是那一个人！"

什么？瞿向卿只觉得似有一道惊雷当头劈下，浑身冰凉。

从始至终都是一个人？！除非……云亭就是新皇万俟行！这样一来，一切都说得通了。

他被万俟行狠狠地摆了一道！瞿向卿被气得太阳穴狂跳，眼前发黑，等他好不容易缓过气来，冉无恙早已经出发了。

在队伍的最前方，明媚的少女振臂一挥，大声地笑道："儿郎们，走喽！"

她这哪里是去和亲？这是去抢亲吧！真不愧是他们大瑜的战神，洒脱！

在冉无恙赶往皇城的路上，系统忽然在脑海中叫道："宿主。"

"嗯。"冉无恙漫不经心地回了一声。

"婚书昭告天下，您的功绩也会为世人所知，战神的名号已经达成，系统即将脱离宿主。"

冉无恙听到前面的话,还沾沾自喜,听到最后一句话,心猛地一颤,问道:"你要走了?"

"嗯,系统一开始就说过,升级到高级系统,获得足够的信仰值,并且帮助宿主封神之后,系统就会自动脱离宿主,现在目标均已达成,系统是时候离开了。"

系统的声音难得地温柔,冉无恙却十分难受,回想往事,其中的酸甜苦辣只有自己知道。

一开始她急于摆脱小神、讨厌它、提防它,甚至想着利用它,小神——包容了。如今她已习惯了和小神互相斗嘴、互相陪伴、互相依赖,它却要走了……

冉无恙低喃道:"你能不走吗?"

系统依旧是那个系统,十分无情地回道:"不能,任务完成了,系统必须前往下个位面继续收集精神能量。"

"以后你还会回来吗?"冉无恙紧抿着双唇,不想表露更多的情绪,但眼中的泪意似乎不受控制。

"应该不会了。宿主剩余的魅力值,系统已经帮你兑换成日常所需的药剂投放在包袱里了。宿主,要保重啊!"系统轻声地叹了口气——它最不喜欢这种离别的时刻,毕竟太消耗芯片了。

冉无恙眨了眨眼睛,强忍住眼泪,哽咽道:"我会的,你也保重!"

"再见了,我的宿主!"冉无恙的脑子里像是有什么东西随风飘散了,她觉得自己的心似乎缺失了一块,闷闷地疼,很疼。

因为系统离开,冉无恙的情绪一直很低落,直到次日黄昏,他们一行人终于来到了凉国的皇都。

凉国地处北方,如今已是隆冬时节,到处银装素裹,入眼尽是雪色,然而就在这茫茫雪色中,前方出现了一片艳红色彩,红得张扬热烈。

将士们瞪大眼睛看去,只见凉国皇都的城墙上挂满了红绸和灯笼,无比喜庆。

凉国的前任国君不是才死没多久吗?怎么还挂上这么多红绸?

还有城门口站着的那个人,头戴金冠,身着玄色金纹龙袍,莫不是凉国的新皇?!

将士们一个个惊得倒吸了一口凉气,皇帝亲自到城门迎接,这新皇是得多喜欢他们的小战神哪?

耳边是将士们兴奋的议论声,冉无恙却只看到一个人。

她以前只想护着这个人,谁知后来护了一程又一程,将来她要和他一起护卫天下!

愿执子之手,与子偕老!

愿河清海晏,天下太平!

(全书完)

· 591 ·

番外一　厉害了我的皇后

朝堂之上，文武百官低垂着头，暗暗地传递着眼色，皇位上的人闭目不语，整个金銮殿笼罩在紧张沉郁的气氛之中。

内侍总管深吸了一口气，刚想宣布退朝，一名老臣站了出来，说道："启禀皇上，臣等有事要奏。"

云亭缓缓地睁开眼，沉声说道："准。"

老臣低着头，不敢看上首之人，战战兢兢地说道："先皇丧期已过，皇上后宫空虚——"

老臣做足了心理准备，冒着触怒皇上的危险劝谏，没想到才开口，就被皇上打断了："你们是要和朕说选秀女的事吗？"

皇上的声音一如既往地平静、难辨喜怒。老臣咬了咬牙，回道："是。"

"等着。"

众臣面面相觑，暗自揣测皇上的意思。这个"等"是要等什么？还是说皇上又打算使用"拖"字诀？

不等他们交换眼神，上首之人说道："去把皇后请过来！"

"是。"一名小侍立刻往殿外冲去，速度快得仿佛在传八百里加急的战报。

小侍的脚步声越来越远，皇上再次闭上了眼睛，意思很明显：一切等皇后来了再议。

大殿陷入了寂静之中，偌大的空间瞬间显得逼仄起来。

皇上雄才大略，自登基以来，励精图治，凉国在他的治理之下，短短几年就已经四海升平，他们心悦诚服，然而皇上的后宫里只有一名女子，还是异国人，这怎么行？！

就算皇上不按照历年规矩，从四个部落中挑选一名贵女进入后宫成为四妃之一，也应该广开后宫，甄选秀女，为皇室开枝散叶才是。

他们万万没想到，皇上居然将皇后请过来商议选秀之事，这种事不是由皇上和礼部决定的吗？

想到那位行事彪悍的皇后娘娘，众臣心头一颤，总觉得今日之事怕是无法善了了。

冉无恙来得很快，不到一炷香的时间，一身明蓝色劲装的皇后娘娘已经踏入了金銮殿。

冉无恙目不斜视，大步走到云亭的面前，不解地问道："什么事这么急着叫我过来？有外敌来犯吗？"

大臣们嘴角抽搐，心中五味杂陈。他们在讨论广开后宫，皇后娘娘第一时间想到的却是外敌来犯。

云亭忍着笑说道："今日诸位爱卿得空，想商议选秀女之事，朕想着后宫的事务自然应该归皇后管，所以特意请皇后过来一同商议。"

冉无恙轻轻地"哦"了一声，眼中冒出几分兴奋的光彩。

这些年来，大臣们明里暗里地往后宫送人，每一次都被云亭哥挡回去了，她看在眼里颇为不爽，若是连这点儿小事都要云亭哥来处理，她还管什么后宫，当什么皇后？！她特意和云亭哥说过，以后再有大臣提出选秀女充盈后宫之事，一定要让她亲自处理。

今天机会不就来了吗？

冉无恙目光扫过站在最前面的几位重臣，说道："你们想把女儿送进后宫里？"

虽然这是事实，但她说出来就太难听了！

群臣脸色骤变，想要反驳，冉无恙却摆摆手，一副无所谓的样子，继续说道："你们想把人送进来也不是不可以，不过你们的女儿进了后宫里，就要按照本宫的规矩行事，每天早上要完成晨练，夜间不定时加练，每个月都有体能考核，考核不通过的人一律不准侍寝，毕竟身体不好怎么能伺候好皇上呢？所以诸位大人记好了，送进宫里的秀女，一定要选身体好的，不然本宫怕她们撑不下去。"

大臣们惊呆了，原本他们已经想好皇后娘娘极力反对选秀的各种应对之策，万万没想到还能有这一招！天底下从没听说过女子侍寝还要通过体能考核的！

看着大臣们目瞪口呆的模样，冉无恙的心情甚好，她善解人意地笑道："为了方便各位爱卿选出合适的秀女，早朝之后，本宫会派人将《训练要求和体能考核标准》送到各位府上，务必让府上的千金熟读，最好背诵全文，以便日后有不时之需。"

有心送女儿进宫的几位大臣的脸彻底黑了，皇后制订的训练计划，禁军营里的将士们都没几个能顺利地完成，后院娇滴滴的姑娘家怎么可能做到？

她们若是看了那什么《训练要求和体能考核标准》，一个个肯定宁愿抹脖子也不愿入宫了！

皇后简直欺人太甚！

众人偷偷地看向龙椅上的君王，不看还好，一看心里更堵了：皇上正一脸骄傲，满目宠溺地看着皇后，态度已经足够明确了，就是由着皇后折腾。

一名礼部老臣铁青着脸，怒气冲冲地说道："皇后娘娘不必如此，臣等奏请皇上广开后宫，也是为了大凉江山永固，皇上至今未有子嗣，恐危及社稷！"

冉无恙一副恍然大悟的样子，赞叹道："原来大人担心的是皇嗣的问题啊！诸位果然是我大凉的股肱之臣，心系社稷，实乃大凉之幸！诸位不用担心，生孩子又不是什么难事，若不是因为丧期，现在皇子、公主们都能满地爬了。诸位少安毋躁，回去等本宫的好消息吧！"

"……"皇后都把话说到这份儿上了，他们赖着不走也没用，只能带着一肚子气离开。

"臣等告退。"

等人都走光以后，冉无恙直接一屁股坐在龙椅上，摇了摇头，轻轻地"啧"了一声，笑道："你的臣子们战斗力不行哪！我还以为他们要来个死谏呢！"

云亭掐住她的腰轻轻地往上一提，将她抱到腿上，可怜兮兮地诉苦道："那还不是因为皇后威名赫赫，你没来的时候，他们可凶了，你一来，就没人敢多说话了。"

对皇上时不时就要在皇后娘娘的面前装可怜这件事，内侍总管已经十分习惯了，面不改色地往后退了几步，尽量不影响皇上发挥。

好听的话谁都爱听，冉无恙抬手环住云亭的脖子，眉眼弯弯地笑道："好说，好说，以后这种事交给我来办就行。"

说完她又想起那些老臣离开时不情不愿的样子，不自觉地皱起眉头来，说道："我觉得还是不保险，走，走，走，咱们回宫。"

冉无恙拉着云亭的手，火急火燎地往两个人的寝宫——无恙宫跑去。

云亭任由她拉着跑，眼中满是宠溺之色，笑道："你这么急做什么？"

冉无恙的脚步飞快，她一边跑一边回道："生孩子啊！大臣们还等着呢！"

在殿外候着的宫女、侍卫们全都听到了皇后娘娘的生孩子宣言，无不倒吸一口凉气，再一次默默地感慨：皇后娘娘不愧是战神！好猛啊！

云亭轻挑剑眉，嘴角扬起了一丝愉悦的弧度。他忽然觉得大臣们催着要皇嗣这件事好像也没那么让人恼火了，以后大臣们可以多催催。

皇后不负众望，十个月后，大臣们收到了从宫中传来的喜讯：皇后生了，一胎生了两个皇子。

据近身伺候的女官们说，生了双胞胎后皇后娘娘十分高兴，还说若是以后每一胎都是双生子就太好了，一次两个效率高。

大臣们彻底服气了，按照皇后这个生法，即使皇上的后宫里只有一个人，子嗣也可能比历代皇上的子嗣都多……

番外二　我的人

瑜国皇都。

先帝驾崩后，皇都经过了半个多月的动荡终于迎来了太子登基，百姓暗暗地松了一口气：太子殿下英明仁厚，未来的日子一定会越来越好！

近日新皇登基大典，各国使节前来祝贺，皇都十分热闹。

听闻凉国使节居然是一位公主，百姓十分好奇，道路两边挤满了前来看热闹的人群，人人都想一睹异国公主的风采。

凉国车队慢慢地驶入皇城，百姓踮起脚，抻着脖子，终于在队伍的中间看到了一辆炫目的金色马车，车身上缀满了各色宝石，在阳光下熠熠生辉。可惜宽大的窗户上挂着轻薄的细纱，众人只能透过细纱看到一道窈窕的身影，其他的什么也看不清。

即使这样，百姓也很激动，街道两旁被堵得水泄不通。

蔺奚站在人群的最外围，看着前方热闹的景象，神情恍惚。

他也不知道自己为什么会走到这里。自从知道凉国公主要来参加大典，他就没睡过一天好觉，每天晚上都会梦到一道纤细的身影，虽然看不清脸，但是他自己心里清楚那个人是谁。

他怎么能每天梦到人家？简直……简直不知羞耻！

"小公子，好久不见呀！"正在蔺奚自我反省、自我唾弃的时候，一个熟悉的声音在耳边响起，蔺奚有一瞬间觉得自己魔怔了。

他匆匆抬头，循声望去，只见一道浅紫色的身影出现在客栈二楼的窗户后面。

女子眉眼如画，容貌昳丽，此刻正笑盈盈地看着他。

是……是她！

蔺奚呆呆地看看女子，又扭头看看不远处华丽的马车，低喃道："你……你怎么在这儿？"

难道她不是凉国的公主？那……她是什么人？

她一直都在窗边，那刚才自己纠结苦恼的样子，不是全落入了人家的眼里？！

蔺奚一下子红了脸，恨不得原地消失，可是即使他现在羞愧难当，也一步都没有挪过。

万俟灵并没有解释自己为什么在这儿，微微探出身子，问道："你有没有心上人？"

"什么？"每次遇上她，蔺奚总觉得自己的脑子不够用。

他这副憨憨的傻样儿成功地逗笑了万俟灵，这人真可爱，也不枉她念念不忘这么多年。若是小公子没有心上人，那就是她的人了！

万俟灵唇角含笑，眼神却格外锐利，就像是盯着猎物的野兽。她又追着问了一遍："你有没有心上人？"

青天白日，大庭广众，她怎么能……怎么能问出这种话？！

眼看着周围听到声音的百姓都好奇地看了过来，蔺奚仿佛是正被恶棍调戏的大姑娘，又紧张又窘迫。

万俟灵单手托着下巴，半趴在窗框上，欣赏着他的窘态，懒洋洋地继续说道："你不说我就一直问。"

两个人曾经交锋几次，蔺奚从来没有赢过。他知道女子说得出做得到，便红着脸，硬邦邦地回道："没有。"

蔺奚话音刚落，一个东西忽然从窗口被扔了下来，他下意识地抬手接住，触感十分柔软。

这是……？

一个深紫色绣着睡莲的荷包静静地躺在他的手心里。

蔺奚手一抖，差点儿把这个烫手山芋扔出去。

万俟灵微微眯眼，轻轻地笑了一声，说道："你可不能再弄丢了，拿了我的荷包就是我的人了。"

这次荷包里的发丝可是她自己的，若是小公子不好好保管……

哼！

窗户"啪"的一声被合上，蔺奚心一慌，抓紧荷包，叫道："喂，你等等！"

街上的人实在太多了，他挤进客栈，冲入楼上的房间里时，发现早已经人去楼空了。

蔺奚在皇城里找了半天也没找到人，就这么浑浑噩噩、神思不属地过了几日，终于到了新皇登基、接见各国使节的日子。

蔺奚作为蔺家年轻一辈的杰出人物，自然是要参加庆祝大典的。

庆典上觥筹交错，大臣们推杯换盏，蔺奚百无聊赖，耳边不时传来世家公子讨论凉国公主的声音。

他抬头看了一眼，凉国公主坐在他的右前方，他只能看到公主的背影。

公主身着一袭绯红色的长裙，乌黑的头发被编成了许多小辫子，盘成了特别的发型，云鬓高耸，看起来精致又华丽。

蔺奚兴致不高地收回了目光，拿着酒杯独自闷头喝酒。

庆典进行到献礼环节，凉国公主走到大殿的中央，身后站着一名身材魁梧的男子，手里捧着一个木制的盒子。

万俟灵上前掀开盒盖，温润的荧光从盒子里倾泻而出。她微微低头行礼，说道：

"万俟灵代表凉国,恭贺陛下荣登大宝!祝愿瑜国国泰民安、国运昌隆!"

盒子里装着的是一颗拳头大小的夜明珠,众人在看到光芒的那一刻,也闻到了一股沁人心脾的香味。

自带芬芳的夜明珠世间难寻,十分珍贵,看得出凉国带足了诚意前来观礼,瞿向卿笑道:"七公主免礼!贵国能派最为尊贵的公主殿下来参加朕的登基大典,朕心甚悦!"

"能来参加如此重要的庆典是我的荣幸!瑜国乃皇嫂的故国,想必一定有过人之处,我这次来打算多住些日子,见识一下瑜国的人情风貌,运气好的话,说不定还能找到一位如意郎君呢。"

大臣们握着酒杯的手一顿,心里"咯噔"一下:难道凉国公主此次前来是为了与瑜国联姻?!

瞿向卿目光微闪,目光在公主绝美的脸上转了一圈,笑道:"七公主喜欢什么样的儿郎?"

万俟灵坦然地与他对视,大方地笑道:"瑜国最尊贵、最优秀的儿郎自然是陛下了,不过我答应过皇兄,嫁人只能为正妻,陛下与皇后鹣鲽情深,自然不是我能妄想的。"

皇后提到嗓子眼里的心总算放下来一些,这位凉国公主不仅容貌绝美,举手投足间都带着一股独特的魅力,若是进入后宫里还不知道要掀起多大的风浪,她的目标不是皇上,真是再好不过。

皇后的笑容真切了几分,她说道:"我大瑜有很多青年才俊,公主殿下姿容无双,定能觅得良缘!"

皇后说完偷偷地看了一眼皇上的脸色,好在皇上并未动怒,还轻轻地点了点头,皇后才暗暗地松了一口气。

万俟灵才懒得管他们夫妻俩想些什么,自顾自地说道:"我们凉国人尚武,所以我更喜欢健壮英武的男子。"

说完她忽然回过头,看向后方一众年轻公子。

公子们皆是一愣。他们都听说过凉国公主容貌极美,但出于礼仪,也不好盯着人家,此刻一张艳如桃李的芙蓉面骤然闯入眼帘,凡是与她的目光对上的公子,心尖都是一颤。

"年纪要与我的年纪相仿且未有家室,长相……"万俟灵的目光扫到一个人之后便停了下来,她直勾勾地盯着那人的脸,缓缓地吐出三个字,"要俊俏。"

公主的目光实在过于直白热烈了,皇后轻轻一笑,说道:"这么一看,蔺家的小公子倒是挺合适。"

万俟灵回过头,顺势行了个礼,笑道:"陛下,我初来乍到,不知能否让这位蔺家的小公子给我做做向导?"

万俟灵这是看上蔺奚了？

瞿向卿晃了晃手中的酒杯，暗自思量：万俟灵能成为他的宫妃自然最好，若是不能，也要想办法将她留在瑜国，蔺家世代忠良，让她嫁入蔺家是个不错的选择。

瞿向卿轻轻地领首笑道："当然可以！蔺卿，接下来的日子里你定要好好招待公主殿下，尽地主之谊！"

从凉国的公主开口说话的那一刻开始，蔺奚的脑子就蒙了，直到坐在身旁的兄长暗中推了他一下，他才回过神来，连忙起身说道："臣遵旨！"

说完他甚至不敢抬头看一眼万俟灵，只觉得藏在胸口的荷包烫得厉害。

庆典结束之后，众人看着凉国的公主走向蔺奚，大大方方地笑道："小公子，我在驿站里等你。明天见！"

世家公子们眼睛都被气红了——谁能不喜欢这样张扬又美艳的姑娘呢？

蔺奚哪里还顾得上周围人的目光，脑子里全是刚才万俟灵压低声音在他的耳边说的话："我说过，拿了我的荷包就是我的人了，你跑不掉的。"

蔺奚拿出荷包紧紧地抓在手里，嘴角止不住地上扬。他在心底轻声地说道：明天见，公主殿下。

出版番外　江山、美人我都要

盛夏时节，御书房外阳光明媚，几缕阳光透过窗纱，照在巨大的案桌上，带来一室的暑气。

狄勒图走进屋内，一眼便看到凉国人人敬畏遵从的帝星，无视案桌上堆积的奏折，正在兴致勃勃地给一种小果子⋯⋯拔刺？！

狄勒图的脚步一顿，他眨了眨眼睛，确定自己没有看错之后，只觉得眼前这一幕不可思议。

他忽然想起了之前的传闻，据说皇后想吃一种名叫刺针果的果子，皇都没有，皇上特意派人到边城寻找，不仅带回了果子，还带回诸多果苗，准备在城郊专门开辟一大块地来种植刺针果。

这果子若是异常美味就算了，吃过的人说，果子的味道一般，表面还长着细针一样的小刺，吃起来需要拔刺，特别费劲。

宫中还有传言，说皇上处理刺针果都是亲力亲为，从不假他人之手，他原本还不信，今日亲眼所见，也由不得他不信了。

狄勒图以为经历过这么多磨难，云亭必定心思莫测，手段狠辣冷戾，没想到……

真是见鬼了！万俟家到了这一代，竟出了个痴情种！

狄勒图一时间不知道说什么，干脆眼不见为净，低垂下头，问出了这些日子以来盘踞在心中的疑惑："您真的就这样放万俟翱走？"

皇室的双生子被视为不祥，很大一部分原因是双生子基本无缘皇位，毕竟这世上没有哪一个帝王会允许一个和自己长得一模一样的人存在，因此双生子中若是真的有一个人登基，另一个必死。

狄勒图猜到云亭不会杀万俟翱，原本以为万俟翱的最终结局也就是在皇城里做个富贵闲人，万万没想到云亭竟允许万俟翱离开皇城。

万俟翱可是前太子，就算一直被打压，在朝中的势力也不容小觑，云亭让万俟翱走等同于放虎归山，后患无穷啊！

云亭将处理好的刺针果放在清水里涮了一遍，才一颗一颗整齐地摆放在白玉碗中，精致的摆盘让原本廉价的果子瞬间显得金贵了起来。

他漫不经心地回道："怎么？你想把他留在皇都里？"

狄勒图悄悄地抬眼看去，见云亭神色如常，好像心情还不错的样子，赶紧点头，回道："把人留在眼皮子底下当然最好，就算不把万俟翱留下，您也不能让他驻守塔木城，还将涞州交给他，万一他有异心——"

云亭轻轻地笑了一声，打断了狄勒图的话，说道："他要是有异心，在哪儿都一样。"

狄勒图语塞，想想也对，万俟翱若有异心，也不会这么配合地协助云亭登基了，以云亭的手段，万俟翱应该翻不出什么浪花来。

狄勒图进殿也有一段时间了，云亭没有抬头看狄勒图一眼，仿佛这个亲舅舅还没有一盘子野果重要。

狄勒图盯着桌上被精心对待的果子，想到这几日群臣在背后议论的那些风言风语，心里多少有些不舒服，有些话不吐不快。

狄勒图的性子直，他没想太多，清了清嗓子，直接说道："万俟翱确实没什么，但您把冉皇后捧得这么高，就不怕出事吗？她可不好掌控！"

看云亭无动于衷，狄勒图急了，向前走了一步，又将声音压得更低了一些，继续说道："皇上有所不知，有些胆大妄为的戏班子、说书先生，将皇后的经历添油加醋后编成戏文，在戏院、茶楼等地方表演。如今凉国上下都在谈论皇后，不仅皇都的百

599

姓对皇后赞誉有加，边城的很多百姓甚至在家里给她立长生牌位，如今皇后的名声如日中天，比……比皇上还受子民爱戴，这怎么行呢？！"

狄勒图说的这些全都是云亭安排的，他怎会不知？

云亭抬起头，淡淡地瞟了狄勒图一眼，冷声说道："你知道什么样的人最多疑吗？"

狄勒图紧张地咽了一下口水，不敢接话。云亭登基不到一年，帝王之威越发深重，这也是群臣只敢在背后议论不敢谏言的原因。

"德不配位的无能之辈才会惊惧多疑、患得患失。朕就是要让天下人都知道皇后的战功和守护天下苍生的胸怀，朕的皇后就应该站在最高处受世人敬仰膜拜！"年轻的帝王眉目冷峻，双目微敛，低沉的声音在殿内回荡，听得狄勒图心脏直哆嗦。

狄勒图算是彻彻底底地认清事实了：别的事还可以商量，冉无恙就是云亭的逆鳞，谁碰谁死。算了，算了，他本来就不是什么忧国忧民的迂腐老臣，吃力不讨好的事他才不干！

识时务者为俊杰，狄勒图二话不说，直接跑了。

殿内又恢复了安静，云亭将最后一颗果子放入白玉碗中，审视片刻后，又调整了一下果子的位置，这才满意地收回手。

云亭知道朝中那些老匹夫都在想什么，他们认为天家哪有什么真情，连血脉亲情都没有，更别说什么男女之爱了。

但是他们不知道，冉无恙是不一样的。

云亭知道被至亲至爱之人利用、背叛是什么滋味，所以永远不会让小恙经受那种痛苦。

他不会允许小恙对他失望，也绝不会让那份独一无二的爱消失，而是要小恙此生永远依赖他、爱他！

若他拥有整个天下，但失去了能与之共享的人，又有何用？

他这个人贪心，江山他要！冉无恙他也要！